D0319034

L'ÉCHELLE DE DARWIN

Paru dans Le Livre de Poche :

L'ENVOL DE MARS

ÉON

ÉTERNITÉ

HÉRITAGE

OBLIQUE

Collection dirigée par Gérard Klein

Luc Pelletier
21/04/11

GREG BEAR

L'Échelle de Darwin

TRADUIT DE L'AMÉRICAIN PAR JEAN-DANIEL BRÈQUE

Préface de Gérard Klein

ROBERT LAFFONT

Titre original :

DARWIN'S RADIO

A Del Rey ®Book/Ballantine Publishing Group/Random
House, Inc., New York.

L'Échelle de Darwin
a reçu le prix Nebula 2000

© Greg Bear, 1999.
© Éditions Robert Laffont, S.A., Paris, 2001, pour la traduction française.
ISBN : 978-2-253-10870-2 – 1re publication LGF

PRÉFACE[1]

Un des thèmes bien représentés dans la littérature de science-fiction est celui du mutant, du surhomme, de l'être qui viendra après l'homme[2]. Son histoire est passionnante pour deux raisons au moins. D'abord, il est possible de repérer son apparition et son évolution avec une bonne précision et elle est étroitement dépendante de celles des théories de l'évolution ; contrairement à certains autres, comme celui du robot, il ne peut pas être renvoyé à des modèles plus anciens venus de la mythologie ou du fantastique. Ensuite, il connaît des fortunes diverses qui expriment soit des avatars de la théorie de l'évolution, soit des influences sociologiques et des biais idéologiques ; il reflète ainsi indirectement une partie de l'histoire des idées et de la politique du XIXᵉ siècle finissant et du XXᵉ siècle révolu.

1. *Caveat lector.* Le lecteur qui redouterait de voir dévoilés dans cette préface certains ressorts du roman qui la complète aurait raison et il est prié de la considérer comme une postface et de la lire seulement après ce roman.
2. Ces trois thèmes ne se recoupent toutefois pas entièrement. Celui du mutant peut être traité négativement sous la forme d'une victime, par exemple de radiations mutagènes d'origine nucléaire ; et celui du surhomme a correspondu parfois seulement à l'exaltation — ou à la condamnation — d'un homme aux capacités exceptionnelles. Mais les perspectives génétiques ou nietzschéennes ne sont jamais loin.

L'événement déclencheur est évidemment la parution, en 1859, de *L'Origine des espèces au moyen de la sélection naturelle ou la Lutte pour l'existence dans la nature*, de Charles Darwin[1]. Certes la spéculation sur la succession des espèces est bien antérieure, mais l'œuvre de Darwin apporte plusieurs innovations décisives qui secouent la société. Elle présente des preuves de la différenciation récente d'espèces dans cinq catégories différentes, paléontologiques, biogéographiques, systématiques, morphologiques et embryologiques. Elle affirme que la lignée humaine est d'origine animale, et Darwin précisera même dans *La Descendance de l'homme* (1871) qu'elle a dû naître en Afrique. Selon cette théorie, l'homme descend du « singe », selon une formule exagérément abrupte qui fit dire à une lady victorienne que si c'était vrai, il valait mieux le taire. Elle demeure déductive et sans preuve immédiate du fait de l'échelle des temps considérés, ce qui ouvre la voie à la controverse. Enfin, intervenant assez tardivement, la théorie de Darwin et de Wallace[2] rencontre une opinion préparée dont une partie est prête à en découdre avec la religion, et connaît une audience immédiate et considérable.

1. Pour l'édition française, je renvoie à la traduction d'Edmond Barbier, Schleicher frères éditeurs, 1896. C'est la première traduction de l'édition anglaise définitive, évidemment bien postérieure aux premières éditions françaises qui furent nombreuses. Il en existe de plus récentes sans doute meilleures mais celle-là renseigne sur le texte qu'ont découvert les lecteurs français contemporains de Darwin.

2. Auquel Darwin rend très explicitement hommage dans son Introduction, pour être parvenu indépendamment aux mêmes conclusions.

Les prolongements dans la philosophie et la littérature ne se font pas trop attendre.

C'est peut-être Nietszche qui ouvre le feu. En 1882-1883, il publie *Ainsi parlait Zarathoustra* où apparaît la figure du surhomme, symétrique dans l'avenir du singe des origines. Les spécialistes discutent encore de savoir s'il s'agit d'un simple dépassement de l'humain par l'humain lui-même, ou d'une race, voire d'une espèce, supérieure. Mais l'insistance du philosophe sur une volonté de puissance qui peut se traduire par une sorte de force vitale poussant l'être à s'accomplir dans tous les possibles en dehors de toute considération morale, et l'accent mis par lui sur la lutte entre faibles et forts et sur les valeurs de la vie aux dépens des valeurs de culture et de savoir sonnent darwinien. Il sait qu'il y a un animal sous la peau de l'homme et qu'une force immense bouscule les formes.

Quelques années plus tard, en 1886 et 1887, Guy de Maupassant introduit en force et sans ambiguïté le thème proprement darwinien de l'espèce qui dominera et supplantera l'humanité dans les deux versions du *Horla*[1].

Je ne suis pas un admirateur inconditionnel de cette nouvelle, contrairement à beaucoup d'universitaires qui cherchent en la vantant à se faire pardonner leur ignorance et leur incompréhension, voire leur mépris, de la littérature fantastique du XIXᵉ siècle. Sa construc-

---

1. On les trouvera dans l'excellente édition des *Contes cruels et fantastiques* de Guy de Maupassant, réunis et présentés par Marie-Claire Bancquart, « La Pochothèque », Le Livre de Poche, 2004.

tion me semble bancale, elle accumule les thèmes fantastiques ou bizarres : l'intrusion de l'étrange et peut-être du double, le soupçon de la folie, l'invasion de la liquidité, le détour par la légende et le religieux à travers la visite au moine du Mont-Saint-Michel, l'hypnose et la transmission de pensée, le contrôle à distance de la volonté d'autrui et finalement l'incendie purificateur qui n'est pas sans évoquer la chute de la maison Usher. Cette procession excessive d'effets, si elle converge sur le Horla, aurait tenu sans difficulté dans un roman mais nuit à la crédibilité d'un texte court qui en devient presque caricatural[1].

Cependant, malgré cette réserve, je reconnais la dimension précursive d'une nouvelle de science-fiction qui introduit, presque comme en passant, plusieurs idées qui deviendront par la suite des poncifs. D'abord le thème évolutionniste du Horla lui-même sur lequel je reviendrai, et celui de la pluralité des mondes habités[2], mais aussi celui de la parapsychologie et du pouvoir exercé à distance sur des esprits

1. Madame Bancquart, dans sa préface que je trouve en général excellente, prétend que si, dans sa production relevant du fantastique ou de la science-fiction, Maupassant ne recourt pas au roman, ce serait parce que « le fantastique implique un récit court et frappant : on ne conçoit pas un roman fantastique de quelque étendue qui soutienne son propos de bout en bout ». C'est là une assertion étonnante. Elle ignore sans doute les romans gothiques, le *Melmoth* de Maturin, le *Frankenstein* de Mary Shelley, le *Carmilla* de Sheridan Le Fanu, le *Dracula* de Bram Stoker, *Le Grand Dieu Pan* d'Arthur Machen (traduit par Paul-Jean Toulet) et des dizaines d'autres œuvres.

2. Ce thème est repris dans *Lettre d'un fou* et *L'Homme de Mars*. Madame Bancquart fait remarquer à juste titre « qu'il est un lieu commun de la pensée scientifique de l'époque » (note 1, p. 601, *op. cit.*). Mais l'est-il dans la littérature ?

humains, de la possibilité d'êtres qui nous contrôlent et nous exploitent à notre insu, et enfin celui de l'invisibilité due à l'insuffisance de notre perception[1]. Cette nouvelle a certainement inspiré le *Guerre aux invisibles* (1939) d'Eric Frank Russell, peut-être le thème de *L'Homme invisible* chez Wells (1897) ou chez Verne (*Le Secret de Wilhelm Storitz*, 1902, publié en 1910).

Avant d'en venir au personnage du Horla, arrêtons-nous un instant sur l'inspiration de la nouvelle. Pendant longtemps, le refus d'admettre qu'un écrivain aussi notable ait pu galvauder son talent à écrire du fantastique ou, pis encore, du merveilleux scientifique a donné du crédit à une thèse réductrice selon laquelle cette inspiration aurait découlé de la paralysie générale, conséquence de la syphilis, qui devait emporter Maupassant en 1893[2]. On en a fait justice depuis longtemps et Marie-Claire Bancquart ne l'évoque que pour la rejeter. Elle préfère situer la nouvelle dans le courant fantastique[3] qui traverse la fin du XIXe siècle et,

---

1. Madame Bancquart indique dans sa préface que cette invisibilité est due à un indice de réfraction des corps différent du nôtre, ce qui n'est pas aussi clairement explicité dans la nouvelle mais découle des exemples donnés, le verre et une nappe d'eau.

2. On la trouve encore dans la note de Michel Mourre qui lui est consacrée, in *Dictionnaire des auteurs*, première version, Laffont-Bompiani, 1980.

3. Toutefois, elle évacue un peu vite « les diableries et les fantômes de Lewis et de Cazotte » et plus loin « les revenants » renvoyés au XVIIIe siècle au profit d'un fantastique psychologique et social. C'est faire bon marché, entre autres, d'Anatole Le Braz (1859-1926) et d'Erckmann-Chatrian (1822-1899 ; 1826-1890) qui certes sont provinciaux et donc marginaux et ont puisé dans le folklore (ou l'ont imité) mais ne méritent pas cette exclusion. Madame Bancquart écarte ainsi la raison la plus profonde du rejet

en fait, tout le siècle, et emploie même avec raison, pour la qualifier, le terme de science-fiction. Cependant elle néglige une très probable source d'inspiration pour Maupassant, l'œuvre d'Edgar Poe, introduite en France par Baudelaire entre 1848 et 1868, et que Maupassant peut d'autant moins ignorer qu'il lui a consacré un article[1]. Cette filiation est d'autant plus vraisemblable que plusieurs thèmes présents dans *Le Horla* le sont aussi chez Poe, le double, l'hypnotisme, et surtout la recherche d'un fantastique rationnel qui ne soumette pas la raison à la superstition. *Le Horla* fait de surcroît appel à la théorie de l'évolution et au darwinisme qui aurait certainement passionné l'auteur d'*Eureka* (1848) disparu en 1849.

Le Horla ? « Un être nouveau ! pourquoi pas ? Il devait venir assurément ! pourquoi serions-nous les derniers ! Nous ne le distinguons point, ainsi que tous les autres créés avant nous ? C'est que sa nature est plus parfaite, son corps plus fin et plus fini que le nôtre, que le nôtre si faible, si maladroitement conçu, encombré d'organes toujours fatigués, toujours forcés comme des ressorts trop complexes, que le nôtre, qui

du fantastique par la critique et l'enseignement universitaires pendant au moins un siècle : le clan religieux y voit le stigmate de la dégénérescence de la foi, et le clan laïc et rationaliste la considère comme une résurgence de la superstition et du religieux. Ensuite, même une fois ces raisons oubliées, le rejet s'entretient tout seul dans un milieu prodigieusement conservateur. Pour rester sur les marges, et compléter cette exploration du fantastique fin-de-siècle, on se reportera à l'anthologie d'Eric Lysøe, *Littératures fantastiques, Belgique, terre de l'étrange*, tome 1-1830-1887, tome 2-1887-1914, Editions Labor, Bruxelles, 2003.

1. Publié dans *Gil Blas* en octobre 1882 et cité par Madame Bancquart.

vit comme une plante et comme une bête, en se nourrissant péniblement d'air, d'herbe et de viande, machine animale en proie aux maladies, aux putréfactions, poussive, mal réglée, naïve et bizarre, ingénieusement mal faite, œuvre grossière et délicate, ébauche d'être qui pourrait devenir intelligent et superbe.

Nous sommes quelques-uns, si peu sur ce monde, depuis l'huître jusqu'à l'homme. Pourquoi pas un de plus, une fois accomplie la période qui sépare les apparitions successives de toutes les espèces diverses ? »

Dans cette dernière phrase, on entend comme un écho de l'hypothèse catastrophiste de Cuvier selon laquelle l'enchaînement des espèces correspond à une succession de déluges et de créations, hypothèse récusée puis, sous une autre forme il est vrai, réhabilitée de nos jours.

Mais quelle est l'interprétation que donne Maupassant de ce passage de la primauté de l'homme à celle du Horla ? Elle est tout entière orientée vers le pouvoir, thème récurrent voire dominant dans son œuvre. Et il écrit : « Le règne de l'homme est fini. Il est venu. Celui que redoutaient les premières terreurs des peuples naïfs, Celui qu'exorcisaient les prêtres inquiets, que les sorciers évoquaient par les nuits sombres, sans le voir apparaître encore...

... les médecins... ont joué avec cette arme du Seigneur nouveau, la domination d'un mystérieux vouloir sur l'âme humaine devenue esclave. Ils ont appelé cela magnétisme, hypnotisme, suggestion... Malheur à nous ! Malheur à l'homme. Il est venu le... le... comment se nomme-t-il... il me semble qu'il me crie son nom... le... Horla...

...le Horla va faire de l'homme ce que nous avons fait du cheval et du bœuf : sa chose, son serviteur et sa nourriture, par la seule puissance de sa volonté. Malheur à nous[1]. »

Etrangement, ce texte évoque le passage du livre de Rauschning, *Hitler m'a dit*[2], où Hitler, apparemment terrorisé, bafouille : « L'homme nouveau vit au milieu de nous ! Il est là ! Cela vous suffit-il ? Je vais vous dire un secret : j'ai vu l'homme nouveau. Il est intrépide et cruel ! J'ai eu peur devant lui ! »

Alors Hitler aurait lu Maupassant ? Ou bien Rauschning ? Comme d'après les historiens, ce dernier n'aurait jamais approché personnellement Hitler et encore moins recueilli ses confidences, la seconde hypothèse est la moins invraisemblable.

Dans l'intérêt de la raison, il convient de distinguer à propos de l'expression ambiguë de théorie de l'évolution, entre le *fait* de l'évolution des espèces, généralement accepté sauf des créationnistes de tout poil et plume, et les *théories* qui visent à expliquer ce fait, et qui peuvent être invalidées et précisées sur tel ou tel point. Cette distinction est importante car certains créationnistes avoués ou camouflés, comme Michael Denton, arguent de la relative fragilité des secondes

1. J'ai dû abréger cette citation et malheureusement les points de suspension indiquant des coupures interfèrent avec ceux du texte de Maupassant. Le lecteur est prié de se reporter à l'édition citée, pages 628 et 629.
2. Editions Coopération, Paris 1939. Le rapprochement entre cette scène et *Le Horla* est proposé par Bergier et Pauwels dans *Le Matin des magiciens*, Gallimard, 1960.

pour contester le premier[1]. Comme toute théorie authentiquement scientifique, la théorie *explicative* de l'évolution est complexe, inachevée, incomplète et perpétuellement remise en question dans ses détails. Mais ses lacunes et ses incertitudes, les débats entre spécialistes dont elle est l'objet, n'autorisent en rien la négation du fait de l'évolution[2]. Il est essentiel de comprendre que la discussion, la contestation, voire la réfutation, de tel ou tel aspect de la théorie de l'évolution ne conduisent aucunement à son abandon dans sa totalité.

Les explications de l'évolution peuvent être ramenées très schématiquement à quatre périodes qu'on retrouvera dans leurs dérivations littéraires.

Après que le concept de la succession des espèces est devenu à peu près incontestable dès le XVIIIᵉ siècle du fait de l'accumulation des indices paléontologiques, Cuvier, gêné et qui ne souhaite pas s'engager dans des débats théologiques, invoque la succession des déluges : il y a eu plusieurs créations dont les traces demeurent lisibles dans les entrailles de la Terre[3].

---

1. *Evolution, une théorie en crise*, Londreys, Paris, 1988.
2. Pour étayer cette préface, je me suis servi notamment de l'excellente synthèse de Marcel Blanc, *Les Héritiers de Darwin* (Seuil, 1990), à laquelle je renvoie mon lecteur. Ce n'est pas l'ouvrage le plus récent mais outre que la théorie néodarwinienne n'a guère connu de bouleversements depuis sa parution, il présente l'avantage de résumer à peu près toutes les positions en présence. Il est aussi plus maniable que l'imposant *Dictionnaire du darwinisme et de l'évolution*, sous la direction de Patrick Tort (PUF, 1999, 3 volumes, 4 862 pages, 6 370 grs).
3. Sur les relations entre paléontologie et théories de l'évolution, voir Eric Buffetaut, *Des fossiles et des hommes*, Laffont, 1991.

Lamarck, plus radical, admet à la génération suivante le transformisme. On lui attribue souvent la paternité de l'idée de l'hérédité des caractères acquis bien qu'elle soit plus ancienne. Comme y insiste Marcel Blanc, Lamarck défend en fait l'idée d'une « évolution de la vie en correspondance avec l'évolution de la Terre » et par extension celle d'un progrès à travers la transformation d'espèces qui ne s'éteignaient pas mais s'adaptaient. Bien qu'elle n'ait jamais reçu, bien au contraire, le début d'une validation scientifique, après avoir été un cheval de bataille de la paléontologie française, elle tient une place importante dans les fictions de Greg Bear comme j'y reviendrai.

Darwin introduit le principe de la sélection naturelle des variétés et de leur spéciation. Elle ne fait appel à aucun principe métaphysique. Mais son moteur est peu clair : si Darwin indique bien comment la spéciation a pu s'effectuer par la « descendance avec modification » et une sélection naturelle comparable à celle pratiquée par les éleveurs, il ne sait pas à partir de quoi. Il accepte une petite dose de mutations sous la forme de variations héréditaires survenues au hasard chez des individus, et une autre d'hérédité des caractères acquis, avec réticence, car les premières lui semblent réintroduire les créations successives de Cuvier, Agassiz, Owen, Lyell et quelques autres, et la seconde le lamarckisme. C'est qu'il ne dispose d'aucune hypothèse solide sur l'origine de la différenciation : il ignore tout des travaux de Mendel bien qu'ils soient exactement contemporains des siens.

En 1901, dans un ouvrage qui fait suite à de longs travaux, Hugo de Vries propose une nouvelle théorie, le mutationisme par opposition au gradualisme. Pour lui, la nature fait bien des sauts, connaît des mutations, et il fait l'hypothèse des gènes puis découvre et tire de l'oubli les travaux de Mendel. L'idée de mutation qui fait surgir d'un seul coup une espèce nouvelle, connaîtra un grand succès dans la littérature de science-fiction. Fort hypothétique et critiquée par les darwiniens, elle sera partiellement validée en 1910 par l'observation de mutations chez la mouche drosophile dans le laboratoire de Thomas H. Morgan puis en 1927 par leur déclenchement artificiel par H. J. Muller. La synthèse, au demeurant difficile, de ces recherches et courants mènera à la théorie néo-darwinienne, théorie synthétique de l'évolution, officiellement fondée en 1947. C'est notre quatrième période. L'histoire n'est bien entendu pas achevée pour autant. Au contraire, et sa suite est passionnante mais je dois renvoyer ici à des ouvrages spécialisés dont celui cité.

Ce qui est intéressant pour notre littérature, c'est que ces étapes y sont très inégalement représentées.

Assez curieusement, Rosny Aîné dans *Les Xipéhuz* (1887) puis dans *La Mort de la Terre* (1912) semble exploiter tardivement la conception de Cuvier de la succession des règnes dans une discontinuité absolue : les Xipéhuz[1] en forme de cônes n'ont aucune rela-

1. Les Xipéhuz ressemblent beaucoup à certains des Grands Anciens imaginés par H. P. Lovecraft. Il est permis de s'interroger sur la généalogie qui conduit des uns aux autres.

tion biologique avec les humains qui vont les exterminer, pas plus que les ferro-magnétaux de *La Mort de la Terre* n'en ont avec les humains qu'ils vont remplacer, ni du reste avec aucune forme de vie biologique. Pas trace d'évolution ici, ce qui est tout de même surprenant de la part d'un auteur qui s'est beaucoup intéressé à la paléontologie. On a déjà dit ce que la nouvelle presque contemporaine de Maupassant devait sans doute au darwinisme[1]. Celui-ci cependant inspirera relativement peu d'œuvres. On en trouve une expression dans *La Machine à explorer le temps* (1895) de H. G. Wells. Son gradualisme est peu encourageant pour des écrivains qui doivent retenir l'attention du lecteur par l'évocation d'un moment de crise. C'est pourquoi le mutationnisme de De Vries aura une postérité littéraire plus abondante, à ce point qu'un ouvrage de la taille de celui-ci ne suffirait pas à résumer les nombreuses histoires de mutants et de surhommes[2]. Mais il faudra attendre les années 1930 pour les voir se multiplier.

Je n'en signalerai ici que quelques-unes pour baliser l'histoire du thème. Dès 1929, René Thévenin, dans *Les Chasseurs d'hommes*[3], illustre le thème avec une pointe de génie. Le mutationnisme tient la vedette dans l'extraordinaire fresque d'Olaf Stapledon, *Les*

1. La quasi-simultanéité de la parution du *Horla* et des *Xipéhuz* amène à s'interroger sur les raisons de l'échec de la science-fiction française à s'imposer après un si brillant début.
2. Voir notamment ma préface à *Histoires de mutants*, Le Livre de Poche n° 3766, et celle de Demètre Ioakimidis à *Histoires de surhommes*, Le Livre de Poche n° 3786.
3. On trouvera cet étonnant roman dans *Sur l'autre face du monde et autres romans scientifiques de sciences et voyages*, « Ailleurs et demain », Laffont, 1973.

Derniers et les Premiers (1930), qui décrit la succession de quinze espèces d'hommes, radicalement différentes les unes des autres. Dans *Rien qu'un surhomme* (1935), Stapledon brosse le portrait peut-être le plus convaincant jamais imaginé de l'espèce qui aurait pu nous succéder si elle n'avait choisi de s'effacer. Mais c'est *A la poursuite des Slans* (1940, 1946, 1951), le roman d'A. E. Van Vogt, qui popularisera le thème. Les Slans sont en fait des mutants artificiellement produits pour aider l'espèce humaine normale à résoudre ses problèmes grâce à leurs facultés supérieures ; les humains ordinaires supportent mal d'être distancés et se livrent à leur encontre à des pogroms. Aussi par la suite, l'intolérance à l'endroit des nouveaux venus différents devient un poncif. Arthur C. Clarke et Theodore Sturgeon renouvellent le thème en 1953 respectivement dans *Les Enfants d'Icare* et *Les Plus qu'humains* en insistant sur une conscience collective voire cosmique.

A partir des années 1970, le thème du surhomme se raréfie progressivement peut-être parce qu'il est devenu idéologiquement suspect. Peut-être aussi parce que les auteurs ont pris conscience de la quasi-impossibilité de décrire subtilement un être beaucoup plus avancé que nous, et de la naïveté qu'il y a à s'imaginer son apparition soudaine : le néodarwinisme a fait des progrès.

C'est pourquoi lorsque Greg Bear publie en l'an 2000 *L'Échelle de Darwin* puis lui donne une suite, *Les Enfants de Darwin*[1] en 2002, la surprise est consi-

1. « Ailleurs et demain », Robert Laffont, 2003.

dérable. Et Bear ne se contente pas de rénover le thème du successeur de l'*Homo sapiens sapiens* ; il imagine aussi, pour la première fois, de façon audacieuse et astucieuse, un mécanisme original de l'évolution qui explique, à un moment donné de l'histoire, l'apparition de cette espèce. Chose singulière, sans qu'ils aient pu se donner le mot, un autre écrivain, australien celui-là, Greg Egan, propose lui aussi dans *Téranésie*[1], en 2000 également, un nouveau processus évolutionnaire. Décidément, au moment du changement de millénaire, la problématique de l'évolution est de retour.

Bien que les solutions spéculatives avancées par Bear et Egan diffèrent totalement, elles affrontent de conserve certaines difficultés rencontrées par la théorie néodarwinienne.

Tout d'abord, les espèces apparaissent dans la nature « parfaites » relativement à leurs conditions d'existence, et leurs organes, ainsi l'œil, celui du poulpe aussi bien que ceux des vertébrés, forcent l'admiration : il est souvent pris à témoin par les adversaires de l'évolution sous le prétexte qu'on ne voit pas bien comment des formes incomplètes auraient pu y conduire[2]. Ensuite les espèces, pour la plupart, sont remarquablement stables, sur des dizaines et parfois des centaines de millions d'années. Dans les deux cas, c'est tout le problème dit du « chaînon manquant » qui ne se pose pas seulement à propos de l'espèce

1. « Ailleurs et demain », Robert Laffont, 2000.
2. Richard Dawkins, un ultra-darwiniste, entreprend de répondre à cette question dans *L'Horloger aveugle*, que j'ai publié chez Laffont en 1989, sans convaincre entièrement.

humaine mais de presque toutes les espèces : les « archives » paléontologiques offrent rarement de séries à peu près complètes de phénotypes intermédiaires et les lacunes sont difficilement imputables à la rareté des fossiles si l'évolution s'est déroulée très graduellement sur de longues périodes de temps.

Tout se passe donc comme si l'évolution faisait des sauts, ce que George Simpson, l'un des fondateurs du néodarwinisme, a appelé l'évolution quantique. Ce que confirme la paléontologie : des groupes d'espèces, voire des espèces, surgissent assez brusquement à des moments bien identifiés. C'est ce qui conduit Stephen Jay Gould et Nils Eldredge, après les « mutations systémiques » de Richard Goldschmidt et sa théorie « saltationiste »(1940), à avancer la théorie des « équilibres ponctués »(1972). L'explication catastrophiste selon laquelle ces explosions d'espèces nouvelles feraient suite à des cataclysmes comme celui qui a exterminé les dinosaures à la fin du crétacé n'est pas suffisante.

On peut invoquer trois acteurs de l'évolution : un Grand Ordonnateur, éventuellement divin ou extraterrestre, qui appliquerait un Plan ; la sélection naturelle qui ne laisse subsister que les « plus aptes » dans un environnement présumé stable (ou dynamiquement stable) ; la contingence dont le hasard génétique est un volet et la chute d'astéroïdes (ou les changements climatiques brutaux) un autre. La thèse du Grand Ordonnateur a pour avantage d'éviter la nécessité de toute autre explication, ce qui est aussi son principal inconvénient : une telle position épistémologique n'a jamais été efficace ; il a toujours été possible de trouver des interprétations rationnelles plus détaillées et mieux étayées, même si elles n'étaient ni complètes ni définitives.

La sélection naturelle s'est vu opposer l'impossible définition de l'aptitude, objection qui revient à jouer sur les mots. Sont les « plus aptes » ceux qui survivent et se reproduisent : les forces évolutionnaires agissent comme un filtre du vivant, mais le plus important est ici de comprendre que ce filtre est dynamique et non pas statique ; c'est tout le milieu vivant, tous les écosystèmes, nombreux et complexes, qui se transforment et se rééquilibrent en interagissant, et les règles du jeu de la survie changent constamment ou brusquement. L'évolution sculpte globalement et dans le détail les formes du vivant.

Enfin la contingence a pour inconvénient manifeste d'être imprévisible et d'entrer difficilement dans un schéma bien ordonné, ce qui a longtemps conduit à la considérer avec méfiance comme la réintroduction d'une intervention extérieure, éventuellement divine ; mais elle a l'imparable avantage d'introduire la complexité nécessaire dans le système explicatif qui renonce du coup à être prédictif et normatif.

Ce qu'il y a de fascinant sur deux siècles au moins, c'est que des oppositions comparables s'observent même si les rationalisations ou explications changent : gradualisme contre saltationisme, déluges et cataclysmes contre uniformitarisme, avec d'étonnants retournements idéologiques : Cuvier défend l'idée des déluges pour préserver celle de créations successives, mais Lyell s'y oppose au nom de la constance des desseins divins. Lamarck soutient contre Cuvier le transformisme qui évite l'affront au Créateur que serait la disparition pure et simple d'espèces alors que leur transformation poursuit la création dans le sens d'un Progrès, à travers la grande Chaîne des Êtres jusqu'au plus parfait de tous, l'Homme. Darwin admet l'uniformitarisme géologique de Lyell parce qu'il n'aime pas le cataclysmisme qui lui semble, non sans raison, empreint de souvenirs bibliques, et en cela il fonde avec Lyell une sorte de dogme paléontologique qui rendra difficile à la fin du XXᵉ siècle l'acceptation des extinctions massives d'espèces à la suite de catastrophes telluriques ou cosmiques. Du côté de la génétique, les controverses à portée idéologique ne sont pas moins vives. On ne les détaillera pas ici.

Mais à ne retenir que l'ossature des positions contemporaines, il est surprenant de voir, jusque dans les congrès spécialisés, combien elles reproduisent (les arguments théologiques en moins dans.le milieu scientifique) et avec certes infiniment plus d'indices et de subtilité, des thèses pluriséculaires sous-jacentes. Le lamarckisme a subsisté en France, sous une forme ou sous une autre, étonnamment longtemps, jusqu'aux années 1950 au moins, soit par nationalisme, soit parce qu'il est imprégné de catholicisme, soit parce qu'il est progressiste (et planificateur), ou encore parce qu'il apparaît comme un précurseur du lyssenkisme stalinien ; il n'a pas tout à fait rendu son dernier soupir. Et plus récemment, durant les années 1990, la controverse sur la soudaineté de l'extinction des dinosaures qui n'est pas tout à fait close a fait ressurgir de vieilles querelles entre uniformitaristes et catastrophistes, alors qu'il y a de la place pour les deux interprétations. Les convictions idéologiques ont la vie dure surtout dans des sciences éminemment spéculatives. On mesure ici l'importance de Darwin et Wallace, au-delà même de la qualité de leurs travaux : ils rompent sans retour avec la théologie et le créationnisme.

Dans leurs spéculations fictionnelles, Greg Bear et Greg Egan appuient avec bon sens là où ça fait mal, du côté de l'apparition soudaine d'espèces bien constituées en rupture apparente avec leurs prédécesseurs immédiats. Considérons Bear d'abord.

Dans le cas de l'origine de l'homme moderne, il opère une synthèse audacieuse entre les thèses du saltationisme et du transformisme lamarckien. Il y a mutation et il y a transformation d'une espèce d'hommes en une autre. Et pour ce faire il utilise ce qui demeure une énigme du génome.

Jusqu'à quatre-vingts pour cent des gènes sont réputés silencieux ou « inutiles » en ce qu'ils ne codent pour aucune protéine. Les gènes composés d'ADN « utiles », lorsqu'ils s'expriment, produisent des séquences d'ARN messager qui amènent l'usine cellulaire à fabriquer des protéines. Mais les gènes « inutiles » (en dehors de ceux qui contrôlent la syntaxe génétique encore incomplètement élucidée) demeurent apparemment silencieux. L'hypothèse aujourd'hui généralement admise veut que ces séquences d'ADN correspondent soit à des gènes archaïques désactivés soit même à des virus anciens et neutralisés qui se seraient insérés autrefois dans la double hélice. La question se pose donc de savoir ce qui se passerait si on en débarrassait le génome : peut-être rien, peut-être une catastrophe. Greg Bear spécule que l'évolution ne laisse rien subsister d'inutile, en tout cas pas à cette échelle. Ces gènes inutiles ont pour lui une fonction : ils accumulent des mutations favorables qui ne se manifestent pas aussitôt mais demeurent en quelque sorte en réserve. Lorsque l'espèce, en l'occurrence humaine, est soumise à un stress excessif, ces mutations latentes se combinent et donnent naissance à une nouvelle espèce mieux adaptée aux conditions stressantes. C'est la fin des glaciations qui entraîne de la sorte le passage du Néandertalien à l'homme moderne[1]. Et ce sont dans le présent du roman de Bear les stress sociaux, surpopulation et agressivité corrélative, qui déclenchent le passage à l'échelon suivant de l'échelle de Darwin. Bear n'est pas très disert sur la façon dont les mutations positives se produisent, se sélectionnent et s'accumulent avant même d'être directement soumises à la pression du milieu à travers des phénotypes. Une telle évolution non-phylétique évoque les mutations systémiques de Goldschmidt (1930-1940), les « gènes-sauteurs » (ou transposons) de Barbara McClintock (prix Nobel 1983) qui réorganisent le patrimoine génétique en réponse à un stress[2], et l'évolution quantique de Simp-

1. Depuis la rédaction du roman de Greg Bear, des analyses du génome mitochondrial de Néandertaliens semblent bien avoir montré que cette espèce ne pouvait pas être l'ancêtre direct de l'homme moderne mais plutôt une espèce cousine. Toutefois la complexité du mécanisme imaginé par l'auteur peut lui permettre de contourner cette « difficulté ».
2. Mais sans que cette réorganisation ait pour but de faire face à ce stress, contrairement à ce qui se passe dans le roman de Bear.

son (1944). Elle pourrait aussi trouver un sérieux appui dans la théorie synergique de l'évolution de Denis Buican (1980), qui concilie mutationnisme et darwinisme et introduit différentes formes de sélection à plusieurs niveaux d'intégration du vivant (génétique, cellulaire, individuel et social)[1]. Il n'est pas certain que Bear connaisse cette dernière.

Mais il imagine un déclenchement très original de la mutation. Le génome excité par le stress produit un rétrovirus (de type ARN) qui « informe » les organismes de la même espèce de la nécessité de l'activation des mutations dormantes. Ce rétrovirus provoque une « maladie » qui entraîne un profond réaménagement génétique en deux temps. On consultera le roman sur les détails.

En imaginant qu'une espèce procède immédiatement d'une précédente, Bear fait appel au transformisme de Lamarck. Chose curieuse, il en a déjà fait usage de façon explicite dans un autre roman, *Héritage*[2]. Il y décrit une planète où l'évolution s'est effectuée selon un schéma exclusivement lamarckien par adaptations successives d'êtres quasiment immortels.

Il est à remarquer que les néo-humains de *L'Échelle de Darwin* puis des *Enfants de Darwin* ne sont pas les mutants classiques disposant de pouvoirs parapsychiques plus ou moins extravagants. Ils sont simple-

---

1. Voir Denis Buican, *Darwin et le darwinisme* (PUF, 1987) et *La Présélection génotypique et le modèle évolutif* (La Pensée et les hommes, Bruxelles, 1980).
2. Le Livre de Poche n° 7234. Dans ma préface à ce roman, j'aborde également les questions de l'origine de la vie et des débuts de l'évolution.

ment plus sociaux, plus conviviaux, que leurs prédécesseurs. Alors que l'*Homo sapiens sapiens* est extraordinairement expansionniste, prédateur et agressif, ce qui était un facteur de survie dans un monde où sa population globale était réduite et clairsemée mais est devenu contre-productif dès lors que sa surpopulation menace sa cohabitation, son environnement et sa survie, l'*Homo post sapiens* (qu'on pourrait appeler l'*Homo sentiens*) répond à ce stress en étant naturellement doux et sociable et en constituant des *dèmes*, groupes de solidarité intégrale, physiologique, d'une vingtaine de sujets, groupes entre lequels les relations sont coopératives. Leurs modes de communication, phéromones et taches colorées changeantes[1] sur le visage, les empêchent pratiquement de se mentir entre eux. Loin d'être des surhommes nietzschéens, ce sont des êtres sursocialisés, au moins relativement à leurs ancêtres. Il demeure toutefois difficile de comprendre comment des gènes « intelligents » ont pu prendre connaissance des conditions rencontrées par les phénotypes et choisir, dans la bibliothèque de mutations latentes disponibles, les plus convenables. Dans sa postface aux *Enfants de Darwin*, Greg Bear après avoir précisé qu'il n'est pas « partisan du hasard néodarwinien » et qu'il n'a pas « opté pour une vision intégriste ou créationniste de nos origines » livre son opinion : « La vie sur Terre est constituée de plusieurs strates de réseaux neuronaux, qui interagissent afin de résoudre des problèmes et ainsi d'accéder à des ressources et de poursuivre

---

1. Ces taches rappellent celles de certains calmars et celles des caméléons. Un exemple d'évolution convergente !

leur existence. Toutes les créatures vivantes résolvent des problèmes posés par leur environnement, et toutes se sont adaptées afin de pouvoir résoudre de tels problèmes avec un succès raisonnable. L'esprit humain n'est qu'une variété parmi d'autres de ce processus naturel, et pas nécessairement la plus subtile ni la plus sophistiquée. » On n'est guère loin de l'hypothèse « Gaïa » proposée par James Lovelock et on comprend les affinités de Bear avec le progressisme lamarckien.

Greg Egan propose dans *Téranésie* une solution plus aventureuse encore. Dans des circonstances très particulières, des êtres vivants explorent dans les possibles coexistant dans une superposition quantique (dans des mondes parallèles si l'on préfère) les différentes solutions évolutionnaires et ils adoptent la meilleure relativement à un environnement donné. L'évolution est ici devenue le produit des calculs d'un ordinateur quantique et elle est donc extraordinairement rapide. Les termes risquant d'introduire une confusion, précisons que cette évolution quantique n'a rien à voir avec celle de Simpson déjà évoquée. J'y reviendrai dans ma préface à venir de ce roman.

Reste que la rapidité de l'évolution phylétique humaine pose un réel problème. Alors que de nombreux mammifères, dont les grands singes, existent sous des formes apparemment stabilisées depuis plusieurs millions d'années, l'homme moderne, apparu il y a cent à deux cent mille ans, aurait évolué à partir de formes antérieures en quelques centaines de milliers d'années. Cette durée peut apparaître très longue mais elle est incroyablement brève eu égard à l'importance des transformations anatomiques et physiologiques enregistrées : développement du crâne, transformation substantielle de l'organisation cérébrale, apparition du langage et de la pensée symbolique. Un indice de la rapidité de cette évolution est classiquement fourni par l'accrochage des organes abdominaux à la paroi postérieure, comme chez un quadrupède, ce qui crée aux bipèdes vieillissants quelques problèmes. L'évolution n'a pas eu le temps d'installer des solutions mieux adaptées à la posture verticale.

Si l'on admet qu'une génération correspond à une vingtaine d'années, cent mille ans ne comptent que cinq mille générations, et cinq cent mille ans que vingt-cinq mille. Une évolution phylétique progressive néodarwinienne semble un peu difficile à loger dans une série aussi brève[1], même si l'on double le nombre. Le concept de l'exaptation (par opposition à adaptation), introduit par Gould, vient un peu améliorer la perspective : il s'agit de la réutilisation de caractères qui ne sont pas immédiatement sélectifs mais qui peuvent se révéler efficaces plus tard, dans des circonstances inédites, ce que Gould appelle le bricolage du vivant à travers l'évolution. On peut se trouver avoir un gros cerveau par contingence et n'en découvrir le mode d'emploi que plus tard. Encore faut-il que ce cerveau, gros consommateur d'énergie, ne se montre pas, dans la période intermédiaire entre son

1. Sauf si l'on imagine des éleveurs comme ces Anglais qui ont porté en quelques siècles la tératologie canine au rang d'un art.

apparition et son plein usage, un facteur négatif de sélection. Soit. Mais pour qu'une telle exaptation se manifeste, il faut que la pression de sélection soit très forte. Et c'est là que mon hypothèse personnelle est beaucoup plus pessimiste, au moins d'un point de vue moral, que celle de Greg Bear.

Mon sentiment est que le filtre dynamique de la pression de sélection, sur lequel j'ai déjà insisté, a été exercé par l'espèce humaine en gestation sur elle-même, le milieu devenant secondaire. L'homme a été son principal ennemi et son principal sélecteur. Une espèce extraordinairement agressive a précipité son évolution néodarwinienne, profitant d'une multitude de micro-mutations en sélectionnant avec une brutalité inédite les variétés les plus efficaces dans ce jeu même de la violence.

Et comme dans une espèce sexuée, la sélection peut être considérablement accélérée à travers celle des mâles, les femelles fécondables étant présumées toutes fécondées (de gré ou de force), ce sont les mâles les plus agressifs, les plus violents et les plus efficaces qui se sont prioritairement reproduits, transmettant au demeurant leurs qualités à leurs rejetons des deux sexes. L'histoire évolutionnaire de l'espèce humaine se serait ainsi édifiée sur le meurtre et le viol. Aucune autre espèce de mammifères ne pratique du reste couramment et constamment, avec autant d'enthousiasme, la lutte à mort et le viol. C'est notre péché originel : nous avons massacré et probablement dévoré nos frères et nos cousins à peine moins performants. D'où la réduction à une seule espèce de ce qui fut presque certainement un buisson foisonnant.

La pression de sélection se serait toutefois exercée aussi dans des directions que nous considérerions volontiers comme plus acceptables : l'allongement de la durée de la vie et la sociabilité corrélative au développement du langage et de la pensée symbolique. Cela implique que ne soit pas prise en considération la seule sélection entre individus mais aussi celle entre petits groupes. La sélection entre groupes, si elle était admise par Darwin, a longtemps été considérée avec suspicion, voire avec hostilité, par les néodarwiniens. Elle est redevenue recevable ces dernières années. Il est difficile en effet d'expliquer autrement le probable doublement de la durée de la vie des humains en quelque cent mille ans[1] soit, rappelons-le, environ cinq mille générations. L'allongement de la durée de la vie au-delà de la période de reproduction doit donc représenter un facteur fortement favorable à la transmission des gènes. On peut proposer deux hypothèses, en apparence contradictoires.

Selon la première, la présence de sujets âgés qui ont survécu à de nombreux aléas et acquis des compétences augmente la pression de sélection intraspécifique dans le groupe ; les sujets plus jeunes, en âge de devenir procréateurs ou de procréer, sont soumis à cette pression, et ceux dont les capacités « naturelles » sont inférieures au nouveau niveau définis par les aptitudes et les compétences des plus vieux, tendent à être éliminés. Le processus est cumulatif et dynamique : la faculté d'acquérir des compétences

---

1. Les durées évoquées ici sont forcément approximatives et sujettes à la plus grande caution. Faut-il le rappeler ?

concourt elle-même à la sélection des caractères favorisant cette faculté. C'est un problème assez classique
pour les économistes que celui de la définition d'un
optimum en situation de concurrence pour l'obtention
de ressources rares et, si les conditions s'y prêtent,
d'un optimum dynamique qui inclura les innovations.
Les groupes soumis à cette sélection rivalisent entre
eux, ceux qui recèlent le plus de vieux compétents
ayant plus de chances de survivre et de se reproduire,
et l'espèce dans son ensemble évolue dans le sens
d'une plus grande longévité.

Un aspect plus sympathique de la pression de sélection exercée par les vieux malins tient à la transmission d'informations. A long terme, les groupes qui dis-
posent du plus d'informations au travers du plus grand
nombre supportable de vieux malins survivent et se
reproduisent mieux que les autres.

Selon la seconde hypothèse qui est revenue à la
mode ces dernières années, le facteur favorisant la longévité tiendrait à la protection des jeunes. La présence
d'adultes valides, ayant dépassé leur période de fécon-
dité, motivés par le lien affectif propre aux mammifères, et astucieux, protégerait les jeunes et assurerait
de surcroît leur éducation. Le groupe se reproduisant
ainsi mieux et à un moindre coût disposerait d'un
avantage sur les groupes comptant moins de personnes
âgées. Sur la longue période, là encore, les groupes
comportant les meilleurs gènes de longévité tendraient
à l'emporter. On mesure d'une part que ces hypothèses semblent parfois contradictoires, bien qu'elles

puissent en fait se compléter[1] plutôt que se contrarier, ou se succéder, dans des ensembles complexes de contraintes. Elles imposent toutefois le recours à des « variables cachées » : il faut notamment que la capacité d'acquisition d'expériences ne soit pas étroitement limitée. Les grands singes ont une certaine capacité à acquérir des connaissances, à utiliser des outils et à transmettre une « culture » mais leurs espèces semblent stabilisées depuis peut-être des millions d'années. La lignée humaine a bénéficié de quelque chose de plus ou d'autre, à travers l'adaptation ou l'exaptation.

Les néodarwiniens classiques n'aiment pas l'idée de la sélection intraspécifique entre petits groupes : elle impliquerait selon eux que ces groupes constituent de relatifs isolats génétiques devant se reproduire principalement entre leurs membres assez longtemps pour que des différences significatives apparaissent entre les groupes ; cette hypothèse incestueuse n'est pourtant pas nécessaire. Richard Dawkins est un partisan fanatique de la thèse du *Gène égoïste*[2] par ailleurs souvent vérifiée... chez des insectes sociaux, thèse qui privilégie la sélection entre individus (ou un peu au-delà en tenant compte de la proximité génétique). La sélection entre individus est certes la plus facile à comprendre là où pour une espèce donnée les ressources sont rares, la prédation forte et où la simple survie est le facteur déterminant de la reproduction. Seul

1. Les vieux malins contribuent certes à l'élimination des jeunes insuffisamment performants mais ils protègent les autres.
2. C'est le titre d'un de ses livres. Traduction française : Mengès, 1978.

celui qui survit pour se reproduire transmet ses gènes. Mais comment expliquer alors la longévité humaine qui déborde largement la période de reproduction et surtout l'accroissement relativement récent de cette longévité ?

C'est que, dans la lignée humaine, depuis peut-être des millions d'années, le problème central des protohumains n'est ni la nourriture, ni la menace de prédateurs. Des chasseurs-cueilleurs peu nombreux et se déplaçant facilement en petits groupes ne doivent pas avoir de mal à se nourrir ni même y consacrer beaucoup de temps. Et si j'étais un machairodonte, j'y réfléchirai à deux fois avant de rôder auprès de ces bipèdes teigneux, volontiers solidaires face à un ennemi commun, vifs, inventifs et armés de griffes de silex au bout de longs bâtons. Du reste, les machairodontes ont disparu tandis que les humains sont toujours là.

Le souci principal des protohumains, c'est le sexe et la reproduction. Et si un groupe s'assure un meilleur succès dans l'accès à des femmes (je n'ose plus écrire femelles), que ce soit par la séduction ou par des méthodes plus énergiques, il assure mieux la transmission de ses gènes, par exemple ceux de la longévité et ceux que l'on peut rattacher d'une manière ou d'une autre au langage, à la mémoire et à la performance intellectuelle (pour ne pas dire l'intelligence).

Cependant, même le recours à ces spéculations néo-darwiniennes plus ou moins améliorées ne règle pas la question. Les espèces de grands singes ont en gros bénéficié des mêmes circonstances. Elles n'ont pas évolué significativement et sont en voie de disparition. Certes la lignée humaine qui a survécu (et qui n'était pas forcément la meilleure *sub specie æternitatis*) a probablement éliminé tous ses concurrents de même origine un peu moins chanceux, si bien que la plupart de ses autres possibles nous demeurent inconnus, au moins présentement[1].

Mais il y a quelque chose qui nous échappe plus radicalement dans l'histoire du phylum humain et des possibilités qui se sont ouvertes à lui du fait de sa propre transformation. En un million d'années (deux ou trois si l'on compte large), l'organisation du système nerveux de certains hominidés a connu plus de remaniements que tous les systèmes nerveux de toutes les espèces au cours des deux cents millions d'années précédentes. Et l'on comprend mieux l'attachement de Greg Bear à la perspective lamarckienne même si elle pose une question qu'elle ne résout pas. Il manifeste cet attachement en abordant une question corollaire : celle de l'évolution sur d'autres mondes. Dans *Héritage*, il décrit comme j'ai déjà dit, sur une autre planète, une évolution de type purement lamarckien. Evitant le modèle généralement considéré comme dominant sur notre planète, il renonce au Principe de Médiocrité.

---

1. Il faut bien voir que l'histoire du phylum humain est hautement spéculative puisqu'elle ne repose que sur l'étude de quelques dizaines de fossiles souvent très incomplets. La découverte de tout nouveau sujet conduit généralement à des réorganisations généalogiques d'envergure. La dernière fois que j'ai consulté une liste présumée exhaustive des fossiles appartenant à la famille des hominidés au sens restreint, il y a une dizaine d'années, elle comportait quatre-vingt-dix spécimens.

Lorsqu'on ne sait rien de positif sur un domaine donné, ce qui est le cas en exobiologie, science éminemment conjecturale, et qu'on ne dispose que d'un seul exemple, la prudence méthodologique conduit à adopter le Principe de Médiocrité. Selon ce principe, la Terre n'occupe pas le centre du monde, le Soleil est une étoile quelconque, la Galaxie une nébuleuse moyenne et nous ne bénéficions d'aucun privilège d'espèce. Tout cela est assez vraisemblable et parfois vérifié.

Malheureusement, le Principe de Médiocrité, auquel il n'est fait appel qu'en l'absence de toute population statistiquement observable, conduit parfois à des conclusions fâcheuses et peut-être absurdes : ainsi puisque la civilisation humaine a de six à huit mille ans et que le plus probable est qu'elle se situe aujourd'hui au sommet de la courbe de Gauss des civilisations, elle devrait avoir disparu dans six à huit mille ans. Il devient même possible d'évaluer la probabilité qu'elle atteigne les cent mille ans, et cette probabilité est quasiment nulle.

La question est de savoir si le Principe de Médiocrité s'applique également aux différentes étapes de la vie observées sur Terre. Mon opinion personnelle est qu'on peut distinguer quatre grandes étapes dans l'évolution de la vie terrestre, la provirale (ARN et/ou ADN), la procaryote (qui implique déjà probablement la symbiose de plusieurs formes d'êtres vivants bien organisés), l'eucaryote ou pluricellulaire, ou encore métazoaire, et finalement la symbolique, toute récente, avec l'humanité, le langage, les mathématiques et les prix littéraires. Il n'est pas du tout certain que le Principe de Médiocrité s'applique aisément à la procession de ces quatre étapes entre lesquelles il semble que quelque chose de très singulier soit chaque fois advenu. Il est assez difficile de l'admettre pour la planète Terre.

Admettons que le Soleil soit une étoile de type assez ordinaire. Il reste à établir qu'une planète d'une taille précise, ni trop petite, ni trop grosse, et en orbite dans une zone non moins définie autour de son étoile, soit commune dans le cosmos ; cela est assez vraisemblable. Encore faut-il qu'elle dispose d'un satellite disproportionné, en l'occurrence la Lune, issue d'un improbable cataclysme, qui provoque des effets de marée peut-être indispensables à l'apparition de la vie et presque certainement à sa migration hors des océans. Il faut aussi, afin d'accélérer un peu les choses, que cette planète soit soumise périodiquement à des extinctions massives d'espèces, possiblement provoquées par des bombardements d'astéroïdes, et que notamment un groupe très prospère qui avait vécu à peu près paisiblement pendant deux cents millions d'années, les dinosaures, soit éradiqué par une catastrophe inattendue pour laisser place à des rats négligeables qui devaient donner naissance à une race merveilleuse d'observateurs conscients de l'univers, dont un représentant signe cette préface sceptique. Cela fait beaucoup de circonstances singulières, et encore a-t-on négligé ici la plupart de celles qu'enfilent les tenants du principe anthropique fort. A moins qu'un projet n'ait enchaîné cette incroyable série.

En invoquant la contingence, Stephen Jay Gould balaie la tentation du Principe de Médiocrité et par extension celle du projet et du téléfinalisme. La vie a pu surgir ailleurs, et même fréquemment puisqu'elle semble apparue sur Terre très peu de temps après que la planète s'est à peu près stabilisée. Elle est peut-être une propriété émergente et à peu près inéluctable de l'univers physico-chimique. Mais la succession de hasards qui a orienté la vie sur Terre n'a aucune probabilité raisonnable de se reproduire sur d'autres mondes, et l'évolution, qui peut dans son principe être souvent à l'œuvre, a suivi ailleurs d'autres voies, comme le suggère Greg Bear.

L'intelligence est peut-être rare, elle est peut-être différente ; elle est peut-être unique, ce qui serait pour nous flatteur mais redoutable. Si toutefois, par rationalisme exacerbé, on s'en tient au Principe de Médiocrité, il faut en accepter les conséquences : il n'y a aucune raison pour que notre espèce soit exceptionnelle et occupe le sommet de l'échelle. Notre position ne peut être que moyenne. Il y a donc nécessairement, dans l'univers, et même sur notre planète, des êtres supérieurs à l'homme. On les appelle les Horla. Pour les plus petits d'entre eux.

G. K.

A ma mère,
Wilma Merriman Bear
(1915–1997)

Première partie

L'hiver d'Hérode

1.

Les Alpes, près de la frontière austro-italienne
Août

Au-dessus des montagnes gris et noir, le ciel plat de l'après-midi se déployait à la façon d'un décor peint, de la couleur de l'œil pâle et fou d'un chien.

Les chevilles douloureuses et le dos scié par un rouleau de corde de nylon mal placé, Mitch Rafelson suivait la silhouette vive et féminine de Tilde le long d'un étroit couloir séparant un névé blanc d'un champ de poudreuse. Aux blocs de glace tombés des hauteurs se mêlaient des flèches et des créneaux d'une glace plus ancienne, que la chaleur de l'été avait transformés en pointes laiteuses et acérées.

A gauche de Mitch, les montagnes surmontaient un chaos de rochers noirs flanquant la chute de glacier. Sur sa droite, resplendissante à la lumière du soleil, la glace montait, aveuglante, vers le cirque à section en chaînette.

Franco se trouvait à vingt mètres au sud, dissimulé par la bordure des lunettes protectrices de Mitch. Celui-ci l'entendait sans toutefois le voir. Quelques kilomètres derrière eux, également hors de vue, se trouvait la tente orange vif, un dôme d'aluminium et de fibre de verre, où ils avaient fait leur dernière pause. Il ignorait combien de kilomètres les séparaient

43

du dernier refuge, dont il avait oublié le nom ; mais le souvenir du soleil éclatant, du thé bien chaud dégusté dans le salon, le *Gaststube*, lui donnait un peu de forces. Quand cette épreuve aurait pris fin, il se servirait une autre tasse de thé bien fort, s'assiérait dans le *Gaststube* et remercierait le Ciel d'être au chaud et encore en vie.

Ils approchaient d'une paroi rocheuse et d'un pont de neige surplombant une crevasse creusée par les eaux. De tels courants, à présent gelés, se formaient durant le printemps et l'été et érodaient les bordures du glacier. Un peu plus loin, au creux d'une dépression en forme de U sur la paroi, se dressait ce qui ressemblait à un château de gnome inversé ou à un orgue taillé dans la glace : une cascade gelée formée de plusieurs épaisses colonnes. A leur base d'un blanc sale s'amassaient des débris de glace et des monticules de neige ; à leur sommet, le soleil brûlait leur surface blanc crème.

Franco apparut, comme surgissant d'un banc de brume, et rejoignit Tilde. Jusqu'ici, ils n'avaient arpenté qu'un terrain relativement plat. Mais Tilde et Franco avaient apparemment l'intention d'escalader l'orgue.

Mitch fit halte quelques instants pour attraper son piolet, attaché à son dos. Il releva ses lunettes, s'accroupit, puis tomba sur les fesses en grognant pour examiner ses chaussures. Son couteau eut raison des bouts de glace qui s'étaient logés entre les crampons.

Tilde rebroussa chemin pour venir lui parler. Il leva la tête, ses sourcils noirs et broussailleux formant un pont au-dessus de son nez épaté, ses yeux verts papillonnant sous l'effet du froid.

— Ça nous fait gagner une heure, dit Tilde en désignant l'orgue. Il est tard. Tu nous as ralentis.

De ses lèvres minces sortait un anglais précis, teinté d'un charmant accent autrichien. Dotée d'une silhouette menue mais bien proportionnée, elle avait des cheveux blond cendré protégés par une casquette Polartec bleu marine, un visage d'elfe et des yeux gris clair. Séduisante, mais pas le type de Mitch ; pourtant, ils avaient été amants avant l'arrivée de Franco.

— Ça fait huit ans que je n'ai pas fait d'alpinisme, je te l'ai dit, répliqua Mitch.

Franco le surclassait, et ça se voyait. L'Italien se tenait près de l'orgue, appuyé sur son piolet.

Tilde jaugeait tout, soupesait tout, et ne gardait que ce qu'il y avait de mieux, sans toutefois couper les ponts avec le reste, au cas où ses relations lui seraient utiles à l'avenir. Franco avait des mâchoires carrées, des dents blanches, une tête carrée et des cheveux noirs rasés sur les tempes, un nez aquilin, une peau olivâtre de Méditerranéen, de larges épaules, des bras musclés, des mains fines et très fortes. Il n'était pas trop malin par rapport à Tilde, mais ce n'était pas non plus un crétin. Mitch imaginait sans peine celle-ci s'arrachant à sa forêt autrichienne pour le plaisir de coucher avec Franco, la lumière et les ténèbres, comme deux strates dans une tourte. Il se sentait curieusement détaché de cette image. Tilde faisait l'amour avec une rigueur mécanique qui l'avait un temps déçu, jusqu'à ce qu'il comprenne qu'elle se contentait d'exécuter les mouvements voulus, l'un après l'autre, un peu comme un exercice intellectuel. Elle mangeait de la même façon. Rien ne pouvait vraiment l'émouvoir, mais elle se montrait parfois spirituelle et avait un sourire adorable qui faisait naître des rides au coin de ses lèvres si minces, si nettes.

— Nous devons redescendre avant le coucher du soleil, dit-elle. Je ne sais pas ce que va donner le temps. Il nous faut deux heures pour arriver à la grotte. Ce n'est pas très loin, mais l'escalade sera dure. Avec un peu de chance, tu auras une heure pour examiner notre découverte.

— Je ferai de mon mieux, dit Mitch. Est-ce qu'on est loin des pistes touristiques ? Ça fait des heures que je n'ai pas vu une balise rouge.

Tilde ôta ses lunettes pour les essuyer, lui adressa un bref sourire dépourvu de chaleur.

— Il n'y a jamais de touristes par ici. La plupart des alpinistes chevronnés évitent aussi ce coin. Mais je le connais comme ma poche.

— La déesse des neiges.

— A quoi t'attendais-tu ? répliqua-t-elle, interprétant cette remarque comme un compliment. Je connais ces montagnes depuis que je suis jeune fille.

— Tu es toujours une jeune fille. Quel âge as-tu ? Vingt-cinq ans ? Vingt-six ?

Tilde ne lui avait jamais révélé son âge. Elle le détailla comme s'il était une pierre précieuse qu'elle réenvisageait d'acquérir.

— J'ai trente-deux ans. Franco en a quarante, mais il est plus rapide que toi.

— Que Franco aille au diable, dit Mitch sans colère.

Tilde retroussa les lèvres en signe d'amusement.

— Nous sommes tous bizarres aujourd'hui, remarqua-t-elle en se retournant. Même Franco le sent. Mais un autre Hibernatus... Combien ça vaudrait ?

Mitch sentit son souffle s'accélérer à cette idée, et le moment était mal choisi. Son excitation se recroquevilla sur elle-même, confondue avec son épuisement.

— Je ne sais pas.

C'était dans un hôtel de Salzbourg qu'ils lui avaient ouvert leurs petits cœurs de mercenaires. Ils étaient ambitieux mais pas stupides ; Tilde était certaine que leur découverte n'était pas un banal corps d'alpiniste. Elle était bien placée pour le savoir. Alors qu'elle avait quatorze ans, elle avait participé à l'évacuation de deux cadavres rejetés par les glaciers. L'un d'eux était vieux de plus de cent ans.

Mitch se demanda comment tourneraient les choses si leur découverte était un authentique Hibernatus. Tilde, il en était sûr, ne saurait pas gérer sur le long terme la gloire et la réussite. Franco était suffisamment peu imaginatif pour s'en tirer, mais elle était fragile à sa façon. A l'instar d'un diamant, elle était assez dure pour couper l'acier, mais frappez-la sous le mauvais angle, et elle se briserait en mille morceaux.

Franco survivrait à la gloire, mais survivrait-il à Tilde ? En dépit de tout, Mitch aimait bien Franco.

— Plus que trois kilomètres, lui dit Tilde. Allons-y.

Franco et elle montrèrent à Mitch comment escalader la cascade gelée.

— Elle ne coule qu'au début de l'été, expliqua Franco. Pendant un mois, elle restera de glace. Tu dois comprendre comment elle gèle. Ici, c'est du solide.

Il donna un coup de piolet sur la base massive de l'orgue, d'une couleur gris pâle. La glace tinta, projeta quelques éclats.

— Mais plus haut, reprit-il, c'est du verglas, de la glace bulleuse — spongieuse. Si tu frappes là où il ne faut pas, il va tomber plein de morceaux. Ça pourrait blesser quelqu'un. Tilde est capable de creuser des prises, pas toi. Tu passes entre Tilde et moi.

Tilde serait donc première de cordée, ce qui signifiait que Franco reconnaissait sa supériorité. L'Italien attrapa les cordes, et Mitch leur montra qu'il n'avait pas oublié les nœuds qu'on lui avait enseignés dans les monts Cascades, dans l'Etat de Washington. Tilde fit la moue et renoua la corde à la mode alpine autour de sa taille et de ses épaules.

— La pointe de tes chaussures devrait te suffire pour monter, dit-elle. Rappelle-toi, je creuserai des prises si tu en as besoin. Je ne veux pas que tu fasses tomber de la glace sur Franco.

Elle se mit à grimper.

Arrivé à mi-hauteur de la colonne, comme il plantait la pointe de ses crampons dans la glace, Mitch franchit un seuil et son épuisement sembla goutter de lui par ses pieds, le laissant nauséeux l'espace d'un instant. Puis son corps se sentit purifié, comme infusé d'eau fraîche, et son souffle se fit moins pénible. Il suivait Tilde, calant ses chaussures dans la glace et se collant à celle-ci, s'accrochant à la moindre prise disponible. Il utilisait son piolet avec parcimonie. L'air était plus chaud près de la glace.

Il leur fallut un quart d'heure pour atteindre le niveau où l'orgue prenait une couleur crème. Surgissant derrière les nuages gris et bas, le soleil éclaira la cascade gelée suivant un angle aigu, épinglant Mitch sur une paroi d'or translucide.

Il attendit que Tilde leur dise qu'elle était en position au sommet. Franco lui lança une réponse laconique. Mitch s'insinua entre deux colonnes. La glace devenait en effet imprévisible. Il y planta ses pointes latérales, faisant choir sur Franco une nuée d'éclats. L'Italien poussa un juron, mais pas une fois Mitch ne lâcha prise, pas une fois il ne se retrouva suspendu dans le vide, ce qui était une bénédiction.

Il gravit la bordure arrondie de la cascade en rampant à moitié. Ses gants glissaient dangereusement sur les rigoles glacées. Il agita les pieds, trouva une corniche rocheuse avec son crampon droit, s'y cala, trouva d'autres prises dans la roche, attendit d'avoir repris son souffle et se hissa près de Tilde en se trémoussant comme un morse.

Le lit du ruisseau gelé était défini par les rochers d'un gris poussiéreux qui le bordaient. Il leva les yeux vers l'étroite vallée rocailleuse, à moitié plongée dans l'ombre, où un petit glacier avait jadis coulé depuis l'est, traçant une strie en forme de U des plus caractéristiques. Il n'était guère tombé de neige ces dernières années, et le glacier avait continué de couler, s'éloignant de la strie glaciaire qui le dominait à présent d'une douzaine de mètres.

Mitch roula sur le ventre et aida Franco à grimper. Près d'eux, Tilde se tenait sur la corniche, comme si elle ignorait la peur, en équilibre parfait, mince et ravissante.

Elle fixa Mitch des yeux en plissant le front.

— Nous avons pris du retard, déclara-t-elle. Que peux-tu apprendre en une demi-heure ?

Mitch haussa les épaules.

— Nous devons repartir avant le coucher de soleil, dit Franco à Tilde. Alors, cette glace, c'était pas si dur que ça, hein ? demanda-t-il à Mitch en souriant.

— Ça pouvait aller, répondit Mitch.

— Il apprend bien, dit Franco à Tilde, qui leva les yeux au ciel. Tu as déjà escaladé de la glace ?

— Pas de la glace comme celle-ci.

Ils marchèrent quelques mètres sur le ruisseau gelé.

— Encore deux escalades, dit Tilde. Franco, c'est toi qui passes le premier.

A travers l'atmosphère cristalline, Mitch contempla les pics en dents de scie qui se dressaient au-dessus de la strie glaciaire. Il ne pouvait toujours pas dire où il se trouvait. Franco et Tilde préféraient qu'il l'ignore. Ils avaient parcouru une bonne vingtaine de kilomètres depuis le *Gaststube* de pierre, là où il avait dégusté son thé.

En se retournant, il aperçut la tente orange, à environ quatre kilomètres de distance et plusieurs centaines de mètres en contrebas. Elle se tenait derrière une selle, à présent dans l'ombre.

La couverture neigeuse semblait des plus minces. Les montagnes venaient de connaître l'été le plus chaud de l'histoire moderne des Alpes, marqué par une fonte accélérée des glaciers, une série de pluies torrentielles et d'inondations dans les vallées, et la neige avait été rare les saisons précédentes. Le réchauffement de la planète était devenu un cliché médiatique ; mais sa réalité s'imposait aux yeux pourtant peu experts de Mitch. Dans quelques décennies, les Alpes risquaient d'être vierges de neige.

La chaleur et la sécheresse toutes relatives avaient ouvert un chemin vers la vieille grotte, permettant à Franco et à Tilde de découvrir une tragédie secrète.

Franco leur annonça qu'il était arrivé, et Mitch gravit péniblement la dernière paroi rocheuse, sentant le gneiss s'effriter et se répandre sous ses chaussures. La pierre était friable, poudreuse par endroits ; la neige avait recouvert cette zone pendant très longtemps, sans doute plusieurs millénaires.

Franco le hissa, et, ensemble, ils amarrèrent la corde pendant que Tilde les rejoignait. Elle se dressa à nouveau sur la corniche, porta une main à ses yeux pour se protéger du soleil, qui n'était plus qu'à une main de l'horizon fracturé.

— Sais-tu où tu te trouves ? demanda-t-elle à Mitch. Celui-ci secoua la tête.

— Jamais je n'ai été aussi haut, dit-il.

— Un gars des vallées, lança Franco en souriant.

Mitch plissa les yeux.

Ils contemplaient un champ de glace lisse et arrondi, le doigt filiforme d'un glacier qui avait jadis coulé sur une bonne dizaine de kilomètres en formant des cascades spectaculaires. Aujourd'hui, le flot s'était ralenti le long de cette branche. Il n'y avait que peu de neige pour nourrir la source du glacier en altitude. Au-dessus de la déchirure glacée de la rimaye, la paroi rocheuse inondée de soleil se dressait sur plusieurs centaines de mètres, jusqu'à un pic dont la hauteur impressionna Mitch.

— C'est là, dit Tilde en désignant un amas rocheux sous une arête.

Au prix d'un certain effort, Mitch distingua un minuscule point rouge parmi les ombres noir et gris : un petit drapeau planté par Franco lors de leur précédente expédition. Ils s'avancèrent sur la glace.

La grotte, une crevasse naturelle, avait une petite ouverture d'un mètre de diamètre, qu'on avait dissimulée par un muret de rochers gros comme la tête. Tilde attrapa son appareil photo numérique et la mitrailla sous plusieurs angles, reculant et tournant autour d'elle pendant que Franco démontait le muret et que Mitch examinait l'entrée.

— C'est loin ? demanda-t-il à Tilde lorsqu'elle les rejoignit.

— Dix mètres, dit Franco. Il fait très froid là-dedans, pire que dans un congélateur.

— Mais pas pour longtemps, ajouta Tilde. Je crois que c'est la première année que cette zone est aussi dégagée. L'été prochain, la température passera peut-être au-dessus de zéro. Un vent chaud pourrait entrer dans la grotte.

Elle fit la grimace et se pinça le nez.

Mitch se défit de son sac à dos et le fouilla en quête des torches électriques, des couteaux, des gants de vinyle, bref, de tout ce qu'il avait pu acheter dans les magasins du village. Il fourra tous ces objets dans un sachet en plastique, ferma celui-ci, le glissa dans la poche de son manteau et fixa un point situé entre Franco et Tilde.

— Alors ? demanda-t-il.

— Vas-y, lui dit Tilde en faisant mine de le pousser.

Son sourire était généreux.

Il s'accroupit, se mit à quatre pattes et entra le premier dans la grotte. Franco le suivit quelques secondes plus tard, et Tilde ferma la marche.

La lanière de la lampe torche serrée entre ses dents, Mitch avançait en marquant une pause tous les vingt centimètres. La glace et la poudreuse formaient une fine couverture sur le sol de la grotte. Les parois étaient lisses et dessinaient un coin en se rejoignant au plafond. Il ne serait même pas capable de s'accroupir ici.

— Ça va s'élargir, lui lança Franco.

— Un petit trou bien douillet, commenta Tilde d'une voix qui sonnait creux.

L'odeur de l'air était neutre, vide. La température bien au-dessous de zéro. La roche aspirait la chaleur corporelle de Mitch, pourtant protégé par une veste et un pantalon isolants. Il passa sur une veine de glace, d'une couleur laiteuse sur la roche noire, et la gratta avec les ongles. Solide. La neige et la glace avaient dû s'amasser jusqu'ici quand l'entrée de la grotte était encore bouchée. Un peu plus loin, le tunnel s'inclinait vers le haut, et il sentit une bouffée d'air monter d'une anfractuosité récemment libérée de la glace.

Mitch se sentait mal à l'aise, non pas à l'idée de ce qu'il allait faire mais plutôt à cause du caractère peu orthodoxe, voire criminel, de cette expédition. S'il faisait un faux mouvement, si la nouvelle se répandait, si l'on apprenait qu'il n'avait pas suivi la procédure normale, qu'il ne s'était pas mis en règle avec la loi...

Il avait déjà eu des ennuis avec les institutions. Moins de six mois auparavant, il avait perdu son poste au muséum Hayer de Seattle, mais c'était suite à une décision politique, aussi grotesque qu'injuste.

Jusqu'à aujourd'hui, il n'avait jamais trompé dame Science elle-même.

A Salzbourg, il avait bataillé des heures durant avec Franco et Tilde, mais ils avaient refusé de céder. S'il n'avait pas décidé de les accompagner, ils auraient emmené quelqu'un d'autre — Tilde avait évoqué un étudiant en médecine au chômage qu'elle avait naguère fréquenté. Apparemment, elle avait une large sélection d'ex-amants, tous bien moins qualifiés et bien moins scrupuleux que Mitch.

En dépit des mobiles et du sens moral de Tilde, Mitch n'était pas du genre à la dénoncer après avoir refusé son offre ; tout le monde a ses limites, ses frontières dans le territoire sauvage de la vie sociale. Pour Mitch, il n'était pas question de lâcher la police autrichienne aux trousses d'une ancienne amante.

Franco tapota la semelle d'une des chaussures de Mitch.

— Un problème ? demanda-t-il.

— Aucun, répondit Mitch, qui progressa à nouveau de vingt centimètres.

Soudain, une masse lumineuse oblongue apparut devant ses yeux, pareille à une grosse lune floue. Son corps sembla augmenter de volume. Il déglutit avec difficulté.

— Merde, souffla-t-il, espérant se tromper sur la signification de ce phénomène.

La masse oblongue disparut. Son corps revint à la normale.

Le tunnel se rétrécissait, formant un passage haut

de moins de trente centimètres et large de cinquante à peine. Inclinant la tête sur le côté, il s'agrippa à une fissure derrière le seuil et s'y insinua. Son manteau s'accrocha à la roche, et il entendit un bruit de déchirure alors qu'il s'efforçait d'avancer.

— C'est la partie la plus délicate, dit Franco. Je peux à peine passer.

— Pourquoi êtes-vous allés jusque-là ? demanda Mitch, rassemblant son courage en sentant autour de lui un espace plus dégagé, mais toujours étroit et plongé dans les ténèbres.

— Parce que c'était là, non ? répondit Tilde, dont la voix évoquait l'appel d'un oiseau dans le lointain. J'ai mis Franco au défi de le faire, et il l'a fait.

Elle éclata de rire, et un écho cristallin retentit dans l'obscurité. Les cheveux de Mitch se dressèrent sur sa tête. Le nouvel Hibernatus riait avec eux, se moquait d'eux, peut-être. Il était déjà mort. Le fait que tous ces gens se donnent autant de mal pour contempler ses restes ne lui causait aucun souci, mais au contraire l'amusait au plus haut point.

— Quand êtes-vous venus ici pour la dernière fois ? s'enquit Mitch.

Il se demanda pourquoi il n'avait pas posé cette question plus tôt. Peut-être ne les avait-il pas vraiment crus jusqu'à maintenant. Ils étaient venus là, sans qu'il puisse soupçonner une quelconque farce, dont Tilde, de toute façon, était sans doute incapable.

— Il y a sept ou huit jours, répondit Franco.

Cette partie du tunnel était assez large pour que Franco puisse ramper le long des jambes de Mitch, et celui-ci lui éclaira le visage avec sa torche. Franco le gratifia d'un sourire de Méditerranéen.

Mitch se retourna. Il distinguait quelque chose un peu plus loin, quelque chose de sombre, comme un petit tas de cendres.

— Est-ce qu'on est près ? demanda Tilde. Mitch, d'abord, il n'y a plus qu'un pied.

Mitch resta quelques instants sans comprendre puis se rappela que Tilde n'employait que le système métrique. Elle parlait d'un appendice et non d'une unité de mesure.

— Je ne vois encore rien.

— Non, d'abord il y a les cendres, dit Franco. C'est peut-être ça.

Il désigna le petit tas noir. Mitch sentit l'air se déplacer doucement devant lui, lui caresser les flancs, sans aller troubler le fond de la grotte.

Il tendit le cou avec une lenteur pleine de révérence, examinant soigneusement tout ce qui l'entourait, le moindre indice susceptible d'avoir survécu à une visite antérieure : des éclats de pierre, des morceaux de branches ou de brindilles, des inscriptions sur les murs...

Rien. Il se remit à quatre pattes avec un immense soulagement et recommença à ramper. Franco s'impatienta.

— C'est juste devant, dit-il en tapotant à nouveau la chaussure de Mitch.

— Si j'avance lentement, c'est pour être sûr de ne rien rater, bon sang !

Mitch se retint de décocher une ruade.

— D'accord, fit Franco d'une voix affable.

Mitch distinguait ce qui se trouvait derrière le coude.

Le sol devenait un peu plus plat. Il sentit une odeur salée qui lui évoqua celle du poisson frais. Ses cheveux se dressèrent à nouveau sur sa tête, et une brume se forma devant ses yeux. Anciennes sympathies.

— Je le vois, dit-il.

Un pied apparaissait derrière la paroi, recroquevillé sur lui-même — aussi petit que celui d'un enfant, très ridé, marron foncé, presque noir. La grotte s'élargissait et le sol était jonché de fibres noircies et séchées — de l'herbe, peut-être. Des roseaux. Ötzi, le premier Hibernatus, portait une casquette tressée avec des roseaux.

— Mon Dieu, s'exclama Mitch.

Encore cette masse oblongue, qui s'estompait lentement, et un murmure de douleur à sa tempe.

— C'est plus spacieux par ici, lança Tilde. On peut y rentrer tous sans les déranger.

— « Les » ? répéta Mitch en faisant passer sa torche entre ses jambes.

Encadré par ses genoux, Franco lui sourit.

— C'est ça, la surprise, dit-il. Il y en a deux.

2.

République de Géorgie

Kaye se pelotonna sur le siège passager tandis que Lado guidait la petite Fiat geignarde le long des inquiétants méandres de la route militaire géorgienne.

Bien qu'elle fût épuisée et couverte de coups de soleil, elle ne parvenait pas à dormir. Ses longues jambes tressaillaient à chaque virage. En entendant couiner les pneus usés jusqu'à la corde, elle passa les mains dans ses cheveux châtains coupés court et bâilla ostensiblement.

Lado sentit que le silence avait duré trop longtemps. Il posa sur Kaye ses yeux marron, dont la douceur illuminait son visage finement ridé et cuit par le soleil, leva sa cigarette au-dessus du volant et eut un petit mouvement de menton.

— Notre salut est dans la merde, hein ? demanda-t-il.

Kaye ne put s'empêcher de sourire.

— Je vous en prie, n'essayez pas de me remonter le moral.

Lado fit comme s'il n'avait rien entendu.

— Tant mieux pour nous. La Géorgie a quelque chose à offrir au monde. Des égouts fantastiques.

Dans sa bouche, le mot anglais *sewage* ressemblait à *see-yu-edge*.

Elle corrigea dans un murmure :

— *See-yu-age*[1].

— Je l'ai bien prononcé ? demanda Lado.

— Parfaitement, répondit Kaye.

Lado Jakeli dirigeait l'équipe scientifique de l'institut Eliava, à Tbilissi, où l'on extrayait des bactério-

---

1. Rapprochement phonétique intraduisible. *See-yu-edge* peut s'interpréter comme « Je vois tes bords » ou « Je te vois biaiser », *see-yu-age* comme « Je vois ton âge » ou « Je te vois vieillir ». (*N.d.T.*)

phages — des virus qui n'attaquent que les bactéries[1] — des égouts de la ville et des hôpitaux, de déchets agricoles et de spécimens collectés dans le monde entier. Et voici que l'Occident, y compris Kaye, venait poliment demander aux Géorgiens d'enrichir leurs connaissances sur les propriétés curatives des phages.

Elle avait sympathisé avec le personnel d'Eliava. Après une semaine de conférences et de visites guidées des labos, certains des chercheurs les plus jeunes l'avaient invitée à les accompagner dans les collines moutonnantes et les pâturages verdoyants situés au pied du mont Kazbek.

Puis tout avait basculé. Ce matin même, Lado avait roulé depuis Tbilissi pour gagner leur camp de base, près de la vieille église orthodoxe isolée de Gergeti. Il était porteur d'une enveloppe contenant un fax envoyé par le quartier général de la Force de pacification de l'ONU à Tbilissi, la capitale.

Lado avait pris le temps de vider une cafetière, puis, toujours gentleman, et se considérant comme le sponsor de Kaye, il lui avait proposé de la conduire à Gordi, un village situé cent vingt kilomètres au sud-ouest du mont Kazbek.

Kaye n'avait pas le choix. Son passé venait de la rattraper, de façon totalement imprévue et au moment le plus mal choisi.

L'équipe de l'ONU avait fouillé les archives en quête d'experts médicaux dans un domaine bien particulier, qui ne soient pas de nationalité géorgienne. Son nom était le seul à être ressorti : Kaye Lang, trente-quatre ans, directrice d'EcoBacter Research en

1. Voir le glossaire en fin de volume. *(N.d.T.)*

partenariat avec Saul Madsen, son époux. Au début des années 90, elle avait étudié la médecine légale à l'université d'Etat de New York dans l'idée de se spécialiser dans les enquêtes criminelles. Elle avait changé de filière en moins d'un an, choisissant la microbiologie et en particulier l'ingénierie génétique ; mais elle était la seule étrangère présente sur le sol géorgien qui ait une fraction des connaissances requises par l'ONU.

Lado lui faisait traverser l'un des plus beaux paysages qu'elle ait jamais vus. A l'ombre du Caucase central, ils roulaient le long de champs cultivés en terrasses, de petites fermes en pierre, de silos et d'églises en pierre, de villages aux maisons de pierre et de bois, dont les porches ouvragés et accueillants s'ouvraient sur d'étroites routes de briques, de pavés ou de terre battue, des villages éparpillés parmi les épaisses forêts et les vastes pâtures à chèvres et à moutons.

Au fil des siècles, ces étendues apparemment désertes avaient fait l'objet de quantité de peuplements et de conflits, comme tous les lieux qu'elle avait visités en Europe de l'Ouest et maintenant de l'Est. Elle se sentait parfois étouffée par la simple proximité de ses semblables, par les sourires édentés des vieillards des deux sexes qui se plantaient sur le bord de la route pour regarder passer ces véhicules en provenance ou en partance pour des mondes nouveaux et inconnus. Leurs visages étaient ridés et amicaux, leurs mains s'agitaient pour saluer la petite voiture.

Tous les jeunes étaient partis à la ville, laissant aux vieux le soin de s'occuper de la campagne, excepté dans les stations de montagne. La Géorgie avait l'intention de devenir un pays touristique. Le taux de croissance annuel de son économie atteignait les deux chiffres ; sa devise, le lari, devenait elle aussi plus forte, et elle avait remplacé le rouble depuis longtemps ; elle remplacerait bientôt le dollar. On ouvrait des oléoducs entre la mer Caspienne et la mer Noire ; et le vin devenait un produit d'exportation de première importance dans ce pays qui lui avait donné son nom.

Dans les années à venir, la Géorgie allait exporter un nectar d'une nature bien différente : des solutions de phages conçues pour venir en aide à un monde en train de perdre la guerre contre les maladies bactériennes.

La Fiat se déporta alors qu'elle négociait un virage sans visibilité. Kaye déglutit mais ne pipa mot. Lado s'était montré plein de sollicitude envers elle à l'institut. Durant les dernières semaines, elle l'avait parfois surpris en train de la contempler d'un air matois et pensif, typique du Vieux Continent, les yeux plissés tel un satyre sculpté dans le bois d'olivier. A en croire les femmes qui travaillaient à Eliava, on ne pouvait pas toujours lui faire confiance, en particulier si l'on était jeune. Mais il avait toujours traité Kaye avec une extrême politesse, voire avec compassion, comme en ce moment. Il ne souhaitait pas qu'elle soit triste, mais il ne voyait pas pour quelle raison elle serait heureuse.

En dépit de sa beauté, la Géorgie avait bien des imperfections : la guerre civile, les assassinats, et maintenant les charniers.

Ils emboutirent une muraille de pluie. Les essuie-glaces traînaient des bouts de caoutchouc noir et ne dégageaient qu'un tiers du champ visuel de Lado.

— Grâces soient rendues à Joseph Staline, il nous a laissé nos égouts, dit-il d'une voix songeuse. Brave fils de la Géorgie. Notre denrée la plus appréciée à l'exportation, encore plus que le vin.

Lado lui adressa un sourire contrefait. Il semblait à la fois honteux et sur la défensive. Kaye ne put résister au désir de le provoquer.

— Il a tué des millions de gens, murmura-t-elle. Il a tué le docteur Eliava.

Lado regarda fixement devant lui pour distinguer la chaussée par-delà le petit capot. Il rétrograda, freina, puis contourna une ornière assez grande pour abriter une vache. Poussant un petit couinement, Kaye s'accrocha à son siège. Il n'y avait pas de garde-fou sur ce tronçon d'autoroute et une rivière coulait trois cents mètres en contrebas.

— C'est Beria qui a déclaré que le docteur Eliava était un ennemi du peuple, expliqua Lado sur le ton de la conversation, comme s'il racontait une vieille histoire de famille. A l'époque, il était à la tête du KGB en Géorgie, ce n'était qu'un bourreau d'enfants local et non le loup enragé de toute la Russie.

— C'était l'homme de Staline, dit Kaye, en s'efforçant de ne pas penser à la route.

Impossible de comprendre pourquoi les Géorgiens étaient aussi fiers de Staline.

— Ils étaient tous les hommes de Staline, ou alors ils mouraient. (Lado haussa les épaules.) Ça a fait du foin, ici, quand Khrouchtchev a dit que Staline était un criminel. Qu'est-ce qu'on en savait, nous autres ?

Il nous avait baisés pendant si longtemps, et de tant de façons, qu'on croyait qu'il était notre mari.

Voilà qui était amusant. Lado sembla encouragé par le sourire de Kaye.

— Certains souhaitent encore un retour à la prospérité sous l'égide du communisme. Ou sous celle de la merde. (Il se frotta le nez.) Je préfère la merde.

L'heure qui suivit les vit descendre vers des plateaux et des contreforts moins vertigineux. Les panneaux routiers rédigés en caractères sinueux étaient criblés d'impacts de balle rouillés.

— Une demi-heure, pas plus, dit Lado.

La pluie diluvienne les empêcha de distinguer le moment où le jour céda la place à la nuit. Lado alluma les petits phares pitoyables de la Fiat alors qu'ils approchaient d'un carrefour et d'une sortie menant au village de Gordi.

Deux transports de troupe armés flanquaient la chaussée avant le carrefour. Cinq Russes des Forces de pacification, vêtus de cirés et coiffés de casques évoquant des pots de chambre, leur enjoignirent mollement de faire halte.

Lado freina et se mit à l'arrêt en mordant sur le bas-côté. Kaye aperçut une nouvelle ornière à quelques mètres à peine, en plein milieu du carrefour. Ils devraient quitter la chaussée pour la contourner.

Lado baissa sa vitre. Un soldat russe de dix-neuf ou vingt ans, aux joues roses d'enfant de chœur, passa la tête dans l'habitacle. De l'eau goutta de son casque sur la manche de Lado. Celui-ci s'adressa à lui en russe.

— Américaine ? demanda le soldat à Kaye.

Elle lui montra son passeport, ses permis de travail délivrés par l'Union européenne et la Communauté des Etats indépendants, et le fax qui la priait — ou plutôt lui ordonnait — de se rendre à Gordi. Le jeune homme s'empara de celui-ci et tenta de le déchiffrer en plissant le front, le transformant en chiffon mouillé. Il s'éloigna de la voiture pour aller consulter un officier accroupi dans l'habitacle arrière du véhicule le plus proche.

— Ils n'ont pas envie d'être ici, marmonna Lado. Et nous n'avons pas envie qu'ils soient ici. Mais nous avons demandé de l'aide... A qui la faute ?

Il cessa de pleuvoir. Kaye scruta la pénombre embrumée devant elle. Oiseaux et criquets étaient audibles en dépit des geignements du moteur.

— Descendez, puis tournez à gauche, dit le soldat à Lado, tout fier de son anglais.

Il gratifia Kaye d'un sourire, puis leur fit signe de se diriger vers un autre soldat, qui se dressait tel un poteau près de l'ornière. Lado passa en première, et la petite voiture contourna l'obstacle, passa près du troisième soldat et s'engagea sur la route secondaire.

Lado laissa sa vitre grande ouverte. L'air frais et moite du soir s'engouffra dans l'habitacle et fit hérisser le duvet sur la nuque de Kaye. La route était bordée de bouleaux serrés les uns contre les autres. Une atroce puanteur lui monta soudain aux narines. Il y avait des gens tout près. Puis Kaye se dit que cette odeur ne provenait peut-être pas des égouts. Elle avait les narines plissées et l'estomac noué. Mais c'était peu probable. Leur destination se trouvait à deux kilomètres de Gordi, et le village était à trois kilomètres de l'autoroute.

Un ruisseau traversait la chaussée, et Lado ralentit pour le franchir. Les roues s'enfoncèrent jusqu'aux enjoliveurs, mais la voiture émergea intacte et roula sur une centaine de mètres. Des étoiles apparurent entre les nuages mouvants. Les montagnes dessinaient contre le ciel des masses aux contours brisés. Une forêt apparut, puis s'évanouit, et ils découvrirent Gordi, des bâtiments de pierre, des chalets en bois plus récents de deux étages avec de minuscules fenêtres, un unique cube administratif en béton, vierge de toute décoration, des chaussées d'asphalte défoncé et de vieux pavés. Pas d'éclairage — des fenêtres noires et aveugles. Encore une panne d'électricité.

— Je ne connais pas cette ville, marmonna Lado.

Il pila sur les freins, arrachant Kaye à sa rêverie. La voiture traversa au ralenti la place du village, entourée de bâtiments à deux étages. Kaye distingua une antique pancarte de l'Intourist au-dessus d'une auberge baptisée Le Tigre de Rustaveli.

Lado alluma la petite veilleuse et attrapa le fax pour consulter la carte qui y figurait. Puis il le jeta d'un air dégoûté et ouvrit la portière de la Fiat. Les charnières émirent un fort gémissement métallique. Il se pencha à l'extérieur et hurla en géorgien :

— Où est le charnier ?

Les ténèbres restèrent muettes.

— Splendide, fit Lado.

Il dut s'y reprendre à deux fois pour refermer la portière. Kaye plissa fermement les lèvres comme la voiture redémarrait en trombe. Ses rouages produisant une cacophonie stridente, la Fiat dévala une ruelle bordée de magasins obscurs, protégés par des rideaux de fer rouillé, puis déboucha derrière le village, passant près de deux granges abandonnées, de tas de graviers et de ballots de foin épars.

Au bout de quelques minutes, ils aperçurent de la lumière, la lueur des torches et l'éclat d'un petit feu de camp, puis ils entendirent le ronronnement saccadé d'un générateur portable et des voix qui sonnaient creux au cœur de la nuit.

Le charnier était plus près que ne l'indiquait la carte, à quinze cents mètres du village. Kaye se demanda si les villageois avaient entendu des cris, s'il y avait seulement eu des cris.

Fini de rire.

Les soldats de l'ONU portaient des masques à gaz équipés de filtres à aérosols industriels. Ceux de la Sécurité géorgienne devaient se contenter de mouchoirs plaqués sur leurs visages. Dans d'autres circonstances, leur allure sinistre aurait porté à rire. Leurs officiers portaient des masques de chirurgien blancs.

Le chef du *sakrebulo*, le conseil local, un petit homme aux poings massifs, aux abondants cheveux noirs et crépus et au nez proéminent, se tenait près des officiers de la Sécurité, l'air à la fois buté et chagriné.

Le leader de l'équipe de l'ONU, le colonel Nicholas Beck, originaire de Caroline du Sud, fit des présentations rapides et passa un masque à gaz à Kaye. Elle se sentait un peu gauche, mais elle le mit quand même. L'assistante de Beck, une caporale noire du nom de Hunter, lui tendit une paire de gants de chirurgien en latex blanc. Lorsqu'elle les enfila, ils produisirent sur ses poignets un claquement familier.

Beck et Hunter s'éloignèrent du feu de camp et des Jeep blanches, conduisant Kaye et Lado au charnier en empruntant un petit sentier tracé entre les arbres et les buissons.

— Le chef du conseil local n'a pas que des amis. Certains membres de l'opposition ont creusé des tranchées, puis ils ont appelé le QG de l'ONU à Tbilissi, expliqua Beck. Je pense que les gars de la Sécurité n'apprécient pas notre présence. Tbilissi refuse de coopérer. Vous êtes le seul expert que nous ayons pu trouver au débotté.

Trois tranchées parallèles avaient été ouvertes, puis balisées par des ampoules fichées sur des poteaux plantés dans le sol sablonneux et alimentées par un générateur portable. Des rubans de plastique rouge et jaune reliaient les poteaux, d'une immobilité parfaite en l'absence de vent.

Kaye fit le tour de la première tranchée et souleva son masque. Plissant les narines pour se préparer au pire, elle renifla. Elle ne sentit qu'une odeur de boue et de terre.

— Ils ont plus de deux ans, déclara-t-elle.

Elle rendit le masque à Beck. Lado fit halte dix pas derrière eux, hésitant à s'approcher du charnier.

— Nous devons nous en assurer, dit Beck.

Kaye se dirigea vers la deuxième tranchée, s'accroupit et balaya du rayon de sa lampe les tas de tissu, d'os noircis et de terre sèche. Le sol était sec et sablonneux, sans doute s'agissait-il du lit d'un vieux ruisseau né du dégel. Les cadavres n'avaient plus rien de reconnaissable, les os étaient brun pâle et encroûtés de terre, les chairs marron et noir étaient toutes plissées. Les vêtements avaient pris la couleur de la glèbe, mais ces débris et ces lambeaux ne provenaient pas d'uniformes de l'armée : c'étaient des robes, des pantalons, des manteaux. La laine et le coton ne s'étaient pas tout à fait désagrégés. Kaye chercha des matériaux synthétiques, plus colorés ; ils l'aideraient à situer plus précisément le charnier dans le temps. Rien ne lui sauta aux yeux.

Elle braqua sa lampe sur les parois de la tranchée. Les racines les plus épaisses, coupées par les coups de pelle, avaient un peu plus d'un centimètre de diamètre. Les arbres les plus proches, pareils à des spectres élancés, poussaient à dix mètres de là.

Un officier de la Sécurité, un quinquagénaire au nom ronflant de Vakhtang Chikourichvili, un bel homme dans le style massif, aux larges épaules et au nez maintes fois cassé, s'avança vers elle. Il ne portait pas de masque. Il brandissait un objet sombre. Kaye mit quelques secondes à reconnaître une chaussure. Chikourichvili s'adressa à Lado dans un géorgien guttural.

— Il dit que ces souliers sont vieux, traduisit Lado. Il dit que ces gens sont morts il y a cinquante ans. Peut-être davantage.

Agitant le bras en signe de colère, Chikourichvili bombarda Lado et Beck d'un feu roulant de déclarations où le russe se mêlait au géorgien.

Lado traduisit.

— Il dit que les Géorgiens qui ont creusé ici sont des imbéciles. Ceci n'est pas pour l'ONU. Ceci date d'avant la guerre civile. Il dit que ces gens-là ne sont pas des Ossètes.

— Qui a parlé d'Ossètes ? demanda sèchement Beck.

Kaye examina la chaussure. Elle avait une épaisse semelle de cuir, un dessus également en cuir et des œillets pourris et bouchés par des caillots de terre. Le cuir était dur comme la pierre. Elle scruta l'intérieur. De la poussière, mais pas de chaussette ni de tissu — on ne l'avait pas arrachée à un pied décomposé. Chikourichvili soutint le regard interrogateur qu'elle lui lançait, puis craqua une allumette et alluma une cigarette.

Mise en scène, se dit Kaye. Elle se rappela les cours qu'elle avait suivis dans le Bronx, des cours qui avaient fini par la détourner de la médecine légale — les visites sur des scènes d'homicides, les masques pour se protéger de la putréfaction.

Beck tenta d'apaiser l'officier, s'adressant à lui dans un géorgien hésitant et un russe correct. Lado traduisit aimablement ses propos. Puis Beck prit Kaye par le coude et la conduisit dans une tente en toile qui avait été dressée à quelques mètres des tranchées.

A l'intérieur, on avait étalé des fragments de cadavres sur deux tables pliantes quelque peu cabossées. *Du boulot d'amateur*, songea Kaye. Peut-être que les ennemis du chef du *sakrebulo* avaient disposé ces corps et pris des photos en guise de preuves.

Elle fit le tour de la première table : deux torses et un crâne. Sur les torses subsistait une certaine quantité de chair momifiée, et sur les crânes on trouvait d'étranges ligaments, pareils à des sangles de cuir noir séché, autour du front, des yeux et des joues. Elle chercha des traces d'insectes et trouva dans une gorge flétrie quelques cadavres de larves de mouche à viande. Ces corps avaient été enterrés quelques heures après le décès. Elle supposa qu'ils n'avaient pas été enfouis durant l'hiver, période où l'on ne trouve pas de mouches à viande. Certes, à cette altitude, les hivers étaient doux en Géorgie.

Saisissant un canif posé près du torse le plus proche, elle souleva un lambeau de tissu, sans doute du coton blanc, puis sonda un carré de peau raide et concave au-dessus de l'abdomen. Au niveau du pelvis, il y avait des empreintes de balles dans le tissu et dans la peau.

— Mon Dieu, souffla-t-elle.

A l'intérieur du pelvis, emmailloté dans la terre et la chair desséchée, gisait un corps plus petit, guère plus qu'un tas d'os minuscules, au crâne défoncé.

— Colonel.

Elle montra sa trouvaille à Beck. Le visage de celui-ci se pétrifia.

Ces corps étaient peut-être vieux de cinquante ans, mais, en ce cas, ils étaient dans un état remarquable. Il restait un peu de laine et de coton. Tout était très sec. Cette région était aujourd'hui bien irriguée. Les tranchées étaient profondes. Mais les racines...

Chikourichvili reprit la parole. A en juger par le ton de sa voix, il était un peu plus coopératif, voire contrit. L'histoire de la région encourageait la contrition.

— Il dit que les deux cadavres sont de sexe féminin, murmura Lado à l'oreille de Kaye.

— J'ai vu, marmonna-t-elle.

Elle fit le tour de la table pour examiner le second torse. Il n'y avait pas de peau au-dessus de son abdomen. Elle écarta la terre, faisant bouger la cage thoracique qui résonna comme une gourde sèche. Un petit crâne gisait aussi dans ce pelvis, celui d'un fœtus d'environ six mois, comme l'autre. Le torse n'avait plus de membres ; impossible de dire si les jambes avaient été collées l'une à l'autre sous terre. Aucun des fœtus n'avait été expulsé par la pression des gaz abdominaux.

— Enceintes toutes les deux, dit-elle.

Lado traduisit sa remarque en géorgien.

— Nous avons compté une soixantaine d'individus, dit Beck à voix basse. Apparemment, les femmes ont été tuées par balle. Les hommes aussi, quand ils n'ont pas été battus à mort.

Chikourichvili pointa son doigt sur Beck, puis sur le camp au-dehors, et, le visage cramoisi à la lueur des torches, s'écria :

— Djougachvili, Staline.

D'après l'officier, les tombes avaient été creusées quelques années avant la Grande Guerre du Peuple, durant les purges — la fin des années 30. Elles avaient donc presque soixante-dix ans, c'était de l'Histoire ancienne, ça ne regardait pas l'ONU.

— Il veut que l'ONU et les Russes partent d'ici, dit Lado. Il dit que ça relève des Affaires intérieures, pas de la Force pacificatrice.

Beck s'adressa de nouveau à l'officier géorgien, sur

un ton nettement moins conciliant. Refusant de servir d'interprète aux deux hommes, Lado rejoignit Kaye, qui se penchait sur le second torse.

— Sale affaire, dit-il.

— C'est trop long, chuchota Kaye.

— Pardon ?

— Soixante-dix ans, c'est beaucoup trop long. Dites-moi ce qu'ils sont en train de se raconter.

De la pointe de son canif, elle toucha les étranges lanières entourant les orbites. On aurait dit une sorte de masque. Leur avait-on passé une cagoule avant de les exécuter ? Elle ne le pensait pas. Ces filaments étaient noirs, fibreux et résistants.

— L'homme de l'ONU dit qu'on n'oublie jamais les crimes de guerre, dit Lado. Qu'il n'y a pas de... comment dit-on... de prescription.

— Il a raison.

Kaye retourna doucement le crâne. L'occiput portait les traces d'une fracture latérale et d'un enfoncement sur une profondeur de trois centimètres.

Elle s'intéressa de nouveau au minuscule squelette enchâssé dans le pelvis du second torse. Elle avait suivi quelques cours d'embryologie durant sa deuxième année de médecine. La structure osseuse du fœtus semblait quelque peu étrange, mais elle ne tenait pas à endommager son crâne en l'extrayant du magma de terre et de tissu desséché. Elle avait fait assez de dégâts comme ça.

Kaye se sentait mal à l'aise, écœurée non pas tant par ces restes flétris et desséchés que par ce que son imagination était déjà en train de reconstituer. Elle se redressa et fit un signe à Beck pour attirer son attention.

— Ces femmes ont reçu une balle dans le ventre, dit-elle. (*Tuez tous les premiers-nés. Monstres furieux.*) Elles ont été assassinées.

Elle serra les dents.

— Il y a combien de temps ? demanda Beck

— Il a peut-être raison à propos de l'âge de cette chaussure, si elle vient bien d'ici, mais le charnier est nettement moins vieux. Les racines sont trop petites près du bord de la tranchée. Je pense que les victimes sont mortes il y a deux ou trois ans. La terre a l'air sèche, par ici, mais le sol est probablement acide et dissoudrait n'importe quel os au bout de quelques années. Et puis il y a le tissu ; on dirait de la laine et du coton, ce qui signifie que les tombes n'ont que quelques années. S'il s'agit de synthétique, elles sont peut-être plus anciennes, mais, en tout cas, ça ne remonte pas à Staline.

Beck s'approcha d'elle et souleva son masque.

— Pouvez-vous nous aider jusqu'à ce que les autres nous rejoignent ? demanda-t-il à voix basse.

— Combien de temps ?

— Quatre ou cinq jours.

A plusieurs pas de là, Chikourichvili, les mâchoires crispées, les observait d'un air méchant, comme si des flics venaient de l'interrompre en pleine scène de ménage.

Kaye s'aperçut qu'elle retenait son souffle. Elle se retourna, recula d'un pas, aspira une bouffée d'air et demanda :

— Vous allez ordonner une enquête pour crimes de guerre ?

— C'est ce que nous conseillent les Russes, dit Beck. Ils ont une envie folle de discréditer leurs nouveaux communistes. De vieilles atrocités leur fourniraient de nouvelles munitions. Si vous pouviez nous donner une idée, même approximative — deux ans, cinq, trente ?

— Moins de dix. Probablement moins de cinq. Je suis pas mal rouillée. Je ne peux faire que quelques examens. Prélever des échantillons, des spécimens de tissu. Sûrement pas effectuer une autopsie digne de ce nom.

— Votre compétence est mille fois supérieure à celle des autochtones. Je n'ai aucune confiance en eux. Et je ne suis pas sûr que les Russes soient fiables, eux non plus. Ils ont tous des vieux comptes à régler.

Lado conserva un visage neutre et s'abstint de tout commentaire, ainsi que d'une traduction pour le bénéfice de Chikourichvili.

Kaye sentit poindre ce qu'elle avait attendu et tant redouté : cette humeur sombre qui s'emparait d'elle comme jadis.

Elle avait cru qu'en partant en voyage, en s'éloignant de Saul, elle réussirait à chasser le malheur, la dépression. Elle s'était sentie libérée en regardant médecins et techniciens travailler à l'Institut Eliava, accomplir de tels exploits avec si peu de moyens, extraire littéralement la santé des égouts. La face grandiose et splendide de la république de Géorgie. Et maintenant... Le revers de la médaille. Le Petit Père des peuples ou la purification ethnique, les Géorgiens qui tentent de chasser les Arméniens ou les Ossètes, les Abkhazes qui tentent de chasser les Géorgiens, les Russes qui envoient leurs troupes, les Tchétchènes qui s'en mêlent. De sales petites guerres opposant d'anciens voisins entretenant d'anciennes querelles.

Ça n'allait pas lui faire du bien, mais elle ne pouvait refuser.

Lado se renfrogna et regarda Beck.

— Elles allaient être mères ?

— Pour la plupart, dit Beck. Et peut-être que certains allaient être pères.

3.

Les Alpes

Le fond de la grotte était des plus étroits. Allongée sous une corniche basse, les genoux ramenés contre le torse, Tilde observait Mitch tandis qu'il s'agenouillait devant ceux qu'ils étaient venus voir. Franco était accroupi derrière lui.

Mitch était bouche bée, comme un gamin éberlué. Il resta un moment incapable de parler. Un silence total régnait dans la grotte. Le seul mouvement était celui du rayon de sa torche, qui balayait les deux silhouettes des pieds à la tête.

— On n'a touché à rien, dit Franco.

Les cendres noircies, d'antiques résidus de bois, d'herbes et de roseaux, semblaient près de se disperser au moindre souffle, mais elles constituaient néanmoins les restes d'un feu. La peau des cadavres était en bien meilleur état. Mitch n'avait jamais vu un exemple aussi frappant de momification à basse température. Les tissus étaient durs et secs, l'air glacial les ayant vidés de toute trace d'humidité. Près des têtes, qui gisaient face à face, la peau et les muscles avaient à peine rétréci avant de se figer. Les traits étaient presque naturels, bien que les paupières soient rétractées et les globes oculaires atrophiés, signe d'un sombre et éternel sommeil. Les corps ne semblaient pas avoir perdu leur substance ; il n'y avait qu'au niveau des jambes que les chairs paraissaient flétries et noircies, sans doute sous l'effet d'une brise venant du tunnel par intermittence. Quant aux pieds, ils étaient tout ridés, aussi noirs que des petits champignons séchés.

Mitch n'en croyait pas ses yeux. Peut-être que leur pose n'avait rien d'extraordinaire — un homme et une femme gisant sur le flanc, face à face dans la mort, succombant au froid lorsque leur dernier feu s'était éteint. Rien d'imprévisible dans la position des mains de l'homme, tendues vers le visage de sa compagne, ni dans celle des bras de la femme, baissés comme si elle se serrait le ventre. Rien d'extraordinaire dans cette peau de bête sous leurs corps, ni dans cette autre, reposant à côté du mâle, comme s'il l'avait rejetée.

Sur la fin, quand le feu se fut éteint, quand il avait commencé à mourir de froid, l'homme avait eu trop chaud et avait écarté sa couverture.

Mitch considéra les doigts recroquevillés de la

femme et avala une boule d'émotion qu'il ne pouvait ni définir ni expliquer.

— Ils sont anciens ? demanda Tilde, l'arrachant à sa concentration.

Sa voix résonnait sèche, claire, rationnelle, pareille au bruit d'un couteau qui frappe.

Mitch sursauta.

— Très anciens, dit-il à voix basse.

— Aussi anciens qu'Hibernatus ?

— Non, répondit Mitch.

Sa voix faillit se briser.

La femelle avait été blessée. Elle avait une plaie ouverte au flanc, près de la hanche. Des taches de sang l'entouraient encore, et il crut en distinguer d'autres sur le sol rocheux. Peut-être était-ce là la cause de sa mort.

Aucune arme dans la grotte.

Il se frotta les yeux pour chasser la petite lune blanche fracturée qui montait dans son champ visuel et menaçait de le distraire, puis examina de nouveau les visages, les petits nez camus légèrement retroussés. Les mâchoires de la femme étaient flasques, celles de l'homme crispées. La femme était morte en suffoquant. Mitch ne pouvait en avoir la certitude, mais il se fiait à son sens de l'observation. Ça collait.

Il se décida enfin à contourner les deux silhouettes avec un luxe de précautions, se déplaçant à croupetons, extrêmement lentement, veillant à ne pas toucher la hanche de l'homme avec ses genoux pliés.

— Ils ont l'air anciens, remarqua Franco pour rompre le silence.

Il avait les yeux luisants. Mitch lui jeta un regard, puis examina l'homme de profil.

D'épaisses arcades sourcilières, un large nez aplati, pas de menton. Des épaules puissantes, une taille proportionnellement plus fine. Des bras robustes. Les visages étaient lisses, presque glabres. Sous le cou, cependant, la peau était recouverte d'un fin duvet noir, visible seulement de près. Autour des tempes, les cheveux taillés court semblaient avoir été rasés par une main experte en suivant certains motifs.

Au temps pour les reconstitutions velues des muséums.

Mitch se pencha un peu plus, sentant l'air froid lui emplir les narines, et s'appuya d'une main au plafond de la grotte. Entre les corps se trouvait ce qui ressemblait à deux masques, le premier à moitié fourré sous l'homme, le second sous la femme. Leurs bordures paraissaient déchirées. On distinguait sur chacun d'eux des trous pour les yeux et les narines, ainsi qu'un semblant de lèvre supérieure, le tout revêtu d'un léger duvet, et, en dessous, une sorte d'écharpe encore plus velue qui devait s'envelopper autour du cou et de la mâchoire inférieure. On aurait pu croire qu'ils avaient été arrachés aux visages, qu'on avait écorché ceux-ci, sinon que pas un bout de peau ne manquait sur les têtes.

Le masque qui se trouvait près de la femme paraissait attaché à son front et à ses tempes par des fibres aussi fines que des byssus de moule.

Mitch se rendit compte qu'il se concentrait sur de petits mystères pour oublier une grosse impossibilité.

— De quand datent-ils ? demanda Tilde. Tu peux déjà le dire ?

— Je pense qu'on n'a pas vu des gens comme ceux-ci depuis des dizaines de milliers d'années, répondit Mitch.

Tilde ne sembla pas relever l'importance de cette déclaration.

— Ce sont des Européens, comme Hibernatus ? insista-t-elle.

— Je ne sais pas.

Aussitôt après avoir prononcé ces mots, Mitch secoua la tête et leva la main. Il ne voulait pas parler ; il voulait réfléchir. Ce lieu était extrêmement dangereux sur le plan professionnel, sur le plan mental et sur tous les autres. Dangereux, onirique, impossible.

— Dis-le-moi, Mitch, implora Tilde avec une étonnante gentillesse. Dis-moi ce que tu vois.

Elle tendit une main pour lui caresser le genou. Franco la regarda faire sans broncher.

— Il y a un mâle et une femelle, chacun mesurant environ cent soixante centimètres, commença Mitch.

— Des petites gens, dit Franco, mais Mitch ne lui prêta aucune attention.

— Ils semblent appartenir au genre *Homo*, espèce *sapiens*. Mais ils ne sont pas tout à fait comme nous. Peut-être ont-ils souffert d'une sorte de nanisme, d'une distorsion des traits...

Il s'interrompit pour examiner à nouveau les têtes et ne vit aucun signe de nanisme, même si ces masques le troublaient encore.

Ces traits classiques...

— Ce ne sont pas des nains, dit-il. Ce sont des Neandertaliens.

Tilde toussa. L'air sec leur irritait la gorge.

— Pardon ?

— Des hommes des cavernes ? demanda Franco.

— Des Neandertaliens, répéta Mitch, autant pour se convaincre lui-même que pour corriger Franco.

— Conneries, dit Tilde d'une voix vibrante de colère. Nous ne sommes pas des enfants.

— Je parle sérieusement. Vous avez découvert deux Neandertaliens extrêmement bien préservés, un homme et une femme. Les premières momies neandertaliennes... du monde. De tous les temps.

Tilde et Franco méditèrent en silence pendant quelques secondes. Au-dehors, le vent ululait devant l'entrée de la grotte.

— De quand datent-ils ? demanda Franco.

— Tout le monde pense que les Neandertaliens se sont éteints il y a quarante mille ans au minimum, cent mille au maximum, répondit Mitch. Peut-être que tout le monde se trompe. Mais je ne pense pas qu'ils aient pu rester dans cette grotte, dans cet état de préservation, pendant quarante millénaires.

— Peut-être que c'étaient les derniers, dit Franco en se signant avec révérence.

— Incroyable, fit Tilde, le rouge aux joues. Combien valent-ils, à ton avis ?

Mitch sentit une crampe lui nouer la jambe et il alla s'accroupir près de Franco. Il se frotta les yeux de ses phalanges gantées. Comme il faisait froid ! Il frissonnait. La lune floue se mouvait dans son champ visuel.

— Ils ne valent rien du tout, déclara-t-il.

— Ne plaisante pas, dit Tilde. Ils sont rares — uniques en leur genre, pas vrai ?

— Même si nous... si vous parveniez à les faire sortir intacts de cette grotte et à les descendre en bas de la montagne, où iriez-vous les vendre ?

— Il existe des gens qui collectionnent des trucs comme ça, dit Franco. Des gens très friqués. Nous avons déjà parlé à l'un d'eux d'un nouvel Hibernatus. S'il s'agit bien d'un couple...

— Peut-être devrais-je être plus direct, le coupa Mitch. Si cette découverte n'est pas traitée avec toute la rigueur scientifique qui s'impose, j'irai voir les autorités, suisses ou italiennes, peu importe. Et je leur dirai tout.

Nouveau silence. Mitch aurait juré entendre les pensées de Tilde, pareilles aux rouages d'une petite horloge autrichienne.

Franco tapa le sol de la grotte avec sa main gantée et lança à Mitch un regard mauvais.

— Pourquoi tu veux nous baiser ?

— Parce que ces gens ne vous appartiennent pas, répondit Mitch. Ils n'appartiennent à personne.

— Ils sont morts ! s'exclama Franco. Ils n'ont plus de droits sur eux-mêmes, pas vrai ?

Les lèvres de Tilde dessinèrent une ligne droite, sinistre.

— Mitch a raison. Nous n'allons pas les vendre.

Un peu effrayé à présent, Mitch s'empressa d'ajouter :

— Je ne sais pas ce que vous avez l'intention d'en faire, mais je ne pense pas que vous serez en mesure de les contrôler, ni de vendre leurs droits d'exploitation, pour en faire des poupées Barbie des cavernes ou un truc de ce genre.

Il inspira à fond.

— Bon, encore une fois, je pense que Mitch a raison, déclara Tilde d'une voix traînante.

Franco lui adressa un regard interrogatif.

— Notre découverte est de première importance, reprit-elle. Nous allons nous conduire en bons citoyens. Ces gens-là sont nos ancêtres à tous. Le papa et la maman du monde.

Mitch sentit la migraine monter insidieusement en lui. Cette masse oblongue était un signal familier : le phare d'un train fonçant sur lui pour lui écraser la tête. S'il devait souffrir d'une céphalée, d'une migraine incapacitante, il lui serait difficile, voire impossible, de redescendre de la montagne. Il n'avait pas apporté ses médicaments.

— Avez-vous l'intention de me tuer ici ? demanda-t-il à Tilde.

Franco lui jeta un regard vif, puis roula sur lui-même pour se tourner vers Tilde, dans l'attente de sa réponse.

Elle se fendit d'un sourire et se tapota le menton.

— Je réfléchis, dit-elle. Ça ferait de nous des brigands célèbres. On raconterait de sacrées histoires. Les pirates de la préhistoire. Yo-ho-ho ! et une bouteille de schnaps !

— Ce que nous devons faire, déclara Mitch — supposant qu'elle lui avait répondu par la négative —, c'est prélever un échantillon de tissu sur chaque corps, en faisant le minimum de dégâts. Ensuite...

Il saisit sa torche et en braqua le rayon par-delà les têtes ensommeillées, toutes proches, du mâle et de la femelle, en direction du fond de la grotte, à trois mètres de là. Un petit objet s'y trouvait, enveloppé dans de la fourrure.

— Qu'est-ce que c'est ? demanda-t-il, imité par Franco.

Il réfléchit. Il pourrait sans doute s'insinuer entre la femelle et la paroi sans troubler autre chose que de la poussière. D'un autre côté, il valait mieux laisser les lieux complètement intacts, ressortir de la grotte et y ramener de véritables experts. Les études effectuées sur des os de Neandertaliens avaient permis d'en apprendre suffisamment sur leur ADN. Son observation serait confirmée, la grotte serait scellée et...

Il se pressa les tempes et ferma les yeux.

Tilde lui tapa sur l'épaule et l'écarta gentiment.

— Je suis plus petite, dit-elle.

Elle rampa le long de la femelle pour se diriger vers le fond de la grotte.

Mitch la regarda sans mot dire. Voilà ce qu'on ressentait en commettant un péché mortel — le péché de curiosité irréfléchie. Jamais il ne pourrait se pardonner, mais, tenta-t-il de se raisonner, comment aurait-il pu arrêter Tilde sans abîmer les corps ? En outre, elle se montrait prudente.

Tilde s'avança dans l'encoignure jusqu'à coller son visage au sol, près du paquet. De l'index et du médius, elle agrippa la fourrure et, lentement, la retourna. Mitch sentit sa gorge se serrer.

— Eclaire-moi, ordonna-t-elle.

Il obéit.

Franco en fit autant.

— C'est une poupée, dit Tilde.

Du haut du paquet émergeait un petit visage, pareil à une pomme noire et ridée, avec deux minuscules yeux noirs enfoncés dans leurs orbites.

— Non, dit Mitch. C'est un bébé.

Tilde se recula de quelques centimètres et émit un petit « hum » surpris.

La migraine déferla sur Mitch dans un grondement de tonnerre.

Franco soutenait Mitch devant l'entrée de la grotte. Tilde était toujours à l'intérieur. Mitch avait désormais une migraine de force 9, avec effets visuels et sonores, et se retenait à grand-peine de se rouler en boule et de hurler. Après être passé par le stade des nausées, au fond de la grotte, il était à présent parcouru de frissons.

Il savait, avec une absolue certitude, qu'il allait mourir ici, au seuil de la découverte anthropologique la plus extraordinaire de tous les temps, la laissant aux mains de Tilde et de Franco, qui ne valaient guère mieux que des pillards.

— Qu'est-ce qu'elle fabrique là-dedans ? demanda-t-il en gémissant, la tête basse.

Même le crépuscule lui semblait éclatant. Cependant, le soir tombait vite.

— Ne t'inquiète pas de ça, dit Franco en lui agrippant le bras avec plus de force.

Mitch se dégagea et fouilla sa poche à la recherche des flacons contenant les échantillons. Il avait réussi à prélever deux fragments de la cuisse de l'homme et de celle de la femme avant que la douleur n'atteigne son point culminant ; maintenant, il distinguait à peine ce qui l'entourait.

Se forçant à ouvrir les yeux, il découvrit un ciel bleu saphir encadrant avec netteté la montagne, la glace et la neige, bordé à la lisière de son champ visuel par des lueurs fugaces semblables à des éclairs miniatures.

Tilde émergea de la grotte, son appareil photo dans une main, son sac à dos dans l'autre.

— Nous avons assez d'éléments pour tout prouver, déclara-t-elle.

Elle s'adressa à Franco en italien, à voix basse et dans un débit précipité. Mitch ne comprit pas un traître mot de ce qu'elle disait, mais il n'en avait cure.

Il ne souhaitait qu'une chose : redescendre de la montagne, se glisser dans un lit bien chaud et s'endormir, attendre que s'estompe cette extraordinaire douleur, familière et pourtant toujours surprenante.

La mort était une autre option qui ne manquait pas d'attrait.

Franco l'encorda en un tournemain.

— Viens, mon vieux, dit l'Italien en tirant doucement sur la corde.

Mitch avança en trébuchant, serrant les poings pour ne pas se marteler les tempes.

— Le piolet, intima Tilde.

Franco dégagea le piolet de Mitch de sa ceinture, l'envoyant baller contre ses jambes et son sac à dos.

— Tu es dans un sale état, commenta-t-il.

Mitch ferma les yeux de toutes ses forces ; le crépuscule se peuplait d'éclairs, et le tonnerre lui était douloureux, lui écrasant silencieusement la tête à chaque pas. Tilde ouvrit la marche tandis que Franco le suivait de près.

— On prend un autre chemin, dit Tilde. La glace est traître et le pont trop fragile.

Mitch ouvrit les yeux. L'arête était une lame de couteau rouillée, une ombre de carbone devant le ciel d'un bleu outremer pur virant lentement au noir étoilé. Chaque souffle était plus froid, plus pénible que le précédent. Il transpirait abondamment.

Avançant en pilotage automatique, il tenta de descendre une pente rocheuse tavelée de plaques de neige craquante, glissa et s'entrava dans la corde, traînant Franco derrière lui sur une distance de deux ou trois mètres. Plutôt que de protester, l'Italien lui passa la corde autour de la taille et l'apaisa comme s'il avait été un enfant.

— C'est bien, mon vieux. C'est mieux. C'est beaucoup mieux. Attention où tu mets les pieds.

— Je n'en peux plus, Franco, chuchota Mitch. Ça faisait plus de deux ans que je n'avais pas eu de migraine. Je n'ai même pas apporté mes pilules.

— Peu importe. Regarde où tu vas et fais ce que je te dis.

Franco appela Tilde. Mitch la sentait toute proche et plissa les yeux pour mieux la voir. Son visage lui apparut sur fond de nuages, encadré par les étincelles qui envahissaient son champ visuel.

— Il va neiger, dit-elle. On doit faire vite.

Puis Franco et elle échangèrent quelques mots en

italien et en allemand, et Mitch crut qu'ils allaient l'abandonner ici, sur la glace.

— Je peux continuer, murmura-t-il. Je peux marcher.

Ils se remirent donc à descendre sur la glace, accompagnés par le bruit d'une chute de glacier, cette antique rivière qui ne cessait de couler, craquant et rugissant, tressaillant et grondant — des mains de géant applaudissant dans le lointain. Le vent s'intensifia et Mitch se retourna pour s'en protéger. Franco le remit dans la bonne direction, sans ménagement cette fois-ci.

— Ce n'est pas le moment de faire des bêtises, mon vieux. Avance.

— J'essaie.

— Avance, je te dis.

Le vent était un poing pressant son visage. Il se pencha en avant pour lui résister. Des cristaux de glace lui picoraient les joues, il tenta de relever son capuchon, mais ses doigts gantés étaient des saucisses.

— Il n'y arrivera pas, dit Tilde.

Mitch la vit tourner autour de lui, enveloppée d'une neige tourbillonnante. Soudain, ils furent assaillis par des lances de neige, sursautèrent en sentant le vent les saisir. La torche de Franco illuminait des millions de flocons filant à l'horizontale. Ils envisagèrent de se construire un igloo, mais la glace était trop dure, ça leur prendrait trop de temps.

— Fonce ! Descends, c'est tout ! hurla Franco, et Tilde obéit sans mot dire.

Mitch ne savait pas où ils allaient, et il ne s'en souciait plus. Franco lâchait des bordées de jurons en italien, mais le vent étouffait sa voix, et Mitch, qui se traînait péniblement, posant un pied devant l'autre, enfonçant ses crampons dans le sol, s'efforçait de rester debout. Il n'avait conscience de la présence de Franco que grâce à la traction sur la corde.

— Les dieux sont en colère ! hurla Tilde, un cri de plaisir et de défi, d'excitation, d'exaltation, même.

Franco avait dû tomber, car voici que Mitch était tiré vers l'arrière. Il avait agrippé son piolet sans s'en rendre compte et, comme il s'étalait sur le ventre, il eut la présence d'esprit de le planter dans la glace pour stopper sa chute. Franco sembla rester suspendu quelques instants, quelques mètres plus loin sur le versant. Mitch se tourna vers lui. Son champ visuel était vierge d'étincelles. Il était en train de se geler, de se geler vraiment, et cela atténuait sa migraine. Aucune trace de Franco sur les bandes parallèles tracées dans la neige. Le vent siffla puis poussa un cri strident, et Mitch colla son visage contre la glace. Son piolet se délogea, et il glissa sur deux ou trois mètres. A présent que la douleur s'était apaisée, il pouvait se demander comment il allait se tirer de là vivant. Il planta ses crampons dans la glace et remonta le long du versant, tractant Franco de toutes ses forces. Tilde aida l'Italien à se relever. Il avait le nez en sang et semblait sonné. Il avait dû se cogner la tête sur la glace. Elle jeta un regard à Mitch, lui sourit et lui posa une main sur l'épaule. Si amicale. Personne ne dit rien. Ils étaient rapprochés par la douleur et la sournoise chaleur qu'ils partageaient. Franco émit un petit bruit, mi-sanglot, mi-hoquet, lécha ses lèvres sanglantes et rapprocha leurs cordes. Comme ils étaient exposés ! Etouffant les hurlements du vent, la glace au-dessus d'eux craqua, gronda, rugit, tel un tracteur sur une route gravillonnée. Mitch sentit frémir le sol sous ses pieds. Ils étaient trop près de la chute de glacier, et celle-ci était active, bruyante. Il tira sur la corde qui le liait à Tilde, et elle lui resta dans les mains — coupée. Il tira sur la corde derrière lui. Franco se dégagea péniblement d'une bourrasque, le visage couvert de sang, les yeux luisants derrière ses lunettes. Il tomba à genoux près de Mitch, puis s'appuya sur les mains et se laissa choir. Mitch l'agrippa par l'épaule, vit qu'il ne bougeait plus, se releva et se tourna vers le bas. Le vent venait du sommet, et il chancela. Il fit une nouvelle tentative, se pencha maladroitement en arrière, tomba. Pas le choix, il devait ramper. Il tira Franco derrière lui mais dut s'arrêter au bout d'un ou deux mètres à peine. La glace rugueuse l'empêchait de progresser. Il ne savait plus quoi faire. Ils devaient sortir de cette zone venteuse, mais la visibilité était trop médiocre pour qu'il puisse choisir la direction à suivre. Il était ravi que Tilde les ait abandonnés. Seule, elle pouvait s'en tirer, et peut-être que quelqu'un ferait des bébés avec elle, ni Franco ni lui, bien sûr ; désormais, ils étaient éliminés de cette bonne vieille course de l'évolution. Dégagés de toute responsabilité. Il regretta que Franco soit si mal en point.

— Hé, mon vieux, lui cria-t-il à l'oreille. Réveille-toi et donne-moi un coup de main, sinon, on va mourir ici.

Aucune réaction. Peut-être était-il déjà mort, mais Mitch ne pensait pas qu'on puisse mourir d'une simple chute. Il trouva la torche passée autour du poignet de Franco, la lui ôta, l'actionna, examina les yeux de Franco tout en tentant de les ouvrir avec ses doigts gantés, pas facile, mais ses pupilles étaient petites et dissymétriques. Ouais. Il s'était cogné contre la glace, souffrait d'une commotion et d'un nez cassé. D'où ce nouveau flot de sang. Le sang et la neige mêlés lui faisaient un masque de bouillie rouge. Mitch renonça à lui parler. Il envisagea de couper la corde mais ne put s'y résoudre. Franco l'avait bien traité. Deux rivaux unis par la mort, dans la glace. Une femme aurait-elle un pincement au cœur en l'apprenant ? Mitch en doutait. D'après son expérience, les femmes se fichaient un peu de ce genre de truc. La mort, d'accord, mais la camaraderie virile... Il sentait monter en lui la chaleur et la confusion. Son manteau, son pantalon étaient très chauds. Par-dessus le marché, il avait envie de pisser. Une mort digne semblait hors de portée. Franco gémit. Non, ce n'était pas Franco. La glace vibra sous leurs corps, puis explosa, et ils basculèrent sur le côté. Le rayon de la torche éclaira un immense bloc de glace qui s'élevait, non, c'étaient eux qui tombaient. En effet, et il ferma les yeux dans l'attente du choc. Mais il ne se cogna pas la tête, il eut seulement le souffle coupé. Ils atterrirent dans la neige et le vent cessa net. Des paquets de neige tombèrent sur eux, deux lourds blocs de glace coincèrent la jambe de Mitch. Tout devint calme et silencieux. Il tenta de soulever la jambe, mais une douce chaleur lui résista, alors que l'autre jambe était raidie. C'était donc décidé.

Aussitôt après, il ouvrit grands les yeux et découvrit un soleil d'un bleu aveuglant dont l'éclat occupait la totalité du ciel.

4.

Gordi

Secouant la tête d'un air gêné, Lado laissa Kaye aux bons soins de Beck pour retourner à Tbilissi. Il ne pouvait pas rester très longtemps loin de l'institut Eliava.

L'ONU envahit le petit Tigre de Rustaveli à Gordi, en louant toutes les chambres. Les Russes dressèrent d'autres tentes et dormirent entre le village et le charnier.

Sous l'œil peiné mais souriant de l'aubergiste, une femme trapue aux cheveux noirs du nom de Lika, les Casques bleus eurent droit à un souper de pain et de pot-au-feu, arrosé de grands verres de vodka. Tous gagnèrent bientôt leurs chambres, excepté Kaye et Beck.

Ce dernier rapprocha une chaise de la table en bois et plaça un verre de vin blanc devant Kaye. Elle n'avait pas touché à la vodka.

— C'est du manavi. Le meilleur du coin — du moins pour notre palais. (Il s'assit et étouffa un rot de son poing serré.) Excusez-moi. Que savez-vous de l'histoire de la Géorgie ?

— Pas grand-chose, dit Kaye. Les récents développements politiques. Et scientifiques.

Beck acquiesça et croisa les bras.

— Il est concevable que nos défuntes mères aient été tuées durant les troubles — durant la guerre civile. Mais je n'ai pas eu connaissance de massacres à Gordi, ni dans les environs. (Il prit un air dubitatif.) Peut-être ont-elles péri durant les années 20, 30 ou 40. Mais vous pensez que non. Au fait, bravo pour le coup des racines. (Il se frotta le nez, se gratta le menton.) C'est un beau pays, mais à l'histoire assez sinistre.

Kaye regarda Beck et pensa à Saul. Sans qu'elle sache pourquoi, la plupart des hommes de cet âge lui faisaient penser à Saul, qui était de douze ans son aîné et se trouvait en ce moment à Long Island, bien plus loin d'elle que ne pouvaient le mesurer de simples kilomètres. Saul si brillant, Saul si faible, Saul dont l'esprit se rouillait un peu plus chaque mois. Elle se redressa et s'étira, faisant racler les pieds de sa chaise sur le sol carrelé.

— Son avenir m'intéresse davantage, déclara-t-elle. La moitié des laboratoires médicaux et pharmaceutiques des Etats-Unis viennent ici en pèlerinage. L'expertise en Géorgie pourrait sauver des millions de vies.

— Ces fameux virus utiles.

— Oui. Les phages.

— Qui n'attaquent que les bactéries.

Kaye opina.

— J'ai lu que les soldats géorgiens avaient sur eux des flacons pleins de phages durant les troubles, reprit Beck. Ils les avalaient avant d'aller au combat ou les pulvérisaient sur leurs blessures avant d'être évacués sur un hôpital.

Kaye hocha la tête.

— Ils utilisent les phages dans un but thérapeutique depuis les années 20, depuis que Félix d'Hérelle est venu ici pour travailler avec George Eliava. D'Hérelle n'était pas très soigneux ; les résultats obtenus étaient variables, et puis voilà qu'on a découvert les sulfamides et la pénicilline. Jusqu'ici, nous avons quasiment négligé les phages. Du coup, nous nous retrouvons avec des bactéries meurtrières résistant à tous les antibiotiques connus. Mais pas aux phages.

Derrière la fenêtre du petit vestibule, au-dessus des toits des maisons basses, elle distinguait les montagnes luisant au clair de lune. Elle aurait voulu se coucher, mais elle savait qu'elle passerait plusieurs heures sur le petit lit dur sans pouvoir fermer l'œil.

— A un avenir plus agréable, dit Beck.

Il leva son verre et le vida. Kaye sirota une gorgée du sien. La douceur et l'acidité du vin formaient un équilibre des plus harmonieux, qui évoquait un abricot encore vert.

— Le docteur Jakeli m'a dit que vous étiez partie escalader le Kazbek, dit Beck. C'est plus haut que le mont Blanc. Moi, j'habite le Kansas. Pas une montagne à l'horizon. A peine quelques rochers. (Il baissa la tête en souriant, comme gêné à l'idée de croiser son regard.) J'adore la montagne. Excusez-moi de vous avoir arrachée à votre travail... et à vos loisirs.

— Ce n'était pas de l'escalade. Seulement de la randonnée.

— Je vais m'efforcer de ne pas vous garder trop longtemps. Genève a des listes de personnes disparues et de massacres possibles. Si nous arrivons à faire des recoupements et à dater ce charnier des années 30, nous refilerons le dossier aux Géorgiens et aux Russes.

Beck préférait que le charnier soit ancien, et elle ne pouvait lui en vouloir.

— Et s'il est récent ? demanda Kaye.

— Nous ferons venir des enquêteurs de Vienne.

Kaye le regarda d'un air grave, sans fléchir.

— Il est récent, affirma-t-elle.

Beck reposa son verre, se leva et agrippa des deux mains le dossier de sa chaise.

— Je sais, dit-il dans un soupir. Qu'est-ce qui vous a fait renoncer à la criminologie ? Si je puis me permettre...

— J'ai appris trop de choses sur les gens, dit Kaye. *Les gens sont cruels, pourris, sales, désespérément stupides.* Elle parla à Beck du lieutenant de la criminelle de Brooklyn dont elle avait suivi les cours. C'était un chrétien des plus dévots. En leur montrant les photos d'un crime particulièrement atroce, dont les victimes étaient deux hommes, trois femmes et un enfant, il leur avait dit : « Les âmes de ces personnes ne se trouvent plus dans leurs corps. N'ayez pas de compassion pour elles. Ayez-en pour ceux qui restent. Ressaisissez-vous. Mettez-vous au travail. Et rappelez-vous : c'est pour Dieu que vous travaillez. »

— Sa croyance le préservait de la folie, conclut-elle.

— Et vous ? Pourquoi avez-vous changé de filière ?

— Je ne croyais en rien.

Beck opina, s'assouplit les doigts sur le dossier de la chaise.

— Pas d'armure. Enfin, faites pour le mieux. Pour le moment, nous n'avons que vous.

Il lui souhaita une bonne nuit puis se dirigea vers l'étroit escalier, qu'il monta d'un pas vif.

Kaye resta assise durant plusieurs minutes et sortit de la petite auberge. Elle s'arrêta sur le perron en granite, tout près de l'étroite rue pavée, et inhala l'air nocturne, où perçait faiblement l'odeur des égouts. Au-dessus du toit de la maison d'en face, elle vit le sommet enneigé d'une montagne, si net qu'elle aurait presque pu le toucher en tendant la main.

Le lendemain matin, elle se réveilla enveloppée dans des draps chauds et une couverture qui n'avait pas été lavée depuis longtemps. Elle vit quelques cheveux qui ne lui appartenaient pas, pris dans l'épaisse laine grise près de son visage. Le petit lit en bois, aux montants gravés et peints en rouge, occupait une pièce aux murs de plâtre de trois mètres sur deux mètres cinquante, pourvue d'une unique fenêtre derrière le lit, d'une unique chaise en bois et d'une table en chêne sur laquelle était posée une cuvette. On trouvait des hôtels modernes à Tbilissi, mais Gordi était trop loin des nouveaux circuits touristiques, trop loin de la route militaire.

Elle se glissa hors du lit, se passa de l'eau sur le visage, puis enfila son jean, son chemisier et son manteau. Elle tendait la main vers le loquet de fer lorsqu'on frappa à la porte. Beck l'appela par son nom. Elle lui ouvrit et le regarda en clignant des yeux comme un hibou.

— On nous chasse du village, dit-il, le visage dur. Nous devons tous être rentrés à Tbilissi avant demain.

— Pourquoi ?

— On ne veut pas de nous ici. Des soldats de l'armée régulière doivent nous escorter. Je leur ai dit que vous étiez une conseillère civile, que vous n'apparteniez pas à notre unité. Ils s'en fichent.

— Seigneur, fit Kaye. Pourquoi cette volte-face ?

Beck prit un air écœuré.

— Je présume que c'est le *sakrebulo*, le conseil. Il tient à protéger sa petite communauté. Ou alors ça vient de plus haut.

— Ça ne ressemble pas à la nouvelle Géorgie.

Kaye se demanda en quoi cela allait affecter son travail avec l'institut.

— Je suis aussi surpris que vous, dit Beck. Nous avons dû froisser quelqu'un. Faites votre valise et rejoignez-nous en bas, s'il vous plaît.

Il se tourna pour partir, mais Kaye l'agrippa par le bras.

— Est-ce que les téléphones fonctionnent ?

— Aucune idée. Vous pouvez utiliser l'un de nos téléphones satellites.

— Merci. Et... le docteur Jakeli a dû regagner Tbilissi, à présent. Je n'aimerais pas l'obliger à venir me chercher ici.

— Nous vous conduirons à Tbilissi, dit Beck. Si c'est là que vous souhaitez aller.

— Ce sera parfait.

Devant l'auberge, les Jeep Cherokee de l'ONU brillaient à la lueur du soleil matinal. Kaye les contempla à travers les fenêtres du vestibule pendant que l'aubergiste allait chercher un antique téléphone noir à cadran circulaire et le branchait à la prise de la réception. Elle décrocha l'écouteur, y colla son oreille, puis le tendit à Kaye : pas de tonalité. Dans quelques années, la Géorgie aurait rattrapé le XXIᵉ siècle. Pour l'instant, il n'existait qu'une centaine de lignes vers le monde extérieur, et, comme tous les appels étaient relayés par Tbilissi, les interruptions de service étaient fréquentes.

L'aubergiste se fendit d'un sourire inquiet. Elle était inquiète depuis leur arrivée.

Kaye porta sa valise dehors. L'équipe de l'ONU s'était rassemblée — six hommes et trois femmes. Kaye se plaça à côté d'une Canadienne nommé Doyle pendant que Hunter apportait le téléphone satellite.

Kaye voulait contacter Tbilissi pour parler à Tamara Mirianichvili, son principal contact à l'institut. Elle n'obtint la communication qu'au bout de plusieurs tentatives. Tamara lui exprima sa compassion, se demanda à quoi rimait toute cette histoire, puis lui assura qu'elle pouvait revenir à l'institut et y passer quelques jours de plus.

— C'est une honte de vous mettre le nez là-dedans. On va s'amuser, on va vous faire retrouver votre bonne humeur.

— Avez-vous reçu des appels de Saul ? demanda Kaye.

— Il a appelé deux fois. Il vous demande de poser davantage de questions sur les spores bactériennes. Comment les phages fonctionnent-ils en présence de spores, quand les bactéries ont-elles une vie sociale ?

— Et vous allez nous le dire ? demanda Kaye sur le ton de la plaisanterie.

Tamara éclata d'un rire cristallin.

— Vous voulez que nous vous confiions tous nos secrets ? Nous n'avons pas encore signé de contrat, ma chère Kaye !

— Saul a raison. C'est peut-être très important.

Même durant les pires moments, Saul ne perdait jamais de vue leurs recherches et leurs affaires.

— Revenez parmi nous, et je vous montrerai une partie de nos recherches sur les spores bactériennes, uniquement parce que vous êtes si gentille, dit Tamara.

— Merveilleux.

Kaye remercia Tamara, puis rendit le téléphone à la caporale.

Une voiture officielle géorgienne, une vieille Volga noire, s'arrêta devant l'auberge, et des officiers de l'armée en descendirent par le côté gauche. Le major Chikourichvili, des forces de sécurité, descendit côté droit, le visage plus ombrageux que jamais. Il semblait sur le point d'exploser dans un nuage de sang et de salive.

Un jeune officier — Kaye n'avait aucune idée de son grade — s'approcha de Beck et s'adressa à lui dans un russe hésitant. Lorsqu'ils eurent fini de discuter, Beck leva la main, et les Casques bleus embarquèrent dans leurs Jeep. Kaye monta dans celle où se trouvait Beck.

Alors qu'ils sortaient de Gordi par l'ouest, quelques villageois se rassemblèrent pour observer leur départ. Près d'un mur de pierre chaulée, une petite fille agita la main pour les saluer : les cheveux noirs, le teint basané, les yeux gris, en pleine santé. Une petite fille normale, adorable.

Ils n'échangèrent que quelques mots après que Hunter eut pris l'autoroute en direction du sud, à la tête du petit convoi. Beck, les yeux fixés sur la route, avait l'air pensif. La Jeep, dont la suspension était un peu rouillée, rebondissait sur les dos-d'âne, plongeait dans les ornières et contournait les nids-de-poule. Assise côté droit sur la banquette arrière, Kaye crut qu'elle allait être malade. La radio diffusa de la musique pop d'Alanya, puis un excellent blues d'Azerbaïdjan, et finalement un talk-show incompréhensible que Beck trouvait parfois amusant. Il jeta un coup d'œil à Kaye, qui lui adressa un sourire qu'elle espérait courageux.

Au bout de quelques heures, elle s'assoupit et rêva de prolifération bactérienne dans les cadavres du charnier. Les spores bactériennes, ce que le commun des mortels prend pour de la bave : des petites cités bactériennes industrieuses réduisant ces cadavres, ces rejetons de l'évolution naguère vivants et gigantesques, à leurs matériaux originels. D'adorables architectures polysaccharides s'édifiant dans les conduits internes, les viscères et les poumons, le cœur, les artères, les yeux et la cervelle, les bactéries renonçant à leur intense activité pour devenir des villes où tout se recycle ; d'immenses dépotoirs urbains de bactéries, ignorant sans regret la philosophie, l'Histoire et la personnalité des carcasses mortes qu'ils avaient revendiquées.

Ce sont les bactéries qui nous ont créés. Ce sont elles qui nous récupèrent quand vient la fin. Bienvenue à la maison.

Elle se réveilla en nage. L'air se réchauffait à mesure qu'ils descendaient vers une longue vallée encaissée. Comme il serait agréable de tout ignorer des mécanismes internes ! Innocence animale ; la plus douce des vies est celle qu'on n'a jamais examinée. Mais les choses vont de travers, d'où introspection et examen — la racine de toute connaissance.

— Vous avez fait de beaux rêves ? lui demanda Beck alors qu'ils s'arrêtaient devant une petite station-service flanquée d'un garage, le tout en tôle ondulée.

— Des cauchemars, répondit Kaye. Je suis trop absorbée par mon travail, je crois.

5.

Innsbruck, Autriche

Mitch vit le soleil bleu osciller et s'assombrir, et il supposa que la nuit était tombée, mais l'air était d'un vert flou et dépourvu de froideur. Il sentit une piqûre de douleur en haut de la cuisse, une sensation de malaise diffus à l'estomac.

Il n'était pas dans la montagne. Il tenta d'ouvrir les yeux, y porta une main pour en chasser des saletés. Des doigts s'emparèrent des siens et une douce voix féminine le pria en allemand d'être sage. Alors qu'elle lui épongeait le front avec un linge frais, la femme ajouta en anglais que son nez et ses doigts souffraient de gelures et qu'il avait une jambe cassée. Quelques minutes plus tard, il se rendormit.

Puis, au bout d'une fraction de seconde, il se réveilla et réussit à s'asseoir dans son lit d'hôpital, dont le matelas était ferme et les draps impeccables.

Quatre autres patients occupaient la chambre, deux à ses côtés et deux autres en face, tous de sexe masculin et âgés de moins de quarante ans. Deux d'entre eux avaient une jambe cassée, maintenue en l'air par un appareil semblant sorti d'un film comique. Les autres avaient un bras cassé. La jambe de Mitch, quoique plâtrée, n'était pas surélevée.

Tous ses compagnons de chambre avaient les yeux bleus, le corps musclé, le visage aquilin, le menton en galoche au-dessus d'un cou étique. Ils l'observaient avec attention.

A présent, Mitch distinguait clairement la pièce : des murs de béton peint, des lits aux montants émaillés, une lampe portable, posée sur un chariot en chrome, qu'il avait prise pour un soleil bleu, un sol carrelé de brun, l'odeur poussiéreuse des antiseptiques et du chauffage à la vapeur, un vague parfum de menthe.

L'homme couché à sa droite, le visage brûlé par la neige, les joues ornées d'une peau neuve aussi rose que celle d'un bébé, se pencha vers lui.

— C'est vous, ce veinard d'Américain, hein ?

On entendit grincer les poids et les poulies qui lui maintenaient la jambe.

— Je suis bien américain, coassa Mitch. Je dois être veinard, puisque j'ai survécu.

Les autres échangèrent un regard solennel. Mitch comprit qu'il avait été le sujet de maintes conversations.

— Nous nous sommes mis d'accord, il vaut mieux que ce soient d'autres alpinistes qui vous apprennent la nouvelle.

Avant que Mitch ait eu le temps de protester, de dire qu'il n'était pas vraiment un alpiniste, le jeune homme brûlé par la neige lui apprit que ses compagnons étaient morts.

— L'Italien qu'on a retrouvé auprès de vous, dans le sérac, a eu la nuque brisée. La femme a été retrouvée beaucoup plus bas, ensevelie dans la glace.

Puis, tournant vers lui des yeux inquisiteurs — de la couleur de l'œil pâle et fou d'un chien, comme le ciel que Mitch avait découvert au-dessus de l'arête —, le jeune homme demanda :

— Les journaux et la télé en ont parlé. Où a-t-elle trouvé le cadavre du bébé ?

Mitch se mit à tousser. Il vit une carafe d'eau sur sa table de chevet et s'en servit un verre. Les alpinistes l'observèrent, pareils à des elfes athlétiques bien bordés dans leurs lits.

Mitch leur rendit leurs regards. Il tenta de dissimuler sa consternation. Désormais, il était vain de porter un jugement sur Tilde ; complètement vain.

L'inspecteur d'Innsbruck arriva à midi et s'assit à son chevet pour l'interroger, assisté d'un officier de la police locale. Ce dernier parlait mieux l'anglais que lui et servait d'interprète. Il s'agissait d'un interrogatoire de routine, déclara l'inspecteur, nécessaire pour compléter le rapport d'accident. Mitch leur affirma ignorer l'identité de la femme, et, après avoir observé une pause polie, l'inspecteur lui répondit qu'on les avait vus ensemble à Salzbourg.

— Franco Maricelli, Mathilda Berger et vous.

— C'était la copine de Franco, dit-il, s'efforçant de cacher son malaise.

L'inspecteur soupira et plissa les lèvres d'un air réprobateur, comme si tout cela était banal quoique légèrement agaçant.

— Elle avait sur elle la momie d'un nouveau-né. Une momie peut-être très ancienne. Vous avez une idée de l'endroit où elle l'a trouvée ?

Mitch espérait que la police ne lui avait pas fouillé les poches, n'avait pas trouvé les flacons et identifié leur contenu. Peut-être les avait-il perdus sur le glacier.

— C'est trop bizarre pour être expliqué, dit-il.

L'inspecteur haussa les épaules.

— Je ne suis pas un expert en matière de cadavres dans la glace. Mitchell, j'aimerais vous donner un conseil paternel. Suis-je assez âgé pour cela ?

Mitch reconnut que tel était sans doute le cas. Les alpinistes n'essayaient même pas de dissimuler leur fascination.

— Nous avons parlé à vos anciens employeurs, le muséum Hayer de Seattle.

Mitch battit lentement des paupières.

— Ils nous ont dit que vous aviez été impliqué dans un vol d'antiquités au préjudice du gouvernement fédéral, celui d'un squelette d'Indien, l'homme de Pasco, un squelette très ancien. Dix mille ans, découvert sur les berges de la Columbia River. Vous avez refusé de restituer ces restes aux Géniaux.

— Au Génie, corrigea Mitch à voix basse.

— Donc, on vous a arrêté conformément à la loi,

et le muséum vous a renvoyé pour cause de mauvaise publicité.

— Les Indiens prétendaient que ces os apparte- naient à l'un de leurs ancêtres, dit Mitch, s'empour- prant de colère à ce souvenir. Ils voulaient les enter- rer une nouvelle fois.

L'inspecteur consulta ses notes.

— On vous a refusé l'accès à vos collections du muséum, et les os ont été saisis à votre domicile. Il y a encore eu des photos, encore un peu de mauvaise publicité.

— C'était une magouille ! Le Génie n'avait pas le droit de confisquer ces os. Leur valeur scientifique est inestimable...

— Autant que celle de ce bébé momifié découvert dans les glaces, peut-être ? demanda l'inspecteur.

Mitch ferma les yeux et détourna la tête. Il ne com- prenait que trop bien, à présent. *Ce n'est pas une question de stupidité. C'est l'œuvre de la destinée, tout simplement.*

— Est-ce que vous avez envie de vomir ? demanda l'inspecteur en se reculant.

Mitch fit non de la tête.

— Nous savons déjà que vous avez été vu en com- pagnie de la femme dans le dôme de Braunschwei- ger, à moins de dix kilomètres de l'endroit où on vous a retrouvé. Une femme blonde d'une grande beauté, selon les témoins.

Les alpinistes opinèrent, comme s'ils s'étaient trou- vés sur les lieux.

— Il vaut mieux que vous nous disiez tout et que nous soyons les premiers à vous entendre. Je transmettrai mon rapport à la police italienne, la police autrichienne reviendra vous interroger, et peut-être que les choses en resteront là.

— Je les connaissais tous les deux, dit Mitch. Elle était... mais c'était avant... mon amie. Je veux dire, nous étions amants.

— Oui. Pourquoi est-elle revenue vers vous ?

— Ils avaient trouvé quelque chose. Elle pensait que je pourrais leur dire ce que c'était.

— Oui ?

Mitch comprit qu'il n'avait pas le choix. Il but un nouveau verre d'eau, puis raconta à l'inspecteur presque tout ce qui était arrivé, avec la clarté et la précision voulues. Comme on n'avait pas parlé des flacons, il les passa sous silence. L'officier prit des notes et enregistra sa confession sur un petit magnétophone.

Lorsqu'il eut achevé son récit, l'inspecteur déclara :

— Quelqu'un tiendra sûrement à savoir où se trouve cette grotte.

— Tilde... Mathilda avait un appareil photo, dit Mitch d'une voix lasse. Elle a pris des clichés.

— Nous ne l'avons pas retrouvé. Les choses iraient peut-être plus vite si vous nous disiez où se situe la grotte. C'est une découverte... très excitante.

— Ils ont déjà le bébé, répliqua Mitch. Ça devrait être suffisamment excitant. Un nouveau-né neandertalien.

L'inspecteur prit un air dubitatif.

— Personne n'a parlé de Neandertalien. Peut-être s'agit-il d'une illusion, ou d'un canular ?

Mitch avait depuis longtemps perdu tout ce qui lui tenait à cœur — sa carrière, sa réputation de paléontologue. Il s'était une nouvelle fois débrouillé pour tout foutre en l'air.

— C'est peut-être la migraine. Je suis encore sonné. Je les aiderai à retrouver la grotte, bien entendu.

— Alors, il n'y a pas eu de crime, seulement une tragédie.

L'inspecteur se leva, l'officier porta une main à son képi pour saluer.

Quand ils furent partis, l'alpiniste aux joues pelées dit à Mitch :

— Vous n'allez pas rentrer chez vous de sitôt.

— La montagne veut vous reprendre, dit le moins brûlé des quatre.

Couché en face de Mitch, il hocha la tête d'un air plein de sagesse, comme si ça expliquait tout.

— Allez vous faire foutre, marmonna Mitch.

Il se pelotonna dans les draps blancs et rêches.

6.

Institut Eliava, Tbilissi

Lado, Tamara, Zamphyra et sept autres personnes, chercheurs ou étudiants, étaient rassemblés autour de deux tables en bois dans la partie sud du bâtiment principal. Tous levèrent leurs bechers emplis de brandy pour saluer Kaye. Les bougies allumées un peu partout dans le labo projetaient des étincelles dorées dans les récipients ambrés. On n'en était qu'à la moitié du repas, et c'était le huitième toast que portait Lado, le *tamada* — maître de cérémonie — de la soirée.

— A notre chère Kaye, qui apprécie notre travail... et a promis de nous rendre riches !

Dans leurs cages, lapins, souris et poulets observaient la scène d'un œil ensommeillé. Les longs établis noirs, couverts de bocaux, de tubes à essai, d'incubateurs et d'ordinateurs reliés aux séquenceurs et aux analyseurs, disparaissaient dans la pénombre au bout de la pièce.

— A Kaye, ajouta Tamara, qui en visitant le Sakartvelo, la Géorgie, en a vu... peut-être plus que nous ne l'aurions souhaité. A une femme courageuse et compréhensive.

— Qu'est-ce qui te prend de porter un toast pareil ? demanda Lado, irrité. Pourquoi nous rappeler ces choses si pénibles ?

— Et toi, pourquoi parles-tu de richesse, d'*argent*, en un moment pareil ?

— Je suis le *tamada* !

Debout à côté de la table pliante en chêne, il agita son verre de fortune devant les convives. Ceux-ci sourirent peu à peu, mais nul n'osa le contredire.

— D'accord, concéda Tamara. Tes désirs sont des ordres.

— Ils n'ont plus aucun respect ! se plaignit Lado en se tournant vers Kaye. La prospérité va-t-elle détruire la tradition ?

Les établis formaient un réseau serré de V dans le champ visuel de Kaye. L'équipement était alimenté par un générateur qui bourdonnait doucement dans la cour du bâtiment. Saul avait fourni deux séquenceurs et un ordinateur ; le générateur avait été offert par Aventis, une gigantesque multinationale.

L'électricité en provenance de Tbilissi était coupée depuis la fin de l'après-midi. Ils avaient cuisiné le dîner d'adieu grâce aux becs Bunsen et à leur four à gaz.

— Vas-y, maître de cérémonie, dit Zamphyra d'une voix mi-résignée, mi-affectueuse.

Elle fit un geste de la main à Lado.

— J'y vais, dit celui-ci.

Il posa son becher et lissa son costume. Son visage ridé, dont la couleur évoquait une betterave frappée d'un coup de soleil, luisait comme du vieux bois à la lueur des bougies. Kaye repensa à un troll qu'elle avait aimé étant enfant. Il attrapa une boîte dissimulée sous la table et en sortit un petit verre en cristal biseauté délicatement ouvragé. Puis il s'empara d'une splendide corne de bouquetin rehaussée d'argent et se dirigea vers une grande amphore, rangée dans une caisse en carton posée dans le coin le plus proche, derrière la table. Cette amphore, récemment mise au jour dans son petit vignoble des environs de Tbilissi, contenait une immense quantité de vin. Il en remplit une louche, qu'il vida dans la corne, répétant l'opération à sept reprises, jusqu'à ce qu'elle soit pleine à ras bord. Puis il fit doucement tourner le vin pour le laisser respirer. Quelques gouttes rouges tombèrent sur son poignet.

Finalement, il remplit le verre de cristal à la corne et le tendit à Kaye.

— Si vous étiez un homme, je vous demanderais de vider toute cette corne à boire et de porter un toast.

— Lado ! glapit Tamara en lui donnant une tape sur le bras.

Manquant lâcher la corne, il se tourna vers elle en feignant la surprise.

— Quoi ? demanda-t-il. Ce verre n'est pas assez beau ?

Zamphyra se leva et agita l'index dans sa direction. Lado sourit de toutes ses dents, de troll, devenant satyre cramoisi. Il se tourna lentement vers Kaye.

— Que puis-je y faire, ma chère Kaye ? dit-il avec un geste plein d'emphase, faisant tomber de nouvelles gouttes de vin. Elles exigent que vous buviez *tout*.

Kaye avait déjà absorbé son content d'alcool et doutait de sa capacité à tenir debout. Elle était emplie d'une délicieuse sensation de chaleur et de sécurité, entourée par des amis, dans une ancienne ténèbre peuplée d'ambre et d'étoiles d'or.

Elle avait presque oublié le charnier, Saul et les difficultés qui l'attendaient à New York.

Elle tendit les mains, et Lado dansa jusqu'à elle avec une grâce surprenante, vu la maladresse dont il venait de faire preuve. Il déposa la corne de bouquetin entre ses mains sans avoir renversé une seule goutte.

— A vous, maintenant, dit-il.

Kaye savait ce qu'on attendait d'elle. Au fil de la soirée, Lado avait porté quantité de toasts interminables, pleins de poésie et d'invention. Elle ne se sentait pas capable d'égaler son éloquence, mais elle allait faire de son mieux, car elle avait beaucoup de choses à dire, des choses qui lui trottaient dans la tête depuis son retour du mont Kazbek, deux jours plus tôt.

— Aucun pays sur Terre ne ressemble à la patrie du vin, commença-t-elle en levant la corne. (Tous les convives sourirent et levèrent leurs bechers.) Il n'existe aucun pays qui offre autant de beauté, autant de promesses à ceux qui souffrent dans leur cœur ou dans leur corps. Vous avez distillé de nouveaux nectars pour bannir la pourriture et la maladie qui tourmentent la chair. Vous avez préservé les traditions et les connaissances de sept décennies, les gardant en réserve pour le XXIᵉ siècle. Vous êtes les mages et les alchimistes de l'ère du microscope, et vous rejoignez à présent les explorateurs de l'Occident, avec un immense trésor à partager.

Dans un murmure nettement audible, Tamara traduisait ses propos pour les chercheurs et les étudiants massés autour de la table.

— Je suis honorée d'être ainsi traitée, comme une amie et une collègue. Vous avez partagé avec moi ce trésor, ainsi que le trésor du Sakartvelo : ses montagnes, son hospitalité, son histoire et surtout, surtout, son vin.

Elle leva la corne d'une main et lança :

— *Gaumarjos phage ! Gaumarjos Sakartvelos !*

Puis elle se mit à boire. Elle était incapable de savourer comme il le méritait le vin de Lado, gardé par la terre et bonifié par les ans, et les larmes lui montèrent aux yeux, mais elle ne voulait pas s'arrêter, que ce soit par crainte d'afficher sa faiblesse ou de voir s'interrompre ce moment. Elle avala goulée après goulée. Le feu se propagea de son estomac à ses membres, et elle manqua succomber à la torpeur. Mais elle garda les yeux ouverts, but le contenu de la corne jusqu'à la dernière goutte, puis la retourna et la brandit devant elle.

— Au royaume microscopique, et à l'œuvre qu'il va accomplir pour nous ! A toutes les gloires, à toutes les nécessités pour lesquelles nous devons pardonner la... la souffrance...

Sa langue se raidit, ses mots se tarirent. Elle s'appuya d'une main sur la table pliante, et Tamara cala discrètement celle-ci pour l'empêcher de se renverser.

— A toutes les choses que... à tout ce dont nous avons hérité. Aux bactéries, nos farouches adversaires, aux petites mères du monde !

Lado et Tamara donnèrent le signal des vivats. Zamphyra aida Kaye à atterrir sur sa chaise pliante depuis des hauteurs apparemment stratosphériques.

— C'était merveilleux, Kaye, lui murmura-t-elle à l'oreille. Revenez à Tbilissi quand vous voudrez. Vous y avez une maison, un abri loin de chez vous.

Kaye sourit et s'essuya les yeux car, sous l'effet de l'alcool autant que des épreuves des derniers jours, elle pleurait à chaudes larmes.

Le lendemain matin, Kaye se sentait vaseuse et un peu déprimée, mais le dîner d'adieu n'eut pas d'autre effet sur son organisme. Avant que Lado la conduise à l'aéroport, elle passa deux heures à arpenter les couloirs de deux des trois bâtiments, à présent presque vides. Le personnel et la majorité des étudiants faisant office d'assistants s'étaient rassemblés dans le hall d'Eliava pour discuter des propositions présentées par les compagnies américaines, britanniques et françaises. C'était un moment crucial pour l'institut ; au cours des deux prochains mois, ses dirigeants allaient probablement décider avec qui et quand ils noueraient des alliances. Mais on ne pouvait rien dire pour l'instant. L'annonce viendrait plus tard.

L'institut affichait les signes de plusieurs décennies de négligence. Dans la plupart des labos, l'épaisse couche de brillante peinture émaillée, blanche ou vert pâle, s'était écaillée et révélait le plâtre lézardé. La plomberie datait au mieux des années 60 ; le plus souvent, on l'avait installée durant les années 20 ou 30. L'étincelant plastique blanc et l'acier inoxydable des équipements neufs faisait encore plus ressortir la Bakélite, l'émail noir, le cuivre et le bois des microscopes et autres instruments antiques. L'un des bâtiments abritait deux microscopes électroniques — de grosses machines encombrantes posées sur de massives plates-formes antivibrations.

Saul leur avait promis avant la fin de l'année trois microscopes scanners à effet tunnel dernier cri... à condition qu'ils sélectionnent EcoBacter parmi leurs nouveaux partenaires. Aventis et Bristol-Myers Squibb étaient sûrement capables de faire mieux.

Kaye s'avança entre les établis, scrutant l'intérieur des incubateurs où se trouvaient des piles de boîtes de Petri, abritant une couche d'agar-agar brouillée par une colonie bactérienne, où l'on remarquait parfois une tache plus claire, une plaque circulaire, là où les phages avaient tué toutes les bactéries. Jour après jour, année après année, les chercheurs analysaient et cataloguaient les bactéries naturelles ainsi que leurs phages. Pour chaque souche de bactérie, il existe au moins un et souvent plusieurs centaines de phages correspondants, et, à mesure que les bactéries mutent pour se défaire de ces intrus indésirables, les phages mutent pour les soumettre, dans une course poursuite sans fin. L'institut Eliava contenait l'une des plus vastes bibliothèques de phages au monde, et il lui suffisait de recevoir un échantillon bactérien pour produire en quelques jours les phages correspondants.

Au-dessus des équipements flambant neufs, des affiches accrochées au mur permettaient d'admirer les étranges configurations, quasi astronautiques, des phages de la catégorie bien connue T-pair — T2, T4 et T6, appellations datant des années 20 — flottant au-dessus des surfaces comparativement immenses de bactéries *Escherichia coli*. Photos datées, conceptions datées : on croyait alors que les phages étaient de simples prédateurs, qu'ils s'emparaient de l'ADN des bactéries dans le seul but de produire de nouveaux phages. En fait, la plupart d'entre eux se contentent d'agir ainsi, de réguler la population bactérienne. D'autres, les phages lysogènes, deviennent des passagers clandestins génétiques, se dissimulant au sein des bactéries et insérant dans leur ADN des messages génétiques. Les rétrovirus agissent d'une façon similaire chez les animaux et les grands végétaux.

Les phages lysogènes suppriment leur propre expression, leur propre assemblage, et se perpétuent à l'intérieur de l'ADN bactérien, transmis au fil des générations. Ils sautent par-dessus bord quand leur hôte présente des signes évidents de stress, créant des centaines, voire des milliers de nouveaux phages par cellule, qui jaillissent de l'hôte dans leur fuite.

Les phages lysogènes n'ont quasiment aucune utilité dans le cadre de la phagothérapie. Ils sont bien plus que de simples prédateurs. Ces envahisseurs viraux confèrent souvent à leurs hôtes une résistance aux autres phages, voire aux antibiotiques. Parfois, ils transportent des gènes d'une cellule à l'autre, des gènes susceptibles de transformer ces cellules. On sait que les phages lysogènes peuvent transformer des bactéries relativement inoffensives — les souches bénignes de *Vibrio*, par exemple — en bactéries virulentes comme le *Vibrio cholerae*. L'apparition dans la viande de bœuf de souches mortelles d'*E. coli* a été attribuée à des gènes producteurs de toxines transmis par les phages. L'institut consacrait de grands efforts à identifier et à éliminer ces phages de ses préparations.

Kaye, quant à elle, les trouvait fascinants. Elle avait en grande partie consacré sa carrière à l'étude des phages lysogènes en milieu bactérien et à celle des rétrovirus chez les singes et les humains. Des rétrovirus évidés sont d'un usage commun en thérapie génique, en tant que transporteurs de gènes correcteurs, mais la passion de Kaye n'avait guère d'applications pratiques.

Nombre de métazoaires — de formes de vie non bactériennes — sont porteurs dans leurs gènes de résidus dormants d'anciens rétrovirus. Au moins un tiers du génome humain, notre bibliothèque génétique, est composé de ces rétrovirus qualifiés d'endogènes.

Elle avait rédigé trois articles sur les rétrovirus

endogènes humains, ou HERV[1], suggérant qu'ils pourraient produire de nouvelles révélations sur le génome — entre autres choses. Saul l'encourageait dans cette voie. « Tout le monde sait qu'ils sont porteurs de petits secrets », lui avait-il dit un jour, pendant qu'il lui faisait sa cour. Celle-ci avait été aussi étrange qu'adorable. Saul lui-même était étrange, et parfois adorable et très tendre ; l'ennui, c'est qu'elle ne savait jamais quand.

Kaye s'arrêta un moment près d'un tabouret en métal et s'appuya d'une main sur son siège en Masonite. Saul avait toujours opté pour la vue d'ensemble ; elle, d'un autre côté, se contentait de succès plus modestes, de bribes de connaissances bien définies. Tant d'appétit, et tant de déceptions. Il avait observé en silence l'ascension de sa jeune épouse. Elle savait qu'il en souffrait. Se voir privé d'un succès colossal, ne pas être reconnu comme un génie, c'était un échec de taille aux yeux de Saul.

Kaye leva la tête et inspira à fond : l'air sentait la javel, la chaleur humide, plus une bouffée de peinture fraîche et de bois neuf provenant de la bibliothèque adjacente. Elle aimait bien ce vieux labo, ses équipements antiques, son humilité, sa longue histoire faite de succès et de temps difficiles. Les journées qu'elle avait passées en ce lieu, et dans les montagnes, étaient parmi les plus agréables de son existence récente. Non seulement Tamara, Zamphyra et Lado l'avaient accueillie avec joie, mais en outre ils semblaient s'être aussitôt ouverts à elle, devenant à ses

1. *Human Endogenous RetroVirus. (N.d.T.)*

yeux d'étrangère et d'errante une nouvelle famille des plus généreuses.

Saul allait sans doute connaître un grand succès ici. A double titre, peut-être. Ce dont il avait besoin, c'était de se sentir important et utile.

Elle se retourna et, à travers la porte ouverte, aperçut Tengiz, le vieux laborantin chargé de l'entretien, qui discutait avec un petit jeune homme grassouillet vêtu d'un sweat-shirt et d'un pantalon gris. Ils se trouvaient dans le couloir entre le labo et la bibliothèque. Le jeune homme se tourna vers elle et lui sourit. Tengiz fit de même, opina vigoureusement et la désigna de l'index. Le jeune homme pénétra dans le labo comme s'il était chez lui.

— Kaye Lang ? demanda-t-il en américain, d'une voix où perçait un accent du Sud.

Il était nettement plus petit qu'elle, à peu près du même âge ou un peu plus vieux, avec une courte barbe et des cheveux noirs et frisés. Ses yeux, également noirs, étaient petits et intelligents.

— Oui, répondit-elle.

— Enchanté de faire votre connaissance. Je m'appelle Christopher Dicken. J'appartiens au National Center for Infectious Diseases[1], section Epidemic Intelligence Service[2], à Atlanta — je viens d'une autre Géorgie, bien loin d'ici.

Kaye lui sourit et lui serra la main.

— J'ignorais votre présence. Qu'est-ce que le NCID, le CDC[3] ... ?

1. Centre national des maladies infectieuses. *(N.d.T.)*
2. Agence de renseignement sur les épidémies. *(N.d.T.)*
3. *Center for Disease Control and Prevention. (N.d.T.)*

— Il y a deux jours, vous vous êtes rendue sur un site près de Gordi, la coupa Dicken.

— On nous en a chassés.

— Je sais. J'ai vu le colonel Beck hier.

— Pourquoi cela vous intéresse-t-il ?

— Pour rien, sans doute. (Il plissa les lèvres et arqua les sourcils, puis haussa les épaules en souriant.) D'après Beck, les Casques bleus et les Forces pacificatrices russes se sont retirés de la zone pour retourner à Tbilissi, à la demande expresse du Parlement et du président Chevardnadze. Bizarre, non ?

— Mauvais pour les affaires, murmura Kaye.

Tengiz tendait l'oreille dans le couloir. Kaye le considéra en plissant le front, intriguée plutôt que contrariée. Il s'éloigna.

— Ouais, fit Dicken. De vieilles histoires. Mais vieilles de combien d'années, à votre avis ?

— Quoi donc... le charnier ?

Dicken hocha la tête.

— Cinq ans. Peut-être moins.

— Les femmes étaient enceintes.

— Oui...

Elle marqua une pause quelques instants, se demandant pourquoi l'événement intéressait un envoyé du CDC.

— Les deux que j'ai examinées, précisa-t-elle.

— Aucune chance d'erreur ? C'étaient peut-être des enfants nés à terme et introduits dans le charnier.

— Non. Ils étaient à leur sixième ou septième mois de gestation.

— Merci.

Dicken tendit une main et serra poliment celle de

Kaye. Puis il se dirigea vers la porte. Tengiz, qui était resté dans le couloir, s'écarta vivement pour le laisser passer. L'enquêteur de l'EIS se retourna une dernière fois pour saluer Kaye.

Tengiz inclina la tête sur le côté et se fendit d'un sourire édenté. De toute évidence, il se sentait coupable.

Kaye fonça vers la sortie et rattrapa Dicken dans la cour. Il s'installait au volant d'une petite Nissan de location.

— Excusez-moi ! lança-t-elle.

— Désolé. Il faut que j'y aille.

Dicken claqua la portière et fit démarrer le moteur.

— Bon Dieu, vous avez le chic pour éveiller les soupçons ! s'exclama Kaye, assez fort pour qu'il l'entende.

Dicken baissa sa vitre et eut une grimace affable.

— Des soupçons à quel propos ?

— Qu'est-ce que vous foutez ici ?

— Il y a eu des rumeurs, dit-il en regardant pardessus son épaule pour voir si le chemin était dégagé. C'est tout ce que je peux dire.

Il négocia un demi-tour sur le gravier et s'en fut, passant entre le bâtiment principal et le deuxième labo. Kaye croisa les bras et le regarda partir en fronçant les sourcils.

Lado l'appela depuis une fenêtre du bâtiment principal.

— Kaye ! Nous avons fini ! Vous êtes prête ?

— Oui ! répondit Kaye en se dirigeant vers lui. Vous l'avez vu ?

— Qui ça ? demanda Lado, le visage inexpressif.

— Un envoyé du CDC. Il m'a dit s'appeler Dicken.

— Je n'ai vu personne. Ils ont une antenne dans la rue Abacheli. Vous devriez l'appeler.

Elle secoua la tête. Elle n'avait pas le temps et, de toute façon, ça ne la regardait pas.

— Aucune importance, dit-elle.

Lado se montra étrangement sombre lors du trajet.

— Les nouvelles sont-elles bonnes ou mauvaises ? demanda-t-elle.

— Je n'ai pas le droit d'en parler. Nous devons... comment dites-vous ?... envisager toutes les options. Nous sommes pareils à des enfants égarés dans les bois.

Kaye acquiesça et regarda droit devant elle lorsqu'ils entrèrent dans le parking. Lado l'aida à porter ses valises dans le terminal international flambant neuf, sous les yeux vifs des chauffeurs de taxi attendant le client. Il y avait une file d'attente tolérable devant le guichet de British Mediterranean Airlines. Kaye se sentait déjà entre deux mondes, plus proche de New York que de la Géorgie de Lado, de l'église de Gergeti et du mont Kazbek.

Alors qu'elle se présentait au guichet, sortant son passeport et son billet, Lado croisa les bras à côté d'elle, plissant les yeux pour contempler le soleil aqueux derrière les baies vitrées du terminal.

La guichetière, une jeune femme blonde à la pâleur de spectre, scruta lentement billet et pièce d'identité. Puis elle leva la tête et déclara :

— Pas de décollage. Pas de départ.

— Je vous demande pardon ?

L'autre leva les yeux au ciel, comme en quête de courage ou d'astuce, et fit une nouvelle tentative.

— Pas de Bakou. Pas de Heathrow. Pas de Kennedy. Pas de Vienne.

— Quoi, ils sont déjà partis ? demanda Kaye, exaspérée.

Impuissante, elle se tourna vers Lado, qui enjamba la barrière de sécurité et s'adressa à la jeune femme sur un ton sévère et réprobateur, puis désigna Kaye et haussa ses épais sourcils, comme pour dire : *V.I.P. !*

Les joues de la guichetière s'empourprèrent. Avec une infinie patience, elle regarda Kaye droit dans les yeux et, s'exprimant dans un débit précipité, lui expliqua en géorgien que le temps se gâtait, qu'il y avait des menaces de grêle, une tempête d'une force inhabituelle. Lado traduisit des bribes de sa tirade : grêle, inhabituelle, bientôt.

— Quand pourrai-je partir ? demanda Kaye.

Lado écouta les explications de la jeune femme d'un air sévère, puis haussa les épaules et se tourna vers Kaye.

— La semaine prochaine, le prochain vol. Ou alors l'avion pour Vienne, mardi. Soit après-demain.

Kaye opta pour cette solution. Il y avait maintenant quatre personnes derrière elle, qui montraient des signes d'impatience et d'amusement. A en juger par leur langage et leurs vêtements, elles ne se rendaient sûrement pas à New York ni à Londres.

Lado l'accompagna à l'étage et s'assit en face d'elle dans la salle d'attente résonnant d'échos. Elle avait besoin de réfléchir, de faire des plans. Quelques vieilles femmes vendaient des cigarettes et des parfums occidentaux, ainsi que des montres japonaises, dans des petits stands disposés sur le pourtour de la salle. Non loin de là, deux jeunes gens dormaient sur des banquettes en vis-à-vis, ronflant en cadence. Les murs étaient tapissés d'affiches en russe, en arabesques géorgiennes, en allemand et en français. Des châteaux, des plantations de thé, des bouteilles de vin, des montagnes soudain petites et lointaines dont les couleurs pures survivaient même à l'éclairage fluorescent.

— Je sais, vous devez appeler votre mari, vous allez lui manquer, dit Lado. Nous pouvons retourner à l'institut — vous y êtes toujours la bienvenue !

— Non, merci, dit Kaye, se sentant soudain mal à l'aise.

Rien à voir avec une quelconque prémonition : elle lisait dans Lado comme dans un livre ouvert. Quelle erreur avaient-ils commise ? Une grande compagnie leur avait-elle fait une offre encore plus alléchante ?

Comment Saul allait-il réagir en apprenant la nouvelle ? Il était persuadé que les démonstrations d'amitié et de charité pouvaient déboucher sur des relations d'affaires solides, et cet optimisme avait déterminé toute leur stratégie.

Ils étaient si proches.

— Le palais Metechi, dit Lado. Le meilleur hôtel de Tbilissi... de toute la Géorgie. Je vous emmène au Metechi ! Vous serez une vraie touriste, comme dans les guides de voyage ! Peut-être que vous aurez le temps de vous baigner dans les sources chaudes... de vous détendre avant de rentrer chez vous.

Kaye acquiesça en souriant, mais, de toute évidence, le cœur n'y était pas. Obéissant à une impulsion subite, Lado se pencha vers elle et lui agrippa la main de ses doigts secs, craquelés, durcis par tant de lavages et d'immersions. Il tapa leurs mains jointes sur le genou de Kaye.

— Ce n'est pas la fin ! Ce n'est qu'un commencement ! Nous devons tous nous montrer forts et pleins de ressources !

Kaye sentit les larmes venir. Elle se tourna de nouveau vers les affiches — l'Elbrouz et le Kazbek festonnés de nuages, l'église de Gergeti, les vignobles et les champs cultivés.

Lado leva les bras au ciel, lâcha une bordée de jurons en géorgien et se leva d'un bond.

— Je leur ai dit que ce n'était pas la meilleure solution ! insista-t-il. Je l'ai dit aux bureaucrates du gouvernement : ça fait trois ans que nous travaillons avec vous, avec Saul, et il ne faut pas barrer ça d'un trait de plume ! On n'a pas besoin d'exclusivité, hein ? Je vous emmène au Metechi.

Kaye le remercia d'un sourire, et il se rassit, les épaules voûtées, secouant la tête et croisant les doigts.

— C'est scandaleux, dit-il, ce qu'on doit faire dans le monde d'aujourd'hui.

Les jeunes gens ronflaient toujours.

7.

New York

Le hasard voulut que Christopher Dicken arrive à l'aéroport Kennedy le même soir que Kaye Lang et l'aperçoive alors qu'elle attendait de passer la douane. Elle posait ses bagages sur un chariot et ne le remarqua pas.

Elle paraissait vannée. Dicken lui-même avait passé trente-six heures en avion et revenait de Turquie avec deux mallettes verrouillées et un sac de voyage. Etant donné les circonstances, il ne tenait pas à rencontrer Lang une nouvelle fois.

Dicken ignorait pourquoi il était allé la voir à Eliava. Peut-être parce qu'ils avaient vécu séparément les mêmes horreurs près de Gordi. Peut-être pour savoir si elle était au courant de ce qui se passait aux Etats-Unis et qui lui avait valu d'y être rappelé ; peut-être, tout simplement, pour faire la connaissance de la femme séduisante et intelligente dont il avait vu la photo sur le site web d'EcoBacter.

Il présenta sa carte du CDC et son certificat d'importation du NCID à un officier des douanes, remplit les cinq formulaires obligatoires et gagna un hall vide par une porte dérobée. L'abus de café imprégnait son esprit d'amertume. Il n'avait pas dormi durant le trajet et avait englouti cinq tasses pendant l'heure précédant l'atterrissage. Il avait besoin de temps pour faire des recherches, réfléchir à la situation et se préparer à son entretien avec Mark Augustine, le directeur du CDC.

En ce moment, Augustine se trouvait à Manhattan, où il participait à une conférence sur les nouveaux traitements du sida.

Dicken transporta ses bagages jusqu'au parking. Comme il avait perdu toute notion de temps dans l'avion, puis dans le terminal, il fut un peu surpris de découvrir que le soir tombait sur New York.

Après avoir traversé un labyrinthe d'escaliers et d'ascenseurs, il sortit du parking longue durée au volant de sa Dodge de fonction et contempla le ciel d'un gris sinistre qui s'étendait au-dessus de Jamaica Bay. Il y avait de la circulation sur la Van Wyck Expressway. D'un geste plein de sollicitude, il cala les mallettes scellées sur le siège passager. La première contenait quelques flacons de sang et d'urine provenant d'une patiente turque, ainsi que des échantillons prélevés sur son fœtus avorté, le tout conservé dans de la neige carbonique. Dans la seconde, il y avait deux sachets en plastique scellés abritant des tissus musculaires et épidermiques momifiés, obtenus grâce au colonel Nicholas Beck, responsable de la mission pacificatrice des Nations unies en république de Géorgie.

Dicken ignorait si ces tissus provenant du charnier de Gordi avaient un rapport avec son enquête, mais il commençait à élaborer certaines hypothèses — des hypothèses aussi·étranges qu'inquiétantes. Il venait de passer trois ans à traquer l'équivalent viral d'un snark, une maladie sexuellement transmissible qui ne frappait que les femmes enceintes et déclenchait invariablement des fausses couches. Potentiellement une véritable bombe, exactement ce qu'Augustine lui avait demandé de dénicher : quelque chose de si horrible, de si provocant, que les fonds octroyés au CDC seraient obligatoirement revus à la hausse.

Au cours de ces trois dernières années, Dicken s'était rendu à maintes reprises en Ukraine, en Géorgie et en Turquie, dans l'espoir de rassembler des échantillons et de dresser une carte épidémiologique. Et, à maintes reprises, les fonctionnaires de la santé de ces trois nations lui avaient mis des bâtons dans les roues. Ils avaient leurs raisons. Dicken avait eu vent d'un nombre indéterminé de charniers — entre trois et sept — contenant des cadavres d'hommes et de femmes mis à mort dans le seul but d'empêcher la propagation de cette maladie. Il avait eu un mal fou à se procurer des échantillons auprès des hôpitaux, même dans des pays ayant signé un accord avec le CDC et l'Organisation mondiale de la santé. Il n'avait pu visiter qu'un seul charnier, celui de Gordi, et ce uniquement parce qu'il faisait déjà l'objet d'une enquête de l'ONU. Il avait prélevé ses échantillons une heure après le départ de Kaye Lang.

C'était la première fois que Dicken découvrait une conspiration ayant pour but de dissimuler l'existence d'une maladie.

Son travail était sans doute de la plus haute importance, parfaitement conforme aux vœux d'Augustine, mais il allait bientôt passer au second plan, sinon à la trappe. Pendant que Dicken se trouvait en Europe, son gibier s'était subitement manifesté dans le terrain de chasse du CDC. Un jeune chercheur du Centre médical de l'UCLA, en quête d'un point commun entre sept fœtus avortés, avait découvert un virus inconnu. Il avait transmis ses prélèvements à des épidémiologistes de San Francisco financés par le CDC. Ceux-ci avaient copié et séquencé le matériel génétique du virus. Ils avaient aussitôt communiqué leurs résultats à Mark Augustine.

Et celui-ci avait rappelé Dicken.

Il circulait déjà des rumeurs sur la découverte du premier rétrovirus endogène humain infectieux. Et la presse se faisait à présent l'écho d'un virus responsable de fausses couches. Pour l'instant, personne n'avait fait le rapprochement, excepté au sein du CDC. Dans l'avion qui le ramenait de Londres, Dicken avait passé à grands frais une demi-heure sur Internet, accédant à des sites et à des listes de diffusions spécialisés parmi les mieux informés, n'y trouvant aucune description précise de la découverte, rien qu'une curiosité aussi forte que prévisible. Ce qui n'avait rien d'étonnant. Il y avait un prix Nobel à la clé... et Dicken aurait parié que son futur lauréat était Kaye Lang.

En tant que chasseur de virus professionnel, Dicken était depuis longtemps fasciné par les HERV, les fossiles génétiques des maladies du passé. Il avait commencé à s'intéresser à Lang deux ans plus tôt, quand elle avait publié trois articles décrivant des locus du génome humain, sur les chromosomes 14 et 17, où l'on trouvait des éléments de HERV potentiellement complets et infectieux. Le plus détaillé de ces trois articles était paru dans *Virology* : « Un modèle pour l'expression, l'assemblage et la transmission latérale des gènes *env*, *pol* et *gag* chromosomiquement dispersés : des anciens éléments rétroviraux viables chez l'homme et chez le singe. »

Pour l'instant, la nature et l'ampleur possible de l'épidémie étaient tenues secrètes, mais quelques membres du CDC avaient déjà connaissance du fait suivant : les rétrovirus découverts dans les fœtus avortés étaient génétiquement identiques à des HERV qui faisaient partie du génome humain depuis que les singes du Vieux Continent et du Nouveau Monde étaient apparus sur l'échelle de l'évolution. Tous les êtres humains étaient porteurs de ces HERV, mais ceux-ci n'étaient plus des détritus génétiques ni des fragments abandonnés. Quelque chose avait stimulé leurs segments dispersés pour exprimer puis assembler les protéines et l'ARN qu'ils encodaient afin de former une particule capable de quitter l'organisme et d'infecter un autre individu.

Les sept fœtus avortés présentaient tous de graves difformités.

Ces particules causaient une maladie, probablement celle-là même que Dicken traquait depuis trois ans. On lui avait déjà trouvé un nom au sein du CDC : la grippe d'Hérode.

Grâce à ce mélange de chance et d'intelligence qui est l'apanage des grandes carrières scientifiques, Lang avait très précisément localisé les gènes apparemment responsables de la grippe d'Hérode. Mais elle n'avait pour l'instant aucune idée de ce qui se passait ; il l'avait lu dans ses yeux à Tbilissi.

Un autre détail avait attiré l'attention de Dicken. En collaboration avec son mari, Kaye Lang avait écrit des articles sur la signification évolutionnaire des éléments génétiques transposables, surnommés les gènes sauteurs : les transposons, les rétrotransposons et même les HERV. Ces éléments transposables peuvent modifier le lieu, le moment et la façon dont les gènes s'expriment, causant ainsi des mutations et altérant en fin de compte la nature physique d'un organisme.

Jadis, ces éléments transposables, ces rétrogènes, avaient sans doute été les précurseurs des virus ; certains avaient muté et appris à quitter la cellule, abrités par des capsides et des enveloppes protectrices, l'équivalent génétique d'un scaphandre spatial. Quelques-uns étaient revenus sous la forme de rétrovirus, pareils à des fils prodigues ; au fil des millénaires, certains rétrovirus avaient infecté des cellules de la lignée germinale — ovules, spermatozoïdes ou leurs précurseurs — et perdu leur puissance. Ils étaient devenus des HERV.

Durant ses séjours en Ukraine, Dicken avait eu vent, grâce à des sources dignes de foi, de femmes accouchant d'enfants présentant des anomalies plus ou moins subtiles, d'immaculées conceptions, de villages entiers rasés et stérilisés... Les conséquences d'une épidémie de fausses couches.

Des rumeurs, rien de plus, mais toutefois évocatrices, fascinantes à ses yeux. Dans l'exercice de la chasse, Dicken se fiait à son instinct bien affûté. Ces récits faisaient écho à des idées qui le travaillaient depuis plus d'un an.

Peut-être s'agissait-il d'une conspiration de mutagènes. Peut-être que Tchernobyl, ou une autre catastrophe nucléaire survenue en Russie, avait activé le rétrovirus endogène responsable de la grippe d'Hérode. Cependant, il n'avait encore exposé cette théorie à personne.

Dans le Midtown Tunnel, un camion décoré de vaches souriantes et dansantes fit une embardée et faillit l'emboutir. Il se mit debout sur les freins.

Secoué par le gémissement des pneus et la collision évitée de justesse, il fut pris d'une soudaine suée et sentit céder le barrage qui retenait sa colère et sa frustration.

— Va te faire foutre ! hurla-t-il au routier invisible. La prochaine fois, je transporterai le virus Ebola !

Il n'était guère d'humeur charitable. Le CDC allait être obligé de révéler ses informations au public, peut-être dans quelques semaines. A ce moment-là, si les projections étaient exactes, il y aurait plus de cinq mille cas de grippe d'Hérode dans les seuls Etats-Unis.

Et Christopher Dicken ne serait, au mieux, crédité que d'un bon boulot de subalterne.

8.

Long Island, New York

La maison vert et blanc, d'un style colonial datant des années 40, imposante en dépit de sa taille moyenne, se dressait au sommet d'une petite colline, entourée de chênes et de peupliers d'un âge respectable, ainsi que de rhododendrons que Kaye avait plantés trois ans plus tôt.

Elle avait téléphoné depuis l'aéroport, découvrant un message laissé par Saul. Occupé au labo d'un client de Philadelphie, il ne comptait rentrer que dans la soirée. Il était à présent dix-neuf heures, et le crépuscule brossait un ciel splendide au-dessus de Long Island. Des nuages cotonneux se libéraient d'une masse d'un gris sinistre en train de se dissiper. Sur les branches des chênes, les moineaux faisaient autant de bruit que tout un jardin d'enfants.

Elle ouvrit la porte, poussa ses valises dans l'entrée et composa le code qui désactivait l'alarme. La maison sentait le renfermé. Alors qu'elle posait ses bagages, l'un de leurs deux chats, un tigré orange baptisé Crickson, surgit de la salle de séjour, claquant doucement des griffes sur le plancher en teck du couloir. Kaye le prit dans ses bras, le gratta sous le menton, et il se mit à ronronner et à miauler comme un jeune faon malade. Temin, le second chat, était invisible. Sans doute était-il dehors en train de chasser.

Son cœur se serra lorsqu'elle découvrit la salle de séjour. Du linge sale s'y étalait un peu partout. Devant le canapé, la table basse et le tapis d'Orient disparaissaient sous les assiettes en carton. Quant à la table pour manger, elle était jonchée de livres, de journaux et de pages jaunes arrachées à un vieil annuaire. L'odeur de renfermé provenait de la cuisine : légumes avariés, café moulu éventé, emballages de plastique.

Saul s'était laissé dépasser. Comme d'habitude, elle était rentrée juste à temps pour tout nettoyer.

Kaye ouvrit en grand la porte d'entrée ainsi que toutes les fenêtres.

Elle se prépara un petit steak grillé et une salade assaisonnée avec une sauce en bouteille. Comme elle ouvrait une bouteille de pinot noir, elle aperçut une enveloppe sur le plan de travail carrelé, près de la machine à espresso. Pendant que le vin respirait, elle ouvrit l'enveloppe. A l'intérieur se trouvait une carte de vœux surchargée où Saul avait gribouillé un message.

Kaye,

Ma chérie, mon amour, mon amour, je suis pro-
fondément navré. Tu m'as manqué et, cette fois-ci,
ça se voit dans toute la maison. Ne t'occupe pas
du nettoyage. Je demanderai à Caddy de passer
demain et je la paierai en heures supplémentaires.
Détends-toi. La chambre est impeccable, je m'en
suis assuré.

Ce vieux fou de Saul

Toujours contrariée, Kaye rangea le message avec un petit reniflement et considéra les placards et le plan de travail. Ses yeux se posèrent sur un tas bien net de vieux journaux et de magazines qui n'avait rien à faire sur le billot de boucher. Elle le souleva, découvrant une douzaine de sorties d'imprimante ainsi qu'un autre message. Elle éteignit la plaque chauffante, recouvrant la poêle d'une assiette pour garder son steak au chaud, puis prit les documents et lut le message.

Kaye,

Tu as touché le jackpot ! Tout cela en guise d'ex-
cuses. Très excitant. Je l'ai eu chez Virion et j'ai
demandé des tuyaux à Ferris et à Farrakhan
Mkebe, de l'UCI. Ils n'ont rien voulu me dire, mais
je crois bien que ÇA y est, comme on l'avait pré-
dit. Ils appellent ça SHERVA — Scattered Human

Endogenous RetroVirus Activation[1]. *Pas grand-chose d'exploitable sur les sites web, mais voici le fil de discussion.*

> *Avec mon amour et mon admiration,*
> *Saul*

Kaye se mit à pleurer sans savoir pourquoi. Elle parcourut les feuillets à travers un voile de larmes, puis les posa sur le plateau avec son steak et sa salade. Elle était épuisée, à bout de nerfs. Elle emporta son plateau vers le coin télé pour manger en regardant les infos.

Six ans plus tôt, Saul avait gagné une petite fortune en brevetant une variété particulière de souris transgéniques ; l'année suivante, il rencontrait Kaye, l'épousait et investissait la quasi-totalité de son argent dans EcoBacter. Les parents de Kaye avaient également apporté une somme considérable dans l'entreprise, juste avant de périr dans un accident de voiture. Trente techniciens et cinq administratifs travaillaient au siège social, un bâtiment rectangulaire gris et bleu situé dans un parc industriel de Long Island, au milieu d'une douzaine d'autres boîtes biotech. Il se trouvait à six kilomètres de leur domicile.

Kaye n'était attendue à EcoBacter que le lendemain à midi. Elle espérait que Saul serait retardé, qu'elle disposerait d'un peu de temps et de solitude pour réfléchir et se préparer, mais elle sentit sa gorge se serrer comme elle formulait ce vœu. Elle secoua la tête, dégoûtée par ses émotions incontrôlées, et porta un verre de vin à ses lèvres salées par les larmes.

---

1. Activation d'un rétrovirus endogène humain dispersé. *(N.d.T.)*

132

Tout ce qu'elle voulait, c'était que Saul aille mieux, qu'il recouvre la santé. Elle voulait retrouver l'homme qu'elle avait épousé, celui qui lui avait fait voir la vie sous un autre jour, sa source d'inspiration, son partenaire, son point d'ancrage dans un monde qui lui donnait le vertige.

Tout en mâchant ses bouchées de steak, elle lut les contributions à la liste de discussion de Virion. Il y en avait plus d'une centaine, envoyées par des scientifiques mais surtout par des étudiants et des amateurs, commentant la nouvelle et spéculant sur ses conséquences.

Elle versa de la sauce sur ce qui restait du steak et inspira à fond.

Tout cela était peut-être d'une importance capitale. Saul avait raison d'être excité. Mais les messages ne donnaient que peu de détails, et personne ne savait qui était à l'origine de la découverte, où il allait publier ses travaux, comment la fuite s'était produite.

Elle rapportait le plateau à la cuisine lorsque le téléphone sonna. Pivotant avec souplesse sur ses pieds, elle tint le plateau en équilibre sur une main et décrocha de l'autre.

— Bienvenue à la maison ! salua Saul.

Sa voix de basse la faisait encore frissonner.

— Chère Kaye, mon intrépide globe-trotteuse. (Voix contrite :) Je voulais m'excuser pour le désordre. Caddy n'a pas pu venir hier.

Caddy était leur femme de ménage.

— Ça me fait plaisir d'être rentrée. Tu travailles ?

— Je suis coincé ici. Impossible de m'enfuir.

— Tu m'as manqué.

— Ne prends pas la peine de nettoyer.

133

— Je n'ai rien fait. Enfin, pas grand-chose.

— Tu as lu les sorties d'imprimante ?

— Oui. Elles étaient planquées sur le plan de travail.

— Je voulais que tu les lises demain matin, en buvant ton café, à l'heure où tu es en pleine possession de tes moyens. Je devrais en savoir plus à ce moment-là. Je serai sans doute de retour vers onze heures. Ne pars pas tout de suite pour le labo.

— Je t'attendrai.

— Tu as l'air vannée. Le vol a été pénible ?

— C'est l'air pressurisé. Il m'a fait saigner du nez.

— Pauvre *Mädchen*. Ne t'inquiète pas. Tout va bien maintenant que tu es rentrée. Est-ce que Lado... ?

Il laissa sa phrase inachevée.

— Aucune idée, mentit Kaye. J'ai fait de mon mieux.

— Je sais. Dors bien et attends-toi à une surprise. Demain, il va y avoir du sensationnel.

— Tu as eu d'autres nouvelles ? Raconte.

— Pas encore. L'anticipation est un plaisir qui se savoure pour lui-même.

Kaye détestait ce genre de petit jeu.

— Saul...

— N'insiste pas. De plus, je n'ai pas encore reçu toutes les confirmations nécessaires. Je t'aime. Tu me manques.

Il lui souhaita bonne nuit dans un bruit de baiser mouillé, et, après une nouvelle litanie d'adieux, ils raccrochèrent simultanément, comme ils en avaient l'habitude. Saul n'aimait pas se retrouver seul au bout du fil.

Kaye jeta un regard circulaire sur la cuisine, empoigna un chiffon et se mit à l'ouvrage. Elle n'avait pas envie d'attendre Caddy. Une fois satisfaite par son

ménage, elle se doucha, se lava les cheveux, s'enveloppa la tête d'une serviette, enfila son pyjama en
rayonne préféré et alluma un feu dans la cheminée de
la chambre de l'étage. Puis elle s'assit au pied du lit,
dans la position du lotus, laissant l'éclat des flammes
et la douceur de la rayonne la rassurer peu à peu. Le
vent se leva au-dehors, et elle aperçut un éclair derrière les rideaux de dentelle. Le temps se gâtait.

Kaye s'allongea et remonta l'édredon jusqu'à son
menton.

— Au moins ne suis-je plus en train de m'apitoyer
sur mon sort, dit-elle avec hardiesse.

Crickson vint la rejoindre, arpentant le lit en dressant sa queue orange tout ébouriffée. Temin fit à son
tour son apparition, bien plus digne quoiqu'un peu
mouillé. Il condescendit à ce qu'elle le frictionne avec
la serviette de toilette.

Pour la première fois depuis le mont Kazbek, elle
se sentit en sécurité, en équilibre. *Pauvre petite fille*,
s'accusa-t-elle. *Qui attend le retour de son mari. De
son vrai mari.*

9.

New York City

Campé devant la fenêtre de sa petite chambre d'hôtel, un verre de bourbon à l'eau *on the rocks* à la main,
Mark Augustine écoutait le rapport de Dicken.

C'était un homme compact et efficient, aux yeux marron et rieurs, aux cheveux gris, drus et bien plantés, avec un nez petit mais proéminent et des lèvres expressives. Des années qu'il avait passées en Afrique équatoriale, il avait gardé un hâle permanent, de celles qu'il avait vécues à Atlanta une voix douce et mélodieuse. D'un tempérament ferme et plein de ressource, il était rompu aux jeux de la politique, comme il seyait à un directeur, et l'on murmurait au CDC que son poste actuel n'était qu'une préparation à celui de ministre de la Santé.

Il reposa son verre lorsque Dicken eut fini son exposé.

— Très intéressant, dit-il en forçant son accent du Sud. Vous avez fait de l'excellent boulot, Christopher.

Dicken sourit mais attendit un commentaire plus détaillé.

— Ça colle en grande partie avec ce que nous savons déjà. J'ai parlé à la ministre de la Santé, reprit Augustine. Elle pense que nous allons devoir révéler la vérité sans tarder, mais de façon progressive. Je suis d'accord. On laissera d'abord les scientifiques s'amuser un peu, entretenir le mystère. De minuscules envahisseurs tapis dans notre corps, bon sang, c'est fascinant, on ne sait pas encore de quoi ils sont capables. Ce genre de truc. Doel et Davison, en Californie, peuvent exposer leur découverte et faire le boulot à notre place. Ils ont bien bossé et méritent leur parcelle de gloire. (Il reprit son verre de bourbon et fit tinter les glaçons.) Le docteur Mahy vous a-t-il dit quand vos prélèvements pourront être analysés ?

— Non.

Augustine se fendit d'un sourire compatissant.

— Vous auriez préféré les suivre à Atlanta ?

— J'aurais préféré aller là-bas et les analyser moi-même.

— Je me rends à Washington jeudi prochain — pour soutenir la ministre devant le Congrès. Le NIH y sera peut-être. Nous n'avons pas encore demandé l'intervention du secrétaire du HHS. Je veux que vous m'accompagniez. Je vais demander à Francis et à Jon de publier leur communiqué demain matin. Ça fait une semaine qu'il est prêt.

Dicken exprima son admiration avec un petit sourire ironique. Le HHS — Health and Human Services[1] — était la gigantesque agence gouvernementale supervisant le NIH — National Institute of Health[2] — et le CDC basé à Atlanta, en Géorgie.

— Une machine bien huilée, dit-il.

Augustine interpréta cette remarque comme un compliment.

— On a encore la tête dans le cul. Notre position sur le tabac et les armes à feu a irrité le Congrès. Ces salauds à Washington ont décidé de nous prendre pour cible. Ils ont diminué nos subventions d'un tiers pour aider à financer une nouvelle baisse des impôts. Et maintenant un danger apparaît et, cette fois-ci, il ne vient ni d'Afrique ni de la forêt amazonienne. Rien à voir avec les sévices que nous infligeons à mère Nature. Un coup du sort né au sein même de nos petits corps bénis. (Le sourire d'Augustine se fit carnassier.) Ça me donne des frissons, Christopher. C'est un *don*

---

1. Service sanitaire et humanitaire. *(N.d.T.)*
2. Institut national de la Santé. *(N.d.T.)*

du Ciel. Nous devons présenter cette histoire dans les règles de l'art, comme un *spectacle*. Si nous nous plantons, il y a de grandes chances pour que Washington ne réagisse que lorsque nous aurons perdu toute une génération de bébés.

Dicken se demanda comment il pourrait contribuer à cette présentation. Il existait sûrement un moyen de mettre en avant son propre travail, les années qu'il avait passées à traquer les rumeurs.

— J'ai envisagé la possibilité d'une mutation, dit-il, la bouche sèche.

Il rapporta les histoires de bébés mutants qu'il avait entendues en Ukraine et résuma en partie sa théorie relative à l'origine radioactive des apparitions de HERV.

Augustine plissa les yeux et secoua la tête.

— Nous connaissons déjà les ravages génétiques de Tchernobyl. Ce n'est pas nouveau, murmura-t-il. Mais cette histoire n'a rien à voir avec la radioactivité. Ça ne colle pas, Christopher.

Il ouvrit la fenêtre, et la rumeur de la circulation monta jusqu'au dixième étage. La brise gonfla les voilages blancs.

Dicken insista, s'efforça de défendre son hypothèse, conscient toutefois de la faiblesse des preuves susceptibles de l'étayer.

— Il y a une forte possibilité pour que la grippe d'Hérode ne se contente pas de causer des fausses couches. Elle semble se manifester dans des populations relativement isolées. Elle est active au moins depuis les années 60. La réaction des politiques a souvent été de nature extrême. Personne n'aurait l'idée de rayer un village de la carte, de tuer des douzaines de parents et d'enfants à naître rien que pour éliminer une épidémie locale de fausses couches.

Augustine haussa les épaules.

— C'est trop vague, dit-il en contemplant la rue en bas.

— Ça suffit pour ouvrir une enquête, suggéra Dicken.

Augustine fronça les sourcils.

— Il est question ici de matrices vides, Christopher, dit-il posément. Nous avons besoin d'une idée terrifiante, pas de rumeurs ni de science-fiction.

10.

Long Island, New York

Kaye entendit un bruit de pas dans l'escalier, se redressa et aperçut Saul alors qu'elle écartait de son front une mèche de cheveux. Il avançait dans la chambre sur la pointe des pieds, prenant soin de rester sur le tapis, tenant dans ses mains un paquet cadeau rouge vif fermé par un ruban et un bouquet de roses et de gypsophiles.

— Zut, fit-il en voyant qu'elle était réveillée.

Brandissant son bouquet d'un geste plein d'emphase, il se pencha au-dessus du lit pour l'embrasser. Ses lèvres étaient entrouvertes, légèrement moites, mais nullement agressives. Il lui signalait ainsi que, tout en respectant ses désirs, il était disposé à passer à l'action.

— Bienvenue à la maison. Tu m'as manqué, *Mädchen*.

— Merci. Ça fait plaisir d'être de retour.

Saul s'assit au bord du lit, les yeux fixés sur les roses.

— Je suis de bonne humeur. Ma chérie est à la maison.

Un large sourire aux lèvres, il s'allongea à côté de Kaye, étendant les jambes et posant ses pieds déchaussés sur l'édredon. Elle sentait le parfum des roses, intense et douceâtre, presque trop pour cette heure matinale. Il lui tendit son cadeau.

— Pour ma géniale amie.

Elle s'assit, et Saul cala l'oreiller dans son dos. Le voir en pleine forme éveillait toujours en elle les mêmes sentiments : l'espoir, la joie d'être chez elle, de se sentir un peu plus proche de l'équilibre. Elle lui passa les bras autour des épaules pour le serrer contre elle, se blottit contre son cou.

— Ah, fit-il. Maintenant, ouvre ton cadeau.

Elle arqua les sourcils, plissa les lèvres et tira sur le ruban.

— Qu'est-ce que j'ai fait pour mériter ça ? demanda-t-elle.

— Tu n'as jamais compris à quel point tu étais précieuse et merveilleuse. Peut-être que c'est seulement parce que je t'aime. Peut-être est-ce pour fêter ton retour. Ou... pour fêter autre chose.

— Quoi donc ?

— Ouvre-le.

Elle se rappela nerveusement que son absence avait duré plusieurs semaines. Elle prit le paquet et embrassa doucement la main de Saul, les yeux rivés à son visage. Puis elle contempla son cadeau.

Le paquet contenait une large médaille frappée du buste familier d'un célèbre fabricant de munitions. C'était un prix Nobel... en chocolat.

Kaye éclata de rire.

— Où... où as-tu trouvé *ça* ?

— Stan m'a prêté le sien et j'ai fait un moulage, avoua Saul.

— Vas-tu te décider à me dire ce qui se passe ? demanda Kaye en lui étreignant la cuisse.

— Pas tout de suite.

Saul posa les roses par terre et ôta son sweater ; elle entreprit de déboutonner la chemise qu'il portait en dessous.

Les rideaux étaient toujours tirés et la chambre n'avait pas encore reçu sa ration de soleil matinal. Ils étaient allongés sur le lit, au milieu des draps, des couvertures et de l'édredon en désordre. Kaye distingua des bosses parmi les plis et fit courir ses doigts sur le tissu floral. Saul s'arc-bouta en émettant de petits craquements cartilagineux et avala quelques goulées d'air.

— J'ai perdu la forme, dit-il. Je passe trop de temps au bureau. J'ai besoin de soulever quelques établis en guise d'exercice.

Kaye lui montra son pouce et son index, séparés par deux ou trois centimètres, puis leur imprima des mouvements rythmiques.

— Commence par manipuler une éprouvette, lui conseilla-t-elle.

— Cerveau droit, cerveau gauche. (Saul se plaqua les mains sur les tempes et fit osciller sa tête.) Tu as trois semaines de blagues à rattraper sur Internet.

— Pauvre de moi.

— Petit déjeuner ! s'exclama-t-il en mettant le pied à terre. En bas, tout frais, prêt à être réchauffé.

Kaye enfila sa robe de chambre et le suivit. *Saul est de retour*, se dit-elle pour se convaincre. *Le Bon Saul est de retour.*

Il s'était arrêté à l'épicerie du coin pour acheter des croissants au jambon et au fromage. Il posa leurs plateaux sur la petite table du porche de derrière, entre des tasses de café et des verres de jus d'orange. Le soleil était brillant, et l'air purifié par l'averse se réchauffait doucement. La journée s'annonçait magnifique.

Lorsque Kaye se trouvait en présence du Bon Saul, l'attrait des montagnes s'estompait doucement, comme un espoir juvénile. Elle n'avait pas besoin de s'enfuir. Saul lui raconta ce qui s'était passé à Eco-Bacter, lui parla du périple qui l'avait conduit en Californie, dans l'Utah puis à Philadelphie, où il avait rencontré des clients et des associés.

— L'enquêteur chargé de notre dossier à la FDA[1] a encore ordonné quatre tests préalables à l'application clinique, dit-il d'une voix sardonique. Mais on leur a au moins montré qu'on pouvait mettre en concurrence quatre bactéries antagonistes sur les

---

1. *Food and Drug Administration* : agence de régulation des aliments et des produits pharmaceutiques. *(N.d.T.)*

mêmes ressources et les obliger à produire des armes chimiques. Nous avons démontré que nous étions capables d'isoler les bactériocines, de les purifier, de les produire en masse sous une forme neutralisée... puis de les activer. Inoffensives chez le rat, le hamster et le cercopithèque, efficaces contre les souches résistantes de trois méchants pathogènes. Nous avons tellement d'avance sur Merck et Aventis qu'ils ne peuvent même pas nous cracher sur le dos.

Les bactériocines sont des substances chimiques produites par des bactéries et capables de tuer d'autres bactéries — une nouvelle arme prometteuse parmi un arsenal d'antibiotiques dangereusement réduit.

Kaye buvait ses paroles. Il ne lui avait pas encore annoncé sa fameuse surprise ; il prenait tout son temps, faisait monter le suspense à sa façon. Elle connaissait bien ce petit numéro et refusait d'afficher son impatience — cela aurait trop fait plaisir à Saul.

— Et comme si ça ne suffisait pas, poursuivit-il, les yeux brillants, Mkebe me dit qu'on est sur le point de maîtriser la chaîne de commandement, de contrôle et de communication de *Staphylococcus aureus*. On va attaquer ces petits salauds sous trois angles différents. Boum !

Abaissant les mains avec lesquelles il soulignait ses propos, il se passa les bras autour du torse comme un petit garçon tout content. Puis son humeur s'altéra.

— Bien, fit-il, le visage soudain neutre. Dis-moi la vérité à propos de Lado et d'Eliava.

Kaye le fixa un instant d'un regard si intense qu'elle faillit loucher. Puis elle baissa les yeux.

— Je crois qu'ils ont décidé de signer avec quelqu'un d'autre.

— Mr. Bristol-Myers Squibb, dit Saul, qui chassa cette contrariété d'un geste de la main. Une architecture d'entreprise fossilisée contre de l'authentique sang neuf. S'ils savaient à quel point ils se trompent !

Il contempla le détroit dans le lointain, plissant les yeux pour mieux voir quelques voiliers qui filaient sur l'écume, propulsés par la brise matinale. Puis il vida son verre de jus d'orange et claqua des lèvres de façon appuyée. Il se trémoussa sur son siège, se pencha en avant, regarda Kaye de ses yeux gris foncé et joignit les mains autour des siennes.

Ça y est, se dit-elle.

— Ils vont le regretter. Nous allons être sacrément occupés durant les mois à venir. Le CDC a annoncé la nouvelle ce matin. Ils ont confirmé l'existence du premier rétrovirus endogène humain viable. Ils ont établi qu'il pouvait se transmettre par contagion latérale. Ils l'ont appelé SHERVA, puis ils ont laissé tomber le *R* de rétro pour que ça sonne mieux. SHEVA. Joli nom pour un virus, tu ne trouves pas ?

Kaye le regarda fixement.

— Ce n'est pas une blague ? demanda-t-elle d'une voix tremblante. C'est confirmé ?

Saul eut un large sourire et écarta les bras tel Moïse.

— Absolument. La science marche vers la Terre promise.

— A quoi ressemble-t-il ? Il est gros ?

— C'est un rétrovirus, un véritable monstre, quatre-vingt-deux kilobases, trente gènes. Ses composants *gag* et *pol* sont sur le chromosome 14, le *env* sur le chromosome 17. Selon le CDC, il est peut-être légèrement pathogène et l'être humain ne lui oppose qu'une faible résistance, ce qui permet de conclure qu'il est resté en sommeil pendant très longtemps.

Il posa de nouveau sa main sur celle de Kaye et l'étreignit doucement.

— Tu l'avais prédit. Tu avais décrit ces gènes. C'est ton candidat favori, un HERV-DL3 brisé, qu'ils ont sélectionné comme cible, et *ils mentionnent ton nom*. Ils ont cité tes articles.

— Hou !

Kaye se sentit pâlir. Elle se pencha au-dessus de son plateau, les tempes battantes.

— Est-ce que ça va ?

— Oui, répliqua-t-elle, prise d'un léger vertige.

— Profitons de notre intimité tant que c'est possible, dit Saul d'une voix triomphale. Tous les journalistes scientifiques du pays vont nous téléphoner. Je leur donne deux minutes pour consulter leurs Rolodex et faire des recherches dans MedLine. Tu vas passer à la télé, sur CNN, à *Good Morning America*.

Kaye ne parvenait pas à croire ce qui lui arrivait.

— Quel type de maladie cause-t-il ? réussit-elle à demander.

— Personne ne l'a expliqué clairement.

Les possibilités se bousculaient dans son esprit. Si elle appelait Lado à l'institut, si elle apprenait la nouvelle à Tamara et à Zamphyra, peut-être qu'ils changeraient d'avis, qu'ils signeraient avec EcoBacter. Saul resterait le Bon Saul, heureux et productif.

— Mon Dieu, nous sommes célèbres, dit-elle, toujours un peu sonnée.

Elle agita les doigts — *tra-la-lère*.

— *Tu* es célèbre, ma chérie. C'est ton boulot, et c'est pas de la merde.

Le téléphone sonna dans la cuisine.

— Ça doit être l'Académie royale de Suède, dit Saul en hochant la tête avec sagesse.

Il tendit la médaille en chocolat à Kaye, qui en arracha une bouchée d'un coup de dents.

— Mon cul ! s'exclama-t-elle, ravie, et elle se leva pour aller répondre.

11.

Innsbruck, Autriche

La direction de l'hôpital transféra Mitch dans une chambre individuelle en signe de reconnaissance de sa nouvelle notoriété. Il était ravi de fuir les alpinistes... mais ses propres idées, ses propres sentiments n'avaient plus aucune importance à ses yeux.

En l'espace de deux jours, il avait peu à peu succombé à l'engourdissement mental. L'apparition de son visage aux infos, sur BBC, sur Sky World, et dans les journaux locaux confirmait ce qu'il savait déjà : tout était fini. Il était foutu.

A en croire la presse de Zurich, il était le « seul survivant de l'expédition montagnarde des profanateurs de sépulture ». Munich voyait en lui le « kidnappeur du bébé Hibernatus ». A Innsbruck, on se contentait de le qualifier de « scientifique et voleur ». Grâce à l'obligeance de la police locale, tous les articles mentionnaient sa ridicule histoire de momie neandertalienne. Tous précisaient qu'il avait volé les « os d'un Amérindien » dans le « nord-ouest des Etats-Unis ».

Bref, il n'était qu'un cinglé d'Américain, au bout du rouleau, capable de tout pour se faire de la publicité.

Le bébé Hibernatus avait été confié à l'université d'Innsbruck, pour y être étudié par *Herr Doktor Professor* Emiliano Luria et son équipe. Luria devait rendre visite à Mitch cet après-midi pour discuter de sa découverte.

Tant que Mitch posséderait des informations utiles, il resterait dans la course — ce serait encore un scientifique, un enquêteur, un anthropologue. Pas seulement un voleur. Dès qu'il cesserait d'être utile à quiconque, ce serait la plongée dans l'abîme.

Il contemplait fixement le mur lorsqu'une aide-soignante bénévole vint lui apporter son déjeuner sur une table roulante. C'était une septuagénaire joviale, mesurant environ un mètre cinquante, au visage ridé comme une vieille pomme, qui parlait dans un débit précipité et avec un doux accent viennois. Mitch ne comprenait quasiment rien à ses propos.

L'aide-soignante déplia une serviette de table et la lui passa autour du cou. Plissant les lèvres, elle se redressa pour le considérer.

— Mangez, lui conseilla-t-elle. (Plissant le front, elle ajouta :) Un sacré *jeune* Américain, *nein* ? Je me fiche de ce que vous êtes. Mangez, ou la maladie va venir.

Mitch attrapa la fourchette en plastique, la leva en guise de salut et attaqua son poulet accompagné de purée. Avant de sortir, l'aide-soignante alluma la télévision montée sur le mur en face de son lit.

— Foutrement trop calme, ici, dit-elle.

Elle agita la main de droite à gauche, comme pour lui envoyer une gifle. Puis elle repartit en poussant sa table roulante.

Le poste était réglé sur Sky News. Un reportage sur la destruction longtemps retardée et enfin accomplie d'un gros satellite militaire. De saisissantes images vidéo, tournées sur l'île de Sakhaline, montraient son agonie flamboyante. Mitch contempla le spectacle de cette boule de flammes étincelante. *Dépassé, inutile, démoli.*

Il s'empara de la télécommande, bien résolu à éteindre le poste, lorsque apparut en médaillon une séduisante jeune femme, aux courts cheveux châtains rehaussés de boucles, aux yeux immenses, dont le portrait illustrait l'annonce d'une importante découverte biologique effectuée aux Etats-Unis.

— Un provirus humain, tapi depuis des millions d'années dans notre ADN tel un passager clandestin, vient d'être associé à une nouvelle variété de grippe qui ne frappe que les femmes, commença le présentateur. Le docteur Kaye Lang, une biologiste moléculaire de Long Island, New York, avait prédit l'apparition de cet incroyable envahisseur surgi du passé de l'humanité. Voici Michael Hertz, notre envoyé spécial à Long Island.

Hertz, un homme qui respirait la sincérité et le respect, interviewait la jeune femme devant une grande maison vert et blanc à la dernière mode. Lang semblait se méfier de la caméra.

— Le Centre de contrôle des maladies et l'Institut national de la Santé ont déclaré que cette nouvelle variété de grippe avait été identifiée avec certitude à San Francisco et à Chicago, et que l'on attendait une confirmation de Los Angeles. Pensez-vous qu'il s'agisse de l'épidémie de grippe que le monde redoute depuis 1918 ?

Lang lança un regard inquiet à la caméra.

— Primo, il ne s'agit pas vraiment d'une grippe. Ce virus ne ressemble pas à celui de l'influenza, ni d'ailleurs à aucun virus associé au rhume ou à la grippe... Il est tout à fait différent. Tout d'abord, il ne semble causer de symptômes que chez les femmes.

— Pourriez-vous nous décrire ce nouveau virus, ou plutôt ce virus très ancien ? demanda Hertz.

— Il est gros, environ quatre-vingt mille bases, c'est-à-dire...

— Plus précisément, quel type de symptômes provoque-t-il ?

— Il s'agit d'un rétrovirus, un virus qui se reproduit en transcrivant le matériel génétique de son ARN sous la forme d'ADN, qu'il insère ensuite dans l'ADN de son hôte. Comme le VIH. Il ne frappe apparemment que les êtres humains...

Le journaliste haussa vivement les sourcils.

— Est-il aussi dangereux que le virus du sida ?

— Je n'ai rien entendu qui me porte à croire que ce virus est dangereux. Cela fait des millions d'années qu'il est présent dans notre ADN ; à cet égard, donc, il n'a rien de commun avec le rétrovirus VIH.

149

— Comment nos spectatrices peuvent-elles savoir si elles ont attrapé cette grippe ?

— Les symptômes ont été décrits par le CDC, et je ne sais rien de plus que ce qui a été annoncé. Une légère fièvre, des douleurs à la gorge, des quintes de toux.

— Cela pourrait s'appliquer à une centaine de virus.

— Exact, dit Lang en souriant.

Mitch examina son visage, son sourire avec un pincement au cœur.

— Je vous conseille de suivre les nouvelles, ajouta-t-elle.

— Si ce virus n'est pas mortel, et si ses symptômes sont relativement bénins, pourquoi est-il aussi important ?

— C'est le premier HERV — le premier rétrovirus endogène humain — qui ait été activé, le premier à sortir des chromosomes humains et à être transmis latéralement.

— Qu'entendez-vous par *transmis latéralement* ?

— Cela signifie qu'il est infectieux. Il peut passer d'une personne à l'autre. Pendant des millions d'années, il n'a été transmis que verticalement — des parents aux enfants, par le biais de leur patrimoine génétique.

— Existe-t-il d'autres virus anciens dans nos cellules ?

— Selon la dernière estimation, il est possible qu'un tiers de notre génome soit composé de rétrovirus endogènes. Il leur arrive parfois de produire des particules dans les cellules, comme s'ils cherchaient de nouveau à sortir, mais aucune de ces particules ne s'est montrée efficace... jusqu'à aujourd'hui.

150

— Peut-on dire sans risque de se tromper que ces virus survivants ont été jadis brisés ou réduits à l'impuissance ?

— C'est plus compliqué que ça, mais, en gros, oui.

— Comment se sont-ils introduits dans nos gènes ?

— A un moment donné, un rétrovirus a infecté des cellules germinales, des cellules sexuelles telles que les ovules ou les spermatozoïdes. Nous ignorons les symptômes que la maladie a pu causer à cette époque. Au fil du temps, d'une façon qui reste à élucider, le provirus, le patron viral enfoui dans notre ADN, a subi une rupture, une mutation ou une neutralisation pure et simple. On peut supposer que ces séquences d'ADN rétroviral ne sont plus que des déchets. Mais, il y a trois ans, j'ai émis l'hypothèse que des fragments de provirus attachés à différents chromosomes humains pourraient exprimer toutes les parties d'un rétrovirus actif. A l'intérieur de la cellule se trouvent l'ARN et les protéines nécessaires à l'assemblage d'une particule complète et infectieuse.

— Et c'est bien ce qui s'est produit. La science spéculative anticipant hardiment la réalité...

Mitch entendit à peine la suite du commentaire, tant il se concentrait sur les yeux de Lang : toujours aussi immenses, toujours aussi méfiants, mais suprêmement attentifs. Pleins de courage. Les yeux d'une survivante.

Il éteignit la télé et s'allongea pour faire une sieste, pour oublier. Sa jambe lui faisait mal à l'intérieur du plâtre.

Kaye Lang était sur le point de décrocher le gros lot, de remporter un round crucial sur le ring de la science. Mitch, quant à lui, s'était vu livrer une médaille d'or... Et elle lui avait échappé, il l'avait laissée choir dans la glace, elle était perdue pour toujours.

Une heure plus tard, il était réveillé par un coup frappé à la porte.

— Entrez, dit-il, et il s'éclaircit la gorge.

Apparut un infirmier vêtu d'une blouse verte, accompagnant trois hommes et une femme, tous d'âge mûr et vêtus avec sobriété. Ils parcoururent la chambre du regard, comme en quête d'une issue de secours. Le plus petit des trois hommes s'avança vers Mitch et se présenta en lui tendant la main.

— Emiliano Luria, de l'Institut des études humaines, dit-il. Voici mes collègues de l'université d'Innsbruck, *Herr Professor* Friedrich Brock...

Mitch oublia aussitôt les noms de ses visiteurs. L'infirmier alla chercher deux chaises supplémentaires dans le couloir, puis se planta devant la porte en position de repos, les bras croisés et le nez levé comme un garde du palais.

Luria fit pivoter sa chaise pour s'asseoir à califourchon. Les épais verres de ses lunettes luisaient à la lumière grise filtrée par les rideaux. Il observa Mitch, émit un petit grognement, puis décocha un regard noir à l'infirmier.

— Tout ira bien, déclara-t-il. Veuillez nous laisser seuls. Pas de fuites dans la presse et pas d'expéditions stupides pour aller chercher des cadavres dans les glaciers !

L'infirmier acquiesça d'un air affable et s'en fut.

Luria pria ensuite la femme, une quinquagénaire mince, au visage sévère et à l'abondante chevelure grise réunie en chignon, de s'assurer que l'infirmier n'écoutait pas à la porte. Elle alla ouvrir celle-ci pour jeter un coup d'œil dans le couloir.

— L'inspecteur Haas, de Vienne, m'a confirmé que la police ne s'intéressait plus à cette histoire, dit Luria à Mitch une fois ces formalités accomplies. Tout cela reste entre nous, et je travaillerai en liaison avec les Italiens et les Suisses si nous devons franchir une frontière.

Il attrapa une carte pliante dans sa poche, et le docteur Brock — ou Block, peu importait — produisit un carton contenant des albums illustrés sur les Alpes.

— Très bien, jeune homme, dit Luria, dont les yeux nageaient derrière ses verres épais. Aidez-nous à réparer les dégâts que vous avez infligés au tissu de la science. Les montagnes où on vous a retrouvé nous sont familières. C'est dans la chaîne voisine qu'on a découvert le *véritable* Hibernatus. Elles ont été très fréquentées durant des millénaires, de sorte que vous êtes peut-être tombé sur une route commerçante ou sur des sentiers tracés par les chasseurs.

— Je ne pense pas qu'ils suivaient une route, dit Mitch. Je pense qu'ils fuyaient.

Luria consulta ses notes. La femme se rapprocha du lit.

— Deux adultes, en excellente condition, sauf la femme, qui présentait une blessure à l'abdomen.

— Un coup de lance, dit Mitch.

Le silence se fit dans la chambre.

— J'ai passé quelques coups de fil et parlé à des gens qui vous connaissent, reprit Luria au bout d'un moment. On m'a dit que votre père allait venir ici pour vous faire sortir de l'hôpital, et j'ai pu parler à votre mère...

— S'il vous plaît, venez-en au fait, professeur, le coupa Mitch.

Luria arqua les sourcils et agita ses papiers.

— On m'a dit que vous étiez un excellent scientifique, un homme consciencieux, un expert en matière d'organisation de fouilles méticuleuses. Vous avez découvert le squelette baptisé homme de Pasco. Lorsque les Amérindiens ont protesté, affirmant que l'homme de Pasco était l'un de leurs ancêtres, vous avez extrait les os de leur site.

— Pour les protéger. Ils avaient été mis au jour par un glissement de terrain et se trouvaient sur la berge d'une rivière. Les Indiens voulaient qu'ils soient de nouveau ensevelis. Ces os avaient une valeur scientifique inestimable. Je ne pouvais pas permettre ça.

Luria se pencha en avant.

— Si je me souviens bien, l'homme de Pasco est mort d'une blessure à la cuisse qui s'est infectée, n'est-ce pas ?

— C'est possible, dit Mitch.

— Vous avez du flair pour les anciennes tragédies, commenta Luria en se grattant l'oreille.

— La vie était dure à cette époque.

Le professeur acquiesça.

— Ici, en Europe, quand on découvre un squelette, il n'y a jamais de problème. (Il sourit à ses collègues.) Nous n'avons aucun respect pour les morts — on les déterre pour les exposer et les touristes paient pour les voir. Donc, votre acte n'est pas nécessairement blâmable à nos yeux, même s'il semble avoir entraîné une rupture entre votre institution et vous-même.

— Le politiquement correct, dit Mitch en s'efforçant de ne pas laisser transparaître son aigreur.

— Possible. Je suis disposé à écouter un homme d'expérience tel que vous, mais, docteur Rafelson, à notre grand chagrin, ce que vous avez décrit est hautement improbable. (Luria pointa son stylo sur Mitch.) Quelles sont les parties de votre récit qui relèvent du mensonge et quelles sont celles qui sont véridiques ?

— Pourquoi aurais-je menti ? rétorqua Mitch. Ma vie est désormais foutue.

— Pour garder un pied dans la science, peut-être ? Pour ne pas être séparé trop vite de dame Anthropologie ?

Mitch eut un sourire penaud.

— J'en serais peut-être capable, oui. Mais jamais je n'inventerais une histoire *aussi* dingue. L'homme et la femme de la grotte avaient des caractéristiques de Neandertaliens.

— Sur quels critères fondez-vous cette identification ? demanda Brock, prenant la parole pour la première fois.

— Le docteur Brock est un expert en matière de Neandertaliens, expliqua Luria d'un ton plein de respect.

Mitch décrivit les cadavres, lentement et soigneusement. Il lui suffisait de fermer les yeux pour les voir, comme s'ils flottaient au-dessus du lit.

— Ainsi que vous le savez certainement, les chercheurs n'utilisent pas tous les mêmes critères pour décrire les prétendus Neandertaliens, déclara Brock.

Première, deuxième ou troisième période, région d'origine, stature, présence éventuelle de plusieurs groupes raciaux au sein de la sous-espèce... Ces distinctions sont parfois de nature à induire l'observateur en erreur.

— Ce n'étaient pas des *Homo sapiens sapiens*.

Mitch se servit un verre d'eau, en proposa à ses visiteurs. Luria et la femme acceptèrent, Brock secoua la tête.

— Eh bien, *si* on les retrouve, ce problème sera facilement résolu. Je suis curieux de connaître votre chronologie de l'évolution humaine...

— Je ne suis pas dogmatique, affirma Mitch.

Luria secoua la tête — *comme ci, comme ça*[1] — et manipula ses notes.

— Clara, je vous en prie, passez-moi le gros livre. J'ai marqué des photographies et des cartes correspondant à des endroits où vous êtes peut-être passé avant qu'on vous retrouve. Est-ce que ceci vous rappelle quelque chose ?

Mitch prit le livre et l'ouvrit maladroitement sur ses cuisses. Les images étaient éclatantes, nettes, splendides. La plupart avaient été prises en plein jour, sous un ciel d'azur. Il examina les pages marquées et secoua la tête.

— Je ne vois pas de cascade gelée.

— Aucun guide n'en connaît à proximité du sérac, ni d'ailleurs dans la masse principale du glacier. Peut-être pouvez-vous nous donner un autre indice...

Mitch fit non de la tête.

— Si je le pouvais, je le ferais, professeur.

1. En français dans le texte. *(N.d.T.)*

Luria replia ses notes d'un air décidé.

— Je pense que vous êtes un jeune homme sincère, et peut-être même un bon scientifique. Je vais vous confier quelque chose, à condition que vous n'en parliez ni à la télé ni aux journaux. D'accord ?

— Je n'ai aucune raison de leur parler.

— Le bébé était mort ou grièvement blessé quand il est né. Elle a la nuque brisée, peut-être par la pointe d'un bâton durcie au feu.

Elle. Le nouveau-né était une fille. Pour une raison inconnue, Mitch en fut profondément troublé. Il but une nouvelle gorgée d'eau. Il était envahi par toutes les émotions que lui inspiraient sa situation présente, la mort de Tilde et de Franco... la tristesse de cette ancienne histoire. Les larmes lui montaient aux yeux, menaçant de déborder.

— Excusez-moi, dit-il, et il s'essuya d'un revers de manche.

Luria le regardait avec compassion.

— Cela confère quelque crédibilité à votre histoire, non ? Cependant... (Le professeur leva la main, l'agita en pointant l'index sur le plafond et conclut :) Elle reste difficile à croire.

— Le nouveau-né n'est pas un *Homo sapiens neandertalensis*, aucun doute là-dessus, enchaîna Brock. Elle a des traits intéressants, mais elle est tout à fait moderne. Quoique pas exactement européenne. Plutôt anatolienne, voire turque, mais cela reste encore du domaine de la supposition. Et je ne connais aucun autre spécimen récent de ce type. Ce serait incroyable.

— J'ai dû rêver, alors, dit Mitch en détournant les yeux.

Luria haussa les épaules.

— Une fois rétabli, accepteriez-vous de retourner sur le glacier avec nous, de rechercher vous-même la grotte ?

Mitch n'hésita pas un instant.

— Evidemment.

— J'essaierai de prendre les dispositions nécessaires. Mais pour le moment...

Luria considéra la jambe plâtrée de Mitch.

— Au moins quatre mois, dit celui-ci.

— Dans quatre mois, le moment sera mal choisi pour faire de l'alpinisme. L'année prochaine, peut-être, à la fin du printemps.

Luria se leva, et Clara prit leurs deux verres pour les reposer sur le plateau.

— Merci, dit Brock. J'espère que vous avez raison, docteur Rafelson. Ce serait une découverte fantastique.

Ils s'inclinèrent légèrement, d'une façon très formelle, puis prirent congé.

12.

Centre de contrôle et de prévention des maladies, Atlanta Septembre

— Les femmes vierges n'attrapent pas notre grippe, déclara Dicken en levant les yeux de son bureau couvert de notes et de graphiques. C'est bien ce que vous êtes en train de me dire ?

Il haussa ses sourcils noirs jusqu'à ce que son large front soit sillonné de rides.

Jane Salter récupéra ses documents, les remit en ordre avec un air inquiet, puis les reposa sur le bureau d'un geste décidé. Les murs en béton de la pièce souterraine amplifièrent le froissement du papier.

La plupart des bureaux en sous-sol du bâtiment 1 du CDC avaient jadis été des labos et des cellules pour animaux. Les murs étaient bordés de rigoles creusées dans le béton. Dicken avait parfois l'impression de sentir une odeur de désinfectant et de merde de singe.

— C'est la plus grosse surprise que j'aie pu tirer des données, confirma Salter. (C'était un de leurs meilleurs statisticiens, une magicienne des divers ordinateurs personnels affectés aux recherches, à la modélisation et à l'archivage.) Les hommes l'attrapent parfois, ou sont testés positifs, mais ils ne développent pas de symptômes. Ils deviennent des vecteurs pour la population féminine, mais probablement pas pour les mâles. Et... (elle tambourina sur le bureau) nous n'avons trouvé aucun cas d'auto-infection.

— SHEVA est donc un spécialiste, commenta Dicken en secouant la tête. Comment diable le savons-nous ?

— Regardez cette note, Christopher, et surtout sa formulation. « Les femmes dans une situation de partenariat domestique, ou celles ayant une expérience sexuelle étendue. »

— Combien de cas, jusqu'ici ? Cinq mille ?

— Six mille deux cents femmes, et seulement

soixante ou soixante-dix hommes, tous partenaires de femmes infectées. Seule une exposition répétée assure la transmission du rétrovirus.

— Ce n'est pas si dingue que ça, dit Dicken. Un peu comme le VIH, alors.

— Exact, rétorqua Salter avec un rictus. Dieu en veut aux femelles. L'infection attaque d'abord les muqueuses des fosses nasales et des bronches, puis on constate une légère inflammation des alvéoles, ensuite elle passe dans le système sanguin — légère inflammation des ovaires... et elle disparaît. Courbatures, quintes de toux, douleurs abdominales. Et si la femme tombe enceinte, il y a de grandes chances qu'elle fasse une fausse couche.

— Mark devrait pouvoir vendre ce truc, conclut Dicken. Mais essayons d'étoffer son dossier. Il a besoin d'impressionner des électeurs plus fiables que les jeunes femmes. Et le troisième âge ?

Il lui jeta un regard plein d'espoir.

— Les femmes les plus âgées ne sont pas affectées, répondit-elle. Elles ne sont frappées que si elles ont entre quatorze et soixante ans. Regardez les chiffres. (Elle se pencha pour lui indiquer un diagramme en camembert.) Age moyen : trente et un ans.

— C'est trop dingue. Mark m'a demandé de lui fournir pour quatre heures de l'après-midi une explication susceptible d'aider la ministre de la Santé.

— Encore une réunion ? demanda Salter.

— En présence du chef de cabinet et du conseiller scientifique. C'est bon, c'est terrifiant, mais je connais Mark. Jetez un nouveau coup d'œil à vos fichiers

— peut-être qu'on dénichera quelques milliers de morts du troisième âge au Zaïre.

— Vous me demandez de truquer les chiffres ?

Dicken se fendit d'un sourire malicieux.

— Alors, allez vous faire foutre, monsieur, dit Salter d'une voix posée en inclinant la tête. Nous n'avons plus de statistiques en provenance de Géorgie. Peut-être que vous devriez appeler Tbilissi, suggéra-t-elle. Ou Istanbul.

— Ils sont muets comme des carpes. Je n'ai jamais pu leur arracher grand-chose, et, à présent, ils refusent d'admettre la présence d'un seul cas.

Il leva les yeux vers Salter, qui prit un air pincé.

— Je vous en supplie, donnez-moi un vieillard, un seul, qui se soit liquéfié à bord d'un avion venant de Tbilissi.

Salter s'esclaffa bruyamment. Elle ôta ses lunettes pour les essuyer, puis les remit en place.

— Ce n'est pas drôle. A en juger par ces diagrammes, la situation est grave.

— Mark veut faire monter la pression. Comme s'il voulait ferrer un marlin.

— Je ne suis pas douée pour la politique.

— Moi, je prétends être naïf. Mais plus je passe de temps ici, plus je me sens doué.

Salter parcourut le petit bureau du regard comme si elle s'y sentait enfermée.

— Est-ce qu'on a fini, Christopher ?

Dicken sourit de toutes ses dents.

— Un accès de claustrophobie ?

— C'est cette pièce. Vous ne les entendez pas ?

Elle se pencha vers Dicken, le visage terrorisé. Il

161

avait du mal à dire quand Jane Salter plaisantait et quand elle était sérieuse.

— Les *hurlements* des singes ?

— Ouais, fit Dicken sans broncher. Je m'efforce de rester sur le terrain le plus longtemps possible.

Dans le bâtiment 4, qui abritait le bureau directorial, Augustine parcourut les statistiques, jeta un bref coup d'œil aux vingt pages de chiffres et de diagrammes et les reposa brutalement devant lui.

— Voilà qui est rassurant, commenta-t-il. A ce rythme, nous serons au chômage à la fin de l'année. Nous ne savons même pas si SHEVA déclenche une fausse couche chez *toutes* les femmes enceintes ou s'il ne s'agit que d'un tératogène bénin. Bon Dieu. Je croyais qu'on tenait le bon bout, Christopher.

— C'est bon, c'est terrifiant et c'est public.

— Vous sous-estimez la haine des républicains pour le CDC, rétorqua Augustine. La National Rifle Association nous déteste. L'industrie du tabac ne peut pas nous sentir parce que nous les serrons de près. Vous avez vu ce panneau publicitaire au bord de l'autoroute ? Près de l'aéroport ? « Remède garanti contre la langue de bois. » C'était pour quelle marque... Camel ? Marlboro ?

Dicken éclata de rire et secoua la tête.

— La ministre de la Santé va entrer dans la fosse aux lions. Elle n'est pas très contente de moi, Christopher.

— Il y a toujours les chiffres que j'ai ramenés de Turquie.

Augustine leva les mains, fit osciller son fauteuil et agrippa le bord de son bureau.

— Un hôpital. Cinq fausses couches.

— Sur cinq grossesses, monsieur.

Le directeur se pencha au-dessus de son bureau.

— Si vous êtes allé en Turquie, c'est parce que votre contact là-bas vous a parlé d'un virus abortif. Mais pourquoi êtes-vous allé en Géorgie ?

— Il y a cinq ans, on a assisté à une épidémie de fausses couches à Tbilissi. Je n'ai pu obtenir aucune information sur place, rien d'officiel. Mais j'ai bu un pot avec un entrepreneur des pompes funèbres — officieusement. Il m'a parlé d'une épidémie similaire survenue à Gordi à peu près au même moment.

Augustine ignorait ce détail. Dicken ne l'avait pas fait figurer dans son rapport.

— Continuez, dit-il, à moitié intéressé.

— Il y avait eu des problèmes, il n'a pas voulu me préciser de quelle nature. Donc, je suis allé jusqu'à Gordi, et la ville était cernée par la police. J'ai posé quelques questions en m'arrêtant aux barrages, et on m'a parlé d'une enquête de l'ONU, de l'implication des Russes. J'ai appelé l'ONU. Mon correspondant m'a appris qu'ils avaient demandé l'aide d'une Américaine.

— Qui ?

— Kaye Lang.

— Seigneur ! fit Augustine en se fendant d'un petit sourire. La vedette du jour. Vous connaissiez son travail sur les HERV ?

— Bien sûr.

— Donc, vous vous êtes dit que quelqu'un à l'ONU avait levé un lièvre et avait besoin de ses conseils.

— Cette idée m'a traversé l'esprit, monsieur. Mais, en fait, on l'avait contactée à cause de ses connaissances en médecine légale.

— Quelle était votre hypothèse, alors ?

— Des mutations. Des anomalies congénitales déclenchées par un facteur extérieur. Des virus tératogènes, peut-être. Et je me demandais aussi pourquoi les gouvernements souhaitaient la mort des parents.

— Et nous y revoilà, dit Augustine. Encore des spéculations infondées.

Dicken fit la grimace.

— Vous me connaissez mieux que ça, Mark.

— Parfois, j'ignore totalement comment vous obtenez d'aussi bon résultats.

— Je n'avais pas fini mon travail. Vous m'avez rappelé en me disant que nous avions du solide.

— Dieu sait qu'il m'est déjà arrivé de me tromper, admit Augustine.

— Je ne pense pas que vous vous trompiez. Ceci n'est probablement que le commencement. Nous en saurons bientôt davantage.

— C'est ce que vous souffle votre instinct ?

Dicken opina.

Mark plissa le front et posa ses doigts croisés sur le bureau.

— Vous rappelez-vous ce qui est arrivé en 1963 ?

— Je n'étais qu'un bébé, monsieur. Mais j'en ai entendu parler. La malaria.

— Moi, je n'avais que sept ans. Le Congrès a coupé les crédits au programme d'élimination des maladies transmises par les insectes, y compris la malaria. La décision la plus stupide de l'histoire de l'épidémiologie. Plusieurs millions de morts dans le monde, de nouvelles variantes de maladies résistantes... une catastrophe.

— De toute façon, le DDT ne serait pas resté efficace très longtemps, monsieur.

— Qui peut le dire ? (Augustine leva ses deux index.) Les êtres humains pensent comme des enfants, ils sautent d'une passion à l'autre. Soudain, la santé mondiale n'est plus à la mode. Peut-être que nous en avons trop fait. La mort de la forêt amazonienne semble moins imminente, et le réchauffement global est toujours aussi peu spectaculaire. Il n'y a pas eu de vraie pandémie à l'échelle planétaire et monsieur Tout-le-monde n'a jamais été séduit par la complainte du tiers monde. L'apocalypse commence à barber les gens. Si nous n'avons pas très bientôt une crise politiquement défendable, sur notre territoire, nous allons nous faire démolir au Congrès, Christopher, et il se produira ce qui s'est produit en 1963.

— Je comprends, monsieur.

Augustine soupira et leva les yeux vers les plafonniers fluórescents.

— La ministre de la Santé pense que notre fruit est encore trop vert pour qu'elle l'offre au président, de sorte qu'elle s'est déclarée atteinte d'une migraine fort pratique. Elle a repoussé la réunion de cet après-midi à la semaine prochaine.

Dicken réprima un sourire. L'idée que la ministre de la Santé puisse feindre un mal de tête était du plus haut comique.

Augustine regarda fixement son subordonné.

— Très bien, vous avez reniflé une proie, allez la traquer. Vérifiez les statistiques relatives aux fausses couches dans les hôpitaux américains sur l'année écoulée. Menacez la Turquie et la Géorgie de les dénoncer à l'OMS. Dites-leur que nous les accuserons d'avoir violé tous nos traités de coopération. Je vous appuierai. Trouvez des femmes qui se sont rendues en Europe ou au Proche-Orient, qui ont attrapé le SHEVA et qui ont fait une ou deux fausses couches. Nous avons une semaine et, si vous ne me dégotez pas un SHEVA plus meurtrier, je devrai me rabattre sur un spirochète inconnu que des bergers afghans ont chopé... en copulant avec des moutons.

Augustine prit une expression de chien battu.

— Sauvez-moi, Christopher.

13.

Cambridge, Massachusetts

Epuisée, fêtée comme une reine, Kaye baignait depuis une semaine dans le respect et l'adoration amicale de ses collègues, qui saluaient en elle une scientifique reconnue pour avoir triomphé de l'adversité et fait progresser la vérité. Elle n'avait certes pas souffert des critiques et des injustices qui avaient été le lot d'autres biologistes au cours des cent cinquante dernières années — rien de comparable, en tout cas, à ce qu'avait dû affronter Charles Darwin, son héros. Ni aux réactions qui avaient accueilli la théorie de l'évolution symbiotique des cellules eucaryotes avancée par Lynn Margulis. Mais on ne l'avait pas ménagée non plus.

Les lettres sceptiques et furieuses envoyées aux journaux par des généticiens de la vieille garde persuadés qu'elle chassait des chimères ; les commentaires entendus lors de ses conférences, émanant d'hommes et de femmes souriants qui se croyaient plus proches qu'elle d'une grande découverte... plus haut dans l'échelle du succès, plus près du hochet du Savoir et de la Reconnaissance.

Kaye n'en était pas troublée outre mesure. Telle était la science, bien trop humaine et d'autant plus riche pour cette raison même. Mais il y avait eu la querelle opposant Saul au rédacteur en chef de *Cell*, qui lui avait barré l'accès à cette publication. Son article était donc paru dans *Virology*, un journal excellent quoique moins prestigieux. Jamais elle n'avait forcé les portes de *Science* ou de *Nature*. Après une progression remarquable, elle s'était retrouvée à faire du surplace.

A présent, plusieurs douzaines de labos et de centres de recherche étaient impatients de lui montrer les résultats des travaux qu'ils avaient engagés pour confirmer ses spéculations. Soucieuse de préserver sa tranquillité d'esprit, elle décida de répondre aux invitations émanant des facultés, des centres et des labos qui l'avaient encouragée ces dernières années — en particulier le centre de recherche Carl Rose, sis à Cambridge, dans le Massachusetts.

Le centre Rose, situé au cœur d'une épaisse forêt de pins plantée dans les années 50 sur une surface de plusieurs centaines d'ares, occupait un bâtiment cubique surélevé sur l'une de ses faces. Deux niveaux de labos étaient aménagés au sous-sol, en dessous et à l'est du cube surélevé. Financé en grande partie par un don des Van Buskirk, une famille de millionnaires bostoniens, le centre Rose œuvrait depuis trente ans dans le domaine de la biologie moléculaire.

Trois de ses chercheurs avaient reçu des bourses du projet « Génome humain » — une gigantesque entreprise multilatérale dont l'objectif était le séquençage et la compréhension du patrimoine génétique humain dans sa totalité — pour analyser des fragments de gènes archaïques présents dans les introns, les fractions non codantes des gènes humains. La responsable de ce projet n'était autre que Judith Kushner, la directrice de thèse que Kaye avait eue à Stanford.

Mesurant un peu plus d'un mètre soixante, Judith Kushner avait des cheveux bouclés poivre et sel, un visage rond et rêveur qui semblait toujours sur le point de sourire et de petits yeux noirs légèrement globuleux. Elle jouissait à l'échelle internationale d'une réputation de magicienne, due à sa capacité à concevoir des expériences et à tirer tout le parti de son équipement — en d'autres termes, elle n'avait pas son pareil pour accomplir ces expériences reproductibles nécessaires au fonctionnement de la science.

Si elle passait désormais le plus clair de son temps à remplir de la paperasse et à orienter les étudiants et les thésards, c'était tout simplement parce que ainsi le voulait la science moderne.

Fiona Bierce, l'assistante et secrétaire de Kushner, une jeune fille rousse maigre à faire peur, guida Kaye dans le labyrinthe de labos jusqu'à une cabine d'ascenseur.

Le bureau de Kushner se trouvait à l'entresol, au-dessus des labos souterrains ; ses murs de béton dépourvus de fenêtres étaient peints d'un beige clair agréable à l'œil. Les étagères étaient pleines de livres et de journaux reliés rangés avec soin. Quatre ordinateurs bourdonnaient doucement dans un coin, dont un super-ordinateur Sim Engine offert par Concepts Spirituels, une boîte de Seattle.

— Kaye Lang, je suis *fière* de vous !

Rayonnante, Kushner quitta son siège, ouvrit les bras et étreignit Kaye dès qu'elle entra dans la pièce. Poussant un petit cri, elle entraîna son ancienne étudiante dans un tour de valse, un sourire professoral aux lèvres.

— Alors, dites-moi, qui vous a appelée ? Lynn ? Le vieux en personne ?

— Lynn a téléphoné hier, répondit Kaye en rougissant.

Kushner joignit les mains et les leva au ciel, telle une boxeuse célébrant sa victoire.

— Fantastique !

— En fait, c'est un peu trop pour moi, avoua Kaye. Sur un signe de Kushner, elle s'assit près du large moniteur ultraplat du Sim Engine.

— Profitez-en ! Prenez votre pied ! conseilla Kushner d'un air jouissif. Vous l'avez mérité, ma chérie. Je vous ai vue trois fois à la télévision. Et Jackie Oniama de Triple C Network qui s'essayait au jargon scientifique ! Comme c'était drôle ! Est-ce qu'elle ressemble autant à une poupée, dans la vie ?

— Ils ont tous été très gentils. Mais c'est épuisant d'expliquer les choses sans arrêt.

— Il y a tant de choses à expliquer. Comment va Saul ? demanda Kushner, dissimulant relativement bien son appréhension.

— Bien. Nous ne sommes pas encore sûrs de pouvoir signer un partenariat avec les Géorgiens.

— S'ils ne vous sautent pas dessus tout de suite, ils ont encore du chemin à faire avant de devenir des capitalistes, répliqua Kushner en s'asseyant à côté de Kaye.

Fiona Bierce semblait ravie de les écouter. Elle souriait de toutes ses dents.

— Eh bien..., fit Kushner en regardant fixement Kaye. La route a été plutôt courte, non ?

Kaye éclata de rire.

— Je me sens si *jeune* !

— Et moi *si* envieuse. Aucune de mes théories excentriques ne m'a valu autant d'attention.

— Seulement des paquets de fric.

— Plein de paquets. Vous en voulez un peu ?

Kaye sourit.

— Il ne faudrait pas compromettre notre réputation professionnelle.

— Ah ! le monde merveilleux de la biologie lucrative d'aujourd'hui, si important, si secret et si prétentieux. Les femmes sont censées aborder la science sous un autre jour, ma chérie, ne l'oubliez pas. On écoute et on rame, on écoute et on rame, comme cette pauvre Rosalind Franklin, rien à voir avec ces téméraires garçonnets. Et le tout dans le cadre d'une pureté éthique irréprochable. Alors... quand est-ce que Saul et vous allez entrer en Bourse ? Mon fils essaie de me constituer un fonds de pension.

— Probablement jamais, dit Kaye. Saul n'aimerait pas devoir rendre des comptes à des actionnaires. Et puis nous devons d'abord réussir, gagner de l'argent, et ce n'est pas demain la veille.

— Assez de bavardages, la coupa Kushner. J'ai quelque chose d'*intéressant* à vous montrer. Fiona, pouvez-vous mettre en route notre petite simulation ?

Kaye poussa sa chaise de côté. Bierce s'assit devant le clavier du Sim Engine et fit craquer ses phalanges à la façon d'un pianiste.

— Ça fait trois mois que Judith bosse là-dessus, expliqua-t-elle. Elle s'est inspirée de votre article, ainsi que de données provenant de trois projets « génome » différents, et, quand la nouvelle a été annoncée, nous étions prêts.

— Nous avons foncé sur vos marqueurs et trouvé les routines d'assemblage, dit Kushner. L'enveloppe de SHEVA et son petit système universel de livraison humaine. Ceci est la simulation d'une infection, fondée sur les résultats obtenus par les labos du quatrième étage, l'équipe de John Dawson. Ils ont infecté des hépatocytes en culture dense. Voici ce qui en est sorti.

Sous les yeux attentifs de Kaye, Bierce lança la séquence simulée d'assemblage. Les particules de SHEVA pénétrèrent dans des hépatocytes — des cellules de foie dans une boîte de Petri — et désactivèrent certaines fonctions cellulaires, en détournèrent d'autres, puis transcrivirent leur ARN pour en faire de l'ADN, qu'elles intégrèrent dans celui des cellules, et commencèrent à se reproduire. De nouvelles particules virales, que la simulation parait de couleurs éclatantes, se formaient dans le cytosol — le fluide interne de la cellule. Après avoir migré vers la membrane externe de celle-ci, les virus surgirent dans le monde extérieur, chaque particule étant soigneusement enveloppée dans un fragment de peau cellulaire.

— La membrane est attaquée, mais modérément et de façon contrôlée. Les virus agressent les cellules sans les tuer. Et il semble qu'une particule virale sur vingt soit viable — c'est cinq fois mieux que le VIH.

Zoom sur des molécules créées en même temps que le virus, enveloppées dans des colis cellulaires baptisés vésicules et accompagnant le flot des nouvelles particules infectieuses. Elles étaient marquées par des lettres orange vif : PGA ? et PGE ?

— Arrêt sur image, Fiona. (Kushner pointa du doigt ces inscriptions.) SHEVA ne transporte pas tous les ingrédients nécessaires au déclenchement de la grippe d'Hérode. Nous avons constaté dans les cellules infectées la présence d'un amas de protéines non codées dans SHEVA et ne ressemblant à rien de connu. Quand cet amas se disperse, il nous reste un tas de protéines plus petites qui n'ont rien à faire ici.

— Nous avons recherché les protéines altérant nos cultures de cellules, enchaîna Bierce. On s'est concentrés à fond là-dessus. Après quinze jours de recherches infructueuses, nous avons envoyé des cellules infectées à une bibliothèque de tissus privée à fin de comparaison. Elle a dissocié ces nouvelles protéines et découvert...

— C'est à moi de raconter cette histoire, Fiona, dit Kushner en agitant l'index.

— Pardon, dit la jeune fille avec un sourire penaud. Mais on a trouvé si vite, c'est trop cool !

— Nous avons fini par conclure que SHEVA activait un gène dans un autre chromosome. Mais comment ? On a continué de chercher... et on a trouvé le gène en question dans le chromosome 21. Il est codant pour notre polyprotéine, ce que nous appelons le LPC — *Large Protein Complex*. Il existe un facteur unique de transcription contrôlant l'expression de ce gène. Nous l'avons cherché, et nous l'avons trouvé dans le génome de SHEVA. Il y a un coffre dans le chromosome 21, et le virus apporte la clé pour l'ouvrir. Ce sont des partenaires.

— Stupéfiant, souffla Kaye.

Bierce relança la simulation, se concentrant cette fois-ci sur le chromosome 21 — sur la création de la polyprotéine.

— Mais, Kaye — ma chère Kaye —, ce n'est pas fini, loin de là. Nous avons un mystère à élucider. La protéase de SHEVA déclenche l'apparition de trois nouvelles cyclo-oxygénases et lipoxygénases, qui à leur tour synthétisent trois prostaglandines différentes et uniques. Deux de celles-ci sont complètement nouvelles, vraiment stupéfiantes. Elles semblent toutes très puissantes. (De la pointe d'un stylo, Kushner désigna les prostaglandines exportées d'une cellule.) Cela explique peut-être ces histoires de fausses couches.

Kaye plissa le front, concentrée.

— D'après nos calculs, une infection aiguë de SHEVA produirait ces prostaglandines en quantité suffisante pour déclencher l'avortement d'un fœtus en moins d'une semaine.

— Et comme si ce n'était pas déjà assez étrange, enchaîna Bierce en désignant la simulation, les cellules infectées produisent également des séries de glycoprotéines. Nous ne les avons pas totalement analysées, mais elles ressemblent beaucoup à la FSH et à la LH — l'hormone folliculostimulante et l'hormone lutéotrope. Et ces peptides semblent libérer des hormones.

— Les maîtres bien connus du destin féminin, commenta Kushner. Ovogenèse et ovulation.

— Pourquoi ? demanda Kaye. S'il vient d'y avoir un avortement... pourquoi une ovulation forcée ?

— Nous ne savons pas ce qui vient en premier, expliqua Kushner. L'ovulation précède peut-être l'avortement. Ceci est une cellule de *foie*, ne l'oubliez pas. Nous n'avons même pas entamé une étude de l'infection des tissus reproducteurs.

— Ça n'a aucun sens !

— Voilà le vrai défi, dit Kushner. Quelle que soit la nature de votre petit rétrovirus endogène, il n'est sûrement pas inoffensif — du moins pour nous, les femmes. On dirait une arme conçue pour nous envahir, nous soumettre et nous ravager.

— Vous êtes les seuls à avoir effectué ces travaux ? s'enquit Kaye.

— Probablement, admit Kushner.

— Nous envoyons nos résultats aujourd'hui au NIH et au projet « Génome humain », précisa Bierce.

— Tout en vous prévenant à l'avance, ajouta Kushner en posant une main sur l'épaule de Kaye. Je ne veux pas qu'on s'en prenne à vous.

Kaye plissa le front.

— Je ne comprends pas.

— Ne soyez pas naïve, ma chérie, dit Kushner avec un regard soucieux. Nous avons peut-être affaire à un cataclysme de proportions bibliques. Un virus qui tue les bébés. *Plein* de bébés. On risque de voir en vous un messager. Et vous connaissez le sort réservé aux messagers porteurs de mauvaises nouvelles.

14.

Atlanta
Octobre

Porté par ses jambes longilignes, le docteur Michael Voight précédait Dicken dans le couloir menant à la salle de repos des praticiens hospitaliers.

— Bizarre que vous me posiez cette question, déclara-t-il. Nous avons constaté tout un tas d'anomalies obstétriques. Nous leur avons même consacré plusieurs réunions internes. Mais sans aucun rapport avec la grippe d'Hérode. Nous voyons passer toutes sortes d'infections, dont la grippe, bien entendu, mais nous n'avons pas encore reçu le test de dépistage de SHEVA. (Il se retourna à moitié pour demander :) Un café ?

Construit six ans plus tôt et financé par la ville d'Atlanta et le gouvernement fédéral, l'hôpital d'Olympic City avait pour but de désengorger les établissements du centre-ville. Grâce aux dons des particuliers et aux retombées des Jeux olympiques, il était devenu l'un des hôpitaux les mieux équipés de l'Etat, attirant les plus brillants représentants de la nouvelle génération ainsi que des médecins plus âgés et déçus par le programme de rationalisation des soins médicaux. Au fil de la décennie écoulée, les spécialistes de talent avaient vu leurs revenus chuter et leurs pratiques médicales de plus en plus étroitement contrôlées par les comptables. Au moins Olympic City les traitait-il avec respect.

Voight amena Dicken dans la salle de repos et lui servit une tasse de café à une urne en acier inoxydable. Cette pièce était ouverte aux internes comme aux PH, expliqua-t-il.

— En général, il n'y a personne à cette heure de la nuit. C'est l'heure de pointe — le moment où la vie nous apporte ses victimes insouciantes.

— Quel genre d'anomalies ? souffla Dicken.

Voight haussa les épaules, attrapa une chaise placée devant une table en Formica et replia ses jambes à la Fred Astaire. Sa blouse verte émit un froissement ; c'était un accessoire jetable en papier rêche. Dicken s'assit et referma les mains autour de sa tasse. Le café allait sans doute l'empêcher de dormir, mais il avait besoin d'énergie, besoin de se concentrer.

— Je ne m'occupe que des cas extrêmes, et je n'ai pas eu à examiner certains des plus bizarres. Mais ces deux dernières semaines... sept femmes incapables de dire pourquoi elles sont enceintes, vous y croyez ?

176

— Je suis tout ouïe.

Voight compta les cas sur ses doigts.

— Deux femmes qui pratiquent la contraception avec un zèle religieux, si je puis dire, et voilà que ça ne marche plus... Ça n'a peut-être rien d'extraordinaire. Mais il y a la troisième, qui ne prenait pas la pilule mais affirmait n'avoir jamais eu de relations sexuelles. Et devinez quoi ?

— Quoi ?

— Elle était *virgo intacta*. Elle a beaucoup saigné pendant un mois, puis plus rien, et voilà qu'arrivent les nausées matinales, plus de règles, son docteur lui déclare qu'elle est enceinte, et elle vient nous voir une fois que ça tourne mal. Une jeune femme du genre timide, qui vit avec un vieillard, une relation vraiment étrange. Rien de sexuel là-dedans, insiste-t-elle.

— Le Second Avènement ? demanda Dicken.

— Je vous en prie. J'ai retrouvé ma foi dans le Seigneur, répliqua Voight avec un rictus.

— Excusez-moi.

Voight se fendit d'un sourire un peu contrit.

— Ensuite, son « vieil ami » est venu nous trouver et nous a dit la vérité. En fait, il se faisait beaucoup de souci pour elle... et il tenait à ce que nous sachions tout afin d'être mieux à même de la traiter. Elle l'avait laissé entrer dans son lit et se frotter contre elle... par compassion. Voilà donc comment elle est tombée enceinte la première fois.

Dicken hocha la tête. Rien de choquant dans cette histoire — la vie et l'amour sont infiniment versatiles.

— Fausse couche, reprit Voight. Mais, trois mois plus tard, elle revient nous voir, à nouveau enceinte.

De deux mois. Son vieil ami l'accompagne, et il affirme qu'il ne l'a plus touchée, de quelque manière que ce soit, et qu'elle n'a vu aucun homme, il en est convaincu. Est-ce qu'on doit le croire ?

Dicken inclina la tête, arqua les sourcils.

— Il se passe tout un tas de trucs bizarres, murmura Voight. Beaucoup plus que d'ordinaire.

— Ces femmes se sont-elles plaintes de douleurs ?

— Les symptômes habituels. Frissons, fièvres, courbatures. Je crois que nous avons encore deux ou trois spécimens au labo, si vous voulez y jeter un coup d'œil. Vous êtes allé à Northside ?

— Pas encore.

— Pourquoi n'allez-vous pas à Midtown ? Ils ont beaucoup plus de tissus.

Dicken fit non de la tête.

— Combien de jeunes femmes frappées par une fièvre inexplicable, par une infection non bactérienne ?

— Des douzaines. Ce qui n'a rien d'extraordinaire non plus. On ne garde les prélèvements qu'une semaine ; si les tests ne dépistent aucune bactérie, on les jette.

— Entendu. Voyons ces tissus.

Dicken suivit Voight vers l'ascenseur, sa tasse de café à la main. Le laboratoire de biopsie et d'analyse se trouvait au sous-sol, à deux portes de la morgue.

— Les laborantins finissent leur service à neuf heures, dit Voight.

Il alluma les lumières et fouilla un petit meuble à fiches en acier.

Dicken considéra le labo : trois longs établis blancs équipés d'éviers, deux fumigateurs, des incubateurs, des placards où s'alignaient des bouteilles marron ou transparentes, emplies de réactifs, des tests de dépistage impeccablement rangés dans des petits cartons orange et vert, deux réfrigérateurs en acier inoxydable et un congélateur blanc plus ancien ; un ordinateur relié à une imprimante à jet d'encre, le tout étiqueté HORS SERVICE ; et, reléguée dans un réduit derrière une porte à deux battants, une armoire rotative aux compartiments d'un gris et kaki réglementaire.

— Ils n'ont pas encore mis ces trucs dans l'ordinateur ; ça nous prend environ trois semaines. Apparemment, il nous en reste un... C'est désormais la procédure suivie par l'hôpital : nous laissons le choix à la mère, elle peut disposer des tissus pour une cérémonie funèbre. Le travail de deuil se fait plus facilement. Mais, ici, nous avions affaire à une indigente — ni argent ni famille. Tenez.

Il brandit une carte, entra dans le réduit, fit tourner l'armoire, localisa l'étagère correspondant au numéro figurant sur la carte.

Dicken attendait près de la porte. Voight ressortit avec un petit flacon, le leva pour l'examiner à la lumière du labo.

— Faux numéro, mais c'est quand même le bon type. Celui-ci date de six mois. Celui que je cherche est peut-être encore réfrigéré.

Il tendit le flacon à Dicken et se dirigea vers le premier réfrigérateur.

Dicken examina le fœtus : douze semaines environ, gros comme son pouce, recroquevillé sur lui-même, un minuscule extraterrestre blafard qui avait raté son examen d'entrée sur Terre. Les anomalies le frappèrent tout de suite. Les membres n'étaient que des moignons et l'abdomen enflé était entouré de protubérances qu'il n'avait jamais observées sur un fœtus difforme.

Le petit visage semblait étrangement pincé, vide.

— Il y a quelque chose qui cloche dans sa structure osseuse, dit Dicken, alors que Voight refermait le frigo.

Le médecin tenait dans la main un autre fœtus, conservé dans un becher festonné de givre, enveloppé dans du plastique, scellé par un élastique et portant une étiquette.

— Tout un tas de problèmes, aucun doute là-dessus, dit-il en échangeant son flacon contre celui de Dicken. Dieu a installé des postes de contrôle dans chaque grossesse. Ces deux-là ont été refoulés. (Il jeta vers le ciel un regard appuyé.) Retour à la crèche paradisiaque.

Dicken n'aurait su dire si cette remarque relevait d'une philosophie sincère ou du cynisme médical. Il compara le becher réfrigéré au flacon conservé à température ambiante. Les deux fœtus avaient le même âge et étaient fort semblables.

— Puis-je emporter celui-ci ? demanda-t-il en levant le becher.

— Quoi ? et priver nos étudiants d'un sujet en or ? (Voight haussa les épaules.) Signez-nous un reçu, on dira que c'est un prêt au CDC, pas de problème. (Il regarda le becher.) Quelque chose de significatif ?

— Peut-être.

Dicken fut parcouru d'un frisson de tristesse et d'excitation. Voight lui donna un flacon plus solide, un petit carton, du coton et de la glace emballée dans un sac plastique scellé pour conserver le spécimen au frais. Ils le transférèrent dedans avec des languettes de bois, et Dicken ferma le carton avec du ruban adhésif extrafort.

— Si vous en recevez d'autres comme celui-ci, faites-le-moi savoir aussitôt, d'accord ? demanda-t-il.

— Entendu.

Une fois dans l'ascenseur, Voight remarqua :

— Vous avez l'air tout drôle. Y a-t-il quelque chose que je devrais savoir dès maintenant, quelque chose qui m'aiderait à mieux servir le public ?

Dicken savait qu'il avait gardé un visage impassible, aussi se contenta-t-il de sourire et de secouer la tête.

— Surveillez les cas de fausses couches, dit-il. En particulier de ce type. Tout lien avec la grippe d'Hérode serait le bienvenu.

Voight retroussa les lèvres en signe de déception.

— Rien d'officiel ?

— Pas pour l'instant, dit Dicken. Je remonte une piste loin des sentiers battus.

15.

Boston

Le dîner à base de pizzas et de spaghettis réunissant Saul et ses vieux collègues du MIT se déroulait à merveille. Saul avait débarqué à Boston dans l'après-midi, et ils s'étaient retrouvés chez Pagliacci.

Dans la pénombre complice du vieux restaurant italien, les sujets de conversation allaient de l'analyse mathématique du génome humain à l'élaboration d'un outil de prédiction chaotique des systoles et diastoles du flot de données sur Internet.

Kaye s'empiffra d'amuse-gueule et de poivrons avant même qu'on lui serve ses lasagnes. Saul grignotait une tranche de pain à l'ail.

L'une des célébrités du MIT, le docteur Drew Miller, fit son apparition à neuf heures, imprévisible comme à son habitude, pour émettre quelques commentaires sur l'action communautaire bactérienne, sujet brûlant s'il en fut. Saul écouta attentivement le chercheur légendaire, expert en matière d'intelligence artificielle et de systèmes s'auto-organisant. Miller changea de place à plusieurs reprises, puis, finalement, il tapa sur l'épaule de Derry Jacobs, l'ancien colocataire de Saul. Un sourire aux lèvres, Jacobs se leva, en quête d'une autre place, et Miller s'assit à côté de Kaye. Il prit un pain à l'ail dans l'assiette de Saul, fixa Kaye de ses grands yeux enfantins, plissa les lèvres et remarqua :

— Vous avez vraiment semé la merde chez les vieux gradualistes.

— Moi ? fit Kaye en riant. Pourquoi ?

— S'ils ont une once de bon sens, les héritiers d'Ernst Mayr doivent transpirer des glaçons. Dawkins est hors de lui. Ça fait des mois que je leur dis qu'il suffit d'un nouveau maillon dans la chaîne pour nous donner une boucle en feed-back.

Selon le gradualisme, l'évolution progresse par étapes imperceptibles, au moyen de mutations s'accumulant sur des dizaines de milliers, voire des millions d'années, en général au détriment de l'individu. Les mutations bénéfiques sont sélectionnées en fonction des avantages et des occasions accrues qu'elles confèrent à la reproduction et à la recherche de nourriture. Ernst Mayr avait été un brillant porte-parole de cette théorie. Richard Dawkins avait défendu avec éloquence une synthèse moderne du darwinisme et décrit le prétendu gène égoïste.

En entendant ces mots, Saul se leva pour se placer derrière Kaye, se penchant au-dessus de la table pour se rapprocher de Miller.

— Vous pensez que SHEVA nous donne cette boucle ? s'enquit-il.

— Oui. Un cercle de communication fermé entre les individus d'une même population, sans rapport aucun avec le sexe. L'équivalent pour nous de ce que les plasmides sont pour les bactéries, sauf qu'on pense davantage aux phages.

— Drew, SHEVA n'a que quatre-vingts kilobases et trente gènes, fit remarquer Saul. Il ne peut pas transporter beaucoup d'informations.

Kaye et Saul avaient déjà exploré ce territoire avant qu'elle publie son article dans *Virology*. Ils n'avaient parlé à personne de leurs théories. Kaye était un peu surprise de voir Miller aborder le sujet. Il n'avait pas une réputation de progressiste.

— Il n'a pas besoin de transporter toute l'information, dit Miller. Il lui suffit de transporter un code d'accès. Une clé. Nous ignorons encore nombre des capacités de SHEVA.

Kaye jeta un coup d'œil à Saul.

183

— Faites-nous part de vos réflexions, docteur Miller.

— Appelez-moi Drew, je vous en prie. Ce n'est pas vraiment mon domaine de compétence, Kaye.

— Ça ne vous ressemble pas de jouer la prudence, Drew, observa Saul. Et nous savons tous que la notion d'humilité vous est étrangère.

Miller sourit de toutes ses dents.

— Eh bien, je pense que vous soupçonnez déjà quelque chose. En ce qui concerne votre épouse, j'en suis sûr. J'ai lu vos articles sur les gènes transposables.

Kaye sirota son verre d'eau presque vide.

— Nous ne sommes jamais sûrs de ce que nous pouvons dire, ni à qui nous pouvons le dire, murmura-t-elle. Nous risquons d'offenser quelqu'un ou d'abattre nos cartes trop tôt.

— Ne vous souciez pas d'être originaux, rétorqua Miller. Il y a toujours quelqu'un en avance sur vous, mais, en général, ce quelqu'un n'a pas fait son boulot. Les découvertes sont dues aux gens qui bossent tout le temps. Vous accomplissez du bon travail, vous écrivez de bons articles, et vous avez fait un grand bond.

— Mais nous ne sommes pas sûrs que ce soit *le* grand bond, répliqua Kaye. Ce n'est peut-être qu'une anomalie.

— Je ne veux imposer de prix Nobel à personne, reprit Miller, mais SHEVA n'est pas vraiment un organisme pathogène. D'un point de vue évolutionniste, quelque chose qui se planque aussi longtemps dans le génome humain et s'exprime soudain à seule fin

184

de déclencher une grippe, ça n'a aucun sens. En réalité, SHEVA est une sorte d'élément génétique mobile, n'est-ce pas ? Un promoteur ?

Kaye repensa à sa conversation avec Judith, aux symptômes que SHEVA était susceptible de faire naître.

Miller ne se laissa pas décourager par son silence.

— Tout le monde a envisagé l'hypothèse que les virus puissent être des messagers de l'évolution, des amorces ou tout simplement des aiguillons aléatoires. Et ce depuis qu'on a découvert que certains virus transportaient des bribes de matériel génétique d'un hôte à l'autre. Je pense qu'il y a deux ou trois questions que vous devriez vous poser, si ce n'est déjà fait. Que déclenche SHEVA ? Supposons que le gradualisme soit mort et enterré. Nous avons des éruptions de spéciation adaptative chaque fois que s'ouvre une niche — de nouveaux continents qui apparaissent, un météore qui éradique les anciennes espèces. Ça se passe très vite, en moins de dix mille ans ; ce bon vieux saltationisme. Nous reste à résoudre un vrai problème. Où sont stockés ces changements potentiels ?

— Excellente question, remarqua Kaye.

Les yeux de Miller brillaient.

— Vous avez réfléchi là-dessus ?

— Qui ne l'a pas fait ? contra Kaye. Je me suis demandé si les virus et les rétrovirus ne pourraient pas contribuer au renouvellement du génome. Ce qui revient au même. Oui, peut-être que chaque espèce est équipée d'un ordinateur biologique, d'un processeur quelconque qui traite les mutations potentiellement bénéfiques. Il décide de ce qui va changer, où

et quand... Il effectue des estimations, si vous voulez, en fonction du taux de réussite des expériences
évolutionnaires passées.

— Qu'est-ce qui déclenche un changement ?

— Nous savons que les hormones liées au stress
peuvent affecter l'expression des gènes. Cette bibliothèque évolutionnaire de nouvelles formes possibles...

Miller se fendit d'un large sourire.

— Continuez, souffla-t-il.

— ... réagit aux hormones liées au stress. Si les
organismes stressés sont en nombre suffisant, ils
échangent des signaux, parviennent à une sorte de
quorum, et cela déclenche un algorithme génétique qui
compare les causes du stress avec une liste d'adaptations, de réponses évolutionnaires.

— Une évolution de l'évolution, intervint Saul. Les
espèces pourvues d'un ordinateur adaptatif changent
plus vite et plus efficacement que les espèces
archaïques incapables de contrôler et de sélectionner
leurs mutations, obligées de se fier au hasard.

Miller opina.

— Bien. Voilà qui est plus efficient que la méthode
consistant à laisser s'exprimer n'importe quelle mutation, au risque de détruire un individu ou de nuire à
une population. Supposons que cet ordinateur génétique adaptatif, ce processeur évolutionnaire, n'autorise que la mise en œuvre de certains types de mutations. Les individus stockent les résultats de son
travail, dont la nature serait, je suppose...

Miller se tourna vers Kaye, quémandant son aide
d'un geste de la main.

— Des mutations grammaticales, dit-elle, des propositions physiologiques qui ne violent aucune des règles structurelles importantes de l'organisme.

Miller eut un sourire béat, puis empoigna son genou et se mit à osciller d'avant en arrière. Son large crâne carré accrocha la lueur rouge d'un plafonnier. Il s'amusait comme un fou.

— Où serait stockée cette information évolutionnaire ? Dans la totalité du génome, de façon holographique, dans différentes parties de différents individus, dans les seules cellules germinales ou... ailleurs ?

— Des marqueurs rangés dans une section non codante du génome de chaque individu, répondit Kaye, qui se mordit aussitôt la langue.

Aux yeux de Miller — et à ceux de Saul, d'ailleurs —, une idée était assimilable à de la nourriture qui devait être mâchée et passée autour de la table avant de pouvoir être utile à quiconque. Kaye préférait avoir des certitudes avant de prendre la parole. Elle chercha un exemple parlant.

— Comme la réaction au choc thermique chez les bactéries ou l'adaptation au climat en une génération chez les drosophiles.

— Mais, chez un être humain, cette section doit être gigantesque. Nous sommes beaucoup plus complexes que les drosophiles. Et si nous l'avions déjà découverte sans savoir de quoi il s'agissait ?

Kaye posa une main sur le bras de Saul pour l'inciter à la prudence. Ils avaient désormais la réputation d'explorer un domaine bien précis et, même en face d'un scientifique de la vieille garde comme Miller, une mouche du coche ayant autant de réussites à son actif qu'une douzaine de ses collègues, elle hésitait à exposer le fruit de ses réflexions les plus récentes. Le bruit pourrait se répandre : *Kaye Lang affirme ceci et cela...*

— Personne ne l'a encore découverte, dit-elle.

— Ah bon ?

Miller l'observa d'un œil inquisiteur. Elle se sentait dans la peau d'une biche paralysée par les phares d'une voiture.

Le scientifique haussa les épaules.

— Peut-être. A mon avis, l'expression ne se produit que dans les cellules germinales. Les cellules sexuelles. D'un haploïde à l'autre. Le travail ne commence qu'après une confirmation envoyée par un autre individu. Des phéromones. Ou un simple contact oculaire.

— Ce n'est pas notre avis, dit Kaye. Nous pensons que les instructions transmises par cette section non codante ne concerneront que de petites altérations conduisant à l'émergence d'une nouvelle espèce. Les autres détails restent codés dans le génome, et il s'agit d'instructions standard pour le niveau inférieur... s'appliquant sans doute aux chimpanzés tout autant qu'à nous.

Miller plissa le front, cessa de se balancer.

— Il faut que je fasse tourner tout ça une petite minute. (Il leva les yeux vers le plafond obscur.) Ça se tient. Protéger le mécanisme dont le fonctionnement est garanti, à un coût minimal. Ces changements subtils transmis par la section non codante vont-ils s'exprimer par unités, à votre avis — un changement à la fois ?

— Nous n'en savons rien, dit Saul. (Il plia sa serviette à côté de son assiette et tapa du poing dessus.) Et nous ne vous dirons rien de plus, Drew.

Miller sourit de toutes ses dents.

— J'ai discuté avec Jay Niles. Il pense que le saltationisme a le vent en poupe, et il pense aussi qu'il s'agit d'un problème de système, de réseau. Le travail d'une intelligence en réseau neuronal. Je me suis toujours méfié de ces histoires de réseaux neuronaux. Ce n'est qu'une façon d'obscurcir le débat, de se dispenser de décrire ce que l'on doit décrire. (Faisant preuve d'une sincérité déconcertante, Miller ajouta :) Je pense pouvoir vous aider, si vous le souhaitez.

— Merci, Drew, dit Kaye. Peut-être que nous vous appellerons, mais, pour le moment, nous voulons simplement nous amuser.

Miller eut un haussement d'épaules expressif, porta un index à son front et se dirigea vers l'autre bout de la table, où il attrapa un nouveau pain à l'ail et se lança dans une nouvelle conversation.

A bord de l'avion à destination de La Guardia, Saul s'affala sur son siège.

— Drew ne sait rien, *rien*.

Kaye leva les yeux de *Threads*, le magazine offert par la compagnie aérienne.

— Que veux-tu dire ? Il m'a semblé sur la bonne voie.

— Si un biologiste — toi, moi ou un autre — venait à évoquer une intelligence responsable de l'évolution...

— Oh, fit Kaye. (Elle frissonna de la plus délicate façon.) Le vieux spectre du vitalisme.

— Bien entendu, quand Drew parle d'intelligence ou d'esprit, il ne parle pas de pensée consciente.

— Ah bon ?

Kaye se sentait délicieusement fatiguée, rassasiée de pâtes. Elle rangea le magazine dans la poche placée sous le plateau et inclina son siège vers l'arrière.

— De quoi parle-t-il, alors ? demanda-t-elle.

— Tu as déjà réfléchi aux réseaux écologiques.

— Ce n'est pas ce que j'ai fait de plus original. Et qu'est-ce que ça nous permet de prédire ?

— Peut-être rien du tout, dit Saul. Mais cela m'aide à ordonner mes réflexions. Des nœuds ou des neurones dans un réseau conduisant à une structure neuronale, retransmettant aux nœuds les résultats de toute activité du réseau, entraînant une augmentation de l'efficience de chaque nœud et du réseau en particulier.

— Voilà qui est parfaitement clair, dit Kaye en grimaçant.

Saul agita la tête de droite à gauche, acceptant sa critique.

— Tu es plus intelligente que je ne le serai jamais, Kaye Lang.

Elle le regarda attentivement et ne vit que ce qu'elle admirait en lui. Les idées s'étaient emparées de Saul ; découvrir une nouvelle vérité lui importait bien plus qu'une quelconque récompense. Ses yeux se brouillèrent et elle se rappela, avec une intensité presque pénible, les sentiments que Saul avait éveillés en elle durant leur première année de vie commune. Il ne cessait de l'aiguillonner, de l'encourager, de la tourmenter jusqu'à ce qu'elle s'exprime clairement et comprenne toutes les implications d'une idée, d'une hypothèse.

— Eclaircis-moi les idées, Kaye. Tu es douée pour ça.

— Eh bien... (Elle plissa le front.) C'est ainsi que fonctionne le cerveau humain, comme une espèce ou un écosystème, d'ailleurs. Et c'est aussi la définition la plus élémentaire de la pensée. Les neurones échangent plein de signaux. Ces signaux peuvent s'ajouter ou se soustraire les uns aux autres, se neutraliser mutuellement ou coopérer afin de parvenir à une décision. Ils accomplissent les actes fondamentaux de la nature : coopération et compétition ; symbiose, parasitisme, prédation. Les cellules nerveuses sont des nœuds dans le cerveau, et les gènes sont des nœuds dans le génome, se livrant à la compétition et à la coopération pour être reproduits dans la génération suivante. Les individus sont des nœuds dans une espèce, et les espèces sont des nœuds dans un écosystème.

Saul se gratta la joue et la considéra avec fierté.

Kaye leva le doigt en signe d'avertissement.

— Les créationnistes vont sortir du bois et prétendre que nous parlons enfin de Dieu.

— A chacun son fardeau, soupira Saul.

— Miller a dit que SHEVA fermait la boucle en feed-back pour les organismes individuels — c'est-à-dire les êtres humains. Cela ferait de SHEVA une sorte de neurotransmetteur, conclut Kaye, songeuse.

Saul se rapprocha d'elle, agitant les mains pour englober une foule d'idées.

— Soyons plus précis. Les humains coopèrent pour

en retirer des avantages, et ils forment une société. Ils communiquent sur les plans sexuel, chimique, mais aussi social — par la parole, l'écriture, la culture. Les molécules et les mèmes. Nous savons que les molécules à action olfactive, les phéromones, affectent le comportement ; chez des femmes vivant en groupe, l'ovulation se produit au même moment. Un homme évite de s'asseoir sur une chaise où un autre homme s'est assis ; une femme sera attirée par cette même chaise. Nous commençons à peine à comprendre les signaux de ce type, les messages qu'ils délivrent, la façon dont ces messages sont transportés. Et, maintenant, nous soupçonnons nos corps d'échanger des virus endogènes, tout comme le font les bactéries. Tout cela est-il vraiment étonnant ?

Kaye n'avait pas parlé à Saul de sa conversation avec Judith. Elle ne voulait pas gâcher leur plaisir, pas tout de suite, d'autant plus qu'ils ne savaient pas encore grand-chose, mais elle devrait tôt ou tard l'informer de la situation. Elle se redressa.

— Et si SHEVA avait plusieurs objectifs ? suggéra-t-elle. Pourrait-il avoir aussi des effets de bord néfastes ?

— Tout ce qui est naturel peut aller de travers, répliqua Saul.

— Et si cela s'était *déjà* produit ? Si l'expression du rétrovirus était erronée, s'il avait perdu de vue son objectif et se contentait de nous rendre malades ?

— Ce n'est pas impossible.

A en juger par le ton de sa voix, Saul n'était guère intéressé par le sujet. Seule l'évolution le préoccupait, pour le moment.

— Je pense que nous devrions réfléchir sérieusement durant la semaine à venir et préparer un autre article, reprit-il. Le matériel est presque prêt — nous pourrions passer toutes les spéculations en revue, faire appel aux gars de Cold Spring Harbor et à ceux de Santa Barbara... Peut-être même à Miller. On ne refuse pas l'offre de quelqu'un comme Drew. On devrait aussi discuter avec Jay Niles. Préparer des bases vraiment solides. Alors, on y va, on s'attaque à l'évolution ?

Kaye était terrifiée par cette possibilité. Cela lui paraissait dangereux, et elle voulait laisser à Judith le temps de découvrir ce dont SHEVA était capable. Plus important encore, cela n'avait rien à voir avec leurs activités, à savoir la recherche de nouveaux antibiotiques.

— Je suis trop fatiguée pour penser, dit-elle. Reparlons-en demain.

Saul soupira d'aise.

— Tant d'énigmes et si peu de temps.

Cela faisait des années qu'elle ne l'avait pas vu aussi énergique, aussi comblé. Il se mit à tapoter l'accoudoir à un rythme saccadé et à fredonner doucement pour lui-même.

16.

Innsbruck, Autriche

Sam, le père de Mitch, trouva celui-ci dans le hall
de l'hôpital, son sac de voyage bouclé et sa jambe
prise dans un plâtre plutôt encombrant. L'opération
s'était bien passée, on lui avait ôté les agrafes deux
jours plus tôt, sa jambe guérissait conformément aux
prévisions. Il pouvait donc partir.

Sam l'aida à gagner le parking, se chargeant du sac
de voyage. Une fois près de l'Opel de location, ils
repoussèrent au maximum le siège avant droit. Mitch
réussit tant bien que mal à caser sa jambe, et Sam
s'engagea dans la circulation, peu importante à cette
heure de la matinée. Ses yeux inquiets se focalisaient
dans toutes les directions.

— Ce n'est rien comparé à Vienne, commenta
Mitch.

— Oui, d'accord, mais je ne sais pas comment on
traite les étrangers, ici, répliqua Sam. Moins mal qu'au
Mexique, sans doute.

Le père de Mitch avait des cheveux bruns et drus
et un large visage d'Irlandais, constellé de taches de
rousseur, qui semblait propice au sourire. Mais Sam
souriait rarement, et il y avait dans ses yeux gris un
éclat d'acier que Mitch n'avait jamais appris à interpréter.

Mitch avait loué un appartement dans la banlieue d'Innsbruck, mais il n'y avait pas mis les pieds depuis l'accident. Sam alluma une cigarette et la fuma rapidement tandis qu'ils montaient l'escalier de béton jusqu'au premier étage.

— Tu te débrouilles bien avec ta jambe, dit-il.

— Je n'ai pas vraiment le choix.

Sam aida Mitch à négocier un tournant et à se stabiliser sur ses béquilles. Mitch trouva ses clés et ouvrit la porte. Le petit appartement, au plafond bas et aux murs en béton, n'avait pas été chauffé depuis des semaines. Mitch s'inséra dans la salle de bains et se rendit compte qu'il lui faudrait déterminer un angle d'attaque pour aller au petit coin ; le plâtre ne passait pas entre le mur et les toilettes.

— Je vais devoir apprendre à viser, dit-il en ressortant.

Cette remarque arracha un sourire à son père.

— La prochaine fois, choisis une salle de bains plus grande. Un appartement spartiate mais propre, commenta Sam en se fourrant les mains dans les poches. Ta mère et moi avons supposé que tu reviendrais à la maison. On aimerait bien t'accueillir.

— C'est probablement ce que je vais faire pour un temps, dit Mitch. Je me sens un peu dans la peau d'un chien battu, papa.

— Foutaises, murmura Sam. Rien ne t'a jamais battu.

Mitch considéra son père d'un air neutre, puis pivota sur ses béquilles et examina le poisson rouge que Tilde lui avait offert plusieurs mois auparavant. Elle avait apporté un petit aquarium, ainsi qu'une boîte de nourriture, et avait disposé le tout sur le plan de travail de la kitchenette. Il avait pris soin du poisson même après leur rupture.

Son cadavre n'était qu'un misérable petit radeau moisi flottant à la surface de l'aquarium à moitié vide. Le rythme d'évaporation de l'eau était matérialisé par des stries verdâtres. Répugnant.

— Merde, fit Mitch.

Il avait complètement oublié le poisson rouge.

— Qu'est-ce que c'était ? demanda Sam en fixant des yeux l'aquarium.

— Le dernier vestige d'une liaison qui a failli me tuer.

— Et qui s'est terminée dans le drame, je suppose ?

— Plutôt dans la dérision, corrigea Mitch. Peut-être qu'un requin aurait mieux fait l'affaire.

Il ouvrit le minuscule réfrigérateur et offrit une Carlsberg à son père. Sam engloutit un bon tiers de la canette tandis qu'il faisait le tour du salon.

— Tu as encore quelque chose à faire ici ? s'enquit-il.

— Je ne sais pas.

Mitch emporta son sac dans la chambre microscopique, dont les murs de béton nu étaient éclairés par un plafonnier de verre. Il jeta le sac sur son matelas, manœuvra ses béquilles et regagna le séjour.

— Ils veulent que je les aide à retrouver les momies.

— Alors, qu'ils te paient un billet d'avion, dit Sam. On rentre à la maison.

Mitch se rappela d'écouter le répondeur. Il avait trente messages, soit la capacité maximale.

— Il est temps que tu reviennes chez nous et reprennes des forces, insista Sam.

En fait, l'idée était séduisante. Réintégrer le cocon familial à trente-sept ans, laisser maman lui préparer de bons petits plats et papa lui apprendre la pêche à la mouche, ou quelque autre de ses hobbies, les accompagner chez leurs amis, redevenir un petit garçon libéré de toute responsabilité importante.

Mitch eut une soudaine nausée. Il rembobina la cassette du répondeur. A ce moment-là, le téléphone sonna, et il décrocha.

— Excusez-moi, dit en anglais une voix de ténor. Mitch Rafelson ?

— Lui-même.

— Je vais vous dire une chose, et ensuite adieu. Peut-être que vous reconnaissez ma voix, mais... peu importe. Ils ont retrouvé vos cadavres dans la grotte. Les gens de l'université d'Innsbruck. Sans votre aide, je suppose. Ils n'ont encore rien dit à personne, je ne sais pas pourquoi. Je ne plaisante pas, ceci n'est pas une farce, *Herr* Rafelson.

Un clic, puis la tonalité.

— Qui était-ce ? demanda Sam.

Mitch renifla, tenta de décrisper ses mâchoires.

— Des connards. Ils avaient seulement envie de m'emmerder.

Je suis célèbre, papa. Je suis un célèbre excentrique.

— Foutaises, répéta Sam, le visage déformé par la colère et le dégoût.

Mitch regarda son père avec un mélange d'amour et de honte ; ainsi apparaissait Sam quand il se sentait impliqué, farouchement protecteur.

— Foutons le camp de ce trou à rats, dit Sam, écœuré.

17.

Long Island, New York

Kaye prépara le petit déjeuner juste après le lever du soleil. Assis à la table en pin de la cuisine, Saul semblait éteint et sirotait lentement une tasse de café noir. Il en avait déjà bu trois, ce qui était mauvais signe. Quand il était de bonne humeur — *le Bon Saul* —, il ne buvait pas plus d'une tasse par jour. *S'il se remet à fumer...*

Kaye lui servit des toasts et des œufs brouillés, puis s'assit près de lui. Il se pencha, sans lui prêter attention, et se mit à manger lentement, délibérément, sirotant une gorgée de café entre deux bouchées. Comme il vidait son assiette, il fit la grimace et la repoussa.

— Les œufs n'étaient pas bons ? demanda doucement Kaye.

Saul l'observa un moment et secoua la tête. Ses mouvements étaient plus lents que d'ordinaire, encore un mauvais signe.

— Hier, j'ai appelé Bristol-Myers Squibb, dit-il. Ils n'ont rien signé avec Lado et Eliava et, apparemment, ils ne pensent pas qu'ils vont signer quoi que ce soit. Il y a un problème politique en Géorgie.

— C'est peut-être une bonne nouvelle ?

Saul agita la tête et fit tourner sa chaise vers la porte-fenêtre, vers le ciel gris du matin.

— J'ai aussi appelé un ami chez Merck. Il pense qu'il se trame quelque chose du côté d'Eliava, mais il ne sait pas quoi. Lado Jakeli a pris l'avion pour les Etats-Unis afin de les rencontrer.

Kaye faillit pousser un soupir, se retint de justesse. *Encore en train de marcher sur des œufs...* Le corps savait, son corps savait. Saul était de nouveau souffrant, bien plus qu'il ne le laissait paraître. Elle avait traversé cette épreuve au moins à cinq reprises. D'un moment à l'autre, il allait dénicher un paquet de cigarettes, inhaler la nicotine âcre et brûlante pour remettre de l'ordre dans la chimie de son cerveau, cela bien qu'il ait détesté la fumée, détesté le tabac.

— Donc, on est grillés, dit-elle.

— Je n'en suis pas encore sûr. (Saul plissa les yeux pour se protéger d'un éphémère rayon de soleil.) Tu ne m'avais pas parlé du charnier.

Kaye se sentit rougir comme une petite fille.

— Non, fit-elle avec raideur. Non, en effet.

— Et les journaux n'en ont rien dit.

— Non.

Repoussant sa chaise en arrière, Saul agrippa le bord de la table puis se redressa et effectua une série de pompes, les yeux braqués devant lui. Au bout d'une trentaine, il se rassit et s'essuya les joues avec le carré d'essuie-tout qui lui servait de serviette de table.

— Bon Dieu, je suis navré, Kaye, dit-il avec rudesse. Tu as une idée de l'effet que ça me fait ?

— Quoi donc ?

199

— L'idée que ma femme ait vécu une expérience comme celle-ci.

— Tu savais que j'avais étudié la médecine légale à New York.

— Quand même, ça me fait tout drôle, insista Saul.

— Tu voudrais me protéger.

Elle posa une main sur la sienne, lui frictionna les doigts. Il les retira lentement.

— De tout, dit-il en balayant la table de la main, englobant le monde entier. De la cruauté et de l'échec. De la stupidité. (Son débit s'accéléra.) *C'est* politique. Nous sommes suspects. Nous sommes associés aux Nations unies. Lado ne peut pas signer avec nous.

— Ce n'est pas l'impression que j'ai retirée de la politique géorgienne.

— Quoi, tu as accompagné une équipe de l'ONU et tu n'as pas pensé que ça pourrait nous nuire ?

— Bien sûr que si !

— Ouais. (Saul opina puis agita la tête d'avant en arrière, comme pour soulager les muscles tendus de son cou.) Je vais donner quelques coups de fil. Essayer de savoir qui Lado a prévu de rencontrer. Apparemment, nous ne sommes pas du nombre.

— Dans ce cas, on renoue avec les gens d'Evergreen, dit Kaye. Ils ont pas mal d'expertise, et leur travail de labo est...

— Ça ne suffit pas. Nous serons en compétition avec Eliava et leur partenaire, quel qu'il soit. Ils seront les premiers à déposer les brevets et à pénétrer sur le marché. A s'emparer du capital. (Il se frotta le menton.) Nous devons compter avec deux banques, deux

200

ou trois associés et... pas mal de gens qui comptaient sur nous pour décrocher le contrat, Kaye.

Elle se leva, les mains tremblantes.

— Je suis navrée, mais ce charnier... *c'étaient des gens*, Saul. On avait besoin de moi pour déterminer la cause de leur mort. (Elle se savait sur la défensive, et cela la déstabilisait.) J'étais là. Je me suis rendue utile.

— Y serais-tu allée si on ne t'en avait pas donné l'ordre ? demanda Saul.

— On ne m'a pas donné d'ordre. Enfin, pas précisément.

— Y serais-tu allée si ça n'avait pas été officiel ?

— Bien sûr que non.

Saul lui tendit sa main, et elle la saisit. Il lui étreignit les doigts presque à lui faire mal, puis elle vit ses paupières s'alourdir. Il la lâcha, se leva, se servit une nouvelle tasse de café.

— Le café ne sert à rien, Saul. Dis-moi comment ça va. Comment tu te sens.

— Je me sens bien, répliqua-t-il, sur la défensive à son tour. Le remède qu'il me faut en ce moment, c'est le succès.

— Ça n'a rien à voir avec les affaires. C'est comme les marées. Tu dois lutter contre tes marées. C'est toi-même qui me l'as dit, Saul.

Il acquiesça sans toutefois la regarder en face.

— Tu vas au labo, aujourd'hui ? demanda-t-il.

— Oui.

— Je t'appellerai d'ici après avoir fait ma petite enquête. Organisons une réunion avec les chefs d'équipe ce soir au labo. On commandera des pizzas.

Un tonnelet de bière. (Vaillamment, il tenta de sourire.) Nous devons préparer une position de repli, et vite.

— Je vais voir comment se passent les travaux en cours.

Tous deux savaient qu'une année au moins s'écoulerait avant qu'ils ne retirent des bénéfices de leurs projets actuels, dont le travail sur les bactériocines.

— Voir dans combien de temps nous...

— Laisse-moi m'inquiéter de ça, la coupa Saul.

Il s'écarta de la table en adoptant une démarche de crabe, légèrement chaloupée, se moquant de lui-même comme il aimait à le faire, et lui passa un bras autour de la taille, posant le menton sur son épaule. Elle lui caressa les cheveux.

— Je déteste ça, dit-il. Je me déteste quand je suis comme ça.

— Tu es très fort, Saul, murmura Kaye à son oreille.

— Ma force, c'est toi, répondit-il en s'écartant, se frottant la joue comme un petit garçon qu'on vient d'embrasser. Je t'aime encore plus que la vie elle-même, Kaye. Tu le sais. Ne t'inquiète pas pour moi.

L'espace d'un instant, elle perçut dans ses yeux une lueur farouche, celle d'un animal pris au piège. Puis cela passa, son dos se voûta, il haussa les épaules.

— Tout ira bien. Nous vaincrons, Kaye. Il faut juste que je passe quelques coups de fil.

Debra Kim était une Eurasienne à la silhouette fine et au visage large, dont les épais cheveux noirs lui faisaient sur le crâne un casque lisse. D'un autoritarisme tempéré de douceur, elle s'entendait à merveille avec Kaye mais se montrait distante avec la plupart des hommes, Saul en particulier.

Kim dirigeait le laboratoire d'étude du choléra avec une main de velours dans un gant d'acier. Ce labo, le deuxième d'EcoBacter en termes de taille, fonctionnait à un niveau 3 de sécurité, pour protéger les souris ultrasensibles de Kim plutôt que les employés, même si le choléra était une affaire sérieuse. Elle utilisait pour ses recherches des souris frappées d'immunodéficience sévère combinée, génétiquement privées de leur système immunitaire.

Kim entraîna Kaye dans le bureau attenant au labo et lui offrit une tasse de thé. Elles bavardèrent quelques minutes, observant à travers un panneau en acrylique transparent les conteneurs stériles de plastique et d'acier, alignés contre un mur, à l'intérieur desquels s'agitaient les souris.

Kim cherchait une thérapie à base de phages qui puisse lutter efficacement contre le choléra. Ses souris étaient équipées de tissu intestinal humain qu'elles étaient incapables de rejeter ; elles devenaient ainsi des petits modèles de l'infection cholérique chez l'être humain. Ce projet avait coûté plusieurs centaines de milliers de dollars, sans résultat probant jusqu'ici, mais Saul continuait à le maintenir en activité.

— D'après Nicki, à la compta, il ne nous reste plus que trois mois, dit Kim sans prévenir, posant sa tasse et adressant à Kaye un sourire forcé. C'est vrai ?

— Probablement, répondit Kaye. Trois ou quatre mois. A moins que nous ne signions un partenariat avec Eliava. Ce serait suffisamment sexy pour entraîner des rentrées de capitaux.

— Merde. La semaine dernière, j'ai refusé une proposition de Procter and Gamble.

— J'espère que vous n'avez pas fermé toutes les portes.

Kim secoua la tête.

— Je me plais ici, Kaye. Je préfère travailler avec Saul et vous qu'avec presque n'importe qui. Mais je ne rajeunis pas, et j'ai des projets plutôt ambitieux.

— Comme nous tous.

— Je suis sur le point de développer un traitement sur deux fronts, poursuivit Kim en s'approchant du panneau. J'ai trouvé la connexion génétique entre les endotoxines et les adhésines. Les *Cholerae* s'attachent aux cellules des muqueuses de l'intestin grêle et les enivrent. L'organisme résiste en se débarrassant des membranes des muqueuses. Résultat : des selles liquides. Je peux créer un phage porteur d'un gène qui stoppe la production de piline dans les *Cholerae*. S'ils peuvent produire des toxines, ils ne peuvent plus faire de piline, donc ils ne peuvent plus adhérer aux cellules des muqueuses. Nous livrons des capsules de phages dans les zones infectées par le choléra, *et voilà*[1]. On peut même les utiliser dans le traitement de l'eau. Six mois, Kaye. Encore six mois, et on pourra vendre ça à l'Organisation mondiale de la santé pour soixante-quinze *cents* la dose. Il suffirait de quatre cents dollars pour traiter une station de purification des eaux. Chaque mois, on ferait un chouette profit tout en sauvant plusieurs milliers de vies.

1. En français dans le texte. *(N.d.T.)*

— J'ai bien entendu.

— Pourquoi tout est-il toujours une question de timing ? murmura Kim en se servant une nouvelle tasse de thé.

— Votre travail ne s'arrêtera pas là. Si nous coulons, vous pourrez l'emporter avec vous. Dans une autre boîte. Et emportez aussi vos souris. S'il vous plaît.

Kim éclata de rire et plissa le front.

— C'est atrocement généreux de votre part. Mais vous, qu'allez-vous devenir ? Est-ce que vous comptez vous accrocher et crouler sous les dettes, ou bien vous déclarer en faillite et aller bosser pour Squibb ? Vous n'auriez aucune peine à trouver du boulot, Kaye, surtout si vous profitez de la pub qui vous est faite tant qu'il en est encore temps. Mais... et Saul ? Son entreprise, c'est toute sa vie.

— Nous avons des options, dit Kaye.

Kim, soucieuse, se mordilla les lèvres. Elle posa une main sur le bras de Kaye.

— Nous connaissons tous ses cycles, dit-elle. Est-ce qu'il accuse le coup ?

Kaye exagéra le frisson qui la parcourait, comme pour chasser le malheur.

— Je ne peux pas parler de Saul, Kim. Vous le savez.

Kim leva les bras au ciel.

— Bon sang, Kaye, peut-être que vous devriez profiter de cette pub pour entrer en Bourse, vous procurer des fonds. Ça nous permettrait de tenir un an...

Kim n'avait qu'une piètre connaissance du monde des affaires. Ce qui la rendait fort atypique ; la plupart des chercheurs biotech travaillant dans le privé étaient nettement plus avisés. *Pas de francs, pas de monstre de Frankenstein*, avait déclaré un jour l'un de ses collègues.

— Personne n'accepterait de nous financer si nous décidions d'émettre des actions, dit Kaye. SHEVA n'a rien à voir avec EcoBacter, du moins pour le moment. Et le choléra, c'est une maladie du tiers monde. Ça n'a rien de sexy, Kim.

— Ah bon ? fit Kim, agitant les mains en signe de dégoût. Eh bien, bon sang, qu'est-ce qui est *sexy* dans le monde des affaires, en ce moment ?

— Les alliances, les superprofits et les actions à la hausse, rétorqua Kaye.

Elle se leva et tapota le panneau en acrylique au niveau d'une cage à souris. Les rongeurs se dressèrent sur leurs pattes postérieures et frémirent du museau.

Kaye se dirigea vers le labo 6, où elle effectuait la plupart de ses recherches. Un mois plus tôt, elle avait confié son étude sur les bactériocines aux étudiants du labo 5 en période postdoctorale. En ce moment, il était également occupé par les assistants de Kim, mais ils s'étaient rendus à Houston pour assister à une conférence, et le labo était fermé, la lumière éteinte.

Quand elle ne travaillait pas sur les antibiotiques, ses sujets préférés étaient les cultures Henle 407, dérivées de cellules intestinales ; elle les avait utilisées pour étudier méticuleusement les génomes des mammifères et localiser des HERV potentiellement actifs. Saul l'avait encouragée dans cette voie, ce qui était peut-être stupide ; elle aurait pu se concentrer entièrement sur les bactériocines, mais Saul lui avait assuré qu'elle était l'équivalent du roi Midas. Tout ce qu'elle toucherait serait profitable à l'entreprise.

A présent, elle avait la gloire, mais pas l'argent.

L'industrie biotech était, au mieux, impitoyable. Peut-être que Saul et elle n'étaient pas de taille, tout simplement.

Kaye s'assit au milieu de la salle sur une chaise qui avait perdu une roulette, se pencha sur le côté, les mains sur les genoux, et sentit les larmes couler sur ses joues. Au fond de son crâne, une voix faible mais insistante lui répétait que ça ne pouvait pas continuer comme ça. Cette même voix lui affirmait sans se lasser qu'elle avait fait de mauvais choix dans sa vie personnelle, mais elle ne voyait pas comment elle aurait pu agir autrement. En dépit de tout, Saul n'était pas son ennemi ; loin d'être une brute ou un tyran, il n'était que la victime d'un tragique déséquilibre biologique. L'amour qu'il avait pour elle n'aurait pu être plus pur.

C'était cette voix qui la faisait pleurer, cette voix traîtresse affirmant qu'elle devait s'extirper de sa situation présente, abandonner Saul, repartir de zéro ; *le moment n'aurait pu être mieux choisi.* Elle arriverait sans peine à se faire recruter par une université, à trouver des fonds pour un projet de recherche pure dans ses cordes, à fuir cette satanée course de rats, au sens littéral du terme.

Mais Saul s'était montré si aimant, si *parfait* quand elle était rentrée de Géorgie ! L'article sur l'évolution avait semblé ranimer son intérêt pour la science sans but lucratif. Et puis... contretemps, découragement, spirale descendante. *Le Mauvais Saul.*

Elle ne voulait pas affronter une nouvelle fois ce qui s'était produit huit mois auparavant. La pire des dépressions de Saul avait mis ses limites à l'épreuve. Ses deux tentatives de suicide l'avaient laissée épuisée et plus aigrie qu'elle n'osait se l'avouer. Elle s'était imaginée vivant avec d'autres hommes, des hommes calmes et normaux, d'un âge plus proche du sien.

Kaye n'avait jamais parlé à Saul de ses fantasmes, de ses rêves éveillés ; elle s'était demandé si elle n'avait pas besoin de consulter un psy, elle aussi, mais elle avait répondu par la négative. Saul avait dépensé des dizaines de milliers de dollars en psychothérapie, il avait suivi cinq traitements chimiques différents, se retrouvant à un moment donné réduit à l'impuissance, tant sur le plan sexuel que sur le plan mental, et ce durant plusieurs semaines. Pour lui, les drogues miracles ne marchaient pas.

Que leur resterait-il, que resterait-il à Kaye si la marée déferlait à nouveau, si elle perdait le Bon Saul ? La proximité de Saul au cours de ses mauvaises périodes avait entamé en elle des réserves d'un autre type — des réserves spirituelles, accumulées lors de son enfance, quand ses parents lui disaient : *Tu es responsable de ta vie, de tes actes. Dieu t'a fait don de certains talents, d'outils magnifiques...*

Elle savait qu'elle était bonne ; naguère, elle avait été autonome, forte, déterminée, et elle voulait le redevenir.

Saul jouissait apparemment d'une bonne santé physique et d'un intellect acéré, mais il y avait des moments où il était incapable de contrôler son existence, sans pour autant être responsable de cette carence. Quelles conclusions en tirer à propos de Dieu et de l'âme ineffable ? Dire qu'il suffisait de quelques substances chimiques pour causer de telles déviances...

Kaye n'avait jamais été très portée sur Dieu, sur la foi ; les scènes de crimes qu'elle avait examinées à Brooklyn avaient ébranlé ses vagues convictions religieuses ; ébranlé puis terrassé.

Mais il subsistait en elle un ultime article de foi, un ultime lien avec le monde des idéaux : chacun de nous contrôle ses actes.

Elle entendit quelqu'un entrer dans le labo. On alluma la lumière. La chaise cassée se retourna en couinant. C'était Kim.

— Vous voilà ! dit-elle, le visage livide. Nous vous avons cherchée partout.

— Où vouliez-vous que je sois ? lança Kaye.

Kim lui tendit le téléphone portable du labo.

— Ça vient de votre domicile.

18.

*Centre de contrôle et de prévention des maladies,
Atlanta*

— Ceci n'est pas un bébé, Mr. Dicken. Ça n'aurait jamais pu devenir un bébé.

Dicken examina les photos et l'analyse de la fausse couche de Crown City. Le vieux bureau en acier tout cabossé de Tom Scarry se trouvait au fond d'une petite pièce aux murs bleu pâle, emplie de terminaux d'ordinateurs, adjacente à son labo de pathologie virale du bâtiment 15. Il disparaissait sous un amoncellement de disquettes, de photos et de chemises bourrées de papiers. A l'étonnement de tous, Scarry réussissait à suivre l'ensemble de tous ses projets ; c'était l'un des meilleurs analystes de tissus du CDC.

— Qu'est-ce que c'est, alors ? s'enquit Dicken.

— A l'origine, c'était peut-être un fœtus, mais presque tous ses organes internes souffrent d'un grave sous-développement. La colonne vertébrale ne s'est pas entièrement formée — on pourrait croire à un cas de spina-bifida, mais on trouve aussi toute une série de nerfs reliée à une masse folliculaire dans ce qui aurait été la cavité abdominale chez un autre sujet.

— Folliculaire ?

— Comme un ovaire. Mais ne contenant qu'une douzaine d'ovules.

Dicken fronça les sourcils. La voix traînante de Scarry était au diapason de son visage amical, mais son sourire était triste.

— Donc... il aurait été de sexe féminin ? demanda Dicken.

— Christopher, si ce fœtus a été avorté, c'est parce que c'est l'assemblage de matériau cellulaire le plus mal foutu que j'aie jamais vu. Cette fausse couche est un acte de miséricorde. Peut-être aurait-il été de sexe féminin... mais quelque chose a sacrément mal tourné lors de la première semaine de grossesse.

— Je ne comprends pas.

— Le crâne est gravement difforme. Le cerveau n'est qu'un bout de tissu à l'extrémité d'une moelle épinière atrophiée. Il n'y a pas de mâchoire. Les orbites sont ouvertes sur le côté, comme chez un chaton. Le crâne, ou ce qu'il en reste, ressemble davantage à celui d'un lémurien. Aucune fonction cérébrale n'aurait été possible après les trois premières semaines. Aucun métabolisme après le premier mois. Cette chose fonctionne à la façon d'un organe capable de s'alimenter, mais elle n'a pas de reins, son foie est minuscule, elle n'a ni estomac ni intestins dignes de ce nom... On trouve ce qui ressemble à un cœur, mais il est minuscule, lui aussi. Les membres ne sont que des petits boutons de chair. Ce n'est rien de plus qu'un ovaire avec une réserve de sang. D'où diable est-ce que vous avez sorti ce truc ?

— De l'hôpital de Crown City, répondit Dicken. Mais ne le répétez pas.

— Je serai muet comme la tombe. Ils en ont beaucoup d'autres comme celui-là ?

— Quelques-uns.

— A votre place, je chercherais une importante source de tératogènes. La thalidomide était une plaisanterie à côté de ça. Ce qui a causé ces difformités est un authentique cauchemar.

— Ouais. (Dicken se pinça le bout du nez.) Une dernière question.

— D'accord. Ensuite, ôtez ça de ma vue et laissez-moi reprendre une existence normale.

— Vous dites que cet organisme a un ovaire. Serait-il capable de fonctionner ?

— Les ovules sont parvenus à maturité, si c'est ce que vous voulez savoir. Et on dirait bien que l'un des follicules a été rompu. C'est mentionné dans mon rapport... Ici.

Après avoir feuilleté le rapport en question, il désigna du doigt le paragraphe qui l'intéressait, impatient et un peu en colère — contre la nature plutôt que contre moi, songea Dicken.

— Donc, nous avons un fœtus qui a connu une *ovulation* avant d'être avorté ? demanda-t-il, incrédule.

— Je ne pense pas que ce soit allé aussi loin.

— Nous n'avons pas le placenta.

— Si vous le retrouvez, inutile de me l'apporter, dit Scarry. J'en ai assez vu. Oh... encore autre chose. Le docteur Branch a déposé ses tissus ce matin.

Scarry poussa une feuille de papier sur son bureau, la levant délicatement pour ne pas déplacer les autres.

Dicken la prit.

— Seigneur !

— Vous pensez que c'est SHEVA le responsable ? demanda Scarry en tapotant sur son rapport.

Branch avait trouvé dans les tissus fœtaux une importante quantité de particules de SHEVA — plus d'un million par gramme. Elles s'étaient diffusées dans la totalité du fœtus, si tant est qu'on puisse appeler ainsi cette entité biologique ; on ne constatait leur absence qu'au sein de la masse folliculaire, autrement dit l'ovaire. Elle avait ajouté une brève note en fin de page.

Ces particules contiennent moins de 80 000 nucléotides d'ARN à un seul brin. Ils sont tous associés à un complexe protéinique non identifié, de 12 000 kilodaltons ou plus, dans le noyau de la cellule hôte. Le génome viral fait apparaître une homologie substantielle avec SHEVA. Contactez mon bureau. J'aimerais obtenir des échantillons plus récents pour procéder à une PCR[1] et à séquençage en règle.

— Alors ? insista Scarry. Est-ce que c'est dû à SHEVA, oui ou non ?

— Peut-être, répondit Dicken.

— Est-ce qu'Augustine a ce qu'il lui fallait, maintenant ?

Les nouvelles allaient vite, au 1600 Clifton Road.

— Pas un mot à quiconque, Tom. Je parle sérieusement.

— A vos ordres, chef.

Scarry fit mine de sceller ses lèvres avec une fermeture à glissière.

1. *Polymerase Chain Reaction*, réaction en chaîne de la polymérase. *(N.d.T.)*

Dicken glissa rapport et analyse dans une chemise puis consulta sa montre. Six heures. Augustine était peut-être encore à son bureau.

Six autres hôpitaux de la région d'Atlanta, qui appartenaient au réseau de Dicken, signalaient un fort taux de fausses couches produisant des résidus similaires. Les tests montraient que de plus en plus de mères étaient porteuses de SHEVA.

Il fallait absolument en informer la ministre de la Santé.

19.

Long Island, New York

Un camion de pompiers jaune vif et une ambulance rouge s'étaient garés dans l'allée gravillonnée. La lueur de leurs gyrophares bleu et rouge éclairait les ombres que l'après-midi gravait sur la vieille maison. Contournant le camion, Kaye se rangea près de l'ambulance, les yeux écarquillés et les mains moites, le cœur au bord des lèvres. Elle ne cessait de murmurer : « Bon Dieu, Saul. Pas maintenant. »

Des nuages arrivaient de l'est, occultant le soleil et dressant une muraille grise derrière l'éclat des gyrophares. Elle descendit de voiture et découvrit deux pompiers, qui lui retournèrent son regard d'un air neutre. Une douce brise tiède lui ébouriffa les cheveux. L'atmosphère était humide, oppressante ; il y aurait sans doute de l'orage ce soir.

Un jeune ambulancier s'approcha d'elle, le visage empreint d'une inquiétude toute professionnelle, un porte-bloc à la main.

— Mrs. Madsen ?

— Lang, corrigea-t-elle. Kaye Lang. L'épouse de Saul.

Elle se retourna pour reprendre ses esprits et aperçut la voiture de police garée derrière le camion de pompiers.

— Mrs. Lang, nous avons reçu un appel d'une Miss Caddy Wilson...

Caddy, la femme de ménage, ouvrit la porte grillagée et sortit sous le porche, suivie par un officier de police. La porte se referma derrière eux avec un bruit sourd, un bruit familier, amical, qui devenait soudain sinistre.

— Caddy ! appela Kaye.

Caddy descendit les marches d'un pas précipité, agrippant son chemisier de coton, ses cheveux filasse volant au vent. Proche de la cinquantaine, plutôt mince, elle avait des bras robustes, des mains masculines, un visage volontaire et de grands yeux marron qui, en ce moment, semblaient partagés entre l'inquiétude et un début de panique, évoquant ceux d'un cheval près de ruer.

— Kaye ! Je suis venue cet après-midi, comme d'habitude...

L'ambulancier l'interrompit.

— Mrs. Lang, votre mari n'est pas chez vous. Nous ne l'avons pas trouvé.

215

Caddy lui lança un regard plein de ressentiment, comme si c'était à elle, et à elle seule, de raconter cette histoire.

— La maison est horrible à voir, Kaye. Il y a du sang...

— Mrs. Lang, peut-être devriez-vous d'abord parler à la police...

— Je vous en prie ! s'écria Caddy. Vous ne voyez pas qu'elle est terrifiée ?

Kaye prit la main de Caddy dans la sienne et lui adressa un murmure apaisant. Caddy s'essuya les yeux du poignet et hocha la tête en déglutissant à deux reprises. L'officier de police les rejoignit, un géant au ventre de taureau, à la peau noire comme le jais, au front haut et au visage de patricien ; il avait des yeux las, pleins de sagesse, à la sclérotique jaune. Kaye le trouva fort impressionnant, bien plus rassurant que les autres personnes qui avaient envahi son jardin.

— M'dame, commença-t-il.

— Lang, souffla l'ambulancier.

— M'dame Lang, votre maison est dans un drôle d'état...

Kaye monta les quelques marches. Qu'ils se débrouillent pour les questions de juridiction et de procédure. Il fallait qu'elle voie ce que Saul avait fait avant de se demander où il pouvait se trouver, ce qu'il avait bien pu faire depuis... et ce qu'il était en train de faire.

L'officier de police la suivit.

— Votre époux a-t-il une tendance à l'automutilation, m'dame Lang ?

— Non, dit Kaye en serrant les dents. Il se ronge les ongles, c'est tout.

Pas un bruit à l'intérieur, excepté celui d'un autre policier descendant l'escalier. Quelqu'un avait ouvert les fenêtres du séjour. Les rideaux blancs se gonflaient au-dessus du sofa trop rembourré. Le second officier de police, un quinquagénaire maigre et pâle, aux épaules voûtées, au visage figé dans une expression douloureuse, ressemblait à un croque-mort ou à un médecin légiste. Il commença à parler, d'une voix lointaine et liquide, mais Kaye l'écarta sans lui prêter attention. L'homme au ventre de taureau la suivit à l'étage.

Saul avait saccagé leur chambre. Tous les tiroirs étaient vides, tous ses vêtements traînaient un peu partout. Sans avoir besoin de réfléchir, elle sut qu'il avait cherché le slip qu'il fallait, les chaussettes qu'il fallait, dans un but bien précis.

Sur le rebord de la fenêtre, un cendrier empli de mégots. Des Camel sans filtre. Les plus fortes. Kaye détestait l'odeur du tabac.

Des traces de sang sur les murs de la salle de bains. La baignoire à moitié remplie d'une eau rosâtre, des traces de pas sanglantes sur le tapis de bain jaune, le sol carrelé de noir et blanc, le parquet en teck et, finalement, dans la chambre, où toute trace de sang avait disparu.

— Théâtral, murmura-t-elle en considérant le miroir, le filet de sang sur le verre et la porcelaine. Bon Dieu ! Pas maintenant, Saul !

— Avez-vous une idée de l'endroit où il a pu se rendre ? demanda le policier au ventre de taureau. Est-ce qu'il s'est lui-même infligé ceci ou bien est-ce qu'une tierce personne est impliquée ?

C'était sans aucun doute la pire crise qu'il ait jamais eue. Soit il lui avait dissimulé son état d'esprit, soit il avait subitement craqué, perdu tout sens commun, tout sens des responsabilités. Un jour, il lui avait décrit l'arrivée d'une dépression comme la chute d'une couverture d'ombre tirée par des démons au visage flasque et aux vêtements fripés.

— Ce n'est que lui, ce n'est que lui, dit-elle en toussant.

A son grand étonnement, elle ne se sentait pas malade. Elle vit le lit impeccablement fait, la couette blanche soigneusement tirée et placée sous les oreillers — Saul tentant de mettre un peu d'ordre dans son monde enténébré —, puis elle s'immobilisa devant un cercle de gouttes de sang au pied de sa table de nuit.

— Ce n'est que lui, répéta-t-elle.

— Mr. Madsen est parfois très triste, ajouta Caddy depuis le seuil de la chambre, ses doigts longilignes posés sur la porte en érable.

— Votre époux a-t-il déjà fait une tentative de suicide ? demanda l'ambulancier.

— Oui. Mais ça n'a jamais été aussi grave que ça.

— Apparemment, il s'est tailladé les poignets dans la baignoire, dit le policier au visage triste.

Il souligna ses propos en hochant la tête avec sagesse. Kaye décida qu'elle le baptiserait M. Mort, son collègue étant M. Taureau. M. Mort et M. Taureau pouvaient lui en dire beaucoup sur la maison, peut-être plus qu'elle n'en savait.

218

— Il est sorti de la baignoire, dit M. Taureau, et...

— Il s'est pansé les poignets, comme un Romain, tentant de prolonger son séjour en ce monde, dit M. Mort. (Il adressa à Kaye un sourire penaud.) Excusez-moi, m'dame.

— Puis il a dû se rhabiller et quitter la maison.

Exactement, se dit Kaye. *Ils ont tout à fait raison.*

Elle s'assit au bord du lit, regrettant de ne pas être du genre à tomber dans les pommes, de ne pas pouvoir occulter cette scène, laisser les autres la prendre en charge.

— Mrs. Lang, nous devrions pouvoir retrouver votre mari...

— Il ne s'est pas tué.

Elle désigna les taches de sang, puis la direction du couloir et de la salle de bains. Elle cherchait des bribes d'espoir, crut un instant en avoir trouvé.

— C'est grave, mais il... comme vous l'avez dit, il s'est arrêté à temps.

— M'dame Lang..., commença M. Taureau.

— On doit le retrouver et le conduire à l'hôpital, dit-elle.

Soudain, à l'idée qu'il puisse encore être sauvé, elle se mit à pleurer doucement, la voix brisée.

— Le bateau a disparu, dit Caddy.

Kaye se redressa brusquement et alla près de la fenêtre. S'agenouillant sur le fauteuil, elle scruta l'embarcadère qui jaillissait de la falaise pour s'enfoncer dans les eaux gris-vert du détroit. Le petit voilier était invisible.

Kaye fut prise de frissons. Elle commençait à comprendre que cette fois-ci serait la bonne. Son courage, son refus de croire rendaient les armes face au sang, au désordre, à la folie de Saul, au triomphe du Mauvais Saul.

— Je ne le vois pas, dit-elle d'une voix stridente en parcourant du regard la mer agitée. Il a une voile rouge. Il n'est pas là.

On lui demanda une description, une photographie, qu'elle fournit. M. Taureau descendit au rez-de-chaussée, sortit pour regagner la voiture de police. Kaye le suivit puis échoua dans le séjour. Elle ne voulait pas rester dans la chambre. M. Mort et l'ambulancier lui posèrent encore quelques questions, mais elle n'avait guère de réponses à leur donner. Le photographe de la police et l'assistant du légiste montèrent à l'étage avec leur équipement.

Caddy observait tout cela avec la curiosité d'un hibou, la fascination d'un chat. Elle serra Kaye dans ses bras, lui murmura quelques mots, et Kaye lui répondit automatiquement que oui, tout irait bien. Caddy aurait voulu s'en aller, mais elle ne pouvait s'y résoudre.

A ce moment-là, Crickson, le chat orange, entra dans la pièce. Kaye le prit dans ses bras et le caressa, se demanda soudain s'il avait tout vu, se baissa pour le reposer doucement par terre.

Les minutes semblaient durer des heures. Le soir tomba, la pluie tambourina sur les fenêtres du séjour. Finalement, M. Taureau revint, et ce fut au tour de M. Mort de partir.

Caddy observait toujours, emplie de honte par son horreur et sa fascination.

— Nous ne pouvons pas nettoyer tout ceci, déclara

M. Taureau. (Il tendit à Kaye une carte de visite.) Ces gens ont monté une petite société. Ils nettoient les maisons où il s'est passé des choses. Ce n'est pas donné, mais ils font du bon boulot. C'est un couple de bons chrétiens. Très gentils.

Elle accepta la carte en hochant la tête. Pour l'instant, elle ne voulait pas de cette maison ; elle allait la verrouiller et s'en aller.

Caddy fut la dernière à prendre congé.

— Où comptez-vous passer la nuit, Kaye ? demanda-t-elle.

— Je ne sais pas.

— Vous êtes la bienvenue chez nous, ma chérie.

— Merci. Il y a un lit de camp au labo. Je pense que je vais aller dormir là-bas. Pouvez-vous vous occuper des chats ? Je... je n'ai pas la tête à ça.

— Bien sûr. Je vais les récupérer. Vous voulez que je revienne ? Pour nettoyer après... enfin, vous voyez ? Après que les autres auront fini.

— Je vous rappellerai, dit Kaye, se sentant sur le point de craquer une nouvelle fois.

Caddy l'étreignit avec une intensité presque douloureuse, puis alla chercher les chats. Elle partit dix minutes plus tard, et Kaye se retrouva seule dans la maison.

Pas de mot, pas de message, rien.

Le téléphone sonna. Elle refusa tout d'abord de répondre, mais la sonnerie persista, et le répondeur avait été débranché, peut-être par Saul. Peut-être que *c'était* lui, se dit-elle, choquée, se détestant pour avoir brièvement perdu espoir, et elle décrocha aussitôt.

— Kaye ?

— Oui.

Sa voix était rauque. Elle s'éclaircit la gorge.

— Mrs. Lang, ici Randy Foster, d'AKS Industries. Je dois parler à Saul. A propos du contrat. Est-ce qu'il est là ?

— Non, Mr. Foster.

Une pause. Maladroite. Que dire ? Que dire maintenant, et à qui ? Et qui était Randy Foster, et *quel* contrat ?

— Désolé. Dites-lui que nous avons fini de consulter nos avocats et que les documents sont prêts. Ils seront livrés demain. Nous avons prévu une conférence à seize heures. Je suis impatient de faire votre connaissance, Mrs. Lang.

Elle marmonna quelque chose puis raccrocha. L'espace d'un instant, elle crut qu'elle allait *s'effondrer*, s'effondrer pour de bon. Au lieu de quoi, lentement, délibérément, elle remonta à l'étage et emplit une grande valise des vêtements dont elle aurait sans doute besoin durant la semaine à venir.

Elle quitta la maison et roula jusqu'à EcoBacter. Le bâtiment était presque désert, c'était l'heure du dîner, mais elle n'avait pas faim. Elle se dirigea vers le petit bureau où Saul avait installé un lit de camp et des couvertures, hésita un instant avant d'en ouvrir la porte. Elle la poussa doucement.

La minuscule pièce sans fenêtres était obscure, vide et fraîche. Odeur de propreté. Tout était en ordre.

Kaye se déshabilla, se glissa sous la couverture en laine beige et les draps blancs.

Ce matin-là, très tôt, juste avant l'aube, elle se réveilla en sueur, frissonnante, non pas malade mais terrifiée par le spectre de son nouveau moi : une *veuve*.

20.

Londres

Les journalistes finirent par retrouver Mitch à Heathrow. Sam et lui avaient pris place à une petite table, à la terrasse du restaurant de fruits de mer, et cinq d'entre eux, deux femmes et trois hommes, se pressaient devant la barrière de plantes en plastique, le bombardant de questions. Les voyageurs curieux et agacés observaient la scène depuis leurs tables ou en poussant leurs chariots à bagages.

— Etes-vous le premier à avoir confirmé leur nature préhistorique ? demanda la plus âgée des deux femmes, les doigts crispés sur son appareil photo.

D'un geste affecté, elle repoussa de son front des mèches de cheveux teints au henné, et ses yeux allèrent de droite à gauche avant de se braquer sur Mitch, en quête d'une réponse.

Mitch savourait son cocktail aux crevettes.

— Pensez-vous qu'ils aient un lien avec l'homme de Pasco ? demanda le journaliste numéro un, de toute évidence dans un but provocateur.

Mitch n'arrivait pas à distinguer les trois hommes les uns des autres. Ils avaient tous la trentaine, un

complet noir froissé, un carnet de notes et un Camé-
scope numérique.

— C'était votre dernier fiasco en date, n'est-ce
pas ?

— Avez-vous été expulsé d'Autriche ? s'enquit le
deuxième journaliste.

— Quelle somme les alpinistes morts vous ont-ils
versée pour que vous gardiez leur secret ? Quel prix
allaient-ils exiger pour ces momies ?

Mitch se cala sur le dossier de son siège, s'étira
ostensiblement et sourit. La femme aux cheveux teints
enregistra la scène. Sam secoua la tête, voûta les
épaules comme pour se protéger d'une averse.

— Posez-moi des questions sur le nouveau-né, dit
Mitch.

— Quel nouveau-né ?

— Des questions sur le bébé. Ce bébé si normal.

— Combien de sites avez-vous pillés ? demanda
d'une voix joviale la femme aux cheveux teints.

— Nous avons trouvé le bébé dans la grotte, avec
ses parents, dit Mitch en se levant, repoussant bruyamment sa chaise en fer forgé. Allons-nous-en, papa.

— Bonne idée, dit Sam.

— Quelle grotte ? La grotte des hommes des
cavernes ? demanda le journaliste numéro deux.

— De l'homme et de la femme des cavernes, corrigea la femme la plus jeune.

— Vous pensez qu'ils l'avaient kidnappé ?
demanda la femme aux cheveux teints en se léchant
les babines.

— Ils kidnappent un bébé, le tuent, l'emportent
dans les Alpes, peut-être pour le dévorer... Ils sont pris

dans la tempête et ils meurent ! lança le journaliste numéro deux avec enthousiasme.

— Quelle histoire ça ferait ! renchérit le numéro trois.

— Parlez-en aux scientifiques, dit Mitch, qui se dirigea vers la caisse en manœuvrant ses béquilles avec difficulté.

— Ils dispensent l'information au compte-gouttes ! lança derrière eux la plus jeune des deux femmes.

21.

Washington, DC

Dicken était assis près de Mark Augustine dans le bureau du docteur Maxine Kirby, la ministre de la Santé. De taille moyenne et de corpulence assez forte, Kirby avait des yeux en amande très vifs, une peau couleur chocolat et relativement peu de rides pour une sexagénaire ; ces rides, toutefois, s'étaient creusées durant l'heure écoulée.

Il était vingt-trois heures et ils avaient déjà examiné le dossier à deux reprises. La troisième fois, l'ordinateur portable diffusa automatiquement sa série de graphiques et de définitions, mais seul Dicken y prêta attention.

Frank Shawbeck, directeur adjoint de l'Institut national de la Santé, regagna la pièce en poussant la lourde porte grise après s'être rendu aux toilettes, situées au bout du couloir. Tout le monde savait que Kirby se réservait l'usage exclusif de sa salle d'eau privée.

La ministre de la Santé contempla le plafond, et Augustine adressa à Dicken un petit rictus, craignant que leur présentation n'ait pas été assez convaincante.

Elle leva la main.

— Arrêtez cet ordinateur, s'il vous plaît, Christopher. J'ai la tête qui tourne.

Dicken appuya sur la touche ESCAPE du portable et coupa le projecteur. Shawbeck alluma la lumière et se fourra les mains dans les poches. Il se plaça près du bureau en érable de Kirby, comme le serviteur loyal qu'il était.

— Ces statistiques nationales, commença Kirby, provenant toutes d'hôpitaux de la région, c'est un argument de poids, la crise frappe chez nous... et nous continuons à recevoir des rapports d'autres villes, d'autres Etats.

— En permanence, confirma Augustine. Nous nous efforçons d'être le plus discrets possible, mais...

— Ils commencent à avoir des soupçons.

Kirby considéra son index, à l'ongle verni et cassé. Couleur bleu pétrole. La ministre avait beau avoir soixante et un ans, elle se faisait les ongles à la mode adolescente.

— La presse va se jeter dessus d'une minute à l'autre, poursuivit-elle. SHEVA n'est pas un simple objet de curiosité. C'est la même chose que la grippe d'Hérode. Celle-ci cause des mutations et des fausses couches. A propos, ce nom...

— Peut-être un peu trop approprié, dit Shawbeck. Qui l'a trouvé ?

— Moi, dit Augustine.

Shawbeck faisait office de chien de garde. Dicken l'avait déjà vu s'opposer à Augustine, et il ne savait jamais si l'autre était sincère ou jouait un rôle.

— Eh bien, Frank, Mark, est-ce là les munitions dont je dispose ? s'enquit Kirby. (Avant qu'ils aient pu répondre, elle prit un air approbateur, teinté de réflexion, plissa les lèvres et dit :) C'est proprement terrifiant.

— En effet, commenta Augustine.

— Mais ça n'a aucun sens, contra Kirby. Quelque chose qui surgit de nos gènes et produit des bébés monstrueux... avec un seul et unique ovaire ? Qu'est-ce que ça veut dire, Mark ?

— Nous n'avons aucune idée de l'étiologie de la chose, madame, répondit Augustine. Nous avons pris du retard, nous ne disposons même pas du personnel suffisant pour un projet ordinaire.

— Nous allons demander des fonds, Mark. Vous le savez. Mais le Congrès est de méchante humeur ces temps-ci. Je ne veux pas me faire piéger par une fausse alerte.

— Sur le plan biologique, nous avons fait de l'excellent travail. Sur le plan politique, nous avons fabriqué une bombe à retardement, continua Augustine. Si nous tardons à rendre nos découvertes publiques...

— Bon sang, Mark, intervint Shawbeck, nous n'avons établi aucun lien direct ! Les gens qui attrapent cette grippe... tous leurs tissus sont imbibés de SHEVA pendant des semaines ! Et si ces virus

227

étaient vieux, faibles, impuissants ? Et s'ils s'exprimaient... (il agita les mains) à cause du trou dans la
couche d'ozone, parce que nous recevons une trop
forte dose d'UV ou quelque chose dans le genre,
comme de l'herpès apparaissant à la lèvre ? Peut-être
qu'ils sont inoffensifs, peut-être qu'ils n'ont rien à voir
avec ces fausses couches.

— Je ne pense pas qu'il s'agisse d'une coïncidence,
dit Kirby. Les chiffres prouvent le contraire. Ce que
je veux savoir, c'est pourquoi l'organisme n'élimine
pas ces virus.

— Parce qu'ils sont libérés de façon continue pendant plusieurs mois, dit Dicken. Quelle que soit la
réaction de l'organisme, ils continuent d'être exprimés par différents tissus.

— Lesquels ?

— Nous n'en sommes pas encore sûrs, dit Augustine. Nous nous concentrons sur la moelle épinière et
sur la lymphe.

— Il n'y a absolument aucun signe de virémie,
reprit Dicken. Aucune dilatation de la rate ou des gan-
glions lymphatiques. Des virus un peu partout, mais
aucune réaction extrême. (Nerveux, il se frotta la
joue.) J'aimerais que nous revenions sur un point précis.

La ministre de la Santé porta son regard sur lui ;
Shawbeck et Augustine, percevant son intérêt, firent
silence.

Dicken avança sa chaise de quelques centimètres.

— Les femmes attrapent SHEVA quand elles ont
un partenaire régulier. Les femmes célibataires — les

femmes qui n'ont pas de partenaire régulier — ne l'attrapent pas.

— C'est ridicule ! s'exclama Shawbeck, le visage déformé par le dégoût. Comment diable une maladie pourrait-elle savoir si une femme baise ?

Ce fut au tour de Kirby de faire la grimace. Shawbeck s'excusa en hâte.

— Enfin, vous comprenez ce que je veux dire, ajouta-t-il, sur la défensive.

— Les statistiques le prouvent, affirma Dicken. Nous les avons vérifiées avec beaucoup de soin. Le virus est transmis aux femmes par les hommes, à l'issue d'une période d'exposition relativement longue. Les homosexuels mâles ne le transmettent pas à leurs partenaires. Il n'y a pas de contamination sans contact hétérosexuel. C'est une maladie sexuellement transmissible, mais elle est sélective.

— Seigneur ! fit Shawbeck.

Dicken n'aurait su dire s'il manifestait son scepticisme ou son étonnement.

— Acceptons cette hypothèse pour le moment, dit la ministre. Pour quelle raison SHEVA est-il apparu maintenant ?

— De toute évidence, SHEVA et l'espèce humaine ont des liens très anciens, dit Dicken. Peut-être s'agit-il de l'équivalent humain d'un phage lysogène. En milieu bactérien, les phages lysogènes s'expriment lorsque les bactéries sont soumises à des stimuli pouvant être interprétés comme potentiellement létaux — soumises au stress, pourrait-on dire. Peut-être que SHEVA réagit à des causes de stress chez les humains

— la surpopulation ; les conditions sociales ; les radiations.

Augustine lui lança un regard d'avertissement.

— Mais nous sommes beaucoup plus compliqués que les bactéries, conclut-il.

— Vous pensez que SHEVA s'exprime maintenant à cause de la surpopulation ? demanda Kirby.

— Peut-être, mais ce n'est pas là où je veux en venir, répondit Dicken. En fait, les phages lysogènes sont utiles aux bactéries. Ils ont quelquefois une fonction symbiotique. En échangeant leurs gènes, ils aident les bactéries à s'adapter à des conditions nouvelles, voire à de nouvelles sources de nourriture et d'opportunités. Et si SHEVA remplissait une fonction utile en ce qui nous concerne ?

— En abaissant le taux de population ? proposa Shawbeck d'un air sceptique. Le stress dû à la surpopulation nous amènerait à exprimer des petits experts en avortement ? Ouaouh !

— Peut-être, je n'en sais rien, conclut Dicken, nerveux, en s'essuyant les mains sur son pantalon.

Kirby perçut son geste et leva les yeux, un peu gênée pour lui.

— *Qui* en saurait davantage ? s'enquit-elle.

— Kaye Lang, répondit Dicken.

Augustine fit un petit geste de la main, veillant à ne pas être vu par la ministre ; Dicken avançait en terrain miné. Ils n'avaient pas discuté de cela entre eux.

— Apparemment, elle a repéré SHEVA avant tout le monde, dit Kirby. (Elle se pencha en avant et adressa à Dicken un regard inquisiteur.) Mais, Christopher, comment le saviez-vous ? En août dernier, quand vous étiez en Géorgie ? Votre intuition de chasseur ?

— J'avais lu ses articles. Ils m'ont fasciné pour leur valeur intrinsèque.

— Je suis un peu curieuse. Pourquoi Mark vous a-t-il envoyé en Géorgie et en Turquie ?

— Il est rare que j'envoie Christopher où que ce soit, intervint Augustine. Il a des instincts de loup quand il s'agit de lever les proies qui nous intéressent.

Kirby garda les yeux fixés sur Dicken.

— Ne soyez pas timide, Christopher. Mark vous avait lancé sur la piste d'une maladie terrifiante. Ce que je trouve admirable — de la médecine préventive appliquée sur le terrain politique. Et, en Géorgie, vous avez rencontré Ms. Kaye Lang par hasard ?

— Il y a une antenne du CDC à Tbilissi, dit Augustine, s'efforçant d'aider son subordonné.

— Une antenne où Mr. Dicken n'a pas mis les pieds, même pour se présenter, dit la ministre en plissant le front.

— J'ai cherché à la rencontrer. J'admirais son travail.

— Et vous ne lui avez rien dit.

— Rien de substantiel.

Kirby se carra dans son siège et se tourna vers Augustine.

— Pouvons-nous la faire entrer dans l'équipe ? demanda-t-elle.

— Elle a des problèmes en ce moment.

— Quel genre de problèmes ?

— Son mari est porté disparu, probablement un suicide.

— C'était il y a plus d'un mois, précisa Dicken.

— Et il semble que ses problèmes ne s'arrêtent pas là. Avant de disparaître, son mari a vendu leur société sans l'en informer, pour rembourser un investissement de capital-risque dont, apparemment, il ne l'avait pas informée non plus.

Voilà qui était nouveau pour Dicken. De toute évidence, Augustine avait mené sa propre enquête sur Kaye Lang.

— Seigneur ! s'exclama Shawbeck. Donc, elle est complètement retournée et on lui laisse le temps de se remettre ?

— Si nous avons besoin d'elle, il nous la faut, trancha Kirby. Messieurs, je n'aime pas la façon dont se présente ce dossier. Disons que c'est une question d'intuition féminine, d'ovaires et tout le reste. Je veux tous les avis d'experts possibles et imaginables. Mark ?

— Je vais la contacter, dit Augustine.

Il était rare qu'il rende les armes aussi vite. Il avait senti le vent tourner, vu la girouette bouger ; Dicken avait marqué un point.

— Faites-le. (Kirby fit pivoter son siège pour regarder Dicken bien en face.) Christopher, vous nous cachez *encore* quelque chose, j'en mettrais ma main à couper. Qu'est-ce que c'est ?

Dicken sourit et secoua la tête.

— Rien de très solide.

— Ah bon ? fit Kirby en arquant les sourcils. Vous

êtes le meilleur chasseur de virus du NCID. Mark dit qu'il se fie entièrement à votre flair.

— Mark se montre parfois trop sincère, dit l'intéressé.

— Ouais, maugréa Kirby. Christopher devrait en faire autant. Que vous dit votre nez ?

Dicken, un peu déconcerté par les questions de la ministre, hésitait à abattre ses cartes, doutant de la valeur de son jeu.

— SHEVA est très, très ancien, répéta-t-il.

— Et ?

— Je ne suis pas sûr qu'il s'agisse d'une maladie.

Shawbeck eut un petit reniflement dubitatif.

— Continuez, l'encouragea Kirby.

— C'est un élément très ancien de la biologie humaine. En fait, il était présent dans notre ADN longtemps avant l'apparition de l'espèce humaine. Peut-être qu'il ne fait que ce qu'il est censé faire.

— Tuer des bébés ? railla Shawbeck.

— Réguler une fonction à l'échelle de l'espèce.

— Limitons-nous aux faits avérés, s'empressa de suggérer Augustine. SHEVA, c'est la grippe d'Hérode. Il cause des fausses couches et des malformations congénitales.

— Le lien est suffisamment probant à mes yeux, déclara Kirby. Je pense pouvoir convaincre le président et le Congrès.

— Je suis d'accord, dit Shawbeck. Permettez-moi cependant de souligner un danger. Nous risquons d'être rattrapés par nos cachotteries et de nous faire mordre le cul.

Dicken se sentit un peu soulagé. Il avait failli perdre

la partie, mais il avait réussi à garder un as pour la suite : on avait trouvé des traces de SHEVA dans les cadavres du charnier géorgien. Maria Konig, de l'université du Washington, venait juste de lui envoyer les résultats de ses analyses.

— Je vois le président demain, dit la ministre de la Santé. J'ai droit à dix minutes d'entretien. Procurez-moi un tirage des statistiques nationales, dix exemplaires en couleur.

SHEVA allait officiellement devenir une crise. La politique de la santé voulait qu'une crise soit résolue au moyen de méthodes scientifiques bien établies et de routines bureaucratiques bien éprouvées. Dicken ne pensait pas que quiconque accepterait ses conclusions tant que l'étrangeté de la situation ne serait pas évidente aux yeux de tous. Lui-même avait du mal à les croire.

Dehors, sous le ciel gris feutré de novembre, Augustine ouvrit la portière de sa Lincoln de fonction et lança à Dicken par-dessus le toit :

— Que faites-vous quand on vous demande ce que vous pensez vraiment ?

— Je suis le mouvement.

— Vous avez tout pigé, petit génie.

Augustine prit le volant. Il semblait ravi de cette réunion, en dépit de la gaffe que Dicken avait failli commettre.

— Elle prend sa retraite dans six semaines. Elle va me proposer comme successeur au chef de cabinet de la Maison-Blanche.

— Félicitations.

— Avec Shawbeck en numéro deux sur la liste. Mais cette histoire risque de faire pencher la balance en ma faveur, Christopher. De me faire tirer le gros lot.

22.

New York City

Assise au creux d'un fauteuil de cuir brun dans un bureau richement lambrissé, Kaye se demandait pourquoi les avocats hors de prix de la côte est optaient toujours pour un décor sombre et élégant. Ses doigts étaient crispés sur les clous en cuivre des accoudoirs.

Daniel Munsey, l'avocat d'AKS Industries, se tenait près du bureau de J. Robert Orbison, qui représentait depuis trente ans les intérêts de la famille Lang.

Les parents de Kaye étaient morts cinq ans auparavant, et elle n'avait pas payé les forfaits provisionnels de l'homme de loi. Atteinte coup sur coup par la disparition de Saul puis par les révélations d'AKS Industries et de l'avocat d'EcoBacter, qui avait tout de suite retourné sa veste, elle s'était empressée d'aller voir Orbison. C'était un homme honnête et compatissant, qui lui avait demandé la même somme que Mr. et Mrs. Lang lui avaient versée pendant trente ans.

Maigre à faire peur, Orbison avait un nez busqué, un crâne dénudé, un visage constellé de tavelures, des nævus velus, des lèvres molles et mouillées, et des yeux bleus et chassieux, mais il était vêtu d'un splendide complet rayé taillé sur mesure, aux larges revers, et d'une cravate qui cachait complètement sa chemise.

Agé d'une trentaine d'années, Munsey était un beau ténébreux à la voix doucereuse. Il portait un costume de laine couleur tabac et connaissait le biotech presque aussi bien que Kaye ; beaucoup mieux sur certains points, en fait.

— AKS n'est certes pas responsable des échecs de Mr. Madsen, dit Orbison d'une voix polie mais ferme, toutefois, étant donné les circonstances, nous pensons que votre entreprise doit des compensations à Ms. Lang.

— Des compensations monétaires ? interrogea Munsey en levant les bras d'un air déconcerté. Saul Madsen n'a pas pu convaincre ses investisseurs de continuer à le financer. Apparemment, il s'était concentré sur une alliance avec une équipe de chercheurs géorgiens. (Il secoua la tête avec tristesse.) Mes clients ont racheté leurs parts à ces investisseurs. Leur prix était plus que généreux, si l'on considère ce qui est arrivé ensuite.

— Kaye a consacré beaucoup d'énergie à l'entreprise. Des compensations pour son travail intellectuel...

— Elle a grandement contribué à l'avancement de la science, mais elle n'a conçu aucun produit susceptible d'être mis sur le marché par les acheteurs.

— En ce cas, elle mérite une compensation pour avoir contribué à la valeur du nom d'EcoBacter.

— Du point de vue légal, Ms. Lang n'était pas propriétaire de l'entreprise. Apparemment, Saul Madsen

236

a toujours considéré son épouse comme un simple membre du personnel d'encadrement.

— Il est regrettable que Ms. Lang ait négligé de s'informer sur ce point, admit Orbison. Elle faisait entièrement confiance à son époux.

— Nous pensons qu'elle a droit à tous les actifs de la succession. Mais EcoBacter ne fait pas partie de ces actifs, tout simplement.

Kaye détourna les yeux.

Orbison considéra la plaque de verre qui protégeait son bureau.

— Ms. Lang est une biologiste réputée, Mr. Munsey.

— Mr. Orbison, Ms. Lang, AKS Industries achète et vend des entreprises saines. Après le décès de Saul Madsen, EcoBacter a cessé d'en être une. Elle n'a déposé aucun brevet de valeur, elle n'a signé aucun contrat, public ou privé, qui ne puisse être renégocié sans notre accord. Le seul produit susceptible d'intéresser le marché, un traitement contre le choléra, est en fait la propriété d'une prétendue employée. Mr. Madsen faisait preuve d'une remarquable générosité dans la rédaction de ses contrats de travail. Nous aurons de la chance si la liquidation des immobilisations nous permet de couvrir dix pour cent du prix d'achat. Nous ne pouvons même pas verser les salaires ce mois-ci, Ms. Lang. Personne ne veut acheter.

— Nous pensons que, dans un délai de cinq mois, en tirant profit de sa réputation, Ms. Lang pourrait rassembler un groupe d'investisseurs sûrs et faire redémarrer EcoBacter. La loyauté à son égard est très élevée parmi les salariés. Nombre d'entre eux ont manifesté par écrit leur volonté de l'aider à reconstruire l'entreprise.

Munsey leva de nouveau les bras : pas question.

— Mes clients suivent leurs instincts. Peut-être que Mr. Madsen aurait dû choisir un autre genre d'acheteurs. Avec tout le respect que je dois à Ms. Lang — et soyez assurés que je la tiens en très haute estime —, elle n'a accompli aucun travail ayant un intérêt commercial à court terme. Le biotech est une activité où la concurrence est très dure, Ms. Lang, comme vous le savez sûrement.

— L'avenir, c'est ce que nous pouvons créer, Mr. Munsey, rétorqua Kaye.

Munsey secoua la tête avec tristesse.

— Personnellement, je serais prêt à vous signer un chèque sur-le-champ, Ms. Lang. Mais c'est parce que j'ai bon cœur. Les autres membres de la société...

Il laissa sa phrase inachevée.

— Je vous remercie, Mr. Munsey, dit Orbison.

Il joignit les mains et laissa reposer son nez sur le bout de ses doigts.

Munsey semblait étonné par ce soudain renvoi.

— Je suis profondément navré, Ms. Lang. Vu la façon dont Mr. Madsen a disparu, nous avons encore des difficultés à conclure la transaction, sans parler des négociations avec les assurances.

— Il ne reviendra pas, si c'est ce qui vous inquiète, dit Kaye, la voix brisée par l'émotion. On l'a retrouvé, Mr. Munsey. Il ne risque pas de revenir, de se marrer un bon coup et de me dire comment reprendre le cours de ma vie.

Munsey la fixa avec des yeux écarquillés.

Impossible de se taire. Les mots se bousculaient dans sa bouche.

— On l'a retrouvé sur les récifs du détroit de Long Island. Il était dans un état atroce. Je l'ai identifié grâce à son alliance.

— Je suis profondément navré, dit Munsey. Je ne savais pas.

— L'identification a été officialisée ce matin, précisa Orbison à voix basse.

— Je suis vraiment navré, Ms. Lang.

Munsey sortit à reculons et referma doucement la porte.

Orbison regarda Kaye en silence.

Elle s'essuya les yeux du revers de la main.

— Je n'avais pas idée de ce qu'il représentait pour moi. A force de travailler ensemble, nous ne formions plus qu'un seul cerveau. Je croyais avoir mon propre esprit, ma propre vie... et voilà que je constate le contraire. J'ai l'impression de ne plus être tout à fait un être humain. Il est mort.

Orbison acquiesça en silence.

— Cet après-midi, je vais retourner à EcoBacter et faire une petite veillée funèbre avec les employés présents sur les lieux. Je leur dirai qu'il est temps pour eux de chercher du travail et que je vais faire la même chose.

— Vous êtes jeune et intelligente. Vous y arriverez, Kaye.

— Je sais que j'y arriverai ! s'exclama -t-elle.

Puis elle se mit à rire, percevant confusément l'écho de ses paroles. Elle se frappa le genou du poing.

— Qu'il aille au diable. Le... salaud. *L'ordure.* Il n'avait pas le droit, bon sang !

— Pas le droit, en effet, dit Orbison. Il vous a fait un coup bas, un sacré coup bas.

Dans ses yeux apparut une lueur de colère et de compassion digne d'un ténor du barreau, qui embrasa ses émotions comme une lampe tempête.

— Ouais, fit-elle, jetant autour d'elle des regards égarés. Ô mon Dieu, ça va être si *dur* ! Et le pire, dans tout ça, vous savez ce que c'est ?

— Quoi donc, ma chère ? demanda Orbison.

— Il y a une partie de moi qui est *contente*, dit Kaye, et elle se mit à pleurer.

— Allons, allons.

Il ressemblait de nouveau à un vieil homme fatigué.

23.

Centre de contrôle et de prévention des maladies, Atlanta

— Des momies neandertaliennes, dit Augustine. (Il traversa le minuscule bureau de Dicken et posa un journal plié devant lui.) L'info est dans *Time*. Et aussi dans *Newsweek*.

Ecartant une liasse de rapports d'autopsie provenant de l'hôpital Northside d'Atlanta — les fausses couches des deux mois écoulés —, il ramassa le quotidien. La manchette de l'*Atlanta Journal-Constitution* proclamait : CONFIRMATION DE LA DÉCOUVERTE DANS LES GLACES D'UN COUPLE PRÉHISTORIQUE.

Il parcourut l'article avec un intérêt poli puis se tourna vers Augustine.

— La température monte à Washington, dit celui-ci. On m'a demandé de former une brigade spéciale.

— Sous votre direction ?

Augustine opina.

— C'est une bonne nouvelle, alors, commenta Dicken avec méfiance, pressentant le contraire.

Augustine le regarda sans broncher.

— Les statistiques que vous avez rassemblées ont fichu une trouille bleue au président. La ministre de la Santé lui a montré l'une des fausses couches. En photo, bien entendu. A l'en croire, c'est la première fois qu'un problème de santé l'affecte à ce point. Il veut que nous rendions l'information publique sans tarder, et sans omettre aucun détail. « Il y a des bébés qui meurent, a-t-il déclaré. Si nous pouvons résoudre ça, mettez-vous au travail tout de suite. »

Dicken attendit patiemment la suite.

— Le docteur Kirby pense qu'il va s'agir d'une mission à plein temps. Avec un financement supplémentaire, y compris peut-être des fonds pour une intervention internationale.

Dicken se préparait à afficher un air compatissant.

— On ne souhaite pas me distraire de cette tâche en me confiant sa succession, conclut Augustine, les yeux glacials.

— Shawbeck ?

— Il a reçu le feu vert. Mais le président peut

encore choisir quelqu'un d'autre. Demain, il y aura une conférence de presse à propos de la grippe d'Hérode. « La guerre totale est déclarée contre le tueur international. » C'est encore mieux que la polio et, sur le plan politique, nettement moins sulfureux que le sida.

— On compte guérir les bébés en leur faisant la bise ?

Augustine ne daigna pas être amusé.

— Le cynisme ne vous va pas, Christopher. Vous êtes du genre idéaliste, rappelez-vous.

— La faute à l'atmosphère trop chargée.

— Ouais. On m'a demandé de monter une équipe et de la soumettre avant demain midi à l'approbation de Kirby et de Shawbeck. Vous êtes le premier sur la liste, naturellement. Ce soir, je vais discuter avec des gars du NIH et des chasseurs de têtes d'œufs de New York. Tous les directeurs d'agences voudront leur part de ce gâteau. Mon boulot consiste en partie à leur refiler des miettes qui les occuperont avant qu'ils aient le temps de s'emparer du plat. Pouvez-vous contacter Kaye Lang et lui apprendre qu'elle est enrôlée ?

— Oui, fit Dicken. (Il avait le cœur battant, le souffle court.) J'aimerais proposer quelques candidats, moi aussi.

— Pas toute une armée, j'espère.

— Pas tout de suite.

— J'ai besoin d'une *équipe*, pas d'une foule de petits chefs. Je ne veux pas de prima donna.

Dicken sourit.

— Vous accepterez quelques divas ?

— Si elles savent chanter en mesure. *La Bannière*

étoilée de préférence. Au moindre signe suspect, je veux une enquête poussée sur la personne concernée. Martha et Karen, des ressources humaines, peuvent s'en occuper. Pas de contestataires, pas de fanatiques. Et pas de cinglés.

— Bien entendu, dit Dicken. Mais cela m'exclut automatiquement.

— Mon petit génie. (Augustine se mouilla l'index et feignit de tracer un signe dans le vide.) On m'en autorise un seul. Décision du gouvernement. Soyez dans mon bureau à six heures. Apportez du Pepsi, des gobelets et de la glace du labo — de la glace *propre*, c'est compris ?

24.

Long Island, New York

Trois camions de déménageurs étaient garés devant l'entrée d'EcoBacter lorsque Kaye y arriva au volant de sa voiture. Près du bureau d'accueil, elle croisa deux hommes transportant sur un diable un réfrigérateur en acier inoxydable. Un troisième s'occupait d'un compteur automatique pour microscope et un quatrième de l'unité centrale d'un PC. Les fourmis nettoyaient la carcasse de l'entreprise.

Aucune importance. Elle avait déjà perdu tout son sang.

Kaye se rendit dans son bureau, auquel on n'avait

pas encore touché, et referma violemment la porte derrière elle. Prenant place dans son fauteuil bleu — deux cents dollars, confort assuré —, elle alluma son ordinateur personnel et accéda aux offres d'emploi de l'Association internationale des entreprises biotech. Son agent à Boston n'avait pas menti. Elle intéressait au moins quatorze universités et sept sociétés. Elle fit défiler leurs offres. Se faire titulariser, créer et diriger un petit labo de recherche virologique dans le New Hampshire... devenir professeur de biologie dans une fac privée de Californie, dans une école chrétienne, plus précisément baptiste...

Elle sourit. L'Ecole de médecine de l'UCLA lui proposait de travailler en collaboration avec un professeur de génétique réputé — mais anonyme —, au sein d'un groupe de recherche sur les maladies héréditaires et leurs liens avec l'activation des provirus. Elle cocha cette offre.

Au bout d'un quart d'heure, elle se redressa sur son siège et se frotta le front d'un geste théâtral. Elle avait toujours détesté aller à la pêche aux jobs. Mais pas question de se laisser abattre ; on ne lui avait pas encore décerné de prix, peut-être que ça ne viendrait pas avant plusieurs années. Il était temps pour elle de prendre sa vie en charge, de se secouer un peu.

Elle avait sélectionné trois offres sur les vingt et une initiales, et elle se sentait déjà épuisée, en sueur.

Craignant le pire, elle consulta son courrier électronique. Elle y trouva un bref message émanant de Christopher Dicken, du NCID. Son nom lui était familier ; elle se rappela soudain de qui il s'agissait et pesta contre son ordinateur, contre le message qu'il venait de lui transmettre, contre le tournant que prenait sa vie, contre l'univers en général.

Debra Kim frappa à la porte en verre de son bureau. Kaye poussa un nouveau juron, et Kim passa la tête par l'entrebâillement, les sourcils levés.

— C'est contre moi que vous en avez ? demanda-t-elle d'un air innocent.

— On me demande d'intégrer une équipe du CDC, dit Kaye en tapant du poing sur son bureau.

— Du travail de fonctionnaire. Une excellente couverture sociale. La possibilité de mener ses propres recherches durant son temps libre.

— Saul détestait travailler pour l'Etat.

— Saul était un individualiste rugueux, dit Kim en s'asseyant sur le bord du bureau. Ils sont en train d'évacuer mon équipement. Apparemment, je n'ai plus rien à faire ici. J'ai récupéré mes photos, mes disques et... Ô mon Dieu, Kaye.

Elle éclata en sanglots, et Kaye se leva pour la serrer dans ses bras.

— Je ne sais toujours pas ce que je vais faire de mes souris. Il y a pour plus de dix mille dollars de souris !

— Nous allons trouver un labo qui les hébergera.

— Mais comment les transporter ? Elles sont pleines de *vibrio* ! Je vais devoir les sacrifier avant qu'ils emportent l'équipement de stérilisation et l'incinérateur.

— Qu'ont dit les gens d'AKS ?

— Ils vont les laisser dans la chambre de confinement. Ils ne veulent rien faire.

— C'est incroyable !

— D'après eux, ce sont mes brevets, et, par conséquent, c'est mon problème.

Kaye se rassit puis consulta son Rolodex, espérant y trouver une inspiration, mais ce geste était futile. Kim était sûre de retrouver du travail dans un ou deux mois, et même de poursuivre ses recherches en utilisant des souris immunodéficientes. Mais la perte de celles d'EcoBacter risquait de la retarder de six mois, voire d'un an, dans son planning.

— Je ne sais pas quoi vous dire, déclara Kaye d'une voix nouée par l'émotion.

Elle leva les bras en signe d'impuissance.

Kim la remercia — pourquoi, elle n'en savait trop rien — puis prit congé après l'avoir à nouveau serrée dans ses bras.

Kaye ne pouvait pas faire grand-chose pour Kim ni pour les autres ex-salariés d'EcoBacter. Elle savait qu'elle était tout aussi fautive que Saul, son ignorance ayant en partie causé cette catastrophe. Elle détestait collecter des fonds, s'occuper des finances de l'entreprise, rechercher du travail. Y avait-il en ce monde une activité pratique qui ne la rebutât point ?

Elle relut le message de Dicken. Il fallait qu'elle prenne un nouveau départ, qu'elle se relève, qu'elle rentre dans la course. Un contrat à court terme avec le gouvernement, c'était peut-être la solution. Cependant, elle ne voyait pas pourquoi Christopher Dicken avait besoin d'elle ; à peine si elle se rappelait le petit homme rondouillard qu'elle avait rencontré en Géorgie.

Kaye attrapa son téléphone mobile — les lignes du

labo avaient été déconnectées — et composa le numéro de Dicken à Atlanta.

25.

Washington, DC

— Nous avons reçu des résultats en provenance de quarante-deux hôpitaux répartis sur l'ensemble du pays, dit Augustine au président des Etats-Unis. Tous les cas de mutation et de rejet conséquent du fœtus du type étudié ont été positivement associés à la présence de la grippe d'Hérode.

Le président était assis à la tête de la grande table en érable de la salle de crise de la Maison-Blanche. Il était grand, plutôt corpulent, et sa crinière blanche ressortait comme un phare. Durant sa campagne électorale, on l'avait affectueusement surnommé « Coton-Tige », terme péjoratif par lequel les jeunes femmes désignaient les hommes mûrs et dont il avait fini par être fier. A ses côtés étaient assis : le vice-président ; le président de la Chambre des représentants, un démocrate ; le leader de la majorité au Sénat, un républicain ; le docteur Kirby ; Shawbeck ; le secrétaire du Service sanitaire et humanitaire ; Augustine ; trois proches collaborateurs de la présidence, dont le chef de cabinet ; le chargé de liaison de la Maison-Blanche affecté aux problèmes de santé publique ; et plusieurs personnes que Dicken était incapable d'identifier. La table était très grande, et la réunion prévue pour durer trois heures.

Comme toutes les personnes présentes, Dicken avait dû remettre au poste de contrôle son téléphone mobile, son bipeur et son assistant personnel. A peine quinze jours plus tôt, l'explosion d'un faux mobile introduit par un touriste avait causé au bâtiment des dégâts considérables.

Il était un peu déçu par la salle de crise — on n'y voyait aucun équipement dernier cri, ni écran géant, ni console informatique, ni simulation tactique. Ce n'était qu'une salle ordinaire, avec une grande table et plein de téléphones. Mais le président écoutait les intervenants avec attention.

— SHEVA est le premier exemple attesté de transmission latérale d'un rétrovirus endogène, poursuivit Augustine. Et il est à l'origine de la grippe d'Hérode, cela ne fait plus l'ombre d'un doute. Durant toute ma carrière de médecin et de scientifique, je n'ai jamais rien vu d'aussi virulent. Si une femme au premier stade de la grossesse contracte la grippe d'Hérode, son fœtus — son bébé — sera victime d'un avortement. D'après nos statistiques, plus de dix mille fausses couches peuvent d'ores et déjà être attribuées à ce virus. Selon les informations en notre possession, l'homme est la seule source possible de la grippe d'Hérode.

— Ce nom est horrible, commenta le président.

— Mais parfaitement approprié, fit remarquer le docteur Kirby.

— Horriblement approprié, concéda le président.

— Nous ignorons la cause de l'expression du virus

chez les personnes de sexe masculin, dit Augustine, mais nous soupçonnons que le processus est déclenché par une sorte de phéromone, provenant peut-être du partenaire de sexe féminin. Nous n'avons aucune idée sur la façon de le stopper. (Il distribua des feuillets autour de la table.) Selon nos statisticiens, nous risquons de déplorer plus de deux millions de cas de grippe d'Hérode au cours de l'année prochaine. Soit deux millions de fausses couches potentielles.

Le président accueillit cette projection d'un air pensif, en ayant déjà été informé par Frank Shawbeck et par le secrétaire du HHS lors de réunions précédentes. Il est nécessaire de répéter les choses aux politiciens profanes, songea Dicken, c'est le seul moyen qu'ils prennent conscience du désarroi des scientifiques.

— Je ne comprends toujours pas comment quelque chose qui est en nous peut nous nuire à ce point, dit le vice-président.

— C'est notre démon intérieur, déclara le président de la Chambre des représentants.

— Des aberrations génétiques du même ordre sont à l'origine du cancer, dit Augustine.

Dicken estima qu'il allait un peu trop loin, et Shawbeck sembla penser la même chose. Le moment était venu pour lui de faire son petit discours optimiste de candidat au poste de ministre de la Santé.

— Le problème que nous affrontons est entièrement nouveau pour la médecine, cela ne fait aucun doute, commença-t-il. Mais nous avons réussi à envoyer le VIH dans les cordes. Grâce à notre expérience, je suis sûr que nous parviendrons à faire quelques percées en moins de six ou huit mois. Dans tout le pays, dans le monde entier, d'importants centres de recherche sont prêts à s'attaquer à ce problème. Nous avons conçu un programme à l'échelle nationale qui utilise les ressources du NIH, du CDC et du Centre national des maladies infectieuses et allergiques. Nous avons coupé le gâteau en tranches afin de le manger plus vite. En tant que nation, jamais nous n'avons été plus aptes à résoudre une crise de cette envergure. Dès que ce programme sera en place, plus de cinq mille chercheurs, répartis dans vingt-huit centres, vont se mettre au travail. Nous comptons également faire appel à des entreprises et à des chercheurs du secteur privé du monde entier. En ce moment même, nous sommes en train de jeter les bases d'un programme international. Tout commence ici, dans cette pièce. Ce qu'il nous faut, mesdames et messieurs, c'est une réaction rapide et coordonnée de vos organismes respectifs.

— Je pense que personne à la Chambre, ni dans la majorité ni dans l'opposition, ne s'opposera à ce que des fonds soient débloqués pour répondre à cette situation extraordinaire, déclara le président de la Chambre des représentants.

— Idem pour le Sénat, ajouta le leader de la majorité. Messieurs, je suis impressionné par le travail que vous avez accompli jusqu'ici, mais j'ai peur de ne pas partager votre enthousiasme en ce qui concerne nos performances scientifiques. Docteur Augustine, docteur Shawbeck, il nous a fallu plus de vingt ans pour commencer à maîtriser la crise du sida, bien que nous ayons consacré plusieurs milliards de dollars à la recherche fondamentale. Je suis bien placé pour le savoir, cette maladie a emporté ma fille il y a cinq ans. (Il parcourut l'assemblée du regard.) Si cette grippe d'Hérode est vraiment un phénomène nouveau, comment pouvons-nous espérer des miracles dans les six mois ?

— Pas des miracles, corrigea Shawbeck. Des premiers éclaircissements.

— Dans ce cas, combien de temps allons-nous attendre avant d'avoir un traitement ? Je n'ai pas dit un remède, messieurs. Mais un *traitement*. A tout le moins un vaccin.

Shawbeck admit qu'il n'en savait rien.

— Seule la puissance de la science pourra rythmer nos progrès, dit le vice-président, qui regarda autour de lui d'un air neutre pour jauger les réactions à ses propos.

— J'ai des doutes, je le répète, dit le leader de la majorité sénatoriale. Et je me demande s'il ne s'agit pas d'un signe. Peut-être que l'heure est venue pour nous de mettre de l'ordre dans nos affaires, de regarder au fond de notre cœur et de faire la paix avec notre Créateur. De toute évidence, nous avons dérangé des forces très puissantes.

Le président se passa l'index sur le nez, le visage empreint de gravité. Shawbeck et Augustine comprirent qu'il valait mieux s'abstenir de tout commentaire.

— Sénateur, déclara le président, je prie pour que vous vous trompiez.

Alors que la réunion s'achevait, Augustine et Dicken suivirent Shawbeck dans un couloir latéral, qui débouchait sur un ascenseur au sous-sol. Shawbeck était fou de rage.

— Quelle bande d'hypocrites, marmonna-t-il. Ça me fout en boule quand ils invoquent Dieu. (Il s'ébroua pour détendre les muscles de son cou et se fendit d'un petit gloussement.) Personnellement, je voterais pour les extraterrestres. Contactez donc les *X-Files*.

— J'aimerais pouvoir en rire, Frank, dit Augustine, mais je suis mort de trouille. Nous sommes en *terra incognita*. La moitié des protéines activées par SHEVA nous sont inconnues. Nous n'avons aucune idée de la nature de leur action. C'est peut-être foutrement plus grave que nous ne le pensons. Et pourquoi moi, Frank ? Je n'arrête pas de me le demander.

— Parce que vous êtes *ambitieux*, Mark, répliqua l'autre. C'est vous qui avez trouvé cette pierre et qui avez eu l'idée de regarder dessous. (Il eut un petit sourire cruel.) Certes, vous n'aviez pas vraiment le choix... sur le long terme.

Augustine inclina la tête. Sa nervosité était presque palpable. Dicken lui-même se sentait engourdi. *Nous voguons sur les rapides*, songea-t-il, *et nous ramons comme des dératés.*

26.

Incapable de rester en place, Mitch ne passa qu'une journée dans la petite ferme de ses parents avant de prendre un train à destination de Seattle. Il loua un appartement à Capitol Hill, puisant dans un plan retraite, et acheta à l'un de ses amis de Kirkland une vieille Buick Skylark qui lui coûta deux mille dollars.

Fort heureusement, on était loin d'Innsbruck et les momies neandertaliennes n'intéressaient que modérément la presse. Il n'accorda qu'une seule interview, au chef du service scientifique du *Seattle Times* qui, trahissant sa confiance, le qualifia de criminel récidiviste à l'encontre du monde si sensé de l'archéologie.

Huit jours après son retour à Seattle, la Confédération des Cinq Tribus du comté de Kumash enterra une nouvelle fois l'homme de Pasco, dans le cadre d'une cérémonie alambiquée qui se tint sur les berges de la Columbia River, dans l'est de l'Etat de Washington. Le Génie enfouit la sépulture sous une chape de béton pour prévenir toute érosion. Le monde scientifique éleva des protestations, mais Mitch ne fut pas invité à s'y joindre.

Il souhaitait plus que tout avoir un peu de temps pour réfléchir en solitaire. Ses économies lui permettraient de tenir six mois, mais cela ne suffirait sans doute pas pour qu'on oublie sa réputation et qu'on lui accorde une nouvelle chance.

Sa jambe plâtrée étendue devant lui, il était assis face à l'imposante baie vitrée de son appartement, en train de contempler les passants dans Broadway. Il ne pouvait s'empêcher de penser au bébé momifié, à la grotte, à l'expression du visage de Franco.

Il avait dissimulé les deux flacons dans un carton contenant des vieilles photos, qu'il avait planqué au fond d'un placard. Avant d'exploiter les échantillons de tissu prélevés sur les momies, il devait déterminer la nature précise de sa découverte.

Cultiver sa colère ne le mènerait nulle part.

Il avait fait le rapprochement. Les plaies de la femelle correspondaient à la blessure du bébé. Elle venait de lui donner naissance, à moins qu'il n'ait été avorté. Le mâle, qui était resté avec eux, avait enveloppé le bébé dans des fourrures, bien qu'il ait probablement été mort-né. Le mâle avait-il agressé la femelle ? Mitch ne le pensait pas. Ils étaient amoureux. Il était dévoué à sa compagne. Tous deux fuyaient quelque chose. Mais comment savait-il tout ça ?

Rien à voir avec de quelconques pouvoirs psi ou un contact avec les esprits. Mitch avait consacré une bonne partie de sa carrière à interpréter les ambiguïtés des sites archéologiques. Parfois, les réponses à ses questions lui venaient durant ses songeries nocturnes, ou quand il s'asseyait sur un rocher pour contempler les nuages ou le firmament. Plus rarement, elles lui venaient en rêve. L'interprétation était une science et un art.

Au fil des jours, Mitch dessina des diagrammes, rédigea de brèves notes, tint un journal dans un petit carnet relié de vinyle. Il colla une feuille de papier d'emballage sur le mur de sa petite chambre et y dessina un plan de la grotte conforme à ses souvenirs. Il y plaça les silhouettes des momies découpées dans du papier. Puis il contempla son œuvre un long moment. Il ne cessait de se ronger les ongles.

Un jour, il but six canettes de Coors en un après-midi — il aimait se réhydrater de cette façon après une longue journée de fouilles, mais, cette fois-ci, il n'avait pas creusé la terre, il n'avait aucun but précis, rien que l'envie d'essayer autre chose. Il s'assoupit, se réveilla à trois heures du matin et alla se promener dans la rue, passant devant un Jack-in-the-Box, un restaurant mexicain, une librairie, un kiosque à journaux, un café Starbuck.

Il rentra chez lui et se rappela de lever son courrier. Il y avait un petit colis dans la boîte. Il le remua doucement en montant.

Il avait commandé à une librairie new-yorkaise un vieux numéro du *National Geographic* contenant un article sur Hibernatus. Le magazine venait d'arriver, enveloppé dans de vieux journaux.

Dévoués. Ils étaient dévoués l'un à l'autre, il le savait. La façon dont ils gisaient côte à côte. La position des bras du mâle. Il était resté auprès de la femelle alors qu'il aurait pu s'échapper. Et puis zut, autant utiliser les mots appropriés. L'*homme* était resté auprès de la *femme*. Les Neandertaliens n'étaient pas des sous-hommes ; on s'accordait désormais à penser qu'ils avaient un langage, une organisation sociale des plus complexes, des tribus. C'étaient des nomades, des troqueurs, des fabricants d'outils, des chasseurs-cueilleurs.

Mitch s'efforça d'imaginer ce qui avait pu les conduire à se cacher dans les montagnes, dans une grotte dissimulée par la glace, dix ou onze mille ans plus tôt. Peut-être étaient-ils les derniers de leur espèce.

Et ils avaient donné le jour à un bébé presque impossible à distinguer d'un enfant d'aujourd'hui.

Il déchira les vieux journaux qui enveloppaient le magazine, ouvrit celui-ci et trouva les pages montrant les Alpes, les vallées verdoyantes, les glaciers, l'endroit où Hibernatus avait été arraché aux glaces avec rudesse.

Aujourd'hui, Hibernatus était exposé en Italie. La localisation précise du site avait déclenché une querelle internationale et, après que le plus gros des recherches eut été effectué à Innsbruck, c'était l'Italie qui en avait revendiqué la propriété.

Celle des Neandertaliens irait sans conteste à l'Autriche. On les étudierait à l'université d'Innsbruck, peut-être dans les mêmes installations que celles d'Hibernatus ; ils seraient conservés à très basse température, à un taux d'hygrométrie strictement contrôlé, visibles par un minuscule hublot, gisant l'un près de l'autre comme à l'heure de leur mort.

Mitch referma le magazine et se pinça le bout du nez, se rappelant l'horrible gâchis qui avait suivi sa découverte de l'homme de Pasco. *J'ai perdu mon calme. J'ai failli aller en prison. Je suis parti en Europe pour essayer autre chose. J'ai trouvé quelque chose. Je me suis fait piéger et j'ai tout foutu en l'air. Je n'ai plus aucune crédibilité. Qu'y puis-je, si je crois à l'impossible ? Je suis un pilleur de tombes. Je suis un criminel, un récidiviste.*

Désœuvré, il lissa les feuilles de journal, provenant du *New York Times*. Son œil se posa sur un article en bas de page. Il s'intitulait : « Vieux crimes et nouvelle aube en république de Géorgie. » La superstition et la mort à l'ombre du Caucase. Dans trois villages différents, des femmes enceintes avaient été victimes de rafles, ainsi que leurs époux ou partenaires, et conduites près d'une ville nommée Gordi afin d'y creuser leurs propres tombes. Un entrefilet placé à côté d'une pub pour le boursicotage sur Internet.

Lorsqu'il en eut fini la lecture, Mitch tremblait de colère et d'excitation.

On avait abattu les femmes d'une balle dans le ventre. Les hommes aussi, quand on ne les avait pas battus à mort. Le gouvernement géorgien était secoué par ce scandale. Il affirmait que ces meurtres s'étaient produits sous le régime de Gamsakhourdia, qui avait été renversé au début des années 90, mais certains des présumés responsables étaient toujours en poste.

Les raisons de ces meurtres étaient loin d'être claires. Certains des habitants de Gordi accusaient les victimes d'avoir copulé avec le diable et déclaraient que leur mort était nécessaire ; elles donnaient naissance aux enfants du diable et causaient des fausses couches dans leur voisinage.

A en croire certaines suppositions, les malheureuses avaient été frappées par les premières manifestations de la grippe d'Hérode.

Mitch fonça dans la cuisine, cognant contre une chaise l'orteil qui saillait de son plâtre. Il grimaça, pesta, puis se baissa pour attraper sur un petit tas de journaux près des bacs de recyclage — un gris, un vert et un bleu — une section du *Seattle Times* de l'avant-veille. Sur la manchette, une déclaration conjointe du président, de la ministre de la Santé et du secrétaire du HHS à propos de la grippe d'Hérode. Un insert — rédigé par le plumitif qui avait jugé Mitch avec tant de sévérité — expliquait le lien entre SHEVA et la grippe d'Hérode : maladie, fausses couches.

Mitch se rassit dans le fauteuil élimé, devant la baie vitrée donnant sur Broadway, et regarda ses mains trembler.

— Je sais quelque chose que personne d'autre ne sait, dit-il en plaquant ses mains sur les accoudoirs. Mais je ne sais absolument pas *comment je le sais, ni ce que je dois en faire* !

Difficile d'imaginer pire candidat que Mitch Rafelson pour avoir une telle intuition, pour faire une si invraisemblable corrélation. Tout le monde aurait préféré qu'il recherche des visages sur Mars.

Il était temps pour lui de renoncer, de se noyer dans les canettes de Coors, de se préparer à un lent et pénible déclin, ou alors de fabriquer un édifice capable de soutenir sa thèse, un édifice dont toutes les planches seraient frappées du sceau de la rigueur scientifique.

— Espèce de connard, dit-il en se campant devant la baie vitrée, des vieux journaux new-yorkais dans une main, la première page du quotidien local dans l'autre. Espèce de connard *immature* !

27.

Centre de contrôle et de prévention des maladies, Atlanta, Fin janvier

Venant des nuages bas, paresseux, une lumière neutre pénétrait dans le bureau du directeur. Mark Augustine s'écarta du tableau blanc, couvert d'un gribouillis de flèches et de noms, et, s'appuyant le coude sur la main, se frotta le nez. Tout en bas de l'organigramme complexe, en dessous de Shawbeck, le directeur du NIH, et du futur remplaçant d'Augustine à la tête du CDC, se trouvait la *Taskforce for Human Provirus Research*[1], la THUPR — un sigle que tout le monde prononçait « super » en zozotant. Augustine, qui détestait cette appellation, se contentait de parler de Brigade tout court.

Il indiqua d'un geste l'impressionnant édifice administratif.

— Et voilà, Frank. Je pars la semaine prochaine pour aller m'enterrer à Bethesda, tout en bas de l'échelle hiérarchique. Une descente de trente-trois

---

1. Brigade de recherche sur les provirus humains. *(N.d.T.)*

barreaux. Pourquoi s'étonner ? C'est le triomphe de la bureaucratie.

Frank Shawbeck se carra dans son siège.

— Ça aurait pu être pire. On a passé le plus clair du mois à élaguer ce truc.

— Qu'importe le degré de terreur, un cauchemar reste un cauchemar.

— Au moins, vous savez *qui* est votre supérieur. Moi, je dois rendre des comptes à l'HHS et au président. (Shawbeck avait appris la nouvelle deux jours plus tôt : il restait au NIH mais était promu directeur.) En plein dans l'œil du cyclone. Franchement, je suis ravi que Maxine ait décidé de rester à son poste. Elle se débrouille mieux que moi dans le rôle de paratonnerre.

— Ne rêvez pas, répliqua Augustine. Elle est meilleure politicienne que nous deux. Quand la foudre tombera, ce sera sur nous.

— Si elle tombe, corrigea Shawbeck, mais son visage resta grave.

— *Quand* elle tombera, Frank. (Augustine gratifia l'autre du sourire grimacier qui lui était familier.) L'OMS veut que nous coordonnions toutes les recherches extérieures... et elle veut envoyer des équipes ici pour faire leurs propres tests. La Communauté des Etats indépendants est incapable de faire quoi que ce soit... la Russie a trop longtemps méprisé les autres républiques. Ils n'arriveront jamais à coordonner leurs efforts, et Dicken ne reçoit toujours aucune information de Géorgie et d'Azerbaïdjan. Nous ne pourrons enquêter là-bas que lorsque la situation politique se sera stabilisée, ce qui ne veut rien dire.

— C'est vraiment grave, ce qui se passe là-bas ? s'enquit Shawbeck.

— Tout ce qu'on sait, c'est que ça va mal. Et ils ne nous demandent pas notre aide. Ça fait dix ou vingt ans, peut-être davantage, qu'ils connaissent la grippe d'Hérode... et qu'ils la traitent à leur façon, au niveau local.

— En massacrant les malades.

Augustine opina.

— Ils ne tiennent pas à ce que ça se sache, pas plus qu'ils ne tiennent à ce que nous disions que SHEVA est originaire de chez eux. Fierté d'un nationalisme de fraîche date. Nous allons rester discrets aussi longtemps que possible, de manière à avoir un moyen de pression sur eux.

— Seigneur ! Et la Turquie ?

— Ils ont accepté notre aide, ils ont laissé entrer nos enquêteurs, mais ils nous interdisent l'accès aux zones frontalières avec l'Iran et la Géorgie.

— Où est Dicken en ce moment ?

— A Genève.

— Il tient l'OMS informée ?

— A tout moment, répondit Augustine. Une copie de chaque rapport est transmise à l'OMS et à l'Unicef. Le Sénat ne décolère pas. Ils menacent de retarder les versements à l'ONU jusqu'à ce que nous ayons une idée claire du financement des recherches à l'échelon international. Ils ne veulent pas que nous leur présentions la facture du traitement que nous trouverons... et ils sont persuadés que c'est nous qui en trouverons un.

Shawbeck leva la main.

— Ce sera probablement le cas. Demain, j'ai rendez-vous avec quatre dirigeants d'entreprise : Merck, Schering Plough, Lilly et Bristol-Myers. La semaine prochaine, ce sera le tour d'Americol et d'Euricol. Ils veulent tous parler de profits et de subventions. Et, comme si ça ne suffisait pas, le docteur Gallo débarque cet après-midi — il veut avoir accès à toutes nos recherches.

— Mais notre travail n'a rien à voir avec le VIH, protesta Augustine.

— Il affirme qu'il y a sans doute une activité réceptrice similaire. C'est une idée un peu tirée par les cheveux, mais n'oubliez pas qu'il est célèbre et qu'il est très écouté à Washington. Et, apparemment, il peut nous aider avec les Français, maintenant qu'ils coopèrent de nouveau.

— Comment allons-nous traiter ce truc, Frank ? Bon sang, mes gars ont déniché SHEVA chez tous les singes de la création, du gorille au singe vert.

— Il est trop tôt pour sombrer dans le pessimisme, tempéra Shawbeck. Ça ne fait que trois mois que nous sommes sur le coup.

— On a recensé quarante mille cas de grippe d'Hérode rien que sur la côte est, Frank ! *Et nous ne voyons toujours rien venir !*

Augustine tapa du poing sur le tableau.

Shawbeck secoua la tête et écarta les bras, émettant des petits bruits apaisants.

Augustine baissa la voix et ses épaules se voûtèrent.

262

Puis il attrapa un chiffon et, méticuleusement, essuya les taches d'encre sur sa main.

— Côté positif, le message commence à passer, dit-il. Nous avons eu plus de deux millions de visites sur notre site web. Mais vous avez vu Audrey Korda chez Larry King hier soir ?

— Non, dit Shawbeck.

— Elle va presque jusqu'à traiter les hommes de diables incarnés. Elle affirme que les femmes pourraient se passer de nous, que nous devrions être placés en quarantaine et tenus à l'écart des femmes... *Pfft !* fit-il en agitant la main. Plus de sexe, plus de SHEVA.

Un éclat minéral apparut dans les yeux de Shawbeck.

— Elle a peut-être raison, Mark. Vous avez vu la liste des mesures extrêmes établie par la ministre de la Santé ?

Augustine passa une main dans ses cheveux drus.

— Bon sang, j'espère que la presse n'aura pas vent de ça.

28.

Long Island, New York

Au fond du lavabo gisaient des bribes de dentifrice pareilles à des petits têtards bleus. Kaye acheva de se rincer la bouche, recracha une petite cascade qui envoya les têtards dans la bonde et s'essuya le visage avec une serviette. Puis elle se planta sur le seuil de la salle de bains et contempla, à l'autre bout du long couloir, la porte close de la grande chambre.

C'était la dernière nuit qu'elle passait à la maison ; elle avait dormi dans la chambre d'amis. Un nouveau camion de déménagement — un petit — devait arriver à onze heures du matin pour évacuer les quelques possessions qu'elle emportait avec elle. Caddy avait décidé d'adopter Crickson et Temin.

La maison était à vendre. Vu le boom de l'immobilier, elle allait en tirer un bon prix. Au moins une chose qui échapperait aux créanciers. Saul avait veillé à ce que Kaye soit la seule propriétaire.

Elle sélectionna une tenue pour la journée — un slip et un soutien-gorge tout simples, un sweater et un chemisier crème, un pantalon de toile bleu — et fourra dans une valise les éléments de sa garde-robe qui n'étaient pas déjà dans les cartons. Elle était lasse de s'occuper de tout ça, d'attribuer tel ou tel objet à la sœur de Saul, de préparer des sacs de vêtements pour les bonnes œuvres, d'autres pour la poubelle.

Kaye avait mis presque une semaine à se débarrasser des résidus de leur vie commune qu'elle ne souhaitait pas conserver et que la négociatrice de l'agence estimait de nature à nuire à la vente. Elle lui avait expliqué avec ménagements les réactions que risquaient de susciter « tous ces ouvrages scientifiques, toutes ces publications... Trop abstraits. Trop froids. Et de la *mauvaise* couleur. »

Kaye imaginait la maison envahie par des couples de jeunes parvenus, dépourvus de tout esprit critique, lui en veste de tweed et souliers de daim, elle en jupe stricte de soie ou de microfibre, évitant comme la peste tout signe d'individualisme ou d'intelligence et pêchant la notion de charme dans les suppléments dominicaux des journaux. La maison, une fois vidée, aurait en gros le type de charme qu'ils recherchaient. Les meubles, les rideaux et les tapis que Saul et elle avaient achetés en étaient totalement dépourvus. Avant de pouvoir mettre le bien sur le marché, il faudrait en expurger la vie de ses occupants passés.

Leur vie... Saul n'y avait plus sa part. Elle effaçait les preuves de leurs années d'intimité ; AKS démantelait et dispersait leur vie professionnelle.

Grâce à Dieu, la négociatrice n'avait pas évoqué les actes sanglants de Saul.

Combien de temps encore vais-je me sentir coupable ? Elle se figea dans l'escalier et se mordilla le pouce. Elle avait beau faire des efforts pour se ressaisir, pour se concentrer sur les options qui lui étaient encore offertes, elle s'égarait de plus en plus souvent dans un dédale d'associations d'idées et d'émotions qui ne faisait que la rendre plus malheureuse. La proposition de la Brigade affectée à la grippe d'Hérode était à ses yeux une ligne bien droite, la sienne, solide et rationnelle. Les bizarreries de la nature allaient l'aider à guérir les bizarreries de sa vie, et cela, quoique étonnant, était crédible, acceptable ; elle concevait l'idée que sa vie puisse fonctionner ainsi.

La sonnette émit la mélodie d'*Eleanor Rigby*. Une idée de Saul. Kaye gagna le rez-de-chaussée et ouvrit la porte. Judith Kushner se tenait sur le seuil, le visage tendu.

— Je suis venue dès que j'ai compris ce qui se passait, expliqua-t-elle.

Elle portait une jupe en laine noire, des souliers noirs et un chemisier blanc sous un imperméable London Fog qui retombait sur les marches.

— Bonjour, Judith, dit Kaye, un peu déconcertée.

Kushner agrippa le battant de la porte, sembla demander la permission d'entrer d'un bref coup d'œil et pénétra dans le vestibule. Elle se débarrassa de son imperméable, qu'elle accrocha à un portemanteau en érable.

— J'ai appelé huit personnes de ma connaissance, et Marge Cross les avait toutes contactées. Elle s'est rendue personnellement à leur domicile, prétextant être en route pour je ne sais quelle réunion d'affaires — comme cinq d'entre elles vivent dans les environs de New York, l'excuse était potable.

— Marge Cross... d'Americol ? demanda Kaye.

— Et aussi d'Euricol. Elle tire également les ficelles outre-Atlantique, ne l'oubliez pas. Bon sang, Kaye, elle est vraiment persuasive, vous n'avez pas idée — Linda et Herb ont rejoint ses troupes ! Et ce n'est pas fini.

— Moins vite, Judith, s'il vous plaît.

— Fiona a failli fondre en larmes quand j'ai dit non à Cross, je vous le jure ! Mais je déteste ces conneries de conglomérats. Je les hais. Je n'ai pas honte d'être traitée de socialiste... d'enfant des années 60...

— S'il vous plaît, répéta Kaye en leva les mains pour endiguer ce torrent verbal. Nous allons y passer la journée si vous ne vous calmez pas.

Kushner se tut et lui lança un regard noir.

— Vous êtes intelligente, ma chère. Vous trouverez bien toute seule.

Kaye resta interloquée quelques secondes.

— Marge Cross, d'Americol, veut un morceau de SHEVA ?

— Non seulement ça lui permettra de remplir ses hôpitaux, mais en outre elle leur fournira elle-même les produits développés par *son* équipe. Des traitements qui seront la propriété exclusive des entreprises médicales affiliées à Americol. Et, si elle annonce la formation d'une équipe d'experts, les actions de sa boîte vont atteindre une valeur record.

— Et elle me veut, moi ?

— J'ai reçu un appel de Debra Kim. Marge Cross aurait promis de lui donner un labo, d'héberger ses souris immunodéficientes et d'acheter le brevet de son traitement contre le choléra — le tout pour un montant qui la débarrassera définitivement de tout problème financier. *Avant* même qu'elle ait trouvé un traitement. Debra voulait savoir ce qu'elle devait vous dire.

— Debra ?

Kaye était abasourdie.

— Marge est passée maître dans la manipulation psychologique. Je suis bien placée pour le savoir. J'ai fait médecine avec elle, durant les années 70. Elle a fait une maîtrise de commerce en même temps. Bourrée d'énergie, laide à faire peur, pas l'ombre d'un flirt qui l'aurait empêchée de bachoter... Elle est entrée dans le privé en 1987, et regardez le résultat.

— Mais que veut-elle de moi ?

Kushner haussa les épaules.

— Vous êtes une pionnière, une célébrité... bon sang, Saul a un peu fait de vous une martyre, en particulier aux yeux des femmes. Des femmes qui vont bientôt exiger un traitement. Vous avez d'excellentes références, vous avez publié d'excellents articles, vous êtes l'image même de la crédibilité. Je croyais qu'ils allaient lapider le messager, Kaye. Maintenant, je pense qu'on va vous offrir une médaille.

— Mon Dieu !

Kaye alla dans le séjour aux murs désormais vierges et s'assit sur le sofa fraîchement nettoyé. Il régnait dans la pièce une odeur de savon, comme dans un hôpital.

Kushner renifla et fronça les sourcils.

— Si l'on ne se fiait qu'à l'odeur, on dirait que ce sont des robots qui vivaient ici.

— L'agence immobilière m'a dit que ça devait sentir le propre, dit Kaye, gagnant du temps pour s'éclaircir les idées. Et quand ils ont nettoyé en haut... après Saul... il est resté un parfum. Un désinfectant au pin maritime ou quelque chose comme ça.

— Seigneur, murmura Kushner.

— Vous avez dit non à Marge Cross ?

— J'ai assez de boulot pour m'occuper durant le restant de mes jours, ma chérie. Je n'ai pas besoin qu'une machine à faire du fric m'organise mon planning. Vous l'avez déjà vue à la télé ?

Kaye acquiesça.

— Ne vous fiez pas à son image.

Il y eut un bruit de voiture dans l'allée. Kaye s'approcha de la baie vitrée et vit une grosse Chrysler couleur kaki. Le jeune homme en costume gris qui la conduisait descendit et ouvrit la portière arrière droite. Debra Kim apparut, embrassa les lieux du regard et leva une main pour se protéger de la brise marine plutôt fraîche. Quelques flocons de neige tombaient déjà.

Le jeune homme en gris ouvrit l'autre portière, et Marge Cross déplia son mètre quatre-vingts, vêtue d'un manteau de laine bleu marine, ses cheveux grisonnants réunis en un chignon plein de dignité. Elle dit quelques mots au jeune homme, qui hocha la tête et alla s'appuyer sur la voiture pendant que Cross et Debra Kim se dirigeaient vers le porche.

— Je n'en crois pas mes yeux, dit Kushner. Elle est encore plus rapide que la vitesse de la pensée.

— Vous ne saviez pas qu'elle allait venir ici ?

— Pas aussi vite. Vous voulez que je fuie par la porte de derrière ?

Kaye fit non de la tête et, pour la première fois depuis des jours, ne put s'empêcher de rire.

— Non. J'aimerais vous voir vous disputer mon âme, toutes les deux.

— Je vous aime bien, Kaye, mais je sais qu'il vaut mieux éviter les disputes avec Marge.

Kaye s'empressa de gagner l'entrée et ouvrit la porte avant que Cross ait eu le temps de sonner. Cross se fendit d'un large sourire amical, son visage mal dégrossi et ses petits yeux verts s'éclairant d'une lueur maternelle.

Kim eut un sourire nerveux.

— Bonjour, Kaye, dit-elle en rougissant.

— Kaye Lang ? Nous n'avons pas été présentées, dit Cross.

Mon Dieu, songea Kaye. *Elle a la voix de Julia Child*[1] !

Kaye prépara dans une vieille casserole du café instantané aromatisé à la vanille et le servit dans les tasses qu'elle avait décidé d'abandonner avec la maison. Pas un instant Cross ne lui donna l'impression qu'elle négligeait ses devoirs d'hôtesse envers une femme pesant vingt milliards de dollars.

— Je tiens à être franche avec vous, commença-t-elle. Je suis allée visiter le labo de Debra à AKS. Elle accomplit un travail extrêmement intéressant. Nous avons une place pour elle. Debra m'a parlé de votre situation...

Kushner jeta un regard en coin à Kaye, hocha imperceptiblement la tête.

— Et, franchement, ça fait plusieurs mois que j'ai envie de vous rencontrer. J'ai cinq jeunes gens dont la mission est de lire les publications pour moi — tous aussi beaux qu'intelligents. L'un des plus beaux, qui est aussi le plus intelligent, m'a dit un jour : « Lisez ceci. » C'était votre article prédisant l'expression d'anciens provirus humains. Ouaouh ! Aujourd'hui, il est plus pertinent que jamais. Kim m'a dit que vous avez accepté une offre du CDC. De Christopher Dicken.

— Plus précisément de Mark Augustine et de la Brigade affectée à la grippe d'Hérode, corrigea Kaye.

— Je connais bien Mark. Il sait déléguer. Vous travaillerez avec Christopher. Un jeune homme brillant. (Cross poursuivit, adoptant le ton qu'elle aurait

1. Cuisinière américaine, célèbre pour ses émissions télévisées. *(N.d.T.)*

270

employé pour parler jardinage.) Nous comptons mettre sur pied une équipe d'enquête et de recherche d'envergure mondiale pour travailler sur la grippe d'Hérode. Nous allons trouver un traitement, peut-être même un remède. Ce traitement sera offert à tous les hôpitaux d'Americol, mais nous sommes prêts à le vendre à tout le monde. Nous avons l'infrastructure, mon Dieu, nous avons les finances... Nous allons faire équipe avec le CDC, et votre rôle pourra être celui d'un de nos représentants au sein du HHS et du NIH. Comme le programme Apollo : le gouvernement et l'industrie privée engagés dans une coopération à grande échelle, sauf que, cette fois-ci, nous ne repartirons pas après avoir aluni. (Cross changea de position pour faire face à Kushner.) La proposition que je vous ai faite tient toujours, Judith. Je serais ravie que vous travailliez pour nous, toutes les deux.

Kushner eut un petit rire, presque enfantin.

— Non, merci, Marge. Je suis trop vieille pour enfiler un nouveau harnais.

Cross secoua la tête.

— Il n'y aura aucune contrainte, je vous le garantis.

— J'hésite avant de servir deux maîtres, déclara Kaye. Je n'ai même pas encore commencé à travailler avec la Brigade.

— Je vois Mark Augustine et Frank Shawbeck cet après-midi. Si vous le souhaitez, vous pouvez m'accompagner à Washington. Nous les verrons ensemble. Vous êtes aussi invitée, Judith.

Kushner secoua la tête, mais, cette fois-ci, son rire était forcé.

Kaye resta silencieuse pendant quelques secondes, les yeux fixés sur ses mains jointes, sur ses ongles et ses phalanges qui passaient du blanc au rose à mesure qu'elle se tendait et se détendait. Elle connaissait déjà sa réponse, mais elle voulait en entendre davantage de Cross.

— Quelle que soit la nature de vos recherches, vous n'aurez plus jamais à vous soucier de trouver des fonds, dit celle-ci. Nous inclurons dans votre contrat une clause à cet effet. J'ai vraiment confiance en vous.

Mais ai-je envie d'être l'un des joyaux de votre couronne, ma reine ? se demanda Kaye.

— Je me fie à mes instincts, Kaye. J'ai déjà demandé à mes gars des ressources humaines d'examiner votre cas. Ils estiment que vous allez faire un travail d'exception durant les décennies à venir. Rejoignez-nous, Kaye. Rien de ce que vous ferez ne sera ignoré ni méprisé.

Kushner s'esclaffa une nouvelle fois, et Cross gratifia les deux femmes d'un sourire.

— Je veux quitter cette maison le plus tôt possible, dit Kaye. Je ne comptais me rendre à Atlanta que la semaine prochaine... Je suis encore à la recherche d'un appartement là-bas.

— Je demanderai à mes gars de s'en occuper. Nous vous trouverons quelque chose de bien à Atlanta ou à Baltimore, à vous de choisir.

— Mon Dieu, fit Kaye avec un petit sourire.

— Je suis au courant d'autre chose, d'une chose qui a beaucoup d'importance à vos yeux. Saul et vous avez beaucoup travaillé avec la république de Géorgie. J'ai peut-être les contacts qu'il faut pour sauver la situation là-bas. J'aimerais faire des recherches supplémentaires sur la phagothérapie. Je pense pouvoir convaincre Tbilissi de relâcher la pression politique. De toute façon, c'est ridicule — une bande d'amateurs essayant de gouverner un pays.

Cross posa une main sur son bras et le serra doucement.

— Venez avec moi, accompagnez-moi à Washington, allons voir Mark et Frank, rencontrez les gens que vous voulez voir, faites-vous une idée de ce qui vous attend. Prenez votre décision dans deux ou trois jours. Consultez votre avocat si vous le souhaitez. Nous vous donnerons même un projet de contrat. Si ça ne marche pas, je vous laisse au CDC, et sans rancune.

Kaye se tourna vers Kushner et vit que son mentor arborait la même expression que le jour où elle lui avait appris qu'elle allait épouser Saul.

— Quelles seront les restrictions, Marge ? demanda Kushner à voix basse en croisant les doigts sur son giron.

Cross se redressa et plissa les lèvres.

— Rien d'extraordinaire. Le crédit de toute découverte ira à l'équipe. Le service de presse de l'entreprise orchestrera tous les communiqués et supervisera tous les articles afin d'en déterminer la date de publication idéale. Pas de prima donna, chez nous. Les retombées financières seront partagées au moyen d'un contrat de royalties plutôt généreux. (Elle croisa les bras.) Kaye, votre avocat est un peu vieux et il n'est guère versé dans le domaine qui nous intéresse. Judith peut sûrement vous recommander un meilleur choix.

Kushner opina.

— Je peux lui recommander un excellent avocat, en effet... si elle envisage sérieusement d'accepter votre proposition.

Elle avait une voix pincée, déçue.

— Je n'ai pas l'habitude d'être courtisée à coups de bouquets de roses et de boîtes de chocolats, croyez-moi, dit Kaye, les yeux fixés sur le tapis. J'aimerais savoir ce que la Brigade attend de moi avant de prendre une quelconque décision.

— Si vous m'accompagnez dans le bureau d'Augustine, il saura ce que je mijote. Je pense qu'il l'acceptera.

Surprise, Kaye s'entendit dire :

— En ce cas, j'aimerais vous accompagner à Washington.

— Vous le méritez, Kaye, dit Cross. Et j'ai besoin de vous. Ce qui nous attend n'est pas une partie de plaisir. Je veux les meilleurs chercheurs, la meilleure armure pour me protéger.

Dehors, la neige tombait en abondance. Kaye vit que le chauffeur de Cross s'était abrité dans la voiture et utilisait un téléphone mobile. C'était un autre monde, rapide, affairé, connecté, où l'on n'avait que peu de temps pour réfléchir.

Peut-être exactement ce qu'il lui fallait.

— Je vais appeler ce fameux avocat, dit Kushner. (Puis, s'adressant à Cross :) J'aimerais rester seule avec Kaye pendant quelques minutes.

— Bien entendu, dit Cross.

Une fois dans la cuisine, Judith Kushner empoigna le bras de Kaye et la fixa d'un air farouche que Kaye l'avait rarement vue arborer.

— Vous avez conscience de ce qui va arriver, j'espère.

— Quoi donc ?

— Vous allez devenir une marionnette. Vous allez passer la moitié de votre temps dans des salles de réunion, à parler à des gens au sourire plein d'espoir qui n'auront pas peur de vous dire exactement ce que vous souhaitez entendre, et qui vous dénigreront dès que vous aurez le dos tourné. On dira de vous que vous êtes une poupée de Marge, l'un de ses jouets.

— Allons, fit Kaye.

— Vous serez persuadée de faire de l'excellent travail et puis, un jour, vous vous rendrez compte qu'elle vous a amenée à faire ce qu'elle voulait et rien d'autre. Elle pense que ce monde lui appartient et que c'est elle qui en dicte les règles. Il faudra bien que quelqu'un vienne à votre secours, Kaye Lang. Je ne sais pas si ce sera moi, je n'en suis pas sûre. Et j'espère pour vous que ce ne sera pas un autre Saul.

— J'apprécie votre sollicitude. Et je vous remercie, dit Kaye sur un ton posé, où perçait néanmoins une certaine défiance. Je me fie à mes instincts, moi aussi, Judith. Et puis je veux percer le secret de la grippe d'Hérode. Ce ne sera pas une mince affaire. Je pense qu'elle a raison à propos du CDC. Et si nous parvenions à... finir notre travail avec Eliava ? Pour Saul. En sa mémoire.

L'intensité qui habitait Kushner sembla s'évanouir, et elle prit appui contre le mur, secoua la tête.

— D'accord, fit-elle.

— A vous entendre, Cross est le diable en personne.

Rire de Kushner.

— Non, ce n'est pas le diable. Mais ce n'est pas non plus ma tasse de thé.

La porte de la cuisine s'ouvrit sur Debra Kim. Elle jeta aux deux femmes un regard nerveux, puis supplia :

— Kaye, c'est vous qu'elle veut. Pas moi. Si vous ne montez pas à bord, elle trouvera un moyen de me larguer...

— Je vais le faire, dit Kaye en agitant les mains. Mais je ne peux pas partir tout de suite, bon Dieu. La maison...

— Marge s'en occupera pour vous, dit Kushner, comme si elle développait devant une étudiante un peu lente un sujet qu'elle-même n'appréciait pas.

— Mais oui, affirma Kim, soudain ravie. Elle est fantastique.

29.

*Labo de primatologie de la Brigade, Baltimore
Février*

— Bonjour, Christopher ! Comment se porte le Vieux Continent ?

Marian Freedman tenait ouverte la porte en haut des marches de béton. Un vent glacial s'engouffrait dans l'allée. Tout en grimpant l'escalier, Dicken remonta son écharpe autour de son cou et se frotta ostensiblement les yeux.

— Je suis encore à l'heure de Genève. Ben Tice vous envoie ses amitiés.

Freedman se fendit d'un salut militaire.

— L'Europe est sur les dents, déclara-t-elle en forçant le ton. Comment va-t-il ?

— Il est mort de fatigue. La semaine dernière, ils se sont occupés des protéines membranaires. Moins évident qu'ils ne le croyaient. SHEVA ne se cristallise pas.

— Il aurait dû m'en parler.

Dicken ôta son écharpe et son manteau.

— Vous avez du café chaud ?

— Dans le salon.

Elle le guida le long d'un couloir aux murs de béton peints d'un orange des plus bizarres et lui indiqua une porte sur sa gauche.

— Comment est le bâtiment ? demanda-t-il.

— Nul. Les inspecteurs ont trouvé du tritium dans la plomberie, vous étiez au courant ? L'année dernière, ce lieu était un centre d'élimination de déchets médicaux, mais, Dieu sait comment, ils se sont retrouvés avec ce tritium dans les tuyaux. On n'a pas eu le temps de protester et de dénicher autre chose. La loi du marché ! Conséquence, il a fallu dépenser dix mille dollars pour installer des moniteurs et renforcer les mesures de sécurité. Il y a un gars du National Radiation Center qui se balade tous les deux jours dans l'immeuble avec son compteur Geiger.

Dicken s'arrêta devant le tableau d'affichage du salon. Il était divisé en deux parties d'inégale importance : une surface blanche et, sur la gauche, un petit carré de liège punaisé de notices. « *Cherche à parta-*

ger appartement moins cher que le mien. » « Quel-
qu'un peut-il aller récupérer mes chiens à la quaran-
taine de Dulles mercredi prochain ? Je suis de service
toute la journée. » « Comment sont les crèches à
Arlington ? » « Cherche voiture pour aller à Bethesda
lundi prochain. De préférence quelqu'un du Métabo-
lisme ou de l'Excrétion : de toute façon, il faut qu'on
se parle. »

Ses yeux s'embrumèrent. Quoique épuisé, il était
profondément ému de voir cette chose prendre vie,
tous ces gens qui se rassemblaient, qui parcouraient
le monde en faisant suivre leurs familles et leurs vies.

Freedman lui tendit un gobelet de café.

— Il est frais. Nous faisons du bon café, ici.

— Un excellent diurétique, commenta-t-il. Ça
devrait vous aider à éliminer le tritium.

Freedman fit la grimace.

— Vous avez réussi à induire l'expression ? s'enquit Dicken.

— Non. Mais l'ERV simien dispersé est si proche
de SHEVA question génome que c'en est proprement
terrifiant. Nous sommes en train de prouver l'une de
nos hypothèses de départ : ce truc est très ancien. Il
a pénétré le génome simien avant que les cercopithèques et nous-mêmes ne soyons distincts.

Dicken avala son café et s'essuya les lèvres.

— Donc, ce n'est pas une maladie, déclara-t-il.

— Holà, ce n'est pas ce que j'ai dit. (Freedman lui
reprit le gobelet des mains et le jeta dans une poubelle.) Ça s'exprime, ça se répand, ça infecte. C'est
une maladie, d'où que ça vienne.

— Ben Tice a analysé deux cents fœtus avortés.

278

Chacun d'entre eux contenait une grosse masse folliculaire, similaire à un ovaire mais ne contenant qu'une vingtaine de follicules. Dans chacun des cas...

— Je sais, Christopher. Trois follicules brisés au plus. Il m'a envoyé son rapport hier soir.

— Marian, le placenta est minuscule, la poche amniotique ridicule, et, après la fausse couche, qui est incroyablement aisée — la plupart des femmes ne sentent strictement rien —, elles ne perdent même pas l'endomètre. Comme si elles étaient encore enceintes.

Marian commençait à s'agiter.

— Ecoutez, Christopher...

Deux chercheurs, deux jeunes Noirs, entrèrent dans le salon, reconnurent Dicken, qui ne les avait pourtant pas encore rencontrés, le saluèrent et se dirigèrent vers le réfrigérateur. Freedman baissa la voix.

— Christopher, je ne tiens pas à me trouver entre Mark Augustine et vous quand ça fera des étincelles. Oui, vous avez démontré que SHEVA était présent dans les tissus des victimes géorgiennes. Mais leurs bébés n'avaient rien à voir avec ces créatures difformes. C'étaient des fœtus dont le développement était parfaitement normal.

— J'aimerais bien pouvoir analyser l'un d'eux.

— Allez faire ça ailleurs. La médecine légale n'a pas sa place chez nous, Christopher. J'ai ici cent vingt-trois personnes, trente cercopithèques et douze chimpanzés, tous enrôlés pour une mission bien précise : explorer l'expression des virus endogènes dans les tissus simiens. Un point, c'est tout. (Cette dernière phrase n'était qu'un murmure. Elle haussa le ton.) Venez donc jeter un coup d'œil à ce qu'on a.

Elle conduisit Dicken dans un petit dédale d'espaces de travail, dont chacun était pourvu d'un écran plat. Ils croisèrent un groupe de femmes en blouse blanche et un technicien en salopette verte. L'air sentait l'antiseptique jusqu'à ce que Marian ouvre la porte d'acier du labo principal. Dicken perçut alors l'odeur rassise de la bouffe de singe, la puanteur âcre de l'urine et des fèces, puis, à nouveau, le parfum du savon et du désinfectant.

Elle l'amena dans une grande salle aux murs de béton où se trouvaient trois chimpanzés femelles, chacune dans son enclos scellé de plastique et d'acier. Chaque enclos était équipé de son propre système d'aération. Un technicien avait inséré un carcan dans le premier enclos, et le chimpanzé s'efforçait de se libérer de son étreinte. Lentement, le carcan se refermait sur lui, manipulé par l'homme qui sifflait doucement, attendant que l'animal accepte son sort. Le carcan empêchait maintenant celui-ci de bouger ; il ne pouvait plus mordre personne et un seul de ses bras était libre, du côté opposé où la laborantine allait se mettre au travail.

Sous le regard neutre de Marian, le chimpanzé piégé fut extrait de son enclos. Le carcan pivota sur ses roues en caoutchouc, et la laborantine préleva des échantillons de sang et de muqueuses vaginales. Le chimpanzé protestait en poussant des cris aigus. Ses tortionnaires les ignoraient consciencieusement.

Marian s'approcha du carcan et caressa la main tendue du chimpanzé.

— Allons, Kiki. Allons, ma fille. C'est ma fille. Nous sommes navrés, ma chérie.

Les doigts du chimpanzé dansèrent dans la paume de Marian. Il grimaçait, se trémoussait, mais il avait cessé de hurler. Lorsqu'il eut regagné son enclos, Marian fit face au technicien et à la laborantine.

— Le prochain qui traitera ces animaux comme des machines se fera virer sur-le-champ, dit-elle en grondant. C'est compris ? Cette femelle est socialisée. Elle vient d'être violentée et elle cherche à toucher quelqu'un pour se rassurer. A ses yeux, vous êtes ce qui se rapproche le plus d'un ami, d'une famille. Est-ce que vous avez bien compris ?

Les deux autres s'excusèrent d'un air penaud.

Marian pivota sur elle-même et, d'un vif signe de tête, intima à Dicken l'ordre de la suivre.

— Je suis sûr que tout va bien, dit-il, troublé par l'incident. Je vous fais confiance, Marian.

Soupir de l'intéressée.

— Alors suivez-moi dans mon bureau et discutons encore un peu.

Le couloir était vide, les portes fermées à chaque extrémité. Dicken soulignait ses propos en agitant les mains.

— Ben est de mon côté. Il pense qu'il s'agit d'un événement significatif et non d'une maladie.

— Est-ce qu'il est prêt à s'opposer à Augustine ? On nous verse des fonds dans la seule intention de nous voir trouver un traitement, Christopher ! Si ce n'est pas une maladie, pourquoi se fatiguer ? Les gens sont malheureux, ils sont malades et ils pensent perdre des bébés.

— Ces fœtus avortés ne sont *pas* des bébés, Marian.

— Alors de quoi s'agit-il, bon Dieu ? Je dois faire avec ce que je sais, Christopher. Si nous nous égarons dans la théorie...

— Ce que je veux, c'est savoir ce que vous pensez. Comme pour un sondage.

Marian se planta derrière son bureau, posa les mains sur sa surface en Formica, qu'elle tambourina de ses ongles courts. Elle semblait exaspérée.

— Je suis généticienne et biologiste moléculaire. Je ne connais que dalle à presque tout le reste. Chaque soir, je mets cinq heures à lire un centième de ce dont j'ai besoin pour rester à jour dans mon domaine.

— Vous avez accédé à MedWeb ? à Bionet ? à Virion ?

— Je ne vais pas souvent sur le Net, sauf pour lever mon courrier.

— Virion est un petit zine informel de Palo Alto. Uniquement sur abonnement. C'est Kiril Maddox qui le dirige.

— Je sais. Je suis sortie avec Kiril à Stanford.

Dicken en resta bouche bée.

— Je l'ignorais.

— Ne le répétez à personne, je vous en supplie ! A l'époque, c'était déjà un petit crétin brillant et subversif.

— Parole de scout. Mais vous devriez y jeter un coup d'œil. Il y a en ce moment une trentaine de participants anonymes. Kiril m'assure que ce sont tous d'authentiques chercheurs. Et ils ne parlent ni de maladie ni de traitement.

— Entendu, et, quand ils communiqueront leurs

idées au public, je vous accompagnerai pour prendre d'assaut le bureau d'Augustine.

— Promis ?

— Jamais de la vie ! Je ne suis pas un chercheur de génie jouissant d'une réputation internationale à protéger. Je ne suis qu'une humble ouvrière criblée de dettes et sexuellement frustrée, qui adore son boulot et tient à le garder.

Dicken se frictionna la nuque.

— Il se passe quelque chose. Quelque chose de vraiment important. J'ai besoin de personnes capables de me soutenir quand j'en parlerai à Augustine.

— Dites plutôt : quand vous tenterez de le remettre sur le droit chemin. Il va vous foutre dehors à coups de pied au cul.

— Je ne le pense pas. J'espère bien que non. (Puis, lançant un clin d'œil à Freedman, Dicken demanda :) Comment le savez-vous ? Vous êtes aussi sortie avec lui ?

— Il faisait médecine. Je restais toujours à l'écart des carabins.

Jessie's Cougar se trouvait à l'entresol, annoncé par une petite enseigne au néon, une plaque en bois factice et un escalier à la rampe de bronze poli. Dans la longue et étroite salle, un type costaud vêtu d'une veste de smoking bidon et d'un pantalon noir servait les clients assis autour de minuscules tables en bois, et sept ou huit filles nues se succédaient sans conviction sur la petite scène.

Près de la cage vide, un message rédigé à la main sur un écriteau informait la clientèle que, le couguar étant malade cette semaine, Jessie était en chômage technique. Des photos du félin avachi et de sa maîtresse blonde, souriante et plantureuse décoraient le mur derrière le bar.

La salle, large de trois mètres à peine, était bondée et enfumée, et Dicken se sentit mal dès qu'il s'assit. Il parcourut les lieux du regard et découvrit des hommes d'âge moyen, vêtus de costumes stricts et groupés par deux ou trois, et des jeunes hommes en jean, seuls, tous blancs, un petit verre de bière devant eux.

Un quadragénaire aborda une danseuse qui quittait la scène, lui murmura quelque chose à l'oreille, et elle hocha la tête. Suivi de ses compagnons de table, l'homme se dirigea vers un salon privé pour y goûter un nouveau spectacle.

En l'espace d'un mois, Dicken n'avait pas disposé de plus de deux heures de loisirs. Comme il était libre ce soir, coincé dans sa chambre du Holiday Inn sans amis ni connaissances, il s'était rendu dans le quartier des night-clubs, croisant nombre de voitures de police et deux ou trois flics à pied ou en vélo. Il était resté quelques minutes dans une librairie, jugeant finalement insupportable l'idée de passer la soirée à lire, et ses pieds l'avaient conduit automatiquement là où il avait toujours souhaité aller, ne serait-ce que pour regarder une femme étrangère à son milieu professionnel.

Agées d'une trentaine d'années au maximum, les danseuses étaient plutôt séduisantes, saisissantes dans leur nudité, le plus souvent pourvues de seins rectifiés, pour ce qu'il pouvait en juger, et d'une toison pubienne rasée formant un point d'exclamation quasiment universel. Aucune d'elles ne se tourna vers lui à son arrivée. Dans quelques minutes, elles lui adresseraient des œillades et des sourires vénaux mais, pour le moment, elles n'avaient aucune réaction.

Il commanda une Budweiser — le choix se limitait aux Coors, aux Bud et aux Bud Lite — et s'adossa au mur. La fille qui occupait la scène était jeune, mince, pourvue de seins en obus qui juraient avec sa cage thoracique étroite. Il la regarda sans grand intérêt et, quand elle eut fini son numéro et parcouru la salle de ses yeux inexpressifs, elle enfila un peignoir en rayonne et descendit dans la salle pour se mêler aux clients.

Dicken n'avait jamais réussi à apprendre les codes en vigueur dans une boîte de ce type. Il connaissait l'existence des salons privés mais ignorait ce qui y était autorisé et interdit. Il se surprit à oublier les filles, la fumée et la bière pour réfléchir au lendemain, à la visite du matin au centre médical de l'université Howard, à la réunion de l'après-midi avec Augustine et les nouveaux membres de l'équipe... Encore une journée bien remplie.

En découvrant la fille qui entrait en scène, plus petite, moins maigrichonne, avec de petits seins et une taille fine, il pensa à Kaye Lang.

Dicken acheva sa bière, jeta deux pièces de vingt-cinq cents sur la petite table et fit reculer sa chaise. Une rouquine à moitié nue lui exhiba ses bas, écartant les pans de son peignoir pour lever la jambe. Se faisant l'effet d'un crétin, il glissa vingt dollars dans sa jarretière et lui adressa un regard qui se voulait plein d'autorité nonchalante, mais qui exprimait probablement davantage sa nervosité.

— C'est un début, chéri, dit la fille d'une petite voix pleine d'assurance.

Elle jeta un vif regard circulaire sur la salle. En ce moment, il était le gibier le plus appétissant.

— Tu as travaillé trop dur, pas vrai ? lui dit-elle.

— Oui.

— Tu as bien besoin d'un petit numéro en privé.

— Ce serait agréable, dit-il, la bouche sèche.

— Nous avons un endroit pour ça. Mais tu connais le règlement, chéri. Il n'y a que moi qui touche. La direction souhaite que tu restes assis. Tu verras, c'est amusant.

C'est atroce, oui. Dicken la suivit quand même, se retrouvant au premier étage du bâtiment, dans l'une des huit ou dix petites pièces, de la taille d'une chambre, où étaient installés une scène et un fauteuil pliant. Il prit place sur celui-ci alors que la fille laissait choir son peignoir. Elle portait un string microscopique.

— Je m'appelle Danielle. (Elle porta un doigt à ses lèvres comme il faisait mine de parler.) Ne me dis rien. J'aime le mystère.

Puis, d'un petit sac fixé à son bras, elle retira un paquet en plastique et le déballa avec dextérité d'un mouvement du poignet. Elle plaqua un masque de chirurgien sur son visage.

— Navrée, chuchota-t-elle. Tu sais ce que c'est. D'après ce qu'on dit, rien ne résiste à cette nouvelle grippe — ni la pilule, ni la capote. On n'a même plus besoin d'être... comment dire... pervers pour avoir des emmerdes. Et on dit que tous les mecs sont porteurs. J'ai déjà deux gamins. Je ne peux pas me permettre d'arrêter de bosser pour accoucher d'un petit monstre.

Dicken était si épuisé qu'il parvenait à peine à bouger. Elle monta sur scène et prit la pose.

— Tu préfères que ça se passe vite ou en douceur ?

Il se leva, faisant basculer son siège, qui tomba bruyamment. Elle le regarda en plissant les yeux, son front creusé de rides d'inquiétude. Son masque était d'un vert médical.

— Excusez-moi, dit-il.

Il lui tendit un nouveau billet de vingt dollars puis s'enfuit, se retrouva dans la salle enfumée, bouscula les clients sur son passage, remonta l'escalier vers la rue, s'accrocha à la rampe pour reprendre son souffle.

Il s'essuya vigoureusement les mains sur son pantalon, comme si c'était lui qui risquait d'être infecté.

30.

Université du Washington, Seattle

Mitch s'assit sur le banc et s'étira devant la lumière aqueuse du soleil. Il s'était dispensé de manteau, ne portant qu'une chemise écossaise, un jean élimé et des chaussures de marche fatiguées.

Les arbres dénudés dressaient leurs branches grises au-dessus d'un champ de neige moucheté de traces de pas. Dédaignant les trottoirs, les étudiants avaient sillonné les pelouses recouvertes de blancheur. Des flocons tombaient lentement des nuages gris et fracturés qui se mouvaient dans le ciel.

Wendell Packer s'approcha en agitant la main, un sourire pincé aux lèvres. Âgé d'une trentaine d'années comme Mitch, c'était un homme mince et élancé, aux cheveux clairsemés et aux traits réguliers que gâchait quelque peu un nez bulbeux. Vêtu d'un épais sweater et d'un anorak bleu marine, il tenait à la main un petit cartable en cuir.

— J'ai toujours voulu faire un film sur ce coin, dit-il en se frottant les mains avec nervosité.

— Quel genre ? demanda Mitch, dont le cœur se serrait déjà.

Il avait dû se forcer à lui téléphoner et à se rendre au campus. Mitch apprenait à se blinder contre les réactions de ses anciens collègues et de ses amis scientifiques.

— Rien qu'une scène. La neige recouvrant tout en janvier ; les pruniers en fleur en avril. Une jolie fille qui marche, ici. Fondu : elle est entourée de flocons qui se transforment en pétales.

Packer désigna l'allée que les étudiants empruntaient pour se rendre à leurs cours en traînant le pas. Il dégagea un coin du banc de sa neige et s'assit à côté de Mitch.

— Tu aurais pu venir à mon bureau. Tu n'es pas un paria, Mitch. Personne ne va te chasser du campus.

Mitch haussa les épaules.

— Je suis devenu un sauvage, Wendell. Je ne dors presque plus. J'ai un tas de livres chez moi... je passe toutes mes journées à bosser la biologie. Je ne sais pas par où je dois commencer pour rattraper mon retard.

— Eh bien, commence par dire adieu à l'*élan vital*[1]. Désormais, nous sommes des ingénieurs.

— Je veux t'inviter à déjeuner et te poser quelques questions. Ensuite, je voudrais assister à quelques cours dans ton unité. Les textes seuls ne me suffisent pas.

— Je peux en parler aux professeurs. Quelles matières en particulier ?

— Embryologie. Développement des vertébrés. Un peu d'obstétrique, mais ce n'est pas de ton ressort.

— Pourquoi ?

Mitch contempla les murs ocre des bâtiments qui entouraient le champ enneigé.

— J'ai besoin d'apprendre pas mal de choses avant d'ouvrir à nouveau ma gueule ou de faire de nouvelles conneries.

— Mais encore ?

— Si je te le disais, tu serais persuadé que j'ai pété les plombs.

— Mitch, l'un des plus beaux jours de mon existence est celui où nous sommes allés à Gingko Tree avec mes gosses. Ils adoraient ça, marcher dans tous les coins, chercher des fossiles. J'ai passé des heures à observer le sol. Et j'ai attrapé un coup de soleil sur la nuque. J'ai compris pourquoi tu coinçais toujours un mouchoir sous ton chapeau.

Mitch sourit.

— Je suis toujours ton ami, Mitch.

1. En français dans le texte. *(N.d.T.)*

— C'est très important pour moi, Wendell.

— On se caille, ici, dit Packer. Où m'emmènes-tu déjeuner ?

— Chinois, ça te dit ?

Au restaurant Little China, ils s'assirent dans un box près d'une fenêtre, attendant qu'on leur serve leur riz, leurs nouilles et leur curry. Packer sirotait une tasse de thé brûlant ; Mitch, poussé par le démon de la perversité, avait commandé une limonade bien fraîche. La vitre donnant sur l'Avenue — ainsi était surnommée University Street, qui longeait le campus — était embuée. Quelques jeunes gens en blouson de cuir et pantalon bouffant battaient la semelle en fumant autour d'un kiosque à journaux cadenassé. La neige avait cessé de tomber, et la chaussée était d'un noir étincelant.

— Alors, dis-moi pourquoi tu veux assister à des cours, demanda Packer.

Mitch étala sur la table trois coupures de journaux relatives à des événements survenus en Ukraine et en Géorgie. Packer les lut en plissant le front.

— Quelqu'un a tenté de tuer la mère dans la grotte. Et, des milliers d'années plus tard, voilà qu'on tue les mères atteintes de la grippe d'Hérode.

— Ah ! tu penses que les Neandertaliens... Le bébé retrouvé devant la grotte. (Packer inclina la tête en arrière.) Je ne suis pas sûr de te suivre.

— Bon Dieu, Wendell, j'étais *là*. J'ai vu le bébé dans la grotte. Je suis persuadé que les chercheurs d'Innsbruck l'ont confirmé à présent, mais ils n'en parlent à personne. Je leur ai écrit plusieurs lettres, et ils ne se donnent même pas la peine de me répondre.

Packer s'abîma dans ses réflexions, le front barré de rides, s'efforçant de se faire une idée complète de la situation.

— Tu penses être tombé sur un cas d'équilibre ponctué. Dans les Alpes.

Une petite femme au joli visage rond leur apporta leurs plats et leur donna des baguettes. Packer attendit son départ pour reprendre :

— Tu penses qu'ils ont comparé les tissus à Innsbruck et qu'ils refusent de publier leurs résultats ?

Mitch acquiesça.

— L'idée est tellement improbable que personne ne dit rien. Aussi improbable qu'incroyable. Je ne veux pas m'étendre... je ne veux pas te noyer dans les détails. Donne-moi seulement une chance de savoir si je me trompe ou si j'ai raison. Sans doute que je me trompe tellement que je devrais me reconvertir dans les travaux publics. Mais... *j'étais là, Wendell.*

Packer parcourut la salle du regard, écarta ses baguettes, versa quelques cuillerées de sauce au poivre dans son assiette et planta une fourchette dans son porc au curry.

— Si je te laisse assister à des cours, tu accepteras de t'asseoir au fond ? demanda-t-il, la bouche pleine.

— Et même derrière la porte.

— Je plaisantais. Enfin, je crois.

— J'en suis sûr, dit Mitch en souriant. Maintenant, je voudrais te demander un autre service.

Packer arqua les sourcils.

— N'insiste pas trop, Mitch.

— As-tu des étudiants qui travaillent sur SHEVA ?

— Je veux. Le CDC a lancé un programme de coordination des recherches, et on y a adhéré. Tu as vu toutes ces femmes sur le campus portant un masque de chirurgien ? On aimerait bien injecter un peu de raison dans ce merdier. Tu sais... De la *raison*.

Il fixa Mitch d'un air qui en disait long.

Mitch attrapa ses deux flacons.

— Ces trucs sont très précieux à mes yeux. Je ne veux pas les perdre.

Il les tendit à Packer. Ils tintèrent doucement et leur contenu s'agita — on aurait dit deux bouchées de bœuf séché.

Packer posa sa fourchette.

— Qu'est-ce que c'est ?

— Deux échantillons de tissu neandertalien. Un du mâle et un de la femelle.

Packer cessa de mâcher.

— Quelle quantité te faudrait-il ? s'enquit Mitch.

— Pas beaucoup, dit Packer, la bouche pleine de riz. Si je devais faire quelque chose.

Mitch agita la main, faisant rouler les flacons sur sa paume.

— Si je devais te faire confiance, ajouta Packer.

— Je dois *te* faire confiance, dit Mitch.

Packer plissa les yeux et se tourna vers la vitre embuée, vers les gamins, dehors, occupés à rire et à fumer.

— Qu'est-ce que je devrais y chercher... SHEVA ?

— Ou quelque chose qui ressemble à SHEVA.

— Pourquoi ? Quel rapport entre SHEVA et l'évolution ?

Mitch posa la main sur les coupures de presse.

— Ça expliquerait toutes ces histoires d'enfants du diable. Il se passe quelque chose de vraiment étrange. Je pense que ça s'est déjà produit, et j'en ai trouvé la preuve.

Packer s'essuya les lèvres d'un air pensif.

— Je n'arrive pas à y croire, vraiment pas. (Il prit les flacons, les examina avec attention.) Ils sont si *vieux*. Il y a trois ans, deux de mes étudiants ont réalisé un projet de recherche sur des séquences d'ADN mitochondrial provenant de tissu osseux neandertalien. Il ne restait que des fragments.

— Alors, tu peux confirmer l'authenticité de ces échantillons. Ils sont desséchés, dégradés, mais probablement complets.

Packer posa doucement les flacons sur la table.

— Pourquoi devrais-je faire ça ? Uniquement parce que nous sommes amis ?

— Parce que, si j'ai raison, ce sera la plus grande découverte scientifique de notre époque. Nous saurons peut-être comment fonctionne l'évolution.

Packer prit son portefeuille et en sortit vingt dollars.

— C'est moi qui régale. Les grandes découvertes me rendent très nerveux.

Mitch le regarda d'un air consterné.

— Oh, je vais le faire, dit Packer d'un air sinistre. Mais uniquement parce que je suis un crétin et un pigeon. S'il te plaît, ne me demande plus de services, Mitch.

31.

Institut national de la Santé, Bethesda

Cross et Dicken étaient assis face à face dans une petite salle de conférences du bâtiment Natcher, et Kaye avait pris place à côté de Cross. Dicken, les yeux fixés sur la large table, tripotait son stylo comme un petit garçon nerveux.

— Quand est-ce que Mark va faire sa grande entrée ? demanda Cross.

Dicken leva la tête et lui sourit.

— Je lui donne cinq minutes. Peut-être moins. Tout cela ne l'enchante guère.

Cross glissa entre ses dents l'un de ses longs ongles fracturés.

— La seule chose qui vous manque, c'est le temps, pas vrai ? lança Dicken.

Cross se contenta de sourire poliment.

— On dirait que c'est hier que nous nous sommes vus en Géorgie, remarqua Kaye, pour dire quelque chose.

— En effet, répondit Dicken.

— Vous vous êtes rencontrés en Géorgie ? s'enquit Cross.

— Brièvement, dit Dicken.

Avant que la conversation ait pu se poursuivre, Augustine entra dans la pièce. Il portait un costume gris et coûteux, qui commençait à se froisser dans le dos et derrière les cuisses. Ce n'était pas sa première réunion de la journée, devina Kaye.

Il serra la main de Cross et s'assit. Puis il joignit les mains devant lui.

— Alors, Marge, vous nous placez devant le fait accompli ? Vous avez mis le grappin sur Kaye et nous devons nous la partager ?

— Rien n'est encore décidé, dit Cross d'un air jovial. Je voulais d'abord en discuter avec vous.

Augustine ne semblait pas convaincu.

— Qu'est-ce que ça nous rapporte ?

— Sans doute rien de plus que ce que vous auriez dû avoir, Mark, répondit Cross. Nous pouvons décider dès à présent des grandes lignes et remettre les détails à plus tard.

Augustine s'empourpra légèrement, serra les mâchoires l'espace d'un instant, puis déclara :

— J'adore le marchandage. Pourquoi avons-nous besoin d'Americol, au fait ?

— Ce soir, je dîne avec trois sénateurs républicains. Du genre conservateur. Ils se fichent de ce que je fais, du moment que je participe au financement de leur campagne. Je leur expliquerai pourquoi, à mon sens, la Brigade et le programme de recherche dans son ensemble ont besoin de fonds et pourquoi nous devrions établir une connexion Intranet entre Americol, Euricol et des membres choisis de la Brigade et du CDC. Ensuite, je leur expliquerai la situation. A propos de la grippe d'Hérode, je veux dire.

— Ils vont invoquer la volonté divine, avertit Augustine.

— En fait, je ne le crois pas, dit Cross. Ils sont peut-être plus intelligents que vous ne le pensez.

— J'ai déjà expliqué tout cela aux sénateurs et à la plupart des représentants.

— Dans ce cas, nous nous compléterons. Je leur donnerai l'impression qu'ils sont informés et spécialistes, ce que vous ne savez pas faire, Mark. Quant à ce que nous aurons à partager... cela débouchera sur un traitement, voire sur un remède, en moins d'un an. Je vous le garantis.

— Comment pouvez-vous garantir une chose pareille ? demanda Augustine.

— Comme je l'ai dit à Kaye en venant ici, ça fait des années que je prends ses articles au sérieux. J'ai demandé à certains de mes meilleurs éléments de San Diego de creuser la question. Quand on a appris l'activation de SHEVA puis l'apparition de la grippe d'Hérode, j'étais prête. J'ai confié le dossier aux gars de notre programme Sentinelle. Ils font un travail similaire au vôtre, Christopher, mais au niveau industriel. Nous connaissons déjà la structure de la membrane capsidique de SHEVA, la façon dont SHEVA s'introduit dans une cellule humaine, les récepteurs auxquels il s'attache. Le CDC et la Brigade pourront revendiquer une moitié des crédits, et nous nous occuperons de la distribution du traitement. Nous le ferons pour un profit modique, bien entendu, sinon pas de profit du tout.

Augustine la considéra avec une surprise non feinte. Cross gloussa. Elle se pencha au-dessus de la table comme pour lui décocher un coup de poing et annonça :

— Je vous ai bien eu, Mark.

— Je ne vous crois pas, répliqua Augustine.

— Mr. Dicken me dit qu'il préférerait travailler avec Kaye sans intermédiaire, poursuivit Cross. Je n'y vois pas d'inconvénient.

Augustine croisa les bras.

— Mais cet Intranet sera vraiment précieux. Direct, rapide, dernier cri. Nous allons répertorier tous les HERV du génome pour nous assurer que SHEVA n'est pas dupliqué quelque part, qu'il ne risque pas de nous prendre par surprise. Kaye peut diriger ce projet. Les applications pharmaceutiques peuvent se révéler merveilleuses, absolument *merveilleuses*.

La voix de Cross se brisa sous l'effet de l'enthousiasme.

Kaye était habitée par une émotion comparable. Cross était vraiment quelqu'un d'exceptionnel.

— Qu'est-ce que votre équipe vous a appris au sujet de ces HERV, Mark ? demanda Cross.

— Beaucoup de choses, répondit Augustine. Nous nous sommes concentrés sur la grippe d'Hérode, évidemment.

— Savez-vous que le plus grand des gènes activés par SHEVA, la polyprotéine sur le chromosome 21, diffère dans ses expressions humaine et simienne ? Qu'il n'y a que deux autres gènes dans la cascade déclenchée par SHEVA qui en font autant ?

Augustine secoua la tête.

— Nous étions sur le point de le découvrir, dit Dicken.

Il jeta autour de lui un regard gêné. Cross fit comme s'il n'avait rien dit.

— Ce que nous avons devant nous, c'est un catalogue archéologique de la maladie humaine qui remonte à des millions d'années, reprit Cross. Il existe au moins un vieux visionnaire qui l'a déjà compris, et nous en aurons élaboré la description complète bien avant le CDC... La recherche publique va se retrouver complètement dépassée, Mark, sauf si nous coopérons. Kaye peut nous aider à rester en communication. Et, ensemble, nous réussirons beaucoup plus vite, naturellement.

— Vous avez l'intention de sauver le monde, Marge ? demanda Augustine à voix basse.

— Non, Mark. A mon sens, la grippe d'Hérode n'est qu'une cruelle nuisance. Mais elle nous frappe là où ça fait mal. Là où nous faisons des bébés. Il suffit de regarder la télé ou de lire les journaux pour être mort de trouille. Kaye est célèbre, c'est une femme, et elle est présentable. Exactement ce qu'il nous faut à tous les deux. C'est pour ça que Mr. Dicken et la ministre de la Santé ont jugé qu'elle pourrait être utile, n'est-ce pas ? Outre son incontestable qualité d'experte ?

Augustine posa sa question suivante à Kaye.

— Je suppose que vous n'êtes pas allée voir Ms. Cross de votre propre chef après avoir accepté notre offre ?

— Non, répondit Kaye.

— Que comptez-vous retirer d'un tel arrangement ?

— Je pense que Marge a raison, dit Kaye, habitée par une assurance qui lui donna des frissons. Nous devons coopérer, découvrir la nature de cette chose et lutter contre elle.

*Kaye Lang, biologiste et femme d'affaires, déten-
due et détachée, imperméable au doute. Saul, tu serais
fier de moi.*

— Ceci est un projet à l'échelle internationale,
Marge, déclara Augustine. Nous mettons sur pied une
coopération entre vingt nations différentes. Le rôle de
l'OMS est prépondérant. Pas de prima donna.

— J'ai déjà formé une équipe de gestion pour
régler ce genre de problème. Robert Jackson dirigera
notre programme vaccin. Transparence totale sur nos
activités. Ça fait vingt-cinq ans que nous travaillons
à l'échelon planétaire, Mark. Nous connaissons les
règles du jeu.

Augustine considéra Cross, puis Kaye. Il ouvrit les
bras comme pour étreindre Cross.

— Mon amour, dit-il, et il se leva pour lui envoyer
un baiser.

Cross gloussa comme une vieille poule.

32.

Université du Washington, Seattle

Wendell Packer demanda à Mitch de le retrouver
dans son bureau du bâtiment Magnuson. C'était une
minuscule pièce de l'aile E, étouffante et dépourvue
de fenêtre, remplie de livres et équipée de deux ordinateurs, dont l'un était relié au labo de Packer. Son
écran affichait une longue série de protéines en cours

de séquençage, un alignement chaotique de lignes bleues et rouges et de colonnes vertes évoquant un escalier de guingois.

— Je m'en suis occupé moi-même, dit Packer en tendant à Mitch une sortie d'imprimante. Ce n'est pas que je me méfie de mes étudiants, mais je ne veux pas ruiner leur carrière. Et je ne veux pas que mon unité soit fermée.

Mitch prit les feuillets et les parcourut du regard.

— Au premier coup d'œil, ça ne veut sans doute pas dire grand-chose, reprit Packer. Les tissus sont beaucoup trop anciens pour que l'on obtienne des séquences complètes, de sorte que j'ai cherché des petits gènes caractéristiques de SHEVA, puis des produits créés quand SHEVA pénètre une cellule.

— Tu les as trouvés ? demanda Mitch, la gorge serrée.

Packer acquiesça.

— SHEVA est bien présent dans tes échantillons. Et ce n'est ni toi ni tes compagnons qui l'y ont introduit par contamination. Mais le virus est vraiment dégradé. J'ai utilisé les sondes antibiotiques envoyées par Bethesda : elles s'attachent aux protéines associées à SHEVA. Il existe une hormone folliculostimulante typique de l'infection par SHEVA. Il y a concordance à soixante-sept pour cent, ce qui n'est pas mal étant donné l'âge des échantillons. Ensuite, j'ai fabriqué des sondes un peu plus efficaces en m'appuyant sur la théorie de l'information, au cas où SHEVA aurait muté ou présenterait d'autres types de différences. Ça m'a pris deux jours, mais j'ai obtenu un taux de quatre-vingts pour cent. Par acquit de conscience, j'ai fait un Southwestern Blot sur l'ADN du provirus de la grippe d'Hérode. Il y a bel et bien des fragments de SHEVA activés dans tes spécimens. Les tissus provenant du mâle en regorgent.

— Tu es sûr que c'est bien SHEVA ? Ça tiendrait devant un tribunal ?

— Compte tenu de la provenance de ces échantillons, ça ne survivrait pas devant un tribunal. Mais s'agit-il bien de SHEVA ? (Sourire de Packer.) Oui. Ça fait sept ans que je suis' dans cette unité. Nous disposons du meilleur équipement sur le marché, et de certains des meilleurs scientifiques désireux de l'utiliser, tout cela grâce à trois jeunes millionnaires de chez Microsoft. Mais... assieds-toi, s'il te plaît, Mitch.

Mitch leva les yeux de la sortie d'imprimante.

— Pourquoi ?

— Assieds-toi.

Mitch s'exécuta.

— J'ai un bonus pour toi. Karel Petrovich, de l'unité d'anthropologie, a demandé à Maria Konig, sans doute notre meilleur élément, de travailler sur un très vieil échantillon de tissu. Devine d'où venait cet échantillon.

— D'Innsbruck ?

Packer tendit un nouveau feuillet.

— Ils ont demandé à Karel de nous contacter. Que veux-tu, nous avons une réputation. Ils voulaient que nous cherchions des marqueurs bien précis, ainsi que des combinaisons d'allèles utilisées le plus souvent pour déterminer une filiation. L'échantillon qu'on nous a fourni pesait environ un gramme. Ils voulaient du travail précis et rapide. Mitch, tu dois me jurer le secret absolu.

— Je le jure, dit Mitch.

— Par curiosité, j'ai demandé les résultats à l'un des analystes. Inutile que je rentre dans les détails. Le tissu provient d'un nouveau-né. Il est vieux de dix mille ans, au bas mot. Nous avons trouvé les marqueurs demandés. Et j'ai comparé plusieurs allèles avec *tes* échantillons.

— Ça concorde ? demanda Mitch, la voix nouée par l'émotion.

— Oui... et non. Je ne pense pas qu'Innsbruck serait d'accord avec moi ni avec ce que tu sembles insinuer.

— Je n'insinue pas. Je *sais*.

— Oui, bon, je suis intrigué, mais, devant un tribunal, je dégagerais ton mâle de toute responsabilité. Pas de pension alimentaire préhistorique à payer. Quant à la femelle, c'est une autre histoire. Les allèles concordent.

— C'est la mère du bébé ?

— Sans le moindre doute.

— Mais lui n'est pas le père ?

— J'ai dit que je ne pourrais pas en jurer devant un tribunal. Il y a des trucs bizarres côté génétique. Des trucs que je n'avais jamais vus, à vous faire dresser les cheveux sur la tête.

— Mais le bébé est comme nous.

— Mitch, s'il te plaît, ne t'emballe pas. Je ne vais pas t'appuyer sur ce coup, je ne vais pas t'aider à écrire quoi que ce soit. J'ai une unité à protéger et une carrière à défendre. Tu es mieux placé que quiconque pour comprendre cela.

— Je sais, je sais, dit Mitch. Mais je ne peux pas agir seul.

— Je vais te donner quelques indices. Tu sais que l'*Homo sapiens sapiens* présente une remarquable uniformité sur le plan génétique ?

— Oui.

— Eh bien, je ne pense pas qu'on puisse en dire autant de l'*Homo sapiens neandertalensis*. C'est un miracle que je puisse t'affirmer ça, Mitch, j'espère que tu en as conscience. Il y a trois ans, il nous aurait fallu huit mois pour faire cette analyse.

Mitch plissa le front.

— Je ne te suis plus.

— Le génotype du nouveau-né est très proche du tien et du mien. C'est quasiment un bébé contemporain. L'ADN mitochondrial des tissus que tu m'as fournis concorde avec celui d'échantillons osseux neandertaliens. Mais, à condition de ne pas y regarder de trop près, je dirai que le mâle et la femelle d'où proviennent tes échantillons sont ses parents biologiques.

Mitch fut pris de vertige. Il se pencha en avant et se prit la tête entre les mains.

— Seigneur, fit-il d'une voix éteinte.

— Une nouvelle candidate au rôle d'Ève. (Packer leva la main.) Regarde-moi. Voilà que je tremble.

— Qu'est-ce que tu *peux* faire, Wendell ? demanda Mitch en le regardant droit dans les yeux. Je suis assis sur la plus grande découverte scientifique des temps modernes. Innsbruck va étouffer l'affaire, j'en suis sûr.

Ils vont tout nier en bloc. C'est la solution de facilité. Que dois-je faire ? Qui dois-je voir ?

Packer s'essuya les yeux et se moucha le nez.

— Des gens qui n'ont pas l'esprit foncièrement conservateur. Des gens qui n'appartiennent pas au milieu universitaire. Je connais certaines personnes au CDC. Je discute assez souvent avec une amie qui travaille aux labos d'Atlanta, l'amie d'une ancienne copine, en fait. Nous sommes restés en bons termes. Elle a fait pas mal d'analyses de tissu cadavérique pour un chasseur de virus du CDC nommé Dicken, qui fait partie de la Brigade de la grippe d'Hérode. Il cherchait à déceler SHEVA dans des tissus de cadavres, ce qui n'a rien de surprenant.

— Des cadavres venant de Géorgie ?

Packer ne comprit pas tout de suite.

— D'Atlanta, tu veux dire ?

— Non, de République géorgienne.

— Euh... oui, en effet, c'est bien ça. Mais il cherche aussi des traces de la grippe d'Hérode dans les archives. De ce siècle et des précédents. (Packer posa une main sur celle de Mitch.) Peut-être qu'il aimerait savoir ce que tu sais.

33

*Centre clinique Magnuson, Institut national
de la Santé, Bethesda*

Il y avait quatre femmes dans la salle brillamment éclairée. Celle-ci contenait deux canapés, deux fauteuils, une télévision avec magnétoscope, des livres et des magazines. Kaye se demanda comment les designers d'hôpitaux s'y prenaient pour créer invariablement ce genre d'atmosphère stérile : meubles couleur frêne, murs blanc cassé, affiches pastel de plages, de forêts et de fleurs. Un monde aseptisé et apaisant.

Elle observa brièvement les femmes par la porte vitrée tandis qu'elle attendait que Dicken et la directrice du centre la rejoignent.

Deux Noires. La première, corpulente et proche de la quarantaine, assise bien droite sur sa chaise, regardait distraitement la télévision, un numéro d'*Elle* ouvert sur ses genoux. L'autre, âgée d'une vingtaine d'années ou moins, maigre, avec des petits seins pointus et de courtes nattes sur le crâne, se tenait sur le canapé, le menton calé dans la main, et regardait dans le vide. Deux femmes blanches, la trentaine, la première teinte en blonde et l'air hagarde, la seconde vêtue avec goût, le visage inexpressif, toutes deux en train de lire de vieux numéros de *People* et de *Time*.

Dicken s'avança dans le couloir moquetté de gris,

accompagné du docteur Denise Lipton. Petite, âgée d'une quarantaine d'années, celle-ci était belle quoique d'allure revêche, avec des yeux qui devaient cracher des étincelles quand elle était en colère. Dicken les présenta l'une à l'autre.

— Prête à voir nos volontaires, Ms. Lang ? demanda Lipton.

— Aussi prête que je le serai jamais.

Lipton eut un sourire sans joie.

— Elles sont plutôt malheureuses. Elles ont subi assez de tests ces derniers jours pour... eh bien, pour les rendre malheureuses.

Les femmes assises dans la salle levèrent la tête en les entendant. Lipton lissa sa blouse et poussa la porte.

— Bonjour, mesdames, leur lança-t-elle.

La rencontre se déroula plutôt bien. Le docteur Lipton escorta trois des femmes jusqu'à leurs chambres, laissant Dicken et Kaye s'entretenir avec la quatrième, la plus âgée des deux Noires, Mrs. Luella Hamilton, de Richmond, Virginie.

Mrs. Hamilton souhaitait boire un peu de café.

— On m'a tellement vidée. Quand ce n'est pas les prises de sang, c'est mes reins qui débloquent.

Dicken se proposa pour aller leur chercher du café et sortit.

Mrs. Hamilton se concentra sur Kaye et plissa les yeux.

— On nous a dit que c'est vous qui avez découvert cette saleté.

— Non, dit Kaye. J'ai écrit quelques articles sur elle, mais je ne l'ai pas découverte.

— Ce n'est qu'une petite fièvre. J'ai déjà eu quatre enfants, et voilà qu'on me dit que celui-ci ne sera pas un vrai bébé. Mais les docteurs ne veulent pas m'avorter. Laissons la maladie suivre son cours, qu'ils disent. Je ne suis qu'un gros cobaye, pas vrai ?

— On dirait. Etes-vous bien traitée ?

— Je mange à ma faim, dit-elle en haussant les épaules. La bouffe est bonne. Je n'aime pas les livres ni les films qu'on nous propose. Les infirmières sont gentilles, mais ce docteur Lipton... c'est une dure à cuire. Elle parle gentiment, mais j'ai l'impression qu'elle n'aime *personne*.

— Je suis sûre qu'elle fait du bon travail.

— Ouais, eh bien, *Miz* Lang, imaginez-vous à ma place un moment et dites-moi que vous n'aurez pas envie de râler.

Kaye sourit.

— Et puis ce qui m'embête, c'est cet infirmier noir qui n'arrête pas de me traiter comme si j'étais un exemple pour les autres. Il veut que je sois *forte*, comme sa maman. (Elle regarda Kaye sans broncher et secoua la tête.) Je ne veux pas être forte. Je veux pleurer quand ils me font leurs tests, quand je pense à ce bébé, *Miz* Lang. Vous comprenez ?

— Oui, dit Kaye.

— Pour l'instant, je me sens comme quand j'ai eu les quatre autres. Je me dis que c'est peut-être un *vrai* bébé, qu'ils se sont trompés. Est-ce que je suis stupide de penser ça ?

— S'ils ont fait les tests, ils savent de quoi ils parlent.

— Ils ne veulent pas que je voie mon mari. Ça fait

partie du contrat. C'est lui qui m'a donné la grippe, c'est lui qui m'a donné ce bébé, mais il me manque. Ce n'était pas de sa faute. Je lui parle au téléphone. Il a l'air de tenir le coup, mais je sais que je lui manque. Ça m'inquiète de ne pas être à la maison, vous savez !

— Qui s'occupe de vos enfants ?

— Mon mari. Ils les ont autorisés à me voir, eux. C'est bien. Mon mari les amène, ils viennent me rendre visite, et lui, il attend dans la voiture. Ça va faire quatre mois, quatre mois ! (Mrs. Hamilton tritura son alliance en or.) Il dit qu'il se sent seul et que les enfants sont parfois turbulents.

Kaye étreignit la main de Mrs. Hamilton.

— Je *sais* que vous êtes courageuse, Mrs. Hamilton.

— Appelez-moi Luella. Non, je ne suis pas courageuse. Quel est votre prénom ?

— Kaye.

— J'ai peur, Kaye. Quand vous aurez trouvé ce qui se passe, vous viendrez me le dire tout de suite, d'accord ?

Kaye prit congé de Mrs. Hamilton. Elle se sentait desséchée, glacée. Dicken l'accompagna au rez-de-chaussée puis devant l'entrée du centre. Il ne cessait de lui jeter des regards en coin quand il ne se croyait pas observé.

Elle lui demanda de faire une pause. Elle croisa les bras et contempla une rangée d'arbres, à l'autre bout d'une petite pelouse manucurée. Celle-ci était entourée de tranchées. Le campus du NIH était en grande partie un dédale de chantiers et de déviations, de trous d'où jaillissaient piliers de béton et tiges métalliques.

— Est-ce que tout va bien ? s'enquit Dicken.

— Non. Je suis retournée.

— Il faut qu'on s'y habitue. C'est la même chose un peu partout.

— Toutes ces femmes sont volontaires ?

— Bien sûr. Nous payons leurs frais médicaux et leur versons des émoluments. Nous ne pouvons contraindre personne, même en cas d'urgence nationale.

— Pourquoi n'ont-elles pas le droit de voir leurs maris ?

— En fait, c'est peut-être à cause de moi, admit Dicken. Lors de la dernière réunion, j'ai présenté des éléments tendant à prouver que la grippe d'Hérode conduisait à une seconde grossesse, sans activité sexuelle. Tous les chercheurs recevront mon rapport dès ce soir.

— *Quels* éléments ? Mon Dieu, êtes-vous en train de me parler d'immaculée conception ? (Kaye se retourna pour se planter devant lui, les poings sur les hanches.) Vous traquez cette saleté depuis que nous nous sommes rencontrés en Géorgie, n'est-ce pas ?

— Depuis bien avant. Je l'ai traquée en Ukraine, en Russie, en Turquie, en Azerbaïdjan, en Arménie. La grippe d'Hérode a commencé à frapper ces pays il y a dix ans, vingt ans peut-être, voire davantage.

— Puis vous avez lu mes articles, et toutes les pièces du puzzle se sont assemblées, c'est ça ? Vous êtes une sorte de chasseur de fauves scientifique ?

Dicken grimaça.

— Pas exactement.

— Suis-je le catalyseur ? demanda Kaye, incrédule.

— Ce n'est pas aussi simple que ça, Kaye.

— J'aimerais bien être tenue informée, Chris !

— Christopher, s'il vous plaît.

Il semblait mal à l'aise, contrit.

— J'aimerais bien que *vous* me teniez informée. Vous vous conduisez comme une ombre, toujours à la traîne, alors que je suis persuadée que vous êtes un des membres les plus importants de la Brigade.

— Merci, c'est une erreur fort répandue, dit-il avec un sourire ironique. Je m'efforce d'éviter les ennuis, mais je ne suis pas sûr d'y parvenir. Il arrive parfois qu'on m'écoute, quand mes éléments sont probants — ce qui est le cas ici : des rapports provenant des hôpitaux arméniens, et même de deux ou trois hôpitaux de New York et de Los Angeles.

— Christopher, la prochaine réunion est dans deux heures. Ça fait quinze jours que je suis coincée à faire des conférences sur SHEVA. Ils pensent avoir trouvé ma niche écologique. Un coin peinard où je m'occuperai à chercher d'autres HERV. Marge m'a préparé un chouette petit labo à Baltimore, mais... je pense que la Brigade n'a plus envie d'utiliser mes services.

— Votre association avec Americol a irrité Augustine, dit Dicken. J'aurais pu vous prévenir.

— Donc, je dois me concentrer sur mon travail pour Americol.

— Ce n'est pas une mauvaise idée. Ils ont les ressources nécessaires. Marge semble vous apprécier.

— Dites-m'en un peu plus sur ce qui se passe... sur le front ? C'est comme ça que vous dites ?

— Oui, répondit Dicken. Il nous arrive parfois de dire que nous allons bientôt rencontrer les véritables soldats, les gens qui tombent malades. Nous ne sommes que des ouvriers ; les soldats, ce sont eux. Ce sont eux qui souffrent et qui meurent.

— Et moi, j'ai l'impression d'être reléguée à l'arrière. Acceptez-vous de me parler ?

— J'en serais ravi. Vous savez ce que j'ai à affronter, n'est-ce pas ?

— Un tank bureaucratique. Ils croient savoir ce qu'est la grippe d'Hérode. Mais... une seconde grossesse sans relations sexuelles !

Kaye sentit un frisson la parcourir.

— Ils se sont résignés à cette idée, reprit Dicken. Nous allons discuter des mécanismes possibles cet après-midi. Ils ne pensent pas dissimuler quoi que ce soit. (Son air tourmenté évoquait un petit garçon détenteur d'un lourd secret.) Si vous posez des questions auxquelles je ne suis pas prêt à répondre...

Kaye baissa les bras, exaspérée.

— Quelles sont les questions qu'*Augustine* ne pose pas ? Et si nous nous trompions sur toute la ligne ?

— Exactement. (Dicken rougit et fendit l'air du tranchant de la main.) *Exactement*. Kaye, je savais que vous comprendriez. Puisqu'on parle d'hypothèses... ça vous dérangerait que je me confie à vous ?

Kaye eut un mouvement de recul à cette idée.

— Je veux dire, j'admire tellement votre travail...

— J'ai eu de la chance, et j'ai eu Saul, dit Kaye, non sans raideur. (Dicken paraissait vulnérable, et elle n'aimait pas ça.) Christopher, que cachez-vous, bon sang ?

— Ça m'étonnerait que vous ne le sachiez pas déjà. Nous avons tous refusé de voir l'évidence — excepté un petit nombre d'entre nous. (Il plissa les yeux pour scruter le visage de Kaye.) Je vais vous dire ce que je pense et, si vous convenez que c'est possible — que c'est probable —, alors laissez-moi décider du moment où je présenterai mes arguments. Attendons d'avoir toutes les preuves nécessaires. Ça fait un an que je tâtonne dans le noir, et ni Augustine ni Shawbeck ne veulent écouter les faits que j'ai réussi à rassembler. Parfois, j'ai l'impression de n'être rien de plus qu'un coursier monté sur un piédestal. Donc... (il se balança d'un pied sur l'autre) ce sera notre secret ?

— Bien sûr, dit Kaye en le regardant bien en face. Dites-moi ce qui, à votre avis, va arriver à Mrs. Hamilton.

34.

Seattle

Mitch se savait endormi, ou plutôt à moitié endormi. De temps à autre, mais assez rarement, son esprit se mettait à traiter les faits de son existence, ses projets, ses hypothèses, de façon rigoureuse et systématique, et toujours quand il était à la lisière du sommeil.

Il lui arrivait souvent de rêver du site qu'il fouillait, en mélangeant les époques. Ce matin-là, le corps engourdi et l'esprit placé dans une situation d'observateur global, il vit un jeune homme et une jeune femme vêtus de fourrures, chaussés de sandales de roseau et de peau lacées autour de leurs mollets. La femme était enceinte. Il les découvrit d'abord de profil, comme s'ils défilaient sur un écran, et s'amusa quelque temps à les observer sous divers angles.

Peu à peu, il perdit le contrôle de son point de vue, et l'homme et la femme s'avancèrent sur de la neige fraîche et de la glace balayée par les vents, dans une lumière éblouissante comme il n'en avait jamais vue en rêve. Ils devaient se protéger les yeux pour ne pas être aveuglés.

Il crut d'abord qu'il s'agissait de gens comme lui. Bientôt, toutefois, il se rendit compte qu'ils étaient *différents*. Ce ne furent pas leurs traits qui éveillèrent ses soupçons. Ce furent les motifs complexes que dessinaient la barbe et les cheveux de l'homme, ainsi que la douce crinière qui ceignait le visage de la femme, laissant dégagés ses joues, son menton fuyant et son front bas, mais joignant ses deux tempes en passant par les sourcils. Sous ses arcades velues, elle avait de doux yeux marron foncé, presque noirs, et sa peau était d'une riche nuance olivâtre. Ses doigts étaient gris et rose, fortement calleux. Tous deux avaient un large nez épaté.

Ils ne sont pas comme moi, se dit Mitch. *Mais je les connais.*

L'homme et la femme souriaient. La femme ramassa une poignée de neige. La malice dans l'œil, elle fit mine de s'en désaltérer, et, profitant d'un instant d'inattention de l'homme, elle roula la neige en boule et lui lança celle-ci sur le crâne. Frappé de plein fouet, il poussa un glapissement évoquant celui d'un chien, qui résonna haut et clair. La femme feignit de lever les bras pour se protéger, puis elle s'enfuit et l'homme se lança à sa poursuite. Il la plaqua au sol en dépit de ses grognements de protestation, se redressa, leva les bras au ciel et la gronda. Elle ne semblait guère impressionnée par sa voix grave et rocailleuse. Agitant les mains avec mépris, elle fit claquer ses lèvres à grand bruit.

Puis il les vit marcher l'un derrière l'autre sur un sentier boueux, courbant le dos sous l'averse de pluie et de neige mêlées. Entre les nuages bas, il distinguait des bribes de la vallée en contrebas, des champs et des forêts, et un lac sur lequel flottaient des huttes de roseaux montées sur de larges radeaux de rondins.

Ils se débrouillent très bien, lui dit une voix dans son crâne. *Tu ne les reconnais pas, mais ils se débrouillent très bien.*

Mitch entendit le chant d'un oiseau, comprit qu'il s'agissait en fait de son téléphone mobile. Il lui fallut quelques secondes pour se débarrasser de l'attirail de son rêve. Les nuages et la vallée éclatèrent comme une bulle de savon, et il leva la tête en gémissant. Son corps était tout engourdi. Il s'était endormi sur le flanc, un bras replié sous la tête, et ses muscles étaient raides.

Le téléphone insistait. Il décrocha à la sixième sonnerie.

— J'espère que je parle bien à Mitchell Rafelson, l'anthropologue, dit une voix d'homme au fort accent britannique.

— C'est bien lui, je crois, dit Mitch. Qui est à l'appareil ?

— Merton, Oliver. Journaliste scientifique pour

The Economist. Je fais un reportage sur les Neandertaliens d'Innsbruck. Ça n'a pas été facile de dénicher votre numéro de téléphone, Mr. Rafelson.

— Il est sur liste rouge. J'en ai marre de me faire engueuler.

— Ce n'est pas surprenant. Ecoutez, je crois pouvoir prouver qu'Innsbruck a saboté toute l'affaire, mais j'ai besoin de détails. Vous aurez la chance de vous expliquer devant un témoin compatissant. Je serai dans l'Etat de Washington après-demain pour interviewer Eileen Ripper.

— Bien, dit Mitch.

Il envisageait de raccrocher et de tenter de ressusciter son rêve remarquable.

— Elle fait de nouvelles fouilles dans cette gorge... la Columbia River, c'est ça ? Vous savez où se trouve la grotte de Fer ?

Mitch s'étira.

— J'ai fait des fouilles dans la région.

— Oui, d'accord, la presse n'est pas encore au courant, mais ça ne tardera pas. Elle a découvert trois squelettes, très anciens, pas aussi remarquables que vos momies mais néanmoins intéressants. C'est surtout sur sa tactique que je souhaite enquêter. A notre époque, les autochtones bénéficient d'une sympathie universelle, et elle a eu l'intelligence de créer un consortium pour protéger la science. Ms. Ripper a même demandé le soutien de la Confédération des Cinq Tribus. Que vous connaissez bien, évidemment.

— En effet.

— Elle a embauché un duo d'avocats et elle communique ses découvertes à des sénateurs et à des représentants. Rien à voir avec votre expérience de l'homme de Pasco.

— Ravi de l'entendre, dit Mitch avec un rictus. (Il frotta ses yeux bouffis de sommeil.) Je l'ai trouvé pas loin, à une journée de route.

— Tant que ça ? Je suis à Manchester pour le moment. En Angleterre. J'ai quitté Leeds dès que j'ai bouclé mes valises. Mon avion décolle dans une heure. J'aimerais vous rencontrer.

— Je suis sans doute la dernière personne qu'Eileen souhaite voir débarquer sur son site.

— C'est elle qui m'a donné votre numéro. Vous êtes moins exclu que vous ne le croyez, Mr. Rafelson. Elle aimerait que vous jetiez un coup d'œil sur ses fouilles. Elle est plutôt du genre maternel, si j'ai bien compris.

— Eileen ? C'est un ouragan.

— Je suis vraiment très excité. J'ai visité des fouilles en Ethiopie, en Afrique du Sud, en Tanzanie. Je suis allé deux fois à Innsbruck pour voir ce qu'on voulait bien me laisser voir, c'est-à-dire pas grand-chose. Et maintenant...

— Mr. Merton, je regrette de vous décevoir, mais...

— Oui, au fait, et ce bébé, Mr. Rafelson ? Pouvez-vous m'en dire davantage à propos de cet extraordinaire nouveau-né que la femme avait planqué dans son sac à dos ?

— J'avais une migraine carabinée à ce moment-là.

Mitch était sur le point de raccrocher, Eileen Ripper ou pas. Il avait trop souvent enduré cette épreuve. Il écarta le combiné de son oreille. La voix de Merton était lointaine et sèche.

— Etes-vous au courant de ce qui se passe à Innsbruck ? Vous saviez qu'ils en étaient venus aux mains dans leur labo ?

Mitch recolla son oreille au combiné.

— Non.

— Vous saviez qu'ils avaient envoyé des échantillons de tissus à l'étranger pour parvenir à une sorte de consensus ?

— Non, répéta Mitch d'une voix traînante.

— Je serais ravi de vous mettre au courant. Je pense qu'il y a de grandes chances pour que vous sortiez d'affaire blanc comme neige, comme la neige qui tombe sur l'Etat de Washington. Si je demande à Eileen de vous faire venir, de vous inviter, si je lui dis que vous êtes intéressé... Est-ce qu'on pourra se voir ?

— Pourquoi ne pas nous retrouver à SeaTac ? C'est là que vous allez atterrir, n'est-ce pas ?

Merton fit claquer ses lèvres.

— Mr. Rafelson, je vous vois difficilement renoncer à flairer la poussière et à faire un peu de camping. A parler de la plus grande découverte archéologique de notre époque.

Mitch trouva sa montre et regarda la date.

— D'accord, dit-il. Si Eileen accepte de m'inviter.

Lorsqu'il eut raccroché, il alla dans la salle de bains, se brossa les dents, se regarda dans la glace.

Il avait passé plusieurs jours à traîner dans l'appartement, incapable de prendre une décision. Il avait obtenu l'adresse électronique et le numéro de téléphone de Christopher Dicken, mais il n'avait pas encore trouvé le courage de le contacter. Ses économies fondaient plus vite qu'il ne l'avait prévu. Il reculait le moment où il serait obligé d'emprunter de l'argent à ses parents.

Alors qu'il préparait son petit déjeuner, le téléphone sonna une nouvelle fois. C'était Eileen Ripper.

Quand leur conversation eut pris fin, Mitch resta assis un moment dans le vieux fauteuil du séjour, puis il se leva et contempla Broadway derrière la fenêtre. Le jour se levait. Il ouvrit la fenêtre et se pencha dehors. Les piétons envahissaient les trottoirs et les voitures étaient arrêtées au feu rouge.

Il appela ses parents. Ce fut sa mère qui décrocha.

35.

Institut national de la Santé, Bethesda

— C'est déjà arrivé, déclara Dicken.

Il déchira son croissant en deux et en trempa une moitié dans son café crème. A cette heure du matin, la gigantesque cafétéria ultramoderne du bâtiment Natcher était presque vide, et l'on y mangeait mieux que dans celle du bâtiment 10. Ils s'étaient assis près des fenêtres en verre teinté, loin des autres employés présents.

— Pour être plus précis, poursuivit-il, c'est arrivé en Géorgie, à Gordi ou dans les environs.

Kaye en resta bouche bée.

— Mon Dieu. Le charnier...

Dehors, le soleil perça les nuages bas, projetant des

318

ombres et des flaques de lumière sur le campus et jusque dans la cafétéria.

— SHEVA était présent dans les tissus de toutes les victimes. Je n'ai eu que deux ou trois jeux d'échantillons, mais ils étaient tous atteints.

— Et vous n'en avez pas parlé à Augustine ?

— Je me suis appuyé sur des preuves cliniques, des rapports récents des hôpitaux... Quelle différence ça aurait fait si j'avais montré que SHEVA était apparu quelques années plus tôt, dix ans au maximum ? Mais, il y a deux jours, j'ai reçu des dossiers provenant d'un hôpital de Tbilissi. J'avais aidé un jeune interne de là-bas à prendre des contacts à Atlanta. Il m'a parlé de certains montagnards. Des survivants d'un autre massacre, survenu il y a presque soixante ans. Pendant la guerre.

— Mais les Allemands ne sont jamais entrés en Géorgie, protesta Kaye.

Dicken opina.

— Les troupes de Staline. Elles ont quasiment exterminé la population d'un village proche du mont Kazbek. On a retrouvé des survivants il y a deux ans. Le gouvernement de Tbilissi les a placés sous sa protection. Peut-être qu'ils en avaient marre des purges... Peut-être qu'ils ne savaient rien de Gordi, ni des autres villages.

— Combien de survivants ?

— Un médecin du nom de Leonid Chougachvili s'est lancé dans une enquête, qu'il a bientôt transformée en croisade. C'est son rapport que m'a envoyé mon interne — un rapport qui n'a jamais été publié. Mais il était sacrément complet. D'après lui, environ treize mille individus — hommes, femmes et enfants — ont été éliminés entre 1943 et 1991 en Géorgie, en Arménie, en Abkhazie et en Tchétchénie. On les a tués parce que quelqu'un pensait qu'ils propageaient une maladie déclenchant des fausses couches chez les femmes enceintes. Ceux qui ont survécu aux premières purges ont été traqués par la suite... parce que les femmes donnaient naissance à des enfants mutants. Des enfants au visage couvert de taches, aux yeux bizarres, qui savaient parler dès le moment de leur naissance. Dans certains villages, c'est la police locale qui s'est occupée de tout. La superstition a la vie dure. Hommes et femmes — pères et mères — étaient accusés d'avoir courtisé le diable. Il n'y en a pas eu beaucoup en quatre décennies. Mais... Chougachvili estime que des incidents similaires ont eu lieu des siècles durant. Des meurtres par dizaines de milliers. Honte, culpabilité, ignorance, silence.

— Vous pensez que c'est SHEVA qui a déclenché ces mutations ?

— D'après le rapport du médecin, la plupart des femmes assassinées déclaraient pour leur défense qu'elles avaient cessé d'avoir des relations sexuelles avec leurs maris ou leurs amants. Elles ne voulaient pas porter le rejeton du diable. Elles avaient entendu parler des enfants mutants nés dans les villages voisins, et, une fois qu'elles avaient subi une fausse couche, elles s'efforçaient de ne pas se faire engrosser. La quasi-totalité des femmes victimes d'une fausse couche étaient de nouveau enceintes trente jours plus tard, quelles que soient les précautions qu'elles avaient prises. La même chose est en train de se produire dans nos hôpitaux.

Kaye secoua la tête.

— C'est tout bonnement incroyable.

Dicken haussa les épaules.

— Et ce n'est pas fini, loin s'en faut. Cela fait déjà quelque temps que j'ai cessé de croire que SHEVA pouvait être un type de maladie connu.

Kaye plissa les lèvres. Elle reposa sa tasse de café et croisa les bras, se rappelant la conversation avec Drew Miller au restaurant italien de Boston, Saul déclarant qu'il était temps qu'ils s'attaquent au problème de l'évolution.

— Peut-être que c'est un signal, dit-elle.

— Quel genre de signal ?

— Une clé ouvrant une réserve génétique, des instructions pour un nouveau phénotype.

— Je ne suis pas sûr de comprendre, dit Dicken en plissant le front.

— Quelque chose qui s'est édifié en l'espace de plusieurs milliers d'années, de plusieurs dizaines de milliers d'années. Des hypothèses plus ou moins fondées relatives à tel ou tel trait, des ajustements effectués selon un programme plutôt rigide.

— A quelle fin ?

— A des fins d'évolution.

Dicken recula son siège et posa les mains sur ses cuisses.

— Holà !

— Vous avez dit que ce n'était pas une maladie, lui rappela Kaye.

— J'ai dit que ça ne ressemblait à aucun type de maladie connu. Ça reste un rétrovirus.

— Vous avez lu mes articles, n'est-ce pas ?

— Oui.

— J'y ai indiqué quelques pistes.

Dicken médita cette remarque.

— Un catalyseur, dit-il.

— Vous le produisez, nous l'attrapons, nous en souffrons.

Dicken s'empourpra.

— Je m'efforce d'éviter le terrain du conflit hommes-femmes. Celui-ci a déjà pris trop d'ampleur.

— Pardon. Peut-être que j'hésite à aborder de front le vrai problème.

Dicken sembla prendre une décision.

— En vous montrant ceci, je mords la ligne jaune.

Il ouvrit sa valise et en sortit l'impression d'un courrier électronique provenant d'Atlanta. Quatre images avaient été collées en bas de la page.

— Une femme est décédée dans un accident de la circulation à Atlanta, expliqua-t-il. Une autopsie a été effectuée à l'hôpital Northside, et l'un de nos pathologistes a constaté qu'elle en était à son troisième mois de grossesse. Il a examiné le fœtus, qui était de toute évidence une créature d'Hérode. Puis il a examiné l'utérus de la victime. Il y a trouvé un deuxième fœtus, en tout début de gestation, à la base du placenta, protégé par une fine membrane de tissu laminaire. Le placenta avait déjà commencé à se dissocier, mais le deuxième œuf ne courait aucun risque. Il aurait survécu à la fausse couche. Un mois plus tard...

— Un petit-enfant, coupa Kaye. Engendré par la...

— La fille intermédiaire. Qui n'est rien de plus qu'un ovaire spécialisé. Elle crée un deuxième œuf. Celui-ci s'attache à la paroi utérine de la mère.

— Et si ses œufs, les œufs de la fille, sont différents ?

Dicken avait la gorge sèche, et il toussa.

— Excusez-moi.

Il alla se servir un verre d'eau puis louvoya entre les tables pour revenir près de Kaye.

Ce fut à voix basse qu'il reprit la parole.

— SHEVA déclenche l'apparition d'un complexe de polyprotéines. Celles-ci dissocient le cytosol hors du noyau. Des hormones lutéotropes, des hormones folliculostimulantes, des prostaglandines.

— Je sais. Judith Kushner m'a mise au courant, dit Kaye d'une petite voix. Certaines d'entre elles sont responsables des fausses couches. D'autres sont susceptibles d'altérer un œuf de façon substantielle.

— De le faire muter ? demanda Dicken, qui s'accrochait toujours aux lambeaux d'un paradigme dépassé.

— Je ne suis pas sûre que ce soit le mot qui convienne. Il sonne vicieux et aléatoire. Non. Peut-être parlons-nous ici d'un autre mode de reproduction.

Dicken vida son verre d'eau.

— Cela n'est pas exactement nouveau pour moi, reprit Kaye d'une voix songeuse. (Elle serra les poings puis tapa nerveusement sur la table avec ses phalanges.) Etes-vous disposé à soutenir que SHEVA est un élément de l'évolution humaine ? Que nous sommes sur le point de produire un nouveau type d'être humain ?

Dicken scruta le visage de Kaye, où se lisaient l'émerveillement et l'excitation, cette terreur que l'on ressent en tombant sur l'équivalent intellectuel d'un tigre en furie.

— Je n'oserais pas l'affirmer aussi franchement. Mais peut-être ne suis-je qu'un lâche. Peut-être *est-ce* quelque chose comme ça. J'attache beaucoup d'importance à votre opinion. Dieu sait que j'ai besoin d'un allié.

Kaye sentit son cœur s'accélérer. Elle leva sa tasse de café, et le liquide froid s'agita soudain.

— Mon Dieu, Christopher. (Elle ne put s'empêcher de lâcher un petit rire.) Et si c'était ça ? Et si nous étions *tous* engrossés ? La totalité de l'espèce humaine ?

Deuxième partie

Le printemps de Sheva

36.

Est de l'Etat de Washington

Large et lente, la Columbia River glissait telle une plaine de jade poli entre des murs de basalte noir.

Mitch sortit de la route 14 puis roula huit cents mètres sur un chemin gravillonné bordé d'arbustes et de buissons, qu'il quitta au niveau d'un panneau rouillé et tordu annonçant : GROTTE DE FER.

Deux vieilles caravanes Airstream luisaient au soleil à quelques mètres de l'entrée de la gorge. Elles étaient entourées de tables et de bancs en bois recouverts de sacs à dos et d'outils. Il se gara au bord de la piste.

Une brise fraîche faillit faire envoler son Stetson. Il l'agrippa d'une main tout en se dirigeant vers la corniche, d'où il découvrit le campement d'Eileen Ripper, quinze mètres plus bas.

Une petite jeune femme blonde, vêtue d'un jean élimé et d'un blouson de cuir marron, sortit de la caravane la plus proche. Il perçut aussitôt son parfum imprégnant l'humidité qui montait du fleuve : « Opium », « Trouble » ou quelque chose comme ça. Elle ressemblait remarquablement à Tilde.

— Mitch Rafelson ? s'enquit-elle.

— Lui-même. Eileen est en bas ?

— Ouais. Tout est foutu, vous savez ?

— Depuis quand ?

— Ça fait trois jours. Eileen s'est vraiment défoncée pour les convaincre. En fin de compte, ça n'a servi à rien.

Mitch eut un sourire compatissant.

— Je suis passé par là.

— La femme des Cinq Tribus est partie il y a deux jours. C'est pour ça qu'Eileen s'est dit que vous pourriez venir. Plus personne ne risque d'être contrarié par votre présence.

— Ça fait plaisir d'être populaire, répliqua Mitch en portant une main à son chapeau.

La jeune femme sourit.

— Eileen est déprimée. Remontez-lui un peu le moral. Personnellement, je considère que vous êtes un héros. Sauf peut-être pour cette histoire de momies.

— Où est-elle ?

— Juste en dessous de la grotte.

Oliver Merton était assis sur une chaise pliante, à l'abri de la plus grande tente. La trentaine, des cheveux de feu, un large visage pâle et un petit nez écrasé, il avait l'air profondément concentré, les yeux farouches et les lèvres retroussées, sur l'ordinateur portable sur lequel il pianotait des deux index.

Une touche à la fois, se dit Mitch. *Un autodidacte du clavier*. Il remarqua la tenue du journaliste, totalement déplacée : pantalon de tweed, bretelles rouges, chemise blanche à col Mao.

Merton ne leva les yeux que lorsque Mitch se retrouva à deux pas de la tente.

— Mitchell Rafelson ! Quel plaisir ! (Il posa son ordinateur sur la table, se leva d'un bond et tendit la main.) C'est foutrement sinistre, ici. Eileen est sur la pente, près du site. Je suis sûr qu'elle est impatiente de vous voir. On y va ?

Les six autres participants, de jeunes stagiaires ou des étudiants, jetèrent des regards curieux aux deux hommes. Merton ouvrait la marche, utilisant des prises naturelles creusées par plusieurs siècles d'érosion. Ils firent halte six mètres en dessous de la corniche, où une antique grotte striée de rouille était creusée dans une saillie basaltique. Un peu plus haut, côté est, un promontoire de pierre érodée s'était en partie effondré, projetant de larges blocs dispersés sur le versant en pente douce.

Eileen Ripper se tenait sur la berge ouest, près d'une série de puits carrés soigneusement creusés et marqués par une grille topométrique. Proche de la cinquantaine, petite et basanée, dotée d'un nez fin et d'yeux enfoncés dans leurs orbites, elle avait des lèvres sensuelles, généreuses, qui présentaient un vif contraste avec ses courts cheveux poivre et sel.

Elle se retourna en entendant Merton. Plutôt que de sourire ou de répondre à son salut, elle prit un air résolu, descendit prudemment le talus et tendit la main à Mitch. Leur poignée de main fut des plus fermes.

— Hier matin, nous avons reçu les résultats de l'analyse au carbone 14, déclara-t-elle. Ils ont treize mille ans plus ou moins cinq cents ans... et, s'ils mangeaient beaucoup de saumon, ils ont douze mille cinq cents ans. Mais les gars des Cinq Tribus affirment que la science occidentale cherche à les priver de ce qu'il leur reste de dignité. Je croyais pouvoir raisonner avec eux.

— Tu as au moins fait l'effort, commenta Mitch.

— Je m'excuse de t'avoir jugé si sévèrement, Mitch. J'ai gardé mon calme le plus longtemps possible, en dépit de plusieurs petits signaux d'alarme, et puis cette femme, Sue Champion... Je croyais qu'on était amies. C'est elle qui conseille les tribus. Hier, elle est revenue avec deux hommes. Ils étaient... tellement *fiers d'eux*, Mitch. Comme des gosses capables de pisser au-dessus de la porte d'une grange. Selon eux, j'ai fabriqué des preuves pour faire passer mes mensonges. Ils affirment avoir la loi et le gouvernement avec eux. Le NAGPRA, notre vieille Némésis.

Ce sigle était celui du *Native American Graves Protection and Repatriation Act*[1]. Mitch connaissait par cœur ce texte de loi.

Merton se tenait près d'eux, veillant à ne pas glisser sur la pente, et les observait attentivement.

— Quelles preuves as-tu fabriquées ? demanda Mitch d'un ton léger.

— Ne plaisante pas avec ça. (Ripper sembla toutefois se détendre, et elle prit la main de Mitch dans les siennes.) Nous avons prélevé du collagène dans les os et nous l'avons envoyé à Portland. Ils ont analysé l'ADN. Nos spécimens proviennent d'une population sans aucun lien avec les Indiens modernes, vaguement apparentée à la momie de la grotte des Esprits. Caucasienne, à condition d'accepter ce terme plutôt vague. Mais pas du tout nordique. Plus proche des Aïnous, je pense.

1. Décret de protection et de rapatriement des sépultures amérindiennes. *(N.d.T.)*

— C'est une découverte historique, Eileen. Permets-moi de te féliciter.

Une fois partie, Ripper ne pouvait plus s'arrêter. Ils se dirigèrent vers les tentes.

— Impossible de faire des comparaisons avec les races modernes. C'est ce qui est frustrant dans l'histoire ! Nous nous sommes laissé berner par nos stupides notions contemporaines en matière de race. Les populations étaient très différentes à l'époque. Mais les Indiens modernes ne descendent pas du peuple d'où proviennent nos squelettes. Peut-être que celui-ci était en compétition avec les ancêtres des Indiens. Et il a perdu.

— Ce sont les Indiens qui ont gagné ? intervint Merton. Ils devraient être ravis de l'apprendre.

— Ils pensent que je cherche à saper leur unité politique. Ils se foutent de savoir ce qui s'est vraiment passé. Ils tiennent avant tout à leurs illusions, et au diable la vérité !

— Tu crois que je ne le sais pas ? dit Mitch.

Ripper pleurait des larmes de découragement et de fatigue, mais elle eut un petit sourire.

— Le Conseil des Cinq Tribus a réclamé la restitution des squelettes auprès du tribunal fédéral de Seattle, dit-elle.

— Où sont les os, en ce moment ?

— A Portland. On les a emballés ici et on les a expédiés hier.

— Tu leur as fait franchir la frontière ? C'est du kidnapping.

— Ça valait mieux que d'attendre l'arrivée des avocats. (Ripper secoua la tête, et Mitch lui passa un bras autour des épaules.) J'ai essayé de jouer le jeu, Mitch. (Elle s'essuya les joues, y laissant une traînée de poussière, et eut un rire forcé.) Maintenant, même les Vikings sont furieux contre moi !

Les Vikings — un groupuscule de quinquagénaires également baptisé les Adorateurs nordiques d'Odin dans le Nouveau Monde — avaient aussi contacté Mitch quelques années plus tôt pour célébrer leur cérémonie. Ils espéraient que Mitch confirmerait leur thèse, à savoir que des explorateurs normands avaient peuplé l'Amérique du Nord quelques millénaires auparavant. Mitch, toujours philosophe, les avait laissés accomplir leur rituel au-dessus des os de l'homme de Pasco, toujours ensevelis, mais, en fin de compte, il avait déçu leur attente. L'homme de Pasco était bel et bien amérindien, apparenté aux Na-déné du Sud.

Après que Ripper eut analysé ses squelettes, les Adorateurs d'Odin avaient connu une nouvelle déception. Dans ce monde où les justifications étaient souvent hasardeuses, la vérité ne contentait jamais personne.

Comme le soir tombait, Merton sortit une bouteille de champagne, ainsi que du saumon fumé, du pain et du fromage emballés sous vide. Les étudiants de Ripper allumèrent sur la berge un feu de camp qui craquait et grésillait lorsque Mitch et Eileen portèrent un toast à leur folie commune.

— Où avez-vous acheté tout ça ? demanda Ripper à Merton tandis qu'il dressait la table sous la grande tente, distribuant des assiettes en aluminium cabossées prélevées dans le matériel.

— A l'aéroport, répondit le journaliste. Je n'ai pas

eu le temps de m'arrêter ailleurs. Du pain, du fromage, du poisson, du vin... que demande le peuple ? Même si, personnellement, j'apprécierais une bonne pinte de bitter.

— J'ai de la Coors dans la caravane, dit un stagiaire costaud au crâne dégarni.

— Le petit déjeuner idéal quand on doit creuser toute la journée, commenta Mitch d'un air approbateur.

— Epargnez-moi cela, fit Merton. Et, surtout, ne creusez pas la question. Tout le monde ici a une histoire à raconter. (Il prit le gobelet de champagne que lui tendait Ripper.) Une histoire ayant trait à la race, au temps, aux migrations et à la définition de l'humanité. Qui commence ?

Mitch savait qu'il lui suffirait de rester silencieux pour que Ripper démarre au quart de tour. Merton prit des notes tandis qu'elle évoquait les trois squelettes et la politique locale. Une heure et demie plus tard, le froid était de plus en plus vif, et ils se rapprochèrent du feu.

— Les tribus de l'Altaï n'apprécient pas que les Russes déterrent leurs morts, dit Merton. Les autotochnes se révoltent un peu partout. Une petite tape sur le poignet des oppresseurs colonialistes. Vous croyez que les Neandertaliens ont des porte-parole qui manifestent à Innsbruck ?

— Personne ne veut être neandertalien, répliqua sèchement Mitch. Sauf moi. (Il se tourna vers Eileen.) J'ai rêvé d'eux. Ma petite famille nucléaire.

— Vraiment ? fit Eileen, intriguée, en se penchant vers lui.

— J'ai rêvé que leur peuple vivait à bord d'un grand radeau, sur un lac.

— Il y a quinze mille ans ? demanda Merton en levant les sourcils.

Alerté par le ton de sa voix, Mitch lui jeta un regard soupçonneux.

— C'est un chiffre que vous lancez au hasard ? Ou bien ont-ils déterminé une date ?

— Si tel est le cas, ils n'ont fait aucune déclaration, dit le journaliste en reniflant. Cependant, j'ai un contact à l'université... et, d'après lui, ils se sont bel et bien arrêtés sur quinze mille ans. A condition... (sourire à l'intention de Ripper) qu'ils n'aient pas mangé trop de poisson.

— Vous avez d'autres informations ?

Merton boxa dans le vide.

— Il y a eu de la bagarre. Les esprits se sont échauffés dans le labo. Vos momies violent toutes les règles connues en matière d'anthropologie et d'archéologie. Ce ne sont pas exactement des Neandertaliens, affirment certains membres de l'équipe ; selon l'un des scientifiques, il s'agit d'une nouvelle sous-espèce, *Homo sapiens alpinensis*. Un autre suppose que ce sont des Neandertaliens fin de race, plus graciles, qui vivaient au sein d'une importante communauté et avaient perdu de leur robustesse pour arriver à nous ressembler un peu. Quant au nouveau-né, ils espèrent encore trouver une explication.

Mitch baissa la tête. *Ils ne ressentent pas ce que je ressens. Ils ne savent pas ce que je sais.* Puis il se redressa et refoula ses émotions. Il devait s'efforcer à un peu d'objectivité.

Merton se tourna vers lui.

— Vous avez vu le bébé ?

A ces mots, Mitch sursauta sur sa chaise pliante. Merton plissa les yeux.

— Pas de près, dit Mitch. Quand ils ont dit qu'il était contemporain, j'ai supposé que...

— Est-ce que son jeune âge pourrait occulter ses traits neandertaliens ? coupa le journaliste.

— Non, dit Mitch. (Puis, plissant les yeux à son tour :) Je ne le pense pas.

— Moi non plus, opina Ripper.

Les étudiants s'étaient rassemblés autour d'eux pour mieux écouter leur discussion. De grandes langues de flamme montaient du feu crépitant comme pour agripper le ciel glacial, immobile. Le bruit des flots lapant la berge évoquait celui d'un chien mécanique léchant une main. Epuisé par la longue route, Mitch sentit le champagne faire son effet.

— Eh bien, si peu plausible que cela paraisse, c'est plus facile que d'affronter une association génétique, reprit Merton. Les gens d'Innsbruck sont plus ou moins d'accord pour dire que la femelle et le nouveau-né sont apparentés. Mais il y a des anomalies, de graves anomalies, que personne ne peut expliquer. J'espérais que Mitchell pourrait éclairer ma lanterne.

Mitch fut sauvé par une voix de femme résonnant en haut de la falaise.

— Eileen ? Vous êtes là ? C'est moi, Sue Champion.

— Merde, fit Ripper. Je croyais qu'elle serait retournée à Kumash. (Elle mit les mains en porte-voix et lança :) On est en bas, Sue. On se pète la gueule. Vous venez ?

L'un des étudiants partit à la rencontre de la nouvelle venue avec une lampe torche. Sue Champion le suivit jusqu'à la tente.

— Joli feu, remarqua-t-elle.

Champion mesurait plus d'un mètre quatre-vingts, elle était maigre plutôt que mince, avec de longs cheveux noirs réunis en une tresse drapée sur l'épaule de sa veste de velours marron ; elle avait l'air intelligente, sophistiquée et un peu raide. Peut-être avait-elle le sourire facile, mais ses traits étaient en cet instant marqués par la fatigue. Mitch jeta un coup d'œil à Ripper, remarqua son visage figé.

— Je suis venue vous dire que je suis navrée, déclara Champion.

— Nous le sommes tous, rétorqua Ripper.

— Vous avez passé toute la soirée dehors ? Il fait si froid.

— Nous sommes des gens passionnés.

Champion fit le tour de la tente pour se placer près du feu.

— Mon bureau a reçu votre appel à propos des tests. Le président du Conseil ne veut pas y croire.

— Je ne peux pas l'en empêcher. Pourquoi êtes-vous partie en catastrophe pour m'envoyer ensuite votre avocat ? Je croyais que nous étions d'accord, que, si les squelettes se révélaient être amérindiens, nous les rendrions aux Cinq Tribus après avoir effectué les analyses les moins intrusives possible.

— Nous avons baissé notre garde. Nous étions épuisés après cette histoire de l'homme de Pasco.

C'était une erreur. (Elle fixa Mitch du regard.) Je vous connais.

— Mitch Rafelson, dit-il en tendant la main.

Champion refusa de la serrer.

— Vous nous avez bien fait courir, Mitch Rafelson.

— Je pourrais en dire autant.

Champion haussa les épaules.

— Notre peuple a renoncé, en dépit de ses sentiments les plus profonds. Nous nous sentions cernés. Nous avons besoin des gens d'Olympia, et nous les avions contrariés. Le Conseil m'a envoyée ici, parce que j'ai des connaissances en anthropologie. Je n'ai pas fait du très bon travail. Et, maintenant, tout le monde est furieux.

— Pouvons-nous encore faire quelque chose sans aller au tribunal ? demanda Ripper.

— Le président m'a dit que la soif de connaissance n'est pas une raison suffisante pour déranger les morts. Vous auriez dû voir les réactions des membres du Conseil quand je leur ai décrit vos tests.

— Je croyais pourtant avoir expliqué toute la procédure.

— Vous troublez les morts partout où vous allez. Nous vous demandons seulement de laisser nos morts tranquilles.

Les deux femmes se regardèrent avec tristesse.

— Ce ne sont pas vos morts, Sue, dit Ripper, les larmes aux yeux. Ils ne sont pas de votre peuple.

— Le conseil estime que le NAGPRA s'applique dans ce cas.

Ripper leva la main ; inutile de livrer une nouvelle fois une ancienne bataille.

— Alors, nous ne pouvons rien faire, excepté dépenser de l'argent en avocats.

— Non. Cette fois-ci, c'est vous qui allez gagner, dit Champion. Nous avons d'autres ennuis en ce moment. Nombre de nos jeunes mères ont attrapé la grippe d'Hérode. (Elle frôla le bord de la tente d'une main.) Certains d'entre nous pensaient qu'elle ne frappait que les grandes villes, peut-être même uniquement les Blancs, mais nous nous sommes trompés.

A la lueur des flammes, les yeux de Merton brillaient comme des objectifs impatients de photographier.

— Je suis navrée de l'entendre, Sue, dit Ripper. Ma sœur a la grippe d'Hérode, elle aussi. (Elle se leva et posa une main sur l'épaule de Champion.) Restez un peu. Nous avons du café et du chocolat chaud.

— Non, merci. J'ai une longue route à faire. Nous allons cesser de nous soucier des morts pendant quelque temps. Nous devons prendre soin des vivants. (Ses traits s'altérèrent légèrement.) Certains de ceux qui sont disposés à écouter, tels mon père et ma grand-mère, disent que ce que vous avez appris est intéressant.

— Qu'ils soient bénis, Sue.

Champion se tourna vers Mitch.

— Les gens vont et viennent, nous tous, nous allons et nous venons. Les anthropologues le savent.

— Oui, fit Mitch.

— Ce sera difficile de l'expliquer aux autres, poursuivit Champion. Je vous ferai savoir ce que notre peuple décidera à propos de la maladie, si nous connaissons une médecine. Peut-être pourrons-nous aider votre sœur.

— Merci, dit Ripper.

Champion parcourut le groupe du regard, hocha la tête avec solennité, puis plus vivement, signifiant qu'elle avait parlé et était prête à prendre congé. Elle regagna le haut de la falaise, guidée par le stagiaire chauve armé d'une lampe torche.

— Extraordinaire, dit Merton, les yeux brillants. Un dialogue privilégié. Peut-être même de la sagesse indigène.

— Ne vous emballez pas, dit Ripper. Sue est une brave fille, mais elle n'a aucune idée de ce qui se passe, pas plus que ma sœur. (Elle se tourna vers Mitch.) Bon Dieu, tu as l'air malade.

Mitch se sentait un peu nauséeux.

— J'ai vu des ministres qui avaient ce genre d'expression, remarqua Merton d'une voix posée. Des ministres détenteurs de secrets embarrassants.

37.

Baltimore

Kaye attrapa son sac de voyage sur la banquette arrière et glissa sa carte de crédit dans le lecteur du taxi. Puis elle pencha la tête en arrière pour admirer Uptown Helix, le nouveau complexe immobilier de

Baltimore, trente étages posés sur deux larges rectangles de boutiques et de cinémas, le tout à l'ombre de la tour Bromo-Seltzer.

Il avait neigé dans la matinée, et quelques plaques de poudreuse maculaient encore le trottoir. Elle avait l'impression que cet hiver ne finirait jamais.

D'après ce que lui avait dit Cross, l'appartement du vingtième étage serait meublé, ses affaires y seraient soigneusement rangées, le réfrigérateur et le garde-manger seraient pleins, et un compte lui serait ouvert dans plusieurs restaurants du rez-de-chaussée : l'utile et l'agréable dans leur version intégrale, un domicile à trois pâtés de maisons du siège social d'Americol.

Kaye se présenta au gardien dans le hall. Il lui adressa un sourire de domestique stylé et lui tendit une enveloppe contenant sa clé.

— Je ne suis pas propriétaire, vous savez, dit-elle.

— Aucune importance pour moi, m'dame, répliqua-t-il avec la même déférence joviale.

Elle entra dans un ascenseur de verre et d'acier, traversant l'atrium du niveau commercial avant de gagner les étages résidentiels, tapotant la rambarde du bout des doigts. Elle était seule dans la cabine. *On me protège, on me bichonne, on m'occupe avec toute une série de réunions, je n'ai plus le temps de réfléchir. Je me demande qui je suis à présent.*

Sans doute aucun scientifique ne s'était-il jamais senti aussi bousculé qu'elle. La conversation qu'elle avait eue avec Christopher Dicken l'avait orientée dans une direction sans rapport avec la recherche d'un traitement à SHEVA. Une bonne centaine d'éléments issus de ses travaux universitaires avaient soudain refait surface dans son esprit, tels des nageurs exécutant un ballet aquatique riche en figures enchanteresses. Celles-ci n'avaient rien à voir avec la mort et la maladie, tout à voir avec les cycles de la vie humaine — ou de la vie en général, d'ailleurs.

Dans moins de quinze jours, les scientifiques de Cross présenteraient le premier candidat des douze vaccins potentiels — au dernier recensement — développés dans tout le pays, chez Americol et ailleurs. Kaye avait sous-estimé la vitesse de travail de l'entreprise... et surestimé la quantité d'informations que celle-ci lui transmettrait. *Je ne suis qu'une marionnette*, songea-t-elle.

Durant ces quinze jours, elle devrait préciser son analyse de la situation — identifier l'objectif de SHEVA. Déduire ce qui allait arriver à Mrs. Hamilton et aux autres volontaires de la clinique du NIH.

Elle arriva au vingtième étage, localisa l'appartement 2011, glissa la clé électronique dans la serrure et ouvrit la lourde porte. Elle fut accueillie par une bouffée d'air propre et frais, une odeur de meubles et de tapis neufs à laquelle s'ajoutait un parfum douceâtre. Plus une mélodie : Debussy, un morceau fort agréable dont elle ne pouvait se rappeler le titre.

Au sommet de l'étagère de l'entrée, plusieurs douzaines de roses jaunes débordaient d'un vase en cristal.

L'appartement était séduisant et bien éclairé, rehaussé de plusieurs éléments en bois, meublé de deux sofas et d'un fauteuil en suède et en tissu doré. *Et n'oublions pas Debussy.* Elle posa son sac sur un sofa et se dirigea vers la cuisine. Réfrigérateur en acier inox, four, lave-vaisselle, comptoir de granite gris bordé de marbre rose, éclairage coûteux projetant dans la pièce des éclats de diamant...

— Nom de Dieu, Marge, souffla-t-elle.

Elle apporta son sac de voyage dans la chambre, l'ouvrit sur le lit, en sortit sa robe, ses jupes et ses chemisiers, ouvrit le dressing et resta interdite devant son contenu. Si elle n'avait pas déjà rencontré deux des séduisants assistants de Cross, elle aurait été persuadée que celle-ci avait des intentions malhonnêtes à son égard. Elle passa rapidement en revue robes, tailleurs, chemisiers en soie et en lin, considéra les huit paires de souliers en tout genre — dont des chaussures de marche — et finit par craquer.

Kaye s'assit au bord du lit et poussa un lourd soupir. Elle était complètement dépassée, tant sur le plan social que sur le plan scientifique. Elle jeta un coup d'œil à la reproduction de Whistler accrochée au-dessus de la coiffeuse en érable, au parchemin oriental dans son splendide cadre d'ébène rehaussé de cuivre placé au-dessus du lit.

— Une serre au cœur de la grande ville pour abriter une fleur précieuse.

Elle sentit la colère déformer ses traits.

Son téléphone mobile se mit à sonner. Elle sursauta, se rendit dans le séjour, ouvrit son sac à main et répondit.

— Kaye, ici Judith.

— Vous aviez raison, dit Kaye à brûle-pourpoint.

— Pardon ?

— Vous aviez raison.

— J'ai toujours raison, ma chère. Vous le savez.

Judith marqua une pause appuyée, et Kaye comprit qu'elle avait quelque chose d'important à lui dire.

— Vous m'aviez demandé des précisions à propos de l'activité des transposons dans mes hépatocytes infectés par SHEVA.

Kaye se raidit. Cette idée lui était venue à l'esprit deux jours après sa conversation avec Dicken. Elle avait consulté la littérature à ce sujet et s'était plongée dans une douzaine d'articles parus dans six publications différentes. Elle avait fouillé ses carnets de notes, où elle avait l'habitude de gribouiller ses spéculations les plus audacieuses.

Saul et elle faisaient partie des biologistes soupçonnant les transposons — les fragments d'ADN mobiles à l'intérieur du génome — d'être bien plus que de simples gènes égoïstes. Dans ses carnets de notes, Kaye avait rédigé une douzaine de pages où elle supputait qu'ils agissaient comme régulateurs du phénotype, qu'ils étaient altruistes plutôt qu'égoïstes ; dans certaines circonstances, ils pouvaient guider la transformation des protéines en tissu vivant. *Altérer* la façon dont les protéines créaient une plante ou un animal. Les rétrotransposons étaient fort semblables aux rétrovirus — d'où le lien génétique avec SHEVA.

Bref, peut-être étaient-ils les serviteurs de l'évolution.

— Kaye ?

— Un instant. Laissez-moi reprendre mon souffle.

— Excellente idée, Kaye Lang, ma chère, ma très chère ancienne élève. L'activité des transposons dans nos hépatocytes infectés par SHEVA est légèrement augmentée. Ils se mélangent sans effet apparent. Ce qui est déjà intéressant. Mais nous sommes allés plus loin que les hépatocytes. Nous avons fait des tests sur des cellules souches d'embryons pour le compte de la Brigade.

Les cellules souches peuvent évoluer pour devenir n'importe quel type de tissu, à la façon de celles d'un fœtus en début de croissance.

— En quelque sorte, nous les avons encouragées à se comporter comme des ovules humains fertilisés, poursuivit Kushner. Elles ne peuvent pas donner des fœtus, mais inutile d'en informer la FDA. Dans ces cellules souches, l'activité des transposons est extra-ordinaire. Après l'infection par SHEVA, ils se mettent à frétiller comme des poissons sur le gril. Ils sont actifs au bas mot sur vingt chromosomes. Si le processus était aléatoire, la cellule devrait mourir. Or elle survit. Elle est aussi saine qu'avant.

— Cette activité est-elle régulée ?

— Elle est déclenchée par quelque chose qui se trouve dans SHEVA. Quelque chose qui se trouve dans le LPC, à mon avis. La cellule réagit comme si elle était soumise à un stress extraordinaire.

— Qu'est-ce que cela peut signifier, Judith ?

— SHEVA a des desseins sur nous. Il veut altérer notre génome, peut-être de façon radicale.

— Pourquoi ?

Kaye eut un sourire d'anticipation. Elle était sûre que Judith allait percevoir la connexion.

— Ce genre d'activité n'a sûrement rien de bénin, Kaye.

Le sourire de Kaye s'effaça.

— Mais la cellule survit.

— Oui, dit Kushner. Mais pas les bébés, pour ce que nous en savons. Trop de changements, trop vite. Ça fait des années que j'attends que la Nature réagisse à nos conneries, qu'elle nous dise d'arrêter de proliférer comme des lapins et de surexploiter ses ressources, qu'elle nous force à la boucler et à *mourir*. Une apoptose de l'espèce. Et je pense que nous venons de recevoir l'ultime avertissement : un vrai tueur d'espèce.

— Vous comptez informer Augustine ?

— Pas directement, mais, oui, il le saura.

Kaye considéra le téléphone quelques instants, éberluée, puis remercia Judith et lui promit de la rappeler. Elle avait des picotements dans les mains.

Ce n'était donc pas l'évolution. Peut-être que mère Nature avait conclu que l'espèce humaine était une tumeur maligne, un cancer.

L'espace d'un horrible instant, cette hypothèse lui parut plus sensée que celle dont Dicken et elle avaient discuté. Mais quid des nouveaux enfants, de ceux qui naissaient des ovaires des filles intermédiaires ? Allaient-ils souffrir d'anomalies génétiques, étaient-ils condamnés à une mort rapide en dépit de leur apparence normale ? Ou allaient-ils être avortés au cours des trois premiers mois, comme les filles intermédiaires ?

Kaye contempla Baltimore derrière les grandes portes-fenêtres, le soleil matinal jouant sur les toits humides, l'asphalte des chaussées. Elle imaginait chaque grossesse conduisant inévitablement à une autre grossesse, également futile, des ventres envahis par une incessante litanie d'avortons difformes.

Un coup d'arrêt à la reproduction humaine.

Si Judith Kushner avait raison, le glas venait de sonner pour l'espèce humaine.

38.

Marge Cross se plaça à gauche de l'estrade tandis que Kaye s'installait avec six autres scientifiques, prêts à répondre aux questions de la presse.

L'auditorium plein à craquer contenait quatre cent cinquante journalistes. Laura Nilson, directrice des relations publiques d'Americol pour l'est des Etats-Unis, une jeune femme noire au visage résolu, lissa la veste de son tailleur en laine couleur olive, puis entama la procédure.

Le premier à intervenir fut le spécialiste des questions scientifiques et sanitaires de CNN.

— Je souhaiterais poser une question au docteur Jackson.

Robert Jackson, chef du projet « Vaccin » d'Americol, leva la main.

— Docteur Jackson, si ce virus a eu plusieurs millions d'années pour évoluer, comment est-il possible qu'Americol annonce un vaccin expérimental après moins de trois mois de recherches ? Etes-vous plus intelligents que mère Nature ?

346

On entendit un léger brouhaha de rires et de commentaires. L'excitation des journalistes était palpable. La plupart des femmes présentes dans la salle portaient un masque de gaze, bien qu'on ait démontré l'inefficacité de ce type de précaution. D'autres suçotaient des pastilles à la menthe et à l'ail censées barrer la route à SHEVA. Kaye en sentait le parfum caractéristique depuis l'estrade.

Jackson se plaça devant le micro. Âgé de cinquante ans, il ressemblait à un musicien de rock bien conservé, plutôt bel homme, avec un costume à peine repassé et une tignasse rebelle d'un marron tirant sur le gris.

— Nous avons commencé à travailler des années avant l'apparition de la grippe d'Hérode, déclara-t-il. Les séquences des HERV nous ont toujours intéressés car, ainsi que vous le sous-entendez, elles paraissent sacrément intelligentes. (Il marqua une pause théâtrale, gratifiant le public d'un petit sourire, exprimant son admiration pour l'ennemi et faisant ainsi la démonstration de son assurance.) Mais, en vérité, au cours des vingt dernières années, nous avons appris comment la plupart des maladies faisaient leur sale boulot, comment leurs agents étaient construits et de quelle façon ils étaient vulnérables. En créant des particules de SHEVA évidées, en augmentant le taux d'échec du rétrovirus jusqu'à ce qu'il atteigne cent pour cent, nous fabriquons un antigène inoffensif. Mais ces particules ne sont pas tout à fait vides. Nous y injectons un ribozyme, un acide ribonucléique à l'activité enzymatique. Ce ribozyme se fixe à, et dissocie, plusieurs fragments d'ARN de SHEVA qui n'ont pas encore été assemblés dans la cellule infectée. SHEVA devient alors le système de livraison d'une molécule bloquant sa propre activité pathogène.

— Monsieur... commença le journaliste de CNN.

— Je n'ai pas fini de répondre, dit Jackson. Votre question est *tellement* excellente ! (Gloussements dans le public.) Jusqu'à présent, notre problème était le suivant : l'être humain ne réagit que faiblement à l'antigène de SHEVA. Nous l'avons résolu en apprenant comment renforcer la réponse immunitaire en attachant des glycoprotéines associées à d'autres pathogènes pour lesquelles l'organisme monte automatiquement des défenses solides.

Le représentant de CNN tenta de poser une nouvelle question, mais Laura Nilson était déjà passée à un autre nom. C'était désormais au tour du jeune correspondant en ligne de SciTrax.

— Je m'adresse également au docteur Jackson. Savez-vous pourquoi nous sommes si vulnérables à SHEVA ?

— Nous n'y sommes pas tous vulnérables. Les hommes ont une forte réaction immunitaire à SHEVA quand ce ne sont pas eux qui le produisent. Ce qui explique le cours de la grippe d'Hérode chez l'homme : une affection brève, de quarante-huit heures au maximum, et relativement rare, qui plus est. Les femmes, cependant, sont presque toutes menacées.

— Oui, mais pourquoi les femmes sont-elles aussi vulnérables ?

— Nous pensons que la stratégie de SHEVA est une stratégie à très long terme, de l'ordre de plusieurs millénaires. Il s'agit peut-être du premier virus connu dont la propagation dépend de l'accroissement de la population plutôt que des individus. Il serait contre-productif pour lui de provoquer une forte réaction immunitaire, aussi n'émerge-t-il que lorsque les populations sont apparemment en état de stress, à moins qu'il n'existe un autre effet déclencheur que nous ne comprenons pas encore.

La parole fut ensuite donnée au journaliste scientifique du *New York Times*.

— Docteur Pong, docteur Subramanian, vous vous êtes spécialisés dans la propagation de la grippe d'Hérode en Asie du Sud-Est, une région où l'on recense déjà plus de cent mille victimes. Il y a même eu des émeutes en Indonésie. A en croire les rumeurs qui ont circulé la semaine dernière, il s'agirait d'un autre provirus...

— C'est complètement faux, dit Subramanian avec un sourire poli. SHEVA est remarquablement uniforme. Puis-je me permettre une petite correction ? Le terme de « provirus » désigne l'ADN viral inséré dans le matériau génétique humain. Une fois qu'il s'est exprimé, ce n'est qu'un simple virus ou un simple rétrovirus, quoique fort intéressant dans le cas présent.

Kaye se demanda comment Subramanian pouvait se concentrer sur le seul aspect scientifique de la question après qu'on eut prononcé ce mot terrifiant : « émeutes ».

— Je voudrais poser une autre question. Comment se fait-il que les personnes de sexe masculin développent des défenses contre les virus provenant de leurs semblables mais pas contre les leurs propres, si les glycoprotéines de l'enveloppe — les antigènes, selon les termes de votre communiqué — sont si simples et si invariants ?

— C'est une excellente question, dit le docteur Pong. Avons-nous le temps d'improviser un séminaire d'une journée ?

Rires polis. Pong reprit :

— Nous pensons que la réaction se produit chez l'homme juste après l'invasion des cellules, et qu'il existe au moins un gène dans SHEVA contenant de subtiles variations ou mutations, lesquelles déclenchent la production d'antigènes à la surface de certaines cellules préalablement à toute réaction immunitaire de grande ampleur, entraînant par conséquent l'organisme à s'acclimater à...

Kaye n'écouta la suite que distraitement. Elle ne cessait de penser à Mrs. Hamilton et aux autres volontaires de la clinique du NIH. Un coup d'arrêt à la reproduction humaine. Tout échec entraînerait des réactions extrêmes ; sur les épaules des scientifiques pesait un énorme fardeau.

— Oliver Merton, de *The Economist*. Ma question s'adresse au docteur Lang.

Kaye leva les yeux et découvrit un jeune homme roux en veste de tweed, le micro à la main.

— A présent que les gènes codants de SHEVA, sur leurs différents chromosomes, ont tous été brevetés par Mr. Richard Bragg... (Merton consulta ses notes) de Berkeley, Californie... Brevet numéro 8 564 094, délivré par le Service des brevets et marques déposées des Etats-Unis le 27 février, c'est-à-dire hier, comment une compagnie, n'importe quelle compagnie, projetant de créer un vaccin peut-elle le faire sans acheter une licence ou payer des royalties ?

Nilson se pencha vers son micro.

— Un tel brevet n'existe pas, Mr. Merton.

— Au contraire, dit Merton d'un air agacé, et j'espérais que le docteur Lang pourrait nous parler des relations de feu son époux avec Richard Bragg, ainsi que de leurs rapports avec son association entre le CDC et Americol.

Kaye en resta bouche bée.

Merton sourit de toutes ses dents, ravi de la panique qu'il venait de provoquer.

Kaye entra dans la salle de briefing sur les talons de Jackson, suivie de Pong, de Subramanian et des autres scientifiques. Cross était assise au milieu d'un large sofa bleu, le visage grave. Quatre de ses principaux avocats formaient un demi-cercle autour d'elle.

— Qu'est-ce que c'est que cette histoire ? demanda Jackson, levant le bras et le pointant vers l'estrade dans l'auditorium voisin.

— Ce petit crétin a parfaitement raison, dit Cross. Richard Bragg a convaincu un fonctionnaire du Service des brevets qu'il avait isolé et séquencé les gènes de SHEVA avant tout le monde. Il a entamé la procédure l'année dernière.

Kaye prit la copie faxée du brevet que lui tendait Cross. Saul Madsen figurait sur la liste des inventeurs, EcoBacter sur celle des entreprises associées, ainsi qu'AKS Industries, la boîte qui avait racheté puis liquidé EcoBacter.

— Kaye, soyez franche avec moi, lança Cross. Etiez-vous au courant de quoi que ce soit ?

— Non, dit Kaye. Je n'y comprends rien, Marge. J'ai identifié les locus, mais je n'ai pas séquencé les gènes. Saul ne m'a jamais parlé de Richard Bragg.

— Quelles sont les conséquences pour notre travail ? rugit Jackson. Lang, comment avez-vous pu ne pas être au parfum ?

— Nous ne sommes pas encore battus, déclara Cross. Harold ?

Elle se tourna vers le plus proche des complets gris aux cheveux gris.

— Nous allons contre-attaquer en nous appuyant sur Genetron contre Amgen, « Brevets aléatoires des rétrogènes dans le génome de la souris », Cour fédérale 1999, dit l'avocat. Donnez-moi une journée, et nous aurons douze autres arguments en notre faveur. (Il se tourna vers Kaye et lui demanda :) Est-ce qu'AKS ou l'une de ses filiales utilise des subventions fédérales ?

— EcoBacter avait déposé une demande en ce sens, répondit-elle. Elle a été approuvée, mais l'argent n'a jamais été versé.

— Nous pourrions demander au NIH d'invoquer Bayh-Dole, dit l'avocat d'un air gourmand.

— Et si c'est du solide ? le coupa Cross d'une voix sinistre et inquiétante.

— Il est possible que nous puissions intéresser Ms. Lang dans ce brevet. Mise à l'écart illicite de l'un des inventeurs.

Cross tapa du poing sur un coussin.

— Dans ce cas, soyons positifs. Kaye, ma chérie, vous ressemblez à un bœuf sortant de l'assommoir.

Kaye écarta les bras comme pour se défendre.

— Marge, je vous jure que je ne...

— Ce que je veux savoir, c'est pourquoi personne chez moi n'a vu venir ce coup fourré. Je veux parler à Shawbeck et à Augustine, tout de suite. (Cross se tourna vers ses avocats.) Tâchez de voir si ce Bragg n'a pas trempé dans d'autres affaires. Les escrocs finissent toujours par faire des gaffes.

39.

Bethesda
Mars

— Mon voyage a été bref, dit Dicken en posant sur le bureau d'Augustine un rapport et une disquette. Les gars de l'OMS, en Afrique, m'ont expliqué qu'ils se débrouillaient à leur manière, merci bien. D'après eux, il est inutile de s'attendre à leur coopération comme par le passé. Il n'y a que cent cinquante cas attestés dans toute l'Afrique, en tout cas c'est ce qu'ils prétendent, et ils ne voient aucune raison de paniquer. Au moins ont-ils eu l'amabilité de me donner quelques échantillons de tissus. Je les ai expédiés depuis Le Cap.

— On les a reçus, dit Augustine. Bizarre. A en

croire leurs chiffres, l'Afrique est nettement moins frappée que l'Asie, l'Europe ou l'Amérique du Nord.

Il avait l'air troublé — triste plutôt que furieux. Dicken ne l'avait jamais vu aussi déprimé.

— Vers quoi allons-nous, Christopher ?

— Vers un vaccin, non ?

— Je vous parle de vous, de moi, de la Brigade. Fin mai, il y aura plus d'un million de femmes infectées rien qu'en Amérique du Nord. Le conseiller à la Sécurité nationale a convoqué des sociologues pour savoir comment le public allait réagir. La pression augmente chaque semaine. Je sors d'une réunion avec la ministre de la Santé et le vice-président. Le *vice*-président, Christopher. Aux yeux du président, la Brigade est devenue une patate chaude. Le petit scandale de Kaye Lang était *complètement* imprévu. Le seul plaisir que j'ai retiré de cette histoire, ça a été de voir Marge Cross débouler dans cette pièce comme un train sur le point de dérailler. La presse a sonné l'hallali : « Une ère de miracles et de bureaucrates incompétents. » Vous voyez le topo.

— Ça n'a rien de surprenant, dit Dicken en s'asseyant devant le bureau.

— Vous connaissez Lang mieux que moi, Christopher. Comment a-t-elle pu laisser faire une chose pareille ?

— J'ai eu l'impression que le NIH allait faire annuler ce brevet. Un vice de forme ayant trait au caractère public des ressources naturelles.

— Oui... mais, en attendant, ce fils de pute de Bragg nous a ridiculisés. Lang était donc stupide au point de signer *tous* les papiers que lui présentait son mari ?

— Elle a signé ?

— Oh, que oui. Noir sur blanc. Saul Madsen et ses éventuels partenaires contrôlaient toute découverte fondée sur les principaux rétrovirus endogènes humains.

— Quels partenaires ?

— Aucune précision sur ce point.

— Donc, elle n'est pas vraiment coupable, n'est-ce pas ?

— Je n'aime pas travailler avec des imbéciles. Elle m'a doublé avec Americol, littéralement doublé, et maintenant elle couvre la Brigade de ridicule. Ça vous étonne que le président n'ait pas envie de me voir ?

— C'est temporaire, dit Dicken.

Il commença à se ronger un ongle, cessant dès qu'Augustine leva les yeux.

— Cross nous conseille de poursuivre les expériences et de laisser Bragg nous attaquer en justice. Je suis d'accord. Mais, pour le moment, je mets un terme à nos relations avec Lang.

— Elle pourrait encore nous être utile.

— Alors qu'elle le soit dans l'anonymat.

— Etes-vous en train de me dire que je dois cesser de la voir ?

— Non, répondit Augustine. Continuez à lui faire du pied. Je veux qu'elle reste informée et qu'elle se sente désirée. Mais je ne veux *pas* qu'elle parle à la presse... sauf si c'est pour se plaindre du traitement que lui inflige Cross. Bien... Passons à l'épreuve suivante.

Augustine plongea une main dans son tiroir et en sortit une photo noir et blanc sur papier glacé.

— Ça ne me plaît pas, Christopher, mais je peux comprendre pourquoi cela a été fait.

— Hein ?

Dicken se sentait dans la peau d'un petit garçon sur le point d'être grondé.

— Shawbeck a demandé au FBI de surveiller nos collaborateurs les plus précieux.

Dicken se pencha vers Augustine. Comme tout bon fonctionnaire, il avait appris depuis longtemps à contrôler ses réactions.

— Pourquoi, Mark ?

— Parce qu'il est question de proclamer l'état d'urgence sur le territoire et d'invoquer la loi martiale. Aucune décision n'a encore été prise — ce ne sera peut-être pas fait avant plusieurs mois... Mais, étant donné les circonstances, nous devons tous être blancs comme neige. Nous sommes des anges guérisseurs, Christopher. Le public compte sur nous. Pas question d'avoir des défauts.

Augustine lui tendit la photo. On le voyait devant l'entrée de Jessie's Cougar, à Washington.

— Si on vous avait reconnu, ça aurait pu être très embarrassant.

Le visage de Dicken s'empourpra de honte et de colère.

— Je n'y suis allé qu'une fois, il y a plusieurs mois de cela. J'y suis resté un quart d'heure à peine, et je me suis cassé.

— Vous êtes allé dans un salon privé avec une fille.

— Elle portait un masque de chirurgien et m'a

traité comme un lépreux ! (Dicken s'emporta bien plus qu'il ne l'aurait voulu. Ses réflexes s'émoussaient.) Je n'avais même pas envie de la toucher !

— Ça m'emmerde autant que vous, Christopher, dit Augustine sans broncher, mais ce n'est que le commencement. Désormais, nous sommes tous sous les feux des projecteurs.

— Donc, je suis soumis à un examen d'évaluation ? Le FBI va surveiller mon compte en banque et me demander mon agenda ?

Augustine ne daigna pas répondre.

Dicken se leva et jeta la photo sur le bureau.

— Et ensuite ? Il faudra que je vous communique les noms des personnes que je fréquente et la nature exacte de nos relations ?

— Oui, murmura Augustine.

Dicken se figea et sentit sa colère le fuir, comme s'il venait de la chasser par un rot. Les implications étaient si vastes, si terrifiantes, qu'il n'éprouva plus qu'une angoisse glacée.

— Il faudra quatre mois pour que la phase d'expérimentation du vaccin soit achevée, même si nous pressons le mouvement. Ce soir, Shawbeck et le vice-président vont proposer une nouvelle politique à la Maison-Blanche. Nous recommandons la mise en quarantaine. Il y a de grandes chances pour qu'une forme de loi martiale soit nécessaire afin de la faire respecter.

Dicken se rassit.

— Incroyable, chuchota-t-il.

— Ne me dites pas que vous n'avez jamais envisagé cette possibilité.

Sous l'effet de la tension, le visage d'Augustine avait viré au gris.

— Mon imagination n'est pas orientée dans ce sens, répliqua Dicken avec amertume.

Augustine fit pivoter son siège pour se tourner vers la fenêtre.

— C'est bientôt le printemps. La saison des amours. Le moment idéal pour annoncer une ségrégation entre les sexes — entre tous les hommes et toutes les femmes en âge de porter un enfant. Imaginez les répercussions sur le PNB, ça va être coton à calculer.

Il y eut un long silence.

— Pourquoi avez-vous commencé par me parler de Kaye Lang ? demanda Dicken.

— Parce que c'est un problème que je sais résoudre, rétorqua Augustine. Quant à l'autre... Ne répétez pas ce que je vais vous dire, Christopher. Je comprends la nécessité de cette décision, mais je ne vois pas comment nous pourrons y survivre sur le plan politique.

Il sortit une autre photo de son tiroir et la montra à Dicken. On y voyait un homme et une femme sur le perron d'une imposante maison, éclairés par une veilleuse placée au-dessus de la porte. Ils s'embrassaient à pleine bouche. Dicken ne distingua pas le visage de l'homme, mais il avait la carrure d'Augustine et s'habillait comme lui.

— C'est pour que vous ne vous sentiez pas seul. Elle est mariée à un jeune membre du Congrès. Nous venons de rompre. Il est temps pour nous tous de nous conduire en adultes.

Dicken était un peu nauséeux lorsqu'il sortit du bâtiment 51, où se trouvait le quartier général de la Brigade. Loi martiale. Ségrégation sexuelle. Il courba les épaules et se dirigea vers le parking, évitant de marcher sur les lézardes du trottoir.

Une fois dans sa voiture, il trouva un message sur son téléphone mobile. Il composa le numéro pour l'écouter. Une voix inconnue, celle d'un homme qui devait être allergique aux répondeurs, lui apprit après quelques faux départs qu'ils avaient en commun des connaissances — vagues — et, peut-être, des intérêts.

« Je m'appelle Mitch Rafelson. Je me trouve à Seattle en ce moment, mais j'espère bientôt partir pour l'est et y rencontrer certaines personnes. Si vous êtes intéressé par... par les anciennes manifestations... les manifestations historiques de SHEVA, veuillez me contacter, s'il vous plaît. »

Dicken ferma les yeux et secoua la tête. Incroyable. Apparemment, tout le monde connaissait son hypothèse démente. Il nota le numéro de son correspondant sur un carnet de notes puis le fixa d'un air intrigué. Ce nom lui était familier. Il le souligna d'un trait de stylo.

Il abaissa la vitre et inspira une bouffée d'air frais. L'air se réchauffait et les nuages se dissipaient au-dessus de Bethesda. L'hiver approchait de sa fin.

En dépit de ce que lui dictait la raison, voire l'instinct de survie, il composa le numéro de Kaye Lang. Elle n'était pas chez elle.

— J'espère que tu sais danser avec les grandes filles, murmura-t-il tout en démarrant. Cross est une grande fille, une très grande fille.

40.

L'avocat s'appelait Charles Wothering. Doté d'un fort accent bostonien, il était vêtu avec une négligence calculée, longue écharpe pourpre et bonnet de laine. Kaye lui offrit un café, qu'il accepta.

— Très joli, commenta-t-il en parcourant l'appartement du regard. Vous avez du goût.

— C'est Marge qui s'est occupée de la déco, précisa Kaye.

Sourire de Wothering.

— Marge n'a aucun goût en la matière. Mais l'argent fait parfois des miracles, n'est-ce pas ?

Kaye sourit à son tour.

— Je ne me plains pas. Pourquoi vous a-t-elle envoyé ici ? Pour... amender notre accord ?

— Pas le moins du monde. Vos parents sont décédés, n'est-ce pas ?

— Oui.

— Je ne suis qu'un médiocre avocat, Ms. Lang... Puis-je vous appeler Kaye ?

Elle acquiesça.

— Un médiocre avocat, mais Marge apprécie mes talents de psychologue. Cela va peut-être vous étonner, mais elle n'est guère douée pour la psychologie. C'est une fonceuse, cela dit, elle a fait une série de mariages qui ont mal tourné, et je l'ai aidée à en démêler l'écheveau puis à tourner la page de façon définitive. Elle pense que vous avez besoin de mon aide.

— Comment cela ?

Wothering prit place sur le sofa et se servit trois cuillerées de sucre dans le sucrier posé sur le plateau. Il remua son café en se concentrant sur cette tâche.

— Aimiez-vous Saul Madsen ?

— Oui.

— Et quels sont vos sentiments, à présent ?

Kaye réfléchit quelques instants, sans toutefois baisser les yeux devant son interlocuteur.

— J'ai fini par comprendre que Saul me cachait beaucoup de choses à seule fin de préserver notre rêve.

— Sur le plan intellectuel, quelle était sa contribution à vos travaux ?

— Cela dépend des travaux en question.

— Vos travaux sur les virus endogènes.

— Minimale. Ce n'était pas sa spécialité.

— Quelle était sa spécialité ?

— Il se comparait à du levain.

— Je vous demande pardon ?

— Il apportait le ferment. Moi, j'apportais le sucre.

Wothering eut un petit rire.

— Vous stimulait-il ? Sur le plan intellectuel, je veux dire.

— Il me lançait des défis.

— Comme un professeur, un parent ou... un partenaire ?

— Comme un partenaire. Je ne vois pas où va nous mener cette discussion, Mr. Wothering.

— Si vous vous êtes attachée à Marge, c'est parce

que vous ne vous sentiez pas de taille à traiter seule avec Augustine et son équipe. Je me trompe ?

Kaye le fixa des yeux sans rien dire.

Wothering arqua un sourcil broussailleux.

— Pas exactement, répondit Kaye.

Ses yeux lui faisaient mal à force de ne pas ciller. Wothering battit voluptueusement des paupières et posa sa tasse.

— Je vais être bref. Marge m'a envoyé ici pour vous séparer de Saul Madsen de toutes les façons possibles et imaginables. J'ai besoin de votre permission pour entamer une enquête sur EcoBacter, AKS et le contrat qui vous lie à la Brigade.

— Est-ce nécessaire ? Je suis sûre qu'il n'y a plus aucun cadavre dans mes placards, Mr. Wothering.

— On n'est jamais trop prudent, Kaye. La situation est grave, comme vous le comprenez sans doute. Tout incident embarrassant a des conséquences bien réelles sur le plan politique.

— Je sais. J'ai déjà présenté des excuses.

Wothering leva la main et agita les doigts, adoptant un air apaisant. A une autre époque, il aurait sans doute tapoté le genou de Kaye d'une façon toute paternelle.

— Nous allons faire le ménage. (Un éclat d'acier illumina les yeux de l'avocat.) Vous êtes en train de prendre conscience de vos responsabilités, et je ne compte pas vous imposer mes capacités de domestique judiciaire. Vous êtes une femme adulte, Kaye. Ce que je veux faire, c'est démêler l'écheveau, ensuite... je couperai les fils. Vous ne devrez plus rien à personne.

Kaye se mordilla les lèvres.

— J'aimerais qu'une chose soit claire, Mr. Wothering. Mon mari était malade. Il souffrait d'une maladie mentale. Ce que Saul a pu faire ou ne pas faire n'est pas de ma responsabilité — ni de la sienne. Il s'efforçait de conserver son équilibre tout en préservant sa vie et son travail.

— Je comprends, Ms. Lang.

— Saul m'a beaucoup aidée, à sa façon, mais je ne supporterai pas qu'on me considère comme une femme dépendante.

— Ce n'était nullement mon intention.

— Bien. (Kaye avait l'impression de traverser un champ de mines où la moindre explosion la ferait passer de l'agacement à la colère.) Ce que je veux savoir, c'est si Marge Cross me considère encore comme une personne utile.

Wothering se fendit d'un sourire et inclina la tête, signifiant ainsi qu'il comprenait son irritation mais était néanmoins obligé de poursuivre.

— Marge prend toujours un peu plus qu'elle ne donne, comme vous ne tarderez sûrement pas à l'apprendre. Pouvez-vous m'expliquer le fonctionnement de ce vaccin, Kaye ?

— C'est une combinaison d'antigène et d'enveloppe, porteuse d'un ribozyme taillé sur mesure. Un acide ribonucléique avec les propriétés d'un enzyme. Il s'attache à une partie du code de SHEVA et la brise. Lui casse les reins. Le virus est incapable de se dupliquer.

Wothering secoua la tête d'un air étonné.

— Une pure merveille du point de vue technique, commenta-t-il. Incompréhensible pour le commun des mortels. A votre avis, comment Marge va-t-elle s'y prendre pour persuader toutes les femmes de la planète de l'utiliser ?

— Publicité et promotion, je suppose. Elle a dit qu'elle allait le vendre pour trois fois rien.

— Mais qui aura la *confiance* des patientes, Kaye ? Vous êtes une femme brillante qui avez été trompée, peut-être escroquée, par votre mari. Les femmes ressentent ce genre d'injustice dans leurs entrailles. Marge se mettra en quatre pour vous garder dans son équipe, croyez-moi. L'histoire de votre vie devient de plus en plus passionnante.

41.

Seattle

Mitch sursauta, hurlant et en nage. Des mots gutturaux jaillirent de sa bouche avant qu'il ne comprenne qu'il était réveillé. Il s'assit au bord du lit, les jambes encore prises dans les draps, et frissonna.

— Dingue, dit-il. Je suis dingue. *Complètement* dingue.

Il avait encore rêvé des Neandertaliens. Cette fois, il avait adopté par intermittence le point de vue du mâle, éprouvant une impression de liberté et de fluidité tout en se retrouvant immergé dans un flot d'émotions aussi nettes que déplaisantes, puis il s'en était détaché pour observer une suite confuse d'événements. Des foules qui se forment au bord du village

— qui n'avait cette fois rien de lacustre, situé qu'il était dans une clairière entourée d'arbres antiques. Des lances durcies au feu qui menacent la femelle, dont il se rappelait presque le nom... *Na-lee-ah* ou *Ma-lee*.

— Jean Auel, me voilà, murmura-t-il en extirpant son pied de sous les couvertures. Mowgli de la tribu de pierre sauve sa compagne. Seigneur !

Il alla se servir un verre d'eau dans la cuisine. Un virus quelconque lui était tombé dessus — un rhume, il en était sûr, et non SHEVA, vu l'état actuel de ses relations avec les femmes. Il avait la bouche sèche, l'haleine chargée et le nez qui gouttait. Sans doute avait-il attrapé cette saleté la semaine précédente, lors de son voyage à la grotte de Fer. C'était peut-être Merton qui la lui avait refilée. Il avait conduit le journaliste britannique à l'aéroport, où il devait s'envoler pour le Maryland.

L'eau avait un goût atroce, mais elle lui purifia le palais. Il contempla Broadway et le bureau de poste, presque désert à cette heure. Une tempête de mars projetait dans les rues des petits flocons cristallins. L'éclat orange des réverbères au sodium transformait les paquets de neige en tas de pièces d'or.

— Ils nous chassaient du lac, du village, murmura-t-il. Nous allions être obligés de nous débrouiller tout seuls. Les plus excités étaient prêts à nous suivre, peut-être à nous tuer. Nous...

Il frissonna. Il avait ressenti des émotions si crues, si réelles, qu'il avait du mal à les chasser. La peur, la rage et autre chose... un amour teinté d'impuissance. Il se palpa le visage. Ils avaient arraché des leurs une sorte de peau, un petit masque. Le stigmate de leur crime.

— Chère Shirley MacLaine, dit-il en se pressant le front contre la vitre rafraîchissante. Je suis en communication avec des hommes des cavernes qui ne vivent pas dans des cavernes. Que me conseillez-vous ?

Il consulta l'horloge du magnétoscope posé en équilibre instable sur la petite télé. Cinq heures du matin. Soit huit heures à Atlanta. Il décida de tenter une nouvelle fois de téléphoner et de brancher son portable récemment réparé pour envoyer un courrier électronique.

Il se rendit dans la salle de bains et contempla son reflet dans le miroir. Les cheveux en bataille, le visage luisant de sueur, les joues hérissées de barbe, des sous-vêtements déchirés.

— Un véritable Jérémie, déclara-t-il.

Puis il entreprit de se nettoyer à fond, commençant par se moucher le nez et se brosser les dents.

42.

Atlanta

Il était trois heures du matin lorsque Christopher Dicken regagna sa petite maison de banlieue. Il avait travaillé à son bureau du CDC jusqu'à deux heures, préparant à l'intention d'Augustine un rapport sur la propagation de SHEVA en Afrique. Il resta éveillé pendant une bonne heure, se demandant à quoi le monde allait ressembler durant les six mois à venir. Lorsqu'il finit par s'endormir, ce fut pour être réveillé quelques instants plus tard, semblait-il, par son téléphone mobile. Il se redressa sur le lit impérial qui avait jadis appartenu à ses parents, se demanda où il se trouvait, détermina qu'il n'était plus au Hilton du Cap et alluma la lumière. Le soleil perçait déjà derrière les volets. Il réussit à extirper son mobile de la poche de son veston à la quatrième sonnerie et l'activa.

— Docteur Chris Dicken ?

— Christopher. Ouais.

Il consulta sa montre. Huit heures et quart. Il avait dormi quatre heures à peine, et il était sûr qu'il serait en meilleure forme s'il s'était privé de sommeil.

— Ici Mitchell Rafelson.

Cette fois, Dicken se rappela ce nom et les événements auxquels il était associé.

— Ah bon ! D'où m'appelez-vous, Mr. Rafelson ?

— De Seattle.

— Alors, il est encore plus tôt pour vous. J'ai besoin de sommeil.

— Attendez, s'il vous plaît. Je m'excuse de vous avoir réveillé. Avez-vous reçu mon message ?

— J'ai reçu *un* message, répliqua Dicken.

— J'ai besoin de vous voir.

— Ecoutez, si vous *êtes* Mitch Rafelson, *le* Mitch Rafelson, j'ai autant besoin de vous voir que... que... (Il chercha une comparaison pleine d'esprit, mais son esprit était hors service.) Je n'ai pas besoin de vous voir.

— J'ai bien compris... mais, je vous en prie, écoutez-moi quand même. Vous avez traqué SHEVA dans le monde entier, d'accord ?

— Ouais. (Bâillement de Dicken.) Ça me préoccupe tellement l'esprit que je n'en dors plus.

— Moi aussi. Vos cadavres du Caucase ont été testés positifs pour SHEVA. Mes momies... dans les Alpes... les momies d'Innsbruck ont été testées positives pour SHEVA.

Dicken rapprocha le combiné de son oreille.

— Comment l'avez-vous appris ?

— J'ai en ma possession les rapports du labo de l'université du Washington. J'ai besoin de vous montrer ce que je sais, à vous et à toute personne à l'esprit ouvert.

— Personne n'a l'esprit ouvert en ce qui concerne ce problème. Qui vous a donné mon numéro ?

— Le docteur Wendell Packer.

— Est-ce que je connais ce Packer ?

— Vous travaillez avec l'une de ses amies, Renée Sondak.

Dicken se gratta une dent du bout de l'ongle. Envisagea très sérieusement de raccrocher. Son téléphone mobile était équipé d'un brouilleur numérique, mais toute personne un tant soit peu décidée pouvait décoder leur conversation. Cette idée le mit en colère. La situation commençait à déraper. Tout le monde avait perdu le sens des réalités, et ça n'allait pas s'arranger s'il se contentait de suivre le mouvement.

— Je me sens un peu seul, reprit Mitch pour rompre le silence. J'ai besoin que quelqu'un me dise que je ne suis pas complètement cinglé.

— Ouais. Je sais ce que c'est.

Puis il grimaça et tapa du pied sur le plancher, sachant qu'il allait s'attirer plus d'emmerdes qu'il n'en devait à tous les moulins à vent contre lesquels il s'était battu. Et il dit :

— Je vous écoute, Mitch.

43.

San Diego, Californie
28 mars

Dicken éprouva un bref frisson — aussi bref que nécessaire — en découvrant le nom donné à la conférence internationale, rédigé en lettres de plastique noir sur le fronton du Palais des congrès. Ces deux derniers mois, il n'avait guère eu de satisfaction dans le cadre de son travail, mais cette désignation suffit à lui en procurer.

CONTRÔLE DE L'EN-VIRON-NEMENT :
DE NOUVELLES TECHNIQUES
POUR LA CONQUÊTE DES MALADIES VIRALES

Un intitulé qui ne péchait ni par excès d'optimisme ni par excès d'imagination. Encore quelques années, et le monde n'aurait plus besoin de Christopher Dicken pour traquer les virus.

Le problème qui se pose au monde, c'est que, en

termes de maladie, quelques années, c'est parfois très long.

Dicken sortit de l'ombre de la marquise du bâtiment, près de l'entrée principale, profitant du soleil qui inondait le trottoir. Il n'avait pas connu ce genre de chaleur depuis Le Cap et se sentit tout revigoré. Atlanta commençait enfin à se réchauffer, mais, suite à la vague de froid qui s'était abattue sur l'est du pays, il y avait encore de la neige dans les rues de Baltimore et de Bethesda.

Mark Augustine était déjà en ville, il était descendu à l'hôtel Ulysses S. Grant, à l'écart de la majorité des cinq mille participants attendus, dont la plupart emplissaient les hôtels en bord de mer. Durant la matinée, Dicken avait récupéré son viatique de conférencier — un épais programme relié en spirale et accompagné d'un DVD-ROM — pour jeter un coup d'œil à l'emploi du temps.

Marge Cross devait prononcer un discours d'importance le lendemain matin. Dicken allait participer à cinq tables rondes, dont deux sur SHEVA. Kaye Lang serait présente lors de huit tables rondes, dont une avec Dicken, et elle prononcerait un discours avant la séance plénière du Groupe de recherche mondial pour l'éradication des rétrovirus, organisée en coordination avec la conférence.

La presse saluait déjà le vaccin au ribozyme d'Americol comme une réussite majeure. Et il était séduisant, dans une boîte de Petri — très séduisant, en fait —, mais la phase d'expérimentation humaine n'avait pas encore débuté. Augustine avait constamment Shawbeck sur le dos, Shawbeck avait constamment l'administration sur le dos, et tout le monde veillait à ne pas approcher Cross de trop près.

Dicken prévoyait au moins huit catastrophes pour le proche avenir.

Cela faisait plusieurs jours qu'il n'avait pas de nouvelles de Mitch Rafelson, mais il soupçonnait l'anthropologue d'être déjà en ville. Ils ne s'étaient pas encore vus, et pourtant la conspiration était lancée. Kaye avait accepté de les rejoindre ce soir ou demain matin, en fonction du moment où les sbires de Cross la libéreraient de ses obligations en matière de relations publiques.

Il leur faudrait dénicher un endroit loin des curieux. Aux yeux de Dicken, le lieu idéal se trouvait sans doute au centre de tout, et, toujours prévoyant, il s'était procuré un second viatique, contenant un badge vierge — « Invité par le CDC » — et un programme.

Kaye se fraya un chemin dans la suite bondée, fixant nerveusement un visage après l'autre. Elle avait l'impression d'être une espionne dans un mauvais film, s'efforçant de dissimuler ses émotions, très certainement ses opinions — bien qu'elle-même sache à peine quoi penser. Elle avait passé la majeure partie de l'après-midi dans la suite de Marge Cross — ou plutôt à l'étage de Marge Cross —, à rencontrer des hommes et des femmes représentant ses diverses filiales, ainsi que des professeurs de l'université de San Diego et le maire de cette ville.

Marge l'avait attirée à l'écart pour lui promettre des VIP encore plus impressionnantes avant la fin de la conférence.

— Gardez la forme, lui avait-elle conseillé. Ne vous laissez pas épuiser par cette conférence.

Kaye avait l'impression d'être une poupée qu'on exhibait. Cette sensation ne lui plaisait guère.

A cinq heures et demie, elle prit l'ascenseur pour descendre au rez-de-chaussée, puis embarqua dans une navette pour se rendre à la cérémonie d'ouverture. Celle-ci, organisée par Americol, se déroulait au zoo de San Diego.

Comme elle descendait du bus, elle sentit un parfum de jasmin, ainsi que la riche odeur humide de la terre fraîchement arrosée. Une importante file d'attente s'étirait devant l'entrée principale ; elle fit la queue devant un autre guichet et montra son invitation au gardien.

Quatre femmes vêtues de noir défilaient solennellement devant l'entrée du zoo, brandissant des pancartes. Kaye les aperçut juste avant d'entrer ; sur l'une d'elles était écrit : NOTRE CORPS, NOTRE DESTIN : SAUVEZ NOS ENFANTS.

A l'intérieur, la chaleur du crépuscule lui parut magique. Cela faisait plus d'un an qu'elle n'avait pas pris de vacances et, la dernière fois, c'était avec Saul. Depuis, tout n'avait été que travail et chagrin, parfois simultanément.

Un guide du zoo prit en charge un groupe de personnes invitées par Americol et lui fit visiter les lieux. Kaye passa quelques secondes à regarder les flamants roses dans leur mare. Elle admira les quatre cacatoès centenaires, parmi lesquels figurait Ramesses, la mascotte du zoo, qui contemplait les visiteurs sur le départ avec une indifférence assoupie. Puis le guide les fit entrer dans un pavillon, au centre d'une cour entourée de palmiers.

Un médiocre orchestre y jouait des succès des années 40 pendant que les invités remplissaient leurs assiettes en carton au buffet et se cherchaient des tables.

Kaye s'arrêta devant une table couverte de fruits et de légumes, se servit une bonne portion de fromage, de tomates cerises, de chou-fleur et de champignons à la grecque, puis commanda un verre de vin blanc au bar.

Alors qu'elle fouillait dans son porte-monnaie pour payer le vin, elle aperçut Christopher Dicken à la lisière de son champ visuel. Il traînait un homme de haute taille, à l'allure mal dégrossie, vêtu d'une veste et d'un jean et portant sous son bras un cartable de cuir fatigué. Kaye inspira à fond, rangea son porte-monnaie et se retourna juste à temps pour croiser le regard discret de Dicken. Elle y répondit par un signe de tête subreptice.

Elle ne put s'empêcher de glousser lorsque Dicken souleva un pan de toile et les conduisit discrètement loin de la cour. Le zoo était presque vide.

— Je me sens prise en faute, dit-elle. (Elle s'était débarrassée de son assiette mais avait gardé son verre de vin.) Qu'est-ce que nous sommes en train de faire ?

Le sourire de Mitch n'exprimait guère la conviction. Elle lui trouva des yeux déconcertants — à la fois juvéniles et tristes. Dicken, plus petit et plus rondouillard que son compagnon, semblait plus présent, plus accessible, si bien que Kaye se concentra sur lui. Il portait un sachet en plastique et, d'un geste plein d'emphase, en sortit une carte pliante du plus grand zoo du monde.

— Nous sommes peut-être ici pour sauver l'espèce humaine, déclara Dicken. Tout subterfuge est justifié.

— Zut, fit Kaye. J'avais espéré quelque chose de plus raisonnable. Je me demande si on nous écoute.

D'un geste de la main, comme s'il agitait une baguette magique, Dicken désigna les arches du Pavillon des reptiles, un bâtiment dans le style espagnol. On ne trouvait plus dans le zoo que quelques touristes.

— Rien à craindre de ce côté-là.

— Je parle sérieusement, Christopher, insista Kaye.

— Si le FBI a pensé à poser des micros sur des hommes en chemise hawaïenne ou sur des dragons de Komodo, alors nous sommes perdus. Je ne peux pas faire mieux.

Les cris des singes hurleurs saluèrent la tombée du jour. Mitch les conduisit sur un sentier de béton qui traversait une parcelle de forêt tropicale. Des projecteurs posés à même le sol éclairaient leur chemin, et des brumisateurs humidifiaient l'air au-dessus de leurs têtes. Le charme du lieu les captiva quelques instants, et personne n'osa le rompre.

Aux yeux de Kaye, Mitch semblait entièrement fait de bras et de jambes, le genre d'homme qui devait se sentir mal à l'aise entre quatre murs. Elle était troublée par son silence. Il se retourna et la fixa de ses yeux verts. Kaye remarqua ses chaussures : des chaussures de marche aux semelles bien usées.

Elle eut un sourire hésitant, que Mitch lui rendit.

— Je ne joue pas dans la même division que vous,

dit-il. Si quelqu'un doit entamer la conversation, c'est vous, Ms. Lang.

— Mais c'est vous qui avez eu la révélation, dit Dicken.

— De combien de temps disposons-nous ? s'enquit Mitch.

— Je suis libre pour le reste de la soirée, répondit Kaye. Marge nous a tous réquisitionnés pour demain matin à huit heures. Un petit déjeuner Americol.

Ils empruntèrent un escalator pour descendre dans un cañon et s'arrêtèrent devant une cage occupée par deux harets d'Ecosse. Les félins, que l'on aurait pu prendre pour des chats domestiques, allaient et venaient en poussant des grondements.

— Je me sens de trop, ici, dit Mitch. Je ne connais pas grand-chose en microbiologie, à peine assez pour suivre ce qui se passe. Je suis tombé par hasard sur quelque chose de merveilleux, et ça a failli gâcher ma vie. J'ai une réputation douteuse, on me qualifie d'excentrique, et j'ai perdu à deux reprises au jeu de la science. Si vous aviez un tant soit peu de jugeote, vous refuseriez d'être vus en ma compagnie.

— Votre franchise est remarquable, dit Dicken. (Il leva la main.) A moi. J'ai chassé les maladies sur la moitié de la planète. Je comprends intuitivement leur propagation, leur action, leur fonctionnement. Dès le début, je me suis douté que je traquais quelque chose de nouveau. Jusqu'à une date récente, j'ai tenté de mener une double vie, de croire simultanément en deux choses contradictoires, et j'en suis désormais incapable.

Kaye vida d'un trait son verre de vin blanc.

— A nous entendre, on dirait que nous poursuivons un programme en douze étapes, commenta-t-elle. D'accord. A mon tour. Je suis une scientifique et une chercheuse sujette à l'insécurité qui refuse de m'intéresser aux contingences pénibles, de sorte que je m'accroche à quiconque est disposé à me protéger et à me fournir un lieu de travail... sauf que, maintenant, il est temps pour moi d'être indépendante et de prendre mes propres décisions. Bref, de grandir.

— Alléluia, s'exclama Mitch.

— Bravo, ma sœur, dit Dicken.

Elle leva les yeux, près d'exploser, mais les deux hommes souriaient comme il le fallait, et, pour la première fois depuis plusieurs mois — depuis sa dernière période de bonheur avec Saul —, elle eut l'impression de se trouver avec des amis.

Dicken plongea une main dans son sachet et en sortit une bouteille de merlot.

— Les gardiens du zoo ne seraient pas contents, mais c'est le cadet de nos péchés. Nous ne pourrons dire une partie de ce qu'il faut dire que si nous sommes bourrés.

— Je présume que vous avez déjà échangé quelques idées, tous les deux, dit Mitch à Kaye tandis que Dicken servait le vin. J'ai essayé de lire tout ce qui pouvait me préparer à ce jour, mais je me sens encore dépassé.

— Je ne sais pas par où commencer, dit Kaye.

A présent qu'ils étaient plus détendus, la façon dont Mitch Rafelson la regardait — avec droiture, honnêteté, l'évaluant tout en restant discret — éveillait en elle quelque chose qu'elle croyait éteint.

— Commencez par votre rencontre, à tous les deux, proposa Mitch.

— La Géorgie, lança Kaye.

— La patrie du vin, ajouta Dicken.

— Nous avons visité un charnier, reprit Kaye. Mais pas ensemble. Des femmes enceintes et leurs maris.

— Tuer des enfants, évoqua Mitch, dont les yeux devinrent soudain vitreux. Pourquoi ?

Ils s'assirent autour d'une table en plastique, près d'un stand de boissons rafraîchissantes fermé, dans l'ombre d'un cañon. Des coqs de bruyère rouge et marron les observaient derrière les buissons bordant la route d'asphalte et les sentiers de béton beige. L'un des harets toussa et gronda dans sa cage, produisant de sinistres échos.

Mitch sortit un dossier de son petit cartable en cuir et disposa des feuilles de papier sur la table.

— Voici comment s'assemblent toutes les pièces. (Il posa une main sur deux feuilles à sa droite.) Ce sont des analyses effectuées à l'université du Washington. Wendell Packer m'a autorisé à vous les montrer. Mais si quelqu'un est trop bavard, nous risquons de nous retrouver dans le caca.

— Des analyses de quoi ? demanda Kaye.

— Des analyses génétiques des momies d'Innsbruck. Deux séries de résultats provenant de deux labos différents de l'université du Washington. J'ai donné des échantillons de tissus à Wendell Packer. Comme je l'ai appris par la suite, Innsbruck avait envoyé des échantillons provenant des trois momies à Maria Konig, qui travaille dans la même unité. Wendell a pu faire des comparaisons.

— Qu'est-ce qu'ils ont trouvé ? s'enquit Kaye.

— Que les trois corps formaient en fait une famille. La mère, le père et la fille. Ce que je savais déjà — je les avais vus ensemble dans la grotte, dans les Alpes.

Kaye plissa le front, perplexe.

— Je me souviens de cette histoire. Vous vous êtes rendu dans cette grotte à la demande de deux de vos amis... Vous avez violé le site... Et la femme qui vous accompagnait a emporté le bébé dans son sac à dos, c'est ça ?

Mitch détourna les yeux, serra les mâchoires.

— Je peux vous dire ce qui s'est passé exactement.

— Ce n'est pas grave, dit Kaye, soudain méfiante.

— Uniquement pour mettre les choses au clair, insista Mitch. Nous devons nous faire mutuellement confiance si nous voulons poursuivre.

— Alors, je vous écoute.

Mitch raconta brièvement toute l'histoire.

— Un vrai gâchis, conclut-il.

Dicken, les bras croisés, les regardait tous les deux avec attention.

Kaye profita de cette pause pour examiner les analyses posées devant elle, veillant à ne pas tacher le papier avec le ketchup qui souillait la table. Elle étudia les résultats de la datation au carbone 14, la comparaison des marqueurs génétiques et, finalement, la détection de SHEVA effectuée par Packer.

— D'après Packer, SHEVA n'a pas beaucoup changé en quinze mille ans, précisa Mitch. Ce qui lui paraît stupéfiant, s'il s'agit d'ADN inutile.

— Ce truc n'a rien d'inutile, le contra Kaye. Ces gènes ont été conservés pendant peut-être trente millions d'années. Ils sont constamment renouvelés, testés, conservés... Enfermés dans de la chromatine verrouillée, protégés par des isolants... C'est obligé.

— Si vous me permettez, j'aimerais vous dire ce que je pense, déclara Mitch, faisant montre d'un mélange de bravoure et de timidité que Kaye trouva à la fois étrange et séduisant.

— Allez-y.

— Ceci est un exemple de subspéciation. Pas un exemple extrême. Un petit coup de pouce pour obtenir une nouvelle variété. Un enfant de type moderne né d'un couple de Neandertaliens de la dernière période.

— Qui nous ressemble davantage qu'à ses parents, souffla Kaye.

— Exactement. Il y a quelques semaines, j'ai rencontré un journaliste britannique du nom d'Oliver Merton. Il fait une enquête sur les momies. Il m'a dit qu'on en était venu aux mains à l'université d'Innsbruck...

Mitch leva les yeux et perçut la surprise de Kaye.

— Oliver Merton ? demanda-t-elle en plissant le front. Il travaille pour *Nature* ?

— Il m'a dit qu'il bossait pour *The Economist*, répondit Mitch.

Kaye se tourna vers Dicken.

— C'est le même ?

— Ouais. C'est un journaliste scientifique qui touche parfois au domaine politique. Il a publié un ou deux bouquins. (Dicken se tourna vers Mitch.) Merton a causé un beau scandale lors d'une conférence de presse à Baltimore. Il a pas mal creusé la question des relations entre Americol et le CDC, ainsi que celle de SHEVA.

— Il s'agit peut-être de deux enquêtes différentes, proposa Mitch.

— C'est forcément ça, non ? demanda Kaye, les yeux fixés sur un point de l'espace entre les deux hommes. Nous sommes les seuls à avoir fait la connexion, n'est-ce pas ?

— Je n'en serais pas si sûr, intervint Dicken. Continuez, Mitch. Acceptons l'existence de cette connexion avant de nous laisser distraire par une quelconque intervention extérieure. Pourquoi se disputait-on à Innsbruck ?

— D'après Merton, ils avaient trouvé un lien entre le nouveau-né et les momies adultes — ce que confirme Packer.

— Ironie supplémentaire, l'ONU a envoyé certains échantillons de Gordi au labo de Konig, précisa Dicken.

— Les anthropologues d'Innsbruck sont du genre conservateur, reprit Mitch. Tomber sur la première preuve directe d'une spéciation humaine... (Il secoua la tête en signe de compassion.) A leur place, j'aurais été terrifié. Le paradigme ne se contente pas de changer — il est brisé en deux. Adieu le gradualisme et adieu la théorie synthétique de l'évolution.

— Inutile d'être aussi radical, intervint Dicken. Primo, le catalogue des fossiles encourage déjà l'hypothèse saltationniste — des millions d'années d'immobilisme suivies d'un changement soudain.

— Un changement qui met plus d'un million d'années à se produire, parfois cent mille ans ou, dans certains cas, à peine dix mille ans, tempéra Mitch. Ça ne se fait pas d'un jour à l'autre. Les implications sont terrifiantes pour un scientifique. Mais les marqueurs ne mentent pas. Et les parents du bébé avaient SHEVA dans leurs tissus.

— Hum, fit Kaye.

Les singes hurleurs firent à nouveau entendre leur mélodie stridente, emplissant l'air nocturne.

— La femelle avait été blessée par un objet pointu, peut-être une lance, dit Dicken.

— Exact, fit Mitch. En conséquence, l'enfant est mort-né ou est décédé juste après sa naissance. La mère l'a suivi peu après, et le père... (Sa voix se brisa.) Désolé. Ce n'est pas facile pour moi de parler de ça.

— Vous avez de la compassion pour eux, remarqua Kaye.

Mitch opina.

— J'ai fait des rêves bizarres à leur sujet.

— Perception extrasensorielle ?

— J'en doute. C'est la façon dont fonctionne mon esprit, tout simplement, sa méthode pour rassembler les pièces.

— Vous pensez qu'ils ont été chassés de leur tribu ? demanda Dicken. Qu'ils ont été persécutés ?

— Quelqu'un voulait tuer la femme, répondit Mitch. L'homme est resté auprès d'elle, il a tenté de la sauver. Ils étaient différents. Il y avait quelque chose d'anormal sur leur visage. Des petits bouts de peau autour de leurs yeux et de leur nez, un peu comme un masque.

— Ils étaient en train de *muer* ? Je veux dire, quand

ils étaient en vie ? demanda Kaye, parcourue par un frisson.

— Autour des yeux, sur le visage.

— Les cadavres près de Gordi...

— Que voulez-vous dire ? demanda Dicken.

— Certains d'entre eux avaient des petits masques en cuir. J'ai cru qu'il s'agissait... d'un sous-produit bizarre de la décomposition. Mais je n'avais jamais rien vu de pareil.

— Nous brûlons les étapes, déclara Dicken. Concentrons-nous sur les preuves recueillies par Mitch.

— C'est tout ce que j'ai, dit celui-ci. Des changements physiologiques suffisamment substantiels pour conclure que l'enfant appartenait à une autre sous-espèce. Un changement effectué en l'espace d'une génération.

— Ce genre de chose a dû se produire pendant plus d'une centaine de milliers d'années avant l'époque de vos momies, intervint Dicken. Donc, des populations neandertaliennes vivaient avec ou autour de populations humaines.

— Je le pense.

— Pensez-vous que cette naissance était une aberration ? demanda Kaye.

Mitch la regarda pendant plusieurs secondes, puis répondit :

— Non.

— Il est donc raisonnable de conclure que vous avez trouvé un cas représentatif et non singulier ?

— C'est possible.

Kaye leva les bras en signe d'exaspération.

— Ecoutez, reprit Mitch. Mon instinct me pousse à être conservateur. Je compatis avec les types d'Innsbruck, sincèrement ! Cette découverte est aussi bizarre qu'imprévue.

— Possédons-nous des traces fossiles graduelles allant de l'homme de Neandertal à l'homme de Cro-Magnon ? demanda Dicken.

— Non, mais nous avons des stades différents. Le catalogue des fossiles présente de sérieuses lacunes.

— Et... on attribue ces lacunes au fait que les spécimens qui nous sont nécessaires pour les combler sont introuvables, c'est ça ?

— En effet, approuva Mitch. Mais ça fait un bon moment que certains paléontologues s'opposent violemment au gradualisme.

— Parce qu'ils n'arrêtent pas d'observer des sauts plutôt que des progressions régulières, compléta Kaye, même lorsque le catalogue des fossiles est plus complet que pour les êtres humains ou pour certains grands animaux.

Ils burent une gorgée de vin d'un air songeur.

— Qu'allons-*nous* faire ? demanda Mitch. Les momies avaient SHEVA. Nous avons SHEVA.

— Tout cela est très compliqué, dit Kaye. Qui commence ?

— Chacun de nous a une idée sur ce qui se passe. Et si nous la couchions sur le papier ?

Mitch attrapa dans son cartable trois blocs-notes et trois stylos à bille. Il les étala sur la table.

— Comme des écoliers ? demanda Dicken.

— Mitch a raison. Faisons ce qu'il dit.

Dicken sortit une deuxième bouteille de son sac et la déboucha.

Kaye mordilla le capuchon de son stylo. Cela faisait environ un quart d'heure qu'ils noircissaient le papier, se passaient leurs blocs-notes et se posaient des questions. Il commençait à faire froid.

— La fête sera bientôt finie, dit-elle.

— Ne vous inquiétez pas, la rassura Mitch. Nous vous protégerons.

Elle eut un sourire ironique.

— Deux hommes grisés par le vin et les théories ?

— Exactement, répliqua Mitch.

Kaye s'efforçait de ne pas le reluquer. Les sentiments qui l'habitaient n'avaient rien de scientifique, rien de professionnel. Il n'était pas facile pour elle de coucher ses idées sur le papier. Jamais elle n'avait travaillé de cette manière, même pas avec Saul ; certes, ils s'échangeaient leurs carnets de notes, mais jamais ils ne consultaient au jour le jour les travaux en cours de l'autre.

Si le vin la détendait, la libérait en partie de sa tension, il ne lui éclaircissait pas les idées. Elle était bloquée. Jusque-là, elle avait réussi à écrire ceci :

Une population est un gigantesque réseau d'unités se livrant entre elles à la compétition et à la coopération, parfois en même temps. Nombreuses preuves de communication entre individus dans une population. Les arbres communiquent via des substances chimiques. Les humains via des phéromones. Les bactéries échangent des plasmides et des phages lysogènes.

Kaye se tourna vers Dicken, qui ne lâchait pas son stylo mais barrait souvent des paragraphes entiers. Grassouillet, oui, mais de toute évidence fort et motivé, expérimenté ; des traits séduisants.

Elle écrivit :

> *Un écosystème est un réseau d'espèces se livrant entre elles à la compétition et à la collaboration. Les phéromones et autres substances chimiques peuvent passer d'une espèce à l'autre. Un réseau peut avoir les mêmes qualités qu'un cerveau ; un cerveau humain est un réseau de neurones. Une pensée créative est possible dans tout réseau neuronal fonctionnel suffisamment complexe.*

— Voyons un peu ce que nous avons, proposa Mitch.

Ils échangèrent leurs blocs-notes. Kaye lut sur celui de Mitch :

> *Les molécules et les virus porteurs de signaux transportent de l'information entre les gens. Cette information est rassemblée par l'individu à mesure de son expérience ; mais s'agit-il là d'évolution lamarckienne ?*

— A mon avis, ces histoires de réseaux ne font que brouiller les cartes, déclara Mitch.

Kaye lisait à présent le bloc-notes de Dicken.

— Tout fonctionne ainsi dans la nature, dit-elle.

Dicken avait rayé le plus clair de son texte. Voici ce qu'il en restait :

Chassé la maladie toute ma vie ; SHEVA déclenche des changements biologiques complexes, contrairement à toutes les maladies connues. Pourquoi ? Qu'en retire-t-il ? Qu'essaie-t-il de faire ? Quel sera le résultat final ? S'il apparaît tous les dix mille ou les cent mille ans, comment pouvons-nous affirmer qu'il s'agit d'une fonction organique distincte, d'une particule purement pathogène ?

— Tout dans la nature fonctionne comme les neurones dans un cerveau ? Qui va avaler ça ? demanda Mitch.

— Cela répond à votre question, répliqua Kaye. S'agit-il là d'évolution lamarckienne, de la transmission à un individu des traits acquis par ses géniteurs ? Non. C'est le résultat des interactions complexes d'un réseau, avec l'émergence de propriétés similaires à une pensée.

Mitch secoua la tête.

— Les propriétés émergentes me dépassent.

Kaye lui lança un regard noir, à la fois stimulée et exaspérée.

— Nous n'avons pas besoin de postuler l'autoréférence, la pensée consciente, pour avoir un réseau organisé qui réagit à son environnement et produit des jugements sur l'apparence que devraient avoir ses nœuds individuels, dit-elle.

— Pour moi, c'est toujours le coup du fantôme dans l'ordinateur, rétorqua Mitch en se renfrognant.

— Ecoutez, un arbre envoie des signaux chimiques quand il est agressé. Ces signaux attirent des insectes qui se nourrissent des insectes qui attaquent l'arbre.

Comme un coup de fil à l'exterminateur. Ce concept opère à tous les niveaux, dans l'écosystème, au sein d'une espèce, même d'une société. Toute créature individuelle est un réseau de cellules. Toute espèce est un réseau d'individus. Tout écosystème est un réseau d'espèces. Tous interagissent et communiquent les uns avec les autres à un degré ou à un autre — compétition, prédation, coopération. Toutes ces interactions sont similaires à des neurotransmetteurs parcourant les synapses du cerveau ou à des fourmis communiquant au sein d'une fourmilière. Celle-ci modifie son comportement global en fonction des interactions entre fourmis. Nous en faisons autant, à partir de la façon dont nos neurones conversent entre eux. Et toute la nature en fait autant, du sommet à la base. Tout est connecté.

Mais elle vit que Mitch n'était toujours pas convaincu.

— Nous devons décrire une méthode, intervint Dicken. (Il adressa à Kaye un petit sourire entendu.) Et faites simple. Sur ce coup-là, c'est à vous de penser.

— Qu'est-ce qui est déterminant dans l'équilibre ponctué ? demanda-t-elle, toujours irritée par la stupidité de Mitch.

— D'accord, dit celui-ci. S'il y a bien un esprit à l'œuvre, où est sa mémoire ? Quelque chose qui stockerait les informations relatives au prochain modèle d'être humain, avant qu'elles ne soient lâchées dans le système reproducteur.

— En réaction à quel stimulus ? demanda Dicken.

Pourquoi acquérir de l'information, au fait ? Qu'est-ce qui déclenche tout ? Quel est le mécanisme ?

— Nous brûlons les étapes, soupira Kaye. Primo, je n'aime pas le mot « mécanisme ».

— D'accord, disons alors... organe, organon, architecte magique, contra Mitch. Nous savons de quoi nous parlons. Un genre de banque de mémoire dans le génome. Tous les messages doivent y être conservés jusqu'à l'activation.

— Est-ce que ça pourrait se trouver dans les cellules germinatrices ? s'enquit Dicken. Dans les ovules et les spermatozoïdes ?

— Ce n'est pas moi l'expert, dit Mitch.

— Je ne le pense pas, répondit Kaye. Quelque chose altère un ovule chez la mère, qui produit alors une fille intermédiaire, mais le nouveau phénotype est sans doute produit par ce qui se trouve dans l'ovaire de la fille intermédiaire. Les autres ovules de la mère sont hors circuit. Protégés sans être altérés.

— Au cas où le nouveau modèle, le nouveau phénotype serait un échec, acquiesça Dicken. D'accord. Une mémoire de réserve, mise à jour au fil des millénaires par... des modifications hypothétiques, déterminées d'une façon qui nous échappe par... (Il secoua la tête.) Là, je suis perdu.

— Tout organisme individuel est conscient de son environnement et y réagit, expliqua Kaye. Les substances chimiques et autres signaux échangés par les individus entraînent dans leur chimie interne des fluctuations qui affectent le génome, en particulier les éléments mobiles de la mémoire génétique qui stockent et mettent à jour des ensembles de changements hypothétiques. (Elle ne cessait d'agiter les mains comme pour clarifier son propos ou convaincre son auditoire.) C'est tellement clair pour moi, les mecs. Pourquoi vous n'arrivez pas à le comprendre ? Voilà la boucle en feed-back complète : l'environnement se modifie, ce qui stresse les organismes — en l'occurrence, les humains. Les différents types de stress affectent l'équilibre des substances chimiques de notre organisme qui sont liées au stress. La mémoire de réserve réagit et les éléments mobiles se déplacent conformément à un algorithme évolutionnaire élaboré durant des millions, voire des milliards d'années. Un ordinateur génétique décide du phénotype le mieux adapté aux nouvelles conditions à l'origine du stress. Résultat : nous constatons des petits changements chez les individus, des prototypes, et si le niveau de stress s'en trouve réduit, si les rejetons sont sains et nombreux, ces changements sont entérinés. Mais, de temps à autre, lorsqu'un problème environnemental est indétectable... le stress social à long terme chez les humains, par exemple... il y a un changement majeur. Les rétrovirus endogènes s'expriment, transportent un signal, coordonnent l'activation d'éléments spécifiques dans la banque de mémoire génétique. *Voilà*[1]. La ponctuation.

Mitch se pinça le bout du nez.

— Seigneur ! fit-il.

Dicken plissa le front.

— C'est trop radical pour que j'accepte ça tout de suite.

1. En français dans le texte. *(N.d.T.)*

— Nous avons des preuves pour chacune des étapes, dit Kaye d'une voix rauque.

Elle avala une gorgée de merlot.

— Mais comment est-ce transmis ? Forcément par les cellules sexuelles. Quelque chose doit passer des parents aux enfants pendant des centaines, des milliers de générations avant d'être activé.

— Peut-être que c'est compressé, encodé, proposa Mitch.

Kaye eut un sursaut. Elle tourna vers Mitch des yeux émerveillés.

— Cette idée est si dingue qu'elle en devient géniale. Comme des gènes imbriqués, mais en encore plus sournois. Enfouis dans les redondances.

— Et ils n'ont pas besoin d'être porteurs du mode d'emploi intégral du nouveau phénotype..., dit Dicken.

— Uniquement de celui des parties qui doivent être changées, acheva Kaye. Ecoutez, nous savons qu'il y a une différence d'environ deux pour cent entre le génome d'un singe et celui d'un être humain.

— Sauf qu'ils n'ont pas le même nombre de chromosomes, dit Mitch. Ce qui finit par faire une sacrée différence.

Dicken se renfrogna et se prit la tête entre les mains.

— Bon Dieu, ça devient profond.

— Il est dix heures, remarqua Mitch.

Il désigna un gardien qui s'avançait sur la route au milieu du cañon, se dirigeant de toute évidence vers eux.

Dicken jeta les bouteilles vides dans une poubelle et revint s'asseoir.

— Nous ne pouvons pas nous permettre d'en rester là. Qui sait quand nous serons de nouveau en mesure de nous réunir ?

Mitch étudia les notes de Kaye.

— Je comprends ce que vous voulez dire quand vous parlez des changements dans l'environnement générateurs de stress chez les êtres humains. Revenons à la question de Christopher. Qu'est-ce qui déclenche le signal, le changement ? Une maladie ? Des prédateurs ?

— Dans le cas présent, la surpopulation, répondit Kaye.

— Des conditions sociales complexes, ajouta Dicken. La compétition sur le marché du travail.

— Hé, les gars, lança le gardien en s'approchant, l'écho de sa voix rebondissant sur les parois du cañon. Vous êtes avec la réception d'Americol ?

— Comment l'avez-vous deviné ? demanda Dicken.

— Vous ne devriez pas être ici.

Alors qu'ils rebroussaient chemin, Mitch secoua la tête d'un air dubitatif. Il n'était pas disposé à faire des concessions : un âne bâté.

— En général, les changements se produisent aux marges d'une population, là où les ressources sont rares et la compétition féroce. Pas au centre, là où règne le confort.

— Il n'y a plus de « marges », plus de frontières pour les humains, déclara Kaye. Nous recouvrons toute la planète. Mais nous sommes constamment soumis au stress pour rester à la hauteur.

— Il y a toujours la guerre, dit Dicken, soudain

pensif. Les premières manifestations de la grippe d'Hérode se sont peut-être produites après la Seconde Guerre mondiale. Le stress causé par un cataclysme social, par les déviances d'une société. Les humains doivent changer, ou alors...

— Mais qui ou quoi en décide ? demanda Mitch en se tapant sur la hanche.

— Notre ordinateur biologique à l'échelle de l'espèce, répondit Kaye.

— Et c'est reparti — un réseau informatique, soupira Mitch.

— *Le Magicien qui vit dans nos gènes*, entonna Kaye d'une voix de présentatrice télé. (Puis, levant le doigt comme pour désigner quelque chose d'invisible :) Le maître du génome.

Mitch sourit et pointa l'index sur elle.

— C'est ce qu'on va nous rétorquer, ensuite on nous étouffera sous les lazzis.

— On nous chassera de la ville, renchérit Dicken.

— Ce qui va entraîner un certain stress, remarqua Kaye d'un air pincé.

— Concentrons-nous, concentrons-nous, insista Dicken.

— Et puis zut, dit Kaye. Retournons à l'hôtel et ouvrons l'autre bouteille.

Elle écarta les bras et tourna sur elle-même. *Merde*, se dit-elle. *Je suis en train de parader. Hé, les gars, regardez-moi, je suis disponible.*

— Uniquement si nous le méritons, dit Dicken. Il va falloir prendre un taxi si le bus est parti. Kaye... qu'est-ce qui cloche, au centre ? Qu'est-ce qui ne va pas chez ceux qui vivent en plein milieu de la population humaine ?

Elle laissa retomber ses bras.

— Chaque année, de plus en plus de gens... (Elle se tut soudain, et son expression se durcit.) La compétition est si intense...

Le visage de Saul. Le Mauvais Saul, en train de perdre la bataille et refusant de l'accepter, et le Bon Saul, aussi enthousiaste qu'un enfant mais toujours marqué d'un message indélébile proclamant : *Tu ne peux que perdre. Il y a des loups plus forts et plus malins que toi.*

Les deux hommes attendaient qu'elle poursuive.

Ils se dirigèrent vers la sortie. Kaye s'essuya les yeux en hâte et, d'une voix aussi posée que possible, reprit :

— Jadis, on voyait survenir une, deux ou trois personnes porteuses d'une idée ou d'une invention géniale qui bouleversaient le monde. (Sa voix se raffermit ; elle se sentait bourrée de ressentiment, voire de colère, au nom de Saul.) Darwin et Wallace. Einstein. Aujourd'hui, on trouve cent génies pour chaque nouveau défi, *mille* personnes en compétition pour prendre d'assaut la forteresse. Si la situation est aussi grave dans le domaine des sciences, au sommet, pour ainsi dire, à quoi ressemble-t-elle dans les tranchées ? C'est une incessante et cruelle compétition. Trop de choses à apprendre. Trop d'émissions encombrant les canaux de communication. Impossible de tout écouter. Nous sommes aux aguets en permanence.

— Quelle différence avec l'époque où l'on affrontait les mammouths et les ours des cavernes ?

nda Mitch. Ou avec celle où les enfants mouraient de la peste sous les yeux de leurs parents ?

— Les catégories de stress concernées ne sont pas
les mêmes, et peut-être que d'autres substances chimiques sont affectées. Nous avons renoncé depuis
longtemps à nous faire pousser des crocs et des griffes.
Nous sommes des animaux sociaux. Tous les changements majeurs que nous avons subis vont dans le sens
de la communication et de l'adaptation sociale.

— Trop de changements, dit Mitch d'un air pensif. Tout le monde déteste ça, mais nous devons rester compétitifs sous peine de nous retrouver à la rue.

Ils arrivèrent devant le portail, écoutèrent le chant
des criquets. Un ara lança son cri à l'intérieur du zoo.
Le son porta jusqu'à Balboa Park.

— La diversité, murmura Kaye. L'excès de stress
pourrait être le signe d'une catastrophe imminente. Le
XXe siècle n'a été qu'une longue et frénétique catastrophe. Voici qu'arrive peut-être un changement
majeur, stocké dans le génome, qui préviendra l'extinction de l'espèce humaine.

— Pas une maladie, mais une amélioration, proposa
Mitch.

Kaye le regarda, à nouveau prise d'un frisson.

— Précisément. Tout le monde peut aller partout
en quelques heures ou en quelques jours. Ce qui apparaît dans un coin de la planète se répand partout à
toute vitesse. Le Magicien reçoit une pléthore de
signaux.

Elle étendit les bras une nouvelle fois, plus retenue
mais guère plus sobre. Elle savait que Mitch la regardait et que Dicken les observait tous les deux.

Dicken scruta l'allée conduisant au parking, en quête d'un taxi. Il en vit un qui effectuait un demi-tour à quelques centaines de mètres de là et leva la main. La voiture vint se garer près d'eux.

Dicken monta à côté du chauffeur, Kaye et Mitch s'installèrent à l'arrière.

— Entendu, fit Dicken en se retournant. Une partie de l'ADN de notre génome construit patiemment le modèle du prochain type d'humain. Où trouve-t-elle ses idées, ses suggestions ? Qui lui chuchote : « Des jambes plus longues, une boîte crânienne plus grosse, les yeux marron sont à la mode cette année » ? Qui lui permet de distinguer le beau du laid ?

Kaye s'empressa de répondre :

— Les chromosomes utilisent une grammaire biologique, qui fait partie intégrante de l'ADN, un genre de schéma directeur de haut niveau à l'échelle de l'espèce. Le Magicien sait ce qu'il doit dire qui puisse avoir un sens pour le phénotype d'un organisme. Dans le Magicien, il y a un éditeur génétique et un correcteur grammatical. Il écarte la plupart des mutations insensées avant même qu'elles ne soient introduites.

— Nous sommes en train de nous envoler vers la stratosphère spéculative, intervint Mitch, et on va nous descendre dès le premier combat.

Il agita les mains comme s'il s'était agi de deux avions, faisant sursauter le chauffeur, puis, en un geste dramatique, laissa choir sa main gauche sur son genou, en repliant les doigts.

— Crash, fit-il.

Le chauffeur les regarda d'un air curieux.

— Vous êtes des biologistes ? s'informa-t-il.

— Des étudiants à l'université de la vie, répliqua Dicken.

— Pigé, dit l'homme d'un air solennel.

— Nous avons bien mérité ça.

Dicken sortit la troisième bouteille de son sachet et se saisit d'un couteau suisse.

— Hé, pas dans ma voiture, prévint le chauffeur avec sévérité. Ou j'arrête le compteur et on partage.

Eclats de rire.

— A l'hôtel, alors, proposa Dicken.

— Je vais être ivre, dit Kaye en secouant les cheveux qui tombaient sur son front.

— On va faire une orgie, reprit Dicken, qui rougit aussitôt. Une orgie intellectuelle, ajouta-t-il d'un air penaud.

— Je suis vanné, intervint Mitch. Et Kaye a une laryngite.

Elle poussa un petit couinement et sourit.

Le taxi s'arrêta devant l'hôtel Serrano, au sud-ouest du Palais des congrès, et ils descendirent.

— C'est moi qui régale, dit Dicken en payant le chauffeur. Comme pour le vin.

— D'accord, fit Mitch. Merci.

— Il nous faut une conclusion, lança Kaye. Une prédiction.

Mitch bâilla et s'étira.

— Navré. Je n'ai plus la force de penser.

Kaye le détailla à l'abri des cheveux tombant sur son front : des hanches étroites, un jean qui moulait ses cuisses, un visage carré barré par deux sourcils qui n'en faisaient qu'un. Il n'était pas vraiment beau, mais elle entendait sa chimie interne, un souffle qui faisait chanter ses reins, et sa chimie se foutait de la beauté. Le premier signe de la fin de l'hiver.

— Je parle sérieusement. Christopher ?

— C'est évident, non ? Ce que nous disons, c'est que les filles intermédiaires ne sont pas malades mais qu'elles représentent un stade du développement que nous n'avions jamais vu jusqu'à ce jour.

— Et qu'est-ce que ça signifie ? insista Kaye.

— Ça signifie que les bébés du second stade seront sains et viables. Et peut-être un peu différents de nous.

— Ce serait stupéfiant. Et ensuite ?

— Arrêtez, s'il vous plaît, intervint Mitch. On n'arrivera jamais à conclure cette nuit.

— Dommage, dit Kaye.

Mitch lui sourit. Elle lui tendit la main. La paume de Mitch était sèche comme du cuir et durcie par les cals récoltés lors des fouilles. Ses narines se dilatèrent lorsqu'il s'approcha d'elle, et elle aurait juré que ses iris en faisaient autant.

Le visage de Dicken était encore rose. Sa voix était traînante.

— Nous n'avons pas formulé de plan, remarqua-t-il. S'il doit y avoir un rapport, nous devons rassembler toutes nos preuves — et j'ai bien dit toutes.

— Comptez sur moi, le rassura Mitch. Vous avez mon numéro.

— Pas moi, dit Kaye.

— Christopher vous le donnera. Je vais rester quelques jours dans le coin. Si vous êtes disponibles, faites-le-moi savoir.

— Entendu.

— On vous appellera, dit Kaye, comme Dicken et elle se dirigeaient vers les portes vitrées.

— Un type intéressant, commenta Dicken dans l'ascenseur.

Kaye fit oui de la tête. Dicken la regardait d'un air soucieux.

— Il a l'air intelligent, poursuivit-il. Comment diable a-t-il fait pour se retrouver dans un tel merdier ?

Arrivée dans sa chambre, Kaye prit une douche bien chaude et se glissa entre les draps, épuisée et plus qu'éméchée. Son corps était satisfait. Elle enroula draps et couvertures autour de sa tête, se tourna sur le flanc et, presque immédiatement, s'endormit.

44.

San Diego, Californie
1ᵉʳ avril

Kaye finissait de se laver en sifflotant lorsque le téléphone de sa chambre se mit à sonner. Elle s'essuya le visage et décrocha.

— Kaye ? Ici Mitch.

— Je me souviens de vous, dit-elle d'une voix enjouée — pas trop, espérait-elle.

— Je prends l'avion demain. J'espérais qu'on pourrait se voir ce matin, si vous avez le temps.

Conférences et tables rondes l'avaient tellement occupée qu'elle avait à peine eu le temps de réfléchir à leur soirée au zoo. Chaque soir, elle s'effondrait dans son lit, complètement épuisée. Judith Kushner ne s'était pas trompée : Marge Cross absorbait jusqu'à la dernière goutte de sa vie.

— Ce serait une bonne idée, dit-elle avec prudence. (Il n'avait pas mentionné le nom de Christopher.) Où ça ?

— Je suis à l'Holiday Inn. Il y a un excellent café au Serrano. On pourrait s'y retrouver.

— J'ai une heure de battement avant de commencer ma journée. Rendez-vous au rez-de-chaussée dans dix minutes ?

— Je vais courir, ça me fera du bien. A tout de suite.

Elle étala sur le lit les vêtements qu'elle comptait porter — un austère tailleur bleu en lin du meilleur goût, provenant de la collection Marge Cross —, puis, alors qu'elle envisageait de prendre du Tylenol pour soigner la migraine qui lui taraudait les sinus, elle entendit des cris étouffés au-dehors. Sans y prêter attention, elle attrapa le programme de la conférence qui traînait sur le lit. Comme elle le posait sur la table et fouillait son sac à main en quête de son badge, elle se lassa soudain de siffloter. Elle refit le tour du lit pour attraper la télécommande et allumer le poste.

Le bruit de fond produit par la petite télé était tout à fait satisfaisant. Publicités pour tampons hygiéniques et shampooings revigorants. Elle pensait à autre chose : à la cérémonie de clôture, à sa présence sur l'estrade aux côtés de Marge Cross et de Mark Augustine.

Mitch.

Alors qu'elle cherchait une paire de bas, elle entendit la présentatrice déclarer :

« ... premier enfant né à terme. Je vous rappelle la principale information de ce début de journée : à Mexico, une femme dont l'identité n'a pas été révélée a donné le jour au premier bébé d'Hérode du second stade scientifiquement attesté. En direct de... »

Kaye sursauta en entendant un bruit de verre brisé et de tôle froissée. Elle écarta le rideau de la fenêtre et se tourna vers le nord. West Harbor Drive, la rue où se trouvaient le Serrano et le Palais des congrès, était noire de monde, un fleuve compact qui débordait sur les trottoirs, les pelouses et les placettes, engloutissant voitures, minibus et navettes. En dépit du double vitrage, on percevait le vacarme qui montait de ce flot humain : un rugissement sourd, angoissant, pareil à la rumeur d'un tremblement de terre. Au-dessus de la foule flottaient des carrés blancs, ondoyaient des rubans verts : pancartes et banderoles. Comme Kaye se trouvait au dixième étage, elle ne parvenait pas à déchiffrer les slogans.

« ... apparemment mort-né, continuait la présentatrice. Nous tentons d'obtenir des informations complémentaires auprès de... »

Le téléphone se remit à sonner. Elle saisit le combiné et retourna près de la fenêtre. Impossible de s'arracher au spectacle de ce fleuve en crue. Elle vit des voitures se faire bousculer sur son passage, retourner sens dessus dessous, entendit de nouveaux bruits de verre brisé.

— Ms. Lang, ici Stan Thorne, le chef de la sécurité de Marge Cross. Veuillez nous rejoindre au vingtième étage, dans le penthouse.

De la masse grouillante monta un cri animal.

— Prenez l'ascenseur rapide, poursuivit Thorne. S'il est bloqué, prenez l'escalier. Mais venez ici *tout de suite*.

— J'arrive.

Elle se chaussa.

« Ce matin, à Mexico... »

Avant même qu'elle ne soit dans l'ascenseur, elle avait l'estomac noué.

Sur le trottoir en face du Palais des congrès, Mitch se tenait les mains dans les poches, les épaules voûtées, et s'efforçait de passer inaperçu.

Les manifestants s'en prenaient aux scientifiques, aux représentants officiels, bref, à tous les participants de la conférence, fonçaient sur eux en criant et en agitant leurs pancartes.

Il avait ôté le badge fourni par Dicken et, avec son jean élimé, son visage tanné par le soleil et ses cheveux ébouriffés, il ne ressemblait ni à un scientifique ni à un représentant de l'industrie pharmaceutique.

Les manifestants étaient en majorité des femmes, de toutes les tailles et de toutes les couleurs, mais dont l'âge se situait presque toujours entre dix-huit et quarante ans. Elles semblaient avoir oublié toute notion de discipline. La colère ne tarderait pas à les dominer.

Mitch était terrifié, mais, pour le moment, la foule se déplaçait vers le sud, et il était libre. Il s'éloigna à vive allure de Harbor Drive, descendit la rampe d'un parking, sauta par-dessus un mur et se retrouva dans un jardinet séparant deux gratte-ciel.

Hors d'haleine, sous l'effet de la terreur plutôt que de l'épuisement — il avait toujours détesté la foule —, il se fraya un chemin entre les herbes à glace, escalada un autre mur et atterrit sur le sol bétonné d'un parking. Quelques femmes regagnaient leurs voitures d'un air hébété. L'une d'elles portait une pancarte à moitié cassée. Mitch eut le temps d'y lire le slogan : NOTRE CORPS, NOTRE DESTIN.

Le hurlement des sirènes retentit dans le parking. Mitch venait de franchir une porte conduisant aux ascenseurs lorsque trois gardes en uniforme déboulèrent dans l'escalier. Ils le fixèrent d'un air mauvais, l'arme au poing.

Mitch leva les mains, espérant avoir l'allure d'un innocent. Les gardes jurèrent et verrouillèrent la double porte vitrée.

— Montez ! ordonna l'un d'eux.

Il grimpa les marches, les trois hommes sur les talons.

Depuis le hall de l'hôtel, qui donnait sur West Harbor Drive, il vit des véhicules antiémeutes avancer à la lisière de la foule, contenir la masse des femmes. Un cri monta de cette masse, un cri de colère qui retomba telle une déferlante. Sur le toit d'un camion, des canons à eau s'agitèrent telles les antennes d'un gigantesque insecte.

Les portes du hall s'ouvraient et se refermaient à

mesure que des clients se présentaient en agitant leurs clés. Mitch alla jusqu'à l'atrium central, sentant une bouffée d'air venue du dehors. Une odeur âcre attira son attention : un mélange de peur, de rage et d'autre chose, évoquant de la pisse de chien sur un trottoir brûlant.

Ses cheveux se dressèrent sur sa tête.

L'odeur de la foule en furie.

Dicken retrouva Kaye au vingtième étage. Un homme en complet bleu marine leur ouvrit la porte du penthouse après avoir contrôlé leurs badges. Des voix étouffées montaient de son oreillette.

— Elles ont déjà pénétré dans le hall, dit Dicken. C'est de la folie furieuse.

— Mais pourquoi ? demanda Kaye, déconcertée.

— Mexico.

— Mais pourquoi une émeute ?

— Où est Kaye Lang ? s'écria un homme.

— Ici, dit-elle en levant la main.

Ils se frayèrent un chemin à travers une masse d'hommes et de femmes agités. Kaye vit une femme en maillot de bain éclater de rire et secouer la tête, une grande serviette blanche serrée entre ses doigts. Un homme en peignoir de bain s'était assis en relevant les jambes, les yeux fous. Derrière eux, le garde demanda en criant :

— C'était la dernière ?

— Oui, répondit l'un de ses collègues.

Kaye ne savait pas que la sécurité était à ce point renforcée — il devait y avoir dans l'hôtel une vingtaine d'hommes au service de Marge Cross. Certains étaient armés.

Elle entendit la voix stridente de Cross.

— Ce n'est qu'une bande de bonnes femmes, nom de Dieu ! De bonnes femmes terrifiées !

Dicken prit Kaye par le bras. Bob Cavanaugh, le secrétaire particulier de Cross, un quadragénaire mince au crâne dégarni, les agrippa tous les deux et leur fit franchir le barrage protégeant la chambre de Cross. Celle-ci était allongée sur un lit gigantesque, toujours en pyjama de soie, les yeux fixés sur le circuit télé de l'hôtel. Cavanaugh lui passa une veste en coton sur les épaules. L'image sur l'écran ne cessait de vaciller. Kaye jugea qu'elle était prise du troisième ou du quatrième étage.

Grâce à des jets d'eau judicieusement appliqués, les véhicules antiémeutes forçaient la foule à s'éloigner de l'entrée du Palais des congrès.

— Ils vont les assommer ! s'exclama Cross, furieuse.

— Elles ont saccagé l'étage où a eu lieu la conférence, lui dit son secrétaire.

— On n'avait pas prévu une telle réaction, commenta Stan Thorne, les bras croisés au-dessus de sa bedaine.

— En effet, dit Cross d'une voix flûtée. Et pourquoi ? J'ai toujours dit que cette crise allait frapper aux tripes. Comme réaction, on est servis ! C'est une catastrophe, une catastrophe !

— Elles n'ont même pas présenté leurs revendications, observa une femme mince en tailleur vert.

— Mais qu'est-ce qu'elles voulaient ? demanda un interlocuteur que Kaye ne put voir.

— Déposer un bon gros message à notre porte, grommela Cross. Les corps constitués sont à terre. Ces femmes veulent être rassurées sans tarder, et au diable la *procédure*.

— C'est peut-être exactement ce qu'il nous fallait, dit un petit homme maigre.

Kaye le reconnut : Lewis Jansen, chef du service marketing de la section pharmaceutique d'Americol.

— Mon cul ! s'écria Cross. Kaye Lang, où êtes-vous ?

— Ici, dit Kaye en s'avançant.

— Bien ! Frank, Sandra, Kaye doit passer à la télé dès que la rue aura été évacuée. Qui sont nos interlocuteurs, ici ?

Une femme d'un certain âge, vêtue d'un peignoir de bain et portant un attaché-case en aluminium, récita de mémoire les noms de quelques éditorialistes et journalistes locaux.

— Lewis, dites à vos gars de préparer une interview.

— Mes gars sont dans un autre hôtel.

— Alors appelez-les ! Dites au public que nous travaillons aussi vite que possible, que nous ne voulons pas lancer un vaccin sans tests préalables de peur de faire souffrir les gens... Merde, dites-leur tout ce que nous avons dit durant la conférence. Quand les citoyens de ce pays apprendront-ils enfin à être patients ? Est-ce que le téléphone marche ?

Kaye se demanda si Mitch avait été pris dans l'émeute, s'il était blessé.

Mark Augustine entra dans la chambre. Celle-ci commençait à être bondée. L'atmosphère y était étouffante. Augustine adressa un hochement de tête à Dicken, un sourire affable à Kaye. Il paraissait lucide et maître de lui, mais il y avait dans ses yeux une lueur qui démentait cette impression.

— Parfait ! rugit Cross. Toute la bande est là. Quoi de neuf, Mark ?

— Richard Bragg a été abattu à Berkeley il y a deux heures. Pendant qu'il promenait son chien.

Augustine inclina la tête et, au bénéfice de Kaye, se fendit d'un sourire ironique.

— Bragg ? répéta quelqu'un.

— Le connard qui nous emmerdait avec son brevet, répliqua quelqu'un d'autre.

Cross se leva.

— Ça a un rapport avec cette histoire de bébé ? demanda-t-elle à Augustine.

— C'est possible. La fuite provient d'un employé de l'hôpital de Mexico. D'après *La Prensa*, le bébé présentait de graves malformations. Tous les journaux télé du pays ont annoncé la nouvelle à partir de six heures du matin.

Kaye se tourna vers Dicken.

— Mort-né, dit-elle.

Augustine désigna la fenêtre.

— Ça explique peut-être ce début d'émeute. La manifestation était censée être pacifique.

— Ne perdons plus de temps, dit Cross. Nous avons du pain sur la planche.

Dicken avait l'air démoralisé quand ils se dirigèrent

vers l'ascenseur. Il se tourna vers Kaye et lui murmura :

— Oublions ce qui s'est passé au zoo.

— Oublier toute notre discussion ?

— Elle était prématurée. Ce n'est pas le moment de nous faire remarquer.

Mitch s'avançait dans les rues dévastées, piétinant des éclats de verre. La police avait installé des barrières dont les rubans jaunes barraient l'accès au Palais des congrès et aux trois hôtels voisins. Les mêmes rubans emballaient les voitures renversées, les faisant ressembler à des cadeaux. La chaussée et les trottoirs étaient jonchés de pancartes et de banderoles. L'air sentait encore la fumée et les gaz lacrymogènes. Des policiers vêtus de chemises kaki et de pantalons vert foncé et des gardes nationaux en tenue de camouflage se tenaient au garde-à-vous pendant que les officiels de la municipalité inspectaient les dégâts. Les flics observaient les quelques badauds d'un œil menaçant derrière leurs lunettes noires.

Alors que Mitch tentait de regagner l'Holiday Inn, il avait été repoussé par les employés de l'hôtel qui assistaient la police. Sa valise était restée dans sa chambre, mais il avait son cartable sur lui, et c'était l'essentiel. Il avait laissé des messages à Kaye et à Dicken, mais ceux-ci seraient incapables de le joindre.

Apparemment, la conférence était terminée. Les voitures sortaient par douzaines des parkings et, quelques pâtés de maisons plus au sud, de longues files de taxis attendaient les passagers traînant leurs valises à roulettes.

Mitch ne parvenait pas à mettre de l'ordre parmi les émotions qui l'habitaient. De la colère, des bouffées d'adrénaline, une amère exaltation animale causée par le spectacle des dégâts... résidus caractéristiques quand on vient d'être exposé à la violence collective. Un peu de honte, cet ultime et si mince vernis social ; un sentiment de culpabilité à l'idée de s'être trompé, quand il avait appris la nouvelle au sujet du bébé mort. Pris dans l'œil du cyclone de ses sentiments, Mitch se sentait complètement égaré. Complètement seul.

Mais, après toutes les péripéties de cette journée, ce qu'il regrettait le plus était d'avoir raté son petit déjeuner avec Kaye Lang.

Elle sentait si bon dans l'air nocturne. Pas de parfum, des cheveux fraîchement lavés, une peau riche de senteurs, une haleine fleurant le vin, sans une trace d'agressivité. Ses yeux un peu ensommeillés, ses adieux pleins d'une chaleur lasse.

Il se voyait allongé près d'elle sur le lit de sa chambre du Serrano avec une netteté qui devait davantage à la mémoire qu'à l'imagination. *Souvenir anticipé.*

Il chercha dans sa poche ses billets d'avion, qui ne le quittaient jamais.

Dicken et Kaye représentaient à ses yeux un point d'ancrage, une nouvelle raison de vivre. Dicken ne l'encouragerait sans doute pas à cultiver une telle métaphore. On ne pouvait pas dire qu'il détestait Dicken ; le chasseur de virus semblait franc et intelligent. Mitch aurait aimé travailler avec lui, apprendre à mieux le connaître. Cependant, il n'arrivait pas à imaginer cette possibilité. Question d'instinct, ou de souvenir anticipé.

De rivalité.

Il s'assit sur un muret de béton en face du Serrano, agrippant son cartable des deux mains. Il s'efforça de faire appel à la patience qui lui avait évité de devenir fou lors de fouilles effectuées avec des étudiants butés.

Il vit une femme en bleu sortir de l'hôtel et sursauta. Elle resta un moment immobile, dans l'ombre, en train de discuter avec deux chasseurs et un policier. C'était Kaye. Mitch traversa lentement la rue, contournant une Toyota aux vitres fracassées. Kaye le vit et agita la main.

Ils se retrouvèrent sur l'esplanade devant l'hôtel. Kaye avait les yeux cernés.

— C'était horrible, souffla-t-elle.

— J'étais là, j'ai tout vu, dit Mitch.

— On passe à la vitesse supérieure. Je vais donner quelques interviews à la télé, puis on retourne à Washington. Il va sûrement y avoir une enquête.

— C'est à cause du premier bébé ?

Kaye fit oui de la tête.

— Nous avons eu des détails il y a une heure. Le NIH recherchait une femme qui avait contracté la grippe d'Hérode l'année dernière. Elle a avorté d'une fille intermédiaire, puis elle est de nouveau tombée enceinte un mois plus tard. Elle a accouché avec un mois d'avance et le bébé est mort. Il présentait de graves déficiences. Cyclopie, je crois bien.

— Seigneur !

— Augustine et Cross... enfin, je n'ai pas le droit

d'en parler. Mais nous allons être obligés de revoir tous nos plans, peut-être même d'accélérer les tests sur des sujets humains. Le Congrès hurle au meurtre et cherche des coupables. Un vrai gâchis, Mitch.

— Je vois. Que pouvons-nous faire ?

— Nous ? (Kaye secoua la tête.) Notre discussion au zoo n'a désormais plus aucun sens.

— Pourquoi ? demanda Mitch en déglutissant.

— Dicken a retourné sa veste.

— De quelle façon ?

— Il est abattu. Il pense que nous nous sommes trompés sur toute la ligne.

Mitch inclina la tête, plissa le front.

— Je ne suis pas de cet avis.

— Peut-être que c'est une question de politique et non de science, suggéra Kaye.

— Restons-en à la méthode scientifique. Allons-nous laisser une naissance prématurée, un bébé malformé...

— Nous arrêter ? compléta Kaye. Probablement. Je n'en sais rien.

Elle contempla l'étendue de la rue.

— Est-ce qu'on attend d'autres naissances ? s'enquit Mitch.

— Pas avant plusieurs mois. La plupart des parents ont opté pour l'avortement.

— Je l'ignorais.

— On n'en a pas beaucoup parlé. Les agences concernées n'ont pas divulgué leurs noms. Comme vous l'imaginez, il y aurait eu une vraie levée de boucliers.

— Qu'est-ce que vous en pensez, vous ?

Kaye porta une main à son cœur, puis à son ventre.

— J'ai l'impression d'avoir reçu un coup de poing dans les tripes. J'ai besoin de temps pour réfléchir, pour creuser la question. J'ai demandé votre numéro de téléphone à Dicken, mais il ne me l'a jamais donné.

Mitch eut un sourire entendu.

— Quoi ? fit Kaye, un peu agacée.

— Rien.

— Voilà mon numéro à Baltimore, dit-elle en lui tendant une carte. Appelez-moi dans deux ou trois jours.

Elle lui posa une main sur l'épaule, qu'elle étreignit brièvement, puis se retourna pour regagner l'hôtel. Elle lui jeta par-dessus son épaule :

— Je parle sérieusement ! Appelez-moi.

45.

Institut national de la Santé, Bethesda

Kaye quitta discrètement l'aéroport de Baltimore dans une Pontiac marron banalisée. Au bout de trois heures de studio télé et de six heures d'avion, elle avait l'impression que sa peau était recouverte d'une couche de vernis.

Elle était escortée par deux agents du Service secret affectant un silence poli. Le premier avait pris place à côté du chauffeur, le second à l'arrière, avec Kaye et Farrah Tighe, sa nouvelle assistante personnelle.

Plus jeune qu'elle de quelques années, Tighe avait des cheveux blonds tirés en arrière, un visage agréable, des yeux d'un bleu étincelant et des hanches larges qui prenaient pas mal de place sur la banquette.

— Nous disposons de quatre heures avant votre rendez-vous avec Mark Augustine, déclara-t-elle.

Kaye hocha la tête. Elle avait l'esprit ailleurs.

— Vous avez demandé à voir deux des mères résidant au NIH. Je ne pense pas que nous aurons le temps aujourd'hui.

— Débrouillez-vous, dit Kaye d'un ton ferme. S'il vous plaît.

Tighe la fixa d'un air solennel.

— Commençons par aller à la clinique, insista Kaye.

— Nous avons encore deux interviews à...

— Annulez-les. Je veux parler à Mrs. Hamilton.

Kaye emprunta une série de longs corridors pour gagner le bâtiment 10 depuis le parking.

Entre l'aéroport et le campus du NIH, Tighe l'avait informée des événements de la veille. Richard Bragg avait reçu sept balles dans la tête et le torse alors qu'il sortait de sa maison de Berkeley, et il était mort sur le coup. On avait arrêté deux suspects, des hommes dont les épouses portaient des bébés d'Hérode du premier stade. Ils avaient été appréhendés non loin du lieu du crime, en état d'ébriété, à bord d'une voiture remplie de canettes vides.

Sur ordre du président, le Service secret avait désormais pour mission de protéger les membres les plus importants de la Brigade.

La mère du premier enfant du second stade né à terme en Amérique du Nord, connue sous la seule identité de Mrs. C, se trouvait encore dans un hôpital de Mexico. Originaire de Lituanie, elle avait émigré au Mexique en 1996 ; en 1990 et en 1993, elle s'était rendue en Azerbaïdjan pour le compte d'une organisation humanitaire. Elle était à l'heure actuelle en état de choc et souffrait de ce que les rapports médicaux décrivaient comme une crise aiguë d'acné sur le visage.

L'enfant mort-né avait été expédié à Atlanta, où il devait arriver le lendemain.

Luella Hamilton venait de prendre un déjeuner léger et, assise près de la fenêtre, contemplait un petit jardin et le mur aveugle du bâtiment voisin. Elle partageait sa chambre avec une autre mère, qui se trouvait en ce moment en salle d'examen. Il y avait à présent huit femmes enceintes dans la clinique.

— J'ai perdu mon bébé, dit Mrs. Hamilton en guise de salut.

Kaye fit le tour du lit et la serra dans ses bras. Elle lui rendit son étreinte avec force et poussa un petit gémissement.

Tighe resta sur le seuil.

— Il est sorti comme ça, en pleine nuit. (Les yeux de Mrs. Hamilton étaient fixes.) A peine si je l'ai senti passer. J'avais les jambes mouillées. Il n'y avait presque pas de sang. Mon ventre était relié à un moniteur et le signal d'alarme a fait un *bip*. Je me suis réveillée, et j'ai vu les infirmières en train de me mettre sous une tente. Elles ne m'ont pas montré ma fille. Une femme pasteur est venue me voir, le révérend Ackerley, de l'église de mon quartier, elle est venue me voir exprès, c'est gentil, non ?

— Je suis vraiment navrée.

— Elle m'a parlé de cette femme, à Mexico, avec son second bébé...

Kaye secoua la tête en signe de compassion.

— J'ai tellement peur, Kaye.

— J'aurais tant voulu être près de vous. J'étais à San Diego, et je ne savais pas que vous aviez fait une fausse couche.

— Hé, vous n'êtes pas mon médecin traitant, après tout.

— J'ai beaucoup pensé à vous. Et aux autres. (Kaye sourit.) Mais surtout à vous.

— Oui, je sais, je suis noire et forte de caractère, ça fait toujours une sacrée impression.

Mrs. Hamilton ne souriait pas en prononçant ces mots. Elle avait les traits tirés, le teint brouillé.

— J'ai parlé à mon mari au téléphone, reprit-elle. Il va venir aujourd'hui et on pourra se voir, mais il y aura une cloison de verre entre nous. On m'avait dit qu'on me laisserait partir après la naissance du bébé. Mais maintenant on me dit qu'on veut encore me garder. On me dit que je vais encore être enceinte. Que je vais avoir un autre bébé. Mon petit enfant Jésus. Que va devenir le monde s'il y a des millions d'enfants Jésus ? (Elle se mit à pleurer.) Je n'ai pas couché avec mon mari ni avec personne d'autre ! Je le jure !

Kaye lui étreignit la main.

— Je sais que c'est une épreuve pour vous.

— Je voudrais bien aider les médecins, mais c'est dur pour ma famille. Mon mari est à moitié fou, Kaye. Si seulement ils menaient leur barque un peu mieux ! (Elle fixa des yeux la fenêtre sans lâcher la main de Kaye, l'agitant doucement comme si elle entendait de la musique dans son esprit.) Vous avez eu le temps de réfléchir. Dites-moi ce qui se passe.

Kaye considéra Mrs. Hamilton et fouilla dans sa tête en quête d'une réponse.

— Nous en sommes encore à essayer de le comprendre, avoua-t-elle. C'est un vrai défi.

— Un défi qui vient du bon Dieu ? demanda Mrs. Hamilton.

— Non, de l'intérieur de nous-mêmes.

— Si ça vient du bon Dieu, alors tous les enfants Jésus vont mourir sauf un seul, conclut Mrs. Hamilton. Ça ne me laisse pas beaucoup de chances.

— Je me déteste, dit Kaye alors que Tighe l'escortait jusqu'au bureau du docteur Lipton.

— Pourquoi ?

— Je n'étais pas là.

— Vous ne pouvez pas être partout.

Lipton était en réunion, mais elle s'en absenta le temps de s'entretenir avec Kaye. Elles allèrent dans un petit bureau empli d'armoires et équipé d'un ordinateur.

— La nuit dernière, nous avons fait un scanner et mesuré son taux d'hormones. Elle était presque hystérique. La fausse couche a été très peu douloureuse, voire pas du tout. A mon avis, elle aurait préféré que ça fasse plus mal. C'était un fœtus d'Hérode tout à fait classique.

Lipton brandit une série de photographies.

— S'il s'agit d'une maladie, elle est foutrement organisée, reprit-elle. Le pseudo-placenta diffère à peine d'un placenta normal, si l'on excepte sa taille minuscule. Quant à la poche amniotique, c'est une autre histoire.

Lipton indiqua un bout de tissu recroquevillé sur la poche amniotique flétrie, qui avait été expulsée avec le placenta.

— J'ignore ce que peut être ceci, à part peut-être une petite trompe de Fallope.

— Et les autres pensionnaires de la clinique ?

— Deux d'entre elles devraient faire un rejet dans les jours à venir, les autres dans quinze jours au plus tard. J'ai fait venir des prêtres, un rabbin, des psychiatres et même des proches — tous de sexe féminin. Les mères sont profondément malheureuses, ce qui n'a rien de surprenant. Mais elles ont accepté de poursuivre le programme.

— Aucun contact masculin ?

— Sauf les garçons impubères, précisa Lipton. Ordre de Mark Augustine, cosigné par Frank Shawbeck. Certaines des familles commencent à en avoir marre. Je ne peux pas leur en vouloir.

— Des femmes fortunées parmi vos patientes ? demanda Kaye d'une voix neutre.

— Non. (Lipton eut un petit rire dénué d'humour.) Cette question était-elle vraiment nécessaire ?

— Etes-vous mariée, docteur Lipton ?

— Divorcée depuis six mois. Et vous ?

— Veuve.

— Alors, nous faisons partie des veinardes, conclut Lipton.

Tighe tapota sa montre. Lipton lui jeta un vague coup d'œil.

— Désolée de vous avoir retardée, dit-elle sèchement. On m'attend, moi aussi.

Kaye attira son attention sur les photos du pseudo-placenta et de la poche amniotique.

— Qu'entendez-vous en disant qu'il s'agit d'une maladie « organisée » ?

Lipton s'accouda à un meuble à fiches.

— J'ai traité des tumeurs, des lésions, des bubons, des furoncles, bref, toutes les saloperies que la maladie peut introduire dans notre corps. Il y a de l'organisation dans tout ça, d'accord. Le flux sanguin est détourné, les cellules subverties pour que la maladie se nourrisse. Mais cette poche amniotique est un organe hautement spécialisé, différent de tous ceux que j'ai eu l'occasion d'étudier.

— Donc, selon vous, ce n'est pas un produit de la maladie ?

— Ce n'est pas ce que j'ai dit. N'oubliez pas le résultat : malformations, douleur, souffrance et fausse couche. Le bébé de Mexico... (Lipton secoua la tête.) Comme je n'ai pas de temps à perdre, je ne tenterai pas de chercher une autre définition. C'est une nouvelle maladie, aussi hideuse qu'inventive, un point, c'est tout.

46.

Atlanta

Dicken sortit du parking souterrain de Clifton Way en empruntant la rampe, découvrant en plissant les yeux un ciel où ne traînaient que quelques petits nuages ventrus. Il espérait que l'air frais allait lui éclaircir les idées.

La veille, à peine revenu à Atlanta, il s'était acheté une bouteille de Jack Daniel's et s'était enfermé chez lui, buvant comme un trou jusqu'à quatre heures du matin. En allant du séjour à la salle de bains, il s'était pris les pieds dans une pile de bouquins, cogné l'épaule contre un mur et effondré par terre. Il avait l'épaule et la jambe couvertes de bleus, les reins en compote, mais il était capable de marcher et presque sûr qu'il n'avait pas besoin d'aller à l'hôpital.

Toutefois, il avait le bras un peu raide et le visage couleur de cendre. Sans parler d'une gueule de bois carabinée et d'un estomac qui criait famine. Et, au fond de son âme, il se comparait à un tas de merde, désemparé et furieux contre tout mais surtout contre lui-même.

Le souvenir de leur *jam* intellectuelle au zoo de San Diego le brûlait comme un fer rouge. La présence de Mitch Rafelson, un élément incontrôlable qui, sans en dire beaucoup, aiguillonnait la conversation, contestant leurs théories fumeuses mais les encourageant à les approfondir ; Kaye Lang, plus adorable que jamais, presque radieuse, avec ce petit air concentré et intrigué, *totalement indifférente à Dicken excepté sur le plan professionnel*.

De toute évidence, Rafelson avait nettement plus de classe que lui. Pour la énième fois, lui qui avait passé sa vie à affronter ce que la Terre avait de pire à offrir à un homme se retrouvait déprécié aux yeux d'une femme dont il pensait être amoureux.

Mais, après tout, quelle importance, bon Dieu ? Que valaient son ego de mâle, sa vie sexuelle, face à la grippe d'Hérode ?

Dicken fit le tour du bâtiment pour déboucher sur Clifton Road et se figea, totalement déconcerté. Le gardien du parking lui avait parlé d'une manifestation, mais il n'en avait pas précisé l'ampleur.

La rue était noire de monde, de la placette paysagère en face du bâtiment 1 jusqu'au siège social de l'American Cancer Society et à l'hôtel Emory, de l'autre côté de la chaussée. Certains manifestants piétinaient les massifs d'azalées pourpres ; ils avaient laissé un passage ouvert jusqu'à l'entrée principale mais bloquaient le bureau d'accueil des visiteurs et la cafétéria. Plusieurs douzaines d'entre eux s'étaient assis autour de la colonne que dominait le buste d'Hygie et, les yeux clos, oscillaient doucement de droite à gauche, comme en prière.

Dicken estima qu'il y avait là deux mille personnes — hommes, femmes et enfants — qui semblaient attendre quelque chose, le salut ou, à tout le moins, l'assurance que la fin du monde n'était pas pour

demain. La majorité des femmes et une forte mino-
rité d'hommes portaient un masque, orange ou
pourpre, censé tuer tous les virus, y compris SHEVA,
à en croire son escroc de fabricant.

Les organisateurs de la veille — il ne s'agissait pas,
selon eux, d'une manifestation — distribuaient des
gobelets, de l'eau fraîche, des tracts, des conseils et
des instructions, mais les participants ne disaient pas
un mot.

Dicken se dirigea vers l'entrée du bâtiment 1, se
frayant un chemin à travers la foule, attiré en dépit
de l'impression de danger qui montait en lui. Il voulait voir ce que pensaient et ressentaient les troufions
— ceux qui se trouvaient sur le front.

Les cameramen se déplaçaient lentement à travers
la foule, peaufinant leur cadrage dès qu'ils arpentaient
une allée, tenant leurs caméras à hauteur de la taille
pour traduire l'ambiance du moment, les hissant sur
l'épaule pour donner une idée de l'importance de
l'événement.

— Seigneur, que vous est-il arrivé ? demanda Jane
Salter en croisant Dicken dans un couloir.

Elle portait un attaché-case et une pile de dossiers
verts.

— Un simple accident. Je suis tombé. Vous avez
vu ce qui se passe dehors ?

— Oui. Ça me fout les jetons.

Elle le suivit dans son bureau mais resta sur le seuil.
Dicken lui jeta un regard par-dessus son épaule puis
s'assit sur sa vieille chaise à roulettes, l'air aussi déçu
qu'un petit garçon.

— C'est Mrs. C qui vous déprime ? s'enquit Salter.

Elle repoussa une mèche de cheveux bruns avec le coin d'un dossier. La mèche retomba et elle cessa d'y prêter attention.

— Sans doute, répondit Dicken.

Salter se pencha pour poser son attaché-case et étala les dossiers sur le bureau.

— Tom Scarry a reçu le bébé. Il a déjà été autopsié à Mexico. Je suppose qu'ils ont fait de l'excellent travail. Ce qui ne va pas empêcher Tom de tout refaire par acquit de conscience.

— Vous l'avez vu ?

— Je n'ai vu qu'une bande vidéo montrant son arrivée dans le bâtiment 15, quand on l'a sorti de sa glacière.

— C'est un monstre ?

— Oui, un vrai. Horrible.

— Pour qui sonne le glas, commenta Dicken.

— Je n'ai jamais vraiment compris votre position, Christopher, dit Salter en s'appuyant contre la porte. Vous paraissez surpris de découvrir que cette maladie est une vraie saloperie. Nous le savions depuis le début, non ?

Dicken secoua la tête.

— Ça fait si longtemps que je traque les maladies... Celle-ci m'avait semblé différente.

— Plus sympa, vous voulez dire ?

— Jane, j'ai passé la soirée à boire. Je me suis cassé la figure et j'ai mal à l'épaule. Je ne suis vraiment pas en forme.

— Une cuite ? En général, on boit à cause d'un chagrin d'amour, pas d'une erreur de diagnostic.

Dicken fit la grimace.

— Où allez-vous avec tout ça ? demanda-t-il en désignant les dossiers verts.

— Je déménage quelques trucs au nouveau labo. Ils ont quatre tables de plus. Nous battons le rappel du personnel et des procédures pour une mission autopsie vingt-quatre heures sur vingt-quatre, condition L3. C'est le docteur Sharp qui dirige les opérations. Je participe à l'analyse neurale et épithéliale. Pour contrôler le compte rendu.

— Tenez-moi au courant si vous apprenez quelque chose.

— Je ne sais même pas ce que vous faites ici, Christopher. Vous êtes passé par-dessus le reste de l'équipe en rejoignant Augustine.

— Le front commence à me manquer. C'est ici que les nouvelles arrivent en premier. (Soupir.) Je suis toujours un chasseur de virus, Jane. Je suis revenu consulter des vieux papiers. Voir si je n'avais pas raté un détail crucial.

Jane sourit.

— Eh bien, j'ai appris ce matin que Mrs. C souffrait d'un herpès génital. Pour une raison indéterminée, il s'est transmis au bébé C durant la première phase de la grossesse. Il était couvert de lésions.

Dicken sursauta.

— De l'herpès ? Personne ne nous en avait parlé.

— Je vous l'ai dit : c'est horrible.

De l'herpès... Voilà qui bouleversait toute l'interprétation du phénomène. Comment le fœtus avait-il

422

pu contracter cet herpès alors qu'il était protégé par la matrice ? En règle générale, c'est lors de l'accouchement que l'herpès se transmet de la mère à l'enfant.

Dicken n'avait pas la tête à ce qu'il faisait.

Le docteur Denby passa devant la porte, leur lança un sourire, puis fit demi-tour et glissa la tête par l'entrebâillement. C'était un spécialiste des bactéries, un petit homme chauve au visage de chérubin, vêtu d'une chemise mauve et d'une cravate rouge.

— Jane ? Vous saviez qu'ils avaient bloqué la cafétéria de l'extérieur ? Salut, Christopher.

— Je l'ai entendu dire. C'est impressionnant.

— Et maintenant ils mijotent autre chose. Vous voulez voir ?

— Pas si c'est violent, répondit Jane en frissonnant.

— C'est parce que c'est non violent que c'est terrifiant. Ils manœuvrent dans un silence absolu ! Comme à la parade, mais sans fanfare.

Dicken les accompagna, gagnant le hall du bâtiment en empruntant un ascenseur et une volée de marches. D'autres médecins et fonctionnaires curieux étaient déjà massés devant l'exposition permanente décrivant l'histoire du CDC. Dehors, la masse des manifestants se déplaçait dans un ordre parfait. Les meneurs communiquaient leurs ordres dans des mégaphones.

Un garde contemplait la scène d'un air mauvais, les poings sur les hanches.

— Regardez-moi ça !

— Quoi donc ? demanda Jane.

— Ils séparent les filles des garçons. La ségrégation sexuelle en marche, commenta-t-il d'un air mystifié.

Les banderoles étaient nettement visibles depuis le hall, et toutes les caméras étaient braquées sur elles. La brise agita l'une d'elles, permettant à Dicken de déchiffrer le slogan qui y était inscrit : VOLONTAIRES, SÉPAREZ-VOUS. SAUVEZ UN ENFANT.

En moins de quelques minutes, la foule s'était divisée en deux, évoquant la mer Rouge face à Moïse, les femmes et les enfants d'un côté, les hommes de l'autre. Les femmes avaient l'air déterminées. Les hommes semblaient sombres et honteux.

— Seigneur ! marmonna le garde. Ils veulent que je quitte ma femme ?

Dicken était sonné. Il retourna dans son bureau pour appeler Bethesda. Augustine n'était pas encore arrivé. Kaye Lang se trouvait au centre clinique Magnuson.

La secrétaire d'Augustine ajouta que plusieurs milliers de manifestants avaient envahi le campus du NIH.

— Allumez votre télé, dit-elle. Ils défilent dans tout le pays.

47.

Institut national de la Santé, Bethesda

Augustine fit le tour du campus par Old Georgetown Road, empruntant ensuite Lincoln Street pour se rendre dans un parking temporaire proche du QG de la Brigade. Celui-ci avait été déplacé quinze jours plus tôt à la demande de la ministre de la Santé. Les manifestants devaient l'ignorer, car ils s'étaient rassemblés autour de l'ancien QG et du bâtiment 10.

Augustine se dirigea vers l'entrée d'un pas vif, sans prendre le temps d'apprécier la chaleur du soleil. Des policiers affectés au campus discutaient à voix basse avec des vigiles nouvellement embauchés. Ils surveillaient des petits groupes de manifestants qui se trouvaient à quelques centaines de mètres de là.

— Ne vous inquiétez pas, Mr. Augustine, lui dit le chef de la sécurité du bâtiment en contrôlant son passe. La garde nationale arrive cet après-midi.

— Génial.

Augustine rentra le menton et appuya sur le bouton de l'ascenseur. Dans les nouveaux bureaux, trois de ses assistants et sa secrétaire personnelle, Mrs. Florence Leighton, une matrone d'une redoutable efficacité, s'efforçaient de rétablir la liaison informatique avec le reste du campus.

— Que se passe-t-il, un sabotage ? s'enquit Augustine d'une voix menaçante.

— Non, dit Mrs. Leighton en lui tendant une liasse de sorties d'imprimante. Simple cas de stupidité. Le serveur refuse de nous reconnaître.

Augustine referma violemment la porte de son bureau, attrapa sa chaise à roulettes, jeta la liasse devant lui. Le téléphone sonna. Il tendit une main et appuya sur le bouton de réception.

— Florence, pourrais-je avoir cinq minutes de tranquillité pour m'éclaircir les idées ? supplia-t-il.

— C'est Kennealy, pour le vice-président, Mark, dit Mrs. Leighton.

— De plus en plus génial. Passez-le-moi.

Tom Kennealy, responsable de la communication technique du vice-président — encore un nouveau poste, créé la semaine précédente —, demanda de but en blanc si Augustine avait été informé de l'ampleur des manifestations.

— Il me suffit de regarder par la fenêtre pour la mesurer, répliqua-t-il.

— Au dernier recensement, quatre cent soixante-dix hôpitaux étaient concernés.

— Dieu bénisse Internet.

— Quatre manifestations ont dégénéré — sans compter l'émeute de San Diego. Le vice-président est très préoccupé, Mark.

— Dites-lui que je suis plus que préoccupé. C'est la pire nouvelle que je puisse imaginer : un bébé d'Hérode arrivé à terme et mort-né.

— Que pensez-vous de cette histoire d'herpès ?

— Laissez tomber. L'herpès ne peut infecter un enfant qu'à la naissance. Sans doute n'a-t-on pas pris les précautions nécessaires à Mexico.

— Ce n'est pas ce qu'on nous a dit. Peut-être pourrions-nous rassurer le public sur ce point ? Et si le bébé était malade ?

— Bien entendu qu'il était *malade*, Tom. Nous devrions nous concentrer sur la grippe d'Hérode.

— D'accord. J'ai informé le vice-président. Il vient d'arriver.

Le vice-président prit la communication. Augustine se ressaisit et s'adressa à lui d'une voix posée. Le vice-président l'informa que le NIH allait bénéficier d'une protection militaire renforcée et d'un nouveau statut sécuritaire, ainsi que le CDC et cinq centres de recherche de la Brigade répartis dans tout le pays. Augustine imaginait sans peine le résultat : barbelés, chiens policiers, grenades et gaz lacrymogènes. L'atmosphère idéale pour mener des recherches de pointe.

— Monsieur le vice-président, ne chassez pas les manifestants du campus, s'il vous plaît. Laissez-les rester ici et manifester.

— Le président a donné l'ordre il y a une heure. Pourquoi l'annuler ?

— Parce qu'on dirait bien qu'ils ne font que se défouler. Rien à voir avec San Diego. Je veux rencontrer les meneurs ici, sur le campus.

— Vous n'êtes pas un négociateur, Mark.

— Non, mais je suis préférable à une phalange de soldats en tenue de camouflage.

— C'est de la responsabilité du directeur du NIH.

— Qui mène les négociations, monsieur ?

— Le directeur et le chef de cabinet vont rencontrer les leaders des manifestants. Nous ne devons pas disperser nos efforts ni parler de plusieurs voix, Mark, alors, n'essayez même pas de sortir pour aller parlementer.

— Et si nous avons un autre bébé mort qui nous arrive, monsieur ? Celui-ci est sorti de nulle part — il n'y a que six jours que nous avons appris son existence. Nous avons tenté d'envoyer une équipe là-bas, mais l'hôpital n'a rien voulu entendre.

— Ils vous ont envoyé le corps. Cela semble démontrer leur volonté de coopération. D'après ce que me dit Tom, personne n'aurait pu sauver ce bébé.

— Non, mais si nous avions été informés à

427

l'avance nous aurions pu coordonner notre communication.

— Nous ne devons pas être divisés, Mark.

— Monsieur, avec tout le respect que je vous dois, c'est la bureaucratie internationale qui est en train de nous tuer. C'est pour ça que ces manifestations sont si dangereuses. Nous serons tenus pour responsables, que nous soyons coupables ou non — et, franchement, je commence sérieusement à en avoir marre. Je ne peux pas être responsable de quoi que ce soit si l'on ne prend jamais la peine de me consulter !

— Nous sommes en train de vous consulter en ce moment même, Mark, dit le vice-président d'une voix posée.

— Pardon. Je le sais, monsieur. Notre collaboration avec Americol cause toutes sortes de problèmes. L'annonce du vaccin... une annonce prématurée, à mon avis...

— Tom partage cette opinion, et moi aussi.

Et le président ? se demanda Augustine.

— Croyez bien que je l'apprécie, reprit-il, mais nous sommes placés devant le fait accompli. D'après mon équipe, il y a une chance sur deux pour que la phase d'expérimentation soit un échec. Ce ribozyme est si versatile que c'en est déprimant. Apparemment, il a une affinité pour treize ou quatorze ARN messagers différents. On arrêtera SHEVA, mais le résultat sera une dégradation de la myéline... la sclérose en plaques, bon sang !

— Ms. Cross affirme qu'ils ont raffiné le vaccin et qu'il est à présent mieux ciblé. Elle m'a personnellement déclaré que cette histoire de sclérose en plaques n'était qu'une rumeur sans fondement.

— Quelle version la FDA va-t-elle les autoriser à tester, monsieur ? Toute la paperasserie est à refaire.

— La FDA s'est engagée à accélérer la procédure.

— J'aimerais monter ma propre équipe d'évaluation. Le NIH a le personnel nécessaire et nous avons l'équipement.

— Nous n'avons pas le temps, Mark.

Augustine ferma les yeux et se frotta le front. Il sentit son visage virer à l'écarlate.

— J'espère que nous tirerons les bonnes cartes, dit-il à voix basse.

Son cœur battait la chamade.

— Le président va annoncer dès ce soir le lancement d'une phase d'expérimentation accélérée, dit le vice-président. Si les tests précliniques sont un succès, nous passerons à l'expérimentation humaine en moins d'un mois.

— Je ne pense pas approuver cette mesure.

— D'après Robert Jackson, ils sont capables d'y arriver. La décision est prise. Ce qui est fait est fait.

— Le président en a-t-il parlé avec Frank ? Ou avec la ministre de la Santé ?

— Ils sont en contact de façon permanente.

— S'il vous plaît, demandez au président de m'appeler.

Augustine détestait se retrouver dans la position du demandeur, mais un président plus intelligent n'aurait pas eu besoin qu'on lui rappelle une telle démarche.

— Je n'y manquerai pas, Mark. Quant à vos réactions... tenez-vous-en à ce qu'ont dit les pontes du NIH — ni division, ni séparation, compris ?

— Je ne suis pas un élément incontrôlé, monsieur le vice-président, dit Augustine.

— Je vous recontacte.

Kennealy reprit la communication. Il semblait offusqué.

— Les soldats se mettent en route en ce moment même, Mark. Ne quittez pas. (Apparemment, il venait de plaquer la main sur le micro.) Le vice-président vient de sortir. Nom de Dieu, Mark, qu'est-ce que vous lui avez fait ? Vous lui avez remonté les bretelles ?

— Je l'ai prié de demander au président de m'appeler.

— C'est plutôt culotté de votre part, remarqua Kennealy d'une voix glaciale.

— Quelqu'un aurait-il l'obligeance de m'informer si nous apprenons l'existence d'un autre bébé à l'étranger ? Voire à l'intérieur de nos frontières ? Le ministère des Affaires étrangères pourrait-il établir une liaison quotidienne avec mon bureau ? J'espère ne froisser la susceptibilité de personne, Tom !

— Je vous en prie, ne parlez plus jamais au vice-président sur ce ton, Mark, dit Kennealy, et il raccrocha.

Augustine appuya sur le bouton d'appel.

— Florence, j'ai besoin d'écrire une lettre et une note de service. Est-ce que Dicken est en ville ? Où est Lang ?

— Le docteur Dicken est à Atlanta et Kaye Lang

430

est sur le campus. A la clinique, je crois bien. Vous êtes censé la rencontrer dans dix minutes.

Augustine ouvrit le tiroir de son bureau et attrapa un bloc-notes. Il y avait dressé le tableau des trente et un postes de commandement dont il dépendait, des trente obstacles qui le séparaient du président — ce qui relevait un peu de l'obsession chez lui. D'un geste sec, il en barra cinq, puis six, et, finalement, s'arrêta à dix noms et services et déchira la feuille. Dans le pire des cas, et à condition de soigneusement préparer son coup, il parviendrait à éliminer dix de ces obstacles, peut-être même vingt.

Mais il lui fallait d'abord s'exposer et leur envoyer son rapport ainsi qu'une note, ensuite s'assurer que tous les avaient reçus avant qu'il ne commence à pleuvoir de la merde.

De toute façon, il ne s'exposerait pas beaucoup. Avant qu'un quelconque laquais de la Maison-Blanche — peut-être Kennealy, avide de promotion — ne murmure à l'oreille du président qu'Augustine avait tendance à jouer perso, il serait sûrement arrivé un autre incident.

Un incident grave.

48.

Institut national de la Santé, Bethesda

Kaye ne voyait plus qu'une seule chose à faire : se jeter à corps perdu dans le travail. Le chaos ne lui laissait que cette unique option. Comme elle quittait la clinique, passant d'un pas vif devant les stands où des vendeurs vietnamiens et coréens proposaient bibelots et articles de toilette, elle consulta la liste des tâches figurant sur son agenda et cocha ses rendez-vous de la journée : d'abord Augustine, puis dix minutes avec Robert Jackson dans le bâtiment 15 pour discuter des locus de liaison des ribozymes, un entretien avec deux chercheurs du NIH basés dans les bâtiments 5 et 6, qui l'aidaient dans sa quête de HERV semblables à SHEVA ; enfin une demi-douzaine d'autres scientifiques dont elle souhaitait recueillir l'opinion.

Elle était à mi-chemin du QG de la Brigade lorsque son téléphone mobile se mit à sonner. Elle l'attrapa dans son sac à main.

— Kaye, ici Christopher.

— Je n'ai pas le temps et je ne suis pas en forme, Christopher, répliqua-t-elle sèchement. Dites-moi quelque chose pour me remonter le moral.

— Si ça peut vous consoler, je ne me sens pas très

bien, moi non plus. J'ai trop bu hier soir et il y a des manifestants devant mon bureau.

— Ici aussi.

— Mais écoutez ça, Kaye. L'enfant C est arrivé au service de pathologie. Cette chose était prématurée d'au moins un mois.

— Cette « chose » ? Nous parlons bien d'un bébé, non ?

— Le bébé était né prématuré. Et complètement ravagé par l'herpès. La matrice ne l'a pas protégé des lésions — SHEVA induit dans la barrière placentaire une sorte de brèche opportuniste pour le virus de l'herpès.

— Ils ont donc fait alliance pour semer la mort et la destruction. Voilà qui fait plaisir à entendre.

— Non, ce n'est pas ça. Mais je ne veux pas en parler au téléphone. Je me rends demain au NIH.

— Dites-m'en davantage, Christopher. Je viens de passer deux nuits pénibles et je n'ai pas envie d'en passer une troisième.

— L'enfant C ne serait peut-être pas mort si sa mère n'avait pas contracté l'herpès. Il s'agit peut-être de deux problèmes distincts.

Kaye ferma les yeux, resta immobile sur le trottoir. Puis elle chercha Farrah Tighe du regard ; elle était si distraite qu'elle ne l'avait sans doute pas prévenue de son départ, violant les instructions qu'on lui avait données. En ce moment même, Tighe devait être en train de la chercher partout.

— Et même si c'était le cas, qui donc serait disposé à nous écouter à présent ? lança-t-elle à Dicken.

— Aucune des huit volontaires de la clinique n'est

433

atteinte de l'herpès ni du VIH. J'ai appelé Lipton pour m'en assurer. Ce sont d'excellents sujets de tests.

— Elles ne doivent accoucher que dans dix mois. Si elles suivent le calendrier prévu.

— Je sais. Mais je suis sûr que nous en trouverons d'autres. Nous devons discuter une nouvelle fois — sérieusement.

— Je suis prise ici toute la journée, et demain je dois aller aux labos d'Americol, à Baltimore.

— Ce soir, alors. A moins que la vérité ne veuille plus rien dire pour vous.

— Epargnez-moi vos sermons sur la vérité, bon sang.

Kaye vit des camions de la garde nationale s'avancer dans Center Drive. Jusqu'ici, les manifestants étaient restés dans la partie nord du campus ; de l'endroit où elle se trouvait, au pied d'une petite colline herbeuse, elle distinguait leurs pancartes et leurs banderoles. Les mouvements de la foule dans le lointain la fascinaient tellement qu'elle n'entendit pas le début de la phrase prononcée par Dicken.

— ... donner à votre idée une chance d'être entendue. Le LPC ne représente aucun bénéfice possible pour un virus — dans ces conditions, pourquoi l'utiliser ?

— Parce que SHEVA est un messager, murmura Kaye d'une voix mi-distraite, mi-songeuse. C'est la radio de Darwin.

— Pardon ?

— Vous avez vu les résidus postnatals des fœtus du premier stade, Christopher. Des poches amniotiques spécialisées... Très sophistiquées. Et saines.

434

— Comme je vous l'ai dit, je veux creuser la question. Soyez convaincante, Kaye. Supposez que l'enfant C n'ait été qu'un accident, bon Dieu !

Trois petites explosions montèrent du nord du campus, évoquant des pétards d'enfant. Kaye entendit la foule émettre un gémissement surpris, puis un lointain cri suraigu.

— Je suis obligée de couper, Christopher.

Elle referma sèchement le clapet du mobile et se mit à courir. A quatre ou cinq cents mètres de là, les manifestants se dispersaient dans le désordre, envahissant les routes, les parkings et les bâtiments. Les pétards s'étaient tus. Elle ralentit l'allure quelque temps, songeant au danger qu'elle courait, puis se remit à courir. Elle devait savoir. Il y avait bien trop d'incertitude dans sa vie. Trop de décisions reportées, trop d'inaction, avec Saul, avec tout le monde, avec tout.

Soudain, à quinze mètres et quelques, un homme corpulent vêtu d'un costume marron jaillit de l'entrée de service d'un bâtiment, faisant des moulinets avec les bras. Dans son manteau qui claquait, sa chemise blanche qui se tendait sur sa bedaine, il avait l'air franchement ridicule, mais il fonçait droit sur elle.

Paniquée l'espace d'un instant, elle vira pour l'éviter.

— Docteur Lang, nom de Dieu ! s'écria-t-il. Ne bougez pas ! Stop !

Elle ralentit l'allure à contrecœur, le souffle court. L'homme au complet marron la rattrapa et lui montra son insigne. C'était un agent du Service secret, il s'appelait Benson, et il empocha son insigne avant qu'elle ait eu le temps d'en apprendre davantage.

— Qu'est-ce que vous foutez ici, bon sang ? Où est Tighe ? demanda-t-il, le visage cramoisi et couvert de sueur.

— Ils ont besoin d'aide. Elle est restée au...

— Ce sont des coups de feu que vous venez d'entendre. Vous allez rester ici, même si je dois vous y forcer en vous plaquant au sol. Tighe n'était pas censée vous laisser seule, bordel !

A ce moment-là, Tighe apparut et les rejoignit en courant. Rouge de colère, elle échangea quelques murmures tendus avec Benson, puis se posta à côté de Kaye. Benson partit au petit trot en direction des manifestants. Kaye se remit en marche, mais nettement moins vite.

— Restez où vous êtes, Ms. Lang, dit Tighe.

— Quelqu'un s'est fait tirer dessus !

— Benson va s'en occuper ! insista Tighe en s'interposant sur son passage

Kaye regarda par-dessus l'épaule de Tighe — des hommes et des femmes en larmes, la tête entre les mains. Des banderoles tombées, des pancartes à terre. La foule était plongée dans la confusion la plus totale.

Des gardes nationaux en tenue kaki, un fusil automatique à la main, prirent position entre les bâtiments le long de la route la plus proche.

Une voiture de la police du campus coupa par la pelouse, roulant entre deux grands chênes. Elle vit d'autres hommes en complet, communiquant avec des téléphones mobiles ou des talkies-walkies.

Puis elle remarqua un homme isolé au sein de la

masse, les bras tendus comme s'il voulait s'envoler. A ses pieds, une femme étendue sur l'herbe, immobile. Benson et un vigile du campus arrivèrent sur les lieux presque simultanément. L'agent donna un coup de pied dans un objet noir gisant sur l'herbe : un pistolet. Le vigile dégaina son arme et écarta sans ménagement l'homme volant.

Benson s'agenouilla près de la femme, lui prit le pouls et leva les yeux d'un air éloquent. Puis il jeta un regard noir à Kaye, qui lut sur ses lèvres : *Allez-vous-en.*

— Ce n'était pas mon bébé ! hurla l'homme volant.

Maigre, pâle, les cheveux blonds et frisés, proche de la trentaine, vêtu d'un tee-shirt noir et d'un jean noir qui flottait sur ses hanches. Il secouait la tête d'avant en arrière, puis de droite à gauche, comme s'il était assailli par une nuée de mouches.

— Elle m'a obligé à venir ici. Elle m'a obligé, *bordel* ! Ce n'était pas mon bébé !

Il s'éloigna du vigile en tressautant comme une marionnette.

— J'en ai marre de toutes ces conneries. MARRE !

Kaye regarda la femme blessée. Même à vingt mètres de distance, elle distinguait nettement le sang qui maculait son chemisier au niveau du ventre, ses yeux vitreux qui semblaient quêter un brin d'espoir auprès du ciel.

Kaye oublia Tighe, Benson, l'homme volant, les soldats, les vigiles, la foule.

Elle ne voyait plus que cette femme.

49.

Baltimore

Cross se déplaçait avec des béquilles lorsqu'elle entra dans le restaurant réservé au personnel d'encadrement d'Americol. Son jeune infirmier lui avança une chaise, et elle y prit place en poussant un soupir de soulagement.

Dans la grande salle ne se trouvaient que quatre personnes : Cross, Kaye, Laura Nilson et Robert Jackson.

— Comment est-ce arrivé, Marge ? s'enquit ce dernier.

— Personne ne m'a tiré dessus, répondit Cross d'un air enjoué. J'ai glissé dans ma baignoire. Je suis le pire de mes ennemis, et ça ne date pas d'hier. Je ne suis qu'une vache pataude. Où en sommes-nous, Laura ?

Nilson, que Kaye n'avait pas revue depuis la désastreuse conférence de presse, portait un tailleur bleu, stylé mais sévère.

— La surprise de la semaine, c'est le RU-486, déclara-t-elle. Les femmes commencent à l'utiliser — en quantité. Les Français ont proposé une solution. Nous avons tenté de négocier avec eux, mais ils se sont directement adressés à l'OMS et à la Brigade, affirmant que leurs intentions étaient purement humanitaires et qu'ils n'avaient pas besoin de partenaires commerciaux.

Marge commanda du vin au garçon et s'essuya le front avec sa serviette de table avant de la poser sur son giron.

— Comme c'est généreux de leur part, dit-elle d'une voix songeuse. Ils vont fournir toute la planète sans nouveaux frais de recherche supplémentaires. Est-ce que leur truc marche, Robert ?

Jackson attrapa son assistant personnel et consulta ses notes à l'aide d'un stylet.

— On attend encore une confirmation, mais les rapports reçus par la Brigade affirment que le RU-486 déclenche l'avortement des fœtus du second stade. Rien pour l'instant sur ceux du premier stade. Et aucune enquête digne de ce nom n'a été effectuée — uniquement des sondages.

— Je n'ai jamais apprécié les drogues abortives, dit Cross. (S'adressant au garçon :) Je prendrai une salade Cobb, un bol de vinaigrette et une grande cafetière.

Kaye, qui n'avait pourtant pas très faim, commanda un sandwich club. Elle sentait monter la tempête — signe certain qu'elle était d'une humeur massacrante. Elle était toujours sous le choc du meurtre auquel elle avait assisté, sur le campus, deux jours plus tôt.

— Laura, vous avez l'air malheureuse, dit Cross en jetant un regard en coin à Kaye.

Sans doute se réservait-elle pour la fin les griefs de celle-ci.

— Un séisme suit l'autre, dit Nilson. Au moins n'ai-je pas eu à voir ce que Kaye a vu.

— C'était horrible, opina Cross. Un vrai panier de crabes. Mais de quels crabes s'agit-il ?

— Nous avons commandé nos propres sondages. Profils psychologiques, culturels, généraux. Je dépense tout ce que vous m'avez donné, Marge.

— Disons que j'assure mes arrières.

— Mais à quel prix, commenta Jackson.

— Celui d'une machine Perkin-Elmer, à tout casser, répliqua Nilson, sur la défensive. Soixante pour cent des hommes mariés ou vivant maritalement que nous avons interrogés ne croient pas aux dépêches. Ils pensent qu'une femme doit forcément avoir des rapports sexuels pour être enceinte la seconde fois. Nous avons affaire à un véritable blocage, même chez les femmes. Quarante pour cent des femmes mariées ou vivant maritalement se déclarent prêtes à subir un avortement si elles portent un fœtus d'Hérode.

— C'est ce qu'elles disent au sondeur, murmura Cross.

— En tout cas, la majorité préfère la solution de la facilité. Le RU-486 est un produit connu et éprouvé. Il pourrait devenir le remède idéal pour les plus désespérées.

— Ce n'est pas de la prévention, dit Jackson, mal à l'aise.

— Parmi celles qui refusent la pilule abortive, cinquante pour cent sont persuadées que le gouvernement américain se prépare à rendre l'avortement obligatoire, ainsi que les autres gouvernements de la planète, poursuivit Nilson. Celui qui a trouvé le nom de « grippe d'Hérode » a vraiment biaisé le problème.

— C'était une idée d'Augustine, dit Cross.

— Marge, nous allons vers une catastrophe sociale de grande ampleur : un cocktail à base d'ignorance, de sexe et de bébés morts. Si les femmes porteuses de SHEVA pratiquent l'abstinence à grande échelle... et tombent quand même enceintes... alors nos sociologues prévoient une montée en flèche de la violence domestique, ainsi que des avortements, même en cas de grossesse normale.

— Il y a d'autres possibilités, intervint Kaye. J'ai vu les résultats.

— Je vous écoute, l'encouragea Cross.

— Les cas survenus dans le Caucase durant les années 90. Les massacres.

— Je les ai également étudiés, dit Nilson d'un air expert en feuilletant son bloc-notes. Même aujourd'hui, nous ne savons pas grand-chose sur le sujet. SHEVA était présent parmi les populations locales...

Kaye l'interrompit.

— Le problème est bien trop complexe pour que nous puissions le traiter tout seuls, dit-elle d'une voix qui menaçait de se briser. Ce n'est pas à une maladie que nous avons affaire. C'est à la transmission latérale d'instructions géniques menant à une phase de transition.

— Pardon ? fit Nilson. Je ne comprends pas.

— SHEVA n'est pas un agent pathogène.

— Foutaises ! s'exclama Jackson, stupéfait.

Marge lui lança un avertissement d'un geste de la main.

— Nous ne cessons de vouloir étouffer cette hypothèse, reprit Kaye. Je ne peux pas me taire plus longtemps, Marge. La Brigade a nié cette possibilité dès le début.

— Je n'ai aucune idée de ce qui est né, rétorqua Cross. Soyez brève, Kaye.

— Dès que nous voyons un virus, même un virus qui vient de notre propre génome, nous supposons qu'il s'agit d'une maladie. Nous voyons tout en termes de maladie.

— Je n'ai jamais vu un virus qui ne cause pas un quelconque problème, Kaye, contra Jackson en plissant les yeux.

S'il tentait de l'avertir qu'elle entrait en terrain mouvant, eh bien, cette fois-ci, elle n'allait pas se laisser faire.

— La vérité nous crève les yeux, sauf qu'elle ne colle pas avec notre optique primitive du fonctionnement de la nature.

— Primitive ? répéta Jackson. Allez raconter ça à la variole.

— Si cette crise était survenue dans trente ans, persista Kaye, peut-être que nous aurions été prêts... mais nous nous comportons encore comme des enfants ignorants. Des enfants à qui l'on n'a jamais expliqué les choses de la vie.

— Qu'est-ce que nous n'avons pas vu ? demanda patiemment Cross.

Jackson se mit à tambouriner sur la table.

— Nous en avons déjà discuté.

— De quoi ? insista Cross.

— Jamais de façon rigoureuse, rétorqua Kaye.

— De quoi parlez-vous, s'il vous plaît ?

— Kaye est sur le point de nous dire que SHEVA

442

est un agent de redistribution biologique. Des transposons qui sautent un peu partout et affectent le phénotype. C'est le bruit qui court parmi les internes qui ont lu ses articles.

— Ce qui signifie ?

Jackson grimaça.

— Permettez-moi d'anticiper son discours. Si nous laissons naître les nouveaux bébés, ce seront tous des surhommes à la grosse tête. Des prodiges dotés de cheveux blonds, d'yeux fixes et de pouvoirs télépathiques. Ils vont nous exterminer et s'emparer de la Terre.

Choquée, au bord des larmes, Kaye ne put que regarder Jackson sans rien dire. Il se fendit d'un sourire mi-penaud, mi-cruel, ravi d'avoir étouffé le débat dans l'œuf.

— Tout ça n'est qu'une perte de temps, conclut-il. Et nous n'avons pas de temps à perdre.

Nilson considérait Kaye avec une compassion teintée de prudence. Marge leva la tête et contempla le plafond.

— Quelqu'un aurait-il l'obligeance de me dire dans quoi j'ai marché ?

— Dans de la merde, souffla Jackson en ajustant sa serviette.

Le garçon leur apporta leurs plats.

Nilson posa sa main sur celle de Kaye.

— Excusez-nous, Kaye. Robert est parfois trop direct.

— C'est ma propre confusion qui me préoccupe, pas la grossièreté que Robert utilise pour se défendre, répliqua Kaye. Marge, j'ai été éduquée conformément aux préceptes de la biologie moderne. Je me suis attachée à une interprétation rigoureuse des données, mais j'ai grandi au sein du plus incroyable ferment qui se puisse imaginer. Voici les solides murailles de la biologie moderne, soigneusement construites brique par brique... (Elle tendit les mains pour esquisser un mur.) Et voici un raz de marée baptisé génétique. Nous sommes en train de cartographier les rouages de la cellule vivante. De découvrir que la nature est non seulement surprenante mais aussi qu'elle se rit de l'orthodoxie. La nature se fout complètement de nos théories, de nos paradigmes.

— Tout cela est bel et bon, dit Jackson, mais la science, c'est une méthode pour organiser notre travail et nous éviter *de perdre notre temps*.

— Robert, ceci est une discussion, remarqua Cross.

— Il m'est impossible de m'excuser pour ce que je ressens dans mes tripes comme étant la vérité, insista Kaye. Je préférerais tout perdre plutôt que de mentir.

— Admirable, railla Jackson. « Et pourtant, elle tourne », c'est ça, Kaye ?

— Arrêtez de vous conduire comme un con, Robert, intervint Nilson.

— Je constate que je me trouve en infériorité numérique, *mesdames*.

Jackson recula sa chaise d'un air dégoûté. Il étala sa serviette sur son assiette mais ne fit pas mine de partir. Au lieu de cela, il croisa les bras et pencha la tête, mettant Kaye au défi de poursuivre.

— Nous nous comportons comme des enfants qui ne savent même pas comment on fait les bébés, dit

Kaye. Nous assistons à une grossesse d'un autre ordre. Cela n'a rien de nouveau — cela s'est produit à maintes reprises. C'est l'évolution, mais une évolution dirigée, à court terme, immédiate et non graduelle, et je n'ai aucune idée de la nature des enfants qu'elle va produire. Mais ce ne seront pas des monstres et ils ne dévoreront pas leurs parents.

Jackson leva le doigt tel un écolier bien sage.

— Si nous sommes entre les mains d'un maître artisan ultrarapide, si c'est *Dieu* qui dirige désormais notre évolution, alors je dis qu'il est temps de recruter des avocats cosmiques. Et de porter plainte pour faute professionnelle. L'enfant C était un ratage sur toute la ligne.

— C'était à cause de l'herpès, répliqua Kaye.

— L'herpès ne marche pas de cette façon. Vous le savez aussi bien que moi.

— SHEVA rend le fœtus particulièrement sensible à une invasion virale. C'est une erreur, une erreur naturelle.

— Nous n'en avons aucune preuve. Où sont vos preuves, Ms. Lang ?

— Le CDC..., commença Kaye.

— L'enfant C était une monstruosité du second stade d'Hérode assaisonnée à l'herpès, la coupa Jackson. Pardonnez-moi, mesdames, mais j'en ai assez entendu pour aujourd'hui. Nous sommes tous fatigués. En ce qui me concerne, je suis épuisé.

Il se leva, s'inclina vivement et sortit de la salle au pas de course.

Marge jouait avec sa salade sans la manger.

— Cela ressemble fort à un problème conceptuel.

Je vais convoquer une réunion. Nous écouterons vos arguments en détail. Et je demanderai à Robert de faire venir ses propres experts.

— Je ne pense pas trouver d'experts susceptibles de me soutenir ouvertement, dit Kaye. Certainement pas en ce moment. L'atmosphère est trop chargée.

— Tout cela est d'une importance capitale au regard de la perception du public, remarqua Nilson d'un air pensif.

— De quelle manière ? s'enquit Cross.

— Si un groupe quelconque, une religion ou une association décident que Kaye a raison, il nous faudra traiter ce problème.

Kaye se sentit soudain très exposée, très vulnérable.

Cross planta sa fourchette dans un morceau de fromage et examina celui-ci.

— Si la grippe d'Hérode n'est pas une maladie, je ne sais pas comment nous pourrons agir. Nous serions pris entre un événement naturel et un public ignorant et terrifié. La politique virerait à l'horrible et les affaires au cauchemar.

Kaye sentit sa bouche devenir sèche. Elle n'avait rien à répondre à cela. C'était la pure vérité.

— Si aucun expert n'est là pour vous soutenir, dit pensivement Cross en mâchant son fromage, comment comptez-vous présenter votre dossier ?

— En exposant mes preuves et ma théorie.

— Toute seule ?

— J'arriverai sans doute à trouver quelques personnes.

— Combien ?

— Quatre ou cinq.

Cross mangea en silence quelques instants.

— Jackson est un connard, mais c'est un homme brillant, un expert reconnu, et il trouvera des centaines de personnes pour approuver son point de vue.

— Des milliers, rectifia Kaye en maîtrisant sa voix. En face, il n'y aura que moi et quelques excentriques.

Cross agita l'index.

— Vous n'avez rien d'une excentrique, ma chère. Laura, l'une de nos filiales a développé une pilule du lendemain il y a quelques années.

— Dans les années 90, oui.

— Pourquoi avons-nous abandonné ce projet ?

— Question de politique et d'image de marque.

— On lui avait trouvé un nom... Lequel ?

— Un petit malin lui avait donné le nom de code RU-Pentium, répondit Nilson.

— Si je me souviens bien, les tests étaient excellents. Je suppose que nous avons toujours la formule et les échantillons.

— Je me suis informée sur ce point cet après-midi. Il nous suffirait de deux ou trois mois pour remettre la production en marche.

Kaye empoigna la nappe au-dessus de ses cuisses. Jadis, elle avait milité avec passion pour le droit de choisir. Aujourd'hui, il lui était impossible de résoudre ses émotions contradictoires.

— Sans vouloir dénigrer le travail de Robert, il y a plus d'une chance sur deux pour que les tests sur le vaccin aboutissent à un échec, dit Cross. Et je vous prierai de bien vouloir garder cela pour vous, mesdames.

— Les modèles informatiques persistent à prédire un déclenchement de sclérose en plaques causé par le ribozyme, dit Kaye. Americol va-t-il recommander l'avortement comme solution de rechange ?

— Pas si nous sommes les seuls à le faire, dit Cross. L'essence de l'évolution, c'est la survie. Pour l'instant, nous nous trouvons en plein milieu d'un champ de mines, et, si quelque chose doit nous dégager une piste, je n'ai pas l'intention de l'ignorer.

Dicken prit l'appel dans la salle de stockage attenante au labo d'autopsie principal. Il ôta ses gants en latex pendant qu'un jeune informaticien lui tenait le combiné. Il était venu régler une antique station de travail utilisée pour enregistrer les résultats d'autopsies et suivre le cheminement des spécimens dans les autres labos. Vêtu d'une blouse verte, le visage dissimulé par un masque chirurgical, il considérait Dicken d'un air soucieux.

— Ce n'est pas contagieux, vous ne risquez rien, lui dit Dicken en s'emparant du combiné. Ici Dicken. Je suis dedans jusqu'aux coudes.

— Christopher, c'est moi, Kaye.

— Salut, Kaye.

Il devait s'efforcer de la ménager ; elle semblait d'humeur maussade, mais sa voix faisait naître en Dicken un plaisir des plus troublants.

— J'ai gaffé dans les grandes largeurs, déclara-t-elle.

— De quelle façon ?

Dicken fit un signe à Scarry, qui se trouvait toujours dans le labo de pathologie. Scarry agita les bras avec impatience.

— J'ai eu un clash avec Robert Jackson... lors d'un

déjeuner de travail avec Marge et lui. Je n'ai pas pu me retenir. Je leur ai dit ce que je pensais.

— Oh, fit Dicken en grimaçant. Comment ont-ils réagi ?

— Jackson en ricanant. Il m'a traitée par le mépris, en fait.

— C'est un fumier bouffi d'arrogance. Je l'ai toujours su.

— Il dit que nous devons fournir des preuves à propos de l'herpès.

— C'est ce que Scarry et moi cherchons en ce moment même. Nous avons une victime d'accident dans notre labo. Une prostituée enceinte venant de Washington. Testée positive pour l'*Herpes labialis*, l'hépatite A, le VIH et SHEVA. La vie est dure.

Le visage sinistre, le jeune informaticien rassembla ses outils et quitta la pièce.

— Marge va tenter de contrer les Français avec sa propre pilule du lendemain.

— Merde.

— Nous devons agir vite.

— Je ne sais pas si nous le pourrons. Ce n'est pas tous les jours qu'on trouve des jeunes femmes mortes présentant toutes les caractéristiques voulues.

— Ça m'étonnerait qu'une quelconque preuve parvienne à convaincre Jackson. Je ne sais plus quoi faire, Christopher.

— J'espère qu'il n'ira pas voir Augustine. Nous ne sommes pas encore prêts, et, après ce que j'ai fait, Mark est déjà un peu nerveux. Ecoutez, Kaye, Scarry commence à s'impatienter. Il faut que j'y aille. Gardez le moral. Rappelez-moi.

— Est-ce que Mitch vous a parlé ?

— Non, dit Dicken, proférant un demi-mensonge. Rappelez-moi plus tard à mon bureau. Je suis avec vous, Kaye. Je vous aiderai de toutes les façons possibles. Je parle sérieusement.

— Merci, Christopher.

Dicken reposa le combiné sur son socle et resta immobile quelques instants, se sentant un peu stupide. Il n'avait jamais été à l'aise avec les émotions. Si le travail était toute sa vie ou presque, c'était parce que le reste était trop douloureux.

— Tu n'es vraiment pas doué, hein ? proféra-t-il à voix basse.

Scarry tapa sur la cloison vitrée séparant le labo de la salle.

Dicken remit son masque en place et enfila une paire de gants neufs.

50.

Baltimore
15 avril

Les mains dans les poches, Mitch attendait dans le hall de l'immeuble. Il s'était rasé avec soin ce matin, les yeux fixés sur le miroir de la salle de bains commune du YMCA et, la semaine précédente, il était allé se faire couper les cheveux — enfin, dans la mesure du possible.

Son jean était flambant neuf. Il avait sorti un blazer noir de sa valise. Cela faisait plus d'un an qu'il ne s'était pas sapé, mais Kaye Lang avait réussi à le faire sortir de ses habitudes.

Tout cela n'impressionnait nullement le portier. Appuyé à son poste d'appel, il surveillait Mitch du coin de l'œil. L'interphone sonna et il y répondit.

— Allez-y, lança-t-il en désignant l'ascenseur. Vingtième étage. Appartement 2011. Présentez-vous au garde du corps. Il ne rigole pas.

Mitch le remercia et entra dans la cabine. Comme la porte se refermait, il se demanda, paniqué, ce qu'il foutait là. La situation était assez compliquée comme ça sans qu'il y mêle ses sentiments. En matière de femmes, cependant, Mitch était guidé par des maîtres secrets qui répugnaient à lui divulguer leurs buts comme leurs plans. Ces maîtres secrets lui avaient déjà causé bien des chagrins.

Il ferma les yeux, respira à fond et se résigna à vivre les heures qui allaient venir, quoi qu'elles lui apportent.

Arrivé au vingtième étage, il sortit de l'ascenseur et vit Kaye en train de discuter avec un homme en complet gris. Cheveux noirs coupés court, large visage de colosse, nez aquilin. L'homme avait repéré Mitch avant que celui-ci l'ait aperçu.

Kaye lui adressa un sourire.

— Venez donc. La voie est libre. Voici Karl Benson.

— Enchanté, fit Mitch.

L'homme hocha la tête, croisa les bras et recula

d'un pas, laissant passer Mitch tout en semblant le flairer, tel un chien cherchant une piste.

— Marge Cross reçoit une trentaine de menaces de mort par semaine, expliqua Kaye en conduisant Mitch dans son appartement. J'en ai reçu trois depuis l'incident du NIH.

— Ça se corse, commenta Mitch.

— Je n'ai pas eu un instant de libre depuis cette histoire de RU-486.

Mitch arqua ses épais sourcils.

— La pilule abortive ?

— Christopher ne vous a rien dit ?

— Chris n'a répondu à aucun de mes appels.

— Ah bon ?

Ainsi, Dicken ne lui avait pas exactement dit la vérité, songea Kaye. Voilà qui était intéressant.

— C'est peut-être parce que vous l'appelez Chris.

— Jamais en sa présence, fit Mitch avec un sourire fugace. Comme je vous l'ai signalé, j'ignore à peu près tout de ce qui se passe.

— Le RU-486 entraîne un avortement du fœtus du second stade s'il est pris assez tôt. (Kaye guetta sa réaction.) Vous désapprouvez cette idée ?

— Etant donné les circonstances, cela me semble néfaste.

Mitch considéra les meubles simples mais élégants, les luxueuses reproductions encadrées.

Kaye ferma la porte.

— L'avortement en général... ou ceci ?

— Ceci.

Mitch perçut la tension qui habitait Kaye et, l'es-

452

pace d'un instant, se demanda si elle le soumettait à un examen.

— Americol va mettre sur le marché sa propre pilule abortive, l'informa-t-elle. S'il s'agit d'une maladie, nous sommes sur le point de la stopper.

Mitch se dirigea vers la grande baie vitrée, enfonça les mains dans ses poches, jeta à Kaye un regard par-dessus son épaule.

— Et vous les aidez dans cette entreprise ?

— Non. J'espère convaincre certaines personnes influentes, redéfinir nos priorités. Je ne pense pas y réussir, mais je dois tenter le coup. Je suis ravie que vous soyez venu, toutefois. Ça veut peut-être dire que ma chance va tourner. Qu'est-ce qui vous amène à Baltimore ?

Mitch sortit les mains de ses poches.

— Je ne suis pas doué pour apporter la chance. Je peux à peine me permettre de voyager. J'ai emprunté de l'argent à mon père. Allocation parentale à plein temps.

— Vous comptez aller ailleurs ensuite ?

— Non, seulement à Baltimore.

— Oh !

Une longue enjambée séparait Mitch de Kaye. Il distinguait son reflet sur la vitre, son tailleur beige clair, mais pas son visage.

— Enfin, ce n'est pas tout à fait exact. Je dois me rendre à New York, à l'université. Un de mes amis en Oregon m'a arrangé un entretien. J'aimerais bien enseigner, faire un peu de terrain pendant l'été. Peut-être repartir de zéro sur une autre côte.

— J'ai fréquenté cette fac. Mais je n'y connais plus

personne aujourd'hui, j'en ai peur. Personne d'influent. Asseyez-vous, je vous en prie. (Kaye lui indiqua le sofa, le fauteuil.) Voulez-vous un peu d'eau ? Du jus de fruits ?

— De l'eau, s'il vous plaît.

Tandis qu'elle se rendait dans la cuisine, Mitch renifla les fleurs sur l'étagère, roses, lys et gypsophiles, puis fit le tour du sofa et s'assit près de l'accoudoir. Il lui semblait impossible de caser ses longues jambes. Il croisa les doigts sur ses genoux.

— Je ne peux pas me contenter de hurler et de démissionner, dit Kaye. Je le dois aux gens qui travaillent avec moi.

— Je vois. Comment se présente le vaccin ?

— Nous sommes en phase d'expérimentation préclinique. Il y a eu quelques tests accélérés en Grande-Bretagne et au Japon, mais je ne suis pas satisfaite des résultats. Jackson — le chef du projet « Vaccin » — veut me virer de son équipe.

— Pourquoi ?

— Parce que j'ai dit ce que j'avais sur le cœur il y a trois jours. Marge Cross n'a rien à faire de notre théorie. Elle ne colle pas au paradigme. Elle est indéfendable.

— La perception du quorum, commenta Mitch.

Kaye lui apporta un verre d'eau.

— Comment ?

— Un truc que j'ai lu quelque part. Quand les bactéries sont en nombre suffisant, elles changent de comportement, elles se coordonnent. Peut-être que nous faisons la même chose. Nous n'avons pas assez de scientifiques pour former un quorum, tout simplement.

— Peut-être. (Une nouvelle fois, un pas la séparait de lui.) J'ai passé le plus clair de mon temps dans les labos HERV et génome d'Americol. Je voulais savoir où les virus endogènes similaires à SHEVA pourraient s'exprimer, et dans quelles conditions. Je suis un peu surprise que Christopher...

Mitch leva les yeux vers elle et la coupa :

— Je suis venu à Baltimore pour vous voir.

— Oh, murmura-t-elle.

— Je n'arrête pas de penser à notre soirée au zoo.

— Elle me semble irréelle à présent.

— Pas à moi.

Poussée par le démon de la perversité, Kaye décida de changer de conversation, peut-être à seule fin de voir s'il la laisserait faire.

— Je pense que Marge va peu à peu m'exclure des conférences de presse. Cesser de m'utiliser comme porte-parole. Il me faudra du temps pour regagner sa confiance. Franchement, je ne suis pas fâchée de m'éloigner des projecteurs. Il va y avoir un...

— A San Diego, j'ai vivement réagi à votre présence.

— C'est gentil.

Elle se retourna, comme pour s'enfuir, mais n'en fit rien, se contentant de contourner la table basse avant de s'immobiliser de l'autre côté, de nouveau à un pas de distance.

— Les phéromones, dit Mitch. (Il se leva, déployant toute sa taille.) L'odeur des gens est très importante pour moi. Vous ne portez pas de parfum.

— Jamais.

— Vous n'en avez pas besoin.

— Un instant.

Kaye recula d'un pas supplémentaire. Elle leva les mains, fixa Mitch d'un air grave et pinça les lèvres.

— Je suis très émotive en ce moment. Je dois rester concentrée.

— Vous avez besoin de vous détendre.

— Votre présence ne m'y aide pas.

— Vous doutez de beaucoup de choses.

— Certainement de vous.

Il tendit la main.

— Vous voulez me sentir, pour commencer ?

Kaye éclata de rire.

Mitch renifla sa paume.

— Savon Dial. Portière de taxi. Ça fait des années que je n'ai pas creusé un trou. Mes cals commencent à s'estomper. Je suis au chômage, criblé de dettes, et j'ai la réputation d'être un salaud cinglé et dénué d'éthique.

— Arrêtez de vous déprécier. J'ai lu vos articles, ainsi que de vieilles coupures de presse sur vous. Vous êtes contre le mensonge et la dissimulation. Seule la vérité vous intéresse.

— Je suis flatté.

— Et vous me déstabilisez. Je ne sais pas quoi penser de vous. Vous ne ressemblez guère à mon mari.

— Est-ce une bonne chose ?

Kaye le regarda d'un œil critique.

— Jusqu'ici, oui.

— La coutume voudrait que nous progressions avec une sage lenteur. Je commencerais par vous inviter à dîner.

— On partagerait l'addition ?

— Je peux la mettre sur ma note de frais, répliqua Mitch avec un sourire ironique.

— Karl serait tenu de nous accompagner. Et d'approuver le restaurant. En général, je mange ici ou à la cafétéria d'Americol.

— Est-ce que Karl écoute aux portes ?

— Non.

— Le gardien m'a dit qu'il ne rigolait pas.

— Je suis toujours une femme entretenue. Ça ne me plaît pas, mais c'est comme ça. Restons ici pour dîner. Après, on pourra se promener sur le jardin du toit s'il a cessé de pleuvoir. J'ai quelques excellentes entrées surgelées. Je les achète au marché du centre commercial. Et de la salade en sachet. Je suis une bonne cuisinière quand j'ai le temps de cuisiner, mais le temps est devenu une denrée rare.

Elle retourna dans la cuisine.

Mitch la suivit, contemplant d'autres reproductions accrochées au mur, qu'elle devait avoir choisies elle-même vu leur aspect bon marché. Maxfield Parrish, Edmund Dulac, Arthur Rackham ; photos de famille. Aucune photo de son défunt mari. Peut-être les avait-elle mises dans sa chambre.

— J'aimerais *vous* faire la cuisine, un de ces jours, dit-il. Je me débrouille comme un chef avec un camping-gaz.

— Vous voulez du vin ? Avec le dîner ?

— J'en aurais bien besoin tout de suite. Je me sens un peu nerveux.

— Moi aussi, dit Kaye, lui montrant ses mains tremblantes en guise de preuve. Vous faites cet effet à toutes les femmes ?

— Jamais de la vie.

— Ridicule. Vous sentez bon.

Moins d'un pas les séparait à présent. Mitch le franchit, prit Kaye par le menton, lui leva le visage. L'embrassa doucement. Elle s'écarta de quelques centimètres puis lui prit à son tour le menton, entre le pouce et l'index, le força à baisser la tête et l'embrassa avec plus de force.

— Je crois que je peux me permettre d'être joueuse avec toi, déclara-t-elle.

Jamais elle n'avait été sûre des réactions de Saul. Elle avait appris à réduire le champ de son comportement.

— Je t'en prie, dit-il.

— Tu es solide.

Elle caressa les rides que le soleil avait creusées dans son épiderme, des pattes-d'oie avant l'heure. Mitch avait un visage juvénile, des yeux pétillants mais pleins de sagesse, une peau burinée.

— Je suis un cinglé, mais un cinglé solide.

— Le monde bouge, mais nos instincts ne changent pas, dit Kaye, les yeux soudain dans le vague. Nous ne sommes pas responsables.

Une partie d'elle-même, dont elle était sans nouvelles depuis longtemps, adorait le visage de Mitch.

Il se tapota le front.

— Tu l'entends ? Ça monte du fond de notre esprit.

— Oui, je pense. (Elle décida de foncer.) Qu'est-ce que je sens ?

Mitch se pencha sur ses cheveux. Kaye eut un petit hoquet lorsqu'il lui toucha l'oreille du bout du nez.

— La vie et la propreté, comme une plage sous la pluie.

— Tu sens comme un lion.

Il lui effleura les lèvres, colla l'oreille contre sa tempe, comme à l'écoute.

— Qu'entends-tu ? demanda-t-elle.

— Tu as faim, dit Mitch, et il la gratifia d'un sourire à plein régime, un sourire de mille watts, un sourire de petit garçon.

Tout cela était si soudain, si naturel, que Kaye lui toucha les lèvres du bout des doigts, émerveillée, avant qu'il n'affiche à nouveau son sourire détendu, protecteur, charmant mais quelque peu artificiel. Elle recula d'un pas.

— Oui. Manger. Mais d'abord un peu de vin.

Elle ouvrit le réfrigérateur, lui tendit une bouteille de sémillon.

Mitch sortit un couteau suisse de sa poche, en fit jaillir le tire-bouchon, déboucha la bouteille en expert.

— On boit de la bière quand on est sur un chantier, du vin quand on a achevé les fouilles, dit-il en lui servant un verre.

— Quel genre de bière ?

— Coors. Budweiser. Des trucs légers.

— Tous les hommes que j'ai connus préféraient les brunes ou les brasseries artisanales.

— Pas en plein soleil.

— Où loges-tu ?

— Au YMCA.

— C'est la première fois que je rencontre un homme qui loge au YMCA.

— Ce n'est pas la mort.

Elle sirota son vin, s'humecta les lèvres, se rapprocha de lui, se mit sur la pointe des pieds et l'embrassa. Il goûta le vin sur sa langue, encore un peu frais.

— Reste ici, dit-elle.

— Que va penser le type qui ne rigole pas ?

Elle secoua la tête, l'embrassa une nouvelle fois, et il l'enveloppa dans ses bras sans lâcher la bouteille et le second verre. Quelques gouttes de vin coulèrent sur sa robe. Il la retourna entre ses bras, posa verre et bouteille sur le comptoir.

— Je ne sais jamais où m'arrêter, dit-elle.

— Moi non plus. Mais je sais être prudent.

— C'est l'époque qui veut ça, pas vrai ? remarqua Kaye avec regret, et elle commença à lui ôter sa chemise.

De toutes les femmes que Mitch avait connues, Kaye n'était ni la plus belle qu'il ait vue nue ni la plus dynamique avec laquelle il ait couché. Ce dernier titre revenait sans doute à Tilde qui, en dépit de son détachement, s'était montrée des plus excitantes. Ce qui le frappa le plus chez Kaye, c'était la façon dont il l'acceptait en bloc : ses petits seins légèrement pendants, son torse étroit, ses larges hanches, son pubis fourni, ses longues jambes — encore plus belles que celles de Tilde, songea-t-il —, ses yeux calmes, scrutateurs quand il lui faisait l'amour. Son parfum lui emplit les narines, le cerveau, jusqu'à ce qu'il ait la sensation de dériver sur un océan chaud et ferme de plaisir nécessaire. Bien que le préservatif l'ait empêché de vivre pleinement l'expérience, ses cinq sens compensaient amplement cette carence, et ce fut le contact de ses seins, de ses mamelons durs comme des noyaux de cerise, qui le propulsèrent sur cette onde. Il bougeait encore en elle, l'instinct le poussant à lui offrir les dernières gouttes de sa semence, lorsqu'elle prit soudain un air surpris, s'agita, ferma les yeux de toutes ses forces et s'écria :

— Ô mon Dieu, merde, merde !

Comme elle était restée silencieuse jusque-là, il la regarda, déconcerté. Elle détourna les yeux et le serra contre elle, l'étreignit, l'enveloppa de ses jambes, se frotta vigoureusement contre sa peau. Il voulut se retirer de peur que le préservatif ne se déchire, mais elle continua de bouger et il se sentit redevenir dur, aussi s'efforça-t-il de la satisfaire, et elle poussa alors un petit cri, les yeux grands ouverts cette fois-ci, les traits déformés par la douleur ou le besoin. Puis son visage s'affaissa, son corps se détendit et elle ferma les yeux. Mitch se retira et s'assura que la capote était intacte. Il l'ôta, la noua pour la fermer et la lança au pied du lit, remettant à plus tard le moment de la jeter.

— Je ne peux pas parler, murmura Kaye.

Mitch s'allongea auprès d'elle, savourant leurs senteurs mêlées. Il ne désirait rien de plus. Pour la première fois depuis des années, il était heureux.

— Quel effet ça faisait d'être un homme de Neandertal ? demanda Kaye.

Dehors, le ciel s'assombrissait. Dans l'appartement, le silence n'était rompu que par le lointain murmure étouffé de la circulation en contrebas.

Mitch se redressa sur son coude.

— On en a déjà parlé.

Kaye était étendue sur le dos, nue, un drap remonté jusqu'au nombril, à l'écoute de quelque chose de plus lointain que la circulation.

— Oui, à San Diego. Je m'en souviens. Ils portaient des masques. L'homme voulait rester avec la femme. Tu disais qu'il devait l'aimer très fort.

— Exact.

— Ce devait être un oiseau rare. Un être exceptionnel. La femme sur le campus du NIH. Son copain ne pensait pas que le bébé était de lui. (Les mots jaillissaient de la bouche de Kaye.) Laura Nilson — la directrice des relations publiques d'Americol — nous a dit que la plupart des hommes pensaient comme lui. La plupart des femmes préféreront sans doute avorter plutôt que de courir ce risque. C'est pour ça que l'usage de la pilule abortive va être recommandé. Si le vaccin n'est pas au point, l'épidémie peut quand même être stoppée.

Mitch avait l'air mal à l'aise.

— On ne peut pas oublier cette histoire un moment ?

— Non. Je ne le supporte plus. Nous allons massacrer tous les premiers-nés, comme Pharaon en Egypte. Si nous continuons sur cette voie, nous ne saurons jamais à quoi ressemblera la prochaine génération. Tous ses représentants seront morts. C'est ce que tu souhaites ?

— Non. Mais ça ne veut pas dire que je sois moins terrifié que le commun des mortels. (Il secoua la tête.) Je me demande comment j'aurais agi à la place de cet homme, il y a quinze mille ans. Ils ont dû être chassés de leur tribu. A moins qu'ils ne se soient enfuis. Ou alors ils se promenaient, tout simplement, ils sont tombés sur une partie de chasse et elle a été blessée.

— C'est ce que tu crois ?

— Non. En fait, je n'en sais rien. Je ne suis pas voyant.

— Je casse l'ambiance, pas vrai ?

— Mmm.

— Nos vies ne nous appartiennent pas. (Kaye fit courir ses doigts sur le torse de Mitch, lui caressa les poils.) Mais nous pouvons nous construire un abri, pour un temps. Tu veux rester ici cette nuit ?

Mitch l'embrassa sur le front, le nez, les joues.

— Le confort est nettement supérieur à celui du YMCA.

— Viens ici.

— Je ne peux pas être plus près de toi.

— Mais si.

Kaye Lang tremblait dans les ténèbres. Elle était sûre que Mitch s'était endormi mais, par acquit de conscience, elle lui tapota doucement le dos. Il s'agita mais n'eut pas d'autre réaction. Il se sentait à l'aise. A l'aise avec elle.

Jamais elle n'avait pris un tel risque ; depuis l'époque de ses premiers rendez-vous, elle avait toujours recherché la sécurité, dans tous les sens du terme, se ménageant un lieu sûr où elle puisse travailler, réfléchir, sans être dérangée outre mesure par le monde extérieur.

Epouser Saul avait été à ses yeux un triomphe. Il avait la maturité, l'expérience, de l'argent, le sens des affaires — du moins l'avait-elle cru. Se retrouver dans les bras de son exact contraire était de sa part une réaction extrême. Elle se demanda comment résoudre cette crise.

Quand Mitch se réveillerait, demain matin, elle lui dirait que c'était une erreur, tout simplement...

Non, cette seule idée la terrifiait. Certes, elle ne risquait pas de le froisser ; c'était le plus gentil des hommes, et il ne semblait pas souffrir du tourment intérieur qui avait affligé Saul.

Mitch était bien moins beau que Saul.

D'un autre côté, il était totalement ouvert, honnête.

C'était Mitch qui était venu à elle, mais c'était *elle* qui l'avait séduit, aucun doute là-dessus. Kaye ne pensait pas avoir été forcée, de quelque manière que ce soit.

— Qu'est-ce que tu es en train de faire ? marmonna-t-elle dans l'obscurité.

Elle s'adressait à son autre moi, à cette Kaye butée qui ne daignait que rarement lui dire ce qui se passait. Elle sortit du lit, enfila son peignoir, alla dans le séjour et ouvrit le tiroir du bureau, celui où elle conservait ses relevés de compte.

En ajoutant au produit de la vente de la maison le montant de son fonds de retraite, elle disposait de six cent mille dollars. Si elle quittait Americol et la Brigade, elle pourrait vivre de façon relativement confortable pendant des années.

Elle passa plusieurs minutes à noircir une feuille de papier, tentant d'estimer un budget — nourriture, logement, factures et frais divers —, puis se raidit sur son siège.

— C'est ridicule. Qu'est-ce que je peux bien planifier ? (Puis, s'adressant à ce moi têtu et dissimulateur, elle ajouta :) Qu'est-ce que *tu* mijotes encore ?

Pas question de dire à Mitch de s'en aller le matin venu. Elle se sentait trop bien avec lui. Son esprit s'apaisait, ses craintes et ses soucis se faisaient moins pressants. Il semblait savoir ce qu'il faisait, et peut-être le savait-il. Peut-être que c'était le monde qui était dingue, qui tendait des chausse-trapes et obligeait les gens à faire de mauvais choix.

Elle tapota la pointe de son stylo sur la feuille de papier, en arracha une autre au bloc-notes. Le stylo se mit à courir presque sans qu'elle le remarque, esquissant une série de structures ouvertes observées sur les chromosomes 18 et 20 et peut-être proches de SHEVA — on les avait initialement identifiées comme des HERV, pour s'apercevoir qu'elles n'avaient pas les caractéristiques de fragments de rétrovirus. Elle devait étudier de plus près ces fragments dispersés, voir s'ils ne pouvaient pas s'exprimer une fois réunis ; cela faisait un moment qu'elle retardait cette tâche. Elle allait s'y atteler dès demain.

Mais avant de faire quoi que ce soit, il lui fallait des munitions. Une armure.

Elle retourna dans la chambre. Mitch paraissait en plein rêve. Fascinée, elle s'allongea à ses côtés.

Au sommet de la crête enneigée, l'homme voit le chaman et ses assistants qui les suivent. Ils n'ont pas pu faire autrement que de laisser des traces dans la neige, mais, même lorsqu'ils ont traversé la prairie, puis la forêt, ils étaient traqués par des experts.

Si l'homme a conduit la femme, ralentie par sa grossesse, à une telle altitude, c'est parce qu'il espérait passer dans une autre vallée qu'il avait explorée étant enfant.

Il jette un nouveau coup d'œil à leurs poursuivants, distants d'une centaine de pas à peine. Puis il considère les pics et les rochers devant lui, pareils à des centaines de pointes de silex. Il est perdu. Il a oublié la route de la vallée.

La femme ne dit pas grand-chose. Le visage qu'il contemplait naguère avec dévotion est maintenant dissimulé par un masque.

L'homme est empli d'une grande amertume. A cette altitude, la neige humide imbibe ses chaussures aux semelles rembourrées d'herbe. Le froid se transmet jusqu'à ses genoux et les rend douloureux. Le vent transperce ses fourrures, qu'il a pourtant retournées, et sape ses forces, atténue son souffle.

La femme avance obstinément. Il sait qu'en l'abandonnant il peut échapper à son sort. Cette idée ne fait qu'accroître sa colère. Il déteste la neige, les chamans, la montagne ; il se déteste lui-même. Il ne peut se forcer à détester la femme. Elle a souffert de voir le sang couler sur ses cuisses, de perdre son bébé, et le lui a caché pour ne pas lui apporter la honte ; elle a couvert son visage de boue afin de cacher ses marques, et, quand il est devenu impossible de les dissimuler, elle a tenté de le sauver en s'offrant à la Grande Mère, gravée sur le versant herbeux de la vallée. Mais la Grande Mère l'a repoussée, et elle est revenue à lui, pleurant et gémissant. Elle n'a pas pu se tuer.

Il a les mêmes marques sur son visage. Cela l'intrigue et l'enrage.

Les chamans et les sœurs de la Grande Mère, de la Mère Chèvre, de la Mère des Herbes, de la Femme des Neiges, du Léopard Tueur et Rugissant, de Chancre le Tueur Doux, de Pluie le Père Pleureur, se sont tous rassemblés et ont pris leur décision durant les journées fraîches, passant de longues semaines à délibérer tandis que les autres — ceux qui portent les marques — attendaient dans leurs tentes.

L'homme a décidé de fuir. Impossible de se fier aux chamans et aux sœurs.

Alors qu'ils fuyaient, ils ont entendu les cris. Les chamans et les sœurs massacraient les mères et les pères portant les marques.

Tout le monde sait que c'est le peuple qui donne naissance aux Visages-Plats. Les femmes tentent bien de se cacher, ainsi que leurs hommes, mais tout le monde le sait. Celles qui acceptent de porter des enfants visages-plats ne font qu'aggraver les choses.

Seules les sœurs des dieux et des déesses ont des enfants purs, elles n'ont jamais d'enfants visages-plats, parce qu'elles ont dressé les jeunes hommes de la tribu. Elles ont beaucoup d'hommes.

Il aurait dû accepter que les chamans fassent de sa femme une sœur, qu'ils lui laissent dresser les hommes, elle aussi, mais elle ne désirait que lui.

L'homme déteste la montagne, la neige, la course. Il avance, agrippe le bras de la femme avec rudesse, la pousse derrière un rocher pour qu'ils s'abritent. Il a commis une erreur. Il était trop ébloui par la nouvelle vérité : les mères et les pères du ciel et du monde

467

des spectres qui les entourent ne sont que des aveugles ou des menteurs.

Il est seul, sa femme est seule, ils n'ont plus de tribu, plus de peuple, plus d'amis. Même Cheveux Longs et Yeux Mouillés, les plus terrifiants, les plus redoutables des visiteurs morts, les rejettent. Il commence à se demander si ces visiteurs morts sont bien réels.

Les trois hommes le surprennent. Il ne les voit que lorsqu'ils jaillissent d'une anfractuosité rocheuse et attaquent sa femme à coups de lance. Il les connaît, mais il n'est plus des leurs. L'un d'eux était un frère, un autre un Père Loup. Ils ne sont plus rien pour lui, maintenant, et il se demande comment il a pu les reconnaître.

Avant qu'ils aient pu s'enfuir, l'un des hommes enfonce la pointe taillée au feu d'une lance dans le ventre plein de la femme. Elle tourne sur elle-même, plonge les mains sous les fourrures, pousse un cri, et voilà qu'il a des rochers dans ses mains et les lance, s'empare de l'arme d'un des hommes et frappe à l'aveuglette, crève un œil, chasse les agresseurs qui gémissent comme des chiots.

Il lance un hurlement au ciel, serre sa femme contre lui pendant qu'elle reprend son souffle, puis la porte dans ses bras pour la conduire encore plus haut. Avec ses mains, avec ses yeux, elle lui dit que malgré le sang, malgré la souffrance, son heure est venue. Le nouveau-né veut venir au monde.

Il lève les yeux vers les sommets en quête d'un abri où il verrait naître le nouveau-né. Il y a tellement de sang, bien plus qu'il n'en a jamais vu, sauf quand il a tué un animal. Comme il reprend sa route, ployant sous le poids de sa femme, il jette un regard par-dessus son épaule. Les chamans et les autres ne les suivent plus.

Mitch poussa un cri, se débattit entre les draps. Il se redressa d'un bond, empoigna les couvertures, déconcerté par les meubles et les rideaux. L'espace d'un instant, il ne sut ni qui il était ni où il se trouvait.

Kaye s'assit près de lui et le serra dans ses bras.

— Un rêve ? demanda-t-elle en lui frictionnant les épaules.

— Ouais. Mon Dieu. Je ne suis pas voyant. Ni voyageur temporel. Il ne portait pas de bois. Mais il y avait un feu dans la grotte. Les masques ne collaient pas, eux non plus. Mais ça paraissait si réel.

Kaye le rallongea doucement, caressa ses cheveux trempés de sueur, sa joue râpeuse. Mitch s'excusa de l'avoir réveillée.

— Je ne dormais plus.

— Drôle de façon de t'impressionner.

— Tu n'as pas besoin de m'impressionner. Tu veux en parler ?

— Non. Ce n'était qu'un rêve.

51.

Richmond, Virginie

Dicken ouvrit la portière et descendit de la Dodge. Le docteur Denise Lipton lui tendit un badge. Levant une main pour se protéger de l'éclat du soleil, il considéra le petit écriteau fixé au mur de béton de la clinique : CENTRE VIRGINIA CHATHAM — SANTÉ FÉMININE ET PLANNING FAMILIAL. Un visage les examina brièvement à travers la vitre plombée creusée dans la lourde porte métallique bleue. L'interphone fut activé, et Lipton donna son nom ainsi que celui de son contact à la clinique. La porte s'ouvrit.

Le docteur Henrietta Paskow se tenait campée sur ses jambes solides, sa longue jupe grise et son chemisier blanc accentuant des traits ingrats qui la faisaient paraître plus vieille qu'elle ne l'était.

— Merci d'être venue, Denise. Nous n'avons pas chômé.

Ils la suivirent le long d'un couloir blanc et jaune, passant devant huit salles d'attente pour déboucher dans un petit bureau donnant sur l'arrière du bâtiment. Le mur du fond était décoré d'une multitude de photos d'enfants dans des cadres de cuivre.

Lipton prit place sur une chaise pliante. Dicken

resta debout. Paskow poussa vers eux deux cartons contenant des dossiers.

— Nous en avons pratiqué trente depuis l'enfant C, déclara-t-elle. Treize IVG, dix-sept pilules du lendemain. Celles-ci sont efficaces pendant une durée de cinq semaines suivant la perte du fœtus du premier stade.

Dicken examina les rapports. Ils étaient complets, concis, enrichis de notes prises par les médecins et les infirmières.

— Aucune complication à déplorer, poursuivit Paskow. Les tissus laminaires protègent contre l'eau salée. Mais, à la fin de la cinquième semaine, les tissus laminaires se sont dissous et la grossesse semble vulnérable.

— Combien de demandes jusqu'ici ? demanda Lipton.

— Six cents rendez-vous. La grande majorité des patientes ont entre vingt et quarante ans et vivent maritalement avec un homme. Nous avons orienté la moitié d'entre elles vers d'autres cliniques. C'est une augmentation substantielle.

Dicken reposa les dossiers devant lui.

Paskow le fixa d'un œil scrutateur.

— Vous semblez réprobateur, Mr. Dicken.

— Je ne suis pas ici pour approuver ou désapprouver quoi que ce soit. Le docteur Lipton et moi-même effectuons une enquête sur le terrain pour voir si la réalité correspond à nos chiffres.

— La grippe d'Hérode va décimer toute une génération, dit Paskow. Un tiers des femmes qui viennent nous voir ne sont même pas SHEVA-positives. Elles

471

n'ont pas fait de fausse couche. Elles veulent seulement se débarrasser du bébé puis attendre quelques années pour voir comment les choses vont tourner. Le contrôle des naissances est devenu une industrie florissante. Nos cours ne désemplissent pas. Nous avons aménagé une troisième et une quatrième salle à l'étage. On voit de plus en plus d'hommes accompagnant leurs épouses ou leurs copines. C'est peut-être le seul point positif dans cette histoire. Les hommes se sentent coupables.

— Il n'y a aucune raison d'interrompre toutes les grossesses, affirma Lipton. Les tests de SHEVA sont extrêmement fiables.

— C'est ce que nous leur disons. Elles ne veulent rien entendre. Elles sont terrifiées et elles ne nous font pas confiance. Et pendant ce temps-là, tous les mardis et tous les jeudis, une quinzaine de militants anti-avortement débarquent devant le centre pour proclamer que la grippe d'Hérode est un mythe inventé par l'humanisme matérialiste, que cette maladie n'existe pas. On tue des bébés sans aucune raison. Selon eux, c'est une conspiration à l'échelle planétaire. Ils sont aussi virulents que terrifiés. Le millénaire est encore jeune.

Paskow leur avait préparé des analyses statistiques. Elle les tendit à Lipton.

— Merci de votre assistance, lui dit Dicken.

— Mr. Dicken, lança Paskow alors qu'ils prenaient congé. Un vaccin soulagerait beaucoup de gens.

Lipton raccompagna Dicken à sa voiture. Une femme noire âgée d'une trentaine d'années les croisa et se planta devant la porte bleue. En dépit de la chaleur, elle était engoncée dans un manteau de laine. Elle était enceinte de six mois ou plus.

— J'en ai assez vu pour la journée, déclara Lipton, le visage blême. Je retourne sur le campus.

— Je dois passer prendre quelques échantillons, dit Dicken.

Lipton s'appuya à la portière et dit :

— Les patientes de notre clinique doivent être informées. Aucune d'elles ne souffre d'une MST, mais elles ont toutes eu la varicelle, et l'une d'elles a eu une hépatite B.

— Nous ignorons si la varicelle pose un problème.

— C'est un virus de type herpès. Les résultats de votre labo sont terrifiants, Christopher.

— Ils sont aussi incomplets. Bon sang, la quasi-totalité de la population a un jour ou l'autre attrapé la varicelle, ou une angine, ou encore un coup de froid. Pour l'instant, nous n'avons des résultats positifs que sur l'herpès génital, l'hépatite et peut-être le sida.

— Je dois quand même les informer. (Elle referma la portière en la claquant.) C'est une question d'éthique, Christopher.

— Ouais.

Dicken desserra le frein à main et démarra. Lipton se dirigea vers sa propre voiture. Au bout de quelques secondes, il grimaça, coupa le moteur et resta assis sur son siège, le bras passé au-dehors, s'efforçant de décider comment il allait passer son temps durant les semaines à venir.

Les choses commençaient à mal tourner au labo. L'analyse des échantillons de tissu fœtal et de placenta provenant de France et du Japon démontrait une diminution des réponses immunitaires à toutes sortes d'herpès. Sur les cent dix fœtus du second stade recensés à ce jour, aucun n'avait survécu.

Il était temps de se décider. La santé publique était dans un état critique. Des recommandations devaient être faites, et les politiciens devaient y réagir d'une façon susceptible d'être expliquée à un électorat violemment divisé sur la question.

Peut-être n'arriverait-il pas à sauver la vérité. Et, pour le moment, la vérité semblait incroyablement lointaine. Comment se pouvait-il que quelque chose d'aussi important qu'un événement évolutionnaire passe ainsi au second plan ?

Sur le siège passager se trouvait le courrier parvenu à son bureau d'Atlanta. Il n'avait pas eu le temps de le lire dans l'avion. Il attrapa une enveloppe et jura à mi-voix. Comment avait-il fait pour ne pas la remarquer ? Le cachet de la poste et l'écriture du rédacteur auraient dû lui sauter aux yeux : Dr Leonid Chougachvili, Tbilissi, république de Géorgie.

Il déchira l'enveloppe. Une photo noir et blanc sur papier glacé tomba sur ses cuisses. Il l'attrapa et l'examina : trois personnes se tenant devant une cabane de guingois, deux femmes en robe, un homme en salopette. Ils avaient l'air minces, voire émaciés, mais il était difficile d'en être sûr. Leurs visages étaient flous.

Dicken déplia la lettre contenue dans l'enveloppe.

Cher Dr Christopher Dicken,
On m'a envoyé cette photographie d'Atzharis,
mais peut-être dites-vous Adjaria, en Arménie. Elle
a été prise il y a dix ans près de Batumi. Ce sont

de prétendus survivants des purges qui vous inté-
ressent tant. On ne voit pas grand-chose sur la
photographie. Certains disent qu'ils sont encore en
vie. D'autres disent qu'ils viennent d'un OVNI,
mais je ne les crois pas.

Je vais les rechercher et vous informer le
moment venu. L'argent se fait rare. J'apprécierais
une aide financière de votre organisation, le NCID.
Merci de votre intérêt. Je ne pense pas que ces gens
soient des « abominables hommes des neiges », je
pense qu'ils sont bien réels ! Je n'ai pas informé
le CDC à Tbilissi. Vous êtes le seul auquel on m'a
dit de faire confiance.

Sincèrement, Leonid Chougachvili

Dicken examina une nouvelle fois la photo. Même
pas une preuve. Une rumeur.

La mort chevauche un cheval pâle et fauche les
bébés, se dit-il. *Et je fais alliance avec des cinglés et*
des excentriques qui ne pensent qu'au fric.

52.

Baltimore

Mitch appela son appartement à Seattle pendant que
Kaye prenait une douche. Il composa son code et

écouta ses messages. Il y avait deux appels de son père, un troisième émanant d'un homme qui avait omis de s'identifier et un quatrième d'Oliver Merton, qui lui téléphonait de Londres. Alors que Mitch notait le numéro du journaliste, Kaye sortit de la salle de bains, enveloppée dans une serviette.

— Tu prends plaisir à me provoquer, lui dit-il.

Elle s'essuya les cheveux avec une autre serviette, le regardant d'un air appréciateur qui le troubla.

— Qui était-ce ?

— Je consultais mes messages.

— Une ancienne maîtresse ?

— Mon père, un inconnu et Oliver Merton.

Kaye leva un sourcil.

— J'aurais préféré une ancienne maîtresse.

— Hum. Il veut que je me rende à Beresford, dans l'Etat de New York, pour rencontrer quelqu'un d'intéressant.

— Un homme de Neandertal ?

— Il affirme être en mesure de me défrayer.

— Ça a l'air fantastique.

— Je n'ai pas encore accepté. Je n'ai pas la moindre idée de ce qu'il mijote.

— Il en sait beaucoup sur mes affaires.

— Tu pourrais m'accompagner, suggéra Mitch avec une grimace signifiant qu'il n'y croyait pas trop.

— Je n'en ai pas fini ici, loin de là. Tu vas me manquer si tu t'en vas.

— Et si je le rappelais pour lui demander quel tour il compte nous jouer ?

— Bonne idée. Pendant ce temps, je nous prépare des céréales.

L'appel mit quelques secondes à aboutir. La sonnerie stridente d'un téléphone anglais fut bientôt coupée par une voix essoufflée.

— Il est tard, bon sang, et je suis occupé. Qui est à l'appareil ?

— Mitchell Rafelson.

— Ah ! laissez-moi le temps de m'habiller. Je déteste discuter à moitié nu.

— A moitié nu ! répéta une voix de femme contrariée. Dis-leur qu'on va bientôt se marier et que tu es *complètement* nu.

— Chut. (Merton plaqua une main sur le combiné et lança :) *Elle prend ses affaires et elle passe à côté.* (Puis on l'entendit de nouveau clairement.) Nous devons parler en privé, Mitchell.

— Je vous appelle de Baltimore.

— C'est loin de Bethesda ?

— Assez, oui.

— Le NIH vous tient au courant de ce qui se passe ?

— Non.

— Marge Cross ? Euh... Kaye Lang ?

Mitch eut un rictus. L'instinct de Merton était stupéfiant.

— Je ne suis qu'un simple anthropologue, Oliver.

— Bien. La chambre est vide. Je peux vous parler. La situation a considérablement empiré à Innsbruck. On n'en est plus au stade du pugilat. Maintenant, ils sont vraiment fâchés. L'équipe est profondément divisée, et l'un de ses membres veut vous rencontrer.

— Lequel ?

— En fait, il affirme avoir été dans votre camp dès le début. Il vous aurait prévenu quand ils ont retrouvé la grotte.

Mitch se rappela le coup de fil.

— Il ne m'a pas donné son nom.

— A présent, il est prêt à le faire. Mais il est réglo, c'est quelqu'un d'important, et il veut vous parler. J'aimerais être là.

— Ça ressemble à une manœuvre politique.

— Je suis sûr qu'il aimerait bien répandre des rumeurs pour voir quelles en seraient les répercussions. Il veut vous rencontrer à New York, pas à Innsbruck ni à Vienne. Au domicile d'un de ses amis, à Beresford. Vous connaissez quelqu'un dans le coin ?

— Non.

— Il ne m'a pas encore livré le fond de sa pensée, mais... je sais assembler les maillons, et ça me fait une jolie petite chaîne.

— Je vais y réfléchir, et je vous rappelle dans quelques minutes.

Merton ne semblait guère enchanté à l'idée d'attendre.

— Deux ou trois minutes, pas plus, lui assura Mitch.

Il raccrocha. Kaye émergea de la cuisine avec un plateau sur lequel se trouvaient une carafe de lait et deux bols de céréales. Elle avait enfilé une robe de chambre noire avec une ceinture rouge. Celle-ci laissait entrevoir ses jambes et, lorsqu'elle se penchait, un peu de ses seins.

— Rice Chex ou Raisin Bran ?

— Chex, s'il te plaît.

478

— Alors ?

Mitch sourit.

— Puissé-je partager ton petit déjeuner pendant un millier d'années.

Kaye semblait aussi désarçonnée que ravie. Elle posa le plateau sur la table basse et lissa sa robe de chambre au niveau de ses hanches, s'apprêtant avec une maladresse empruntée que Mitch trouva très touchante.

— Tu sais ce que j'aime entendre, dit-elle.

Gentiment, Mitch la fit asseoir près de lui sur le sofa.

— D'après Merton, il y a eu une crise à Innsbruck. Un schisme. Un membre important de l'équipe souhaite me parler. Merton va écrire un article sur les momies.

— Il s'intéresse aux mêmes choses que nous, dit Kaye d'un air pensif. Il pense qu'il se passe quelque chose d'important. Et il remonte toutes les pistes, que ce soit à propos des momies ou de mon humble personne.

— Je n'en doute pas.

— Est-il intelligent ?

— Oui, raisonnablement. Peut-être même très intelligent. Je n'en sais rien ; je n'ai passé que quelques heures en sa compagnie.

— Alors, il faut accepter sa proposition. Découvrir ce qu'il sait. Et puis, comme ça, tu te rapprocheras d'Albany.

— Exact. En temps normal, j'attraperais mon sac pour prendre le prochain train.

Kaye se servit du lait.

— Mais ?

— Je ne suis pas du genre à prendre la fuite après l'amour. Je veux passer quelques semaines avec toi, sans interruption. Ne jamais te quitter.

Il s'étira, se frictionna la nuque. Kaye le massa doucement.

— Excuse-moi si j'ai l'air de vouloir m'accrocher.

— Je veux que tu t'accroches. Je me sens très possessive et très protectrice.

— Je peux rappeler Merton pour lui dire non.

— Mais tu n'en feras rien. (Elle l'embrassa goulûment, lui mordilla la lèvre.) Je suis sûre que tu me reviendras avec des histoires étonnantes. J'ai beaucoup réfléchi cette nuit, et je vais devoir travailler intensivement dans une direction très précise. Quand j'aurai fini, c'est peut-être moi qui aurai des histoires étonnantes à *te* raconter, Mitch.

53.

Washington, DC

Augustine courait le long du mail du Capitole, suivant la piste en terre battue tracée sous les cerisiers, qui perdaient à présent leurs dernières fleurs. Un agent en complet bleu marine le suivait de près, courant parfois à reculons pour surveiller leurs arrières.

Dicken attendait son supérieur, les mains dans les poches de son veston. Il était arrivé de Bethesda une heure plus tôt, bravant les aléas de la circulation, furieux à l'idée de jouer à ces petits jeux d'espion. Augustine stoppa près de lui et se mit à courir sur place en étirant les bras.

— Bonjour, Christopher, lança-t-il. Vous devriez faire du sport plus souvent.

— J'aime être gros, répliqua Dicken, le rouge aux joues.

— Personne n'aime ça.

— Alors, disons que je ne suis pas gros. Qu'est-ce qu'on est devenus, Mark, des agents secrets ? Des informateurs ?

Il se demanda pourquoi on ne lui avait pas encore affecté un garde du corps. Sans doute parce qu'il n'était pas assez connu du public, décida-t-il.

— Des experts en contrôle des dégâts, bordel, répondit Augustine. Un dénommé Mitchell Rafelson a passé la nuit avec cette chère Ms. Kaye Lang dans son superbe appartement de Baltimore.

Le cœur de Dicken se brisa.

— Vous vous êtes baladé dans le zoo de San Diego avec eux. Vous avez filé un badge à Rafelson pour qu'il puisse s'introduire dans une soirée d'Americol. Tout ça était très convivial. C'est vous qui les avez présentés l'un à l'autre, Christopher ?

— Façon de parler, dit Dicken, surpris par l'intensité de sa tristesse.

— Ce n'était pas très sage. Connaissez-vous l'histoire de cet homme ? demanda Augustine d'un air appuyé. Le profanateur de sépultures préhistoriques ? C'est un cinglé, Christopher.

— Je pensais qu'il pourrait apporter sa contribution au débat.

— Quel est le point de vue qui a sa faveur ?

— Un point de vue défendable, répondit Dicken en détournant les yeux.

La matinée était fraîche, agréable, et l'on observait plusieurs joggeurs sur le mail, faisant un peu d'exercice avant de s'enfermer dans leurs bureaux de fonctionnaires.

— Toute cette histoire sent mauvais. On dirait bien que quelqu'un se prépare à redéfinir la nature du projet, et ça me préoccupe.

— Nous avions une opinion, Mark. Une opinion défendable.

— Marge Cross me dit qu'on commence à parler d'*évolution*.

— Kaye a proposé une explication où l'évolution entre en ligne de compte. Tout cela est annoncé dans ses articles, Mark... et Mitch Rafelson a fait lui aussi des recherches dans cette direction.

— Marge prévoit des conséquences désastreuses si cette théorie est rendue publique.

Augustine cessa de faire des moulinets et entama des exercices d'assouplissement des muscles cervicaux, croisant les bras devant lui et les faisant aller de droite à gauche tout en tournant la tête en mesure.

— Il n'y a pas de raison que ça aille plus loin, reprit-il. Je vais y mettre fin tout de suite. Ce matin, nous avons reçu un rapport préliminaire de l'institut Paul Ehrlich, en Allemagne, qui a découvert des formes mutantes de SHEVA. Plusieurs formes. Les maladies mutent, Christopher. Nous allons devoir retirer le vaccin du circuit et repartir de zéro. Je vous laisse imaginer ce que deviennent nos espoirs. Mon boulot risque de ne pas survivre à ce genre de bouleversement.

Dicken regarda Augustine faire du surplace, pilonner le sol avec ses pieds. Il s'immobilisa pour reprendre son souffle.

— Demain, il risque d'y avoir ici même vingt ou trente mille manifestants. Il y a eu des fuites et la presse a eu connaissance d'un rapport de la Brigade sur le RU-486.

Dicken sentit quelque chose se tordre, puis exploser en lui, la déception que lui inspiraient Kaye et l'inutilité de son propre travail. Tout ce temps gâché. Impossible de résoudre le problème d'un messager qui mute, qui altère son message. Jamais un système biologique n'accorderait ce genre de contrôle à un messager.

Il s'était trompé. Kaye Lang s'était trompée.

L'agent tapota sa montre, mais Augustine grimaça et secoua la tête, irrité.

— Racontez-moi tout, Christopher, et ensuite, je déciderai si je vous laisse garder votre putain de boulot.

54.

Baltimore

Kaye se dirigea d'un pas assuré vers le siège social d'Americol, jetant au passage un coup d'œil à la tour Bromo-Seltzer — ainsi baptisée parce que son toit avait jadis été orné d'un flacon d'antiacide bleu. On l'avait enlevé plusieurs dizaines d'années auparavant ; aujourd'hui, seul restait le nom.

Elle n'arrivait pas à chasser Mitch de ses pensées, mais, bizarrement, il n'était pas pour elle une source de distraction. Son esprit était concentré ; elle avait une idée bien plus claire de son but. Le jeu de l'ombre et du soleil la séduisit comme elle passait devant les allées séparant les immeubles. La journée était si belle qu'elle pouvait presque ignorer la présence de Benson. Comme à son habitude, celui-ci l'accompagna jusqu'à l'étage des labos, puis se posta entre l'ascenseur et l'escalier, prêt à contrôler tout nouvel arrivant.

Elle entra dans son labo et accrocha son manteau et son sac à main à un râtelier de séchage pour bechers. Cinq de ses six assistants se trouvaient dans la salle voisine, occupés à vérifier les résultats de l'analyse par électrophorèse effectuée durant la nuit. Elle se félicita d'avoir un peu d'intimité.

Elle s'assit à son petit bureau et accéda à l'Intranet d'Americol depuis son ordinateur. En moins de quelques secondes, celui-ci affichait le site du projet « Génome humain » de l'entreprise. La base de données était merveilleusement conçue et facile à consulter, les gènes clés étant identifiés et leurs fonctions soulignées et décrites en détail.

Kaye tapa son mot de passe. Initialement, elle avait isolé sept candidats potentiels susceptibles de s'exprimer sous la forme de particules complètes de HERV infectieux. Celui qu'elle avait jugé le plus viable s'était révélé être associé à SHEVA — un coup de chance, avait-elle pensé sur le moment. Depuis qu'elle travaillait pour Americol, elle avait étudié en détail les six autres, avec l'intention de s'attaquer ensuite à une liste de plusieurs milliers de gènes qui leur étaient probablement apparentés.

Kaye était considérée comme une experte, mais, si son terrain d'étude était le gigantesque monde de l'ADN humain, son domaine d'expertise pouvait se comparer a une série de masures abandonnées dans des villages presque oubliés. Les gènes HERV sont censés être des fossiles, des fragments dispersés dans des brins d'ADN de moins d'un million de bases. Vu la petitesse de ces distances, cependant, les gènes peuvent se recombiner — sauter d'une position à l'autre — avec une relative facilité. L'ADN est en constante agitation : des gènes qui changent de position, formant des petits nœuds ou des fistules d'ADN, et se répliquent, une série de chaînes grouillantes en reconfiguration permanente, pour des raisons encore inconnues de tous. Et pourtant, SHEVA était demeuré remarquablement stable durant des millions d'années.

Les changements qu'elle recherchait étaient à la fois minimes et significatifs.

Si elle avait raison, elle était sur le point de renverser un paradigme scientifique de la première importance, de ruiner un tas de réputations, de déclencher la bataille — ou plutôt la guerre — scientifique du XXIe siècle, et elle ne voulait pas faire partie des premières victimes pour avoir négligé d'enfiler son armure avant de débarquer sur le champ de bataille. Ses spéculations ne suffisaient pas. Une affirmation extraordinaire nécessite des preuves extraordinaires.

Patiemment, espérant ne pas être dérangée pendant une bonne heure, elle compara une nouvelle fois les séquences trouvées dans SHEVA avec celles des six autres candidats. Cette fois-ci, elle examina de près les facteurs de transcription qui déclenchaient l'expression du LPC. Elle vérifia les séquences à plusieurs reprises avant de repérer ce qu'elle savait devoir trouver depuis la veille. Quatre des candidats portaient des facteurs appropriés, tous subtilement différents.

Elle étouffa un hoquet. L'espace d'un instant, elle eut l'impression de se trouver en haut d'une falaise. Les facteurs de transcription devaient correspondre à différentes variétés de LPC. Ce qui signifiait qu'il y avait plus d'un gène codant pour celui-ci.

Plus d'une station sur la radio de Darwin.

La semaine précédente, Kaye avait demandé les séquences les plus précises possible correspondant à une centaine de gènes portés par plusieurs chromosomes. Le responsable du groupe « Génome humain » lui avait dit qu'elles seraient prêtes ce matin. Et il avait bien travaillé. Même à vue d'œil, elle percevait d'intéressantes similitudes. Mais les données étaient si abondantes que l'œil ne suffisait pas à les analyser. Utilisant METABLAST, un logiciel conçu par l'entreprise, elle chercha des séquences plus ou moins homologues à celle du gène LPC connu du chromosome 21. Elle demanda et obtint l'autorisation d'utiliser toute la puissance informatique du bâtiment pendant plus de trois minutes.

Une fois la recherche terminée, Kaye disposait des correspondances qu'elle espérait — plus quelques centaines d'autres, toutes enfouies dans l'ADN prétendu non codant, toutes subtilement différentes les uns des autres, proposant chacune une série d'instructions unique, un ensemble de stratégies unique.

Les gènes LPC étaient présents dans les vingt-deux autosomes humains, ceux des chromosomes qui ne jouent aucun rôle dans la différenciation sexuelle.

— Des sauvegardes, murmura-t-elle, comme si elle redoutait d'être entendue. Des alternatives.

Puis elle fut prise d'un frisson. Elle s'écarta du bureau et se mit à faire les cent pas.

— Ô mon Dieu. Mais qu'est-ce que je vais penser là ?

Sous sa forme actuelle, SHEVA ne fonctionnait pas correctement. Les nouveaux bébés se mouraient. L'expérience — la création d'une nouvelle sous-espèce — était contrée par des ennemis extérieurs, des virus qui n'avaient pas été domestiqués, qui n'avaient pas été intégrés à la boîte à outils humaine.

Elle venait de trouver un nouveau maillon dans la chaîne des preuves. Quand on veut faire parvenir un message, mieux vaut le confier à plusieurs messagers.

Et ceux-ci peuvent transporter différents messages. Le mécanisme complexe qui régentait la forme d'une espèce n'irait sûrement pas se fier à un seul messager et à un seul message. Il déciderait de concevoir des messagers et des messages subtilement différents, dans l'espoir d'esquiver les ennemis qui le guettaient, les problèmes qu'il ne pouvait ni percevoir ni anticiper.

Ce qu'elle avait sous les yeux expliquait sans doute les vastes quantités de HERV et d'autres éléments mobiles — tous conçus pour garantir une transition efficace et réussie vers un nouveau phénotype, une nouvelle variété d'être humain. *Mais nous ne savons pas comment ça marche. C'est si compliqué... Il faudrait toute une vie pour le comprendre !*

Le plus glaçant dans l'histoire était que, dans le contexte actuel, de tels résultats seraient forcément mal compris.

Elle s'écarta de l'ordinateur. Toute l'énergie qui l'avait habitée ce matin, l'optimisme qu'elle avait retiré de sa nuit avec Mitch, tout cela semblait creux.

Elle entendit des voix dans le couloir. L'heure avait passé vite. Elle se leva une nouvelle fois et plia les sorties d'imprimante correspondant aux locus des candidats. Elle devait les apporter à Jackson ; c'était son premier devoir. Ensuite, il fallait qu'elle parle à Dicken. Ils devaient préparer une réponse.

Elle attrapa son manteau et l'enfila. Elle allait sortir lorsque Jackson entra dans le labo. Kaye le fixa d'un air surpris ; c'était la première fois qu'il descendait ici. Il avait l'air épuisé et soucieux. Lui aussi tenait un papier à la main.

— J'ai pensé que je devais être le premier à vous informer, dit-il en agitant le papier sous son nez.

— M'informer de quoi ?

— Vous vous êtes plantée sur toute la ligne. SHEVA est en train de muter.

Kaye acheva sa journée par trois bonnes heures de réunions avec des cadres et des subalternes, une litanie de plannings et de dates butoirs, le quotidien fastidieux de la recherche au sein d'une grande entreprise, déjà pénible en temps ordinaire mais presque intolérable vu les circonstances présentes. La condescendance qu'avait affichée Jackson en lui annonçant les nouvelles venues d'Allemagne avait failli lui arracher une repartie cinglante, mais elle s'était contentée de sourire, de déclarer qu'elle travaillait déjà sur le problème et de s'enfuir... pour se retrouver dans les toilettes pour dames, en train de fixer son reflet pendant cinq minutes.

Elle sortit d'Americol pour rentrer chez elle, accompagnée par le toujours vigilant Benson, et se demanda si la nuit précédente n'avait été qu'un rêve. Le portier les fit entrer avec un sourire obséquieux, gratifiant en outre Benson d'un hochement de tête fraternel. L'agent secret accompagna Kaye dans l'ascenseur. Elle ne s'était jamais sentie à l'aise avec lui, mais au moins s'était-elle efforcée de le traiter avec politesse. Lorsqu'il lui demanda comment s'était passée sa journée, elle ne lui répondit que par un vague grognement.

En ouvrant la porte de l'appartement 2011, elle crut l'espace d'un instant que Mitch n'était pas là et poussa un soupir évoquant un sifflement plaintif. Maintenant qu'il avait obtenu ce qu'il voulait, elle se retrouvait seule face à ses échecs, ses échecs les plus flamboyants et les plus dévastateurs.

Mais Mitch sortit du petit bureau avec un empressement flatteur et se planta devant elle un instant, scrutant son visage et jaugeant la situation, avant de la prendre dans ses bras avec un peu trop de gentillesse.

— Serre-moi jusqu'à ce que je crie, lui dit-elle. J'ai eu une journée épouvantable.

Ce qui ne l'empêchait pas de le désirer. Quand ils firent l'amour, ce fut une nouvelle fois intense, moite, plein d'une merveilleuse grâce qu'elle n'avait jamais connue. Elle s'accrocha à ces instants et, lorsqu'ils ne purent plus se prolonger, lorsque Mitch s'effondra auprès d'elle, couvert de gouttes de sueur, lorsque les draps lui parurent désagréablement mouillés, elle eut envie de pleurer.

— Ça devient de plus en plus dur, dit-elle, le menton frémissant.

— Raconte.

— Je pense que je me suis trompée, que nous nous sommes trompés. Je sais que ce n'est pas vrai, mais tout me persuade du contraire.

— Ça n'a pas de sens.

— Non ! J'avais prédit ce qui se passe, je l'avais vu venir, mais pas assez tôt, et ils m'ont sacquée. Jackson m'a sacquée. Je n'ai pas parlé à Marge Cross, mais...

Il fallut quelques minutes à Mitch pour obtenir un compte rendu circonstancié, et encore ne suivait-il que la moitié de ses propos. En bref, elle avait l'impression que de nouvelles variétés de SHEVA stimulaient de nouvelles variétés de LPC, au cas où le premier signal envoyé par la radio de Darwin n'aurait pas été transmis, en tout ou en partie. Jackson — et le monde entier avec lui, ou quasiment — pensait qu'ils avaient affaire à une forme mutée de SHEVA, peut-être encore plus virulente.

— La radio de Darwin, répéta Mitch, méditant cette formule.

— Le mécanisme signaleur. SHEVA.

— Mmm. Je pense que ton explication est la plus sensée.

— Mais pourquoi ? Je t'en supplie, dis-moi que j'ai raison, que je ne suis pas simplement butée.

— Rassemblons les faits. Repassons-les au crible de la science. Nous savons que la spéciation se produit parfois par petits bonds. Grâce aux momies des Alpes, nous savons que SHEVA était actif chez les êtres humains produisant de nouveaux types de bébés. La spéciation est un phénomène rare, même à l'échelle historique... et SHEVA était inconnu de la science médicale jusqu'à une date récente. Si SHEVA et l'évolution par petits bonds ne sont pas liés, alors ça nous fait beaucoup trop de coïncidences.

Elle roula sur elle-même pour lui faire face, lui passa les doigts sur les joues, autour des yeux, le faisant frissonner.

— Pardon, fit-elle. C'est si merveilleux que tu sois là. Tu me permets de me ressaisir. Cet après-midi... je ne m'étais jamais sentie aussi perdue... pas depuis que Saul n'est plus là.

— Je ne pense pas que Saul ait jamais su ce qu'il y avait en toi, déclara Mitch.

Kaye observa quelques instants de silence, vérifiant si elle comprenait le sens de ces propos.

— Non, dit-elle finalement. Il ne pouvait pas le savoir.

— Je sais qui tu es et ce que tu es, reprit Mitch.

— Vraiment ?

— Pas encore, confessa-t-il avec un sourire. Mais j'aimerais l'apprendre.

— Ecoute-nous donc ! Dis-moi ce que tu as fait aujourd'hui.

— Je suis allé au YMCA pour vider mon casier. Puis je suis revenu en taxi et j'ai glandé comme un bon gigolo.

— Je parle sérieusement, dit Kaye en lui étreignant la main.

— J'ai passé quelques coups de fil. Demain, je prends le train pour New York afin d'y rencontrer Merton et notre mystérieux Autrichien. Nous nous retrouvons dans un lieu que Merton décrit comme « une maison de maître aussi fantastique que corruptrice ». Ensuite, je reprends le train pour Albany où je passerai mon entretien à l'université.

— Pourquoi une maison de maître ?

— Aucune idée.

— Tu comptes revenir ?

— Si tu veux de moi.

— Oh, que oui ! Tu n'as pas besoin de t'inquiéter sur ce point. Nous ne disposerons pas de beaucoup de temps pour réfléchir, encore moins pour nous inquiéter.

— Les plus beaux amours sont les amours en temps de guerre.

— Demain, ça va être encore pire. Jackson va faire tout un foin.

— Laisse-le faire. A terme, je pense que personne n'arrivera à arrêter ça. A le ralentir, peut-être, mais à l'arrêter, jamais.

55.

Washington, DC

Dicken se trouvait sur les marches du Capitole. Il faisait bon ce soir-là, mais il ne pouvait s'empêcher de frissonner en entendant la rumeur océane de la foule, interrompue par des échos de voix retombant en vagues. Jamais il ne s'était senti aussi isolé, aussi détaché que devant ces cinquante mille êtres humains dont la masse s'étirait du Capitole jusqu'au monument de Washington et au-delà. Elle se pressait contre les barrières érigées au pied des marches, se répandait autour des tentes et des estrades, à l'écoute d'une bonne douzaine d'orateurs, se mouvait lentement telle une soupe dans une gigantesque marmite. Il attrapait au vol des fragments de discours, incomplets mais éloquents : des morceaux de langage cru jetés en pâture à la foule.

Dicken avait passé sa vie à traquer et à chercher à comprendre les maladies qui affectaient ces gens, agissant comme s'il était invulnérable. Grâce à son talent et aussi à sa chance, il n'avait jamais rien attrapé, excepté la dengue, une fièvre redoutable mais non létale. Il s'était toujours considéré comme distinct de ses semblables, supérieur à eux mais compatissant. Illusion d'un imbécile isolé des autres par son éducation et son intelligence.

Il avait appris sa leçon. C'était la masse qui décidait. Si la masse ne pouvait pas comprendre, leur travail — le sien, celui d'Augustine, celui de la Brigade — ne servirait à rien. Et, de toute évidence, la masse ne comprenait pas. Les voix qui dérivaient vers lui évoquaient un gouvernement massacreur d'enfants, dénonçaient avec colère un « génocide du lendemain ».

Un peu plus tôt, il avait envisagé d'appeler Kaye Lang pour retrouver sa contenance, son sens de l'équilibre, mais il n'en avait rien fait. Il en avait fini avec elle, fini et bien fini.

Dicken descendit les marches, croisant des journalistes, des cameramen, des groupes de fonctionnaires, des hommes en complet bleu ou marron, portant lunettes noires et oreillettes. La police et la garde nationale étaient bien décidées à protéger le Capitole du peuple, mais elles laissaient les individus grossir la foule.

Il avait déjà vu quelques sénateurs descendre en rangs serrés pour rejoindre celle-ci. Sans doute avaient-ils compris qu'ils ne pouvaient plus se sentir supérieurs, séparés de leur peuple. Désormais, ils lui appartenaient. Il les avait jugés à la fois opportunistes et courageux.

Dicken enjamba les barrières et se joignit à la foule. Il était temps d'attraper cette fièvre et d'en comprendre les symptômes. Il avait regardé au fond de lui-même, n'appréciant guère ce qu'il y avait vu. Mieux valait être un soldat sur le front, une partie de la masse, ingérer ses mots et ses odeurs, et revenir infecté pour être à son tour analysé, compris, pour être de nouveau utile.

Ce serait une sorte de conversion. La fin de cette séparation si douloureuse. Et si la masse devait le tuer, c'était peut-être ce qu'il méritait pour son détachement et ses échecs.

Les femmes les plus jeunes portaient des masques colorés. Tous les hommes portaient un masque noir ou blanc. Nombre d'entre eux étaient gantés. Une bonne partie étaient vêtus d'un survêtement noir moulant équipé d'un masque à gaz, les prétendus « tenues filtrantes » qui, à en croire leurs fabricants, contenaient le « virus du diable » et l'empêchaient de se répandre.

De ce côté-ci du mail, les gens écoutaient en riant un orateur installé sous une tente — un militant des droits civiques de Philadelphie à la voix grave et mielleuse. Il parlait de pouvoir et de responsabilité, conseillait le gouvernement sur les façons de contrôler l'épidémie, évoquait le lieu où celle-ci avait — peut-être, peut-être — été conçue, à savoir les entrailles secrètes de ce même gouvernement.

— Certains prétendent qu'elle nous vient d'Afrique, mais c'est *nous* qui sommes malades, pas les Africains. D'autres disent que c'est le diable qui nous a envoyé cette peste, que sa venue a été annoncée et qu'elle doit punir...

Dicken poursuivit sa route jusqu'à ce qu'il arrive dans le champ sonore d'un évangéliste de la télé.

C'était un homme corpulent à la tête carrée, transpirant sous les feux des projecteurs, engoncé dans un complet noir d'homme d'affaires. Il dansait et gesticulait sur son estrade, exhortant les fidèles à prier pour trouver la voie, à regarder à l'intérieur d'eux-mêmes.

Dicken pensa à sa grand-mère, qui avait adoré ce genre de cirque. Il s'éloigna.

Le soir tombait et il sentait la tension monter dans la foule. Quelque part, hors de portée de voix, il s'était passé quelque chose, on avait dit quelque chose. L'obscurité déclencha un changement d'humeur. Des lumières éclairèrent soudain la scène, bariolant la foule d'un orange criard. Il leva les yeux et vit des hélicoptères à une altitude respectueuse, bourdonnant comme des insectes. L'espace d'un instant, il se demanda s'il allait tomber des gaz lacrymogènes, voire des balles, mais le danger ne venait pas des soldats, ni des policiers, ni des hélicos.

Ce fut comme une déferlante.

Il éprouva une faim impatiente, la sentit avancer en raz de marée, espéra que ce qui troublait la foule lui révélerait quelque chose. Mais ce n'était pas vraiment une information. C'était une impulsion, dans un sens puis dans l'autre, et la foule dense l'emporta trois mètres vers le nord, trois mètres vers le sud, comme en une danse frénétique.

Son instinct de survie lui dit qu'il était temps d'oublier son angoisse existentielle, de laisser tomber les conneries psychologiques et de sortir du flot. D'un haut-parleur tout proche, il entendit un avertissement. D'un homme encore plus proche, vêtu d'une tenue filtrante, il entendit un message étouffé :

— Il n'y a pas seulement une maladie. Ils l'ont dit à la télé. Il y a une nouvelle peste.

Une femme d'un certain âge vêtue d'une robe à fleurs avait sur elle une télé portative. Elle la brandit pour le bénéfice de ceux qui l'entouraient, montrant une minuscule tête encadrée s'exprimant d'une voix fluette. Dicken n'entendait pas un seul mot.

Il se dirigea vers la lisière de la foule, lentement, précautionneusement, comme s'il nageait dans de la nitroglycérine. Sa chemise et sa veste légère étaient trempées de sueur. Quelques autres personnes, des observateurs-nés comme lui, perçurent le changement, et leurs yeux se mirent à briller. La foule s'étouffait dans sa propre confusion. La nuit était noire et humide, les étoiles invisibles, et la lueur orange des projecteurs donnait une nuance amère au mail, aux tentes et aux estrades.

Dicken se retrouva près des marches du Capitole, là où il était une heure plus tôt, séparé d'elles par une épaisseur de vingt ou trente personnes. Des policiers montés, des hommes et des femmes chevauchant de splendides animaux dont la robe paraissait ambrée dans cette lumière irréelle, patrouillaient le long du périmètre, il y en avait des douzaines, plus qu'il n'en avait jamais vu. Les soldats de la garde nationale s'étaient reculés, formant une rangée qui paraissait fragile. Ils n'étaient pas prêts. Ils ne s'attendaient pas à du grabuge ; ils n'avaient ni casques ni boucliers.

Des voix autour de lui, des murmures effarés :

— Impossible...

— Les enfants ont le...

— Mes petits-enfants...

— La dernière génération...

— Livre saint...

— Stop...

Puis un silence terrifiant. Plus que cinq personnes devant Dicken. Impossible d'avancer. Des visages maussades et amers, des moutons, les yeux vides, les mains mobiles. Ignorants. Terrorisés.

Comme il les détestait, comme il aurait voulu les frapper. Imbécile qu'il était ; il ne voulait pas faire partie des moutons.

— Excusez-moi.

Aucune réaction. La masse avait pris sa décision ; il sentait palpiter son cerveau collectif. La masse attendait, résolue, décidée, vacante.

Une lueur à l'est, et Dicken voit le monument de Washington s'illuminer, avaler l'éclat des projecteurs. Un grondement dans le ciel d'un noir d'encre. Des gouttes de pluie. Les visages qui se lèvent.

L'odeur de la foule impatiente. Il faut que ça change. Seule cette idée importait : *il faut que ça change*.

La pluie tomba à verse. Les mains se levèrent au-dessus des têtes. Sourires. L'eau purifie les visages, les gens se mettent à danser. D'autres les bousculent, et ils s'arrêtent, consternés.

Soudain, la foule expulsa Dicken dans un spasme, et il se retrouva face à un policier devant la barrière.

— Seigneur ! fit le policier en reculant de trois pas, et la foule renversa les barrières.

Les cavaliers tentèrent de la repousser en pénétrant en elle. Une femme hurla. La foule bondit et englou-tit les policiers, montés ou à pied, avant qu'ils aient pu lever leurs matraques ou dégainer leurs armes. Poussé contre les marches, un cheval trébucha, retombant sur la foule, envoyant son cavalier dans les airs.

— Fonctionnaire gouvernemental ! hurla Dicken.

Il monta quatre à quatre les marches du Capitole, passant entre les gardiens, qui l'ignorèrent. Il secouait la tête en riant, ravi d'être libre, attendant le début de la vraie bataille. Mais la foule était sur ses talons, et il eut tout juste le temps de s'enfuir à nouveau, loin du peuple, des coups de feu, loin de cette masse moite, grouillante et puante.

56.

New York

Mitch était à Penn Station lorsqu'il vit la manchette du *Daily News*.

ÉMEUTE AU CAPITOLE
Le Sénat saccagé
Quatre sénateurs tués ; plusieurs douzaines de morts,
des milliers de blessés

Kaye et lui avaient passé la nuit à dîner aux chandelles et à faire l'amour. Très romantique, très loin des réalités. Ils s'étaient séparés à peine une heure plus tôt ; Kaye était en train de s'habiller, choisissant ses vêtements avec soin, s'attendant à vivre une journée difficile.

Il acheta le journal et monta dans le train. Alors qu'il s'asseyait et commençait à lire, la rame se mit en branle, prit de la vitesse, et il se demanda si Kaye était en danger, si l'émeute avait été spontanée ou organisée, si cela avait une importance quelconque.

Le peuple avait parlé, ou plutôt grondé. Assez d'échecs, assez d'inaction à Washington. Le président était en réunion avec les conseillers à la sécurité, les chefs d'état-major, les représentants de divers comités, le ministre de la Justice. Mitch interpréta cette agitation comme le prélude prudent à une proclamation de la loi martiale.

Que faisait-il dans ce train ? Il ne voyait pas en quoi Merton pouvait lui être utile, leur être utile ; et il ne se voyait pas en train de donner des cours sur les fossiles, de devenir lui-même un fossile, sans jamais pouvoir refaire des fouilles.

Mitch replia le journal, le posa sur son siège et se dirigea vers le téléphone public installé en bout de rame. Il composa le numéro de Kaye, mais elle était déjà partie et il ne pensait pas qu'il serait très avisé de l'appeler à Americol.

Il inspira à fond, s'efforça de se calmer et regagna son siège.

57.

Il était dix heures lorsque Dicken retrouva Kaye à la cafétéria d'Americol. La conférence était prévue pour dix-huit heures et la liste des participants s'était allongée : on attendait notamment le vice-président et le conseiller scientifique de la présidence.

Dicken avait mauvaise mine. Il n'avait pas dormi de la nuit.

— C'est moi qui perds la boule, maintenant, dit-il. Je crois que le débat est clos. Nous sommes hors course, nous sommes à la porte. Nous pouvons encore crier un peu, mais personne ne nous écoutera.

— Et l'aspect scientifique ? demanda Kaye d'un ton plaintif. Vous avez pourtant essayé de nous remettre sur les rails après cette histoire d'herpès.

— SHEVA mute.

Dicken souligna son propos en tapant sur la table.

— Je vous ai déjà expliqué ce point, insista Kaye.

— Tout ce que vous m'avez montré, c'est que SHEVA a muté il y a longtemps. Ce n'est qu'un rétrovirus humain, un vieux rétrovirus, avec une méthode de reproduction lente mais astucieuse...

— Christopher...

— Vous allez être entendue. (Dicken vida sa tasse

501

de café et se leva.) Ce n'est pas à moi qu'il faut expliquer les choses. C'est à *eux*.

Kaye le regarda, partagée entre la colère et l'étonnement.

— Pourquoi changer d'avis après tout ce temps ?

— J'ai commencé par traquer un virus. Vos articles, votre travail suggéraient qu'il s'agissait d'autre chose. Tout le monde peut se tromper. Notre tâche est de chercher des preuves, et, quand ces preuves sont irréfutables, nous devons abandonner nos petites idées si précieuses.

Kaye se leva à son tour et agita l'index.

— Ce n'est pas seulement une question de science, hein ?

— Bien sûr que non. J'étais sur les marches du Capitole, Kaye. J'aurais pu finir comme un de ces pauvres types, criblé de balles ou battu à mort.

— Ce n'est pas ce que je veux dire. Vous avez bien recontacté Mitch après notre rencontre à San Diego ?

— Non.

— Pourquoi ?

Dicken lui rendit son regard noir.

— Après ce qui s'est passé hier soir, toutes les considérations personnelles deviennent triviales, Kaye.

— Ah bon ?

Dicken croisa les bras.

— Jamais je n'aurais pu présenter Mitch à quelqu'un comme Augustine sans nous casser la baraque. Mitch avait des informations intéressantes, mais tout ce qu'elles prouvent, c'est que SHEVA est parmi nous depuis longtemps.

— Il croyait en nous.

502

— Il croit davantage en vous, je pense, répliqua Dicken en détournant les yeux.

— Et ça a affecté votre jugement ?

Dicken s'emporta.

— Est-ce que ça n'aurait pas affecté *le vôtre* ? Je ne peux pas aller pisser sans que quelqu'un fasse un rapport sur le temps que ça me prend. Mais vous, vous faites monter Mitch dans votre *appartement*.

Kaye se rapprocha dangereusement de lui.

— Augustine vous a dit que j'avais couché avec Mitch ?

Dicken tenait à son espace vital. Il repoussa doucement Kaye et fit un pas de côté.

— Ça ne me plaît pas, à moi non plus, mais c'est comme ça que ça se passe !

— Qui vous l'a dit ? Augustine ?

— Augustine est brûlé, lui aussi. Nous sommes en pleine crise. Enfin, Kaye, ça devrait être évident pour tout le monde.

— Je n'ai jamais dit que j'étais une sainte, Christopher ! Quand vous m'avez embarquée dans cette histoire, je ne pensais pas que vous me laisseriez tomber.

Dicken baissa la tête, regarda d'un côté, puis de l'autre, visiblement déchiré par la colère et la souffrance.

— Je pensais que vous seriez ma partenaire.

— Quel genre de partenaire, Christopher ?

— Un... un soutien. Une égale sur le plan intellectuel.

— Une maîtresse ?

L'espace d'un instant, l'expression de Dicken fut

celle d'un petit garçon venant d'apprendre une catastrophe. Il lança à Kaye un regard empreint de tristesse et de regret. Il était si fatigué qu'il pouvait à peine tenir debout.

Kaye recula d'un pas et réfléchit. Elle n'avait rien fait pour lui donner de faux espoirs ; elle ne s'était jamais considérée comme une beauté fatale, irrésistible aux yeux des hommes. Il lui était impossible d'appréhender la profondeur des sentiments de celui-ci.

— Jamais vous ne m'avez dit que vous éprouviez autre chose que de la curiosité, lui dit-elle.

— Je ne suis jamais assez rapide, et je ne dis jamais ce que je pense. Si vous ne vous êtes doutée de rien, je ne vous en veux pas.

— Mais vous avez souffert de me voir choisir Mitch.

— Oui, je ne vais pas le nier. Cependant, cela n'affecte pas mon jugement scientifique.

Kaye fit le tour de la table en secouant la tête.

— Que pouvons-nous sauver de ce désastre ?

— Vous pouvez présenter vos preuves. Mais je pense qu'elles ne convaincront personne.

Il se retourna et sortit de la cafétéria.

Kaye rapporta son plateau sur la chaîne. Elle consulta sa montre. Ce qu'il lui fallait, c'était un contact personnel, un face à face ; une conversation avec Luella Hamilton. Elle avait le temps de faire un aller-retour au NIH avant la réunion.

Arrivée à la réception, elle commanda une voiture de fonction.

58.

Mitch émergea du chapiteau blanc qui protégeait l'antique gare de Beresford. Il leva une main pour se protéger les yeux du soleil matinal et contempla un massif de jonquilles près d'un conteneur à ordures rouge vif. Il était le seul passager à être descendu dans la petite ville.

L'air sentait la graisse chaude, le bitume et l'herbe fraîchement tondue. Il chercha des yeux un comité d'accueil, s'attendant à apercevoir Merton. La ville, visible de l'autre côté de la voie ferrée et accessible par une passerelle, se réduisait à une enfilade de boutiques et au parking Amtrak.

Une Lexus noire s'engagea dans celui-ci, et Mitch vit un homme aux cheveux roux en descendre, se tourner dans sa direction et lui faire un signe de la main.

— Il s'appelle William Daney. La plus grande partie de la ville lui appartient — enfin, disons plutôt à sa famille. Leur domaine, qui se trouve à dix minutes d'ici, est aussi somptueux que le palais de Buckingham. Dans ma naïveté, j'avais oublié que l'Amérique elle aussi a ses aristocrates — ceux qui aiment dépenser leur fric d'étrange façon.

Mitch écoutait le journaliste tandis que celui-ci

négociait une étroite route sinueuse bordée de chênes et d'érables également superbes, dont les feuilles étaient d'un vert si vif qu'il se serait cru dans un film. Le soleil déversait des flaques d'or sur la chaussée. Cela faisait cinq minutes qu'ils n'avaient pas vu de voiture.

— Daney était autrefois un yachtman. Il a dépensé des millions de dollars à se construire un bateau parfait, il a perdu quelques courses. C'était il y a plus de vingt ans. Ensuite, il a découvert l'anthropologie. Le problème, c'est qu'il a horreur de se salir les mains. Il adore l'eau mais déteste la terre, et par conséquent les fouilles. J'adore conduire en Amérique. Mais dans ce coin, on se croirait en Angleterre. Je pourrais presque... (Merton se déporta un instant sur la file de gauche) suivre mon instinct. (Il s'empressa de revenir à droite, lança un sourire à Mitch.) Ces émeutes sont regrettables. L'Angleterre est encore calme, mais je m'attends à un changement de gouvernement d'une minute à l'autre. Notre cher Premier ministre n'a toujours rien compris. Il persiste à croire que le passage à l'euro est son plus gros souci. En fait, il est dégoûté par les aspects gynécologiques du dossier. Comment va Mr. Dicken ? Et Ms. Lang ?

— Ça va.

Il tenait à en savoir plus avant de se montrer trop bavard. Il aimait bien Merton, le trouvait intéressant, mais il n'avait aucune confiance en lui. Ce type en savait apparemment beaucoup sur sa vie privée, et ça ne lui plaisait pas.

La « maison de maître » apparut sous la forme d'un édifice en pierre grise, haut de trois étages, à l'extrémité d'une allée en brique rouge flanquée de pelouses superbement entretenues, aussi impeccables que des terrains de golf. Quelques jardiniers s'affairaient à tailler les haies, et une vieille dame vêtue de jodhpurs et coiffée d'un chapeau de paille salua Merton au passage.

— Mrs. Daney, la maman de notre hôte, expliquat-il en lui rendant son salut. Demeure dans la maison du jardinier. Vieille dame sympathique. Visite rarement les appartements de son fils.

Merton se gara devant l'imposant escalier de pierre menant à une double porte.

— Tout le monde est arrivé. Vous, moi, Daney et *Herr Professor* Friedrich Brock, anciennement de l'université d'Innsbruck.

— Brock ?

— Oui. (Sourire de Merton.) Il dit qu'il vous a déjà rencontré.

— Exact. Une fois.

La double porte s'ouvrait sur un grand vestibule peuplé d'ombres, aux murs lambrissés de bois sombre. Trois rayons de soleil parallèles tombaient d'une verrière sur un sol de pierre noirci par les ans, découpant un gigantesque tapis chinois au milieu duquel se dressait une table ronde disparaissant sous les fleurs. Près de cette table, dans l'obscurité, se tenait un homme.

— William, voici Mitch Rafelson, dit Merton en prenant Mitch par le bras pour le conduire.

L'homme dans l'ombre tendit une main vers un rayon de soleil, et trois grosses bagues étincelèrent sur ses doigts épais. Mitch serra cette main avec fermeté. Âgé d'une cinquantaine d'années, Daney avait un visage bronzé, des yeux marron, des cheveux d'un jaune tirant sur le blanc et un front wagnérien. Ses petites lèvres étaient promptes à sourire et ses joues aussi lisses que celles d'un bébé. Les épaulettes de son blazer gris accentuaient sa carrure, et ses bras paraissaient musclés.

— C'est un honneur de faire votre connaissance, monsieur, déclara-t-il. J'aurais acheté vos momies si vos amis les avaient proposées à la vente, vous savez. Ensuite, j'en aurais fait don à Innsbruck. Je l'ai dit à *Herr Professor* Brock, et il m'a donné l'absolution.

Mitch eut un sourire poli. Il était venu ici pour rencontrer Brock.

— En réalité, William ne possède pas de restes humains, dit Merton.

— Je me contente de reproductions, de moulages et de sculptures, renchérit Daney. Je ne suis pas un scientifique, seulement un amateur, mais j'espère faire honneur au passé en m'efforçant de le comprendre.

— Allons dans le hall de l'Humanité, dit Merton avec un geste plein d'emphase.

Daney hocha fièrement la tête et ouvrit la marche.

Le hall en question occupait une ancienne salle de bal dans l'aile est de l'édifice. Mitch n'avait jamais rien vu de tel excepté dans un musée : plusieurs douzaines de vitrines, disposées en rangées, séparées par des allées moquettées, contenant des moulages et des répliques de tous les grands spécimens de l'anthropologie. *Australopithecus afarensis* et *robustus* ; *Homo habilis* et *erectus*. Mitch dénombra seize squelettes de Neandertaliens, tous montés de façon professionnelle, plus six reconstitutions sous la forme de statues de cire. On ne s'était pas soucié de ménager les prudes : toutes ces statues étaient nues et glabres, faisant abstraction des spéculations relatives au système pileux et à la vêture des hommes de Neandertal.

Des alignements de singes sans poils, éclairés par des projecteurs à l'éclat calibré, fixaient Mitch d'un regard vide.

— Incroyable, dit-il malgré lui. Pourquoi n'ai-je jamais entendu parler de vous, Mr. Daney ?

— Je ne suis connu que de quelques personnes. La famille Leakey, celle de Björn Kurtén, deux ou trois autres. Mes amis les plus proches. Je sais que je suis un excentrique, mais je n'aime pas m'en vanter.

— A présent, vous faites partie des élus, dit Merton à Mitch.

— Le professeur Brock nous attend dans la bibliothèque.

Daney ouvrit à nouveau la marche. Mitch aurait bien aimé s'attarder dans le hall. Les sculptures de cire étaient superbes, et les reproductions des spécimens de premier ordre, presque impossibles à distinguer de leurs modèles.

— Non, en fait, je suis ici. J'étais trop impatient. (Brock apparut derrière une vitrine et s'avança.) J'ai l'impression de vous connaître, docteur Rafelson. Et nous avons des amis communs, n'est-ce pas ?

Mitch serra la main de Brock sous les yeux approbateurs d'un Daney rayonnant. Ils gagnèrent la bibliothèque distante de plusieurs dizaines de mètres, un exemple parfait de l'élégance édouardienne, aménagée sur trois niveaux et pourvue de galeries reliées par deux passerelles en fer forgé. Face à l'unique et gigantesque fenêtre, qui donnait sur le nord, étaient accrochées deux peintures représentant le Yosemite Park et les Alpes par temps spectaculaire.

Ils s'assirent autour d'une grande table ronde occupant le milieu de la salle.

— Ma première question est la suivante, commença Brock. Est-ce que vous rêvez d'eux, docteur Rafelson ? Parce que moi, j'en rêve souvent.

Daney servit lui-même le café, qu'une jeune femme vêtue de noir, trapue et d'allure sombre, avait apporté sur une table roulante. Chacun des convives avait une tasse Flora Danica faisant partie d'une série décorée de plantes microscopiques danoises inspirée de gravures scientifiques du XIXᵉ siècle. Mitch examina sa sous-tasse, ornée de trois dinoflagellés superbement rendus, et se demanda comment il dépenserait son argent s'il devenait immensément riche.

— Je ne crois pas à ces rêves, reprit Brock. Mais ces individus me hantent.

Mitch considéra le petit groupe qui l'entourait, incapable de déterminer ce qu'on attendait de lui. Il était fort possible que son association avec Daney, Brock et même Merton lui soit en fin de compte nuisible. Peut-être avait-il déjà trop donné dans ce registre.

Merton perçut son malaise.

— Cette réunion est complètement privée et sera tenue secrète, déclara-t-il. Je n'ai aucune intention de répéter ce qui sera dit ici.

— A ma demande, ajouta Daney en arquant les sourcils pour souligner son propos.

— Je tenais à vous dire que vous aviez vu juste en contactant certaines personnes et en cherchant à

510

en savoir davantage sur nos recherches, dit Brock. Mais je viens d'être dégagé de mes responsabilités en ce qui concerne les momies des Alpes. Le débat s'est déplacé sur le plan personnel, et il est devenu dangereux pour nos carrières à tous.

— Le docteur Brock pense que ces momies représentent la première preuve irréfutable d'une spéciation humaine, dit Merton, espérant faire avancer la discussion.

— D'une subspéciation, en fait, corrigea Brock. Mais le concept d'espèce est devenu fort vague au fil des décennies, n'est-ce pas ? La présence de SHEVA dans leurs tissus nous évoque quelque chose, non ?

Daney se pencha en avant, les joues et le front rougis par l'intensité de sa passion.

Mitch décida d'oublier ses réticences en présence de ces compagnons de route.

— Nous avons trouvé d'autres exemples, annonça-t-il.

— Oui, c'est ce que j'ai entendu dire, par Oliver et par Maria Konig, de l'université du Washington.

— Je n'ai rien découvert personnellement, précisa Mitch, j'ai fait appel à d'autres personnes. Mes actions m'ont compromis et je n'ai guère été efficace.

Brock balaya d'un geste cet acte de contrition.

— Quand je vous ai appelé à Innsbruck, je vous avais pardonné votre erreur. Je comprenais votre point de vue, et votre récit sonnait juste.

— Merci, fit Mitch, sincèrement ému.

— Je m'excuse de ne pas m'être identifié ce jour-là, mais vous comprenez mes raisons, j'espère.

— Oui.

— Dites-moi ce qui va se passer, intervint Daney. Est-ce qu'ils vont rendre publiques leurs découvertes sur les momies ?

— En effet, dit Brock. Ils vont dire qu'il y a eu contamination, que les momies ne sont pas apparentées. Les Neandertaliens vont être étiquetés *Homo sapiens alpinensis*, et le nouveau-né sera envoyé en Italie pour être étudié par d'autres spécialistes.

— C'est ridicule ! s'exclama Mitch.

— Oui, et cet écran de fumée ne tiendra pas éternellement, mais, au cours des prochaines années, ce sont les conservateurs, les plus fanatiques d'entre eux, qui tiendront le haut du pavé. Ils donneront des informations au compte-gouttes, uniquement à ceux qui souhaitent préserver le statu quo, à ceux qui sont dans leur camp, comme des érudits zélés défendant les manuscrits de la mer Morte. Ils espèrent préserver leurs carrières sans avoir à affronter une révolution susceptible de détruire leurs théories et leurs propres personnes.

— C'est incroyable, intervint Daney.

— Non, c'est *humain*, et l'objet de nos études est bien l'être humain, non ? Notre femelle n'a-t-elle pas été blessée par quelqu'un qui ne voulait pas que son bébé voie le jour ?

— Nous ne le savons pas avec certitude, dit Mitch.

— En effet, concéda Brock. Mais je me réserve le droit d'entretenir mes propres croyances irrationnelles, ne serait-ce que pour me défendre contre les fanatiques. Cette séquence ne figure-t-elle pas dans votre rêve, sous une forme ou une autre, comme si ces événements étaient enfouis dans notre sang ?

Mitch acquiesça.

— Peut-être est-ce le péché originel de notre espèce : nos ancêtres neandertaliens souhaitaient arrêter le progrès, conserver leur position unique... en tuant les nouveaux enfants, ceux qui allaient devenir ce que nous sommes. Et, aujourd'hui, peut-être que nous faisons la même chose, non ?

Daney secoua la tête en grondant doucement. Mitch observa sa réaction avec intérêt puis se tourna vers Brock.

— Vous avez sûrement examiné les résultats de l'analyse ADN. Tout le monde devrait avoir le droit d'en faire autant.

Brock se pencha et attrapa un attaché-case. Il le tapota d'un air entendu.

— J'ai le matériel ici, sur DVD-ROM — fichiers graphiques, tableurs, résultats transmis par différents labos de la planète. Oliver et moi allons publier l'ensemble sur le Net, exposer le complot et attendre les réactions.

— Ce que nous voulons faire, c'est monter un dossier en béton, ajouta Merton. Présenter les preuves irréfutables montrant que l'évolution revient frapper à notre porte.

Mitch se mordilla les lèvres, abîmé dans sa réflexion.

— Avez-vous parlé à Christopher Dicken ?

— Il m'a dit qu'il ne pouvait pas m'aider, répondit Merton.

Mitch sursauta.

— La dernière fois que je lui ai parlé, il paraissait enthousiaste, je dirai même déterminé.

— Il a changé d'avis, dit le journaliste. Nous devons

recruter le docteur Lang. Je crois pouvoir convaincre certaines personnes de l'université du Washington, en particulier le docteur Konig et le docteur Packer, et peut-être un ou deux biologistes évolutionnaires.

Daney hocha la tête avec passion.

Merton se tourna vers Mitch. Il plissa les lèvres et s'éclaircit la gorge.

— A vous voir, on dirait que vous n'êtes pas d'accord.

— Nous ne pouvons pas nous lancer dans une telle entreprise comme des étudiants dans un débat de club scientifique.

— Je croyais que vous étiez un fonceur, dit Merton sur un ton de reproche.

— Erreur. Je suis prudent et je fais les choses dans les règles. C'est la vie qui me fonce dessus.

Daney se fendit d'un large sourire.

— Bien dit. Moi, je suis prêt à me lancer dans l'expérience.

— Que voulez-vous dire ? s'enquit Merton.

— C'est une occasion fantastique. J'aimerais trouver une volontaire et avoir un de ces nouveaux humains dans ma famille.

Il y eut un long silence, Merton, Brock et Mitch se retrouvant incapables de formuler une réponse quelconque.

— C'est une idée intéressante, murmura finalement le journaliste, qui lança à Mitch un regard interrogateur.

— Si nous essayons de déclencher une tempête hors du château, nous risquons de fermer plus de portes que nous n'en ouvrirons, admit Brock.

514

— Mitch, fit Merton, visiblement impressionné. Expliquez-nous comment nous devrions nous y prendre... en suivant les règles.

— Rassemblons un groupe d'authentiques experts. (Mitch réfléchit quelques instants.) Packer et Maria Konig, c'est un bon début. Recrutons les autres parmi leurs collègues et leurs contacts — des généticiens et des biologistes moléculaires de l'université du Washington, du NIH, d'une demi-douzaine d'autres universités, de centres de recherche. Oliver, vous connaissez probablement les gens auxquels je pense... peut-être mieux que moi.

— Les biologistes évolutionnaires les plus progressistes, précisa Merton, plissant le front comme s'il venait de prononcer un oxymoron. Pour le moment, ça se limite aux biologistes moléculaires et à quelques paléontologues choisis comme Jay Niles.

— Je ne connais que des conservateurs, lança Brock. Je n'ai pas fréquenté le bon groupe à Innsbruck.

— Il nous faut une fondation scientifique, fit remarquer Mitch. Un quorum impressionnant de scientifiques respectés.

— Ça prendra des semaines, des mois peut-être, dit Merton. Tout le monde a une carrière à protéger.

— Et si nous financions davantage de recherches dans le secteur privé ? proposa Daney.

— C'est là que Mr. Daney pourrait nous être utile, intervint Merton, tournant vers l'intéressé des yeux intenses sous ses sourcils broussailleux. Vous avez les ressources nécessaires pour organiser une conférence d'envergure, et c'est exactement ce qu'il nous faut en ce moment. Pour contrer les déclarations publiques de la Brigade.

Le visage de Daney s'assombrit.

— Combien cela coûterait-il ? Des centaines de milliers de dollars, des millions ?

— La première estimation plutôt que la seconde, répondit Merton en gloussant.

Daney les regarda d'un air troublé.

— Pour de telles sommes, il me faudra l'autorisation de mère.

59.

Institut national de la Santé, Bethesda

— Je l'ai laissée partir, dit le docteur Lipton en s'asseyant derrière son bureau. Elles sont toutes parties, d'ailleurs. Le directeur des recherches m'a confirmé que nous avions suffisamment d'informations pour faire des recommandations à nos patientes et mettre un terme aux expériences.

Kaye la fixa d'un air consterné.

— Vous... vous les avez autorisées à quitter la clinique, à rentrer chez elles ?

Lipton opina, les mâchoires serrées.

— Ce n'est pas moi qui ai pris cette décision, Kaye. Mais j'étais d'accord. Nous avions dépassé nos limites éthiques.

— Et si elles ont besoin d'assistance à leur domicile ?

Lipton baissa les yeux.

— Nous les avons averties que leurs enfants risquaient de présenter des malformations à la naissance et de ne pas survivre. Nous avons renvoyé chacune d'elles au service de consultations de l'hôpital le plus proche de sa résidence. Nous prendrons tous les frais en charge, même s'il y a des complications. En particulier s'il y en a. Elles sont toutes dans la période d'efficacité.

— Elles prennent le RU-486 ?

— C'est le choix qu'elles ont fait.

— Ce n'est pas notre politique, Denise.

— Je sais. Six d'entre elles en ont fait la demande. Elles souhaitaient avorter. Nous ne pouvions pas continuer plus avant.

— Leur avez-vous dit...

— Kaye, nos instructions sont claires comme le cristal. Si nous jugeons que l'enfant met en danger la vie de la mère, nous donnons à celle-ci le moyen d'interrompre sa grossesse. Je suis en faveur du droit de choisir.

— Bien sûr, Denise, mais...

Kaye se retourna, parcourut du regard le bureau si familier, les graphiques, les images de fœtus à divers stades de la croissance.

— Je n'arrive pas à le croire, reprit-elle.

— Augustine nous a demandé de ne pas leur donner du RU-486 tant qu'une politique claire n'aurait pas été adoptée. Mais c'est le directeur des recherches cliniques qui décide.

— Très bien. Laquelle n'a *pas* demandé la pilule du lendemain ?

— Luella Hamilton. Nous la lui avons donnée, elle nous a promis de consulter régulièrement son pédiatre, mais elle ne l'a pas prise sous notre supervision.

— Tout est fini, alors ?

— Nous nous sommes retirés de la course, murmura Lipton. Nous n'avions pas le choix. Quoi que nous fassions, nous allons être attaqués, sur le plan politique ou sur celui de l'éthique. Nous avons choisi de respecter notre éthique et d'aider nos patientes. Si nous avions attendu aujourd'hui... Nous avons reçu de nouveaux ordres du secrétaire des HHS. Défense de recommander l'avortement, défense de prescrire le RU-486. Nous avons tiré notre épingle du jeu juste à temps.

— Je n'ai ni l'adresse ni le numéro de téléphone de Mrs. Hamilton, dit Kaye.

— Et ce n'est pas moi qui vous les donnerai. Elle a droit à une vie privée. (Lipton la regarda fixement.) Ne sortez pas du système, Kaye.

— Je crois que le système va m'éjecter d'une minute à l'autre. Merci, Denise.

60.

New York

Dans le train d'Albany, environné par l'odeur de renfermé qui émanait des passagers, du tissu réchauffé par le soleil, du désinfectant et du plastique, Mitch se tassa sur son siège. Il avait l'impression de sortir du Pays des merveilles. L'enthousiasme que manifestait Daney à l'idée d'accueillir dans sa famille « un de ces nouveaux humains » le fascinait autant qu'il le terrifiait. L'espèce humaine était devenue si cérébrale, avait acquis un tel contrôle sur sa biologie, que cette forme de reproduction aussi antique qu'imprévue, consistant à créer de la variété dans l'espèce, pouvait être stoppée net ou bien transformée en jeu.

Il contempla le paysage qui défilait : petites villes, forêts de jeunes pousses, grandes villes entourées à perte de vue par des entrepôts gris, des usines ternes, sales et productives.

61.

Siège social d'Americol, Baltimore

Kaye récupéra les huit articles qu'elle avait commandés à Medline via la bibliothèque, vingt exemplaires de chacun, reliés avec soin. En entrant dans l'ascenseur, elle feuilleta l'un d'eux et secoua la tête.

Il lui fallut cinq minutes supplémentaires pour franchir le poste de contrôle du dixième étage. Les agents la passèrent au détecteur de métal, puis au détecteur d'odeurs, et scannèrent son badge. Finalement, le chef de l'équipe du Service secret affectée au vice-président demanda que l'un des participants à la réunion se porte garant de sa personne. Dicken sortit de la salle à manger du personnel d'encadrement pour déclarer qu'il la connaissait, et elle avait un quart d'heure de retard lorsqu'elle fit son entrée.

— Qu'est-ce qui vous a retenue ? murmura Dicken.

— Un embouteillage. Vous saviez qu'ils avaient stoppé l'étude à la clinique ?

Dicken fit oui de la tête.

— Ils tournent tous autour du pot, ils évitent de prendre une quelconque responsabilité. Personne n'a envie d'être désigné comme coupable.

Kaye vit le vice-président assis au premier rang, le conseiller scientifique de la présidence à ses côtés. Il y avait au moins quatre agents du Service secret dans la pièce, et elle se félicita que Benson soit resté dans le couloir.

Sur une petite table étaient disposés des boissons non alcoolisées, des fruits, des biscuits, du fromage et des crudités, mais personne ne mangeait. Le vice-président serrait dans sa main une canette de Pepsi.

Alors que Dicken conduisait Kaye vers une chaise pliante à gauche de la pièce, Frank Shawbeck acheva son rapport sur l'étude effectuée par le NIH.

— Ça n'a pris que cinq minutes, chuchota Dicken.

Shawbeck remit ses papiers en ordre, s'écarta du pupitre, et Mark Augustine prit sa place. Il se pencha vers le micro.

— Le docteur Lang est arrivée, annonça-t-il d'une voix neutre. Passons à l'aspect social des choses. Nous déplorons douze émeutes majeures sur le sol américain. La plupart d'entre elles ont été déclenchées lorsque les gens ont appris que nous allions procéder à des distributions gratuites de RU-486. Jamais une telle initiative n'a été envisagée, même si elle a été évoquée lors de diverses discussions.

— Aucun de ces produits n'est illégal, dit Cross d'une voix irascible. (Elle était assise à droite du vice-président.) Monsieur, lui dit-elle, j'ai invité le leader de la majorité sénatoriale à assister à cette réunion, et il a refusé. Je ne saurais être tenue responsable de...

— S'il vous plaît, Marge, l'interrompit Augustine. Nous aurons l'occasion d'exprimer nos griefs dans quelques minutes.

— Pardon, fit Cross en croisant les bras.

Le vice-président jeta un regard par-dessus son épaule, jaugeant son public. Ses yeux se posèrent sur Kaye, il sembla troublé un instant, puis se retourna.

— Les Etats-Unis ne sont pas les seuls à devoir gérer une agitation civile, poursuivit Augustine. Nous nous acheminons vers une catastrophe sociale de grande ampleur. Pour parler clairement, le public ne comprend pas ce qui se passe. Les gens réagissent avec leurs tripes, ou en fonction des discours des démagogues. Pat Robertson, Dieu le bénisse, a déjà recommandé à Dieu de dépêcher sur Washington les flammes de l'enfer si la Brigade était autorisée à poursuivre ses tests au RU-486. Il n'est pas le seul. Il est fort probable que la population va passer d'une lubie à l'autre jusqu'à ce qu'elle en trouve une, n'importe laquelle, qui soit plus comestible que la vérité ; elle se rassemblera ensuite derrière cette bannière, laquelle sera fort probablement de nature religieuse, et alors nous pourrons dire adieu à la science.

— Amen, proféra Cross.

Un rire nerveux parcourut l'assistance. Le vice-président ne souriait pas.

— Cette réunion a été programmée il y a trois jours, reprit Augustine. Les événements d'hier et d'aujourd'hui nous commandent plus que jamais de présenter un front uni.

Kaye crut comprendre ce qui allait suivre. Elle chercha Robert Jackson du regard et le localisa assis derrière Cross. Il inclina la tête et regarda de biais un bref instant, droit sur elle. Kaye se sentit rougir.

— Il en a après moi, murmura-t-elle à Dicken.

— Ne soyez donc pas si arrogante, l'avertit-il, Nous sommes tous ici pour nous faire remonter les bretelles.

— Nous avons déjà programmé les recherches sur le RU-486 et sur le produit que quelqu'un a eu le mauvais goût de baptiser RU-Pentium, conclut Augustine. Docteur Jackson ?

Jackson se leva.

— Les examens précliniques ont démontré la totale inefficacité de nos vaccins et de nos inhibiteurs ribozymiques sur les nouvelles souches de SHEVA, que nous désignons sous le terme de SHEVA-X. Nous avons des raisons de croire que tous les cas de grippe d'Hérode survenus ces trois derniers mois peuvent être attribués à une infection latérale de SHEVA-X, lequel se présente sous au moins neuf variétés différentes, avec à chaque fois des glycoprotéines différentes. Il nous est impossible de cibler l'ARN messager du LPC dans le cytoplasme, nos ribozymes actuels ne pouvant reconnaître la forme mutée. Bref, nous n'avons aucun vaccin à proposer. Il nous faudra sans doute six mois de plus pour trouver une solution de rechange.

Il se rassit.

Augustine joignit les doigts, dessinant avec ses mains un polygone flexible. Le silence régna un long moment pendant que tous encaissaient la nouvelle et ses implications.

— Docteur Phillips, appela Augustine.

Gary Phillips, conseiller scientifique de la présidence, se leva et s'approcha du pupitre.

— Le président m'a prié de vous exprimer sa reconnaissance. Nous espérions beaucoup plus, mais aucun programme de recherche au monde n'a fait mieux que le NIH et la Brigade du CDC. Nous devons accepter le fait que notre ennemi est extraordinairement rusé et changeant, et nous devons parler d'une seule voix, avec résolution, pour éviter que notre nation sombre dans l'anarchie. C'est pour cela que j'ai écouté le docteur Robert Jackson et Mark Augustine. Notre situation est extrêmement délicate, surtout aux yeux du public, et l'on me dit qu'il existe un désaccord potentiellement dangereux entre certains membres de la Brigade, en particulier au sein de l'équipe Americol.

— Pas un désaccord, dit Jackson d'une voix acide. Un *schisme*.

— Docteur Lang, on m'a informé que vous ne partagiez pas certaines des opinions exprimées par le docteur Jackson et par Mark Augustine. Pourriez-vous expliciter et clarifier votre point de vue afin que nous puissions en juger ?

Kaye resta interdite quelques secondes puis réussit à se lever.

— Je ne pense pas qu'un examen impartial soit possible aujourd'hui, monsieur. Apparemment, je suis la seule personne dans cette pièce dont l'opinion soit incompatible avec la déclaration officielle que vous préparez de toute évidence.

— La solidarité s'impose à nous, mais la justice également, répliqua le conseiller scientifique. J'ai lu vos articles sur les HERV, Ms. Lang. Votre travail était fondamental et brillant. Il y a des chances que vous soyez sélectionnée pour le prix Nobel. Si vous êtes en désaccord avec nous, nous devons vous écouter et nous y sommes préparés. Je regrette que nous n'ayons pas plus de temps à vous consacrer. Je le regrette sincèrement.

Il lui fit signe de s'avancer vers le pupitre. Kaye s'exécuta. Phillips s'écarta.

— J'ai exprimé mon opinion lors de nombreuses conversations avec le docteur Dicken, et lors d'une conversation que j'ai eue avec Ms. Cross et le docteur Jackson, commença Kaye. Ce matin, j'ai réuni une série d'articles allant dans mon sens, dont certains de ma main, ainsi que des preuves glanées dans le projet « Génome humain » ou dans des domaines tels que la biologie évolutionnaire et même la paléontologie.

Elle ouvrit son attaché-case et tendit les feuillets reliés à Nilson, qui les passa à sa gauche.

— Je n'ai pas encore élaboré de synthèse susceptible d'unifier mes théories. (Kaye attrapa le verre d'eau que lui tendait Augustine et en but une gorgée.)

Les informations résultant de l'étude des momies d'Innsbruck n'ont pas encore été rendues publiques.

Jackson leva les yeux au ciel.

— Je dispose de rapports préliminaires afférents aux preuves rassemblées par le docteur Dicken en Turquie et en République géorgienne.

Elle parla pendant vingt minutes, soulignant les détails précis de son travail sur les éléments transposables et le HERV-DL3. Elle conclut tant bien que mal en décrivant la façon dont elle avait identifié plusieurs versions du LPC le jour même où Jackson lui avait annoncé que SHEVA était en train de muter.

— Je pense que SHEVA-X est un programme de rechange, déclenché suite à l'incapacité de la transmission latérale à produire des enfants viables. Les grossesses du second stade induites par SHEVA-X ne seront pas vulnérables à l'interférence virale de l'herpès. Elles produiront des enfants sains et viables. Je n'ai aucune preuve directe de ce que j'affirme ; à ma connaissance, aucun enfant de ce type n'est encore né. Mais je ne pense pas que nous aurons à attendre longtemps. Nous devrions nous y préparer.

Quoique heureusement surprise par la cohérence de son discours, Kaye savait malheureusement qu'elle ne parviendrait pas à infléchir le cours des événements. Augustine l'observait attentivement — avec une certaine admiration, se dit-elle —, et il lui adressa un bref sourire.

— Merci, docteur Lang, dit Phillips. Des questions ?

Frank Shawbeck leva la main.

— Le docteur Dicken partage-t-il vos conclusions ?

L'intéressé s'avança.

— Je les ai partagées pendant un temps. Des éléments portés récemment à ma connaissance m'ont convaincu que j'étais dans l'erreur.

— Quels éléments ? lança Jackson.

Augustine l'avertit d'un signe de la main, mais le laissa s'exprimer.

— Je pense que SHEVA est en train de muter comme n'importe quel organisme pathogène. Rien ne m'autorise à penser que ce n'en est pas un.

— Docteur Lang, dit Shawbeck, est-il exact que certaines formes de HERV, que l'on supposait jusqu'ici non infectieuses, ont été associées à certains types de tumeurs ?

— Oui, monsieur. Mais elles sont également exprimées sous des formes non infectieuses dans bien d'autres tissus, y compris le placenta. Ce n'est que maintenant que nous avons l'occasion de comprendre les nombreux rôles joués par ces rétrovirus endogènes.

— Nous ne comprenons pas leur présence dans notre génome, dans nos tissus, n'est-ce pas, docteur Lang ? demanda Augustine.

— Jusqu'à maintenant, nous ne connaissions aucune théorie susceptible d'expliquer leur présence.

— Excepté leur action en tant qu'organismes pathogènes ?

— Nombre de substances présentes dans notre corps, quoique positives et nécessaires, sont également parfois impliquées dans une action pathogène, répondit Kaye. Les oncogènes sont des gènes nécessaires qui peuvent aussi entraîner le déclenchement de cancers.

Jackson leva la main.

— J'aimerais prolonger cette discussion en l'abordant dans une perspective évolutionnaire. Bien que je ne sois pas un biologiste évolutionnaire, et que je n'en aie même jamais interprété un à la télé...

Des gloussements montèrent de l'assistance, mais Shawbeck et le vice-président restèrent de marbre.

— ... je pense avoir bien assimilé le paradigme que l'on m'a enseigné à l'école et à la fac. Ce paradigme dit que l'évolution procède par mutations aléatoires au sein du génome. Ces mutations altèrent la nature des protéines ou des autres composants exprimés par notre ADN, et elles sont en général nuisibles à l'organisme, dans lequel elles entraînent la maladie et la mort. Cependant, sur une échelle de temps assez grande, et dans des conditions variables, les mutations peuvent également créer des formes conférant un avantage à l'organisme. Ai-je raison, jusqu'ici, docteur Lang ?

— Tel est bien le paradigme, reconnut Kaye.

— Ce que vous semblez sous-entendre, cependant, c'est l'existence d'un mécanisme jusque-là inconnu par lequel le génome prend le contrôle de sa propre évolution, comme s'il percevait le moment où il convient de procéder à un changement. Exact ?

— A peu près. Je pense que notre génome est bien plus astucieux que nous. Il nous a fallu des dizaines de millénaires pour arriver à un point où nous pouvons espérer comprendre le fonctionnement de la vie. Les espèces terrestres évoluent depuis des milliards d'années, par la compétition et la coopération. Elles ont appris à survivre dans des conditions que nous sommes à peine capables d'imaginer. Même le plus conservateur des biologistes sait que différents types de bactéries peuvent coopérer et apprendre les unes des autres... mais nous sommes désormais nombreux à comprendre que différentes espèces métazoaires, des plantes et des animaux comme nous, font plus ou moins la même chose en jouant leurs rôles dans un écosystème. Les espèces terrestres ont appris à anticiper les changements climatiques et à y réagir à l'avance, à s'y adapter, et je crois que, dans notre cas, notre génome est en train de réagir au changement social et au stress qu'il entraîne.

Jackson fit semblant de méditer cette déclaration avant de demander :

— Si vous étiez directrice de thèse et que l'un de vos étudiants vous proposait de travailler sur cette possibilité, est-ce que vous l'y encourageriez ?

— Non, répondit Kaye avec franchise.

— Pourquoi ?

— Il s'agit là d'un point de vue qui n'est guère défendu. L'évolution est un domaine de la biologie où l'ouverture d'esprit est plutôt rare, et seuls les scientifiques les plus audacieux contestent le paradigme de la théorie synthétique darwinienne. Un simple étudiant ne devrait pas s'engager sur ce terrain.

— Donc, Charles Darwin avait tort et vous avez raison ?

Kaye se tourna vers Augustine.

— Le docteur Jackson compte-t-il mener tout seul cette inquisition ?

Augustine s'avança.

— Ceci est pour vous une occasion de répondre à vos adversaires, docteur Lang.

Kaye se retourna pour faire face à Jackson et au reste du public.

— Je ne conteste pas Charles Darwin, j'ai pour lui un immense respect. Il nous aurait recommandé de ne pas graver nos idées dans le marbre avant d'en avoir compris tous les principes. Et je ne rejette nullement la majorité des principes de la théorie synthétique de l'évolution ; de toute évidence, les productions du génome doivent passer le test de la survie. La mutation est une source de nouveautés imprévues et parfois utiles. Mais cela ne suffit pas à expliquer ce que nous observons dans la nature. La théorie synthétique a été conçue durant une période où nous commencions à peine à comprendre la nature de l'ADN et à bâtir les fondations de la génétique moderne. Darwin aurait été fasciné d'apprendre ce que nous savons aujourd'hui sur les plasmides et l'échange d'ADN libre, les corrections d'erreurs dans le génome, l'édition, la transposition et les virus cachés, les marqueurs et la structure du gène, bref, toutes sortes de phénomènes génétiques, dont un bon nombre ne collent absolument pas avec les interprétations les plus rigides de la théorie synthétique.

— Existe-t-il un scientifique sérieux soutenant la proposition selon laquelle le génome est un « esprit » doué de conscience, capable d'évaluer son environnement et de déterminer lui-même le cours de son évolution ?

Kaye inspira à fond.

— Il me faudrait plusieurs heures pour rectifier et développer cette proposition telle que vous venez de la formuler, mais, en gros, la réponse est oui. Malheureusement, aucun d'eux ne se trouve parmi nous.

— Leurs vues ne sont-elles pas controversées ?

— Bien sûr que si. Dans ce domaine, il n'y a rien qui ne soit controversé. Et je m'efforce d'éviter le mot « esprit », car il a des connotations personnelles et religieuses qui sont contre-productives. J'utilise le terme de réseau ; un réseau perceptif et adaptatif d'individus capables de coopération comme de compétition.

— Croyez-vous que cet esprit, ou ce réseau, puisse d'une certaine façon être l'équivalent de Dieu ? demanda Jackson — sans le moindre signe de mépris ni de suffisance, constata-t-elle avec surprise.

— Non. Notre propre cerveau fonctionne à la façon d'un réseau perceptif et adaptatif, mais je ne crois pas que nous soyons des dieux.

— Mais notre cerveau produit un *esprit*, n'est-ce pas ?

— Je pense que ce terme est correct, oui.

Jackson leva les bras, feignant la confusion.

— Nous revenons donc à notre point de départ. C'est donc un type d'Esprit — avec un E majuscule, peut-être — qui détermine l'évolution ?

— Encore une fois, la valeur sémantique de ce terme a son importance, dit lentement Kaye, comprenant trop tard que le silence aurait été la meilleure des réponses.

— Vos théories les plus avancées ont-elles été jugées par vos pairs et publiées dans un journal d'importance ?

— Non. J'en ai exposé certains aspects dans mes articles sur le HERV-DL3, qui ont été approuvés par mes pairs.

— Nombre de vos articles ont été refusés par d'autres journaux, n'est-ce pas ?

— Oui.

— Par *Cell*, entre autres.

— Oui.

— *Virology* est-il le journal le plus respecté dans votre domaine ?

— C'est un journal sérieux. Il a publié des articles très importants.

Jackson n'insista pas.

— Je n'ai pas eu le temps de lire tout le matériel que vous avez préparé. Je m'en excuse. (Il se leva.) A votre connaissance, les auteurs des articles inclus dans ce matériel seraient-ils en complet accord avec vous sur la façon dont fonctionne l'évolution ?

— Bien sûr que non. C'est un domaine en plein développement.

— En fait, on pourrait même dire qu'il est infantile, n'est-ce pas, docteur Lang ?

— Il est dans son enfance, oui, rétorqua Kaye. « Infantile » est un adjectif s'appliquant à ceux qui nient les preuves irréfutables.

Elle ne put s'empêcher de se tourner vers Dicken. Il la regardait d'un air triste mais décidé.

Augustine s'avança une nouvelle fois et leva la main.

— Nous pourrions débattre ainsi pendant plusieurs jours. Je suis sûr que cela donnerait une conférence des plus intéressantes. Ce que nous devons déterminer, cependant, c'est si les opinions entretenues par le docteur Lang risquent de porter tort aux objectifs de la Brigade. Notre mission est de protéger la santé publique, pas de nous intéresser aux théories de pointe.

— Ce n'est pas tout à fait juste, Mark, intervint Marge Cross en se levant. Kaye, cela ressemble-t-il à vos yeux à un procès jugé d'avance ?

Kaye eut un petit soupir amusé, baissa les yeux et hocha la tête.

— Je regrette que nous n'ayons pas le temps d'approfondir, reprit Marge. Je le regrette vraiment. Vos idées sont fascinantes, et je partage certaines d'entre elles, ma chère, mais nous sommes piégés par les affaires et la politique, et nous devons parvenir à un consensus, lequel doit en outre être compris par le public. Je ne pense pas que vos idées aient des partisans dans cette salle, et je sais que nous n'avons ni le temps ni la volonté de lancer un débat public. Malheureusement, nous devons nous contenter d'une science définie par un comité, docteur Augustine.

De toute évidence, Augustine n'était guère ravi de cette formulation.

Kaye se tourna vers le vice-président. Il fixait des yeux le dossier posé sur ses genoux, qu'il n'avait même pas ouvert, visiblement gêné de se retrouver spectateur d'une course où il ne pouvait parier sur aucun cheval. Il se contentait donc d'en attendre la fin.

— Je comprends, Marge. (Kaye ne put empêcher sa voix de trembler un peu.) Je vous remercie d'avoir éclairci les choses. Je n'ai pas le choix et me vois obligée de donner ma démission de la Brigade. Comme cela réduit sans doute ma valeur aux yeux d'Americol, je vous présente également ma démission.

Après la réunion, Augustine retrouva Dicken dans le couloir et l'entraîna à l'écart. Dicken avait tenté de rattraper Kaye, mais elle se dirigeait déjà vers l'ascenseur.

— Les choses n'ont pas tourné de la façon dont je l'aurais souhaité, déclara Augustine. Je ne voulais pas qu'elle quitte la Brigade. Je voulais seulement qu'elle n'expose pas ses idées au grand public. Bon Dieu, Jackson nous a sans doute fourrés dans un sacré guêpier.

— Je connais suffisamment bien Kaye Lang. Elle est partie pour de bon et, oui, elle est furieuse, et je suis aussi responsable que Jackson.

— Dans ce cas, que pouvez-vous faire pour redresser la situation ?

Dicken se dégagea de l'étreinte de son supérieur.

— Rien, Mark. Que dalle. Et ne me demandez pas d'essayer.

Shawbeck s'approcha d'eux, le visage sinistre.

— Une nouvelle marche sur Washington est prévue pour ce soir. Il y aura des femmes, des chrétiens, des Noirs et des Hispaniques. Le Capitole et la Maison-Blanche vont être évacués.

— Seigneur ! fit Augustine. Qu'est-ce qu'ils veulent ? Paralyser le pays ?

— Le président a accepté le plein déploiement des forces de défense, l'armée et la garde nationale. Je crois que le maire va décréter l'état d'urgence dans la ville. Le vice-président prend l'avion pour Los

Angeles dès ce soir. Messieurs, je crois que nous devrions nous casser, nous aussi.

Dicken entendit Kaye se disputer avec son garde du corps. Il se dirigea vers le bout du couloir pour voir ce qui se passait, mais ils étaient déjà dans l'ascenseur, et la porte de celui-ci s'était refermée quand il arriva devant elle.

Une fois parvenue au rez-de-chaussée, Kaye se dressa de toute sa taille et, les poings sur les hanches, se mit à beugler :

— Je ne veux *pas* de votre protection ! Je n'en veux plus ! Je vous ai déjà dit que...

— Je n'ai pas le choix, m'dame, dit Benson sans se démonter. Nous sommes en état d'alerte. Vous ne pouvez pas regagner votre appartement tant que nous n'aurons pas reçu des renforts, et ça va prendre au moins une heure.

Les gardes chargés de la sécurité du bâtiment verrouillaient les portes et mettaient les barrières en position. Kaye pivota sur elle-même, les vit s'affairer, vit les badauds curieux au-dehors. Un rideau de fer tombait lentement sur l'entrée principale.

— Puis-je donner un coup de fil ?

— Pas maintenant, Ms. Lang. Je m'excuserais platement si c'était ma faute, vous le savez.

— Oui, comme la fois où vous avez dit à Augustine qui je recevais chez moi ?

— C'est le portier qu'ils ont interrogé, Ms. Lang, pas moi.

— Alors, maintenant, c'est *eux* contre *nous*, hein ? Je veux aller dehors, avec de vrais gens, pas ici...

— Ils pourraient vous reconnaître, donc, c'est non.

— Mais bon sang, Karl, je viens de *démissionner* !

L'agent écarta les mains et secoua fermement la tête : aucune importance.

— Où est-ce que je vais aller, alors ?

— On va vous mettre avec les autres chercheurs, dans la salle à manger du personnel d'encadrement.

— Avec Jackson ?

Kaye se mordit les lèvres et leva les yeux au ciel, prise d'un fou rire irrésistible.

62.

Université de l'Etat de New York, Albany

Mitch se pencha vers la fenêtre du taxi pour mieux voir les étudiants qui défilaient dans l'avenue bordée d'arbres. Sur leur chemin, les gens sortaient des maisons et des bureaux pour grossir leurs rangs. Cette fois-ci, ils ne portaient ni pancartes ni banderoles, mais tous levaient la main gauche, la paume tendue vers l'avant, les doigts bien écartés.

Le chauffeur, un immigré somalien, baissa la tête et jeta un coup d'œil furtif sur sa droite.

— Qu'est-ce que ça veut dire, cette main levée ?

— Aucune idée, répondit Mitch.

Ils étaient bloqués à un carrefour. Le campus ne se trouvait qu'à quelques pâtés de maisons, mais Mitch ne pensait pas qu'ils y arriveraient aujourd'hui.

— Ça fait peur, dit le chauffeur en regardant Mitch par-dessus son épaule. Ils veulent qu'on fasse quelque chose, c'est ça ?

— Je suppose.

Le chauffeur secoua la tête.

— Je n'irai pas plus loin. Ils sont trop nombreux. Je vais vous reconduire à la gare, monsieur, vous y serez en sécurité.

— Non, répliqua Mitch. Je vais descendre ici.

Il paya la course et se dirigea vers le trottoir. Le taxi fit demi-tour et s'empressa de filer avant que la rue ne soit totalement embouteillée.

Mitch serra les mâchoires. Il sentait, percevait la tension, l'électricité sociale qui montait de cette longue file d'hommes et de femmes, jeunes pour la plupart mais maintenant rejoints par des manifestants plus âgés qui émergeaient des immeubles, la main gauche bien levée.

Pas le poing ; la main. Ce détail lui parut significatif.

Une voiture de police se gara à quelques mètres de lui. Deux officiers en sortirent et observèrent la scène.

Kaye avait plaisanté à propos des masques le jour où ils avaient fait l'amour pour la première fois. Ils avaient eu si peu d'occasions de faire l'amour. La gorge de Mitch se serra. Il se demanda combien de manifestantes étaient enceintes, combien avaient été testées SHEVA-positives, quelles en avaient été les conséquences sur leurs relations affectives.

— Vous avez une idée de ce qui se passe ? lui demanda l'un des policiers.

— Non.

— Vous pensez que ça va dégénérer ?

— J'espère que non.

— On ne nous a rien dit, nom de Dieu.

Le policier se remit au volant en maugréant. Il voulut faire une marche arrière, mais la rue était à présent complètement bouchée. Il s'abstint d'actionner sa sirène, ce que Mitch jugea fort sage de sa part.

Cette manifestation était différente de celle de San Diego. Ses participants étaient fatigués, traumatisés, presque désespérés. Mitch aurait aimé pouvoir leur dire que leur terreur était sans fondement, qu'ils n'avaient pas à craindre une catastrophe, un fléau, mais il ne savait plus très bien ce qu'il devait croire. Toute croyance, toute opinion était anéantie en présence de ce raz de marée d'émotion, de peur.

Il ne voulait pas de ce boulot à l'université de New York. Il voulait être auprès de Kaye et la protéger ; il voulait l'aider à traverser cette épreuve, tant sur le plan professionnel que sur le plan personnel, et il voulait également qu'elle l'aide.

Ce n'était pas le moment d'être seul. Le monde entier souffrait.

63.

Baltimore

Kaye entra à pas lents dans son appartement. Elle referma la lourde porte de deux coups de pied, puis s'appuya dessus pour la verrouiller. Elle lâcha sa valise et son sac à main sur le fauteuil et resta immobile quelques instants, comme pour se repérer. Cela faisait vingt-huit heures qu'elle n'avait pas dormi.

C'était la fin de la matinée.

Le voyant du répondeur lui lançait des appels. Elle écouta trois messages. Le premier émanait de Judith Kushner, qui la priait de la rappeler. Le deuxième avait été laissé par Mitch, qui lui donnait un numéro à Albany. Le troisième était encore de Mitch : « J'ai réussi à revenir à Baltimore, mais ça n'a pas été facile. On m'a interdit de pénétrer dans l'immeuble, et je ne peux pas utiliser la clé que tu m'as donnée. J'ai essayé d'appeler Americol, mais le standard n'est pas autorisé à transférer les appels venant de l'extérieur, ou alors tu n'es pas joignable, ou alors c'est encore autre chose. Je suis malade d'inquiétude. C'est l'enfer, Kaye. Je te rappellerai dans quelques heures pour savoir si tu es rentrée. »

Kaye s'essuya les yeux et jura à mi-voix. Elle n'y voyait même plus clair. Elle avait l'impression de marcher dans la mélasse, et personne ne voulait la laisser nettoyer ses souliers.

Pendant neuf heures d'affilée, quatre mille manifestants avaient cerné le siège social d'Americol, bloquant la circulation dans le quartier. La police avait fini par intervenir, dispersant la foule en plusieurs petits groupes incontrôlables, et une émeute avait éclaté. Débuts d'incendies, démolitions de voitures.

— Où puis-je te joindre, Mitch ? murmura-t-elle en attrapant le combiné sans fil.

Elle feuilletait l'annuaire, en quête du numéro du YMCA, lorsque la sonnerie retentit.

Elle porta le combiné à son oreille.

— Allô !

— C'est encore le Sinistre Intrus. Comment vas-tu ?

— Mitch, ô mon Dieu, ça va, mais je suis vannée.

— J'ai passé mon temps à me balader dans le centre-ville. Ils ont en partie incendié le Palais des congrès.

— Je sais. Où es-tu ?

— A une rue d'ici. Je peux voir ton immeuble et la tour Pepto-Bismol.

Kaye éclata de rire.

— Bromo-Seltzer. Le flacon était bleu et non pas rose. (Elle inspira à fond.) Je ne veux plus que tu viennes ici. Non, excuse-moi : je ne veux plus que nous restions ici. Je ne sais plus ce que je dis, Mitch. J'ai tellement besoin de toi. Viens vite, je t'en prie. Je veux faire mes bagages et partir. Le garde du corps est toujours là, mais il est resté dans le hall. Je vais lui dire de te laisser entrer.

— Je ne suis même pas allé passer mon entretien à la fac.

— J'ai quitté Americol et la Brigade. Nous sommes à égalité.

— Clochards tous les deux ?

— Sans attaches, sans racines et sans moyens de subsistance visibles. Excepté un compte bancaire bien garni.

— Où irons-nous ? s'enquit Mitch.

Kaye plongea une main dans son sac et en sortit

deux petites boîtes contenant des tests SHEVA. Elle les avait prises dans la salle de stockage, au septième étage de l'immeuble d'Americol.

— Pourquoi pas à Seattle ? Tu as un appartement à Seattle, n'est-ce pas ?

— En effet.

— C'est exquis. Je te veux, Mitch. Allons vivre heureux pour toujours dans ta garçonnière de Seattle.

— Tu es cinglée. J'arrive tout de suite.

Il raccrocha, et elle eut un petit rire de soulagement, puis elle éclata en sanglots. Elle se caressa la joue avec le combiné, se rendit compte que c'était grotesque, le remit sur son socle.

— Je suis complètement à côté de mes pompes, murmura-t-elle en se dirigeant vers la cuisine.

Elle se débarrassa desdites pompes, décrocha du mur une reproduction de Parrish héritée de sa mère, la posa sur la table du séjour, puis fit de même avec toutes les images qui lui appartenaient, qui représentaient sa famille, son passé.

Dans la cuisine, elle se servit un verre d'eau glacée.

— Au diable le luxe et la sécurité ! Au diable la respectabilité !

Elle dressa une liste de dix choses à envoyer au diable, la concluant par : « Et au diable ma propre personne ! »

Puis elle se rappela de prévenir Benson de l'arrivée de Mitch.

64.

Atlanta

Dicken se dirigeait vers son ancien bureau au sous-sol du bâtiment 1, au 1600 Clifton Road. Tout en marchant, il examinait une pochette en vinyle pleine de nouveau matériel : laissez-passer fédéral de haute sécurité, instructions relatives aux nouvelles procédures de sécurité, sujets à aborder lors des entretiens de la semaine à venir.

Difficile de croire qu'on en était arrivé là. Les troupes de la garde nationale patrouillaient dans les environs immédiats et, bien qu'on n'ait encore déploré aucun incident violent au CDC, le standard téléphonique recevait une bonne dizaine de menaces par jour.

Il ouvrit la porte de son bureau et resta un instant immobile, savourant la fraîcheur et la tranquillité de cette pièce minuscule. Il aurait préféré se trouver à Lagos ou à Tegucigalpa. Il était nettement plus à l'aise sur le terrain, de préférence dans un coin perdu ; même la république de Géorgie était à ses yeux un peu trop civilisée, et donc un peu trop dangereuse.

Il préférait les virus aux humains incontrôlés.

Dicken posa son matériel devant lui. L'espace d'un instant, il fut incapable de se rappeler ce qu'il faisait là. Il était venu récupérer quelque chose pour Augustine. Cela lui revint : les rapports d'autopsie sur les fœtus du premier stade provenant de l'hôpital North-side. Augustine travaillait sur un plan tellement top secret que Dicken n'en connaissait rien, mais tous les fichiers relatifs aux HERV et à SHEVA qui se trouvaient dans le bâtiment devaient être copiés pour son usage.

Il trouva les rapports puis prit un air pensif, se rappelant la conversation qu'il avait eue avec Jane Salter plusieurs mois auparavant, à propos des cris des singes dans ces antiques pièces souterraines.

Il se mit à taper du pied au rythme d'une vieille comptine morbide et murmura :

— Les bestioles rentrent et les bestioles sortent, les singes hurlent et les gorilles beuglent...

Cela ne faisait plus aucun doute. Christopher Dicken était un membre à part entière de l'équipe, et il espérait survivre avec son esprit et ses sentiments relativement intacts.

Il ramassa sa pochette de vinyle, récupéra les dossiers et ressortit.

65.

Baltimore

Kaye cala le sac porte-habits sur son épaule. Mitch attrapa deux valises et se planta devant la porte, qui était maintenue en place par un boudin en caoutchouc.

Ils avaient déjà chargé trois cartons dans la voiture, garée dans le parking de l'immeuble.

— Ils m'ont demandé de rester en contact, dit Kaye en montrant à Mitch un téléphone mobile. C'est Marge qui paie. Et Augustine m'a interdit de parler à la presse. Ce qui ne me dérange absolument pas. Et toi ?

— Mes lèvres sont scellées.

— Par des baisers ? répliqua Kaye en lui donnant une bourrade.

Benson les suivit dans le parking. Il les regarda charger la voiture de Mitch d'un air réprobateur.

— Vous n'appréciez pas l'idée que je me fais de la liberté ? lui lança Kaye d'un air taquin.

Elle referma le coffre, faisant gémir les amortisseurs arrière.

— Vous emportez tout ce que vous avez, m'dame, dit l'agent, impassible.

— Ce qu'il désapprouve, ce sont tes fréquentations, dit Mitch.

— Eh bien... (Kaye se planta près de Benson, remit de l'ordre dans sa coiffure) c'est parce que c'est un homme de goût.

Benson se fendit d'un sourire.

— Vous êtes stupide de partir ainsi, sans protection.

— Peut-être. Je vous remercie de votre vigilance. Transmettez ma gratitude aux autres.

— Oui, m'dame. Bonne chance.

Kaye le serra dans ses bras. Il rougit.

— Allons-y, dit-elle.

Elle passa le doigt sur la portière de la Buick, dont

la peinture bleue trahissait le poids des ans. Elle demanda à Mitch quel était l'âge de la voiture.

— Je ne sais pas. Dix ou quinze ans.

— Allons chez un concessionnaire. Je vais t'offrir une Land Rover flambant neuve.

— Ça, c'est ce que j'appelle vivre à la dure, rétorqua-t-il en levant un sourcil. Je préférerais qu'on ne se fasse pas remarquer.

— J'adore quand tu fais ça, dit Kaye en levant à son tour un sourcil nettement moins fourni.

Mitch éclata de rire.

— D'accord, laissons tomber, reprit-elle. Prends le volant de ta Buick. On campera à la belle étoile.

66.

Arrivée à Washington, DC

Le jet Falcon de l'US Air Force vira doucement vers l'est. Augustine sirotait son Coca tout en jetant au hublot de fréquents coups d'œil inquiets. Dicken ignorait que son supérieur avait peur de l'avion ; c'était la première fois qu'ils volaient ensemble.

— Nous pouvons démontrer que les fœtus du second stade, même s'ils survivent à leur naissance, seront porteurs d'une grande quantité de HERV infectieux, déclara Augustine.

— Où sont les preuves ? demanda Jane Salter.

La chaleur qui régnait dans l'appareil avant le

décollage lui avait un peu rougi les joues ; tout ce déploiement de moyens militaires ne l'impressionnait que modérément.

— J'ai eu une intuition et j'ai demandé aux chercheurs de la Brigade de faire une synthèse des rapports de biopsie de ces deux dernières semaines. Nous savons que les HERV s'expriment dans toutes sortes de conditions, mais les particules n'étaient jamais infectieuses jusqu'à maintenant.

— Nous ignorons encore quel est le but des particules non infectieuses, rétorqua Salter.

Les autres membres de l'équipe, plus jeunes et moins aguerris, se contentaient des les écouter en silence.

— En tout cas, ce n'est pas un but louable, dit Augustine en tapotant son accoudoir. (Il déglutit et jeta un nouveau coup d'œil au hublot.) Les HERV continuent de produire des particules virales non infectieuses... Jusqu'à ce que SHEVA lance le code de fabrication d'une boîte à outils complète, tout ce qu'il faut à un virus pour s'assembler et quitter la cellule. Selon six experts reconnus, dont Jackson, il est possible que SHEVA « apprenne » aux autres HERV à redevenir infectieux. Ils sont surtout actifs chez les individus dont les cellules se divisent à grande vitesse, c'est-à-dire chez les fœtus SHEVA. Nous risquons d'affronter des maladies que nous n'avons pas vues depuis des millions d'années.

— Des maladies qui ne sont peut-être plus pathogènes chez l'humain, remarqua Dicken.

— Pouvons-nous courir ce risque ? demanda Augustine.

Dicken haussa les épaules.

— Qu'allez-vous recommander, alors ? s'enquit Salter.

— Washington est déjà placée sous le régime du couvre-feu, et la loi martiale sera proclamée dès que quelqu'un aura la mauvaise idée de briser une vitre ou de renverser une voiture. Pas de manifestations, pas de déclarations enflammées... Les politiciens n'aiment pas être lynchés. Ça ne va pas durer. Le peuple est un troupeau de vaches, et la foudre a déjà suffisamment frappé pour inquiéter les cow-boys.

— Cette comparaison est plutôt mal choisie, docteur Augustine, dit sèchement Salter.

— Eh bien, je vais la retravailler. Je ne suis pas au mieux de ma forme à vingt mille pieds d'altitude.

— Vous pensez que nous allons être placés sous la loi martiale, intervint Dicken, et que nous allons pouvoir enfermer toutes les femmes enceintes et leur prendre leurs bébés... pour les soumettre à des tests ?

— C'est horrible, admit Augustine. La plupart des fœtus vont probablement périr, sinon tous. Mais, s'ils survivent, je pense que nous pourrons convaincre les autorités de les interner.

— C'est ce qui s'appelle jeter de l'huile sur le feu, commenta Dicken.

Augustine acquiesça d'un air pensif.

— Je n'arrête pas de me creuser la cervelle pour trouver d'autres solutions. Je suis ouvert à toute proposition.

— Peut-être que nous devrions attendre un peu avant de lancer cette idée, suggéra Salter.

— Pour l'instant, je n'ai aucune intention de faire ou de dire quoi que ce soit. Le travail continue.

— Nous devons veiller à rester sur la terre ferme.

— Foutre oui, fit Augustine en grimaçant. *Terra firma*, et le plus tôt sera le mieux.

67.

Départ de Baltimore

— Tout le monde a envie de râler, remarqua Mitch.

Il venait de s'engager sur la route 26 pour sortir de la ville, restant à l'écart des autoroutes. Trop de manifestants — routiers, motards et même cyclistes, impatients d'exercer leur droit à la désobéissance civile — bloquaient les axes principaux. Ils avaient dû patienter vingt minutes dans le centre ville pendant que la police évacuait des tonnes d'ordures déversées par les éboueurs grévistes.

— Nous les avons trahis, dit Kaye.

— Tu n'as trahi personne, répondit Mitch en cherchant une sortie.

— J'ai merdé et j'ai mal défendu mes idées.

Kaye se mit à fredonner pour elle-même.

— Quelque chose ne va pas ? demanda Mitch.

— Rien, rétorqua-t-elle. Excepté toute la planète.

En Virginie-Occidentale, ils s'arrêtèrent dans un camping qui leur demanda trente dollars pour un emplacement. Mitch monta la tente légère qu'il avait achetée en Autriche avant de rencontrer Tilde, et disposa son camping-gaz sous un jeune chêne dominant la vallée, où deux tracteurs gisaient abandonnés dans un champ aux sillons soigneusement tracés.

Le soleil s'était couché vingt minutes plus tôt et le ciel était moucheté de nuages bas. La fraîcheur commençait tout juste à se faire sentir. Kaye avait les cheveux poisseux, la peau irritée par l'élastique de ses collants.

Le camping était désert, à l'exception d'une autre famille qui avait planté deux tentes à cent mètres de là.

Kaye s'insinua sous la toile.

— Viens par ici, dit-elle à Mitch.

Elle ôta sa robe et s'allongea sur le sac de couchage que Mitch avait déroulé. Il éteignit le camping-gaz et passa la tête sous la tente.

— Mon Dieu, femme, dit-il, admiratif.

— Tu sens mon odeur ?

— Certainement, m'dame, répondit-il, imitant l'accent de Caroline du Nord qui était celui de Benson. (Il se glissa à ses côtés.) Il fait encore un peu chaud.

— Je sens la tienne, murmura Kaye.

Son expression était grave et impatiente. Elle aida Mitch à enlever sa chemise, et il se débarrassa de son pantalon avant d'attraper la trousse de toilette où il rangeait ses préservatifs. Alors qu'il déchirait l'emballage, elle se pencha sur son pénis pour lui donner un baiser.

— Pas cette fois-ci. (Elle le lécha, puis leva les yeux.) Je te veux sans membrane.

Mitch lui prit la tête en coupe et la souleva.

— Non.

— Pourquoi ?

— Tu es fertile.

— Comment diable le sais-tu ?

— Je le vois sur ta peau. Je le sens.

— Je l'aurais parié, dit-elle, admirative. Tu ne sens pas autre chose ?

Elle rampa le long de son corps, lui enfourcha la tête, écarta les jambes.

— Le printemps, dit Mitch en se mettant en position.

Elle se cambra, se pencha et le caressa délicatement pendant qu'il s'activait entre ses cuisses.

— Une ballerine, dit Mitch d'une voix étouffée.

— Tu es fertile, toi aussi. Tu n'as jamais prétendu le contraire.

— Mmm.

Elle se redressa, s'écarta de lui pour lui faire face.

— Tu émets, lui dit-elle.

Mitch grimaça en signe de confusion.

— Pardon ?

— Tu émets SHEVA. Je suis positive.

— Bon Dieu, Kaye. Tu n'as pas ton pareil pour casser une ambiance. (Mitch s'écarta d'elle et se recroquevilla dans un coin de la tente.) Je ne pensais pas que ça arriverait si vite.

— Quelque chose pense que je suis ta femme. La Nature dit que nous allons rester ensemble pendant longtemps. Je veux que ce soit vrai.

Mitch était totalement désemparé.

— Moi aussi, mais ça ne veut pas dire qu'on doit se conduire comme des crétins.

— Tout homme veut faire l'amour avec une femme fertile. C'est dans ses gènes.

— Conneries, s'exclama Mitch en se reculant encore. Qu'est-ce qui te prend, bon sang ?

Kaye se redressa sur ses genoux. Mitch sentait battre ses tempes face à elle. Leurs odeurs mêlées imprégnaient la tente, l'empêchant de réfléchir.

— Nous pouvons prouver qu'ils ont tort, Mitch.

— A quel sujet ?

— Autrefois, je pensais que j'aurais à choisir entre le travail et la famille. Aujourd'hui, il n'y a plus de conflit. Je suis mon propre laboratoire.

Mitch secoua la tête avec véhémence.

— Non.

Kaye s'allongea devant lui, reposant sa tête sur ses bras.

— Une réponse plutôt définitive, n'est-ce pas ? demanda-t-elle à voix basse.

— Nous n'avons pas la moindre idée de ce qui peut arriver.

Mitch avait les yeux humides, chauds, sous le coup de la peur et d'une émotion indéfinissable — quelque chose qui ressemblait à la joie à l'état pur. Son corps la désirait intensément, la désirait *tout de suite*. S'il lui cédait, il savait que cet acte de chair serait le plus fantastique de sa vie. Et, s'il lui cédait, il craignait de ne jamais pouvoir se le pardonner.

— Tu penses que nous avons raison, je le sais, et tu feras un bon père, je le sais aussi. (Kaye plissa les yeux et releva lentement une jambe.) Si nous n'agis-

550

sons pas tout de suite, peut-être qu'il ne se passera jamais rien, que nous ne saurons jamais rien. Sois mon homme. S'il te plaît.

Mitch éclata en sanglots et se cacha le visage. Elle se leva, l'étreignit et s'excusa, le sentant trembler de tout son corps. Il marmonna quelques paroles confuses desquelles il ressortait que les femmes ne comprenaient pas, ne pourraient jamais comprendre.

Kaye l'apaisa, s'allongea près de lui, et le silence régna un temps, brisé par le seul claquement de la toile.

— Ce n'est rien de grave, dit-elle. (Elle lui essuya les joues et le contempla, terrifiée par ce qu'elle avait provoqué.) C'est peut-être tout ce qu'il nous reste de bon.

— Je suis désolée, dit Kaye, un peu raide, alors qu'ils chargeaient la voiture.

Des vagues d'air frais montaient de la vallée. Le feuillage des chênes chuchotait. Les tracteurs restaient immobiles parmi les sillons impeccablement tracés.

— Tu n'as aucune raison de l'être, la rassura Mitch en secouant la tente.

Il la plia et la roula dans son emballage de tissu, puis, avec l'aide de Kaye, démonta les piquets et les rassembla en un faisceau maintenu en place par leurs élastiques.

Ils n'avaient pas fait l'amour durant la nuit, et Mitch avait très peu dormi.

— Tu as fait des rêves ? demanda Kaye alors qu'ils se servaient du café réchauffé sur le camping-gaz.

Mitch fit non de la tête.

— Et toi ?

— J'ai dormi deux heures à peine, répondit Kaye. J'ai rêvé que je travaillais à EcoBacter. Tout un tas de gens entraient et sortaient. Tu étais là.

Kaye ne voulait pas dire à Mitch que, dans son rêve, elle ne l'avait pas reconnu.

— Ce n'est pas très excitant, commenta-t-il.

Au cours de leur voyage, ils ne virent pas grand-chose qui sortît de l'ordinaire. Ils roulèrent vers l'ouest sur la route à deux voies, traversant des petites villes, des villes minières, vieilles, fatiguées, des villes repeintes et réparées, apprêtées, où les demeures des beaux quartiers étaient aménagées en chambres d'hôtes pour l'agrément des jeunes parvenus de Philadelphie, de Washington et même de New York.

Mitch alluma l'autoradio, et ils apprirent qu'on avait organisé des veillées aux chandelles dans le Capitole, en hommage aux sénateurs morts, et des cérémonies funèbres pour les autres victimes de l'émeute. On évoquait les efforts pour trouver un vaccin, les espoirs des scientifiques reposant désormais sur James Mondavi ou peut-être une équipe de Princeton. L'étoile de Jackson semblait être sur le déclin, et, en dépit de tout ce qui s'était passé, Kaye se sentit un peu triste pour lui.

Ils mangèrent au High Street Grill de Morgantown, un restaurant tout neuf conçu pour avoir l'air antique et respectable, avec décor colonial et tables en bois épais recouvertes de résine plastique. A en croire son enseigne, il était « un peu plus ancien que le millénaire et nettement moins signifiant ».

Kaye observa Mitch avec attention tandis qu'elle picorait son sandwich club.

Evitant son regard, Mitch se tourna vers les autres clients, tous concentrés sur leurs assiettes. Les couples plus âgés demeuraient silencieux ; un homme assis seul à une table posa son bonnet de laine près de sa tasse de café ; dans un box, trois adolescentes dégustaient leurs crèmes glacées avec de longues cuillères. Le personnel était jeune et amical, et pas une seule femme ne portait un masque.

— Ça me donne l'impression d'être un type ordinaire, murmura Mitch en contemplant le bol de chili devant lui. Jamais je n'aurais cru que je ferais un bon père.

— Pourquoi ? demanda Kaye, baissant la voix elle aussi comme s'ils partageaient un secret.

— Je me suis toujours concentré sur mon travail, j'étais toujours prêt à partir vers un lieu intéressant. Je suis plutôt du genre égoïste. Jamais je n'aurais cru qu'une femme intelligente me verrait dans le rôle de père, ni dans celui de mari, d'ailleurs. Certaines m'ont clairement fait comprendre que ce n'était pas pour cela qu'elles me fréquentaient.

— Oui.

Kaye était complètement focalisée sur lui, comme si la moindre de ses paroles était susceptible de contenir une réponse aux énigmes qui la tourmentaient.

La serveuse leur demanda s'ils souhaitaient un dessert ou un peu plus de thé. Ils lui répondirent par la négative.

— C'est tellement ordinaire, continua Mitch, empoignant sa cuillère pour désigner la salle d'un mouvement tournant. J'ai l'impression d'être un gros cafard en plein milieu d'une peinture de Norman Rockwell.

Kaye éclata de rire.

— Là ! fit-elle.

— Quoi donc ?

— Il n'y a que toi pour dire un truc comme ça. Et ça m'a fait frissonner les entrailles.

— C'est la bouffe.

— Non, c'est toi.

— Je dois devenir un mari avant de pouvoir devenir un père.

— Ça n'a rien à voir avec la bouffe. Mitch, je tremble.

Elle tendit une main, et il lâcha sa cuillère pour la saisir. Elle avait les doigts glacés, et elle claquait des dents en dépit de la chaleur.

— Je pense qu'on devrait se marier, proposa Mitch.

— C'est une idée merveilleuse.

Mitch tendit la main.

— Veux-tu m'épouser ?

Kaye retint son souffle quelques instants.

— Ô mon Dieu, oui, lâcha-t-elle, soudain décidée.

— Nous sommes dingues et nous ignorons ce qui nous attend.

— En effet.

— Nous sommes sur le point de créer quelque chose de nouveau, de différent de nous. Tu ne trouves pas que c'est terrifiant ?

— Complètement.

— Et si nous avons tort, nous courons vers toute une série de catastrophes. La souffrance. Le deuil.

— Nous avons raison. Sois mon homme.

— Je suis ton homme.

— Est-ce que tu m'aimes ?

— Je t'aime comme je n'aurais pas cru possible d'aimer.

— Ça s'est passé si vite. Incroyable !

Mitch acquiesça avec emphase.

— Mais je t'aime trop pour ne pas perdre mon esprit critique.

— Je t'écoute.

— J'ai été troublé quand tu t'es qualifiée de laboratoire. Ça me paraît froid et peut-être même un peu dément, Kaye.

— J'espère que tu ne vas pas t'arrêter aux mots. Que tu verras ce que j'espère dire et faire.

— Peut-être. Mais à peine. Là où nous sommes, l'atmosphère est très raréfiée pour le moment.

— Comme en montagne.

— Je n'aime pas tellement la montagne.

— Oh, moi, si ! s'enthousiasma Kaye en pensant aux pics et aux versants enneigés du mont Kazbek. C'est là qu'on trouve la liberté.

— Ouais. Tu sautes, et hop ! trois mille mètres de liberté à l'état pur.

Pendant que Mitch payait l'addition, Kaye se dirigea vers les toilettes. Obéissant à une impulsion, elle sortit de son portefeuille sa télécarte et un bout de papier, et décrocha le combiné d'une cabine publique.

Elle appelait Mrs. Luella Hamilton à son domicile de Richmond, Virginie. A force de persuasion, la standardiste de la clinique avait fini par lui donner le numéro.

Ce fut une voix d'homme qui lui répondit.

— Excusez-moi, est-ce que Mrs. Hamilton est là ?

— Nous dînons tôt ce soir. Qui la demande ?

— Kaye Lang. Le docteur Lang.

L'homme marmonna quelques mots, puis appela :
« Luella ! » et quelques secondes s'écoulèrent. Nouveaux bruits de voix. Luella Hamilton prit le combiné, le souffle un peu court, puis Kaye entendit sa
voix familière.

— Albert me dit que Kaye Lang est au bout du
fil. C'est vrai ?

— C'est bien moi, Mrs. Hamilton.

— Eh bien, je suis chez moi, maintenant, Kaye, et
je n'ai pas besoin de visites de contrôle.

— Je tenais à vous dire que je ne fais plus partie
de la Brigade, Mrs. Hamilton.

— Appelez-moi Lu, je vous en prie. Pourquoi les
avez-vous quittés, Kaye ?

— Nous étions en désaccord. Je pars pour l'Ouest
et je m'inquiétais pour vous.

— Vous n'avez aucune raison de vous inquiéter.
Albert et les gosses vont très bien, et moi aussi.

— Je me faisais du souci, c'est tout. J'ai beaucoup
pensé à vous.

— Eh bien, le docteur Lipton m'a donné de ces
pilules qui tuent les bébés avant qu'ils soient trop
gros. Vous les connaissez, ces pilules ?

— Oui.

— Je n'ai rien dit à personne, et on y a réfléchi,
mais Albert et moi on va aller jusqu'au bout. Il dit
qu'il croit une partie de ce que racontent les scientifiques, mais pas tout, et puis il dit aussi que je suis

trop moche pour le tromper en douce. (Elle lâcha un grand rire incrédule.) Il ne sait pas comment on arrive à se débrouiller, nous, les femmes, hein, Kaye ? (Puis, s'adressant à un membre de sa famille :) Arrête. Je suis en train de parler au téléphone.

— Non, en effet, dit Kaye.

— Nous allons avoir ce bébé, reprit Mrs. Hamilton, insistant sur le verbe « avoir ». Dites-le au docteur Lipton et aux gens de la clinique. Je ne sais pas à quoi il ou elle va ressembler, mais il ou elle est à *nous*, et on va lui donner une chance de s'en sortir.

— Je suis très contente de l'apprendre, Lu.

— Ah bon ? Vous ne seriez pas aussi un peu curieuse, Kaye ?

Kaye s'esclaffa, sentant les larmes percer sous son rire.

— Si.

— Vous voulez voir ce bébé quand il arrivera, hein ?

— J'aimerais vous acheter un cadeau, à tous les deux.

— C'est gentil. Eh bien, trouvez-vous un homme, attrapez cette grippe, et ensuite on se reverra pour comparer nos deux beaux bébés, d'accord ? Et moi je *vous* achèterai un cadeau.

Dans sa proposition, il n'y avait pas une once de colère, de ridicule ni de ressentiment.

— C'est peut-être ce que je vais faire, Lu.

— On s'en sortira, Kaye. Merci de vous être souciée de moi et merci... enfin, vous voyez... merci de m'avoir considérée comme une personne et pas comme un cobaye.

— Pourrai-je vous rappeler ?

— On va bientôt déménager, mais nous nous retrouverons, Kaye. Vous verrez. Prenez soin de vous.

Kaye regagna la salle en empruntant un long couloir. Elle se toucha le front. Brûlant. Son estomac était tout retourné. *Attrapez cette grippe, et ensuite on se reverra pour comparer...*

Mitch l'attendait devant le restaurant, les mains dans les poches, contemplant la circulation en plissant les yeux. Il se retourna et lui sourit en entendant s'ouvrir la lourde porte en bois.

— Je viens d'appeler Mrs. Hamilton. Elle va avoir son bébé.

— C'est courageux de sa part.

— Ça fait des millions d'années que les gens ont des bébés.

— Ouais. Rien de plus facile. Où veux-tu qu'on se marie ?

— Pourquoi pas à Columbus ?

— Pourquoi pas à Morgantown ?

— Entendu.

— Si je continue à y réfléchir, je vais devenir complètement inutilisable.

— Ça m'étonnerait, dit Kaye.

L'air frais lui faisait du bien.

Ils roulèrent jusqu'à Spruce Street, et Mitch acheta à Kaye une douzaine de roses à la Monongahela Florist Company. Après avoir fait le tour du siège des magistrats du comté et d'un foyer pour personnes âgées, ils traversèrent High Street pour se diriger vers le tribunal du comté, aisément repérable grâce à son beffroi et à son drapeau. Ils s'arrêtèrent près d'un bosquet d'érables pour contempler les plaques commémoratives disposées autour du parc.

— « En souvenir de James Crutchfield, onze ans », lut Kaye.

Le vent faisait bruire le feuillage, qui murmurait doucement comme un chœur de voix ou de souvenirs.

— « Mon amour durant cinquante ans, May Ellen Baker », lut Mitch.

— Tu crois qu'on restera ensemble aussi longtemps ? demanda Kaye.

Mitch sourit et lui étreignit l'épaule.

— Je n'ai jamais été marié. Et je suis plutôt naïf. Je dirai donc que oui.

Passant sous une arche de pierre et à droite du beffroi, ils franchirent une double porte.

Dans le bureau d'enregistrement du comté, une longue pièce emplie d'étagères croulant sous les livres et de tables où reposaient de lourds registres de transactions foncières, on leur donna les formulaires à remplir et l'adresse du laboratoire où passer leurs tests sanguins.

— C'est la loi dans cet Etat, leur dit la vieille employée derrière son grand bureau en bois. (Sourire plein de sagesse.) Dépistage de la syphilis, de la gonorrhée, du VIH, de l'herpès et de ce nouveau virus, SHEVA. Il y a quelques années, ils ont essayé de rendre ces tests facultatifs, mais tout a changé à présent. Attendez trois jours, ensuite, vous pourrez vous marier à l'église ou au tribunal de n'importe quel comté. Ces roses sont splendides, ma chérie. (Elle chaussa les bésicles accrochées à une chaîne d'or autour de son cou et examina les fleurs d'un œil avisé.) On ne vous demandera pas de justifier de votre âge. Pourquoi avez-vous mis si longtemps à vous décider ?

Elle leur tendit l'ensemble des formulaires.

— Nous ne nous marierons pas ici, dit Kaye à Mitch alors qu'ils quittaient le bâtiment. Jamais on ne passera les tests.

Ils se reposèrent sur un banc près des érables. Il était quatre heures de l'après-midi et le ciel se couvrait rapidement. Elle posa la tête sur l'épaule de Mitch.

Celui-ci lui caressa le front.

— Tu es brûlante. Ça ne va pas ?

— Ce n'est que la preuve de notre passion.

Kaye huma les roses, puis, sentant les premières gouttes, leva la main.

— Moi, Kaye Lang, je te prends, Mitchell Rafelson, pour époux en cette époque de confusion et de bouleversements.

Mitch la regarda sans rien dire.

— Si tu me veux, lève la main, lui intima-t-elle.

Mitch comprit ce qu'elle attendait de lui, lui étreignit la main, se concentra pour être à la hauteur de l'événement.

— Je veux que tu sois mon épouse, advienne que pourra, je veux t'aimer et te protéger, te chérir et t'honorer, qu'il y ait une chambre à l'auberge ou non, amen.

— Je t'aime, Mitch.

— Je t'aime, Kaye.

560

— Très bien. Je suis désormais ta femme.

Alors qu'ils quittaient Morgantown en mettant cap au sud-ouest, Mitch dit :

— J'y crois, tu sais. Je crois à notre mariage.

— C'est ce qui compte, approuva-t-elle en se rapprochant de lui.

Ce soir-là, dans les faubourgs de Clarksburg, ils firent l'amour sur un petit lit, dans la chambre sombre d'un motel aux murs de parpaings. Une pluie de printemps tombait sur le toit plat et gouttait sur le sol avec une cadence régulière, apaisante. Sans même rabattre les couvertures, ils s'allongèrent nus l'un contre l'autre, protégés par leurs seuls bras et jambes, perdus l'un dans l'autre, sans rien demander d'autre.

L'univers devint tout petit, étincelant, très chaud.

68.

Virginie-Occidentale, Ohio

La pluie et le brouillard les suivirent au départ de Clarksburg. Les pneus de la vieille Buick bleue bourdonnaient au contact des routes mouillées qui sinuaient entre les vertes collines moutonnantes et les falaises crayeuses. Les essuie-glaces traînaient des bouts de caoutchouc noir, et Kaye repensa à la petite Fiat geignarde de Lado sur la route militaire géorgienne.

— Tu rêves encore d'eux ? demanda-t-elle à Mitch.

— Je suis trop crevé pour rêver.

Il lui sourit puis se concentra à nouveau sur sa conduite.

— Je me demande ce qui leur est arrivé, reprit Kaye d'une voix enjouée.

Mitch grimaça.

— Ils ont perdu leur bébé et ils sont morts.

Kaye vit qu'elle avait touché un point sensible et s'écarta de lui.

— Pardon.

— Je suis un peu givré, je t'avais prévenue. Je pense avec mon nez et je me fais du souci pour trois momies mortes il y a quinze mille ans.

— Tu n'es pas givré, loin de là.

Kaye secoua ses cheveux, puis poussa un cri de joie.

— Eh là ! fit Mitch.

— Nous allons voyager à travers l'Amérique ! s'écria-t-elle. A travers le cœur du pays, et nous allons faire l'*amour* à chacune de nos étapes, et nous allons *apprendre* ce qui fait marcher cette grande nation.

Mitch tapa du poing sur le volant et éclata de rire.

— Mais nous nous y prenons mal, reprit-elle, soudain sérieuse. Il nous manque un gros caniche.

— Pardon ?

— *Travels with Charley.* John Steinbeck avait un camping-car qu'il avait baptisé Rossinante. Il a voyagé à son bord en compagnie de son caniche. Un bouquin fantastique.

— Charley était-il prétentieux ?

— Je veux !

— Alors, le caniche, c'est moi.

Kaye fit mine de lui mettre des bigoudis dans les cheveux.

562

— Le voyage de Steinbeck a sûrement duré plus de huit jours, reprit Mitch.

— Inutile de nous presser. Je veux que notre voyage dure l'éternité. Tu m'as rendu ma vie, Mitch.

A l'ouest d'Athens, Ohio, ils s'arrêtèrent pour déjeuner dans un fourgon reconverti en restaurant et peint en rouge vif. Il se trouvait sur une dalle de béton, à deux rails de distance d'un chemin de terre longeant l'autoroute, dans une région de collines basses couvertes d'érables et de cornouillers. La salle était chichement éclairée par des lanternes et la nourriture était à peine correcte ; Mitch prit un cheeseburger et un chocolat au lait, Kaye une pâtisserie et du thé glacé en sachet. Dans les cuisines, une radio diffusait des chansons de Garth Brooks et de Selay Sammi. Du maître queux, on ne distinguait qu'une toque blanche qui dodelinait au rythme de la musique.

Alors qu'ils sortaient du fourgon, Kaye remarqua trois adolescents mal fagotés errant sur le chemin de terre : deux filles en jupe noire et caleçon gris déchiré, un garçon en jean et anorak taché. Pareil à un chiot mal-aimé, il marchait plusieurs pas derrière les deux filles. Kaye s'assit dans la Buick.

— Qu'est-ce qu'ils fichent dans ce trou ?

— Peut-être qu'ils y habitent, répondit Mitch.

— Il n'y a qu'une maison, là-haut, sur la colline, derrière le resto, soupira-t-elle.

— Attention, ton regard devient franchement maternel, lança-t-il.

Mitch fit une marche arrière sur le parking gravillonné, et il allait s'engager sur le chemin de terre lorsque le garçon lui fit signe. Mitch freina et abaissa sa vitre. La bruine qui tombait était imprégnée d'une odeur d'arbres et de gaz d'échappement.

— Excusez-moi, monsieur. Vous allez vers l'ouest ? demanda l'adolescent.

Ses yeux d'un bleu spectral éclairaient un visage pâle et étroit. Il avait l'air inquiet, épuisé, et ses haillons semblaient abriter un tas d'os étriqué.

Les deux filles restèrent en retrait. La plus jeune, une brune, se recouvrit le visage des mains, observant la scène entre ses doigts comme une enfant timide.

Le garçon avait les mains sales, les ongles noirs. Il vit que Mitch l'avait remarqué et se frotta les paumes sur son pantalon.

— Ouais, fit Mitch.

— Je suis *vraiment* désolé de vous embêter. On n'a pas le choix, monsieur, c'est vraiment la galère pour se faire prendre en stop, et il commence à pleuvoir fort. Si vous allez vers l'ouest, ça nous aiderait vraiment si vous pouviez nous prendre.

Touché par le désespoir du garçon, Mitch sentit aussi remonter en lui un vieux fond de galanterie. Il scruta néanmoins son interlocuteur, partagé entre la compassion et le soupçon.

— Dis-leur de monter, lança Kaye.

L'adolescent les fixa d'un air surpris.

— Vous voulez dire tout de suite ?

— Nous allons bien vers l'ouest, dit Mitch en désignant l'autoroute derrière la barrière.

Le garçon ouvrit la portière arrière et les filles foncèrent vers la voiture. Comme elles embarquaient,

564

Kaye se tourna vers elles, posant le bras sur le dossier de son siège.

— Où vous rendez-vous ? s'enquit-elle.

— A Cincinnati, répondit le garçon. Ou plus loin si possible, ajouta-t-il, plein d'espoir. Merci mille fois.

— Attachez vos ceintures, conseilla Mitch. Il y en a trois à l'arrière.

La fille qui se cachait le visage devait avoir dix-sept ans, ses cheveux étaient crépus, sa peau couleur café, ses doigts longilignes et ses ongles courts et peints en violet. Sa camarade, une Blanche aux cheveux blonds, semblait plus âgée, et son visage agréable était marqué par la fatigue. Le garçon avait dix-neuf ans, pas plus. Mitch plissa le nez malgré lui ; ils ne s'étaient pas lavés depuis plusieurs jours.

— D'où venez-vous ? leur demanda Kaye.

— De Richmond, dit le garçon. On fait du stop et on dort dans les bois et les champs. Ça a été dur pour Delia et pour Jayce. Elle, c'est Delia, fit-il en désignant la brune.

— Je suis Jayce, dit la blonde d'un air absent.

— Et moi, c'est Morgan, conclut le garçon.

— Vous avez l'air bien jeunes pour vous retrouver tout seuls comme ça, remarqua Mitch en s'engageant sur l'autoroute.

— Delia ne supportait plus de vivre là où elle vivait, expliqua Morgan. Elle voulait partir à LA ou à Seattle. On a décidé de l'accompagner.

Jayce opina.

— Comme plan, j'ai connu plus élaboré, commenta Mitch.

— Vous avez des parents dans l'Ouest ? demanda Kaye.

— J'ai un oncle à Cincinnati, répondit Jayce. Peut-être qu'il pourra nous héberger quelque temps.

Delia se recroquevilla sur son siège, le visage toujours dissimulé. Morgan se lécha les lèvres et tendit le cou pour examiner le tableau de bord, comme s'il s'y trouvait un message.

— Delia était enceinte, mais son bébé est mort à la naissance. C'est à cause de ça qu'elle a des problèmes de peau.

— Je suis navrée. (Kaye tendit la main.) Je m'appelle Kaye. Vous n'avez pas besoin de vous cacher, Delia.

L'intéressée secoua la tête, les mains toujours collées aux joues.

— C'est pas beau à voir, dit-elle.

— Moi, ça m'est égal. (Morgan s'était rencogné contre la portière, laissant une trentaine de centimètres entre ses compagnes et lui.) Mais les filles sont plus sensibles à ça. Son mec lui a dit de foutre le camp. C'est un connard. Quel gâchis.

— C'est vraiment trop moche, murmura Delia.

— Allez, montrez-moi, insista doucement Kaye. Est-ce qu'un médecin pourrait vous aider ?

— J'ai attrapé ça avant la naissance du bébé, dit Delia.

— Ce n'est pas grave.

Kaye caressa brièvement le bras de la jeune fille. Mitch observait des bribes de la scène dans le rétroviseur, fasciné par cet aspect de Kaye qui était nouveau pour lui. Peu à peu, Delia baissa les mains, et ses doigts se détendirent. Son visage était enflé et couvert de mouchetures, comme si on l'avait aspergé de peinture rouge sombre.

— C'est votre petit ami qui vous a fait ça ? s'enquit Kaye.

— Non. C'est arrivé tout seul, et tout le monde a détesté.

— Elle a eu un masque, dit Jayce. Il lui a recouvert le visage pendant quelques semaines, et puis il est tombé en laissant ces marques.

Mitch frissonna. Kaye se retourna et baissa la tête quelques instants, reprenant ses esprits.

— Delia et Jayce ne veulent pas que je les touche, déclara Morgan, même si on est copains, tout ça à cause de l'épidémie. Vous savez. La grippe d'Hérode.

— Je ne veux pas tomber enceinte, précisa Jayce. On a vraiment faim.

— Nous allons nous arrêter pour acheter à manger, proposa Kaye. Vous aimeriez prendre une douche, vous laver ?

— Oh ! fit Delia. Ça serait génial.

— Vous avez l'air corrects et très sympas, tous les deux, déclara Morgan, regardant droit devant lui pour rassembler son courage. Mais je dois vous dire une chose : ces filles sont mes amies. Je ne veux pas que vous profitiez de la situation pour les reluquer sous la douche. Je ne l'accepterai pas.

— Ne vous inquiétez pas, le rassura Kaye. Si j'étais votre mère, je serais fière de vous, Morgan.

— Merci. (Morgan se tourna vers la vitre latérale, les maxillaires encore crispés.) Hé, je tiens vraiment à ce qu'il ne leur arrive rien. Elles en ont assez bavé comme ça. Le mec de Delia a attrapé un masque, lui

567

aussi, et il était enragé. D'après Jayce, il disait que c'était la faute à Delia.

— C'est vrai, confirma Jayce.

— C'était un Blanc, poursuivit Morgan, et Delia est métisse.

— Je suis *noire*, protesta l'intéressée.

— Ils ont vécu quelque temps dans une ferme, et puis il l'a chassée, dit Jayce. Après la fausse couche, il s'est mis à la frapper. Puis elle est de nouveau tombée enceinte. Il disait qu'elle l'écœurait parce qu'il avait un masque et que le bébé n'était même pas de lui.

Les mots se bousculaient dans sa bouche.

— Mon second bébé était mort-né, dit Delia d'une voix lointaine. Il n'avait qu'une moitié de visage. Jayce et Morgan n'ont pas voulu que je le voie.

— On l'a enterré, précisa Morgan.

— Mon Dieu ! s'exclama Kaye. Je suis vraiment désolée.

— C'était dur, dit Morgan. Mais, hé ! on est encore là !

Il serra les dents et ses maxillaires frémirent à nouveau.

— Jayce n'aurait pas dû me dire à quoi il ressemblait, reprit Delia.

— Si c'était un enfant de Dieu, déclara Jayce d'une voix éteinte, Dieu aurait dû prendre soin de lui.

Mitch s'essuya les yeux d'un doigt et battit des paupières pour chasser ses larmes.

— Avez-vous consulté un docteur ? s'enquit Kaye.

— Je vais très bien, répliqua Delia. Je veux que ces marques s'en aillent, c'est tout.

— Laissez-moi les regarder de près, insista Kaye.

— Vous êtes docteur ?

— Non, je suis biologiste.

— Vous êtes une scientifique ? demanda Morgan, subitement intéressé.

— Oui.

Delia réfléchit quelques secondes puis se pencha en détournant les yeux. Kaye lui prit le menton dans la main pour mieux l'examiner. Le soleil venait de réapparaître, mais un poids lourd doubla la Buick, projetant des paquets d'eau sur son pare-brise. La lumière aqueuse para les traits de la jeune fille d'un gris pâle des plus sinistres.

Son visage était moucheté de marques de démélanisation en forme de larmes, en majorité sur les joues, plusieurs taches symétriques étant visibles au coin des yeux et à la commissure des lèvres. Alors qu'elle s'écartait de Kaye, ces marques semblèrent bouger et s'assombrir.

— C'est comme des taches de rousseur, dit Delia, pleine d'espoir. J'en attrape parfois. Ça doit être le sang de Blanc qui coule dans mes veines.

69.

Athens, Ohio
1ᵉʳ mai

Mitch et Morgan patientaient sous le porche blanc du cabinet du docteur James Jacobs.

L'adolescent était agité. Il alluma sa dernière cigarette et tira dessus en plissant les yeux d'un air concentré, puis alla s'appuyer sur un vieil érable au tronc rugueux.

Après la pause déjeuner, Kaye avait insisté pour qu'ils cherchent un cabinet médical dans l'annuaire et y conduisent Delia. Celle-ci avait accepté à contre-cœur.

— On n'a commis aucun crime, déclara Morgan. On n'avait pas de fric, elle venait d'avoir son bébé, et le reste a suivi.

Il désigna la route d'un geste de la main.

— Où est-ce que ça se passait ? demanda Mitch.

— En Virginie-Occidentale. Dans les bois, près d'une ferme. Un chouette endroit pour être enterré. Je suis crevé, vous savez. Et j'en ai marre qu'elles me traitent comme un chien galeux.

— Elles font ça ?

— Elles ont ce genre d'attitude, ouais. Les hommes sont contagieux. Elles *comptent* sur moi, je suis toujours à leur disposition, et puis elles me disent que j'ai des microbes de mec et que ça n'ira pas plus loin. Merci, mais non, *jamais*.

— C'est l'époque qui veut ça.

— Alors elle est nulle, l'époque. Pourquoi on ne vit pas dans le passé, dans une époque moins nulle ?

Dans la salle d'examen, Delia était perchée au bord de la table, les jambes pendantes. Elle portait une robe à fleurs qui se boutonnait dans le dos. Jayce était assise en face d'elle, plongée dans la lecture d'une brochure sur les maladies liées au tabac. Le docteur

Jacobs était un sexagénaire plutôt mince, dont le front haut était surmonté d'une crinière blanche coupée court. Il avait de grands yeux, à la fois tristes et pleins de sagesse. Il dit aux adolescentes qu'il revenait tout de suite, puis fit entrer son assistante, une femme d'un certain âge aux cheveux auburn qui tenait un crayon et un porte-bloc. Il referma la porte et se tourna vers Kaye.

— Vous n'êtes pas de la famille, hein ?

— Nous les avons pris en stop à l'est d'ici. J'ai pensé qu'elle devrait voir un médecin.

— Elle affirme avoir dix-neuf ans. Elle n'a pas de papiers, mais je pense qu'elle est plus jeune, non ?

— Je ne sais pas grand-chose d'elle. Je veux les aider, pas leur attirer des ennuis.

Jacobs hocha la tête d'un air compatissant.

— Elle a accouché il y a huit ou dix jours. Pas de traumatisme majeur, mais ses tissus se sont un peu déchirés et elle a encore du sang sur son caleçon. Je n'aime pas voir les enfants vivre comme des animaux, Ms. Lang.

— Moi non plus.

— Delia dit que c'était un bébé d'Hérode et qu'il était mort-né. Un bébé du second stade, vu la description qu'elle en donne. Je ne vois aucune raison de ne pas la croire, mais ce genre d'incident doit être signalé. Le bébé aurait dû subir une autopsie. On est en train de voter les lois nécessaires au niveau fédéral, et l'Ohio va suivre le mouvement... Elle dit qu'elle se trouvait en Virginie-Occidentale au moment de l'accouchement. Si j'ai bien compris, cet Etat fait un peu de résistance.

— En partie seulement, corrigea Kaye, qui lui parla des tests qu'on leur avait demandé de passer.

Jacobs l'écouta avec attention, puis attrapa un stylo dans sa poche et le manipula nerveusement.

— Ms. Lang, je n'étais pas sûr de vous reconnaître quand vous avez débarqué tout à l'heure. J'ai demandé à Georgina de capturer des photos sur le Net. J'ignore ce que vous faites à Athens, mais je dirai que vous en savez bien plus que moi sur le sujet qui nous préoccupe.

— Pas nécessairement. Les marques sur son visage...

— Il arrive que certaines femmes aient un masque de grossesse. Ça finit par passer.

— Pas comme le sien. Elle a eu d'autres problèmes de peau, d'après ce qu'elle nous a dit.

— Je sais. (Jacobs soupira et s'assit sur le coin de son bureau.) Trois de mes patientes sont enceintes, sans doute d'un bébé d'Hérode du second stade. Elles refusent le scanner tout autant que l'amniocentèse. Ce sont des chrétiennes pratiquantes et je ne pense pas qu'elles souhaitent connaître la vérité. Elles sont terrorisées, sans parler des pressions de leur entourage. Leurs amies les évitent. Elles ne sont pas les bienvenues à l'église. Leurs maris refusent de les accompagner à mon cabinet. (Il désigna son propre visage.) Leur peau se durcit et se relâche autour des yeux, du nez et de la bouche. Elles ne pèlent pas... pas tout de suite. Mais elles perdent plusieurs couches de derme et d'épiderme. (Il grimaça et se pinça la joue, tiraillant un lambeau de peau imaginaire.) Ça a un peu la consistance du cuir. Et c'est horriblement laid. C'est pour ça qu'elles ont peur et qu'elles font peur. Cela les isole de la communauté, Ms. Lang. Elles en *souffrent*. J'envoie des rapports à l'Etat et aux fédés, mais je ne reçois aucune réponse. Comme si je parlais dans le vide.

— Pensez-vous que ces masques soient répandus ?

— J'obéis aux règles de base de la science, Ms. Lang. Je les ai vus plus d'une fois, et voilà que cette gamine débarque et qu'elle en a un, elle aussi, alors qu'elle n'est même pas de cet Etat... Je ne pense pas que ce soit inhabituel. (Il fixa Kaye d'un œil critique.) Vous avez d'autres informations ?

Elle se surprit à se mordiller les lèvres comme une petite fille.

— Oui et non. J'ai renoncé à ma position au sein de la Brigade affectée à la grippe d'Hérode.

— Pourquoi ?

— C'est trop compliqué à expliquer.

— Parce qu'ils se sont trompés sur toute la ligne, n'est-ce pas ?

Kaye détourna les yeux en souriant.

— Je n'irai pas jusque-là.

— Vous avez déjà observé ce phénomène ? Chez d'autres femmes ?

— Je pense qu'il va se produire de plus en plus souvent.

— Et les bébés seront tous des monstres mort-nés ?

Kaye secoua la tête.

— Je pense que ça va changer.

Jacobs remit son stylo dans sa poche, s'appuya sur son sous-main, en souleva le coin, le lâcha lentement.

— Je ne vais pas rédiger de rapport sur Delia. Je

573

ne suis pas sûr de savoir ce que j'y mettrais, ni à qui je l'enverrais. Je pense qu'elle aura disparu avant que les autorités compétentes viennent la chercher pour la prendre en charge. Je pense que nous ne retrouverons jamais l'enfant là où il a été enseveli. Elle est fatiguée et elle a besoin de se nourrir. De se reposer et de trouver un foyer. Je vais lui faire une piqûre de vitamines et lui prescrire du fer et des antibiotiques.

— Et ses marques ?

— Savez-vous ce que sont les chromatophores ?

— Des cellules qui changent de couleur. Chez certains poissons.

— Ces marques peuvent changer de couleur. Il ne s'agit pas d'une simple mélanose d'origine hormonale.

— Des mélanophores.

Jacobs opina.

— Exactement. Vous avez déjà observé des mélanophores chez l'être humain ?

— Non.

— Moi non plus. Où comptez-vous vous rendre, Ms. Lang ?

— Dans l'Ouest. (Elle attrapa son portefeuille.) J'aimerais vous régler tout de suite.

Jacobs lui jeta un regard d'une infinie tristesse.

— Je ne fais pas ce métier par appât du gain, Ms. Lang. Vous ne me devez rien. Je vais vous rédiger une ordonnance, et vous achèterez les pilules de Delia dans une bonne pharmacie. Donnez-lui à manger et trouvez-lui un endroit propre où elle puisse avoir une bonne nuit de sommeil.

La porte s'ouvrit sur Delia et sur Jayce. Delia s'était rhabillée.

— Ce qu'il lui faut, c'est un bon bain et des vêtements propres, déclara Georgina d'un ton ferme.

Pour la première fois depuis leur rencontre, Delia était souriante.

— Je me suis regardée dans la glace, dit-elle. Jayce dit que ces marques sont jolies. Le docteur a dit que je n'étais pas malade et que je pouvais encore avoir des enfants si je le souhaitais.

Kaye serra la main de Jacobs.

— Merci bien.

Alors qu'elles se dirigeaient vers la sortie pour rejoindre Mitch et Morgan sous le porche, Jacobs lança :

— On apprend à force de vivre, Ms. Lang ! Et plus vite on apprend, mieux ça vaut.

Le petit motel était surmonté d'une gigantesque enseigne rouge sur laquelle, nettement visibles depuis l'autoroute, étaient inscrits les mots : MINI-SUITES $ 50. Trois de ses sept chambres étaient libres. Kaye les loua toutes et donna à Morgan sa propre clé. Le jeune homme l'examina en plissant le front, puis l'empocha.

— Je n'aime pas être tout seul, protesta-t-il.

— Je n'ai pas vu comment faire autrement, répliqua Kaye.

Mitch passa un bras autour des épaules du garçon.

— Je vais rester avec vous, dit-il en lançant à Kaye un regard entendu. On va prendre une douche et regarder la télé.

— On préférerait que vous dormiez avec nous, dit Jayce à Kaye. On se sentirait davantage en sécurité.

Les chambres étaient à la limite de la saleté. Les couvertures élimées, pliées sur des lits visiblement fatigués, étaient rapiécées et percées de brûlures de cigarette. Jayce et Delia explorèrent les lieux, aussi ravies que si elles se trouvaient dans un palace. Delia prit place sur l'unique chaise orange, à côté d'une lampe à trois têtes en forme de cône. Jayce s'allongea sur le lit et alluma la télé.

— Ils reçoivent Home Box Office, murmura-t-elle, émerveillée. On va pouvoir regarder un film !

Mitch écouta la douche couler dans sa chambre, puis se dirigea vers la porte. Lorsqu'il l'ouvrit, ce fut pour découvrir Kaye sur le point de frapper.

— On a gaspillé le prix d'une chambre, déclara-t-elle. Et on a pris pas mal de responsabilités, pas vrai ?

Mitch la serra dans ses bras.

— Tu n'as fait qu'écouter ton instinct.

— Et que dit le tien ? demanda-t-elle en se frottant le nez sur son épaule.

— Ce ne sont que des gosses. Ça fait des semaines, des mois qu'ils sont sur les routes. Quelqu'un devrait prévenir leurs parents.

— Peut-être qu'ils n'ont jamais eu de vrais parents. Ils sont au bout du rouleau, Mitch.

Kaye s'écarta de lui pour le regarder en face.

— Ils sont aussi suffisamment indépendants pour enterrer un bébé mort-né et sillonner les routes. Le docteur aurait dû appeler la police, Kaye.

— Je sais. Je sais aussi pourquoi il n'en a rien fait. Les règles du jeu ont changé. Il pense que la plupart des bébés ne survivront pas à leur naissance. Est-ce que nous sommes les seuls à avoir encore un peu d'espoir ?

La douche cessa de couler et la porte de la salle d'eau s'ouvrit. La minuscule pièce était envahie par la vapeur.

— Les filles, dit Kaye.

Elle se dirigea vers la chambre voisine, faisant à Mitch un signe de la main qu'il reconnut aussitôt. Les manifestants d'Albany avaient fait le même, et il comprenait enfin ce qu'il signifiait à leurs yeux : la Vie, la sagesse ultime du génome humain leur inspiraient une solide croyance et une prudente soumission. Le destin n'était pas fixé, il ne servait à rien d'utiliser les nouveaux pouvoirs de l'humanité pour bloquer les rivières d'ADN coulant au fil des générations.

La foi en la Vie.

Morgan s'habilla en hâte.

— Jayce et Delia n'ont pas besoin de moi, déclara-t-il, debout près du lit.

Les trous des manches de son pull noir étaient encore plus visibles maintenant qu'il était propre. Il laissa son anorak crasseux pendre à son bras.

— Je ne veux pas être un fardeau, poursuivit-il. Je me casse. Merci pour tout, mais...

— Taisez-vous et asseyez-vous, s'il vous plaît, le coupa Mitch. Ce que femme veut, Dieu le veut. Et elle veut que vous restiez.

Morgan tiqua, surpris, puis s'assit au bord du lit en faisant couiner les ressorts et gémir les montants.

— Je pense que c'est la fin du monde, dit-il. On a mis Dieu dans une grosse colère.

— Ne concluez pas trop vite. Croyez-le ou non, mais tout cela est déjà arrivé.

Jayce regardait la télé allongée sur le lit pendant que Delia prenait un long bain dans la baignoire étroite et ébréchée. Elle fredonnait des génériques de dessins animés — *Scooby Doo*, *Animaniacs*, *Inspecteur Gadget*. Kaye s'était assise sur la chaise. Jayce avait sélectionné un vieux film plein d'optimisme : *Pollyanna*, avec Harvey Mills. A genoux dans un champ asséché, Karl Malden se repentait de son entêtement aveugle. Son jeu était passionné. Kaye avait oublié que ce mélo était aussi prenant. Elle le regarda en compagnie de Jayce jusqu'à ce qu'elle s'aperçoive que celle-ci s'était endormie. Puis elle baissa le son et passa sur Fox News.

Les potins du show-biz, un bref commentaire politique sur les élections au Congrès, puis une interview de Bill Cosby à propos de ses pubs pour le CDC et la Brigade. Kaye monta le son.

— J'étais pote avec David Satcher, l'ancien ministre de la Santé, et ils doivent s'échanger des tuyaux, dit Cosby à la journaliste, une jeune femme aux yeux bleu ciel et au large sourire. Il y a des années de cela, ils ont fait appel au vieux bonhomme que je suis pour expliquer aux gens l'importance de leur travail. Ils pensent que je peux encore les aider aujourd'hui.

— Vous avez rejoint une équipe d'élite, dit la journaliste. Dustin Hoffman et Michael Crichton. Jetons un coup d'œil à votre spot.

Kaye se pencha. Retour de Cosby, sur fond noir, le visage soucieux et paternel.

— Mes amis du Centre de contrôle des maladies, ainsi que nombre de chercheurs du monde entier, travaillent chaque jour avec acharnement à résoudre ce *problème* que nous affrontons. La grippe d'Hérode. SHEVA. Chaque jour. Personne n'aura de repos tant que nous ne l'aurons pas résolu, tant que nous ne pourrons pas le guérir. Croyez-moi sur parole, ces hommes et ces femmes sont déterminés, et quand vous souffrez ils souffrent aussi. Personne ne vous demande d'être patients. Mais si nous voulons survivre, nous avons intérêt à être *malins*.

La journaliste se détourna du grand écran installé sur le plateau.

— Et voici un extrait du message de Dustin Hoffman...

Hoffman était planté sur un plateau de cinéma désert, les mains dans les poches de son pantalon de toile taillé sur mesure. Il se fendit d'un sourire amical mais solennel.

— Bonjour, je suis Dustin Hoffman. Peut-être vous souvenez-vous d'un film intitulé *Alerte !*, dans lequel j'interprétais le rôle d'un scientifique luttant contre une maladie meurtrière. J'ai beaucoup parlé aux scientifiques de l'Institut national de la Santé et du Centre de contrôle et de prévention des maladies, et ils travaillent chaque jour avec acharnement pour vaincre SHEVA et sauver nos enfants de la mort.

La journaliste interrompit la diffusion du spot.

— Mais que fait-on *de plus* depuis l'année dernière ? Y a-t-il de nouvelles pistes ?

Cosby grimaça.

— Je ne suis qu'un homme ordinaire qui veut aider ses semblables à triompher de cette épreuve. Les médecins et les scientifiques représentent notre unique espoir, car il ne suffit pas de descendre dans la rue et de mettre le feu partout pour régler le problème. Nous devons réfléchir et travailler ensemble, pas céder à la panique et déclencher des émeutes.

Delia se tenait sur le seuil de la salle d'eau, ses jambes potelées nues sous la serviette qui lui ceignait la taille, la tête enveloppée dans une autre serviette. Elle regardait fixement l'écran.

— Ça ne fait aucune différence, dit-elle. Mes bébés sont morts.

Lorsqu'il revint du distributeur de Coca, situé à l'autre bout de l'enfilade de chambres, Mitch trouva Morgan en train de faire les cent pas autour du lit. Il serrait les poings en signe de frustration.

— Je n'arrête pas d'y penser, dit-il.

Mitch lui tendit une canette et, après l'avoir regardée sans rien dire, il la saisit, l'ouvrit et la but d'un geste saccadé.

— Vous savez ce qu'elles ont fait, ce que Jayce a fait ? Quand on avait besoin de fric ?

— Je n'ai pas besoin de le savoir, Morgan.

— Rappelez-vous la façon dont elles me traitent. Jayce est sortie pour aller chercher un homme qui la paierait, et Delia et elle lui ont taillé une pipe pour avoir du fric. Bon Dieu, ce fric m'a fait bouffer, moi aussi. Et le lendemain soir, même chose. Puis on a fait du stop et Delia a eu son bébé. Elles ne veulent pas que je les touche, même pour les réconforter, elles ne veulent pas me toucher, mais elles sont prêtes à *sucer* des mecs pour un peu de fric, et elles se foutent que je les voie faire ! (Il se tapa la tempe du bout du pouce.) Elles sont aussi stupides que des vaches !

— Ça devait être très dur pour vous trois. Vous aviez faim.

— Si je suis parti avec elles, c'est parce que mon père n'est pas un saint, vous savez, mais, au moins, il ne m'a jamais frappé. Il bosse toute la journée. Elles avaient besoin de moi et pas lui. Mais je veux rentrer, maintenant. Je ne peux plus rien faire pour elles.

— Je comprends. Mais ne vous emballez pas. On trouvera une solution.

— J'en ai marre de ces conneries ! hurla Morgan.

Elles l'entendirent hurler depuis la chambre voisine. Jayce se redressa sur sa couche et se frotta les yeux.

— Ça y est, il recommence, murmura-t-elle.

Delia se sécha les cheveux

— Il est vraiment instable par moments.

— Vous pouvez nous déposer à Cincinnati ? demanda Jayce. J'ai un oncle là-bas. Peut-être que vous pourriez renvoyer Morgan chez lui dès maintenant.

— Parfois, il se comporte comme un vrai gosse, lança Delia.

Kaye les regardait, assise sur sa chaise, sentant son visage se colorer sous le coup d'une émotion difficilement compréhensible : un mélange de solidarité et d'écœurement.

Quelques minutes plus tard, elle retrouva Mitch

dehors, sous l'auvent du motel. Ils se prirent les mains.

Mitch désigna l'intérieur de sa chambre. La douche coulait à nouveau.

— C'est sa deuxième de la soirée. Il dit qu'il se sent tout le temps sale. Les filles n'ont pas été tendres avec ce pauvre Morgan.

— A quoi s'attendait-il ?

— Aucune idée.

— A coucher avec elles ?

— Je ne sais pas, murmura Mitch. Peut-être à être traité avec respect, tout simplement.

— A mon avis, elles ne savent pas faire.

Kaye posa une main sur le torse de Mitch, le caressa distraitement, l'esprit ailleurs.

— Elles veulent qu'on les dépose à Cincinnati, ajouta-t-elle.

— Morgan veut qu'on le conduise à la gare routière. Il en a assez.

— Mère Nature n'est ni douce ni tendre, n'est-ce pas ?

— Mère Nature a toujours été une fieffée salope.

— Au temps pour Rossinante et le voyage en Amérique, dit Kaye d'une voix triste.

— Ce dont tu as envie, c'est de donner quelques coups de fil, de replonger dans le bain, pas vrai ?

Kaye leva les bras au ciel.

— Je n'en sais *rien* ! gémit-elle. Fuir pour vivre notre vie me semble irresponsable. Je veux en apprendre davantage. Mais qui serait susceptible de nous informer — Christopher, un autre membre de la Brigade ? Je ne fais plus partie de l'équipe, à présent.

— Il existe un autre moyen de rentrer dans le jeu, en suivant d'autres règles.

— Ton richard de New York ?

— Daney. Et Oliver Merton.

— Donc, nous n'allons plus à Seattle ?

— Si. Mais je vais appeler Merton pour lui dire que je suis intéressé.

— Je veux toujours avoir notre bébé, murmura Kaye, les yeux grands ouverts, la voix aussi fragile qu'une fleur séchée.

La douche s'arrêta de couler. Ils entendirent Morgan s'essuyer, passant des marmonnements aux jurons bien sentis.

— C'est drôle, confessa Mitch d'une voix presque inaudible. Cette idée m'a toujours mis un peu mal à l'aise. Mais désormais... tout me semble si simple — mes rêves, notre rencontre. Je veux notre bébé, moi aussi. Nous ne pouvons pas nous contenter de l'innocence. (Il inspira à fond, leva les yeux et les posa sur Kaye.) Procurons-nous de meilleures cartes avant de nous enfoncer dans cette forêt.

Morgan sortit de la chambre et les regarda de ses yeux de hibou.

— Je suis prêt. Je veux rentrer chez moi.

Kaye eut un mouvement de recul en percevant l'intensité de ses sentiments. Il avait les yeux d'un homme qui aurait vécu mille ans.

— Je vous conduis à la gare routière, dit Mitch.

70

Institut national de la Santé, Bethesda
5 mai

Dicken retrouva le docteur Tania Bao, directrice de l'Institut national de la Santé infantile et du développement humain, devant le bâtiment Natcher et l'accompagna à pied. De petite taille, élégamment vêtue, pourvue d'un visage sans âge, dont les traits évoquaient une plaine légèrement ondulée, avec un nez minuscule et une bouche toujours prête à sourire, les épaules un peu voûtées, Bao avait soixante-trois ans mais en paraissait à peine quarante. Elle portait une veste et un pantalon bleu pâle et des sandales à pompons. Elle avançait à petits pas, se méfiant du sol inégal. Les mesures de sécurité avaient paralysé les chantiers omniprésents sur le campus, mais les ouvriers avaient eu le temps d'éventrer la plupart des allées entre le bâtiment Natcher et le centre clinique Magnuson.

— Autrefois, le campus du NIH était ouvert à tous, dit Bao. Aujourd'hui, le moindre de nos gestes est épié par la garde nationale. Je ne peux même plus acheter de jouets à ma petite-fille. J'aimais bien tous ces vendeurs sur les trottoirs et dans les halls. On les a chassés en même temps que les ouvriers.

Dicken haussa les épaules — sa responsabilité n'était pas engagée. Son influence ne s'exerçait même plus sur sa propre personne.

— Je suis venu vous écouter, dit-il. Je peux transmettre vos idées au docteur Augustine, mais je ne peux pas garantir qu'il les approuvera.

— Que s'est-il passé, Christopher ? demanda Bao d'un ton plaintif. Pourquoi refusent-ils de se rendre à l'évidence ? Pourquoi Augustine est-il aussi têtu ?

— Vous êtes une administratrice bien plus expérimentée que moi. Je ne sais que ce que je vois et ce que j'entends aux infos. Ce que je vois, c'est une pression insupportable de toutes parts. L'équipe de recherche sur le vaccin n'a strictement rien trouvé. Néanmoins, Mark est résolu à faire tout son possible pour protéger la santé publique. Il veut que nous concentrions nos ressources pour lutter contre ce qu'il croit être une maladie virulente. Pour le moment, l'avortement est la seule option disponible.

— « Ce qu'il *croit* être... », répéta Bao, incrédule. Et vous, que croyez-vous, docteur Dicken ?

La journée s'annonçait chaude et humide, un temps presque estival que Dicken trouvait familier, voire réconfortant ; cela lui donnait un peu l'impression d'être en Afrique, songea-t-il tristement, et il aurait nettement préféré un séjour là-bas à sa situation présente. Ils traversèrent une rampe provisoire menant à un tronçon de trottoir achevé, enjambèrent des rubans de protection jaunes et pénétrèrent dans le bâtiment 10 par l'entrée principale.

Deux mois plus tôt, la vie de Christopher Dicken avait commencé à se réduire en miettes. Le fait qu'une partie souterraine de sa personnalité ait pu affecter son jugement scientifique — qu'un mélange de frustration amoureuse et de surmenage professionnel ait pu lui faire adopter une position qu'il savait malhonnête

— l'avait tourmenté comme un essaim de moustiques. Sans trop savoir comment, il avait réussi à préserver un calme apparent, à rester dans le jeu, avec l'équipe, avec la Brigade. Il savait que ça ne durerait pas éternellement.

— Je crois au travail, dit-il, gêné par le long silence dans lequel l'avaient plongé ses réflexions.

Couper les ponts avec Kaye Lang, la laisser affronter seule les attaques de Jackson, avait été une erreur aussi incompréhensible qu'impardonnable. Il la regrettait un peu plus chaque jour, mais il était trop tard pour renouer des liens à jamais brisés. Lui restait à bâtir un mur conceptuel et à accomplir avec zèle les tâches qu'on lui confiait.

Ils prirent l'ascenseur pour le septième étage, tournèrent à gauche et trouvèrent la petite salle de réunion au milieu d'un long couloir beige et rose.

Bao s'assit.

— Christopher, vous connaissez déjà Anita et Preston.

Les deux scientifiques l'accueillirent sans grande joie.

— Les nouvelles ne sont pas bonnes, j'en ai peur, dit Dicken en prenant place face à Preston Meeker.

Celui-ci, à l'instar des autres occupants de la petite salle, représentait la quintessence d'une spécialité en matière de médecine infantile — dans son cas, la croissance et le développement néonatals.

— Augustine persiste et signe ? lança Meeker, pugnace d'entrée de jeu. Il veut devenir dealer de RU-486 ?

— Si je devais prendre sa défense... (Dicken marqua une pause pour rassembler ses idées, pour rendre plus convaincant le masque qu'il affichait.) Il n'a pas vraiment le choix. Les virologues du CDC confirment que la théorie de l'expression et de la complétion du virus est sensée.

— Des enfants porteurs de maladies inconnues ? rétorqua Meeker avec une moue sceptique.

— C'est une position des plus défendables. Ajoutez à cela la probabilité que la plupart des nouveaux bébés soient atteints de malformations congénitales...

— Ce n'est pas une certitude, coupa House.

Anita House était provisoirement directrice adjointe de l'Institut national de la Santé infantile et du développement humain, le titulaire du poste ayant démissionné quinze jours auparavant. Les démissions se multipliaient chez les employés du NIH associés à la Brigade.

Avec un pincement au cœur presque imperceptible, Dicken songea que Kaye Lang avait à nouveau fait la démonstration de ses talents de pionnière en ayant été la première à quitter le navire.

— C'est indiscutable, reprit-il.

Et il n'avait aucune peine à l'affirmer, pour la bonne raison que c'était vrai ; jusqu'ici, aucune femme affectée par SHEVA n'avait donné le jour à un enfant normal.

— Sur deux cents nouveau-nés, une immense majorité était atteinte de malformations. Et ils sont tous morts à la naissance.

Mais ils n'étaient pas toujours difformes, se rappela-t-il.

— Si le président donne son feu vert à une campagne de distribution du RU-486 à l'échelle nationale, je ne pense pas que les bureaux du CDC à Atlanta pourront rester ouverts, déclara Bao. Quant à Bethesda, c'est une ville moins obscurantiste, mais nous sommes encore dans la *Bible Belt*. Ma maison a déjà été assiégée par des manifestants, Christopher. Je vis entourée de gardes du corps.

— Je comprends, dit Dicken.

— Peut-être, mais est-ce que Mark comprend, lui ? Il ne répond ni à mes coups de fil ni à mes courriers électroniques.

— Isolation inacceptable, commenta Meeker.

— Combien d'actes de désobéissance civile seront nécessaires ? ajouta House en se frictionnant nerveusement les mains, son regard sautant d'une personne à l'autre.

Bao se leva et attrapa un marqueur. D'un geste vif, presque sauvage, elle écrivit sur un tableau blanc des mots à l'encre rouge.

— Deux millions de fausses couches dues à la grippe d'Hérode, chiffre du mois dernier. Les hôpitaux sont débordés.

— Je suis allé dans ces hôpitaux, dit Dicken. C'est mon boulot d'être sur le front.

— Nous avons visité des patientes ici et dans d'autres parties du pays, nous aussi, répliqua Bao, les lèvres pincées. Il y a dans ce bâtiment trois cents mères porteuses de SHEVA. Je vois certaines d'entre elles chaque jour. *Nous* ne sommes pas isolés, Christopher.

— Pardon.

Bao hocha la tête.

— Sept cent mille grossesses du second stade ont été recensées. Et c'est là que les statistiques ne tiennent plus debout — nous ne savons pas ce qui se passe. (Elle braqua ses yeux sur Dicken.) Où sont passées toutes les autres ? Les grossesses du second stade ne sont pas toutes signalées. Est-ce que Mark sait ce qui se passe ?

— Je le sais. Et Mark aussi. C'est une information confidentielle. La Brigade a fait une proposition au président, et nous attendons qu'il prenne une décision pour communiquer nos informations au public.

— Je pense pouvoir deviner ce qui se passe, dit House d'un air sardonique. Les femmes instruites et suffisamment fortunées achètent du RU-486 au marché noir, ou alors elles se font avorter à divers stades de leur grossesse. Le personnel médical se révolte en masse dans les cliniques pour femmes. Si l'on a cessé de signaler à la Brigade les grossesses du second stade, c'est à cause des nouvelles lois sur l'IVG. Je parie que Mark veut officialiser ce qui est déjà en train de se produire dans tout le pays.

Dicken marqua une pause pour rassembler ses idées, pour consolider son masque effrité.

— Mark n'a aucun contrôle sur le Sénat et la Chambre des représentants. Il parle mais n'est pas écouté. Nous savons tous que les affaires de violence domestique sont en hausse. Les femmes sont chassées de leur domicile. On les pousse au divorce. Ou on les tue. (Dicken laissa les autres s'imprégner de ces faits, qui le tourmentaient depuis des mois.) Les agressions sur les femmes enceintes n'ont jamais été aussi nombreuses. Certaines vont même jusqu'à se stériliser avec de la quinacrine, quand elles arrivent à en trouver.

Bao secoua la tête avec tristesse.

— Nombre d'entre elles, reprit Dicken, savent que la meilleure solution est d'interrompre leur grossesse du second stade avant qu'elle soit suffisamment avancée pour déclencher des effets de bord.

— Mark Augustine et la Brigade répugnent à décrire ces effets, dit Bao. Sans doute voulez-vous parler des coiffes faciales et du mélanisme observés chez les parents.

— Ainsi que du palais sifflant et de la déformation voméronasale, ajouta Dicken.

— Pourquoi le père est-il lui aussi affecté ? demanda Bao.

— Je n'en ai aucune idée. Si le NIH n'avait pas renvoyé les sujets de son étude clinique, suite à un excès de mansuétude, peut-être que nous en aurions appris davantage, et dans des conditions au moins à peu près contrôlées.

Bao rappela à Dicken qu'aucune des personnes présentes n'était responsable de l'interruption de l'étude clinique entamée par la Brigade dans le présent bâtiment.

— Je comprends. (Dicken était à présent en proie à une haine de soi quasiment palpable.) Je ne peux pas vous contredire. Les grossesses du second stade n'arrivent à terme que si la mère est pauvre, si elle ne peut pas acheter la pilule ou aller à la clinique... ou alors...

— Ou alors ? souffla Meeker.

— Si elle est résolue.

— Résolue à quoi ?

— A servir la nature. A veiller à ce que ces enfants aient une chance, même s'ils risquent de naître morts ou difformes.

— Augustine ne semble pas croire que ces enfants devraient avoir leur chance, dit Bao. Pourquoi ?

— La grippe d'Hérode est une maladie. C'est comme ça qu'on combat une maladie.

Ça ne peut plus durer. Tu vas finir par démissionner ou par te tuer à force d'essayer d'expliquer des choses que tu ne comprends pas et auxquelles tu ne crois pas.

— Nous ne sommes pas isolés, Christopher, répéta Bao en secouant la tête. Nous allons à la maternité et au service consultations de cette clinique, et nous allons dans d'autres cliniques et d'autres hôpitaux. Nous voyons ces femmes et ces hommes qui souffrent. Nous avons besoin d'une approche rationnelle qui prenne en compte toutes ces opinions, toutes ces pressions.

Dicken plissa le front, concentré.

— Mark ne fait que constater la réalité médicale. Et il n'y a aucun consensus politique, s'empressa-t-il d'ajouter. Nous vivons des moments dangereux.

— Euphémisme, commenta Meeker. Christopher, j'ai l'impression que la Maison-Blanche est paralysée. Ils sont foutus s'ils lèvent le petit doigt, ils sont foutus s'ils ne font rien et laissent pourrir la situation.

— Le gouverneur du Maryland s'est engagé dans cette histoire de révolte sanitaire des Etats, dit House.

591

Je n'ai jamais vu autant de ferveur chez la droite religieuse.

— C'est la même chose partout, pas seulement chez les chrétiens, dit Bao. La communauté chinoise est en train de se prendre en main, et il était temps. L'intolérance est une valeur à la hausse. Nous sommes en train de nous réduire à un patchwork de tribus dévorées par la haine et le malheur, Christopher.

Dicken baissa les yeux puis fixa les chiffres inscrits sur le tableau blanc, la paupière agitée par un tic de fatigue.

— Nous en souffrons tous, dit-il. Mark aussi, et moi aussi.

— Ça m'étonnerait que Mark souffre autant que les mères, murmura Bao.

71.

Oregon
10 mai

— Je ne suis pas instruit, et il y a beaucoup de choses que je ne comprends pas, déclara Sam.

Il s'appuya sur la barrière en bois qui entourait les quatre arpents, la ferme à deux étages, la vieille grange affaissée et la remise en brique. Mitch enfonça sa main libre dans sa poche et posa la canette de Michelob sur le poteau recouvert de lichen gris. Une vache noir et blanc, à la croupe carrée, qui broutait dans les douze arpents du voisin les contemplait avec une absence presque totale de curiosité.

— Ça fait combien de temps que tu connais cette femme, quinze jours ?

— Un peu plus d'un mois.

— Un mariage éclair, quoi !

Mitch acquiesça avec un sourire penaud.

— Pourquoi étiez-vous si pressés ? Et pourquoi vouloir un bébé en ce moment ? Ça fait dix ans que ta mère a eu son retour d'âge, mais avec cette histoire de grippe d'Hérode c'est à peine si elle me laisse la toucher.

— Kaye est différente, dit Mitch, comme s'il venait enfin de l'admettre.

Ce sujet de conversation, délicat entre tous, n'était que le dernier d'une longue série qui les avait occupés durant tout l'après-midi. Mitch avait dû notamment admettre qu'il avait renoncé à chercher du boulot, qu'ils allaient vivre sur les économies de Kaye. Aux yeux de Sam, c'était incompréhensible.

— Comment peux-tu encore te respecter ? avait-il lancé.

Ensuite, ils avaient changé de sujet, revenant à ce qui s'était passé en Autriche.

Mitch avait raconté à son père sa rencontre avec Brock dans la demeure de Daney, ce qui l'avait amusé au plus haut point.

— Encore une énigme pour la science, avait-il commenté.

Lorsqu'ils en étaient venus à parler de Kaye, qui discutait avec Abby, la mère de Mitch, dans la grande cuisine, l'incompréhension de Sam avait fait place à l'irritation puis à la colère.

— Je suis peut-être foncièrement stupide, je l'admets, mais ce n'est pas dangereux de faire ce genre de truc en ce moment, et en plus de façon délibérée ?

— Peut-être, admit Mitch.

— Alors pourquoi as-tu accepté, bon sang ?

— Je n'ai pas de réponse toute faite. Primo, je pense qu'elle a sans doute raison. Non, je pense qu'elle a raison, point. Notre bébé sera parfaitement sain.

— Mais tu as été testé positif, et *elle* aussi, dit Sam en agrippant la barrière des deux mains.

— En effet.

— Et corrige-moi si je me trompe, mais *aucune* femme testée positive n'a encore donné le jour à un bébé sain.

— Pas encore.

— C'est un sacré coup de dés.

— C'est elle qui a découvert ce virus. Elle en sait davantage sur lui que quiconque, et elle est convaincue...

— Que tous les autres se trompent ?

— Que nous allons changer notre façon de penser dans les prochaines années.

— C'est une folle ou tout simplement une fanatique ?

Mitch fronça les sourcils.

— Fais attention à ce que tu dis, papa.

Sam leva les bras au ciel.

— Mitch, pour l'amour de Dieu ! Je m'envole pour l'Autriche, c'est la première fois que je vais en

Europe, et sans ta mère par-dessus le marché, pour aller récupérer mon fils à l'hôpital après qu'il a... Enfin, on a assez parlé de ça. Mais, je te le demande, pourquoi courir un tel risque, pourquoi courtiser la souffrance ?

— Depuis la mort de son premier mari, elle s'est efforcée d'aller de l'avant, de voir les choses avec optimisme. Je ne peux pas dire que je la comprenne, papa, mais je l'aime. J'ai confiance en elle. Quelque chose me dit qu'elle a raison, sinon, je n'aurais pas accepté.

— Tu n'aurais pas *coopéré*, tu veux dire. (Sam considéra la vache, puis se frotta les mains à son pantalon pour les débarrasser du lichen qui s'y était accroché.) Et si vous vous trompiez tous les deux ?

— Nous savons quelles en seront les conséquences. Et nous vivrons avec. Mais nous ne nous trompons pas. Pas cette fois, papa.

— J'ai lu tout ce que j'ai pu trouver, dit Abby Rafelson. C'est à n'y rien comprendre. Tous ces virus...

Le soleil de cette fin d'après-midi traversait la fenêtre pour dessiner des trapézoïdes jaunes sur le plancher en bois brut. La cuisine sentait le café — trop de café, se dit Kaye, les nerfs à vif — et les *tamales*, menu du déjeuner qu'ils avaient dégusté avant que les hommes sortent faire un tour.

La mère de Mitch était encore belle, en dépit de ses soixante ans sonnés, d'une beauté autoritaire qui devait beaucoup à ses pommettes saillantes, à ses yeux bleus et à une toilette attentive.

— Les virus dont nous parlons sont avec nous depuis très longtemps, dit Kaye.

Elle tenait une photo de Mitch à l'âge de cinq ans, chevauchant son tricycle sur les quais de la Willamette, à Portland. Il avait l'air concentré, indifférent à l'objectif ; parfois, elle lui voyait cette même expression quand il conduisait ou lisait le journal.

— Depuis combien de temps ? demanda Abby.

— Peut-être des dizaines de millions d'années.

Kaye prit une autre photo dans la pile posée sur la table basse. On y voyait Mitch et Sam occupés à charger du bois dans un camion. A en juger par sa taille et ses membres maigrelets, Mitch devait avoir dix ou onze ans.

— Oui, mais que faisaient-ils là ? C'est ça que je ne comprends pas.

— Peut-être nous ont-ils infectés par l'entremise des gamètes, des ovules ou du sperme. Puis ils se sont fixés. Ils ont muté, ou alors quelque chose les a désactivés, ou encore... nous les avons fait travailler pour nous. Nous avons trouvé un moyen de les rendre utiles.

Kaye leva les yeux.

Abby la fixait sans broncher.

— Le sperme ou les ovules ?

— Les ovaires, les testicules, répondit Kaye en baissant les yeux.

— Qu'est-ce qui les a poussés à refaire surface ?

— Quelque chose dans notre vie de tous les jours. Le stress, peut-être.

Abby réfléchit durant quelques secondes.

— J'ai un diplôme universitaire. En éducation physique. Est-ce que Mitch vous l'a dit ?

Kaye fit oui de la tête.

— Il m'a dit que vous aviez aussi suivi des cours de biochimie. En prélude à une éventuelle formation médicale.

— Oui, mais ça ne me met pas à votre niveau, bien entendu. Toutefois, j'en ai suffisamment appris pour avoir des doutes sur mon éducation religieuse. Je ne sais pas ce qu'aurait pensé ma mère si on lui avait parlé de ces virus dans nos cellules sexuelles. (Abby sourit et secoua la tête.) Peut-être aurait-elle vu en eux notre péché originel.

Kaye regarda Abby et chercha en vain une réponse à cela.

— Intéressant, réussit-elle à dire.

Pourquoi cette remarque la troublait-elle, elle n'aurait su le dire, mais le fait qu'elle soit troublée la mettait encore plus mal à l'aise. Elle se sentait menacée par cette idée.

— Ces charniers en Russie, reprit Abby à voix basse. Peut-être que ces mères avaient des voisins qui croyaient à une épidémie de péché originel.

— Je ne crois pas qu'il s'agisse de ça.

— Oh, moi non plus, moi non plus. (Abby posa sur Kaye des yeux vifs, inquisiteurs.) Je n'ai jamais été très à l'aise pour tout ce qui concerne le sexe. Sam est très gentil et c'est le seul homme que j'aie jamais aimé, même si ce n'est pas le seul que j'aie invité dans mon lit. Mon éducation... n'était pas la meilleure que j'aurais pu recevoir. Ni la plus avisée. Jamais je n'ai parlé de sexe avec Mitch. Ni d'amour. Il me semblait qu'il se débrouillerait très bien tout seul, beau comme il est, malin comme il est. (Abby prit la main de Kaye dans la sienne.) Vous a-t-il dit que sa mère était une vieille prude un peu cinglée ?

Elle semblait si triste, si désemparée que Kaye lui étreignit la main et lui adressa un sourire qu'elle espérait rassurant.

— Il m'a dit que vous étiez une mère merveilleuse, très aimante, qu'il était votre seul et unique fils et que vous alliez me passer sur le gril.

Elle raffermit son étreinte.

Abby éclata de rire, et la tension entre les deux femmes baissa d'un cran.

— Il m'a dit que vous étiez têtue et plus intelligente que toutes les femmes qu'il avait connues, et aussi que vous teniez beaucoup à certaines choses. Il m'a dit que j'avais intérêt à vous aimer ou que, sinon, il me gronderait.

Kaye ouvrit de grands yeux consternés.

— Ce n'est pas vrai !

— Oh, si, dit Abby d'un air solennel. Dans cette famille, les hommes ne mâchent pas leurs mots. Je lui ai dit que je ferais de mon mieux pour bien m'entendre avec vous.

— Seigneur ! fit Kaye, éclatant d'un rire incrédule.

— Exactement. Il était sur la défensive. Mais il me connaît. Il sait que je ne mâche pas mes mots, moi non plus. Avec ce péché originel qui refait surface, je pense que le monde va sacrément changer. Il va y avoir beaucoup de changements dans ce que font les hommes et les femmes. Vous ne pensez pas ?

— J'en suis sûre.

— Je veux que vous fassiez tout votre possible, je vous en supplie, ma chérie, ma fille, je vous en supplie, pour créer un monde où il y aura de l'amour et un foyer pour Mitch. Il a l'air solide, robuste, mais les hommes sont en réalité très fragiles. Je ne veux pas que ce qui vous arrive vous sépare, ni que cela le blesse. Je veux garder le plus possible le Mitch que j'aime et que je connais, le plus longtemps possible. Je vois encore mon enfant en lui. Mon enfant est toujours en lui.

Abby avait les larmes aux yeux et, en lui étreignant la main encore plus fort, Kaye se rendit compte à quel point sa mère lui avait manqué pendant toutes ces années, à quel point elle s'était efforcée de refouler son chagrin.

— La naissance de Mitch a été difficile, reprit Abby. Le travail a duré quatre jours. On m'avait dit que ce serait dur pour le premier, mais je ne m'attendais pas à ça. Je regrette que nous n'en ayons pas eu d'autre... mais pas entièrement, non. Aujourd'hui, je serais morte de peur. Je *suis* morte de peur, même si nous n'avons aucun souci à nous faire, Sam et moi.

— Je prendrai soin de Mitch.

— Nous vivons des temps horribles. Quelqu'un va en tirer un livre, un gros livre. J'espère que la fin en sera heureuse.

Ce soir-là, pendant le dîner, hommes et femmes réunis parlèrent de choses légères, sans conséquences. L'atmosphère semblait dégagée, les problèmes chassés par la pluie. Kaye dormit avec Mitch dans sa vieille chambre, signe qu'elle était acceptée par Abby, que Mitch exprimait sa volonté, ou les deux.

C'était la première famille qu'elle connaissait depuis des années. En y pensant, collée contre Mitch dans le lit trop étroit, elle pleura de bonheur.

A Eugene, elle avait acheté un test de grossesse dans une grande épicerie alors qu'ils s'étaient arrêtés pour faire le plein. Puis, pour avoir l'impression d'agir normalement dans ce monde complètement chamboulé, elle s'était rendue dans une librairie du même centre commercial pour y acheter un livre du docteur Spock. Elle l'avait montré à Mitch, lui arrachant un large sourire, mais elle ne lui avait pas montré le test de grossesse.

— Tout cela est si normal, murmura-t-elle tandis que Mitch ronflait doucement. Ce que nous faisons est si normal, si *naturel*, je vous en supplie, mon Dieu.

72.

Seattle, Washington / Washington, DC
14 mai

Kaye traversa Portland pendant que Mitch faisait un somme. Ils entrèrent dans l'Etat de Washington par le pont, essuyèrent une petite tempête puis retrouvèrent le soleil. Kaye sortit de l'autoroute, et ils déjeunèrent dans un petit restaurant mexicain dans un coin qui leur était totalement inconnu. Les routes étaient presque désertes ; on était dimanche.

Ils firent une petite sieste dans la voiture, Kaye blottie contre l'épaule de Mitch. L'air était immobile, le soleil lui réchauffait les joues et les cheveux. Quelques oiseaux chantaient. Venus du sud en alignements impeccables, les nuages eurent bientôt envahi le ciel, mais l'atmosphère resta chaude.

Kaye reprit le volant et roula jusqu'à Tacoma, puis ce fut au tour de Mitch, qui les amena jusqu'à Seattle. Alors qu'ils traversaient le centre-ville, passant sous le Palais des congrès qui surplombait l'autoroute, Mitch eut des scrupules à l'idée de la conduire tout de suite dans son appartement.

— Peut-être que tu préférerais visiter un peu la ville avant, dit-il.

Kaye sourit.

— Pourquoi, c'est le foutoir, chez toi ?

— Non, c'est propre. Mais ce n'est peut-être pas très bien...

Il secoua la tête.

— Ne t'inquiète pas, dit-elle. Je ne suis pas d'humeur à faire des critiques. Mais j'aimerais bien faire un peu de tourisme.

— Il y a un endroit où j'allais souvent quand je ne faisais pas de fouilles...

Gaswork Park se déployait sous une colline herbue dominant le lac Union. Il s'agissait d'un ensemble d'installations industrielles, dont une vieille usine à gaz, que l'on avait rénové, peint de couleurs vives et transformé en parc public. Les gigantesques réser-

601

voirs, les passerelles en ruine et les conduits n'avaient pas été remis à neuf mais rouillaient en paix, protégés par des barrières.

Mitch prit Kaye par la main comme ils sortaient du parking. Elle trouva le parc un peu laid, les pelouses un peu élimées, mais elle ne dit rien pour ne pas peiner Mitch.

Ils s'assirent dans l'herbe, près d'une clôture grillagée, et regardèrent les hydravions de ligne qui se posaient sur le lac Union. Quelques personnes — des hommes seuls, des femmes seules ou accompagnées d'enfants — se dirigeaient vers le terrain de jeux attenant aux bâtiments industriels. D'après Mitch, il y avait très peu de monde pour un dimanche après-midi.

— Les gens n'ont pas envie de se rassembler, dit Kaye.

Alors même qu'elle prononçait ces mots, des autocars entraient dans le parking, se garant sur des emplacements signalés par des cordes.

— Il se passe quelque chose, remarqua Mitch en tendant le cou.

— Tu m'as préparé une surprise ? demanda-t-elle d'une voix enjouée.

— Non, répondit-il en souriant. D'un autre côté, peut-être que j'ai oublié, après la nuit qu'on a eue.

— Tu dis ça après chaque nuit.

Kaye étouffa un bâillement et suivit du regard un voilier sur le lac, puis un véliplanchiste en combinaison.

— Huit autocars, nota Mitch. Bizarre.

Kaye avait trois jours de retard dans ses règles, ce qui ne lui était jamais arrivé depuis qu'elle avait cessé de prendre la pilule, après la mort de Saul. Cela accroissait son inquiétude et sa résolution. Quand elle pensait à ce qu'ils allaient faire, elle en grinçait des dents. *Ça s'est passé si vite. Une romance à l'ancienne. Et ça ne va pas ralentir.*

Elle n'avait pas encore informé Mitch, craignant une fausse alerte.

Kaye se sentait dissociée de son corps lorsqu'elle réfléchissait trop. Si elle oubliait et son inquiétude et sa résolution, se contentant d'explorer ses sensations, l'état naturel de ses tissus, de ses cellules et de ses émotions, elle se sentait parfaitement bien ; c'étaient le contexte, les conséquences, ses *connaissances* qui l'empêchaient de se sentir bien, de se sentir amoureuse.

Le problème, c'était qu'elle en savait beaucoup et pas assez.

Normal.

— Dix autocars, non, onze, compta Mitch. Ça en fait, du monde. (Il lui caressa la nuque.) Je ne suis pas sûr que ça me plaise.

— C'est ton parc. Moi, je n'ai pas envie de bouger tout de suite. On est bien ici.

Le soleil jetait des flaques d'or sur l'herbe. Les réservoirs rouillés luisaient d'un éclat orangé.

Plusieurs douzaines d'hommes et de femmes, vêtus aux couleurs de la terre, sortirent du parking pour se diriger vers la colline. Ils ne semblaient nullement pressés. Quatre femmes portaient un anneau en bois d'un mètre de large, et plusieurs hommes chargeaient un long poteau sur un chariot.

Kaye plissa le front puis gloussa.

— Ils ont apporté un yoni et un lingam, dit-elle.

Mitch fixa la procession en plissant les yeux.

— On dirait un jeu de foire surdimensionné.

— Tu crois ?

Kaye avait adopté un ton neutre qu'il reconnut aussitôt : elle était en complet désaccord avec lui.

— Non, s'écria-t-il en se frappant la tempe. Comment ai-je fait pour ne pas le voir tout de suite ? C'est un yoni et un lingam.

— Et ça se dit anthropolologue, lança-t-elle, malicieuse. (Elle se redressa sur les genoux et mit sa main en visière.) Allons voir ça de plus près.

— Nous n'avons pas été invités.

— Ça m'étonnerait que cette fête soit fermée au public.

Dicken passa le contrôle de sécurité — fouille manuelle, détecteur de métal, détecteur d'odeurs — et entra dans la Maison-Blanche par ce qu'on appelait la porte diplomatique. Un jeune marine le conduisit aussitôt dans une grande salle de réunion située au sous-sol. La climatisation tournait à plein régime, et cette pièce lui fit l'effet d'un réfrigérateur comparée aux trente degrés qui régnaient dehors.

Il était le premier. Ne se trouvaient avec lui que le marine et un garçon occupé à placer sur la table ovale des bouteilles d'Evian, des blocs-notes et des stylos. Il prit place sur l'une des chaises réservées aux fonctionnaires subalternes. Le garçon lui demanda s'il souhaitait un rafraîchissement — Coca ou jus de fruits.

— Nous aurons du café dans quelques minutes.

— Un Coca, s'il vous plaît.

— Vous venez d'atterrir ?

— J'arrive de Bethesda par la route.

— Le temps va salement se gâter cet après-midi, dit le garçon. Une tempête est prévue pour cinq heures, d'après la météo d'Andrews. Ici, on a les meilleurs bulletins météo du pays.

Il se fendit d'un sourire et d'un clin d'œil, puis disparut pour revenir au bout de quelques minutes avec un Coca et un verre de glace pilée.

Plusieurs personnes débarquèrent dix minutes plus tard. Dicken reconnut les gouverneurs du Nouveau-Mexique, de l'Alabama et du Maryland ; ils étaient accompagnés d'un petit groupe d'assistants. Cette pièce allait bientôt abriter le noyau dur de ce qu'on avait baptisé la Révolte des gouverneurs, un mouvement qui gênait considérablement le travail de la Brigade.

Augustine allait connaître son heure de gloire ici, au sous-sol de la Maison-Blanche. Sa mission était de convaincre dix gouverneurs, dont sept dirigeant des États particulièrement conservateurs, que le libre accès aux procédures d'avortement était la seule solution humanitaire aux problèmes du moment.

Dicken ne pensait pas qu'il allait recueillir une quelconque approbation, ni même une désapprobation polie.

Augustine arriva quelques minutes plus tard, accompagné par le chargé de liaison entre la Maison-Blanche et la Brigade et par le chef de cabinet de la présidence. Il posa son attaché-case sur la table et rejoignit Dicken, ses semelles claquant sur le sol carrelé.

— Vous m'avez apporté des munitions ? s'enquit-il.

— C'est la déroute, murmura Dicken. Aucune agence sanitaire ne pense que nous pourrons reprendre le contrôle de la situation. Elles estiment en outre que le président ne la maîtrise plus.

Augustine plissa les yeux. Ses pattes-d'oie s'étaient sensiblement creusées durant l'année écoulée, et ses cheveux avaient viré au gris.

— Je suppose qu'elles se débrouillent toutes seules — la volonté du peuple et tout ça ?

— Elles ne voient pas plus loin. L'Association des médecins américains et la plupart des branches du NIH nous ont retiré leur soutien, de façon ouverte ou tacite.

— Eh bien, murmura Augustine, nous n'avons rien d'autre à leur proposer sur le terrain — pour le moment. (Il prit la tasse de café que lui tendait le garçon.) Peut-être qu'on devrait rentrer chez nous et les laisser se démerder.

Augustine se retourna comme d'autres gouverneurs entraient dans la salle. Ils furent suivis par Shawbeck et par le secrétaire des HHS.

— Entrée des lions, suivis par les chrétiens, commenta-t-il. Ce qui n'étonnera personne. (Avant d'aller s'asseoir à l'autre bout de la table, à l'un des trois emplacements où n'était planté aucun petit drapeau, il ajouta à voix basse :) Le président vient de passer deux heures à s'entretenir avec les gouverneurs de l'Alabama et du Maryland, Christopher. Ils insistaient pour qu'il retarde sa décision. Je ne pense pas qu'il le souhaite. Quinze mille femmes enceintes ont été assassinées au cours des six dernières semaines. *Quinze mille*, Christopher.

Dicken avait lu ce chiffre à plusieurs reprises.

— On devrait tous tendre notre cul pour nous le faire botter, gronda Augustine.

Mitch estima à six cents le nombre de personnes se dirigeant vers le sommet de la colline. Quelques douzaines de curieux suivaient le groupe d'hommes et de femmes décidés qui transportait l'anneau et le pilier.

Kaye le prit par la main.

— C'est une coutume de Seattle ? demanda-t-elle en l'entraînant.

Elle était intriguée par ce qu'elle percevait comme un rituel de fertilité.

— Pas à ma connaissance, répondit-il.

Depuis San Diego, l'odeur de la foule lui fichait les jetons.

Au sommet de la colline, Kaye et Mitch se retrouvèrent au bord d'un cadran solaire de neuf ou dix mètres de diamètre. Il était décoré par des bas-reliefs en bronze représentant les signes du zodiaque, des mains tendues, des chiffres romains et des lettres calligraphiées indiquant les quatre points cardinaux. Le cercle était complété par de la céramique, du verre et du ciment coloré.

Mitch montra à Kaye comment l'observateur pouvait devenir gnomon, en se plaçant entre des lignes parallèles portant la saison et la date. Elle estima qu'il était deux heures de l'après-midi.

— C'est splendide, remarqua-t-elle. Mais ce site est du genre païen, tu ne crois pas ?

Mitch opina sans quitter la foule des yeux.

Lorsqu'elle parvint sur le flanc de la colline, les hommes et les enfants qui faisaient voler des cerfs-volants s'écartèrent de son chemin. Il n'y avait plus que trois femmes pour porter l'anneau, transpirant sous leur fardeau. Elles le posèrent doucement au centre du cadran solaire. Les deux hommes portant le pilier se placèrent sur le côté, attendant leur heure.

Cinq femmes plus âgées, vêtues de robes jaune pâle, entrèrent dans le cercle les mains jointes, un sourire plein de dignité aux lèvres, et entourèrent l'anneau placé au centre du cadran. Personne ne disait mot.

Kaye et Mitch descendirent sur le versant sud de la colline qui dominait le lac Union. Mitch sentit une brise venue du sud et vit quelques nuages bas au-dessus de Seattle. L'air était pareil à du vin, propre et doux, la température était de vingt degrés. Les ombres des nuages composaient sur la colline un ballet spectaculaire.

— Trop de monde, dit-il à Kaye.

— Restons un peu, je veux voir ce qu'ils vont faire.

La foule se resserra, formant des cercles concentriques, des chaînes dont les maillons étaient des mains jointes. Kaye, Mitch et les autres badauds furent poliment priés de s'éloigner pour la durée de la cérémonie.

— Vous pouvez regarder de loin, dit à Kaye une jeune femme dodue vêtue de vert.

Elle faisait comme si Mitch n'existait pas. Ses yeux semblaient le traverser sans jamais se poser sur lui.

Aucun bruit ne montait de la foule, excepté le froissement des robes et le murmure des sandales sur l'herbe et sur les bas-reliefs du cadran solaire.

Mitch enfonça les mains dans ses poches et courba l'échine.

Les gouverneurs étaient assis autour de la table, parlant à voix basse avec leurs assistants ou leurs collègues. Shawbeck resta debout, les mains jointes. Augustine avait fait le tour de la table pour dire quelques mots au gouverneur de Californie. Dicken chercha à interpréter le plan de table et comprit que l'on avait adopté un protocole des plus astucieux. Les gouverneurs n'avaient pas été placés en fonction de leur âge ou de leur influence, mais selon la répartition géographique de leurs États. Celui de Californie était à l'extrémité ouest, celui de l'Alabama dans la partie sud-est, près du fond de la pièce. Augustine, Shawbeck et le secrétaire allaient prendre place autour du président.

Cela signifiait forcément quelque chose. Peut-être qu'ils allaient plonger et recommander l'application des propositions d'Augustine.

Dicken n'était pas sûr de ses propres sentiments. On lui avait exposé le coût médical de la prise en charge des bébés du second stade, à condition que ceux-ci survivent quelque temps ; on lui avait aussi montré, chiffres à l'appui, ce qu'il en coûterait aux États-Unis de perdre toute une génération d'enfants.

Le chargé de liaison avec le ministère de la Santé se planta sur le seuil.

— Mesdames et messieurs, le président des Etats-Unis.

Tout le monde se leva, le gouverneur de l'Alabama sensiblement moins vite que les autres. Dicken vit que son visage était luisant de sueur, sans doute l'effet de la chaleur qui régnait dehors. Mais Augustine lui avait dit que le gouverneur avait passé les deux précédentes heures en réunion avec le président.

Un agent du Service secret, vêtu d'un blazer et d'une chemise de golf, passa près de Dicken, lui jetant un coup d'œil minéral qu'il avait appris à bien connaître. Le président entra le premier, facilement identifiable grâce à sa crinière blanche. Il semblait en forme quoique un peu fatigué ; mais Dicken sentit quand même la puissance qui émanait de sa fonction. Il fut flatté de constater que le président le reconnaissait et lui adressait un signe de tête solennel.

Le gouverneur de l'Alabama recula sa chaise. Les pieds de bois grincèrent sur le sol de béton.

— Monsieur le président, dit-il en haussant le ton.

Le président s'arrêta près de lui, le gouverneur avança de deux pas.

Deux agents secrets échangèrent un regard, s'apprêtant à intervenir poliment.

— J'aime la présidence et j'aime notre grand pays, monsieur, dit le gouverneur, et il enveloppa le président dans ses bras, comme pour le protéger.

Le gouverneur de Floride, debout près des deux hommes, grimaça et secoua la tête, visiblement embarrassé.

Les agents secrets n'étaient plus qu'à quelques mètres.

Oh, songea Dicken — rien de plus ; une simple sensation presciente, il est suspendu dans le temps, il va entendre le sifflet d'un train, le conducteur n'a pas encore appuyé sur le frein, son bras est près de bouger mais encore immobile contre son flanc.

Peut-être ferait-il mieux de se mettre à l'abri.

Le jeune homme blond en robe noire portait un masque de chirurgien vert et avançait les yeux baissés vers le cadran solaire. Il était escorté par trois femmes vêtues de marron et de vert, et il portait un petit sac de toile marron noué avec de la corde dorée. Ses cheveux filasse, presque blancs, étaient agités par la brise qui se faisait plus forte sur la colline.

Les cercles de femmes et d'hommes s'ouvrirent pour le laisser passer.

Mitch observait la scène d'un air intrigué. Près de lui, Kaye se tenait les bras croisés.

— Qu'est-ce qu'ils préparent ? demanda-t-il.

— Une cérémonie, on dirait.

— Un rite de fertilité ?

— Pourquoi pas ?

Mitch réfléchit quelques instants.

— Une expiation. Il y a plus de femmes que d'hommes.

— Environ trois femmes pour un homme.

— La plupart des hommes sont âgés.

— Des Cotons-Tiges.

— Hein ?

— C'est comme ça qu'une jeune femme appelle un homme assez vieux pour être son père. Comme le président.

611

— C'est insultant.

— Ce n'est pas moi qui l'ai trouvé.

La foule se referma sur le jeune homme, le cachant à la vue.

Une main de géant incandescente saisit Christopher Dicken et le plaque contre le mur. Il a les tympans crevés, le thorax enfoncé. Puis la main se retire et il glisse sur le sol. Ses paupières s'entrouvrent. Il voit des flammes se répandre en ondes concentriques sur le plafond fracassé, des carreaux tomber parmi les flammes. Il est couvert de sang et de lambeaux de chair. La chaleur et la fumée blanche lui piquent les yeux, il les referme. Il ne peut plus respirer, entendre, bouger.

Un chant monotone monta de la foule.

— Allons-nous-en, dit Mitch.

Kaye considéra l'assemblée. Elle aussi commençait à être inquiète. Ses cheveux se dressèrent sur sa nuque.

— D'accord.

Ils rejoignirent une allée qui descendait la colline par le flanc nord. En chemin, ils croisèrent un homme et son fils, âgé de cinq ou six ans, qui tenait un cerf-volant dans ses petites mains. Il sourit à Kaye et à Mitch. Kaye s'attarda sur ses élégants yeux en amande, sur son crâne presque rasé, quasiment égyptien, telle une merveilleuse statue antique, noire d'ébène, ramenée à la vie, et elle se dit : *Cet enfant est si beau, si normal. Quel superbe petit garçon.*

Elle se rappela la fillette au bord de la route, à

Gordi, quand le convoi de l'ONU avait quitté la ville ; si différente d'aspect, éveillant pourtant des pensées si semblables.

Les sirènes retentirent alors qu'elle prenait Mitch par la main. Ils se tournèrent vers le parking et virent cinq voitures de police arriver en trombe, leurs portières s'ouvrir, les policiers foncer droit sur la colline.

— Regarde, dit Mitch.

Il lui montra un homme d'un certain âge, vêtu d'un short et d'un sweat-shirt, qui parlait dans son téléphone mobile. Il avait l'air terrifié.

— Mais qu'est-ce qui se passe ? demanda Kaye.

La prière avait gagné en force. Trois policiers passèrent près d'eux en courant ; ils n'avaient pas dégainé leurs armes mais l'un d'eux empoignait sa matraque. Ils s'engouffrèrent dans les cercles périphériques de l'assemblée.

Des femmes leur crachèrent des insultes. Elles les attaquèrent à coups de pied et de griffes, cherchant à les repousser.

Kaye n'en croyait ni ses yeux ni ses oreilles. Deux femmes se jetèrent sur un policier en proférant des obscénités.

Celui qui avait sorti sa matraque l'utilisa pour protéger ses camarades. Kaye entendit le bruit écœurant du plastique dur cognant la chair et l'os.

Elle voulut remonter en haut de la colline. Mitch la retint.

Les renforts arrivèrent, les matraques volèrent. La prière s'interrompit. La foule sembla perdre toute cohésion. Des femmes vêtues de robes s'enfuirent, se prenant la tête dans les mains en signe de colère ou de terreur, pleurant et hurlant d'une voix suraiguë. Certaines s'effondrèrent et tapèrent des poings sur l'herbe. La bave coulait de leur bouche.

Une fourgonnette de la police fonça sur la pelouse, faisant rugir son moteur. Deux policiers de sexe féminin vinrent prêter main forte à leurs collègues.

Mitch entraîna Kaye, et ils se retrouvèrent en bas de la colline, les yeux toujours tournés vers la foule massée autour du cadran solaire. Deux policiers émergèrent, tenant le jeune homme en noir. Son cou et ses mains étaient maculés de traînées rouge vif. Une policière appela une ambulance sur son talkie-walkie. Elle passa à quelques mètres de Mitch et de Kaye, le visage livide et les lèvres rougies par la colère.

— Nom de Dieu ! hurla-t-elle aux badauds. Pourquoi n'avez-vous pas essayé de les arrêter ?

Ni Kaye ni Mitch ne pouvaient lui répondre.

Le jeune homme en robe noire s'effondra entre les deux policiers qui le soutenaient. Son visage, déformé par la douleur et le choc, était aussi blanc que les nuages sur la terre marron et l'herbe jaune.

73.

Seattle

Mitch mit cap au sud sur l'autoroute, sortit à Capitol Hill et s'engagea dans Denny Way. La Buick peinait sur la pente.

— Je regrette qu'on ait dû voir ça, dit Kaye.

Mitch jura à mi-voix.

— Je regrette qu'on soit allés là-bas.

— Est-ce que tout le monde est devenu dingue ? C'en est trop. Je n'arrive pas à voir où nous en sommes dans tout ça.

— Nous revenons aux mœurs anciennes.

— Comme en Géorgie.

Kaye se plaqua la main sur la bouche, cognant ses phalanges à ses dents.

— Et les femmes rendent les *hommes* responsables, dit Mitch. Je déteste ça, ça me donne envie de vomir.

— Selon moi, personne n'est responsable. Mais c'est une réaction naturelle, tu dois bien l'admettre.

Mitch lui décocha un rictus quasiment obscène, le premier qu'elle lui ait jamais vu. Elle retint discrètement son souffle, partagée entre la honte et la tristesse, et contempla par la vitre la longue étendue de Broadway : immeubles de brique, piétons, jeunes hommes portant des masques verts, marchant entre hommes, les femmes marchant entre femmes.

— N'y pensons plus, dit Mitch. Et allons nous reposer.

L'appartement du second, propre, frais et un peu poussiéreux vu la longue absence de Mitch, donnait sur Broadway et l'on y avait vue sur la poste à l'imposante façade en brique, une petite librairie et un restaurant thaïlandais. Alors que Mitch apportait les bagages, il s'excusa pour un désordre inexistant aux yeux de Kaye.

— Une piaule de célibataire, dit-il. Je ne sais pas pourquoi je l'ai gardée.

— C'est sympa.

Kaye caressa du bout des doigts le rebord de fenêtre en bois sombre, l'émail blanc du mur. Le séjour, réchauffé par le soleil, sentait un peu le renfermé, une odeur qui n'avait rien de désagréable. Kaye ouvrit la fenêtre non sans difficulté. Mitch s'approcha d'elle et la referma doucement.

— Les gaz d'échappement montent jusqu'ici, expliqua-t-il. Il y a une fenêtre dans la chambre qui donne sur la cour. Ça permet d'avoir un peu d'air.

Kaye avait cru que l'appartement de Mitch lui inspirerait des pensées romantiques, agréables, qu'elle y apprendrait plein de choses sur lui, mais il était si propre, si spartiate que cela la déprima un peu. Elle examina les livres sur la grande étagère près du coin cuisine : des ouvrages d'anthropologie et d'archéologie, quelques manuels de biologie fatigués, un carton plein de revues scientifiques et de photocopies d'articles. Pas un seul roman.

— Le restaurant thaïlandais est excellent, dit Mitch en l'enveloppant dans ses bras.

— Je n'ai pas faim. C'est ici que tu as fait tes recherches ?

— Exactement. C'est ici que j'ai eu ma révélation. Tu as été pour moi une source d'inspiration.

— Merci.

— Tu veux faire une sieste ? Il y a des bières au frigo...

— Budweiser ?

Sourire de Mitch.

— J'en prends une, dit Kaye.

Il la lâcha et ouvrit le réfrigérateur.

— Zut. Il y a eu une coupure de courant. Tout a fondu dans le congélateur... (Une odeur âcre envahit le coin cuisine.) Mais la bière est encore bonne.

Il lui attrapa une bouteille qu'il décapsula d'un geste plein d'habileté. Elle but une gorgée. Presque pas de goût. Aucun soulagement.

— Il faut que j'aille aux toilettes, l'informa-t-elle.

Elle se sentait engourdie, détachée de tout ce qui était important. Elle emporta son sac à main dans la salle de bains et en sortit le test de grossesse. C'était d'une simplicité enfantine : deux gouttes d'urine sur une bande, qui devenaient bleues ou roses — positif ou négatif. Résultat dans dix minutes.

Soudain, Kaye eut une violente envie de savoir.

La salle de bains était d'une propreté immaculée.

— Que puis-je faire pour lui ? se demanda-t-elle à haute voix. Il vit sa propre vie ici.

Mais elle chassa cette pensée et rabattit le couvercle des toilettes pour s'asseoir dessus.

Dans le séjour, Mitch alluma la télé. Kaye entendit des voix étouffées à travers l'épaisse porte en bois de pin, des bribes de phrases.

— ... parmi les blessés, on compte aussi le secrétaire...

— Kaye !

Elle recouvrit le ruban avec un mouchoir en papier et ouvrit la porte.

— Le président, dit Mitch, grimaçant. (Il tapa des poings dans le vide.) Je n'aurais jamais dû allumer cette saloperie !

Kaye se planta devant le petit téléviseur, observa la tête et les épaules de la présentatrice, ses lèvres mouvantes, le mascara qui coulait de son œil.

— On déplore pour l'instant sept morts, dont les gouverneurs de la Floride, du Mississippi et de l'Alabama, le président, un agent du Service secret et deux personnes non identifiées. Parmi les survivants figurent les gouverneurs du Nouveau-Mexique et de l'Arizona, Mark Augustine, le directeur de la Brigade affectée à la grippe d'Hérode, et Frank Shawbeck, de l'Institut national de la Santé. Le vice-président ne se trouvait pas dans la Maison-Blanche à ce moment-là...

Mitch se tenait à côté d'elle, les épaules voûtées.

— Où était Christopher ? demanda Kaye d'une petite voix.

— Rien ne permet encore d'expliquer comment une bombe a pu être introduite dans la Maison-Blanche et déjouer les mesures de sécurité. Frank Sesno, en direct, devant la Maison-Blanche.

Kaye se dégagea de l'étreinte de Mitch.

— Excuse-moi, dit-elle en lui tapotant nerveusement l'épaule. Il faut que j'y retourne.

— Ça va ?

— Oui, oui.

Elle ferma la porte, la verrouilla et souleva le mouchoir en papier. Dix minutes s'étaient écoulées.

— Tu es sûre que ça va ? demanda Mitch derrière la porte.

Kaye leva la bande à la lumière, regarda les deux taches. La première était bleue. La seconde était bleue. Elle relut les instructions, compara les couleurs et s'appuya contre la porte, prise de vertige.

— C'est fait, murmura-t-elle.

Elle se redressa et se dit : *Le moment est horriblement mal choisi. Attendons. Attendons si c'est possible.*

— Kaye !

Mitch semblait au bord de la panique. Il avait besoin d'elle, besoin d'être rassuré. Elle se pencha au-dessus de l'évier, à peine capable de tenir debout, partagée entre l'horreur, le soulagement et l'émerveillement suscité par ce qu'ils avaient fait, par ce que le monde était en train de faire.

Elle ouvrit la porte et vit que Mitch était en larmes.

— Je n'ai même pas voté pour lui ! bafouilla-t-il.

Kaye le serra fort. La mort du président était un événement de la plus haute importance, mais elle ne ressentait rien pour l'instant. Ses émotions étaient ailleurs, avec Mitch, avec le père et la mère de Mitch, avec ses propres parents disparus ; elle se faisait même un peu de souci pour elle-même, mais, curieusement, ne sentait aucun lien avec la vie qu'elle abritait.

Pas encore.

Ceci n'était pas le vrai bébé.

Pas encore.

Ne l'aime pas. N'aime pas celui-ci. Aime ce qu'il fait, ce qu'il porte.

Désobéissant à sa propre volonté, Kaye s'évanouit alors qu'elle étreignait Mitch et lui tapotait le dos. Mitch la porta dans la chambre, alla chercher une serviette mouillée.

Elle flotta un temps au sein de ténèbres closes puis

prit conscience de sa bouche sèche. Elle s'éclaircit la gorge, ouvrit les yeux.

Elle découvrit son mari, tenta d'embrasser la main qui lui tamponnait les joues et le menton.

— Stupide, dit-elle.

— Qui, moi ?

— Non, moi. Je pensais que je serais forte.

— Tu es forte.

— Je t'aime.

Et ce fut tout ce qu'elle put dire.

Mitch vit qu'elle dormait, remonta la couverture sur elle, éteignit la lumière et retourna dans le séjour. L'appartement lui semblait différent à présent. Le crépuscule flamboyait derrière la fenêtre, projetant sur le mur une lueur pâle et féerique. Il s'assit dans le fauteuil avachi, devant la télé, dont le volume pourtant faible résonnait haut et clair.

— Le gouverneur Harris a proclamé l'état d'urgence et mobilisé la garde nationale. Le couvre-feu est décrété à partir de dix-neuf heures les jours de semaine, dix-sept heures le samedi et le dimanche, et, si le vice-président décide de proclamer la loi martiale à l'échelon fédéral, comme cela semble probable, alors, tout rassemblement sera interdit dans les lieux publics sauf autorisation spéciale du Bureau de gestion des urgences de chaque communauté. Cet état d'urgence officiel sera effectif pendant une durée indéterminée et a été décrété à la fois pour réagir à la situation qui prévaut dans la capitale et pour tenter de contrôler l'agitation persistante dans l'Etat de Washington...

Mitch tapota le pansement du test qui ornait son menton. Il changea de chaîne juste pour avoir l'impression de contrôler quelque chose.

— ... est décédé. Le président et cinq des dix gouverneurs qui lui rendaient visite ce matin ont été tués dans la salle de crise de la Maison-Blanche...

Nouvelle pression sur la télécommande.

— ... Abraham C. Darzelle, gouverneur de l'Alabama et leader de la prétendue Révolte des Etats, a *étreint* le président des Etats-Unis juste avant l'explosion. Les gouverneurs de l'Alabama et de la Floride, ainsi que le président, ont été déchiquetés par celle-ci...

Mitch éteignit la télé. Il rapporta le ruban de plastique dans la salle de bains et s'allongea à côté de Kaye. Il s'abstint de tirer les couvertures et de se déshabiller pour ne pas la déranger. Il ôta ses chaussures, posa doucement une jambe sur les cuisses de Kaye et enfouit son nez dans ses courts cheveux bruns. L'odeur qui s'en exhalait était plus apaisante que n'importe quelle drogue.

L'espace d'un instant bien trop bref, l'univers redevint petit, chaud et totalement autosuffisant.

Troisième partie

Stella Nova

74.

Kaye disposa ses notes sur le bureau de Mitch et attrapa le manuscrit de *La Bibliothèque de la reine*. Trois semaines plus tôt, elle avait décidé d'écrire un livre consacré à SHEVA, à la biologie moderne et à tout ce que l'espèce humaine aurait besoin de savoir dans les années à venir. Le titre était une métaphore par laquelle elle désignait le génome, avec son ferment, ses éléments mobiles et ses joueurs égoïstes, qui d'un côté servaient la reine du génome, espérant figurer dans sa bibliothèque, à savoir l'ADN, et de l'autre adoptaient parfois un rôle différent, plus égoïste qu'utile, agissant comme des parasites ou des prédateurs, déclenchant des troubles et même des catastrophes... Une métaphore politique qui lui semblait à présent particulièrement pertinente.

Ces deux dernières semaines, elle avait rédigé plus de cent soixante pages sur son ordinateur portable, qu'elle avait sorties sur sa petite imprimante, en partie pour rassembler ses idées avant la conférence.

Et pour passer le temps. Les heures sont interminables quand Mitch n'est pas là.

Elle tassa les feuillets sur le bureau, satisfaite par le bruit solide qu'ils produisaient, puis les posa devant la photo encadrée de Christopher Dicken qu'elle avait placée près d'un portrait de Sam et d'Abby. La troisième et dernière photo en sa possession était une image de Saul, en noir et blanc et sur papier glacé, œuvre d'un photographe professionnel de Long Island. Saul y apparaissait compétent, souriant, sage et plein d'assurance. Cette photo avait été jointe aux brochures d'EcoBacter qu'ils avaient envoyées aux entreprises de capital-risque il y avait cinq ans de cela. Une éternité.

Kaye n'avait passé que peu de temps à se pencher sur son passé ou à rassembler des souvenirs. Aujourd'hui, elle le regrettait. Elle voulait que leur bébé ait une idée de ce qui s'était passé. Quand elle se regardait dans la glace, elle était presque rayonnante de santé et de vitalité. La grossesse lui faisait un bien fou.

Comme prise d'une frénésie d'écriture et d'archivage, elle avait entamé trois jours plus tôt un journal intime, le premier qu'elle ait jamais tenu.

> *10 juin*
> *Nous avons passé la semaine dernière à préparer la conférence et à chercher une maison. Les taux d'intérêt ont crevé le plafond et atteignent vingt et un pour cent, mais nous pouvons nous payer quelque chose de plus grand que cet appartement, et Mitch n'est pas difficile. Moi si. Mitch écrit plus lentement que moi, sur les momies et sur la grotte, et il envoie son travail page par page à Oliver Merton, à New York, qui le corrige parfois avec une certaine cruauté. Mitch prend ça calmement et s'efforce de s'améliorer. Nous sommes*

devenus si littéraires, presque nombrilistes, peut-être un peu suffisants, car il n'y a pas grand-chose d'autre pour nous occuper.

Cet après-midi, Mitch est sorti pour aller s'entretenir avec le nouveau directeur du muséum Hayer, dans l'espoir de retrouver son poste. (Il ne reste jamais plus de vingt minutes loin de l'appartement et, avant-hier, nous avons acheté un autre téléphone mobile. Je lui dis que je suis capable de prendre soin de moi, mais il s'inquiète toujours.)

Il a reçu une lettre du professeur Brock lui décrivant la nature de la controverse actuelle. Brock est apparu dans quelques talk-shows. Certains journaux ont repris l'information, et l'article que Merton a publié dans Nature attire beaucoup d'attention et pas mal de critiques.

Innsbruck détient toujours tous les échantillons de tissus et s'abstient de tout commentaire et de toute communication, mais Mitch travaille ses amis de l'université du Washington pour qu'ils parlent de leurs découvertes au public, afin de protester contre l'attitude d'Innsbruck. Selon Merton, les gradualistes responsables des momies ont deux ou trois mois pour préparer leurs rapports et les rendre publics, sous peine d'être remplacés par des scientifiques plus objectifs, du moins l'espère-t-il, et il espère aussi être désigné comme responsable de la nouvelle équipe. Mitch pourrait faire partie de celle-ci, mais ce serait inespéré.

Merton et Daney ont été incapables de convaincre le Bureau de gestion des urgences de l'Etat de New York d'autoriser une conférence à

Albany. Quelque chose à voir avec 1845, le gouverneur Silas Wright et les émeutes anti-loyers[1] ; ils ne tiennent pas à assister à une récidive dans le cadre de cet état d'urgence « expérimental » et « temporaire ».

Nous avons adressé une demande au Bureau de gestion des urgences du Washington par l'intermédiaire de Maria Konig, et il a autorisé une conférence de deux jours à Kane Hall, limitée à cent participants et soumise à approbation ultérieure. Les libertés civiques ne sont pas tout à fait passées à la trappe, mais c'est tout comme. Personne ne parle de loi martiale, et les tribunaux sont d'ailleurs toujours en activité, mais, dans tous les Etats, ils travaillent sous le contrôle du Bureau.

On n'a jamais vu ça depuis 1942, d'après Mitch.

Je me sens bizarre, en parfaite santé, pleine de vitalité et d'énergie, et je n'ai pas vraiment l'air enceinte. Mais les hormones sont les mêmes, et les effets aussi.

Demain, je passe une échographie et un scanner à Marine Pacific, et on fera ensuite l'amniocentèse et le chorionic villi en dépit des risques, car on tient à connaître la nature des tissus.

L'étape suivante sera plus difficile.

Mrs. Hamilton, je suis désormais un cobaye, moi aussi.

---

1. Allusion à Silas Wright (1795-1847), avocat et politicien américain, qui a réprimé par la force des émeutes de locataires alors qu'il était gouverneur de l'Etat de New York. *(N.d.T.)*

75

Institut national de la Santé, Bethesda, bâtiment 10
Juillet

Dicken se propulsa d'une main le long du corridor du dixième étage du centre clinique Magnuson, négocia un virage — toujours d'une main — avec autant d'élégance qu'on peut en avoir en fauteuil roulant et distingua deux hommes avançant sur son chemin. Le costume gris, les longues et lentes enjambées et la taille du premier lui permirent d'identifier Augustine. Il ignorait qui pouvait être le second.

Poussant un sourd gémissement, il abaissa la main droite et se dirigea vers les nouveaux venus. A mesure de son approche, il vit que le visage d'Augustine était en voie de guérison mais qu'il garderait à jamais un aspect mal dégrossi. Les portions qui n'étaient pas recouvertes de bandages, traces d'une chirurgie plastique encore inachevée lui barrant le nez et une partie des joues et des tempes, portaient toujours des impacts de grenaille. Les yeux d'Augustine avaient été épargnés. Dicken en avait perdu un et l'autre avait été brûlé en surface par l'explosion.

— Vous êtes toujours aussi beau à voir, Mark, dit Dicken, freinant d'une main et laissant traîner sur le sol un pied chaussé d'une pantoufle.

— Vous de même, Christopher. J'aimerais vous présenter le docteur Kelly Newcomb.

Ils se serrèrent la main avec prudence. Dicken jaugea Newcomb du regard puis déclara :

— Vous êtes le nouvel émissaire de Mark.

— Oui, répondit Newcomb.

— Félicitations pour votre nomination, dit Dicken à Augustine.

— Ne vous dérangez pas. Ça va être un cauchemar.

— Rassembler tous les enfants sous un seul parapluie. Comment va Frank ?

— Il sort de Walter Reed la semaine prochaine.

Nouveau silence. Dicken ne voyait rien à ajouter. Newcomb joignit les mains, mal à l'aise, et ajusta ses lunettes, les remontant sur son nez. Dicken détestait le silence ; alors qu'Augustine allait reprendre la parole, il déclara :

— Ils comptent me garder encore deux semaines. Une nouvelle opération de la main. J'aimerais sortir du campus quelque temps, voir ce qui se passe dans le monde.

— Allons discuter dans votre chambre, proposa Augustine.

— Je vous en prie.

Une fois qu'ils furent arrivés, Augustine demanda à Newcomb de fermer la porte.

— J'aimerais que Kelly passe deux ou trois jours en votre compagnie. Pour se mettre au courant. Nous entrons dans une nouvelle phase. Le président nous a placés dans le cadre de ses fonds secrets.

— Génial, fit Dicken d'une voix pâteuse.

Il déglutit et tenta de s'humecter le palais. Les antalgiques et les antibiotiques semaient la panique dans sa chimie.

— Nous ne comptons prendre aucune décision drastique, reprit Augustine. L'état des choses est des plus délicats, tout le monde en convient.

— Vous voulez dire l'Etat, avec une majuscule, rétorqua Dicken.

— Pour le moment, sans aucun doute, dit doucement Augustine. Je n'ai pas souhaité ce qui m'arrive, Christopher.

— Je sais.

— Mais si des enfants SHEVA devaient survivre, il nous faudra agir vite. J'ai reçu des rapports de sept labos différents prouvant que SHEVA peut mobiliser d'anciens rétrovirus présents dans le génome.

— Il s'amuse avec toutes sortes de HERV et de rétrotransposons. (Dicken avait consulté les études les plus récentes grâce à un lecteur installé dans sa chambre.) Je ne suis pas sûr que ce soient vraiment des virus. Peut-être que...

— Quel que soit le nom qu'on leur donne, ils ont les gènes viraux nécessaires, coupa Augustine. Comme ça fait des millions d'années que nous ne les avons pas affrontés, ils seront probablement pathogènes. Ce qui m'inquiète, c'est l'émergence d'un mouvement susceptible d'encourager les femmes à mener leur grossesse à terme. On ne rencontre pas ce genre de problème en Europe de l'Est et en Asie. Le Japon a déjà monté un programme de prévention. Mais, ici, nous sommes plus butés.

Euphémisme, songea Dicken.

— Ne tentez pas de franchir à nouveau cette limite, Mark.

Augustine n'était pas d'humeur à écouter ses sages conseils.

— Christopher, nous risquons de perdre bien plus qu'une génération d'enfants. Kelly est d'accord avec moi.

— Les études sont sérieuses, avança celui-ci.

Dicken se mit à tousser, contrôla son spasme, mais son visage s'empourpra de frustration.

— Qu'est-ce qui est prévu ? Des camps d'internement ? Des *crèches* de concentration ?

— A la fin de l'année, selon nos estimations, on recensera sur le continent nord-américain un ou deux mille enfants SHEVA ayant survécu à leur naissance, pas plus. Peut-être n'y en aura-t-il *aucun*, Christopher. Le président a déjà signé un décret d'urgence nous accordant la garde de tout enfant survivant. En ce moment, nous nous préoccupons de régler les détails juridiques. Dieu seul sait ce que va faire l'Union européenne. L'Asie fait preuve de sens pratique. Avortement et quarantaine. Si seulement nous avions leur courage !

— A mes yeux, cela ne ressemble pas à une menace pour la santé publique, Mark, observa Dicken.

Sa gorge se coinça une nouvelle fois, et il se remit à tousser. Sa vision endommagée l'empêchait de déchiffrer l'expression d'Augustine sous ses bandages.

— Ce sont des *réservoirs*, Christopher. Si ces bébés se mêlent à la population, ils deviendront des vecteurs. Le sida n'a eu besoin que de quelques porteurs.

— C'est horrible, nous l'admettons, intervint Newcomb en jetant un regard à Augustine. J'en ai les tripes nouées. Mais nous avons soumis certains de ces HERV activés à une analyse informatique. Vu qu'ils permettent l'expression de gènes *env* et *pol* viables, nous risquons d'avoir quelque chose de pire que le VIH. Les ordinateurs prévoient une maladie comme nous n'en avons jamais connu au cours de l'Histoire. Cela pourrait détruire l'espèce humaine, docteur Dicken. Nous réduire en poussière.

Dicken s'extirpa de son fauteuil roulant pour s'asseoir au bord de son lit.

— Qui est en désaccord avec vous ? demanda-t-il.

— Le docteur Mahy, du CDC, répondit Augustine. Bishop et Thorne. Et James Mondavi, évidemment. Mais les types de Princeton nous approuvent, et ils ont l'entière confiance du président. Ils veulent travailler avec nous sur ce coup.

— Que disent vos opposants ? demanda Dicken à Newcomb.

Ce fut Augustine qui répondit.

— Beaucoup pensent que les particules produites seront des rétrovirus pleinement adaptés mais non pathogènes et que, dans le pire des cas, nous ne relèverons que quelques cas de cancers rarissimes. Mondavi ne voit pas de pathogenèse, lui non plus. Mais ce n'est pas pour ça que nous sommes ici, Christopher.

— Ah bon ?

— Nous avons besoin de votre opinion. Kaye Lang s'est fait mettre enceinte. Vous connaissez bien le père. C'est un bébé SHEVA du premier stade. Elle va faire sa fausse couche d'un jour à l'autre.

Dicken détourna la tête.

— Elle va organiser une conférence à l'université du Washington. On a essayé de la faire annuler par le Bureau de gestion des urgences, mais...

— Une conférence scientifique ?

— Encore ses délires sur l'évolution. Et un encouragement pour les futures mères, sans aucun doute. Ça risque d'être une catastrophe au niveau relations publiques, un coup porté au moral du pays. Nous ne contrôlons pas la presse, Christopher. Pensez-vous qu'elle adoptera des positions extrêmes ?

— Non. Je pense qu'elle se montrera très raisonnable.

— Bon. Mais nous pourrons nous en servir contre elle, si elle affirme se fonder sur la Science avec un grand S. La réputation de Mitch Rafelson n'est plus à faire.

— C'est un type correct, protesta Dicken.

— C'est un type dangereux, Christopher, répliqua Augustine. Heureusement, c'est pour elle qu'il est dangereux, pas pour nous.

76.

Seattle
10 août

Kaye emporta son bloc-notes dans la cuisine. Mitch se trouvait à l'université du Washington depuis neuf heures du matin. Sa première visite au muséum Hayer avait suscité des réactions négatives ; ses anciens employeurs fuyaient toute controverse, et il leur était indifférent que Mitch soit recommandé par Brock ou tout autre scientifique. D'ailleurs, comme ils l'avaient fait remarquer, Brock lui-même était fort controversé et, selon certaines sources restées anonymes, il avait été « écarté », voire « chassé » des études neandertaliennes à l'université d'Innsbruck.

Kaye avait toujours détesté la politique universitaire. Elle posa son bloc et son verre de jus d'orange sur une petite table, près du fauteuil avachi de Mitch, puis s'assit en gémissant. Comme elle n'avait aucune idée ce matin, comme elle était bloquée dans la rédaction de son livre, elle avait entamé un bref essai qu'elle espérait utiliser lors de la conférence prévue dans quinze jours.

Mais l'essai n'était pas allé très loin, lui non plus. L'inspiration n'était pas à la hauteur face à l'étrange sensation qui lui nouait le ventre.

Cela faisait presque quatre-vingt-dix jours. La veille, elle avait écrit dans son journal intime : *C'est déjà aussi gros qu'une souris.* Et rien de plus.

Elle attrapa la télécommande pour allumer la vieille télé de Mitch. Le gouverneur Harris donnait une énième conférence de presse. Il passait à l'antenne chaque jour pour parler de l'état d'urgence, de la coopération entre l'Etat de Washington et Washington, DC, des mesures auxquelles il résistait — il insistait beaucoup sur sa résistance, soucieux de ménager les farouches individualistes de l'est des monts Cascades — et du caractère parfois bénéfique et essentiel de la coopération. Il se lança une nouvelle fois dans une sinistre litanie de statistiques.

— Dans le Nord-Ouest, de l'Oregon à l'Idaho, les services du maintien de la loi m'informent qu'il s'est déroulé au moins une trentaine de sacrifices humains. Quand nous ajoutons ce chiffre aux vingt-deux mille actes ô violence à l'encontre des femmes commis dans tout le pays, l'état d'urgence apparaît comme une mesure pleinement justifiée. Nous formons une communauté, un Etat, une région, une nation déchirés par le chagrin et paniqués par un acte de Dieu incompréhensible.

Kaye se frotta doucement le ventre. La tâche de Harris était impossible. Les fiers citoyens des Etats-Unis d'Amérique, se dit-elle, adoptaient une attitude très chinoise. Ayant visiblement perdu la faveur des cieux, ils ne montraient guère d'enthousiasme à soutenir leur gouvernement, quel qu'il soit.

La conférence de presse fut suivie par une table ronde réunissant deux scientifiques et un représentant de l'Etat. On évoqua les enfants SHEVA considérés comme des porteurs de maladies ; c'était complètement ridicule, et elle n'avait ni envie ni besoin d'écouter cela. Elle éteignit la télévision.

Le téléphone mobile sonna. Kaye décrocha.

— Allô !

— Ô image de la beauté... J'ai Wendell Packer, Maria Konig, Oliver Merton et le professeur Brock réunis dans la même pièce.

Kaye se détendit, envahie d'une douce chaleur au son de la voix de Mitch.

— Ils aimeraient te rencontrer, reprit celui-ci.

— Seulement s'ils veulent jouer aux sages-femmes.

— Seigneur... tu sens quelque chose ?

— Des aigreurs d'estomac. Des baisses de joie et d'inspiration. Mais, non, je ne pense pas que ce soit pour aujourd'hui.

— J'ai quelque chose pour ton inspiration. Ils vont rendre publique leur analyse des échantillons de tissus provenant d'Innsbruck. Et ils vont prononcer un discours lors de notre conférence. Packer et Konig sont prêts à nous soutenir.

Kaye ferma les yeux quelques instants. Elle tenait à savourer cette victoire.

— Et leurs mandarins ?

— Pas question. Trop dangereux politiquement. Mais Maria et Wendell vont travailler leurs collègues au corps. Nous espérons dîner ensemble ce soir. Tu te sens d'attaque ?

L'estomac de Kaye s'était calmé. Sans doute aurait-elle faim dans une heure ou deux. Cela faisait des années qu'elle suivait les travaux de Maria Konig, pour laquelle elle avait une grande admiration. Mais, dans cette équipe essentiellement masculine, le sexe de Konig était peut-être son meilleur atout.

— Où irons-nous manger ?

— A moins de cinq minutes de l'hôpital Marine Pacific, répondit Mitch. A part ça, je n'en sais rien.

— Je me contenterai sans doute d'un bol de céréales. Je dois prendre le bus ?

— Ridicule. J'arrive dans quelques minutes.

Mitch l'embrassa, puis Oliver Merton demanda qu'on lui passe l'appareil.

— Nous ne nous sommes pas encore rencontrés,

pas vraiment, dit-il d'une voix essoufflée, comme s'il venait de se disputer ou de monter un escalier quatre à quatre. Seigneur, Ms. Lang, rien que de vous parler me rend nerveux.

— Vous ne m'avez pas ménagée, à Baltimore, lui fit remarquer Kaye.

— En effet, mais c'est du passé, répondit Merton sans une once de regret. Je ne peux pas vous dire à quel point j'admire ce que vous faites, Mitch et vous. Je suis *muet* d'émerveillement.

— Nous ne faisons que suivre la nature.

— Et tirer un trait sur le passé. Ms. Lang, je suis votre ami.

— Nous verrons.

Merton gloussa et lui repassa Mitch.

— Maria Konig suggère un excellent restaurant vietnamien. C'est ce qui lui faisait envie quand elle était enceinte. Ça te va ?

— Après mes céréales. Est-ce que la présence de Merton est obligatoire ?

— Pas si tu ne veux pas de lui.

— Dis-lui que je n'arrêterai pas de le fusiller du regard. De le faire souffrir.

— Je le lui dirai. Mais il s'épanouit sous les critiques.

— Cela fait dix ans que j'analyse des tissus provenant de cadavres, déclara Maria Konig. Wendell sait de quoi je parle.

— Oh, que oui, fit Packer.

Konig, assise en face de Kaye, n'était pas seulement belle — elle correspondait parfaitement à ce que

Kaye voulait devenir une fois qu'elle aurait atteint la cinquantaine. Wendell Packer était plutôt bel homme, dans le genre mince et compact — l'exact contraire de Mitch. Brock, vêtu d'un manteau gris et d'un tee-shirt noir, était calme et élégant ; il semblait perdu dans ses méditations.

— Chaque jour, on reçoit un colis qui en contient deux ou trois, reprit Maria, on l'ouvre, et on trouve des éprouvettes ou des flacons en provenance de Bosnie, du Timor-Oriental ou du Congo, et dedans il y a ce triste petit bout de peau ou d'os prélevé sur une *victime*, en général innocente, une enveloppe avec des copies d'archives, et d'autres éprouvettes, avec des échantillons de sang ou de muqueuses des parents des victimes. Chaque jour que Dieu fait. Ça ne s'arrête jamais. Si ces bébés représentent l'étape suivante, s'ils se débrouillent mieux que nous pour vivre sur cette planète, j'attends leur venue avec impatience. Il est grand temps que les choses changent.

La serveuse qui prenait les commandes s'arrêta d'écrire.

— Vous identifiez les morts pour l'ONU ? demanda-t-elle à Maria.

Celle-ci leva les yeux, un peu gênée.

— Oui, parfois.

— Je viens du Kampuchéa, du Cambodge, je suis ici depuis quinze ans. Vous travaillez sur des Kampuchéens ?

— C'était avant mon époque, ma chère.

— Je suis toujours furieuse. Ma mère, mon père, mon frère, mon oncle. Et les assassins n'ont pas été punis. De méchants hommes et de méchantes femmes.

Le silence régna sur la tablée pendant que les grands yeux noirs de la femme s'emplissaient de souvenirs. Brock se pencha en avant, joignant les mains et se touchant le nez avec les pouces.

— Aujourd'hui aussi, c'est très grave. Je vais quand même avoir mon bébé. (La serveuse se toucha le ventre et se tourna vers Kaye.) Et vous ?

— Oui, moi aussi.

— Je crois en l'avenir. Il sera forcément meilleur.

Elle acheva de prendre les commandes et s'éloigna. Merton attrapa ses baguettes et les manipula quelques secondes avec maladresse.

— Il faudra que je me souvienne de ça la prochaine fois que je me sentirai opprimé, déclara-t-il.

— Gardez ça pour votre livre, dit Brock.

— Oui, j'écris un livre, leur déclara Merton en arquant les sourcils. Rien de spécial. Le reportage scientifique le plus important de notre époque.

— J'espère que vous y parvenez mieux que moi, dit Kaye.

— Je suis coincé, complètement bloqué. (Le journaliste poussa son verre avec une baguette.) Mais ça ne durera pas. Ça ne dure jamais.

La serveuse leur apporta des rouleaux de printemps, des crevettes, des pousses de soja et des feuilles de basilic enveloppées dans une pâte translucide. Kaye avait perdu son envie de céréales. Renonçant à la sécurité en faveur de l'aventure, elle attrapa un rouleau avec ses baguettes et le trempa dans un petit bol contenant de la sauce aromatique. Le goût était extraordinaire — elle aurait pu mâcher sa bouchée pendant plusieurs minutes pour en savourer chaque molécule. Le basilic et la menthe étaient presque trop forts, la crevette était croustillante et embaumait l'océan.

Tous ses sens étaient en éveil. La grande salle, quoique fraîche et obscure, lui semblait colorée, pleine de relief.

— Qu'est-ce qu'ils mettent là-dedans ? demanda-t-elle en achevant de mâcher sa bouchée.

— C'est vraiment délicieux, renchérit Merton.

— Je n'aurais pas dû dire ce que j'ai dit, déclara Maria, toujours sous le coup du récit émouvant de la serveuse.

— Nous croyons tous à l'avenir, intervint Mitch. Nous ne serions pas ici si nous vivions coincés dans nos petites ornières.

— Nous devons déterminer la teneur de nos déclarations, définir les limites que nous nous fixerons, déclara Wendell. Je ne peux pas en dire trop de peur de sortir de mon domaine d'expertise et de m'attirer les foudres de mon unité, même si je ne m'exprime qu'en mon nom personnel.

— Courage, Wendell, l'exhorta Merton. Nous devons présenter un front uni. Freddie ?

Brock but une gorgée de bière blonde. Il se tourna vers eux avec une expression de chien battu.

— Je n'arrive pas à croire que nous sommes tous là, que nous sommes allés aussi loin. Les changements sont si proches que cela me terrifie. Savez-vous ce qui va se passer quand nous présenterons nos découvertes ?

— Nous allons être crucifiés par la quasi-totalité des publications scientifiques de la planète, répondit Packer en riant.

— Pas par *Nature*, corrigea Merton. J'ai préparé le terrain. Accompli un coup scientifique et journalistique.

Il se fendit d'un large sourire.

— Non, s'il vous plaît, mes amis, reprit Brock. Réfléchissez un instant. Nous venons de passer le millénaire, et nous sommes sur le point d'apprendre comment nous sommes devenus humains.

Il ôta ses verres épais et les essuya avec sa serviette. Ses yeux étaient lointains et très ronds.

— A Innsbruck, nous avons nos momies, figées dans les dernières phases d'un changement qui s'est déroulé sur des dizaines de milliers d'années. La femme devait être dure et plus courageuse que nous ne pouvons l'imaginer, mais elle ne savait que très peu de choses. Docteur Lang, vous savez beaucoup de choses, mais vous continuez quand même. Votre courage est peut-être encore plus fantastique. (Il leva son verre de bière.) Le moins que je puisse faire est de vous porter un toast.

Tous levèrent leurs verres. Kaye sentit à nouveau son estomac se retourner, mais cette sensation n'avait rien de désagréable.

— A Kaye, dit Friedrich Brock. A la prochaine Ève.

77.

Kaye était restée dans la vieille Buick pour s'abriter de la pluie. Mitch marchait le long des voitures exposées dans le parking près de Roosevelt Avenue, en quête du modèle qu'elle souhaitait — une berline de la fin des années 90, une Volvo ou une japonaise, bleue ou verte ; il se tourna vers elle et vit qu'elle avait baissé sa vitre pour avoir un peu d'air.

Il ôta son Stetson trempé et lui sourit.

— Que dis-tu de cette beauté ? demanda-t-il en désignant une Caprice noire.

— Non, fit sèchement Kaye.

Mitch adorait les grosses américaines. Il se sentait chez lui dans leur habitacle spacieux. Leur coffre pouvait contenir des outils et des échantillons de roche. Il aurait adoré acheter un pick-up, et ils en avaient discuté pendant quelques jours. Kaye n'était pas hostile aux 4 x 4, mais ils n'avaient vu aucun modèle dans leurs prix. Elle tenait à conserver une réserve en cas d'urgence. Leur limite était fixée à douze mille dollars.

— Je ne suis qu'un homme entretenu, dit-il en tenant son chapeau d'un air endeuillé et en s'inclinant devant la Caprice.

Kaye afficha une indifférence appuyée. Elle était de mauvaise humeur depuis le début de la matinée — en fait, elle l'avait engueulé deux fois durant le petit déjeuner, ne suscitant chez lui qu'une commisération des plus irritantes. Ce qu'elle voulait, c'était une vraie querelle, pour se réchauffer les sangs, l'esprit... le *corps*. Elle en avait marre de cette sensation qui lui rongeait les tripes depuis trois jours. Elle en avait marre d'attendre, de tenter d'accepter ce qu'elle portait.

Ce qu'elle voulait par-dessus tout, c'était punir Mitch pour avoir accepté de l'engrosser, pour avoir déclenché cet horrible et interminable processus.

Mitch se dirigea vers la seconde rangée de voitures et examina les panneaux collés à leurs pare-brise. Une femme portant un parapluie descendit de la petite caravane aménagée en bureau pour discuter avec lui.

Kaye les observa d'un air soupçonneux. Elle se détestait, détestait ses émotions démentes et chaotiques. Aucune de ses idées n'était sensée.

Mitch désigna une Lexus fatiguée.

— Trop cher, murmura Kaye en se mordillant un ongle. (Puis :) Oh, merde.

Elle crut qu'elle avait mouillé sa culotte. Le liquide coulait toujours, mais il ne venait pas de sa vessie. Elle se palpa entre les jambes.

— Mitch ! hurla-t-elle.

Il arriva en courant, ouvrit la portière côté conducteur, se mit au volant d'un bond et démarra alors qu'elle commençait à se tordre de douleur. Elle faillit se cogner sur le tableau de bord. Il la maintint en place d'une main.

— Ô mon Dieu !

— On y va, dit-il.

Il fonça sur Roosevelt Avenue et obliqua dans la 45e rue, doublant les voitures sur la bretelle et gagnant la file de gauche sur la voie rapide.

La douleur était moins intense. Kaye avait l'impression que son estomac était plein d'eau glacée, et ses cuisses tremblaient.

— Comment ça va ? s'enquit Mitch.

— C'est terrifiant. Et si étrange.

Mitch accéléra jusqu'à 120.

Elle sentit quelque chose qui ressemblait à un mouvement péristaltique. Si vulgaire, si naturel, si *indicible*. Elle s'efforça de serrer les jambes. Elle ne savait pas exactement ce qu'elle ressentait, ce qui s'était passé. La douleur avait presque disparu.

Lorsqu'ils arrivèrent devant les urgences de Marine Pacific, elle était raisonnablement sûre que tout était fini.

Maria Konig leur avait recommandé le docteur Felicity Galbreath après que Kaye eut rencontré plusieurs pédiatres refusant de suivre une grossesse SHEVA. Elle n'avait plus de couverture médicale, son contrat d'assurance ayant été annulé ; SHEVA était considéré comme une maladie et sa grossesse comme n'ayant rien de naturel.

Le docteur Galbreath exerçait dans plusieurs hôpitaux, mais son cabinet se trouvait à Marine Pacific, un gigantesque bâtiment de style Art déco, datant de la Dépression, qui dominait la voie rapide, le lac Union et une bonne partie de l'ouest de Seattle. En outre, elle donnait des cours deux fois par semaine à l'université de Western Washington, et Kaye se demandait où elle trouvait le temps d'avoir une vie privée.

Galbreath, une petite femme ronde au visage quelconque et avenant et aux cheveux châtain clair, entra dans la chambre de Kaye vingt minutes après son admission. Kaye avait été soumise à une toilette et à un bref examen par une infirmière et un médecin de garde. Une sage-femme qui lui était inconnue était également venue la voir, ayant lu dans le *Seattle Weekly* un article qui lui était consacré.

Kaye était assise sur son lit, détendue malgré son dos douloureux, et buvait un verre de jus d'orange.

— Eh bien, c'est arrivé, lança Galbreath.

— C'est arrivé, répéta Kaye d'une voix éteinte.

— On me dit que vous allez bien.

— Je vais mieux, maintenant.

— Désolée de ne pas être arrivée plus tôt. J'étais au centre médical de la fac.

— Je crois que tout était fini avant mon admission.

— Comment vous sentez-vous ?

— Vaseuse. En bonne santé, mais vaseuse.

— Où est Mitch ?

— Je lui ai demandé de me ramener le bébé. Le fœtus.

Galbreath la fixa avec un mélange d'irritation et d'émerveillement.

— Vous ne poussez pas un peu loin votre rigueur scientifique ?

— Conneries, répliqua farouchement Kaye.

— Vous êtes peut-être en état de choc.

— Re-conneries. Ils l'ont emporté sans me le dire. Je dois le voir. Je dois savoir ce qui s'est passé.

— C'est un rejet du premier stade. Nous savons à quoi ils ressemblent, murmura Galbreath.

Elle prit le pouls de Kaye et examina son moniteur. Par mesure de précaution, on lui injectait une solution saline.

Mitch revint porteur d'un petit récipient en acier recouvert d'un tissu.

— Ils allaient l'évacuer dans... (Il leva les yeux, le visage blanc comme un linge.) Je ne sais pas où. J'ai dû élever la voix.

Galbreath les considéra tous les deux, s'efforçant visiblement de se contrôler.

— Ce n'est qu'un tas de tissus, Kaye. L'hôpital doit les envoyer dans un centre d'autopsie agréé par la Brigade. C'est la loi.

— C'est ma *fille*, dit Kaye, les joues inondées de larmes. Je veux *la* voir avant qu'on l'emporte.

Elle se mit à sangloter sans pouvoir se retenir. L'infirmière passa la tête par la porte de la chambre, vit que Galbreath était présente et resta sur le seuil, l'air soucieuse et impuissante.

Galbreath prit le récipient des mains de Mitch, qui sembla soulagé d'en être débarrassé. Elle attendit que Kaye se soit calmée.

— S'il vous plaît ! implora Kaye.

Galbreath posa le récipient sur ses genoux.

L'infirmière s'en fut, refermant la porte derrière elle.

Mitch détourna les yeux comme Kaye soulevait le tissu.

Gisant sur un lit de glace pilée, dans un petit sac

plastique à fermeture hermétique, à peine plus grosse qu'une souris de laboratoire, se trouvait la fille intermédiaire. *Sa* fille. Kaye avait nourri, porté et protégé cela pendant plus de quatre-vingt-dix jours.

L'espace d'un instant, elle se sentit nettement mal à l'aise. Du bout du doigt, elle traça les contours de la silhouette dans le sac, son échine courte et incurvée derrière le bord de la minuscule poche amniotique déchirée. Elle caressa la tête, relativement large et presque sans visage, localisant des petites fentes en guise d'yeux, une bouche flétrie évoquant la gueule d'un lapin, totalement close, des boutons à la place des bras et des jambes. Le petit placenta pourpre reposait sous la poche amniotique.

— Merci, dit Kaye au fœtus.

Elle recouvrit le récipient. Galbreath tenta de le reprendre, mais Kaye lui agrippa la main.

— Laissez-la quelques minutes avec moi. Je veux m'assurer qu'elle ne sera pas seule. Où qu'elle aille.

Galbreath rejoignit Mitch dans la salle d'attente. La tête entre les mains, il était assis sur un canapé en chêne délavé sous un paysage marin encadré de frêne.

— On dirait que vous avez besoin de boire un coup, dit-elle.

— Est-ce que Kaye dort toujours ? Je veux être auprès d'elle.

Galbreath acquiesça.

— Vous pouvez la rejoindre quand vous le désirez. Je l'ai examinée. Vous voulez les détails ?

— S'il vous plaît, répondit Mitch en se frottant les

joues. Je ne savais pas que j'allais réagir ainsi. Je vous prie de m'excuser.

— Pas la peine. C'est une femme courageuse qui pense savoir ce qu'elle veut. Enfin, elle est toujours enceinte. Le bouchon de mucus secondaire est apparemment en position. Il n'y a pas eu de traumatisme, pas d'hémorragie ; la séparation s'est déroulée de façon normale, si tant est que l'on puisse utiliser ce mot. L'hôpital a procédé à une biopsie rapide. C'est bel et bien un rejet SHEVA du premier stade. La quantité de chromosomes a été confirmée.

— Cinquante-deux ?

Galbreath fit oui de la tête.

— Comme tous les autres. Au lieu de quarante-six. Anomalies chromosomiques fondamentales.

— Nous avons changé de normalité.

Galbreath s'assit à côté de Mitch et croisa les jambes.

— Espérons-le. Nous ferons d'autres tests dans quelques mois.

— J'ignore ce que peut ressentir une femme après un truc pareil, bredouilla-t-il en croisant et en décroisant les mains. Que puis-je lui dire ?

— Laissez-la dormir. Quand elle se réveillera, dites-lui que vous l'aimez et qu'elle est courageuse et splendide. Ce qu'elle a vécu lui apparaîtra sans doute comme un mauvais rêve.

Mitch la regarda fixement.

— Qu'est-ce que je lui dis si le suivant est aussi un échec ?

Galbreath pencha la tête sur le côté et se passa un doigt sur la joue.

— Je n'en sais rien, Mr. Rafelson.

Mitch remplit les formulaires de sortie et lut le rapport médical signé par Galbreath. Kaye plia sa chemise de nuit, la rangea dans sa mallette, puis se dirigea d'un pas raide vers la salle de bains pour y récupérer sa brosse à dents.

— J'ai mal partout, déclara-t-elle d'une voix lasse.

— Je peux aller chercher un fauteuil roulant, lui proposa Mitch.

Il était presque sur le seuil de la chambre lorsque Kaye sortit de la salle de bains pour le retenir d'une main sur l'épaule.

— Je suis encore capable de marcher. Nous en avons fini avec cette étape, et ça me remonte le moral. Mais... Cinquante-deux chromosomes, Mitch. J'aimerais vraiment savoir ce que ça signifie.

— Il est encore temps, souffla Mitch.

Kaye eut envie de lui décocher un regard de reproche, mais elle vit en le voyant que ce serait injuste, qu'il était aussi vulnérable qu'elle.

— Non, dit-elle gentiment.

Galbreath frappa à la porte.

— Entrez, dit Kaye.

Elle rabattit le couvercle de sa mallette, la ferma. Le médecin entra, suivi par un jeune homme à l'air gêné vêtu d'un costume gris.

— Kaye, voici Ed Gianelli. C'est le représentant légal du Bureau de gestion des urgences auprès de Marine Pacific.

— Ms. Lang, Mr. Rafelson. Navré de vous importuner dans un moment difficile. Je dois obtenir de vous certaines informations, ainsi qu'une signature, en vertu de l'adhésion de l'Etat de Washington au décret d'urgence fédéral, entérinée par le Parlement de cet Etat le 22 juillet de cette année et signée par le gouverneur le 26 juillet. Je m'excuse sincèrement de devoir vous...

— Qu'est-ce que c'est ? demanda Mitch. Qu'est-ce qu'on doit faire ?

— Toutes les femmes porteuses d'un fœtus SHEVA du second stade doivent être enregistrées auprès du Bureau de gestion des urgences et accepter un suivi médical. Il vous est possible de choisir le docteur Galbreath comme obstétricienne, et elle procédera aux tests appropriés.

— Nous refusons de nous faire enregistrer, dit Mitch. Tu es prête ? demanda-t-il à Kaye en lui passant un bras autour des épaules.

Gianelli changea de ton.

— Je ne vous en détaillerai pas les raisons, Mr. Rafelson, mais l'enregistrement et le suivi médical sont imposés par la Direction de la Santé du comté de King, en accord avec la loi nationale et fédérale.

— Je ne reconnais pas cette loi, répliqua Mitch avec fermeté.

— Cette infraction est passible d'une astreinte de cinq cents dollars pour chaque semaine de refus.

— N'y accordez pas trop d'importance, intervint Galbreath. C'est un peu comme un addendum au certificat de naissance.

— L'enfant n'est pas encore né.

— Alors, disons un addendum au rapport médical sur le rejet, dit Gianelli en bombant le torse.

— Il n'y a pas eu de rejet, dit Kaye. Ce que nous faisons est parfaitement naturel.

Gianelli écarta les bras en signe d'exaspération.

— Tout ce qu'il me faut, c'est votre adresse actuelle et une autorisation de consulter votre dossier médical, sous le contrôle du docteur Galbreath et de votre avocat si vous le souhaitez.

— Mon Dieu, fit Mitch. (Il poussa Kaye devant lui, écartant de leur passage Galbreath et Gianelli, puis se tourna vers le médecin.) Vous savez ce que ça veut dire, n'est-ce pas ? Les gens vont cesser de se rendre à l'hôpital, cesser de voir leur médecin traitant.

— J'ai les mains plus ou moins liées, répondit Galbreath. L'hôpital a lutté contre cette mesure jusqu'à hier. Nous avons toujours l'intention d'interjeter appel auprès de la Direction de la Santé. Mais en attendant...

Mitch et Kaye s'en furent. Galbreath resta plantée sur le seuil, le visage cramoisi.

Gianelli les suivit dans le couloir, de plus en plus agité.

— Je regrette de vous rappeler que les astreintes sont cumulatives...

— Laissez tomber, Ed ! s'écria Galbreath en tapant du poing sur le mur. Laissez tomber et laissez-les partir, nom de Dieu !

Gianelli s'arrêta au milieu du couloir et secoua la tête.

— Je déteste ces conneries !

— *Vous* les détestez ? lui lança Galbreath. Foutez la paix à mes patients !

78.

Institut national de la Santé, Bethesda, bâtiment 52
Octobre

— Ça s'arrange, pour votre visage, on dirait, déclara Shawbeck.

Il s'avança dans le bureau d'Augustine, soutenu par ses béquilles. Son assistant l'aida à s'asseoir. Augustine achevait un sandwich au corned-beef. Il s'essuya les lèvres et referma la boîte en polystyrène ayant contenu son repas.

— Bien, fit Shawbeck une fois installé. Réunion hebdomadaire des survivants du 20 juillet, sous la présidence de *der Führer*.

Augustine leva les yeux.

— Ce n'est pas drôle.

— Quand Christopher doit-il nous rejoindre ? Nous devrions avoir une bouteille de brandy pour que le dernier survivant porte un toast aux disparus.

— Christopher est de plus en plus désenchanté.

— Pas vous ? Quand avez-vous vu le président pour la dernière fois ?

— Il y a trois jours.

— Pour discuter du budget occulte ?

— Des réserves financières afférentes au décret d'urgence sanitaire, corrigea Augustine.

— Il ne m'en a même pas parlé.

— C'est désormais de mon seul ressort. On va me passer le siège des toilettes autour de la tête.

— Parce que c'est vous qui avez élaboré cette politique. Donc... les nouveaux bébés sont censés mourir à la naissance, mais si jamais certains d'entre eux viennent à survivre nous les enlevons à leurs parents pour les interner dans des hôpitaux financés pour cela. Je trouve qu'on a poussé le bouchon un peu loin.

— Le public semble nous soutenir. Le président a parlé d'un risque majeur pour la santé publique.

— Pour rien au monde je ne voudrais être à votre place, Mark. C'est du suicide politique, ni plus ni moins. Si le président a accepté ça, c'est qu'il est encore en état de choc.

— Pour parler franchement, Frank, il se sent pousser des ailes après avoir passé toutes ces années à l'ombre de la Maison-Blanche. Il va nous entraîner derrière lui, corriger les erreurs du passé et se forger une image de martyr.

— Et vous comptez l'encourager dans ce sens ?

Augustine releva la tête. Acquiesça.

— Incarcérer les bébés malades ?

— Vous connaissez les conclusions des scientifiques.

Shawbeck eut un rictus.

— Vous avez trouvé cinq virologues jugeant qu'il était possible que ces enfants — et leurs mères — soient des nids à anciens virus. Eh bien, trente-sept autres virologues ont publiquement déclaré que c'était faux.

— Ils sont moins éminents et moins influents.

— Thorne, Mahy, Mondavi et Bishop, Mark.

— Je suis mon instinct, Frank. C'est aussi mon domaine de compétence, rappelez-vous.

Shawbeck avança son siège.

— Que sommes-nous devenus, des tyranneaux ?

Augustine devint livide.

— Merci, Frank.

— La population commence à se retourner contre les mères et les enfants à naître. Et si les bébés étaient *mignons* ? Combien de temps avant que le public change d'avis, Mark ? Que ferez-vous à ce moment-là ?

Augustine ne répondit rien.

— Je sais pourquoi le président refuse de me recevoir, reprit Shawbeck. Vous lui dites ce qu'il veut entendre. Il est terrifié, il ne contrôle plus le pays, alors il choisit une solution et vous le soutenez. Ce n'est pas de la science, c'est de la politique.

— Le président est d'accord avec moi.

— Quel que soit le nom qu'on lui donne — le 20 juillet, l'incendie du Reichstag —, cet attentat ne vous donne pas *carte blanche*[1].

— Nous survivrons. Ce n'est pas moi qui ai distribué les cartes.

— Non. Mais vous vous êtes débrouillé pour qu'elles ne soient pas battues correctement.

Augustine regarda Shawbeck sans rien dire.

— On commence à appeler ça le « péché originel », vous savez ? dit ce dernier.

— Je n'étais pas au courant.

— Branchez-vous sur Christian Broadcasting Network. Les antennes locales se multiplient dans toute

---

1. En français dans le texte. *(N.d.T.)*

l'Amérique. Pat Robertson raconte à ses ouailles que ces monstres sont l'ultime épreuve divine avant l'avènement du nouveau Royaume des Cieux. Il dit que notre ADN essaie de se purger de tous les péchés que nous avons accumulés, afin de... comment le formulait-il, Ted ?

— Apurer nos comptes avant que Dieu ne déclare ouvert le Jugement dernier, lui souffla son assistant.

— C'est ça.

— Nous ne contrôlons toujours pas les ondes, Frank, plaida Augustine. Je ne peux pas être tenu pour responsable de...

— Une demi-douzaine d'autres télévangélistes affirment que ces enfants à naître sont les rejetons du diable, coupa Shawbeck, qui commençait à s'échauffer. Nés avec la marque de Satan, un seul œil et un bec-de-lièvre. Certains disent même qu'ils ont les pieds fourchus.

Augustine secoua la tête avec tristesse.

— Voilà à quoi ressemble votre comité de soutien, à présent, conclut Shawbeck. (Il fit signe à son assistant de s'approcher, puis se leva tant bien que mal, calant ses béquilles sous ses aisselles.) Je présenterai ma démission demain matin. De la Brigade et du NIH. J'en ai ma claque. Je ne supporte plus cette ignorance — la mienne et celle des autres. J'ai pensé que vous aimeriez être le premier à le savoir. Peut-être que vous pouvez consolider *tout* le pouvoir.

Une fois Shawbeck parti, Augustine se leva de derrière son bureau, respirant avec peine. Il avait les phalanges blanchies et les mains tremblantes. Peu à peu, il reprit le contrôle de ses émotions, s'obligeant à respirer lentement, régulièrement.

— Tout est une question de suivi, dit-il à la pièce vide.

79.

Seattle
Décembre

Il neigeait lorsqu'ils évacuèrent les derniers cartons de l'appartement de Mitch. Kaye insista pour porter certains des moins lourds, mais Mitch et Wendell avaient fait le plus gros du travail au petit matin, chargeant le camion de location blanc et orange.

Kaye grimpa dans la cabine à côté de Mitch. Wendell était au volant.

— Adieu la garçonnière, adieu le célibat, dit-elle.

Mitch sourit.

— Il y a une ferme pas loin de la maison, dit Wendell. On achètera un arbre de Noël en chemin. Vous aurez un vrai nid douillet.

Leur nouveau foyer se dressait sur une parcelle boisée, près d'Ebey Slough et de la ville de Snohomish. De style rustique, peinte en vert et blanc, avec une fenêtre à pignons et un vaste porche grillagé, la maison de trois pièces se trouvait au bout d'une longue route de campagne bordée de pins. Ils la louaient aux parents de Wendell, qui en étaient propriétaires depuis trente-quatre ans.

Leur changement d'adresse restait secret.

Pendant que les hommes déchargeaient le camion, Kaye prépara des sandwiches et mit dans le réfrigérateur fraîchement nettoyé six canettes de bière et quelques jus de fruits. Dans ce séjour nu et propre, en chaussettes sur le parquet de chêne, elle se sentait en paix.

Wendell apporta une lampe et la posa sur la table du coin cuisine. Kaye lui tendit une bière. Reconnaissant, il en but une longue goulée, faisant tressauter sa pomme d'Adam.

— Est-ce qu'ils vous l'ont dit ? demanda-t-il.

— Qui ça ? Quoi donc ?

— Mes parents. Je suis né ici. C'était leur toute première maison. (Il désigna le séjour.) J'avais l'habitude d'emporter mon microscope dans le jardin.

— C'est merveilleux.

— C'est ici que je suis devenu un scientifique. Ce lieu est sacré. Qu'il vous bénisse tous les deux !

Mitch apporta un fauteuil et un porte-revues. Il accepta une canette de Full Sail et porta un toast, faisant tinter son verre sur celui de Kaye.

— A notre nouveau destin de taupes. De clandestins.

Quatre heures plus tard, Maria Konig débarquait, accompagnée d'une douzaine d'amis, pour disposer les meubles. Ils avaient presque fini lorsque Eileen Ripper frappa à la porte. Elle portait un lourd sac de toile. Mitch la présenta puis vit que deux autres personnes attendaient sous le porche.

— J'ai amené des amis, expliqua Eileen. Nous aussi, nous avons de bonnes nouvelles à fêter.

Sue Champion s'avança, suivie par un homme de haute taille, plus âgé qu'elle, aux longs cheveux noirs et au ventre proéminent. Tous deux semblaient gênés et les yeux de l'homme luisaient comme ceux d'un loup.

Eileen serra la main de Maria puis celle de Wendell.

— Mitch, tu connais déjà Sue. Voici son mari, Jack. Et ceci, c'est pour le poêle, dit-elle à Kaye en laissant choir son sac devant la cheminée. De l'érable et du merisier. Un parfum merveilleux. Quelle maison magnifique !

Sue salua Mitch d'un hochement de tête et Kaye d'un sourire.

— Nous ne nous sommes jamais rencontrées, dit-elle.

Kaye resta bouche bée, comme un poisson ébahi, jusqu'à ce que les deux femmes éclatent d'un rire nerveux.

Ils avaient apporté du jambon cuit et de la truite arc-en-ciel pour le dîner. Jack et Mitch se jaugeaient à distance, comme deux adolescents belliqueux. Sue ne semblait pas s'en soucier, mais Mitch ne savait que dire. Un peu gris, il s'excusa de l'absence de chandelles et proposa de leur substituer des lampes tempête.

Wendell éteignit les lumières. La pièce se transforma en une tente peuplée d'ombres longilignes, et ils mangèrent en son centre, parmi les piles de cartons. Sue et Jack échangèrent quelques mots dans un coin.

— Sue me dit qu'elle vous aime bien tous les deux, déclara Jack en revenant. Mais je suis du genre soupçonneux, et je dis que vous êtes fous.

— Je ne vous contredirai pas sur ce point, fit Mitch en levant sa canette.

— Sue m'a parlé de ce que vous aviez fait au bord de la Columbia River.

— C'était il y a longtemps.

— Sois sage, lança Sue à son mari.

— Je veux seulement savoir pourquoi vous avez fait ça, insista celui-ci. C'était peut-être l'un de mes ancêtres.

— Je voulais justement savoir si c'était l'un de vos ancêtres.

— Et alors ?

— Je pense que la réponse est oui.

Jack contempla la lampe tempête en plissant les yeux.

— Ceux que vous avez trouvés dans cette grotte, dans les montagnes... C'étaient nos ancêtres à tous ?

— C'est une façon de parler.

Jack secoua la tête, intrigué.

— Sue me dit que les ancêtres peuvent être ramenés à leur peuple, quel que ce soit ce peuple, si nous apprenons leurs vrais noms. Les fantômes sont parfois dangereux. Je ne pense pas que ce soit le meilleur moyen de leur faire plaisir.

— Sue et moi avons préparé un autre accord, intervint Eileen. Nous finirons bien par le finaliser. Je vais être conseillère spéciale auprès des Tribus. Chaque

fois que quelqu'un trouvera des vieux os, on m'appellera pour y jeter un coup d'œil. Nous effectuerons
des mesures rapides, prélèverons quelques échantillons, et puis nous les rendrons aux Tribus. Jack et
ses amis ont élaboré ce qu'ils appellent un rite de
sagesse.

— Leurs noms sont dans leurs os, expliqua Jack.
Nous leur dirons que nous donnerons leurs noms à
nos enfants.

— C'est fantastique, approuva Mitch. Je suis ravi.
Dépassé mais ravi.

— Tout le monde prend les Indiens pour des ignorants, continua Jack. Nous ne nous soucions pas des
mêmes choses, c'est tout.

Mitch se pencha au-dessus de la lampe tempête et
tendit la main à Jack. Celui-ci leva les yeux vers le
plafond, et on entendit ses dents s'entrechoquer.

— C'est trop nouveau, murmura-t-il.

Mais il prit la main de Mitch et la serra, si fermement qu'ils faillirent renverser la lampe. L'espace d'un
instant, Kaye crut que la poignée de main allait tourner à la partie de bras de fer.

— Mais j'ai quelque chose à vous dire, déclara
Jack quand ce fut fini. Vous avez intérêt à bien vous
conduire, Mitch Rafelson.

— J'ai fini pour de bon de ramasser des os.

— Mitch rêve des gens qu'il trouve, dit Eileen.

— Vraiment ? (Jack était visiblement impressionné.) Est-ce qu'ils vous parlent ?

— Je deviens ce qu'ils étaient.

— Oh !

Kaye était fascinée par tous les invités, mais surtout par Sue. Ses traits exprimaient plus que de la force — ils étaient presque masculins —, mais jamais elle n'avait vu quelqu'un d'aussi beau. Eileen, elle, avait avec Mitch une relation si intime, si intuitive, que Kaye se demanda s'ils n'avaient pas été amants.

— Tout le monde est terrifié, dit Sue. Nous avons beaucoup de grossesses SHEVA à Kumash. C'est l'une des raisons pour lesquelles nous travaillons avec Eileen. Le Conseil a décidé que nos ancêtres pouvaient nous dire comment survivre à cette épreuve. Vous portez le bébé de Mitch ? demanda-t-elle à Kaye.

— Oui.

— La petite aide est venue et repartie ?

Kaye acquiesça.

— La mienne aussi, dit Sue. Nous l'avons enterrée en lui donnant un nom, avec notre amour et notre gratitude.

— Elle était Petite-Vive, murmura Jack.

— Félicitations, dit Mitch sur le même ton.

— Oui, fit Jack, ravi. Pas de tristesse. Sa tâche est accomplie.

— Le gouvernement ne pourra pas voler de noms sur les terres du Conseil, reprit sa femme. Nous ne le permettrons pas. Si le gouvernement devient trop puissant, vous pourrez venir chez nous. Nous l'avons déjà tenu en échec.

— C'est merveilleux, dit Eileen, rayonnante.

Mais Jack regarda par-dessus son épaule, parmi les ombres. Il plissa les yeux, déglutit, et son visage se creusa de rides.

— C'est si difficile de savoir ce qu'il faut faire et

ce qu'il faut croire. J'aimerais que les fantômes parlent avec plus de clarté.

— Est-ce que vous nous aiderez avec votre savoir, Kaye ? demanda Sue.

— J'essaierai.

Puis Sue s'adressa à Mitch d'une voix hésitante.

— J'ai des rêves, moi aussi. Je rêve des nouveaux enfants.

— Parlez-nous de vos rêves, dit Kaye.

— Peut-être qu'ils sont personnels, ma chérie, l'avertit Mitch.

Sue posa une main sur le bras de Mitch.

— Je suis contente que vous compreniez. Ils *sont* personnels et, parfois, ils sont aussi terrifiants.

Wendell descendit du grenier, tenant un carton dans ses bras.

— Mes parents m'ont dit qu'elles étaient toujours là, et ils ne se trompaient pas. Des guirlandes et des boules... Seigneur, quels beaux souvenirs ! Qui veut m'aider à installer l'arbre et à le décorer ?

80.

Institut national de la Santé, Bethesda, bâtiment 52
Janvier

— Voici votre planning pour les deux jours à venir.

Florence Leighton donna à Augustine une petite feuille de papier qu'il pouvait glisser dans sa poche de poitrine pour la consulter à tout moment. La liste s'allongeait : cet après-midi, il avait rendez-vous avec le gouverneur du Nebraska et, s'il en avait le temps, avec un groupe de journalistes économiques.

Et il attendait sept heures avec impatience, heure à laquelle il irait dîner avec une superbe femme qui se fichait de sa notoriété médiatique comme de sa réputation de bourreau de travail. Mark Augustine redressa les épaules et parcourut la liste avant de la plier en quatre, signifiant ainsi à Mrs. Leighton qu'elle était approuvée et définitive.

— Plus un type un peu bizarre, ajouta-t-elle. Il n'a pas de rendez-vous mais affirme que vous souhaiterez le recevoir. (Elle posa une carte de visite sur le bureau et gratifia son patron d'un regard sévère.) Un rigolo.

Augustine considéra le nom sur la carte et sentit s'éveiller sa curiosité.

— Vous le connaissez ? demanda-t-elle.

— C'est un reporter. Un journaliste scientifique qui s'intéresse à plein de sujets brûlants.

— Le genre fouille-merde ?

Sourire d'Augustine.

— D'accord. Je le prends au mot. Dites-lui qu'il dispose de cinq minutes.

— Je vous apporte du café ?

— Il voudra sûrement du thé.

Augustine mit son bureau en ordre et rangea deux livres dans un tiroir. Il ne voulait pas qu'on voie ce qu'il était en train de lire. Le premier ouvrage était une brochure plutôt mince, *Des éléments mobiles comme sources de nouveauté dans le génome des herbes*, le second un roman de Robin Cook tout juste sorti des presses, qui traitait d'une pandémie inexpliquée et sans doute d'origine extraterrestre. En règle générale, Augustine aimait bien les romans de ce genre, bien qu'il se soit abstenu d'en lire durant l'année écoulée. Le fait qu'il ait décidé d'attaquer celui-ci témoignait de sa nouvelle assurance.

Il se leva et accueillit Oliver Merton avec un sourire.

— Ravi de vous revoir, Mr. Merton.

— Merci de me recevoir, docteur Augustine. J'ai eu droit à une fouille en règle avant d'entrer. Ils m'ont même confisqué mon assistant personnel.

Augustine s'excusa d'une grimace.

— Nous avons très peu de temps. Je suis sûr que vous avez quelque chose d'intéressant à me dire.

— En effet.

Merton leva les yeux, comme Mrs. Leighton entrait avec un plateau et deux tasses.

— Du thé, Mr. Merton ? demanda-t-elle.

Merton eut un sourire penaud.

— Je préférerais du café. J'ai passé les dernières semaines à Seattle et je me suis déshabitué du thé.

Mrs. Leighton tira la langue à Augustine et alla chercher une tasse de café.

— Quelle impertinence, remarqua Merton.

— Nous travaillons ensemble depuis longtemps, et nous avons traversé des périodes fort sombres.

— Bien sûr. Permettez-moi tout d'abord de vous féliciter pour avoir fait reporter *sine die* la conférence sur SHEVA à l'université du Washington.

Augustine prit un air intrigué.

— Il paraît que les subsides du NIH auraient été retirés si la conférence s'était tenue, c'est tout ce qu'ont osé me dire mes sources à l'université.

— Je n'étais pas au courant, dit Augustine.

— Nous allons donc l'organiser dans un petit motel proche du campus. Avec la participation d'un célèbre restaurant français dont le chef est acquis à notre cause. Ça adoucira la sauce. Quitte à être des rebelles rejetés par le système, autant en profiter jusqu'au bout.

— Vous ne semblez pas très objectif, mais je vous souhaite bonne chance.

Le sourire de Merton se fit défiant.

— Friedrich Brock m'a appris ce matin qu'il venait d'y avoir une restructuration complète de l'équipe chargée d'étudier les momies neandertaliennes à l'université d'Innsbruck. Un audit interne a conclu que des faits de la première importance avaient été occultés et que de grossières erreurs scientifiques avaient été commises. *Herr Professor* Brock a été convoqué à Innsbruck. Il est en route en ce moment.

— Je ne vois pas pourquoi cela m'intéresserait, remarqua Augustine. Il nous reste environ deux minutes.

Mrs. Leighton revint avec une tasse de café. Merton en avala une gorgée.

— Merci. Ils vont partir du principe que les trois momies formaient une cellule familiale, partageant un patrimoine génétique. Ce qui signifie qu'ils vont entériner la première preuve tangible d'une subspéciation humaine. On a trouvé SHEVA dans les trois spécimens.

— Très bien.

Merton joignit les mains. Florence l'observait avec une curiosité détachée.

— Nous sommes sur le seuil du chemin qui mène à la vérité, docteur Augustine. J'étais curieux de savoir comment vous alliez réagir à cette nouvelle.

Augustine inspira une petite bouffée d'air par le nez.

— Ce qui a pu se produire il y a des dizaines de milliers d'années n'a aucune conséquence sur la façon dont nous jugeons ce qui est en train de se produire aujourd'hui. Pas un seul fœtus d'Hérode n'est arrivé à terme. En fait, des scientifiques de l'Institut national des allergies et des maladies infectieuses nous ont dit hier que ces fœtus sont non seulement victimes dans leur immense majorité d'un rejet survenant lors du premier trimestre de grossesse, mais qu'ils sont en outre particulièrement vulnérables à tous les virus d'herpès connus, y compris celui d'Epstein-Barr. La mononucléose. Quatre-vingt-quinze pour cent de la population terrestre est porteuse d'Epstein-Barr, Mr. Merton.

— Rien ne vous fera donc changer d'avis, docteur ?

— Mon oreille encore valide reste affectée par des bourdonnements dus à la bombe qui a tué notre président. J'ai encaissé tous les coups que je pourrai jamais recevoir. Rien ne peut me terrasser excepté des faits, des faits pertinents eu égard à notre situation présente. (Augustine fit le tour du bureau et s'assit dessus.) Je souhaite toute la réussite possible aux gens d'Innsbruck, quelle que soit la personne qui dirige les recherches. La biologie recèle suffisamment de mystères pour nous occuper jusqu'à la fin des temps. La prochaine fois que vous passerez par Washington, revenez donc nous voir, Mr. Merton. Je suis sûr que Florence se souviendra : pas de thé, du café.

Le plateau en équilibre sur les cuisses, Dicken roula à travers la cafétéria du bâtiment Natcher, aperçut Merton et plaça son fauteuil roulant au bout d'une table. Il y posa son plateau d'une main.

— Vous avez fait bon voyage ? demanda-t-il.

— Excellent. J'ai pensé que vous aimeriez savoir que Kaye Lang a une photo de vous sur son bureau.

— Voilà un bien étrange *message*, Oliver. Qu'est-ce que j'en ai à foutre ?

— Eh bien, je crois que vous éprouviez à son égard beaucoup plus qu'un sentiment de camaraderie scientifique. Elle vous a écrit plusieurs lettres après l'attentat. Vous n'y avez jamais répondu.

— Si vous êtes venu ici pour me persécuter, j'irai manger ailleurs, répliqua Dicken en reprenant son plateau.

Merton leva les mains.

— Excusez-moi. C'est mon instinct de fouineur qui reprend le dessus.

Dicken reposa son plateau et plaça son fauteuil.

— Je passe la moitié de mes journées à attendre de guérir, et j'ai peur de ne jamais recouvrer le plein usage de mes jambes et de ma main... Je m'efforce d'avoir foi en mon corps. Le reste du temps, je suis en rééducation où je souffre comme un damné. Je n'ai pas le temps de pleurer sur le lait renversé. Et vous ?

— Ma copine de Leeds m'a largué la semaine dernière. Je ne suis jamais à la maison. Et puis j'ai été testé positif. Ça lui a foutu la trouille.

— Désolé.

— Je reviens du saint des saints d'Augustine. Il a l'air bien sûr de lui.

— Les sondages lui donnent raison. Une crise de santé publique métamorphosée en politique internationale. Les fanatiques nous poussent à adopter des mesures répressives. Nous vivons sous une loi martiale qui n'ose pas dire son nom, et c'est la Brigade d'urgence sanitaire qui dicte les décrets de nature médicale — qui jouit du pouvoir suprême, autrement dit. A présent que Shawbeck s'est retiré, Augustine est le numéro deux du pays.

— C'est terrifiant.

— Vous connaissez quelque chose qui ne le soit pas ?

Merton concéda sa défaite.

— Je suis convaincu qu'Augustine s'est débrouillé pour faire annuler notre conférence sur SHEVA dans le Nord-Ouest.

— C'est un bureaucrate aguerri — ce qui signifie qu'il protégera sa position en utilisant toutes les armes dont il dispose.

— Et la vérité dans tout ça ? dit Merton en plissant le front. Je n'ai pas l'habitude de voir un gouvernement gérer les questions scientifiques.

— Votre naïveté m'étonne, Oliver. Ça fait des années que les Britanniques ne font que ça.

— D'accord, d'accord, j'ai fréquenté suffisamment de ministres pour connaître la musique. Mais quelle est votre position ? Vous avez participé à la formation de l'équipe autour de Kaye — pourquoi Augustine ne vous vire-t-il pas pour avoir les coudées franches ?

— Parce que j'ai vu la lumière, répondit Dicken d'un air sinistre. Ou plutôt les ténèbres. Des bébés morts. J'ai perdu espoir. Même avant cela, Augustine m'a manipulé à merveille — il me gardait comme une sorte de contrepoids, me laissait participer au processus de décision. Mais il ne m'a jamais donné assez de corde pour me pendre. A présent... je ne peux plus voyager, je ne peux plus effectuer les recherches nécessaires. Je suis inefficace.

— Neutralisé ? osa Merton.

— Castré, contra Dicken.

— Vous ne pourriez pas à tout le moins lui murmurer à l'oreille : « C'est de la science, ô puissant César, peut-être te trompes-tu » ?

Dicken secoua la tête.

— Le nombre de chromosomes est une donnée irréfutable. Cinquante-deux chromosomes au lieu de quarante-six. Trisomie, tétrasomie... Les bébés risquent d'être affectés de mongolisme, ou pis encore. Si Epstein-Barr ne les tue pas avant.

Merton avait gardé le meilleur pour la fin. Il parla à Dicken des changements survenus à Innsbruck. Dicken l'écouta avec attention, plissant son œil aveugle, puis il tourna son œil valide vers les fenêtres de la cafétéria, derrière lesquelles brillait un splendide soleil printanier.

Il se rappelait la conversation qu'il avait eue avec Kaye avant qu'elle ait rencontré Rafelson.

— Donc, Rafelson va aller en Autriche ? demandat-il en tripotant sa sole au riz complet.

— Si on le lui propose. Peut-être est-il encore trop controversé.

— Je vais attendre le rapport. Mais sans me presser.

— Vous pensez que Kaye fait un saut dans l'inconnu, suggéra Merton.

— Je me demande pourquoi j'ai acheté ça, dit Dicken en reposant sa fourchette. Je n'ai pas faim.

81.

Seattle
Janvier

— Apparemment, le bébé se porte bien, dit le docteur Galbreath. Le développement du deuxième trimestre est normal. Nous avons effectué des analyses, et elles correspondent à notre attente pour un fœtus SHEVA du second stade.

Kaye trouvait ce rapport un peu froid.

— C'est un garçon ou une fille ? s'enquit-elle.

— Cinquante-deux XX. (Galbreath ouvrit une chemise en carton marron et lui tendit une copie du rapport.) Bébé de sexe féminin présentant des anomalies chromosomiques.

Kaye fixa la feuille de papier, le cœur battant. Elle n'avait rien dit à Mitch, mais elle avait espéré que leur enfant serait une fille, car cela réduirait un peu la distance, le nombre de différences qu'elle aurait à affronter.

— Y a-t-il duplication ou s'agit-il de chromosomes nouveaux ? demanda-t-elle.

— Si nous avions l'expertise suffisante pour le dire, nous serions célèbres, rétorqua Galbreath. (Puis, avec un peu moins de raideur :) Nous n'en savons rien. Un examen superficiel nous pousse à croire qu'ils ne sont pas dupliqués.

— Pas de chromosomes 21 supplémentaires ?

Kaye continuait d'examiner le papier, qui se réduisait à des séries de chiffres entrelardées de brèves explications.

— Je ne crois pas que le fœtus souffre du syndrome de Down. Mais vous savez ce que j'en pense.

— Tous ces chromosomes supplémentaires...

Galbreath opina.

— Nous n'avons aucun moyen de déterminer le nombre de chromosomes d'un Neandertalien, dit Kaye.

— S'ils étaient comme nous, ils en avaient quarante-six.

— Mais ils n'étaient pas comme nous. C'est toujours un mystère.

Les paroles de Kaye sonnaient creux à ses propres oreilles. Elle se leva, une main sur le ventre.

— Pour ce que vous pouvez en dire, il est en bonne santé.

Galbreath fit oui de la tête.

— Mais que sais-je, en fait ? Presque rien. Vous avez été testée positive pour l'*Herpes simplex* de type un, mais négative pour la mononucléose — pour Epstein-Barr. Vous n'avez jamais eu la varicelle. Pour l'amour de Dieu, Kaye, restez à l'écart des personnes qui ont la varicelle.

— Je serai prudente.

— Je ne sais pas ce que je peux vous dire de plus.

— Souhaitez-moi bonne chance.

— Je vous souhaite toute la chance de ce monde et de l'autre. En tant que médecin, ça ne me rassure guère.

— Nous avons pris notre décision, Felicity.

— Bien sûr. (Galbreath parcourut son dossier du début à la fin.) Si cette décision m'avait appartenu, vous n'auriez jamais vu ce que je vais vous montrer. Nous avons été déboutés en appel. Nous devons faire enregistrer tous nos patients SHEVA. Si vous n'êtes pas d'accord, c'est nous qui nous en chargerons.

— Alors, faites-le, dit Kaye d'un ton neutre.

Elle lissa un pli de son pantalon.

— Je sais que vous avez déménagé. Si je transmets une adresse incorrecte, Marine Pacific aura sans doute des ennuis et je risque d'être convoquée devant un comité et de me faire retirer ma licence. (Elle gratifia Kaye d'un regard triste mais direct.) J'ai besoin de votre nouvelle adresse.

Kaye considéra le formulaire puis secoua la tête.

— Je vous en supplie, Kaye. Je veux rester votre médecin jusqu'à la fin.

— La fin ?

— L'accouchement.

Kaye secoua la tête une nouvelle fois, l'air butée et terrorisée, pareille à un lapin poursuivi par un prédateur.

Galbreath fixa l'extrémité de la table d'examen, les larmes aux yeux.

— Je n'ai pas le choix. Personne n'a le choix.

— Je ne veux pas qu'on vienne me prendre mon bébé, dit Kaye, le souffle court, les mains glacées.

— Si vous refusez de coopérer, je ne peux plus être votre médecin, dit Galbreath.

Elle tourna les talons et sortit de la chambre. L'infirmière vint faire un tour quelques instants plus tard, vit Kaye en état de choc et lui demanda si elle avait besoin de quelque chose.

— Je n'ai plus de médecin, répondit-elle.

L'infirmière s'écarta pour laisser passer Galbreath.

— Je vous en supplie, donnez-moi votre nouvelle adresse. Je sais que Marine Pacific s'oppose aux représentants de la Brigade qui essaient de contacter directement nos patients. J'annoterai votre dossier pour qu'on vous laisse tranquille. Nous sommes dans votre camp, Kaye, croyez-moi.

Kaye aurait voulu pouvoir parler à Mitch, mais il se trouvait dans le quartier de l'université, occupé à chercher un hôtel pour tenir la conférence. Elle ne pouvait pas le déranger.

Galbreath lui tendit un stylo. Elle remplit lentement le formulaire. Galbreath le lui reprit.

— De toute façon, ils auraient fini par la trouver, dit-elle en pinçant les lèvres.

Kaye sortit de l'hôpital, le rapport à la main, et se dirigea vers la Toyota Camry marron qu'ils avaient achetée deux mois plus tôt. Elle resta assise pendant dix bonnes minutes, engourdie, agrippant le volant de ses mains glacées, puis mit le contact.

Elle abaissait sa vitre pour avoir un peu d'air lorsqu'elle entendit Galbreath l'appeler. Elle envisagea brièvement de prendre la fuite, mais elle serra de nouveau le frein à main et regarda sur sa gauche. Galbreath traversait le parking en courant. Elle s'appuya à la portière et baissa la tête pour mieux voir Kaye.

— Vous ne m'avez pas donné la bonne adresse, n'est-ce pas ? demanda-t-elle, essoufflée, le visage écarlate.

Kaye la regarda sans rien dire.

Galbreath ferma les yeux, reprit son souffle.

— Votre bébé est en parfaite santé. Je ne lui trouve aucun défaut. Et je ne comprends rien. Pourquoi ne le rejetez-vous pas comme on rejette un tissu étranger — il est complètement différent de vous ! Autant porter un gorille dans son ventre. Mais vous le tolérez, vous le nourrissez. Toutes les mères font la même chose. Pourquoi est-ce que la Brigade n'étudie pas *ça* ?

— C'est un mystère, admit Kaye.

— Pardonnez-moi, Kaye, je vous en supplie.

— Je vous pardonne, dit Kaye sans conviction.

— Je parle sérieusement. Ça m'est égal qu'on me retire ma licence — peut-être qu'ils se plantent sur toute la ligne ! Je veux être votre médecin.

Kaye se prit la tête entre les mains, épuisée par sa tension nerveuse. Elle avait l'impression d'avoir des ressorts d'acier dans le cou. Elle leva la tête et posa une main sur celle de Galbreath.

— Si c'est possible, je suis d'accord, dit-elle.

— Où que vous alliez, quoi que vous fassiez, promettez-moi... laissez-moi être là pour l'accouchement, d'accord ? implora Galbreath. Je veux apprendre tout ce que je pourrai apprendre sur les grossesses SHEVA, pour être prête, et je veux mettre votre bébé au monde.

Kaye se gara en face de l'antique University Plaza Hotel, non loin de la voie rapide menant à l'université du Washington. Elle trouva son mari au sous-sol, en train d'attendre que le directeur de l'hôtel, qui s'était retiré dans son bureau, lui fasse une proposition chiffrée.

Elle lui raconta ce qui s'était passé à Marine Pacific. Mitch, furieux, tapa du poing sur la porte de la salle de réunion.

— Je n'aurais jamais dû te laisser toute seule — même une minute !

— Tu sais bien que ce n'est pas pratique. (Kaye lui posa une main sur l'épaule.) Je pense que je me suis bien débrouillée.

— Je n'arrive pas à croire que Galbreath ait pu faire une chose pareille.

— Elle a agi sous la contrainte, je le sais.

Mitch se mit à faire les cent pas, shoota dans une chaise, agita les bras en signe d'impuissance.

— Elle veut nous aider, dit Kaye.

— Comment pouvons-nous encore lui faire confiance ?

— Inutile d'être paranoïaque.

Mitch se figea.

— Il y a un train qui fonce sur les rails. Il nous a cloués dans son phare. Je le *sais*, Kaye. Ce n'est pas seulement le gouvernement. Toutes les femmes enceintes de cette planète sont suspectes. Augustine

— ah ! *l'enfoiré* — va veiller à ce que vous deve-
niez toutes des parias ! J'ai envie de le *tuer* !

Kaye l'agrippa par le bras, l'attira doucement vers
elle et l'étreignit. Il était tellement en colère qu'il tenta
de la repousser pour se remettre à arpenter la pièce.
Elle s'accrocha à lui.

— Je t'en prie, Mitch, arrête.

— Et toi, tu te balades — au vu et au su de tout
le monde ! dit-il en tremblant.

— Je refuse de devenir une fleur de serre, rétorqua Kaye, sur la défensive.

Il renonça et courba le dos.

— Que pouvons-nous faire ? Quand vont-ils
envoyer des fourgons emplis de *nervis* pour nous
rafler ?

— Je ne sais pas. Il faut que quelque chose cède.
Je crois en ce pays, Mitch. Les gens ne les laisseront
pas faire.

Mitch s'assit sur une chaise pliante au bout d'une
rangée. La pièce était brillamment éclairée, on y trouvait cinquante chaises vides réparties sur cinq rangées,
une table recouverte d'une nappe et une machine à
café dans le fond.

— D'après Wendell et Maria, la pression devient
insoutenable. Ils ont déposé des protestations, mais
l'administration refuse d'admettre quoi que ce soit.
Les financements sont réduits, les postes redistribués,
les labos harcelés par des inspecteurs. Je suis en train
de perdre la foi, Kaye. J'ai vu la même chose m'arriver après...

— Je sais.

— Et maintenant le ministère des Affaires étrangères refuse son visa d'entrée à Brock.

— Qui t'a dit ça ?

— Merton m'a appelé de Bethesda cet après-midi. Augustine se démène comme un diable pour nous réduire à néant. Il n'y aura plus que toi et moi — et tu vas devoir entrer dans la clandestinité !

Kaye s'assit à côté de lui. Elle n'avait aucune nouvelle de ses anciens collègues de l'Est. Aucune nouvelle de Judith. Elle aurait voulu parler à Marge Cross, ce qui était un peu pervers de sa part. Mais tout soutien serait le bienvenu.

Son père et sa mère lui manquaient terriblement.

Kaye se pencha et posa la tête sur l'épaule de Mitch. Il lui caressa doucement les cheveux de ses grosses mains.

Ils n'avaient même pas abordé la nouvelle la plus importante de la matinée. Dans cette agitation, il était si facile de perdre de vue les choses vraiment importantes.

— Je sais quelque chose que tu ignores, dit-elle.

— Quoi donc ?

— Nous allons avoir une fille.

Mitch cessa de respirer un instant, et son visage se plissa.

— Mon Dieu !

— C'était l'un ou l'autre, assura Kaye, souriant de sa réaction.

— C'est ce que tu voulais.

— Je te l'avais dit ?

— Le soir de Noël. Tu as parlé de lui acheter des poupées.

— Tu es contrarié ?

— Bien sûr que non. Mais je suis toujours un peu choqué quand nous franchissons une nouvelle étape, c'est tout.

— Le docteur Galbreath affirme qu'elle est en bonne santé. Aucun défaut. Elle a des chromosomes supplémentaires... mais nous étions prévenus.

Mitch lui posa une main sur le ventre.

— Je la sens bouger, murmura-t-il, et il se leva pour coller une oreille contre le ventre de Kaye. Elle va être tellement *belle*.

Le directeur de l'hôtel entra dans la pièce, une liasse de papiers à la main, et les regarda d'un air surpris. Âgé d'une cinquantaine d'années, avec des cheveux marron ondulés et un visage poupin et passe-partout, il ressemblait à l'image d'un oncle sans grande personnalité. Mitch se leva et épousseta son pantalon.

— Mon épouse, dit-il, un peu gêné.

— Certes. (Le directeur plissa les yeux et entraîna Mitch à l'écart.) Elle est enceinte, n'est-ce pas ? Vous ne m'en aviez pas parlé. Ce n'est pas mentionné là-dedans... (Il agita ses papiers, lança à Mitch un regard accusateur.) Nulle part. Désormais, nous devons être prudents en matière de rassemblements publics et d'exposition.

Mitch s'appuya sur la Buick, le menton dans la main. Il s'était rasé ce matin, mais il faisait un peu de bruit en frottant sa peau. Il retira sa main. Kaye se tenait auprès de lui.

— Je vais te reconduire à la maison, dit-il.

— Et la Buick ?

Il secoua la tête.

— Je la récupérerai plus tard. Wendell pourra m'amener.

— Que fait-on, maintenant ? On pourrait essayer un autre hôtel. Ou louer une salle des fêtes.

Mitch prit un air dégoûté.

— Ce fumier *cherchait* une excuse. Il connaissait ton nom. Il a téléphoné à quelqu'un. Il nous a contrôlés, comme un bon petit nazi. (Il leva les bras au ciel.) Longue vie à la libre Amérique !

— Si Brock est bloqué à la frontière...

— On organisera la conférence sur Internet. On trouvera une solution. Mais c'est pour toi que je m'inquiète. Il va sûrement arriver quelque chose.

— Quoi donc ?

— Tu ne le sens pas ? (Il se frotta le front.) Le regard que nous a lancé ce salaud de directeur. Comme un mouton terrifié. Il ne connaît que dalle à la biologie. Il vit sa petite vie sans faire de vagues, sans bousculer le système. Presque tous les gens sont comme lui. Il suffit de les pousser dans une direction pour qu'ils se mettent à courir.

— Je te trouve bien cynique.

— Ce n'est que du réalisme politique. Comme j'ai été stupide ! Te laisser sortir seule. Tu pourrais être reconnue, repérée...

— Je ne veux pas être enfermée dans une *grotte*, Mitch.

Il grimaça.

Kaye lui posa une main sur l'épaule.

— Pardon. Enfin, tu sais ce que je veux dire.

— Tout est en place, Kaye. Tu as vu la même chose

en Géorgie. Et moi dans les Alpes. Nous sommes devenus des *étrangers*. Les gens nous détestent.

— Ils me détestent, dit Kaye en pâlissant. Parce que je suis enceinte.

— Ils me détestent aussi.

— Mais ils ne te demandent pas de te faire enregistrer comme un juif allemand.

— Pas encore. Allons-y.

Il lui passa un bras autour des épaules et l'escorta jusqu'à la Toyota. Elle avait du mal à suivre ses longues enjambées.

— Je crois que nous disposons d'un jour ou deux, peut-être trois, reprit-il. Ensuite... quelqu'un va faire quelque chose. Tu es une épine dans leur pied. Une double épine.

— Pourquoi double ?

— Les célébrités sont puissantes. Les gens savent qui tu es, et tu connais la vérité.

Kaye s'assit côté passager et abaissa la vitre. Il faisait un peu chaud dans l'habitacle. Mitch referma la portière.

— Tu crois ? demanda-t-elle.

— Foutre oui. Sue t'a fait une proposition. Examinons-la. Je dirai où nous allons à Wendell. Et à personne d'autre.

— J'aime bien cette maison.

— Nous en trouverons une autre.

82.

Institut national de la Santé, Bethesda, bâtiment 52

Le triomphe rendait Mark Augustine quasiment fiévreux. Il posa les photos devant Dicken et inséra la cassette dans le magnétoscope de son bureau. Dicken attrapa la première photo et l'approcha de son visage pour mieux l'examiner. Couleurs habituelles des images médicales : une chair olivâtre orangé des plus étranges, des lésions rose vif, des traits flous. Un homme, la quarantaine environ, vivant mais loin d'en être ravi. Dicken prit la deuxième photo, un gros plan du bras droit de l'homme, tavelé de taches rosées, dont une règle en plastique jaune permettait d'estimer la taille. La plus grande avait un diamètre de sept centimètres, avec en son centre une plaie encroûtée d'un épais fluide jaune. Dicken compta sept taches rien que sur le bras droit.

— Je les ai montrées ce matin aux autres membres de l'équipe, dit Augustine en actionnant la télécommande pour faire démarrer la cassette.

Dicken passa aux photos suivantes. Le corps de l'homme était couvert de nombreuses lésions rosées, dont certaines formaient des cloques, bien distinctes et sans aucun doute douloureuses.

— Nous avons reçu des échantillons à fin d'analyse, poursuivit Augustine, mais l'équipe sur le terrain a procédé à un examen sérologique pour confirmer la présence de SHEVA. L'épouse de cet homme est dans son second trimestre de grossesse du second stade et présente toujours des symptômes de SHEVA type 3-s. Comme l'homme est purgé de SHEVA, nous pouvons en conclure que SHEVA n'est pas à l'origine de ces lésions, ce qui correspond à ce que nous attendions.

— Où sont-ils ? demanda Dicken.

— San Diego, Californie. Des immigrés clandestins. Nos gars du Corps missionné ont effectué l'enquête et nous ont envoyé ce matériel. Ça date d'il y a trois jours. Pour le moment, la presse locale n'a pas été informée.

Le sourire d'Augustine clignotait comme un stroboscope. Il se retourna vers le téléviseur, faisant défiler en avance rapide des images de l'hôpital, du dortoir, de l'équipement d'isolation des chambres — rideaux de plastique fixés aux murs et à la porte, alimentation en air. Puis il leva le doigt pour repasser en mode lecture.

Le docteur Ed Sanger, membre du Corps missionné par la Brigade affecté à l'hôpital Mercy, un quinquagénaire aux cheveux couleur de sable, s'identifia et récita son diagnostic d'une voix monocorde. Dicken sentit monter son angoisse. *Je me suis complètement trompé. Augustine a raison. Sur toute la ligne.*

Augustine interrompit la lecture.

— C'est un virus ARN à un seul brin, énorme et primitif, probablement cent soixante mille nucléotides. On n'en a jamais vu de semblable. Nous travaillons à caler son génome sur des régions codantes de HERV connues. Il est incroyablement rapide, horriblement mal adapté et extrêmement meurtrier.

— Cet homme a l'air mal en point, commenta Dicken.

— Il est mort hier soir. (Augustine éteignit le magnétoscope.) La femme semble demeurer asymptomatique, mais elle souffre des problèmes de grossesse habituels. (Il croisa les bras et s'assit sur le bord de son bureau.) Transmission latérale d'un rétrovirus inconnu, presque certainement excité et outillé par SHEVA. La femme a infecté l'homme. Ce cas-là est le bon, Christopher. Celui qu'il nous fallait. Etes-vous prêt à nous aider à le présenter au public ?

— De quelle manière ?

— Nous allons placer en quarantaine et/ou en détention les femmes en état de grossesse du second stade. Une telle violation des libertés civiques nécessite un gros travail de fond. Le président est prêt à foncer, mais ses conseillers estiment que nous avons besoin de personnalités pour faire passer le message.

— Je ne suis pas une personnalité. Demandez à Bill Cosby.

— Il a décliné notre offre. Mais vous... Vous êtes pratiquement l'icône du fonctionnaire de la santé dévoué et se remettant de blessures infligées par des fanatiques mal inspirés.

Le sourire d'Augustine se remit à clignoter.

Dicken baissa les yeux.

— Vous êtes certains de ce que vous avancez ?

— Aussi certains que nous pouvons l'être sans avoir effectué une étude scientifique en règle. Ce qui nous prendrait trois ou quatre mois. Etant donné les circonstances, nous ne pouvons pas nous permettre d'attendre.

Dicken jeta un regard à Augustine puis se tourna vers les arbres et le ciel nuageux visibles à travers la fenêtre. Augustine avait posé contre la vitre un petit carré de vitrail, une fleur de lys rouge et vert.

— Toutes les mères devront avoir un macaron chez elle, dit Dicken. Q pour quarantaine ou S pour SHEVA. Toutes les femmes enceintes devront prouver qu'elles ne portent pas un bébé SHEVA. Ça va coûter des milliards.

— Le financement n'est pas un problème, le contra Augustine. Nous affrontons la crise sanitaire la plus grave de tous les temps. C'est l'équivalent biologique de la boîte de Pandore, Christopher. Toutes les maladies rétrovirales que nous avons vaincues sans pouvoir les éliminer définitivement. Des centaines, voire des milliers de maladies contre lesquelles nous sommes aujourd'hui sans défense. Nous aurons tous les fonds nécessaires, aucune inquiétude de ce côté-là.

— Le seul problème, c'est que je n'y crois pas, murmura Dicken.

Augustine le regarda, et des rides se creusèrent autour de sa bouche et sur son front.

— J'ai passé presque toute ma vie d'adulte à traquer les virus, reprit Dicken. J'ai vu ce dont ils étaient capables. Je connais les rétrovirus, je connais les HERV. Et je connais SHEVA. Si les HERV n'ont jamais été éliminés du génome, c'est probablement parce qu'ils nous protègent contre d'autres rétrovirus encore à venir. C'est notre petite bibliothèque protectrice. Et... notre génome les utilise pour créer de la nouveauté.

— Nous ne le savons pas, dit Augustine d'une voix tendue.

— Je préfère attendre une étude scientifique avant d'enfermer toutes les mères d'Amérique.

A mesure que la peau d'Augustine s'assombrissait sous l'effet de l'irritation, puis de la colère, ses cicatrices devenaient de plus en plus visibles.

— Le danger est trop grand, déclara-t-il. Je pensais que vous apprécieriez cette chance de revenir dans la course.

— Non. Je ne peux pas.

— Vous entretenez toujours ce fantasme d'une nouvelle espèce ? demanda Augustine d'un air sinistre.

— Je n'en suis plus là.

Dicken sursauta au son rocailleux de sa propre voix. On aurait dit celle d'un vieillard.

Augustine fit le tour de son bureau, ouvrit un tiroir et en sortit une enveloppe. Tout dans sa posture, dans la raideur assurée de sa démarche, dans la fixité de ses traits, faisait naître en Dicken une profonde angoisse. C'était là un Mark Augustine qu'il n'avait jamais vu : un homme sur le point d'administrer le *coup de grâce*[1].

— Ce courrier est arrivé pendant votre séjour à l'hôpital. Il était dans votre boîte aux lettres. Comme il vous était adressé dans le cadre de vos fonctions officielles, j'ai pris la liberté de l'ouvrir.

Il tendit à Dicken des feuilles de papier pelure.

— Cela vient de Géorgie. Leonid Chougachvili

---

1. En français dans le texte. *(N.d.T.)*

devait vous envoyer des photos de prétendus spécimens d'*Homo superior*, n'est-ce pas ?

— Comme je n'avais pas vérifié ses références, je ne vous avais pas parlé de lui.

— Voilà qui était fort sage. Il a été arrêté à Tbilissi pour escroquerie. Il exploitait les familles des personnes ayant disparu lors des troubles. Il promettait aux parents éplorés de leur montrer les lieux où l'on avait enterré leurs proches. Apparemment, il avait aussi l'intention de truander le CDC.

— Ça ne m'étonne pas et ça ne me fait pas changer d'avis, Mark. Je suis épuisé, c'est tout. J'ai déjà assez de mal à soigner mon propre corps. Je ne suis pas l'homme de la situation.

— Très bien. Je vais vous placer en congé maladie de longue durée. Nous avons besoin de votre bureau au CDC. La semaine prochaine, nous faisons venir soixante épidémiologistes pour entamer la phase 2. Vu le manque de place, nous en installerons sans doute trois dans vos locaux.

Les deux hommes se fixèrent en silence.

— Merci de m'avoir soutenu aussi longtemps, dit Dicken sans la moindre trace d'ironie.

— Pas de problème, répliqua Augustine d'un ton également neutre.

83.

Comté de Snohomish

Mitch empila les derniers cartons devant la porte d'entrée. Le lendemain matin, Wendell Packer devait venir avec un camion. Il fit le tour de la maison et se fendit d'un sourire ironique.

Ils n'avaient passé que deux mois dans cet endroit. Un seul Noël.

Kaye sortit de la chambre, le téléphone à la main.

— Déconnecté, dit-elle. Quand on leur dit qu'on déménage, ils ne perdent pas de temps. Alors... combien de jours on est restés ici ?

Mitch s'assit dans son vieux fauteuil avachi.

— Tout ira bien. (Ses mains lui faisaient une drôle d'impression. Elles semblaient avoir enflé.) Bon Dieu, je suis vanné.

Kaye s'assit sur un accoudoir et lui massa les épaules. Il appuya la tête contre son bras, frotta sa joue râpeuse contre le cardigan couleur pêche.

— Zut, fit-elle. J'ai oublié de recharger les batteries du mobile.

Elle embrassa Mitch sur le crâne et retourna dans la chambre. Il remarqua que, même enceinte de sept mois, elle marchait sans trop se voûter. Son ventre était proéminent sans toutefois paraître gonflé. Il regretta de ne pas avoir plus d'expérience en matière de grossesse. Que la première se déroule dans ces circonstances...

— Les deux batteries sont mortes, lança Kaye depuis la chambre. Il y en a pour une heure environ.

Mitch fixa divers objets dans la pièce en clignant des yeux. Puis il observa ses mains. Elles semblaient enflées, et ses avant-bras évoquaient ceux de Popeye. Ses pieds aussi lui semblaient gigantesques, mais il ne prit pas la peine de les examiner. Tout cela était déconcertant. Il aurait voulu dormir un peu, mais il n'était que quatre heures de l'après-midi. Ils venaient juste de manger une soupe en conserve. Dehors, il faisait encore jour.

Il avait espéré faire l'amour avec Kaye une dernière fois dans la maison. Kaye se retourna et attrapa le tabouret.

— Assieds-toi ici, dit Mitch en se levant pour libérer le fauteuil. C'est plus confortable.

— Ça ira. Je préfère me tenir droite.

Mitch se figea au-dessus de son siège, pris d'un léger vertige.

— Ça ne va pas ?

Il aperçut la première écharde de lumière. Il ferma les yeux et se laissa retomber dans le fauteuil.

— Ça revient.

— Quoi donc ?

Il désigna sa tempe de l'index et murmura :

— Bang.

Quand il était plus jeune, ses migraines étaient souvent accompagnées de phénomènes de distorsion corporelle. Il détestait cela et, à présent, il se sentait plein de ressentiment et de terreur.

— J'ai de la Naprosyne dans mon sac à main, dit Kaye.

Il l'écouta traverser la pièce. Il avait les yeux clos, mais il distinguait une pâleur spectrale, et ses pieds lui semblaient aussi gros que ceux d'un éléphant. La douleur évoquait une canonnade résonnant dans une grande vallée.

Kaye lui mit dans les mains deux capsules et un verre d'eau. Il avala les premières, but le second, sceptique quant à leur efficacité. S'il s'était douté de quelque chose plus tôt, s'il avait pu les prendre dans la journée...

— On va te mettre au lit.

— Hein ?

— Au lit.

— Je veux partir d'ici.

— Mais oui. Dodo.

C'était le seul espoir qu'il avait d'échapper à ce qui l'attendait. En s'endormant, il risquait de faire des rêves horribles et douloureux. Il se les rappelait sans problème : dans ces rêves, il était écrasé sous une montagne.

Il s'étendit dans la fraîcheur de la chambre nue, sur les draps qu'ils avaient disposés pour leur dernière nuit, sous une couette. Il ramena celle-ci au-dessus de sa tête, se ménageant un petit espace pour respirer.

A peine s'il entendit Kaye lui dire qu'elle l'aimait.

Kaye rabaissa la couette. Le front de Mitch était moite et glacé. Elle était inquiète, un peu honteuse de ne pas pouvoir partager sa souffrance ; puis elle

690

ne put s'empêcher de penser que Mitch ne pourrait pas partager celle de son accouchement.

Elle s'assit sur le lit près de lui. Son souffle était faible et saccadé. Par réflexe, elle se palpa le ventre sous son cardigan, releva son sweat-shirt, se massa la peau, si étirée qu'elle en était presque brillante. Le bébé était calme depuis quelques heures, mais il lui avait donné des coups de pied pendant une bonne partie de l'après-midi.

Kaye n'avait jamais eu les reins piétinés de l'intérieur ; c'était une expérience qu'elle n'appréciait guère. Pas plus qu'elle n'appréciait d'aller aux toilettes toutes les heures ni de souffrir en permanence de brûlures d'estomac. La nuit, étendue dans le lit, elle sentait même les mouvements rythmés de ses intestins.

Tout cela la rendait inquiète ; mais elle se sentait aussi intensément vivante, consciente.

Elle se rendit compte qu'elle s'efforçait d'occulter la souffrance de Mitch. Elle se blottit contre lui, et, soudain, il roula sur lui-même, tirant sur la couette et se détournant d'elle.

— Mitch ?

Pas de réponse. Elle resta un moment allongée sur le dos, mais, se sentant mal à l'aise, se mit sur le côté, tournant le dos à Mitch, et se rapprocha doucement de lui, en quête de chaleur. Il ne bougea ni ne protesta. Elle fixa des yeux le mur vide éclairé d'une lueur grise. Elle envisagea de se lever pour travailler quelque temps sur son livre, mais son portable et ses notes étaient déjà emballés. Cette envie lui passa.

Le silence qui régnait dans la maison l'inquiétait

Elle tendit l'oreille en quête d'un son, n'entendit que le souffle de Mitch et le sien. Dehors, l'air était d'une immobilité absolue. Elle n'entendait même pas la circulation sur la Highway 2, distante d'un kilomètre à peine. Pas un oiseau ne chantait. Pas une poutre ne craquait, pas une latte ne grinçait.

Au bout d'une demi-heure, elle s'assura que Mitch dormait puis se redressa, s'assit au bord du lit, se leva et alla dans la cuisine faire chauffer de l'eau. Elle contempla les derniers feux du crépuscule au-dehors. Dans la bouilloire, l'eau se mit doucement à siffler, et elle en versa sur un sachet de camomille dans l'une des deux chopes qu'ils avaient laissées sur le comptoir. Tandis que la tisane infusait, elle caressa les carreaux du bout des doigts, se demandant à quoi ressemblerait leur prochain foyer, qui se trouverait sans doute à proximité de l'immense casino Wild Eagle, propriété des Cinq Tribus. Sue n'avait pas fini de prendre les dispositions nécessaires quand elle leur avait téléphoné ce matin, se contentant de leur promettre une belle maison pour dans quelques jours. « Au début, il faudra peut-être vous contenter d'une caravane », avait-elle ajouté.

Kaye eut une bouffée de colère impuissante. Elle voulait rester ici. Elle se sentait à l'aise ici.

— C'est si étrange, dit-elle à la fenêtre.

Comme pour lui répondre, le bébé lui donna un coup de pied.

Elle attrapa la chope et jeta le sachet dans l'évier. Alors qu'elle sirotait sa première gorgée, elle entendit un bruit de moteur puis le crissement des pneus sur le gravier.

Elle alla dans le séjour et s'immobilisa en découvrant la lueur des phares. Ils n'attendaient personne ; Wendell se trouvait à Seattle, le camion de location ne serait disponible que demain matin, Merton était à Beresford ; et elle croyait savoir que Sue et Jack se trouvaient dans l'est du Washington.

Elle envisagea de réveiller Mitch, se demanda si c'était possible dans son état.

— C'est peut-être Maria, ou quelqu'un d'autre.

Mais elle répugnait à approcher de la porte. Les lumières étaient éteintes dans le séjour et sous le porche, allumées dans la cuisine. Le rayon d'une lampe torche transperça la fenêtre et se posa sur le mur sud. Elle avait laissé les rideaux ouverts ; ils n'avaient pas de voisins, personne pour les espionner.

Il y eut un coup sec à la porte. Kaye consulta sa montre, appuya sur le bouton de la petite lampe bleu-vert. Sept heures.

Nouveau coup à la porte, suivi par une voix inconnue.

— Kaye Lang ? Mitchell Rafelson ? Bureau du shérif du comté, service judiciaire.

Kaye retint son souffle. Qu'est-ce que ça voulait dire ? Elle n'était sûrement pas en cause ! Elle se dirigea vers la porte d'entrée, dégagea le verrou, ouvrit. Quatre hommes se tenaient devant elle, deux en uniforme, deux en civil, veste et pantalon de toile. Le rayon de la torche se posa sur son visage comme elle allumait la lumière du porche. Elle battit des paupières.

— Je suis Kaye Lang.

L'un des civils, un homme corpulent aux cheveux châtains coupés en brosse et au long visage ovale, s'avança d'un pas.

— Miz Lang, nous avons...

— Mrs. Lang, corrigea-t-elle.

— Entendu. Je m'appelle Wallace Jurgenson. Voici le docteur Kevin Clark, de la Direction de la Santé du comté de Snohomish. Je suis un représentant commissionné par la Brigade d'urgence sanitaire pour l'Etat de Washington. Mrs. Lang, nous sommes porteurs d'un ordre émis par la Brigade d'urgence sanitaire et contresigné par son antenne d'Olympia, Etat de Washington. Nous sommes chargés de contacter les femmes infectées et porteuses d'un fœtus SHEVA du second...

— Conneries, dit Kaye.

L'homme se tut un instant, légèrement exaspéré, puis reprit :

— D'un fœtus SHEVA du second stade. Savez-vous ce que cela signifie, madame ?

— Oui, mais c'est complètement faux.

— Je suis ici pour vous informer que, attendu le jugement du bureau de la Brigade d'urgence sanitaire et du Centre de contrôle et de prévention des maladies...

— J'ai travaillé pour eux.

— Je sais, dit Jurgenson.

Clark hocha la tête en souriant, comme ravi de la rencontrer. Les deux shérifs adjoints se tenaient en retrait, les bras croisés.

— Miz Lang, poursuivit Jurgenson, il a été établi que vous représentiez probablement un risque pour la santé publique. Vous et les autres femmes de cette région êtes en ce moment même contactées et informées de vos choix.

— Je choisis de rester où je suis, articula Kaye d'une voix tremblante.

Elle regarda les quatre hommes dans les yeux. Ils étaient propres, bien rasés, décidés, presque aussi nerveux qu'elle et très malheureux.

— Nous avons ordre de vous conduire, ainsi que votre époux, dans un refuge établi à Lynnwood par la Brigade, où vous serez détenus et recevrez des soins médicaux jusqu'à ce qu'on puisse déterminer si vous représentez un risque pour la santé publique.

— Pas question, dit Kaye en s'échauffant. C'est ridicule. Mon mari est malade. Il n'est pas en état de se déplacer.

Le visage de Jurgenson était sévère. Il se préparait à une action qu'il n'appréciait guère. Il jeta un regard à Clark. Les deux adjoints s'avancèrent, et l'un d'eux faillit trébucher sur un caillou. Jurgenson déglutit puis reprit la parole, son souffle visible dans l'air frais.

— Le docteur Clark peut examiner votre époux avant notre départ.

— Il a une migraine. Une *céphalée*. Il en a de temps en temps.

Dans l'allée attendaient une voiture portant l'écusson du shérif et une petite ambulance. Plus loin, la vaste pelouse élimée de la propriété était contenue par une barrière. Kaye sentait l'odeur de la terre humide et du sol campagnard apportée par la brise nocturne.

— Nous n'avons pas le choix, Miz Lang.

Kaye ne pouvait pas faire grand-chose. Si elle leur

résistait, ils se contenteraient de revenir avec des renforts.

— Je vous suis. Mon mari ne doit pas être déplacé.

— Vous risquez d'être porteurs tous les deux, m'dame. Nous devons vous emmener tous les deux.

— Je peux examiner votre époux et voir si son état peut être amélioré par un traitement médical, intervint Clark.

Kaye sentait venir les larmes, et ça la rendait furieuse — frustration, impuissance, solitude. Elle vit Clark et Jurgenson regarder derrière elle, entendit un bruit, se retourna, comme redoutant une embuscade.

C'était Mitch. Il avançait d'un pas saccadé, les yeux mi-clos, les mains tendues, pareil au monstre de Frankenstein.

— Qu'y a-t-il, Kaye ? demanda-t-il d'une voix pâteuse.

Le simple fait de parler lui arrachait des grimaces de douleur.

Clark et Jurgenson reculèrent d'un pas, et l'adjoint le plus proche déboucla son holster. Kaye se retourna et leur lança un regard mauvais.

— Ce n'est qu'une migraine ! Il a la *migraine*, bon sang !

— Qui est-ce ? demanda Mitch.

Il faillit s'effondrer. Kaye se précipita vers lui, l'aida à rester debout.

— Je n'y vois pas très bien, murmura-t-il.

Clark et Jurgenson échangèrent quelques paroles inaudibles.

— Veuillez le conduire sous le porche, Miz Lang, ordonna Jurgenson d'une voix tendue.

Kaye vit que l'adjoint avait dégainé son arme.

— Qu'est-ce que c'est ?

— Ils viennent de la part de la Brigade, expliqua Kaye. Ils veulent qu'on les accompagne.

— Pourquoi ?

— Il paraît que nous sommes contagieux.

— Non, fit Mitch en se débattant.

— C'est ce que je leur ai dit. Mais nous ne pouvons rien faire, Mitch.

— Non ! hurla Mitch en levant le poing. Approchez-vous que je puisse vous voir, que je puisse vous parler ! Laissez ma femme tranquille, nom de Dieu.

— Veuillez vous avancer sous le porche, m'dame, dit l'adjoint.

Kaye avait conscience du danger. Mitch n'était pas en état d'agir rationnellement. Il était capable de tout pour la protéger. Ces hommes avaient peur. Vu le contexte horrible, des atrocités pouvaient se produire sans que leurs auteurs soient châtiés ; on allait peut-être les abattre et brûler leur maison, comme s'ils étaient des pestiférés.

— Ma femme est enceinte, dit Mitch. Laissez-la tranquille, s'il vous plaît.

Il tenta d'avancer vers la porte. Kaye le guidait sans cesser de le soutenir.

L'adjoint garda son arme pointée sur le porche, mais il la tenait désormais des deux mains, les bras tendus. Jurgenson lui dit de la rengainer. Il secoua la tête.

— Je ne veux pas qu'ils fassent une connerie, chuchota-t-il.

— Nous allons sortir, dit Kaye. Ne soyez pas stupides. Nous ne sommes ni malades ni contagieux.

Jurgenson leur ordonna de franchir la porte et de descendre du porche.

— Nous avons une ambulance. Nous allons vous emmener dans un endroit où on pourra soigner votre époux.

Kaye aida Mitch à progresser. Il transpirait abondamment et avait les mains moites, glacées.

— Je ne vois presque rien, murmura-t-il à l'oreille de Kaye. Dis-moi ce qu'ils sont en train de faire.

— Ils veulent nous emmener.

Ils se trouvaient maintenant dans la cour. Jurgenson fit un signe à Clark, qui ouvrit la porte arrière de l'ambulance. Kaye vit qu'une jeune femme était au volant de celle-ci. Elle les regarda de ses yeux de hibou derrière la vitre fermée.

— Ne fais pas de bêtises, dit Kaye à Mitch. Essaie de marcher droit. Est-ce que les pilules ont fait effet ?

Mitch fit non de la tête.

— Ça va mal. Je me sens si stupide... de t'avoir laissée toute seule. Vulnérable.

Sa voix était traînante, ses yeux presque fermés. Il ne supportait pas la lueur des phares. Les adjoints allumèrent leurs lampes torches et les braquèrent sur Kaye et Mitch. Ce dernier leva une main pour se protéger les yeux et tenta de se détourner.

— Ne bougez pas ! ordonna l'adjoint qui avait sorti son arme. Je veux voir vos mains !

Kaye entendit à nouveau des bruits de moteur. Le second adjoint se retourna.

— Voilà du monde, dit-il. Des camions. Plein de camions.

Elle compta quatre paires de phares se dirigeant vers

la maison. Trois pick-up et une voiture entrèrent dans la cour et freinèrent sèchement, projetant des cailloux autour d'eux. Les pick-up étaient chargés d'hommes — des hommes aux cheveux noirs, vêtus de chemises à carreaux, de blousons de cuir ou d'anoraks, des hommes avec une queue-de-cheval, et puis elle aperçut Jack, le mari de Sue.

Jack ouvrit la portière de son pick-up et en descendit, les sourcils froncés. Il leva la main et les hommes restèrent à leur place.

— Bonsoir, dit-il, le visage soudain neutre. Salut, Kaye, Mitch. Vos téléphones ne marchent plus.

Les deux adjoints se tournèrent vers Jurgenson et Clark, en quête d'instructions. L'arme resta pointée sur le sol. Wendell Packer et Maria Konig descendirent de la voiture et s'approchèrent de Mitch et de Kaye.

— Tout va bien, dit Packer aux quatre hommes, qui s'étaient regroupés comme pour mieux se défendre. (Il leva les mains pour montrer qu'elles étaient vides.) Nous avons amené des amis pour les aider à déménager, d'accord ?

— Mitch a la migraine, lança Kaye.

Mitch voulut se dégager de son étreinte, mais il avait les jambes flageolantes et ne pouvait pas tenir debout tout seul.

— Pauvre chou, dit Maria en contournant les adjoints. Tout va bien, leur dit-elle. Nous sommes de l'université du Washington.

— Nous sommes des Cinq Tribus, dit Jack. Ces gens sont nos amis. Nous les aidons à déménager.

Les hommes à bord des pick-up gardaient leurs

mains bien en vue mais souriaient comme des loups, comme des bandits.

Clark tapa Jurgenson sur l'épaule.

— Abstenons-nous de faire les gros titres des journaux, dit-il.

Jurgenson fit oui de la tête. Clark monta dans l'ambulance et Jurgenson rejoignit les deux adjoints à bord de la Caprice. Sans que quiconque ait ajouté un mot, les deux véhicules firent une marche arrière, tournèrent et disparurent dans le crépuscule.

Jack s'avança, les mains dans les poches de son jean et un grand sourire aux lèvres.

— Je me suis bien marré.

Wendell et Kaye aidèrent Mitch à s'asseoir sur le sol.

— Ça ira, dit-il, la tête entre les mains. Je n'ai rien pu faire. Seigneur, je n'ai rien pu faire.

— Tout va bien, le rassura Maria.

Kaye s'agenouilla près de lui, posant contre sa joue son front brûlant.

— Il faut que tu rentres, lui dit-elle.

Aidée de Maria, elle le conduisit à l'intérieur.

— Oliver nous a téléphoné de New York, expliqua Wendell. Christopher Dicken l'avait appelé pour le prévenir qu'il allait y avoir du vilain dans pas longtemps. Il nous a dit que vos téléphones ne répondaient pas.

— C'était en fin d'après-midi, précisa Maria.

— Maria a appelé Sue, reprit Wendell. Sue a appelé Jack. Jack était à Seattle. Personne n'avait de vos nouvelles.

— J'étais en réunion au casino Lummi, expliqua

700

Jack en faisant un signe aux hommes dans les pick-up. On discutait des nouveaux jeux et des nouvelles machines. Ils se sont portés volontaires pour m'accompagner. Ce qui était sans doute une bonne idée. Je crois qu'on devrait aller à Kumash sans tarder.

— Je suis prêt, dit Mitch. (Il monta les marches sans assistance, se retourna vers ses amis et tendit les mains.) Je vais y arriver. Tout ira bien.

— Ils ne pourront pas vous toucher, là-bas. (Jack regarda dans le lointain, les yeux étincelants.) Ils vont transformer tous les gens en Indiens. Les enfoirés.

84.

Comté de Kumash, est du Washington
Mai

Mitch se tenait sur la crête d'une petite éminence crayeuse qui dominait l'hôtel-casino Wild Eagle. Il rejeta son chapeau en arrière et plissa les yeux pour contempler le soleil éclatant. A neuf heures du matin, l'air était immobile et déjà bien chaud. En temps normal, le casino, un furoncle rouge, or et blanc sur la peau couleur terre délavée du sud-est de l'Etat, employait quatre cents personnes, dont trois cents membres des Cinq Tribus.

La réserve avait été mise en quarantaine pour avoir refusé de collaborer avec Mark Augustine. Trois pick-up de patrouille du shérif du comté de Kumash étaient postés sur la route principale menant à l'autoroute. Ils servaient de force d'appoint aux marshals fédéraux chargés de faire respecter les consignes de la Brigade d'urgence sanitaire relatives à l'ensemble des Cinq Tribus.

Cela faisait trois semaines que le casino était en chômage technique. Le parking était presque vide et les néons avaient été éteints.

Mitch racla la terre dure du bout de sa chaussure. Il avait quitté la caravane climatisée pour le sommet de la colline afin de réfléchir en solitaire, de sorte qu'il se sentit un peu irrité en voyant Jack emprunter le sentier qu'il venait de suivre. Mais il resta là où il était.

Ni l'un ni l'autre ne savaient s'ils étaient destinés à s'apprécier. Chaque fois qu'ils se rencontraient, Jack posait certaines questions à Mitch, comme pour le défier, et Mitch lui donnait certaines réponses qui ne le contentaient jamais tout à fait.

Mitch s'accroupit et ramassa un caillou rond encroûté de boue sèche. Jack franchit les derniers mètres qui le séparaient du sommet.

— Salut, fit-il.

Mitch lui répondit d'un hochement de tête.

— A ce que je vois, vous l'avez attrapé, vous aussi, remarqua Jack.

Il se frotta la joue du bout du doigt. La peau de son visage dessinait un masque de *Lone Ranger*[1] qui pelait sur les bords mais s'épaississait autour des yeux.

---

1. Le Cavalier solitaire : héros masqué de western, toujours accompagné du fidèle Tonto, dont la réplique favorite est « Kemosabe ». *(N.d.T.)*

Les deux hommes avaient l'air de s'être plaqué un masque de boue sur la face.

— On ne peut pas l'enlever sans faire couler le sang.

— Il ne faut pas tirer dessus, dit Mitch.

— Depuis combien de temps vous avez ça ?

— Trois jours.

Jack s'accroupit à côté de Mitch.

— Parfois, ça me met en colère. Je pense qu'on aurait pu planifier tout ça un peu mieux.

Sourire de Mitch.

— Quoi donc, les grossesses ?

— Ouais. Le casino est désert. On va bientôt être à court de fric. J'ai laissé partir la plupart de nos employés, et les autres ne peuvent plus entrer dans la réserve pour bosser. Et je ne suis pas très content de moi. (Il palpa son masque une nouvelle fois puis considéra son index.) L'un de nos jeunes pères a essayé d'attaquer ce truc au papier de verre. Il est à la clinique. Je lui ai dit que c'était une idée stupide.

— Rien de tout cela n'est facile, commenta Mitch.

— Un de ces jours, vous devriez assister à une réunion du Conseil.

— Je vous suis reconnaissant de m'avoir accueilli ici, Jack. Je ne veux fâcher personne.

— Sue pense qu'ils ne se fâcheront peut-être pas en vous rencontrant. Vous êtes un type sympa.

— C'est ce qu'elle m'a assuré il y a plus d'un an.

— Elle prétend que, si je ne me suis pas fâché, les autres ne se fâcheront pas non plus. C'est peut-être vrai. Mais il y a cette vieille Cayuse, Becky. Une adorable grand-mère qui pense que son rôle est de contester tout ce que veulent les tribus. Si elle vous voyait, elle risquerait peut-être de vouloir vous mettre à l'épreuve.

Jack prit un air grincheux et agita l'index.

Mitch éclata de rire.

— Vous pensez qu'il va y avoir des problèmes ? demanda-t-il.

Jack haussa les épaules.

— Nous aurons bientôt une réunion des pères. Rien que les pères. Pas comme dans les cours d'accouchement à la clinique. Ça embarrasse les hommes. Vous venez ce soir ?

Mitch opina.

— Ce sera la première fois que je me montrerai avec ce masque, reprit Jack. Ça va être dur. Certains des nouveaux pères regardent la télé, ils se demandent quand ils retrouveront leur boulot et ils en rendent les femmes responsables.

D'après ce que savait Mitch, il y avait dans la réserve trois couples attendant un bébé SHEVA, plus Kaye et lui-même. La population de la réserve, et donc des Cinq Tribus, se montait à trois mille soixante-douze individus, et l'on dénombrait déjà six naissances SHEVA. Rien que des bébés mort-nés.

Kaye travaillait avec le pédiatre de la clinique, un jeune docteur blanc nommé Chambers, et l'aidait à dispenser des cours pour les futurs parents. Les hommes acceptaient la situation avec un peu plus de lenteur, voire un peu moins de bonne volonté.

— Sue devrait accoucher à peu près en même temps que Kaye. (Jack adopta la position du lotus, un exercice pour lequel Mitch était modérément doué.) J'ai essayé de comprendre ces histoires de gènes, d'ADN et de virus. Ce n'est pas mon langage.

— C'est souvent difficile, admit Mitch.

Il se demanda s'il devait tendre la main et la poser sur l'épaule de Jack. Il savait si peu de chose sur ce peuple dont il étudiait les ancêtres.

— Peut-être serons-nous les premiers à avoir des bébés sains, reprit-il. Les premiers à savoir à quoi ils vont ressembler.

— Je pense que c'est vrai. Ce pourrait être... (Jack s'interrompit et grimaça.) J'allais dire : un honneur. Mais cet honneur n'est pas le nôtre.

— Peut-être pas.

— Pour moi, tout reste éternellement vivant. La Terre entière est peuplée d'êtres vivants, certains sont des êtres de chair, d'autres non. Nous sommes ici pour tous ceux qui sont venus avant nous. Nous ne perdons pas nos liens avec la chair quand nous renonçons à elle. Nous nous dispersons à l'heure de notre mort, mais nous aimons revenir à nos os et regarder autour de nous. Voir ce que font les jeunes.

Mitch comprit que le vieux débat refaisait surface.

— Vous ne voyez pas les choses ainsi, dit Jack.

— Je ne suis plus sûr de savoir comment je vois les choses. On se sent plus modeste quand notre corps est manipulé par la nature. Les femmes en ont une expérience plus directe que nous, mais c'est une première pour les hommes.

— Cet ADN doit être un esprit qui est en nous, les paroles que nous ont transmises nos ancêtres, les paroles du Créateur. Je peux le comprendre.

— C'est une description qui en vaut une autre,

reconnut Mitch. Sauf que j'ignore qui peut être le Créateur, ou même s'il en existe un.

Soupir de Jack.

— Vous étudiez les choses mortes.

Mitch se sentit rougir, comme à chaque fois qu'il abordait ce sujet avec Jack.

— Je cherche à comprendre ce qu'elles étaient de leur vivant.

— Les fantômes pourraient vous le dire.

— Ils vous le disent, à vous ?

— De temps en temps. Une ou deux fois.

— Que vous disent-ils ?

— Qu'ils veulent des choses. Ils ne sont pas heureux. Un vieil homme — il est mort à présent — écoutait l'esprit de l'homme de Pasco quand vous l'avez déterré sur la berge. Le vieil homme disait que ce fantôme était très malheureux. (Jack ramassa un caillou et le jeta en bas de la colline.) Il disait aussi qu'il ne parlait pas comme nos fantômes. Peut-être que c'était un fantôme différent. Le vieil homme n'en a parlé qu'à moi, à personne d'autre. Il pensait que ce fantôme n'était peut-être pas de notre tribu.

— Ouaouh !

Jack se frotta le nez et se tirailla les sourcils.

— J'ai la peau qui me gratte tout le temps. Et vous ?

— Parfois.

Mitch avait en permanence l'impression de marcher au bord d'une falaise quand il parlait d'os avec Jack. C'était peut-être un sentiment de culpabilité.

— Personne n'est spécial. Nous sommes tous humains. Les jeunes apprennent des anciens, morts ou vivants. Je vous respecte et je respecte vos idées, Jack, mais nous ne serons sans doute jamais d'accord.

— Sue me pousse à réfléchir, dit Jack d'un air de défi, fixant Mitch de ses yeux noirs enfoncés dans leurs orbites. Elle m'assure que je devrais vous parler parce que vous écoutez, et parce que vous dites toujours honnêtement ce que vous pensez. Les autres pères, c'est ce qu'il leur faut à présent.

— Je parlerai avec eux si ça peut les aider. Nous vous devons beaucoup, Jack.

— Non, vous ne me devez rien. On aurait probablement eu des ennuis de toute façon. Si ça n'avait pas été les nouveaux bébés, ça aurait été les nouvelles machines à sous. Nous aimons brandir nos lances devant le bureau et le gouvernement.

— Cela vous coûte beaucoup d'argent.

— On fait rentrer en douce les nouveaux jeux à cartes de crédit. Nos gars les chargent dans leurs pick-up et passent par les collines, là où les soldats ne les voient pas. On pourra les faire fonctionner six mois ou plus avant que l'Etat nous les confisque.

— Ce sont des machines à sous ?

Jack secoua la tête.

— Nous ne le pensons pas. Nous aurons gagné un peu d'argent avant qu'on nous les enlève.

— Une vengeance contre l'homme blanc ?

— Nous les plumons, constata Jack d'une voix neutre. Ils adorent ça.

— Si les bébés sont sains, peut-être qu'ils lèveront la quarantaine. Vous pourrez rouvrir les casinos dans deux ou trois mois.

— Je n'y compte pas trop. Et puis je ne peux pas

jouer au patron dans la salle de jeu avec cette tête. (Il posa une main sur l'épaule de Mitch.) Venez parler aux hommes, le pria-t-il. Ils veulent vous entendre.

— Je tenterai le coup, dit Mitch.

— Je leur demanderai de vous pardonner, pour l'autre fois. De toute façon, ce fantôme ne venait pas de l'une de nos tribus.

Jack se leva et descendit en bas de la colline.

85.

Comté de Kumash, est du Washington

Mitch bricolait sa vieille Buick bleue, garée sur l'herbe sèche devant la caravane, tandis que de lourds nuages d'après-midi se massaient au sud.

L'air sentait la tension et l'excitation. Kaye arrivait à peine à rester assise. Elle s'écarta du bureau placé près de la fenêtre, renonçant à faire semblant de bosser sur son bouquin alors qu'elle passait le plus clair de son temps à regarder Mitch scruter des fils en plissant les yeux.

Elle posa les mains sur les hanches et s'étira. La journée avait été relativement douce, et ils étaient restés près de la caravane plutôt que descendre à la maison communautaire climatisée. Kaye aimait bien regarder Mitch jouer au basket ; parfois, elle allait nager un peu dans la petite piscine. Ce n'était pas une vie déplaisante, mais elle se sentait coupable.

Les nouvelles de l'extérieur étaient rarement bonnes. Cela faisait trois semaines qu'ils vivaient dans la réserve, et Kaye redoutait à tout moment de voir les marshals débarquer pour rafler les mères SHEVA. C'est ce qu'ils avaient fait à Montgomery, Alabama, pénétrant dans une maternité privée et manquant déclencher une émeute.

— Ils *s'enhardissent*, avait commenté Mitch alors qu'ils regardaient le journal télévisé.

Plus tard, le président avait fait des excuses publiques et assuré à la nation que les libertés civiques seraient préservées le plus possible, compte tenu des risques que devait affronter la population dans son ensemble. Deux jours plus tard, la clinique de Montgomery avait fermé ses portes sous la pression des manifestants, et les parents s'étaient vus contraints de trouver un autre refuge. Avec leurs masques, les nouveaux parents avaient un air étrange ; à en juger par ce que Mitch et elle entendaient aux infos, ils étaient impopulaires un peu partout.

Comme ils l'avaient été en Géorgie.

Kaye n'avait rien appris de plus sur les nouvelles infections rétrovirales transmises par les mères SHEVA. Ses contacts gardaient tous le silence radio. De toute évidence, la question était explosive ; personne n'osait exprimer son opinion.

Elle feignait donc de travailler sur son livre, réussissant à rédiger un ou deux paragraphes corrects par jour, tantôt sur son portable, tantôt sur son bloc-notes. Mitch lisait sa production et l'annotait en marge, mais il semblait préoccupé, comme sonné à l'idée d'être père... Et, pourtant, elle savait que ce n'était pas cela qui lui donnait du souci.

Ce n'est pas la paternité. Ça ne concerne que lui. C'est moi. Ma santé.

Elle ignorait comment s'y prendre pour le rassurer. Elle se sentait bien, merveilleusement bien même, en dépit de son inconfort. Elle se regarda dans le miroir piqueté de rouille de la salle de bains et jugea que son visage s'était joliment arrondi ; elle n'était pas émaciée, comme elle avait pu le redouter, mais saine, avec une peau éclatante — abstraction faite du masque, bien entendu.

Chaque jour, le masque devenait un peu plus sombre, un peu plus épais, une étrange coiffe signalant ce type de grossesse.

Kaye fit ses exercices sur le tapis du petit séjour. Bientôt, la pénombre fut telle qu'elle empêcha Mitch de travailler. Il vint chercher un verre d'eau et la découvrit allongée sur le sol. Elle leva les yeux vers lui.

— Ça te dirait, une partie de cartes dans la salle de loisirs ? s'enquit-il.

— Je veux être seule, répondit-elle en singeant Greta Garbo. Seule avec toi, bien sûr.

— Comment va ton dos ?

— Tu me masseras ce soir, quand il fera frais.

— C'est tranquille ici, hein ? dit Mitch, debout sur le seuil, agitant son tee-shirt pour avoir un peu d'air.

— J'ai commencé à songer à des noms.

— Oh ?

Mitch avait l'air attristé.

— Qu'y a-t-il ? demanda Kaye.

710

— Une drôle d'impression, c'est tout. Je veux la voir avant que nous lui trouvions un nom.

— Pourquoi ? lança Kaye, un peu agitée. Tu lui parles tous les soirs, tu lui chantes des chansons. Tu dis même que tu sens son odeur dans mon haleine.

— Ouais. (Mitch refusait de se détendre.) Je veux voir de quoi elle a l'air, c'est tout.

Soudain, Kaye fit semblant de comprendre.

— Je ne parle pas d'un nom *scientifique*. Je parle de *notre* nom, du nom que nous donnerons à *notre* fille.

Mitch la regarda d'un air exaspéré.

— Ne me demande pas de t'expliquer. (Il se fit pensif.) Brock m'a téléphoné hier et nous avons trouvé un nom scientifique. Mais il juge que c'est prématuré, car aucun des...

Mitch se reprit, toussa, ferma la porte grillagée et alla dans la cuisine.

Kaye sentit son cœur se serrer.

Mitch revint avec des glaçons enveloppés dans une serviette humide, s'agenouilla près d'elle et éponge son front en sueur. Kaye refusait de croiser son regard.

— Je suis un crétin, marmonna-t-il.

— Nous sommes tous les deux adultes, répliqua Kaye. Je veux lui trouver un nom. Je veux lui tricoter des chaussons, lui acheter un berceau et des jouets, me comporter comme si nous étions des parents normaux et *arrêter de penser à toutes ces conneries*.

— Je sais.

Mitch avait l'air misérable, quasiment brisé.

Kaye se redressa sur les genoux et lui posa doucement les mains sur les épaules, faisant mine de les épousseter.

— Ecoute-moi. Je vais très bien. Elle va très bien. Si tu ne me crois pas...

— Je te crois.

Kaye colla son front contre le sien.

— D'accord, *Kemosabe*.

Mitch caressa la peau sombre et grenue sur ses joues.

— Tu as l'air très mystérieuse. Comme une femme bandit.

— Peut-être qu'il faudra trouver un nom scientifique pour nous désigner, nous aussi. Tu ne sens pas quelque chose en toi... quelque chose de profond, pas d'épidermique ?

— Les os me démangent. Et ma gorge... ma langue semble avoir changé. Pourquoi est-ce que j'ai un masque, pourquoi les hommes en ont-ils ?

— Tu fabriques le virus. Pourquoi ne te changerait-il pas, toi aussi ? Quant au masque... peut-être est-ce pour qu'elle nous reconnaisse. Nous sommes des animaux sociaux. Aux yeux d'un bébé, papa est aussi important que maman.

— On va lui ressembler ?

— Un peu, peut-être. (Kaye retourna s'asseoir au bureau.) Quel est le nom scientifique suggéré par Brock ?

— Il ne prévoit pas de changement radical. Une sous-espèce au grand maximum, peut-être seulement une variété un peu spéciale. Donc... *Homo sapiens novus*.

Kaye répéta lentement le terme et se fendit d'un rictus.

— On dirait la raison sociale d'un garage.

— C'est de l'excellent latin, protesta Mitch.

— Laisse-moi y réfléchir.

— C'est l'argent du casino qui a payé la clinique, dit Kaye tout en pliant des serviettes.

Mitch avait rapporté les deux paniers à linge de la laverie avant le coucher du soleil. Comme il n'y avait pas beaucoup de place disponible dans la petite chambre à coucher de la caravane, il s'était assis sur le gigantesque lit. Ses grands pieds s'inséraient à peine entre la cloison et le sommier.

Kaye attrapa quatre slips et deux soutiens-gorge d'allaitement et les plia, puis les mit de côté pour les ranger dans sa mallette. Cela faisait une semaine qu'elle gardait celle-ci à portée de main, et le moment semblait bien choisi pour la remplir.

— Tu as une trousse de toilette ? demanda-t-elle. Je n'arrive pas à retrouver la mienne.

Mitch rampa jusqu'au pied du lit pour fouiller dans sa valise. Il en sortit un vieux sac de cuir pourvu d'une fermeture à glissière.

— Trousse de toilette de l'Air Force ? fit-elle en soulevant le sac par sa sangle.

— Garantie authentique.

Mitch l'observait à la façon d'un faucon, et cela la rassurait tout en la mettant de mauvaise humeur. Elle continua de plier le linge.

— D'après le docteur Chambers, toutes les futures mamans ont l'air en bonne santé. Il a déjà procédé à trois accouchements. Il savait qu'il y aurait des problèmes plusieurs mois à l'avance, affirme -t-il. Marine Pacific lui a envoyé mon dossier la semaine dernière. Il a accepté de remplir certains des formulaires de la Brigade, mais pas tous. Il avait beaucoup de questions à me poser.

Elle acheva sa tâche et s'assit au bord du lit.

— Quand elle bouge comme ça, j'ai presque l'impression d'avoir commencé à accoucher.

Mitch se pencha sur elle pour poser une main sur son ventre proéminent, les yeux brillants et grands ouverts.

— Elle est vraiment agitée, ce soir.

— Elle est heureuse. Elle sait que tu es là. Chante-lui ta chanson.

Mitch regarda Kaye, puis entonna sa version de l'ABC :

— *Ah, beh, say, duh, ehh, fuh, gah, aitch, ihh, juh, kuh, la muh-nuh, oh puh...*

Kaye éclata de rire.

— C'est très sérieux, protesta Mitch.

— Elle adore.

— Mon père me chantait ça quand j'étais bébé. L'alphabet phonétique. Elle sera prête à découvrir la langue anglaise. J'ai commencé à lire à quatre ans, tu sais.

— Elle bat la mesure, dit Kaye, ravie.

— C'est pas vrai !

— Je te le jure, sens-la !

En fait, elle aimait bien la petite caravane, ses vieux meubles et ses placards de chêne de guingois. Elle avait accroché dans le séjour les reproductions héritées de sa mère. Ils avaient assez de nourriture, et, si les nuits étaient douces, les journées étaient trop chaudes, de sorte que Kaye allait travailler avec Sue au bâtiment administratif pendant que Mitch se baladait dans les collines, son mobile dans la poche, parfois en compagnie de Jack, ou discutait avec les autres futurs pères dans le salon de la clinique. Les hommes préféraient ne pas aller plus loin, et les femmes s'en satisfaisaient. Mitch manquait à Kaye durant ses heures d'absence, mais elle avait beaucoup de sujets de réflexion, sans parler des préparatifs. La nuit, il était toujours auprès d'elle, et elle n'avait jamais été aussi heureuse.

Elle *savait* que le bébé était sain. Elle le sentait. Comme Mitch achevait sa chanson, elle caressa le masque qui lui entourait les yeux. Après la première semaine, il avait cessé de sursauter quand elle le faisait. Leurs masques étaient fort épais et effrangés sur les bords.

— Tu sais ce que je veux faire ? demanda Kaye.

— Quoi donc ?

— Ramper au fond d'un trou quand le moment sera venu.

— Comme une chatte ?

— Exactement.

— Je te vois bien choisissant cette solution, dit Mitch d'une voix enjouée. Adieu la médecine moderne, bonjour la simplicité sauvage et le lit en terre battue.

— Et la lanière de cuir entre les dents, ajouta Kaye. C'est comme ça que la mère de Sue lui a donné le jour. Avant qu'ils construisent la clinique.

715

— C'est mon père qui m'a accouché. Notre camion était coincé dans une ornière. Maman a grimpé à l'arrière. Elle ne lui a jamais permis de l'oublier.

— Elle ne m'a pas raconté ça ! dit Kaye en riant.

— Elle se contente de parler d'un « accouchement difficile ».

— Nous ne sommes pas si loin de l'ancien temps. (Kaye se palpa l'estomac.) Je crois bien que tu as réussi à l'endormir.

Le lendemain matin, lorsque Kaye se réveilla, sa langue lui sembla bien chargée. Elle sortit du lit, réveillant Mitch, et alla dans la cuisine pour boire au robinet l'eau insipide de la réserve. Elle pouvait à peine parler.

— *Mish*, dit-elle.

— *Oi ?*

— *O' a a'apé eu-eu shose ?*

— *Oi ?*

Elle s'assit près de lui et lui tira la langue.

— *Ai u'e oûte.*

— *Oi aushi.*

— *Ur eu ishage ou en'ier.*

Cet après-midi-là, à la clinique, seul l'un des quatre futurs pères était capable d'articuler. Jack se planta devant le tableau blanc et cocha les jours d'attente pour chacune de leurs épouses, puis il s'assit et tenta de parler sport avec les autres, mais la réunion s'acheva plus tôt que prévu. Le médecin-chef de la clinique — outre le pédiatre, celle-ci comptait quatre docteurs — les examina sans pouvoir proposer un quelconque diagnostic. Il ne semblait pas y avoir d'infection.

Les autres futures mères étaient également atteintes.

Kaye et Sue firent leurs courses ensemble au Little Silver Market, à proximité du Biscuit House, le café du casino-hôtel. Les clients les dévisagèrent mais ne firent aucun commentaire. Les employés du casino commençaient à s'agiter, mais seule Becky, la vieille Cayuse, osait donner son opinion lors des réunions du Conseil.

Kaye et Sue convinrent que celle-ci serait la première à accoucher.

— *E uis im'a'iente*, dit-elle. *Et Ack aushi.*

86.

Comté de Kumash, est du Washington

Mitch était de retour. Une vague impression, puis une horrible réalité. Tout ce qui constituait son identité fut mis de côté comme cela se produit dans les rêves. Son dernier acte en tant que Mitch fut de se palper le visage et de tirer sur le masque, ce masque qui dissimulait une peau neuve et bouffie.

De nouveau, la glace et le roc. Sa femme hurle et sanglote, se convulse sous l'effet de la douleur. Il se retourne, court vers elle et l'aide à se relever, sans cesser un instant de ululer, la gorge brûlante, les bras et les jambes meurtris par les coups, par les injures qu'on lui a assenés sur le lac, dans le village, et comme il les *hait*, eux qui riaient et le huaient, si laids quand ils agitaient leurs bâtons.

Le jeune chasseur qui a planté un bâton dans le ventre de sa femme est mort. Il l'a terrassé à coups de poing, il l'a fait gémir, puis il lui a brisé la nuque d'un coup de talon, mais il était trop tard, il y avait du sang et sa femme était blessée. Les chamans ont rejoint la foule et tenté de chasser les autres de leurs voix gutturales, de leurs sinistres chants saccadés, si différents des pépiements d'oiseau qu'il est maintenant capable de produire.

Il a emporté sa femme dans leur hutte et tenté de la réconforter, mais elle avait trop mal.

La neige se met à tomber. Il entend les hurlements, les cris de deuil, et il sait que c'est fini. La famille du chasseur mort va les traquer. Sans doute est-elle allée demander la permission de l'Homme-Taureau. Celui-ci n'a jamais aimé les parents masqués, ni leurs enfants visages-plats.

C'est la fin, murmurait souvent l'Homme-Taureau ; les Visages-Plats prennent tout le gibier, poussent le peuple à s'enfoncer un peu plus dans les montagnes chaque année, et voilà que leurs propres femmes les trahissent, qu'elles donnent naissance à de nouveaux enfants visages-plats.

Il est sorti de la hutte, sa femme dans ses bras, a franchi le pont en rondins menant au rivage, pendant que résonnaient les cris de vengeance. L'Homme-Taureau menait la troupe. La traque avait commencé.

La grotte lui avait jadis servi de dépôt de nourriture. Le gibier était rare, la grotte était fraîche, et il y avait conservé des lapins et des marmottes, des glands, de l'herbe et des souris pour sa femme quand il était en chasse. Sinon, les rations du village n'auraient pas suffi à la nourrir. Les autres femmes, dont les enfants avaient toujours faim, avaient refusé de s'occuper d'elle quand son ventre s'était arrondi.

La nuit, il apportait le gibier dans le village pour la nourrir. Il aimait tellement cette femme qu'il avait envie de hurler, de se rouler par terre et de gémir, et il n'arrive pas à croire qu'elle puisse être blessée, en dépit du sang qui imbibe ses fourrures.

Il la porte à nouveau, et elle lève les yeux vers lui, le suppliant de sa voix aiguë, chantante comme une rivière qui coule plutôt que comme une chute de cailloux, pareille à sa propre voix, à sa nouvelle voix. Ils parlent maintenant comme des enfants, pas comme des adultes.

Un jour, il s'est caché près d'un camp de Visages-Plats et les a regardés la nuit venue chanter et danser autour d'un grand feu. Leurs voix étaient aiguës comme des voix d'enfants. Peut-être que sa femme et lui sont en train de devenir des Visages-Plats, peut-être qu'ils iront vivre avec eux quand l'enfant sera né.

Il la porte sur la neige poudreuse, et ses pieds sont engourdis comme des bûches. Elle s'endort quelque temps et ne dit plus rien. Quand elle se réveille, elle pleure et tente de se pelotonner dans ses bras. Alors que la lueur dorée du crépuscule inonde les sommets rocheux et enneigés, il la regarde et s'aperçoit que les poils soigneusement taillés de ses tempes et de ses joues, là où le masque ne les recouvre pas, que tous ses poils sont ternes et sales, sans vie. Elle a l'odeur d'un animal sur le point de mourir.

Il aborde des terrasses rocheuses couvertes d'une neige fraîche et glissante. Puis il marche le long d'une crête enneigée et descend en glissant, sans lâcher sa femme. Il se relève une fois en bas, s'oriente grâce aux parois plates de la montagne et se demande soudain pourquoi tout cela lui semble si familier, comme s'il s'y était entraîné sans répit avec les maîtres chasseurs durant la saison des chèvres.

C'était une époque heureuse. Il y songe en franchissant la dernière étape avec sa femme.

Il utilisait l'atlal à lapins, le plus petit des bâtons de jet, depuis son enfance, mais on ne lui avait permis de porter l'atlal à bison et à élan que lorsque les maîtres chasseurs itinérants étaient venus au village, l'année où ses couilles lui avaient fait mal et où il avait perdu de la semence durant son sommeil.

Puis il était parti avec son père, qui appartenait aujourd'hui au peuple des rêves, à la rencontre des maîtres chasseurs. C'étaient des hommes hideux et solitaires, sales, couverts de cicatrices, aux boucles épaisses. Ils n'avaient pas de village, pas de loi, mais allaient d'un lieu à l'autre pour organiser les hommes quand la chèvre, le cerf, l'élan ou le bison étaient prêts à partager leur chair. Certains disaient qu'ils allaient aussi dans les villages des Visages-Plats et les entraînaient à chasser durant une saison, et, en fait, certains des maîtres chasseurs étaient peut-être des Visages-Plats qui dissimulaient leurs traits sous leurs poils. Mais qui aurait osé le leur demander ? Même l'Homme-Taureau s'en abstenait. Quand ils venaient, tout le monde mangeait bien, et les femmes grattaient les peaux, riaient beaucoup, mangeaient des herbes irritantes et buvaient de l'eau toute la journée, et tous pissaient ensemble dans des calebasses de cuir pour tremper les peaux qu'ils mâchaient ensuite. Il était interdit de chasser les grands animaux sans les maîtres chasseurs.

Il arrive devant l'entrée de la caverne. Sa femme pousse des petits gémissements lorsqu'il la pousse et la roule à l'intérieur. Il se retourne. La neige recouvre les gouttes de sang qui marquent leur passage.

Il comprend alors qu'ils sont perdus. Il se baisse, ses larges épaules raclant l'ouverture, et enroule doucement sa femme dans une peau qui recouvrait la viande pendant qu'elle gelait dans la grotte. Puis il s'insinue dans celle-ci, y traîne sa femme, et ressort pour aller chercher de la mousse et des bâtons sous une corniche où il sait qu'ils seront secs. Il espère que sa femme ne sera pas morte à son retour.

Ô mon Dieu, faites que je me réveille. Je ne veux pas voir ça.

Il ramasse assez de bâtons pour faire un petit feu et les rapporte dans la grotte, où il les aligne, puis fait tourner l'un d'eux en veillant à ce que sa femme ne le voie pas. Faire du feu, c'est une affaire d'hommes. Elle dort toujours. Puis, voyant que le feu ne prend pas et qu'il est trop faible pour faire tourner le bâton, il attrape des silex et les frotte. Il passe un long moment à tenter d'embraser la mousse, jusqu'à en avoir les doigts meurtris et engourdis, puis, soudain, l'Oiseau du Soleil ouvre les yeux et déploie ses petites ailes orangées. Il rajoute des bâtons.

Sa femme gémit à nouveau. Elle s'allonge sur le dos et, de sa voix aqueuse, grinçante, lui dit de s'éloigner. C'est une affaire de femmes. Il décide de ne pas l'écouter, comme cela est parfois permis, et l'aide à faire venir le bébé au monde.

Elle souffre beaucoup et fait beaucoup de bruit, et il se demande comment elle peut avoir autant de vie en elle, après avoir perdu autant de sang, mais le bébé arrive vite.

Non. Je Vous en prie, faites que je me réveille.

Il brandit le bébé pour le montrer à sa femme, mais elle a les yeux vides, les cheveux secs et raides. Le bébé ne crie pas, ne bouge pas, même quand il le masse.

Il pose le bébé sur le sol et tape du poing sur la paroi de la grotte. Il pousse un hurlement et se recroqueville contre sa femme, qui ne fait plus un bruit, s'efforce de la tenir au chaud tandis que la fumée emplit la grotte, que les braises virent au gris et que l'Oiseau du Soleil replie ses ailes et s'endort.

Le bébé aurait été sa fille, le cadeau suprême de la Mère des Rêves. Le bébé n'a pas l'air très différent des autres bébés du village, en dépit d'un petit nez et d'un menton pointu. Sans doute serait-il devenu un Visage-Plat en grandissant. Il tente de fourrer de l'herbe sèche dans le trou que le bébé a dans le crâne. Il suppose qu'il a été heurté par le bâton du jeune chasseur. Il prend la peau qui entoure son cou, la plus fine et la plus douce, en enveloppe le bébé et pousse celui-ci au fond de la grotte.

Il se rappelle les gémissements du jeune chasseur

quand il lui a piétiné la nuque, mais cela ne le réconforte guère.

Tout est fini. Les grottes servent de tombes depuis les temps de l'Histoire, avant qu'ils aient habité des villages en bois et vécu comme des Visages-Plats, bien que tout le monde dise que les villages en bois ont été inventés par le Peuple. Mourir et être enterré dans une grotte est une vieille coutume, et c'est bien. Le peuple du rêve va trouver le bébé et l'emporter chez lui, d'où il n'aura été absent qu'un bref moment, alors peut-être va-t-il bientôt renaître.

Sa femme devient aussi froide que le roc. Il dispose ses bras et ses jambes, ses peaux et ses fourrures en désordre, relève le masque qui se détache sans peine de son front, scrute ses yeux ternes et aveugles. Il n'a plus assez d'énergie pour la pleurer.

Au bout d'un temps, il a assez chaud pour se passer des peaux, alors il les écarte. Peut-être qu'elle a chaud, elle aussi. Il défait sa femme de ses peaux afin qu'elle soit presque nue, ainsi, le peuple des rêves la reconnaîtra plus facilement.

Il espère que le peuple des rêves de sa famille fera alliance avec le peuple des rêves de la famille de sa femme. Il aimerait être à ses côtés dans le lieu des rêves. Peut-être qu'ils y retrouveront le bébé. Le peuple des rêves est capable de faire son bonheur, il le croit de toutes ses forces.

Peut-être ceci, peut-être cela, peut-être tant de bonheur. Il se réchauffe.

Pendant un temps, il ne déteste plus personne. Il contemple les ténèbres recouvrant le visage de sa femme et murmure des mots-silex, des mots contre la nuit, comme s'il pouvait faire naître un nouvel Oiseau du Soleil. C'est si bon de ne pas bouger. Si chaud.

Puis son père entre dans la grotte et l'appelle par son vrai nom.

Vêtu de son seul short, Mitch se tenait devant la caravane et contemplait la lune, les étoiles au-dessus de Kumash. Il se moucha doucement. L'air de cette fin de nuit était frais et immobile. La sueur qui lui recouvrait la peau sécha doucement, lui arrachant un frisson. Il avait la chair de poule. Quelques cailles s'agitaient dans les buissons, près de la caravane.

Kaye ouvrit la porte grillagée, qui émit un petit grincement et un petit sifflement, et s'avança vers lui en chemise de nuit.

— Tu vas attraper froid, dit-elle, et elle l'enveloppa de ses bras.

Elle était si ronde, si différente de la petite femme mince qu'il imaginait en pensant à elle. Sa chaleur et son odeur emplirent l'air, tel le fumet appétissant d'une soupe.

— Tu as fait un rêve ? demanda-t-elle.

— C'était le pire de tous. Et le dernier, je crois bien.

— Ils sont tous pareils ?

— Ils sont tous différents.

— Jack voudra que tu lui en racontes les détails les plus sanglants.

— Pas toi ?

— Non. Elle est agitée, Mitch. Parle-lui.

724

87.

Les contractions de Kaye se faisaient plus régulières. Mitch appela la clinique pour s'assurer que tout était prêt et que le docteur Chambers avait quitté sa maison de brique située dans la partie nord de la réserve. Pendant que Kaye achevait de préparer sa trousse de toilette et récupérait quelques vêtements à porter après l'accouchement, Mitch appela une nouvelle fois le docteur Galbreath, n'obtenant que sa messagerie.

— Elle doit être en route, dit-il en coupant son mobile.

Si les shérifs adjoints la bloquaient au point de contrôle de la route principale — une possibilité bien réelle, ce qui rendait Mitch furieux —, Jack avait demandé à deux hommes de la retrouver huit kilomètres plus au sud pour la faire entrer dans la réserve par une piste traversant les collines.

Mitch attrapa un carton et en sortit le petit appareil photo numérique qui lui servait naguère pendant les fouilles. Il vérifia que sa batterie était chargée.

Kaye se trouvait dans le séjour, se tenant le ventre et respirant par petites bouffées. Elle lui sourit comme il la rejoignait.

— Je suis terrifiée, lança-t-elle.

— Pourquoi ?

— Mon Dieu ! Tu me le demandes ?

— Tout se passera bien, dit Mitch, mais il était blanc comme un linge.

— C'est pour ça que tu as les mains glacées. Je suis en avance. Ce n'est peut-être qu'une fausse alerte. (Puis elle poussa un petit grognement et se palpa entre les cuisses.) Je crois que je viens de perdre les eaux. Je vais chercher des serviettes.

— Au diable les serviettes ! s'écria Mitch.

Il l'aida à aller jusqu'à la Toyota. Elle glissa la ceinture de sécurité sous son ventre. *Rien à voir avec les rêves*, se dit-il. Cette idée devint une sorte de prière, et il la répéta mentalement pendant tout le trajet.

— Personne n'a eu de nouvelles d'Augustine, dit Kaye alors que Mitch s'engageait sur la route pavée et fonçait vers la clinique, distante de trois kilomètres.

— Et alors ?

— Peut-être qu'il va tenter de nous arrêter.

Mitch lui lança un drôle de regard.

— C'est aussi dingue que mes rêves.

— C'est le croque-mitaine, Mitch. Il me fait peur.

— Je ne l'aime pas, moi non plus, mais ce n'est pas un monstre.

— Il pense que nous sommes malades, se plaignit-elle, les larmes aux yeux.

Soudain, elle grimaça.

— Encore une contraction ? s'enquit Mitch.

Elle fit oui de la tête.

— Normal, constata-t-elle. Une toutes les vingt minutes.

Ils tombèrent sur le pick-up de Jack qui débouchait d'East Ridge Road et s'arrêtèrent le temps d'échanger quelques mots. Sue accompagnait Jack. Celui-ci les suivit.

— Je veux que Sue t'aide à m'assister, dit Kaye. Je veux qu'elle nous voie. Si tout se passe bien pour moi, ce sera plus facile pour elle.

— Pas d'objection, répondit Mitch. Je n'ai rien d'un expert.

Kaye sourit et eut une nouvelle grimace.

La chambre 1 de la clinique Wellness de Kumash fut bien vite transformée en salle de travail et d'accouchement. On y avait placé un lit d'hôpital et une lampe chirurgicale montée sur une potence d'acier.

La sage-femme, une femme rondouillarde aux pommettes saillantes du nom de Mary Hand, disposa le plateau à instruments et aida Kaye à enfiler sa blouse. Le docteur Pound, l'anesthésiste, un jeune homme à l'aspect évanescent, aux lourds cheveux noirs et au nez en trompette, arriva une demi-heure plus tard et s'entretint avec Chambers pendant que Mitch pilait de la glace dans l'évier et la plaçait dans un bol.

— C'est pour maintenant ? demanda Kaye à Chambers quand il l'examina.

— Pas encore. Vous n'en êtes qu'à quatre centimètres.

Sue attrapa une chaise. Elle était si grande, si athlétique, que sa grossesse était moins visible. Jack l'appela depuis la porte, et elle se retourna. Il lui lança un petit sac, fourra les mains dans ses poches, salua

Mitch d'un hochement de tête et s'éloigna à reculons. Sue posa le sac sur la table de chevet.

— Il est trop gêné pour entrer, expliqua-t-elle à Kaye. Pour lui, c'est une affaire de femmes.

Kaye leva la tête pour mieux voir le sac, une petite bourse en cuir fermée par un chapelet de perles.

— Qu'y a-t-il là-dedans ?

— Toutes sortes de choses. Certaines sentent bon. D'autres non.

— Jack est un homme-médecine ?

— Mon Dieu, non ! Vous me croyez capable d'épouser un homme-médecine ? Mais il en connaît quelques-uns, et des bons.

— Mitch et moi préférons un accouchement naturel, dit Kaye au docteur Pound, qui poussait une table roulante couverte de réservoirs, de bonbonnes et de seringues.

— Bien sûr, acquiesça l'anesthésiste en souriant. Je ne suis là que par précaution.

Chambers leur apprit qu'une femme demeurant à quelques kilomètres d'ici était elle aussi sur le point d'accoucher, mais que son enfant n'était pas un bébé SHEVA.

— Elle a exigé un accouchement à domicile. Ils ont de l'eau chaude et tout ce qu'il faut. Je risque de m'absenter quelque temps ce soir. Vous m'aviez dit que le docteur Galbreath serait là.

— Elle doit être en route.

— Enfin, espérons que ça marchera. Le bébé se présente par la tête. Dans quelques minutes, nous allons vous poser un moniteur fœtal. Comme dans un grand hôpital, Ms. Lang.

Chambers conduisit Mitch à l'écart. Il jeta un coup d'œil à son visage, examinant les contours de son masque.

— Seyant, non ? lança Mitch, visiblement nerveux.

— J'ai déjà accouché quatre bébés SHEVA du second stade, l'informa Chambers. Je sais que vous connaissez les risques, mais je dois vous parler de certaines complications possibles afin que nous soyons tous préparés.

Mitch opina, joignit les mains pour les empêcher de trembler.

— Ces quatre bébés étaient morts à la naissance. Deux d'entre eux ne présentaient aucun défaut, ils étaient seulement... morts. (Chambers fixa Mitch d'un œil critique.) Je n'aime pas ce genre de précédent.

Mitch rougit.

— Nous sommes différents, dit-il.

— La mère peut également subir un choc si l'accouchement se complique. Une histoire de signaux hormonaux émis par le fœtus SHEVA en détresse. Personne ne comprend de quoi il s'agit, mais les tissus de l'enfant sont différents de ceux de la mère. Celle-ci peut très mal réagir. Si cela se produit, j'effectuerai une césarienne pour faire sortir le bébé le plus vite possible. (Il posa une main sur l'épaule de Mitch, et son bipeur choisit ce moment pour émettre un signal.) Par acquit de conscience, je vais prendre des précautions supplémentaires en ce qui concerne les fluides et les tissus vitaux. Tout le monde portera un masque filtrant les virus, même vous. Nous entrons en territoire inconnu, Mr. Rafelson. Excusez-moi.

Sue faisait manger un peu de glace à Kaye et elles

échangeaient quelques murmures. Comme elles semblaient tenir à leur intimité, Mitch s'éloigna, d'autant plus qu'il avait besoin de faire le tri dans ses émotions.

Il alla dans le salon. Jack était assis devant la vieille table de jeu, contemplant une pile de *National Geographic*. L'éclairage fluorescent projetait sur toute chose un éclat bleu et glacé.

— Vous avez l'air en pétard, constata-t-il.

— Tout juste s'ils n'ont pas déjà signé le certificat de décès, répliqua Mitch d'une voix tremblante.

— Ouais. Sue et moi avons décidé qu'elle accoucherait à la maison. Sans docteurs.

— Chambers pense que c'est dangereux.

— Peut-être, mais ça s'est déjà fait.

— Quand ça ?

— Dans vos rêves. Les momies. Il y a des milliers d'années.

Mitch s'assit à côté de Jack et posa la tête sur la table.

— Ça s'est très mal passé.

— Racontez-moi.

Mitch lui décrivit son dernier rêve. Jack l'écoutait attentivement.

— Difficile à encaisser, commenta-t-il. Je n'en parlerai pas à Sue.

— Dites-moi quelque chose pour me réconforter, suggéra Mitch avec ironie.

— J'ai essayé de rêver pour savoir ce que je dois faire. Je ne rêve que de grands hôpitaux et de grands docteurs en train de tripoter Sue. Le monde de l'homme blanc se met en travers de ma route. Je ne sers donc à rien. (Il se gratta les sourcils.) Personne n'est assez vieux pour savoir ce qu'il faut faire. Mon peuple est sur cette terre depuis toujours. Mais mon grand-père m'affirme que les esprits n'ont rien à dire. Ils ne se rappellent pas, eux non plus.

Mitch poussa le tas de magazines. L'un d'eux glissa et tomba par terre avec un bruit sec.

— Ça n'a pas de sens, Jack.

Kaye s'allongea et regarda Chambers lui fixer le moniteur fœtal. Le rythme régulier de la bande de la machine, placée près du lit, lui apporta une confirmation, une couche supplémentaire d'assurance.

Mitch revint avec une glace à la fraise dont il défit l'emballage. Elle avait vidé son bol et l'accepta avec reconnaissance.

— Aucun signe de Galbreath, dit-il.

— On se débrouillera. Cinq centimètres pour le moment. Et tout ça pour une seule mère.

— Mais quelle mère !

Mitch se mit à lui masser les bras, évacuant une partie de sa tension, puis passa aux épaules.

— La mère de toutes les mères, murmura-t-elle alors que survenait une nouvelle contraction. (Elle serra les dents sur le bâtonnet.) Une autre glace, s'il te plaît, grogna-t-elle.

Kaye connaissait par cœur le moindre centimètre carré du plafond. Elle se leva avec un luxe de précautions et fit le tour de la chambre, agrippant la table roulante en métal sur laquelle reposait l'équipement du moniteur, traînant les fils derrière elle. Ses cheveux lui semblaient raides, sa peau huileuse, et elle avait mal aux yeux. Mitch leva les yeux de son *National Geographic* lorsqu'elle se dirigea vers les toilettes. Elle se lava le visage et le trouva devant la porte.

— Ça va, lui dit-elle.

— Si je ne t'aide pas, je vais devenir dingue.

— Inutile.

Kaye s'assit au bord du lit et inspira à fond plusieurs fois. Chambers leur avait dit qu'il reviendrait dans une heure. Mary Hand entra dans la chambre, le visage dissimulé par un masque, pareille à un soldat high-tech prêt à une attaque aux gaz, et demanda à Kaye de s'allonger. La sage-femme l'examina. Elle eut un sourire béat, et Kaye se dit : *Bien, je suis prête*, mais l'autre secoua la tête.

— Toujours cinq centimètres. C'est bien. Votre premier bébé.

Le masque étouffait sa voix.

Kaye fixa de nouveau le plafond et encaissa une nouvelle contraction. Mitch l'encouragea à respirer fort jusqu'à ce que ça passe. Elle avait horriblement mal au dos. L'espace d'un instant d'amertume, alors que la contraction prenait fin, elle se sentit piégée, furieuse, et se demanda ce qui se passerait si tout tournait mal, si elle mourait, si le bébé survivait à la naissance pour se retrouver orphelin, si Augustine avait raison, si son bébé et elle étaient une source de terribles maladies. *Pourquoi n'y a-t-il pas eu de confirmation ?* s'interrogea-t-elle. *Pourquoi la science n'a-t-elle pas tranché, dans un sens ou dans l'autre ?* Elle régula son souffle pour se calmer et tenta de se reposer.

Quand elle rouvrit les yeux, Mitch somnolait sur une chaise à son chevet. La pendule affichait minuit. *Je vais passer l'éternité dans cette chambre.*

Elle avait encore envie d'aller aux toilettes.

— Mitch, appela-t-elle.

Aucune réaction. Elle chercha du regard Sue ou Mary Hand, mais il n'y avait que son mari dans la chambre. Le moniteur bipait régulièrement.

— Mitch !

Il sursauta, se leva et, encore ensommeillé, l'aida à se rendre aux toilettes. Elle avait voulu se soulager avant de partir à la clinique, mais son corps avait refusé de coopérer et cela l'inquiétait. Son état lui inspirait un mélange de colère et d'émerveillement. Le corps prenait les commandes, mais elle se demandait s'il savait ce qu'il faisait. *Je suis mon corps. L'esprit est une illusion. La chair est déconcertée.*

Mitch faisait les cent pas dans la chambre, sirotant l'infâme café de la clinique. L'éclat bleu des lumières fluorescentes était gravé dans sa mémoire. Il avait l'impression de n'avoir jamais vu le soleil. Ses sourcils le démangeaient atrocement. *Va dans la grotte. Hiberne, et elle accouchera pendant que nous dormirons. C'est comme ça que font les ours. Les ours évoluent pendant leur sommeil. C'est mieux ainsi.*

Sue vint tenir compagnie à Kaye pendant qu'il faisait une pause. Il sortit et se planta sous le ciel étoilé. Même dehors, dans ce lieu presque désert, il y avait un réverbère pour l'aveugler et pour rogner l'immensité de l'univers.

Mon Dieu, j'ai parcouru un si long chemin, mais

rien n'a changé. Je suis marié, je vais être père, et je suis toujours chômeur, je vis toujours grâce à...

Il chassa ces idées, agita les mains, s'ébroua pour se débarrasser de la nervosité induite par le café. Ses pensées vagabondaient, de sa première expérience sexuelle — il avait eu peur d'engrosser cette fille — aux conversations qu'il avait eues avec le directeur du muséum Hayer avant d'être viré, puis à Jack, qui s'efforçait de voir les événements de son point de vue d'Indien.

Mitch n'avait pas d'autre point de vue que scientifique. Toute sa vie durant, il s'était efforcé d'être objectif, de se distancier de l'équation, d'examiner d'un œil détaché les résultats de ses fouilles. Il avait troqué des fragments de sa vie contre des aperçus probablement erronés sur la vie des morts. Jack croyait en un cercle de vie où personne n'était jamais vraiment isolé. Mitch ne pouvait en faire autant. Mais il espérait que Jack avait raison.

L'air sentait bon. Il regretta que Kaye ne puisse sortir et partager ce parfum avec lui, puis un pick-up passa non loin de là, et il sentit une odeur d'huile chaude et de gaz d'échappement.

Kaye s'assoupissait entre deux contractions, mais seulement pour quelques minutes. Deux heures du matin, et toujours cinq centimètres. Avant sa petite sieste, Chambers était venu l'examiner, se fendant d'un sourire rassurant après avoir regardé le moniteur.

— On pourra bientôt essayer la pitocine. Ça accélérera les choses. On appelle ça le Bardahl du bébé, déclara-t-il.

Mais Kaye ne comprit pas cette remarque, ignorant ce qu'était le Bardahl.

Mary Hand lui prit le bras, le badigeonna d'alcool, trouva une veine et y inséra une aiguille, lui appliqua une bande adhésive, l'attacha à un tube en plastique, accrocha un flacon de solution saline à une nouvelle potence. Elle disposa une série de fioles sur un carré de papier jetable bleu qu'elle venait de poser sur le plateau près du lit.

En temps normal, Kaye avait horreur des piqûres, mais cela n'était rien comparé à ses autres douleurs. Mitch semblait plus distant, bien qu'il soit souvent à son chevet, lui massant la nuque ou lui apportant des glaces. Elle le considéra et ne vit ni son mari ni son amant, mais un homme ordinaire, l'une des nombreuses silhouettes apparues dans son existence étriquée, comprimée, éternelle. Elle plissa le front, observant son dos pendant qu'il discutait avec la sage-femme. Elle se concentra pour retrouver le composant émotionnel nécessaire afin de le situer dans le tableau, mais cette donnée avait disparu. Elle était libérée de tout sens social.

Nouvelle contraction.

— Oh, merde ! s'écria-t-elle.

Mary Hand l'examina et prit un air soucieux.

— Le docteur Chambers vous a-t-il dit quand il comptait administrer la pitocine ?

Kaye fit non de la tête, incapable de parler. Mary Hand partit à la recherche de Chambers. Mitch resta avec elle. Sue entra et s'assit sur la chaise. Kaye ferma les yeux, se retrouvant dans un univers de ténèbres si minuscule qu'elle faillit paniquer. Elle désirait ardemment que cela s'arrête. Jamais les douleurs menstruelles n'avaient eu l'autorité de ces contractions. Elle crut que son échine allait se briser en plein spasme.

La chair est tout, l'esprit n'est rien — elle le savait à présent.

— Tout le monde naît ainsi, dit Sue à Mitch. C'est bien que vous soyez là. Jack dit qu'il sera près de moi quand j'accoucherai, mais ce n'est pas la tradition.

— Une affaire de femmes, commenta Mitch.

Le masque de Sue le fascinait. Elle se leva, s'étira. En équilibre parfait malgré son ventre proéminent, elle apparaissait comme l'essence d'une féminité pleine de force. Sûre d'elle, calme, philosophe.

Kaye gémit. Mitch se pencha sur elle pour lui caresser la joue. Elle s'était mise sur le flanc, cherchant en vain une position confortable.

— Mon Dieu, donnez-moi des drogues, dit-elle avec un sourire pitoyable.

— Au moins, tu n'as pas perdu ton sens de l'humour.

— Je parle sérieusement. Non. Je ne sais pas ce que je veux. Où est Felicity ?

— Jack est passé il y a quelques minutes. Il a envoyé des pick-up en éclaireurs, mais il n'a pas de nouvelles.

— J'ai besoin de Felicity. Je ne sais pas ce que pense Chambers. Donne-moi quelque chose pour presser le mouvement.

Mitch se sentit misérable, impuissant. Ils étaient

entre les mains de la médecine occidentale — ou du moins de ses représentants au sein de la Confédération des Cinq Tribus. Franchement, Chambers ne lui inspirait guère confiance.

— Oh, bon Dieu de MERDE ! glapit Kaye, et elle roula sur le dos, les traits si difformes que Mitch ne la reconnut pas.

Kaye plissa les yeux pour déchiffrer la pendule. Sept heures. Ça faisait plus de douze heures. Elle ne se rappelait pas quand ils étaient arrivés. Dans l'après-midi ? Oui. Plus de douze heures, donc. Ce qui n'était pas un record. Quand elle était petite fille, sa mère lui avait dit qu'elle avait accouché après trente heures de travail. *A ton souvenir, maman. Mon Dieu, si seulement tu étais là.*

Sue n'était pas dans la chambre. Mitch lui massait un bras, atténuait la tension, passait à l'autre bras. Elle éprouva pour lui une vague affection, mais se dit qu'elle ne ferait sans doute plus jamais l'amour avec lui. Elle était un gigantesque ballon sur le point d'exploser. Elle devait aller pisser, non, elle pissait au lit, et elle s'en foutait. Mary Hand vint remplacer la serviette souillée.

Le docteur Chambers entra et dit à Mary de commencer à administrer la pitocine. Mary inséra le flacon dans le réceptacle approprié et régla la machine qui contrôlait le débit. Kaye était extrêmement intéressée par cette procédure. Le Bardahl des bébés. Elle se rappela vaguement la liste de peptides et de glycoprotéines que Judith avait identifiés dans le LPC. Loin d'être inoffensifs pour les femmes. Peut-être.

Peut-être.

L'univers était souffrance. Kaye, assise au sommet de cette souffrance, telle une petite mouche étourdie posée sur un immense ballon de caoutchouc. Elle entendit confusément l'anesthésiste qui s'approchait. Mitch et le docteur qui discutaient. Mary Hand était là.

— Vous êtes presque prête, dit-elle. Huit centimètres.

Chambers prononça quelques paroles ridicules, envisageant de conserver le sang du cordon pour faire une transfusion au bébé en cas de besoin, ou pour le léguer à la science : le sang du cordon ombilical est riche en cellules souches.

— Faites-le, dit Kaye.

— Quoi donc ? s'enquit Mitch.

Chambers lui demanda si elle souhaitait une épidurale.

— Ô mon Dieu, oui, répondit Kaye, n'éprouvant nulle honte à l'idée de ne pas avoir tenu le coup.

On la roula sur le flanc.

— Ne bougez pas, dit l'anesthésiste.

Comment s'appelait-il, déjà ? Impossible de s'en souvenir. Le visage de Sue apparut devant elle.

— Jack dit qu'ils la conduisent ici.

— Qui ça ?

— Le docteur Galbreath.

— Bien.

Kaye pensa qu'elle aurait dû être contente.

— Ils n'ont pas voulu la laisser passer à cause de la quarantaine.

— Les salauds, s'indigna Mitch.

— Les salauds, articula Kaye.

Une piqûre au bas du dos. Nouvelle contraction. Elle se mit à trembler. L'anesthésiste jura et s'excusa.

— Raté. Vous ne devez pas bouger.

Comme elle avait mal au dos ! Rien de neuf. Mitch lui appliqua une compresse froide sur le front. La médecine moderne. Elle avait trahi la médecine moderne.

— Oh, merde.

Quelque part, hors de sa sphère de conscience, elle entendit des voix, comme des anges dans le lointain.

— Felicity est arrivée, dit Mitch, et son visage, planant au-dessus d'elle, brillait de soulagement.

Mais le docteur Galbreath et le docteur Chambers discutaient ferme, et voilà que l'anesthésiste s'en mêlait.

— Pas d'épidurale, disait Galbreath. Et arrêtez la pitocine, tout de suite. Combien lui en avez-vous donné ? Depuis combien de temps ?

Pendant que Chambers se tournait vers la machine et récitait des chiffres, Mary Hand manipulait les tubes. La machine poussa un petit cri. Kaye se tourna vers la pendule. Sept et demie. Qu'est-ce que ça voulait dire ? Ah oui, l'heure.

— Elle va devoir se débrouiller toute seule, déclara Galbreath.

Chambers réagit avec irritation, prononça des paroles sèches derrière son horrible masque, mais Kaye ne l'écoutait pas.

On lui refusait ses drogues.

Felicity se pencha sur Kaye, entrant dans son cône

visuel. Elle ne portait pas de masque pour filtrer les virus. La lampe chirurgicale était allumée et Felicity ne portait pas de masque, Dieu la bénisse.

— Merci, dit Kaye.

— Vous allez bientôt cesser de me remercier, ma chère. Si vous voulez ce bébé, nous devons proscrire les drogues. Pas de pitocine, pas d'anesthésique. Heureusement que je suis arrivée à temps. Ça les tue, Kaye. Vous avez compris ?

Kaye grimaça.

— Une foutue agression après l'autre, hein, ma chère ? Ils sont si délicats, ces nouveaux enfants.

Chambers protesta contre l'intervention de Galbreath, mais Kaye entendit Jack et Mitch, dont les voix s'estompaient, le faire sortir de la chambre. Mary Hand se tourna vers Felicity, en quête de conseils.

— Le CDC a servi à quelque chose, ma chère, lui dit le médecin. Ils ont envoyé un bulletin d'alerte à propos des bébés vivants à la naissance. Toute drogue est proscrite, en particulier les anesthésiques. On n'a même pas droit à l'aspirine. Ces bébés ne les supportent pas. (L'espace d'un instant, elle s'affaira entre les jambes de Kaye.) Episiotomie, dit-elle à Mary. Pas d'anesthésie locale. Tenez bon, ma chérie. Ça va faire mal, comme si vous perdiez à nouveau votre virginité. Neuf centimètres. Mitch, vous connaissez la manœuvre.

Pousser à dix. Expirer. Encaisser, souffler, pousser à dix. Le corps de Kaye, pareil à un cheval adorant la course mais ayant besoin d'un cavalier. Mitch la frotte vigoureusement, tout près d'elle. Elle lui étreint la main, puis le bras, et il grimace de douleur. Encaisse, *pousse à dix. Expire.*

— Très bien. Voilà sa tête. La voilà. Mon Dieu, comme ça a mis longtemps, quelle longue et étrange route, hein ? Mary, voilà le cordon. C'est ça, le problème. Un peu sombre. Encore une fois, Kaye. Allez-y, ma chérie. Allez-y.

Elle obtempéra, et quelque chose céda, comme un raz de marée, des graines de citrouille entre ses doigts, un éclat de douleur, l'apaisement, un nouvel éclat, insoutenable. Ses jambes tressaillirent. Une crampe dans le mollet, qu'elle remarqua à peine. Elle sentit une soudaine bouffée de bonheur, de vacuité bienvenue, puis un coup de poignard dans le coccyx.

— Elle est là, Kaye. Elle est vivante.

Kaye entendit un petit cri, un bruit de succion et quelque chose qui ressemblait à une mélodie sifflée.

Felicity leva le bébé, rose et sanguinolent, le cordon pendant entre les jambes de Kaye. Celle-ci regarda sa fille et, l'espace d'un instant, ne ressentit rien, puis quelque chose d'immense lui effleura l'âme d'un bout de plume.

Mary Hand posa le bébé sur une couverture étalée sur le ventre de Kaye et le lava avec dextérité.

Mitch regardait le sang, le bébé.

Chambers refit son apparition, toujours masqué, mais il l'ignora. Il se concentrait sur Kaye et sur le bébé, si petit, en train de gigoter. Des larmes d'épuisement et de soulagement coulèrent sur ses joues. Il avait la gorge serrée à lui en faire mal. Le cœur battant. Il étreignit Kaye, et elle lui rendit son étreinte avec une force remarquable.

— Ne lui mettez rien dans les yeux, ordonna Felicity à Mary. Nous devons tout réapprendre.

Mary opina joyeusement derrière son masque.

— L'arrière-faix, dit Felicity.

Mary lui tendit un plateau en acier.

Kaye s'était toujours demandé si elle ferait une bonne mère. A présent, rien de tout cela n'avait d'importance. Elle regarda les deux femmes peser le bébé et se dit : *Je n'ai pas bien vu son visage. Il était tout ridé.*

Un coton imbibé d'alcool et une aiguille à coudre à la main, Felicity s'approcha de l'entrejambe de Kaye. Celle-ci ferma les yeux et serra les dents.

Mary Hand procéda aux divers examens, acheva de laver le bébé pendant que Chambers prélevait le sang du cordon. Felicity montra à Mitch où couper celui-ci, puis rapporta le bébé à Kaye. Mary l'aida à relever sa blouse au-dessus de ses seins gonflés et lui tendit sa fille.

— J'ai le droit de l'allaiter ? murmura Kaye d'une voix rauque.

— Dans le cas contraire, autant mettre fin à cette grande expérience, dit Felicity en souriant. Allez-y, ma chère. Vous avez ce qu'il lui faut.

Elle montra à Kaye comment caresser la joue du bébé. Les petites lèvres roses s'ouvrirent et se collèrent au gros mamelon marron. Mitch était bouche bée. Kaye eut envie de rire en le voyant, mais elle se concentra sur ce visage minuscule, impatiente de voir à quoi ressemblait sa fille. Sue se tenait près d'elle et murmurait des paroles de bonheur à la mère et à l'enfant.

Mitch contempla le bébé en train de téter. Il était empli d'un calme approchant la béatitude. C'était fini ; ça ne faisait que commencer. Quoi qu'il en soit, ce moment était pour lui une ancre, un centre, un point de référence.

Le visage du bébé était tout rouge et tout ridé, mais il avait d'abondants cheveux, fins et soyeux, d'un châtain clair aux nuances de roux. Il avait les yeux clos, les paupières serrées en signe de souci et de concentration.

— Neuf livres, annonça Mary. Huit sur l'échelle d'Apgar. Un très bon chiffre.

Elle ôta son masque.

— Ô mon Dieu, elle est là, dit Sue en portant une main à sa bouche, comme soudain consciente de l'événement.

Mitch la gratifia de son plus beau sourire, puis s'assit près de Kaye et du bébé, posant son menton sur le bras de sa femme pour se trouver à quelques centimètres de sa fille.

Felicity acheva le nettoyage. Chambers demanda à Mary de fourrer tout le linge et tout le matériel jetable dans un sac destiné à l'incinération. Mary s'exécuta en silence.

— C'est un miracle, s'exclama Mitch.

Le bébé essaya de tourner la tête en entendant sa voix, ouvrit les yeux, tenta de le localiser.

— C'est ton papa, dit Kaye.

Le colostrum coulait de son mamelon, jaune et

épais. Le bébé baissa la tête et s'y accrocha une nouvelle fois, aidé par le doigt de Kaye.

— Elle a levé la tête, dit celle-ci, émerveillée.

— Elle est splendide, dit Sue. Félicitations.

Felicity s'entretint quelques instants avec Sue pendant que Kaye, Mitch et le bébé se retrouvaient inondés de lumière solaire par la lampe chirurgicale.

— Elle est là, dit Kaye.

— Elle est là, confirma Mitch.

— Nous avons réussi.

— *Tu* as réussi.

Une nouvelle fois, leur fille leva la tête, ouvrit tout grands les yeux.

— Regardez-moi ça, fit Chambers.

Felicity se pencha, manquant se cogner contre la tête de Sue.

Fasciné, Mitch échangea un regard avec sa fille. Elle avait des pupilles fauves mouchetées d'or. Il se pencha un peu plus.

— Me voilà, lui dit-il.

Kaye voulut lui présenter son mamelon, mais elle résista, hochant la tête avec une force surprenante.

— Salut, Mitch, articula sa fille d'une voix pareille à un miaulement de chaton, aiguë mais parfaitement intelligible.

Il sentit ses cheveux se dresser sur sa nuque. Felicity Galbreath poussa un hoquet et recula d'un pas, comme piquée par une abeille.

Mitch se redressa en se cramponnant au montant du lit. Il frissonnait. L'espace d'un instant, la vue de cet enfant reposant sur le sein de Kaye lui fut insoutenable ; il était non seulement imprévu mais aussi *anormal*. Il aurait voulu s'enfuir. Et, pourtant, il ne pouvait détacher son regard de la petite fille. Une bouffée de chaleur lui emplit la poitrine. La forme du minuscule visage sembla se préciser. On aurait dit qu'elle voulait à nouveau parler, ses petites lèvres roses se mouvaient. Une bulle jaune apparut à leurs commissures. Des petites taches couleur de fauve, couleur de lion, se dessinèrent sur son front et sur ses joues.

Faisant rouler sa tête, elle fixa le visage de Kaye. Un pli intrigué se creusa entre ses yeux.

Mitch tendit ses grosses pattes aux doigts calleux pour toucher la petite fille. Il se pencha pour embrasser Kaye, puis le bébé, et lui caressa la tempe avec une immense gentillesse. Du bout du pouce, il orienta ses lèvres roses vers le mamelon nourricier. Elle poussa un petit soupir, un sifflement ténu, gigota un instant et se colla au téton de sa mère qu'elle téta avec enthousiasme. Au bout de ses mains minuscules s'agitaient des doigts parfaits couleur d'or.

Mitch appela Sam et Abby dans l'Oregon pour leur annoncer la nouvelle. Il arrivait à peine à comprendre ce qu'ils disaient ; la voix tremblante de son père, le cri de joie et de soulagement de sa mère. Ils discutèrent quelque temps, puis il leur dit qu'il ne tenait plus debout.

— Nous avons besoin de repos.

Kaye et le bébé dormaient déjà. Chambers l'informa qu'ils allaient rester deux jours à la clinique. Mitch demanda qu'on lui installe un lit de camp dans la chambre, mais Felicity et Sue lui assurèrent que c'était inutile.

— Rentrez chez vous et reposez-vous, insista Sue. Tout ira bien.

Mitch dansa d'un pied sur l'autre.

— On m'appellera s'il y a un problème ?

— Bien sûr, dit Mary Hand, une pile de draps dans les bras.

— Deux de mes amis monteront la garde devant la clinique, dit Jack.

— Je souhaiterais passer la nuit ici, intervint Felicity. Je tiens à les examiner demain.

— Venez donc chez nous, suggéra Jack.

Mitch regagna la Toyota, les jambes flageolantes.

Arrivé à la caravane, il dormit tout l'après-midi et toute la soirée. Le crépuscule tombait quand il se réveilla. Il se mit à genoux sur le lit et contempla par la fenêtre les buissons, les rochers et les lointaines collines.

Puis il se doucha, se rasa, s'habilla. Chercha des vêtements et des objets dont Kaye et le bébé risquaient d'avoir besoin.

Se regarda dans la glace.

Pleura.

Gagna la clinique à pied, dans la lumière enchanteresse. L'air pur, limpide, portait des odeurs de sauge, d'herbe, de poussière et d'eau vive. Il passa près d'une maison devant laquelle quatre hommes s'affairaient à extraire le moteur d'une vieille Ford, à l'aide d'un chêne et d'une poulie. Ils le saluèrent d'un hochement de tête, s'empressèrent de détourner les yeux. Ils savaient qui il était ; ils savaient ce qui s'était passé.

Sa personne comme l'événement les mettaient mal à l'aise. Il pressa le pas. Ses sourcils le démangeaient, ses joues aussi. Le masque ne tenait presque plus. Il allait bientôt tomber. Il sentait sa langue frôler ses muqueuses ; elle avait changé. Sa tête aussi.

Plus que tout, il voulait revoir Kaye et le bébé, la fille, sa fille, pour s'assurer que tout ceci était bien réel.

88.

Arlington, Virginie

La réception s'étalait sur la plus grande partie du parc de deux mille mètres carrés. Le temps était chaud et brumeux, le ciel tantôt dégagé, tantôt voilé de nuages. Mark Augustine passa quarante minutes aux côtés de sa nouvelle épouse, saluant les invités en file indienne d'une poignée de main et, parfois, d'une étreinte polie. Sénateurs et membres du Congrès déambulaient en devisant. Des hommes et des femmes en livrée noir et blanc unisexe arpentaient la pelouse tondue, aussi verte qu'un terrain de golf, distribuant champagne et petits-fours. Augustine contempla son épouse avec un sourire figé ; il avait conscience de ses émotions : l'amour, le soulagement, une sensation de réussite tempérée par une légère froideur. Le visage qu'il affichait au bénéfice des invités et des quelques journalistes sélectionnés par tirage au sort était calme, aimant, responsable.

Toutefois, une idée lui avait taraudé l'esprit durant toute la journée, et même lors de la cérémonie. Il avait bafouillé en prononçant ses vœux, pourtant tout simples, déclenchant l'hilarité discrète des premiers rangs.

Certains bébés survivaient à leur naissance. Dans les hôpitaux mis en quarantaine, dans les cliniques communautaires missionnées par la Brigade, et même dans des lieux privés, de nouveaux bébés venaient au monde.

Il avait vaguement envisagé la possibilité de s'être trompé, comme une démangeaison passagère, jusqu'à ce qu'il apprenne que le bébé de Kaye Lang avait survécu, mis au monde par un médecin ayant eu connaissance des bulletins d'alerte émis par le CDC, par l'équipe d'épidémiologistes mise en place suivant ses propres instructions. Procédures spéciales, précautions spéciales ; ces bébés étaient différents.

A ce jour, vingt-quatre bébés SHEVA avaient été déposés dans les cliniques communautaires par des mères célibataires ou des familles ayant échappé à la Brigade.

Des enfants trouvés, anonymes, dont il était désormais responsable.

La file d'attente des invités se résorba. Souffrant le martyre dans ses souliers noirs, il étreignit son épouse, lui murmura quelques mots à l'oreille et fit signe à Florence Leighton de le rejoindre à l'intérieur.

— Que nous a envoyé l'Institut national des allergies et des maladies infectieuses ? s'enquit-il.

Mrs. Leighton ouvrit l'attaché-case qui ne l'avait pas quittée de la journée et lui tendit un fax tout frais.

— J'attendais une occasion de vous parler, dit-elle. Le président a appelé, il vous envoie ses félicitations et veut vous voir ce soir à la Maison-Blanche dès que possible.

Augustine lut le fax.

— Kaye Lang a eu son bébé, dit-il en levant la tête, les sourcils arqués.

— C'est ce que j'ai entendu dire.

Mrs. Leighton arborait une expression professionnelle, attentive, indéchiffrable.

— Nous devrions lui transmettre nos félicitations, dit Augustine.

— Je m'en occupe.

Augustine secoua la tête.

— N'en faites rien. Nous avons toujours une politique.

— Oui, monsieur.

— Dites au président que je le verrai à huit heures.

— Et Alyson ? demanda Mrs. Leighton.

— Elle m'a épousé, n'est-ce pas ? répliqua Augustine. Elle sait à quoi s'attendre.

89.

Comté de Kumash, est du Washington

Soutenue par Mitch, Kaye arpentait la chambre pour faire un peu d'exercice.

— Comment allez-vous l'appeler ? demanda Felicity.

Elle était assise sur l'unique chaise et berçait doucement le bébé dans ses bras.

Kaye tourna vers Mitch des yeux interrogateurs. A l'idée de donner un nom à son enfant, elle se sentait vulnérable et prétentieuse, comme si même une mère ne méritait pas ce droit.

— C'est toi qui as fait le plus gros du travail, dit Mitch en souriant. A toi l'honneur.

— Il faut que nous soyons d'accord.

— Je t'écoute.

— C'est une nouvelle sorte d'étoile.

Les jambes de Kaye étaient encore chancelantes. Son estomac lui semblait flasque et à vif, la douleur entre ses jambes lui donnait parfois la nausée, mais elle se rétablissait vite. Elle s'assit au bord du lit.

— Ma grand-mère s'appelait Stella, dit-elle. C'est-à-dire « étoile ». Je pense que nous devrions l'appeler Stella Nova.

Mitch prit le bébé des mains de Felicity.

— Stella Nova, répéta-t-il.

— Un nom qui exprime le courage, commenta Felicity. Ça me plaît.

— Ce sera le sien, dit Mitch en rapprochant le bébé de son visage.

750

Il huma le sommet de son crâne, la riche odeur, chaude et humide, de ses cheveux. Elle avait le parfum de sa mère, plus un autre. Il sentit des émotions cascader en lui et se mettre en place, bâtissant de robustes fondations.

— Elle focalise l'attention même quand elle est endormie, dit Kaye.

A demi consciente, elle porta une main à son visage et en ôta un lambeau de masque, révélant une parcelle de peau neuve, rose et tendre, rayonnante de minuscules mélanophores.

Felicity vint se pencher sur elle pour l'examiner de près.

— Je n'arrive pas à y croire, dit-elle. C'est à moi que l'on fait un honneur.

Stella ouvrit les yeux et frissonna, comme prise de panique. Elle gratifia son père d'un long regard intrigué, puis se mit à pleurer. Fort et de façon inquiétante. Mitch s'empressa de la tendre à Kaye, qui écarta un pan de sa blouse. Le bébé s'installa et cessa de pleurer. Kaye savoura une nouvelle fois la cérémonie de l'allaitement, la sensualité des lèvres de son enfant sur son sein. Stella garda les yeux fixés sur sa mère, puis tourna la tête sans lâcher le mamelon pour les poser sur Felicity et sur Mitch. Celui-ci se sentit fondre en voyant ses pupilles mordorées.

— Elle est si éveillée, dit Felicity. C'est une charmeuse.

— A quoi vous attendiez-vous ? demanda Kaye dans un murmure, d'une voix légèrement traînante.

Surpris, Mitch se rendit compte qu'elle avait les intonations du bébé.

Stella Nova se mit à gazouiller comme un oiseau sans cesser de téter. Elle chantait pour montrer son contentement, son plaisir.

La langue de Mitch remua derrière ses lèvres, comme par mimétisme.

— Comment fait-elle ça ? demanda-t-il.

— Je n'en sais rien, répondit Kaye.

Et, pour le moment, elle n'en avait visiblement rien à faire.

— Par certains côtés, elle a le comportement d'un bébé de six mois, dit Felicity à Mitch tandis qu'il transportait les bagages de la Toyota à la caravane. Elle semble déjà capable de se concentrer, de reconnaître des visages... des voix...

Elle laissa sa phrase inachevée, comme si elle ne souhaitait pas évoquer la seule différence notable entre Stella et les autres nouveau-nés.

— Elle n'a pas reparlé, fit remarquer Mitch.

Felicity lui tint la porte ouverte.

— Peut-être qu'on a mal entendu, suggéra-t-elle.

Kaye coucha le bébé endormi dans le petit berceau, qu'elle avait placé dans un coin du séjour. Elle le recouvrit d'une couverture légère et se redressa en gémissant.

— Nous avons bien entendu, dit-elle.

Elle s'approcha de Mitch et lui arracha une portion de masque.

— Aïe ! Il est encore trop tôt.

— Ecoute, expliqua Kaye, soudain toute de rigueur scientifique. Nous avons des mélanophores. Elle a des mélanophores. La plupart des nouveaux parents, sinon

752

tous, vont aussi en avoir. Et nos langues... Connectées à quelque chose de nouveau dans notre cerveau. (Elle se tapota la tempe.) Nous sommes équipés pour nous occuper d'elle, comme ses égaux, ou presque.

Felicity semblait stupéfaite de cette transition brutale de l'état d'accouchée à celui de scientifique objective. Kaye lui rendit son regard avec un sourire.

— Je n'ai pas passé ma grossesse à ruminer paisiblement. A en juger par ces nouveaux outils, notre fille va être une enfant difficile.

— Comment cela ? s'enquit Felicity.

— Parce que, dans certains domaines, elle ne va pas tarder à nous dépasser.

— Dans tous les domaines, peut-être, ajouta Mitch.

— Vous ne parlez pas littéralement, j'espère, dit Felicity. Déjà, elle ne savait pas marcher à la naissance. Quant à la couleur de sa peau — ces mélanophores, comme vous dites —, c'est peut-être...

Elle agita la main, incapable de formuler sa pensée.

— Ce n'est pas une simple question de couleur, dit Mitch. Je *sens* les miens.

— Moi aussi, reprit Kaye. Et ils changent. Imagine cette pauvre fille.

Elle jeta un coup d'œil à Mitch. Il acquiesça puis parla à Felicity des adolescents qu'ils avaient rencontrés en Virginie-Occidentale.

— Si j'appartenais à la Brigade, je mettrais en place un soutien psychiatrique pour les nouveaux parents dont les enfants sont morts, dit Kaye. Ils risquent d'avoir à faire un travail de deuil complètement nouveau.

— Comme s'ils avaient reçu le don des langues sans avoir personne à qui parler, renchérit Mitch.

Felicity inspira à fond et porta une main à son front.

— Ça fait vingt-deux ans que je pratique la pédiatrie. A présent, j'ai l'impression que je devrais m'enfuir pour aller me cacher dans la forêt.

— Donne un verre d'eau à cette pauvre femme, dit Kaye. Mais peut-être préférez-vous du vin ? J'aimerais bien boire un peu de vin, Mitch. Ça fait plus d'un an que je n'ai pas touché à l'alcool. (Elle se tourna vers Felicity.) Ce bulletin interdisait-il la boisson ?

— Non. Un peu de vin pour moi, s'il vous plaît.

Une fois dans la cuisine, Kaye rapprocha son visage de celui de Mitch. Elle le regarda intensément et, l'espace d'une seconde, ses yeux se firent vitreux. Ses joues palpitèrent, passant du fauve à l'or.

— Seigneur ! fit Mitch.

— Débarrasse-toi de ce masque, et on aura *vraiment* quelque chose à se montrer.

90.

Comté de Kumash, est du Washington
Juin

— Faisons la fête en l'honneur de la nouvelle espèce, lança Wendell Packer.

Il entra et tendit à Kaye un bouquet de roses. Oliver Merton le suivit, tout sourire, une boîte de chocolats Godiva à la main, et jeta des regards inquisiteurs à l'intérieur de la caravane.

— Où est la petite merveille ?

— Elle dort, dit Kaye en se laissant étreindre. Qui d'autre est là ? demanda-t-elle, ravie.

— On a pu faire entrer Wendell, Oliver et Maria, dit Eileen Ripper. Sans parler de... Regardez !

D'un geste large, elle désigna une vieille fourgonnette garée sous le chêne solitaire. Christopher Dicken descendait non sans difficulté du siège avant droit, les jambes raides. Il prit les béquilles que lui tendait Maria Konig et se tourna vers la caravane. Son œil valide se posa sur Kaye et, l'espace d'un instant, elle crut qu'elle allait se mettre à pleurer. Mais il leva une béquille pour la saluer et elle sourit.

— Les routes sont lamentables, dans le coin, lança-t-il.

Kaye se précipita vers lui pour le serrer dans ses bras. Eileen et Mitch les regardèrent parler quelques instants.

— Un vieil ami ? demanda Eileen.

— Plutôt un frère en esprit, répondit Mitch.

Lui aussi était ravi de voir Christopher, mais il ne put s'empêcher de ressentir une pincée de jalousie.

Comme le séjour était trop petit pour les contenir tous, Wendell se hissa sur la commode de l'entrée pour observer la scène de haut. Maria et Oliver avaient pris place sur le canapé, sous la fenêtre. Christopher s'était assis dans le fauteuil, Eileen sur l'un de ses accoudoirs. Mitch revint de la cuisine, une grappe de bouteilles de vin dans chaque main et une bouteille de champagne coincée sous chaque bras. Oliver l'aida à les disposer sur la table ronde, à côté du canapé, et les déboucha avec soin.

— Vous avez pillé l'aéroport du coin ? lui demanda Mitch.

— Non, celui de Portland. Le choix était plus vaste.

Kaye amena le berceau de Stella Nova et le plaça sur la petite table basse. Leur fille était réveillée. Elle parcourut la pièce d'un œil encore ensommeillé, une petite bulle au coin des lèvres. Sa tête dodelinait légèrement. Kaye se pencha pour ajuster son pyjama.

Christopher la fixa comme si c'était un fantôme.

— Kaye..., commença-t-il d'une voix brisée par l'émotion.

— C'est inutile, dit Kaye en touchant sa main scarifiée.

— Non. J'ai l'impression que je ne mérite pas d'être ici, avec Mitch et avec vous, avec elle.

— Chut. Vous étiez là au tout début.

Christopher sourit.

— Merci.

— Quel âge a-t-elle ? murmura Eileen.

— Trois semaines, répondit Kaye.

Maria fut la première à tendre l'index vers la main de Stella. Les doigts du bébé se refermèrent autour de lui, et elle tira doucement. Stella sourit.

— Voilà un réflexe qui n'a pas disparu, commenta Oliver.

— Oh, taisez-vous. Ce n'est encore qu'un bébé, Oliver.

— Oui, mais elle a l'air si...

— Belle ! insista Eileen.

— Différente, insista Oliver.

— Pour le moment, je ne vois pas vraiment en quoi, intervint Kaye, comprenant ce qu'il voulait dire mais se sentant sur la défensive.

— Nous sommes différents, nous aussi, fit remarquer Mitch.

— Vous avez l'air splendides, je dirai même élégants, lâcha Maria. Dès que les magazines de mode vous auront repérés, ça va être la folie. La belle et petite Kaye...

— Le beau et viril Mitch, poursuivit Eileen.

— Avec leurs joues de poulpe, acheva Kaye.

Ils éclatèrent de rire, et Stella sursauta dans son berceau. Puis elle se mit à gazouiller, et le silence régna de nouveau dans la pièce. Elle gratifia chacun des invités d'un long regard, dodelinant de la tête à mesure qu'elle faisait le tour de l'assemblée, puis revenant sur Kaye et sursautant une nouvelle fois quand elle aperçut Mitch. Elle lui sourit. Mitch se sentit rougir, comme si de l'eau chaude coulait sous ses joues. Le dernier lambeau de masque était tombé huit jours plus tôt, et regarder sa fille était pour lui une expérience hors du commun.

— Ô mon Dieu ! fit Oliver.

Maria les regardait tous les trois, bouche bée.

Stella Nova envoya sur ses joues des ondes fauves et dorées, et ses pupilles se dilatèrent légèrement, les muscles autour de ses paupières dessinant de délicates arabesques sur sa peau.

— C'est elle qui va nous apprendre à parler, déclara fièrement Kaye.

— Elle est absolument splendide, dit Eileen. Je n'ai jamais vu un plus beau bébé.

Oliver demanda la permission de s'approcher et se pencha sur Stella pour l'examiner.

— Ses yeux ne sont pas si grands que ça, ils en ont juste l'air.

— Oliver affirme que les prochains humains devraient ressembler à des extraterrestres descendus d'un OVNI, déclara Eileen.

— Des extraterrestres ? répéta Oliver, indigné. Je démens formellement, Eileen.

— Elle est totalement humaine, protesta Kaye. Ni distincte, ni lointaine, ni différente. C'est notre enfant.

— Bien sûr, s'excusa Eileen en rougissant.

— Désolée, fit Kaye. Ça fait trop longtemps qu'on est ici, avec trop de temps pour réfléchir.

— Ça, je sais ce que c'est, dit Christopher.

— Elle a un nez vraiment spectaculaire, s'étonna Oliver. Si délicat, et si large à la base. Et sa forme... je crois bien qu'elle sera très belle quand elle sera grande.

Stella le considéra d'un air sérieux, les joues incolores, puis détourna les yeux, lassée. Elle chercha Kaye du regard. Celle-ci s'avança dans son champ visuel.

— Maman, pépia Stella.

— Ô mon Dieu, répéta Oliver.

Wendell et Oliver allèrent jusqu'au Little Silver Market et en rapportèrent des sandwiches. Ils mangèrent autour d'une table de pique-nique, derrière la caravane, profitant de la douceur de l'après-midi.

Christopher n'avait pas dit grand-chose, se contentant de sourire quand les autres parlaient. Il mangea son sandwich assis sur une chaise pliante posée sur un carré d'herbe sèche.

Mitch vint s'asseoir dans l'herbe près de lui.

— Stella s'est endormie, dit-il. Kaye est avec elle.

Christopher sourit et but une gorgée de Seven-Up.

— Vous voulez savoir ce qui m'amène jusqu'ici ?

— Oui. Ce serait un bon début.

— Je suis surpris que Kaye m'ait pardonné aussi vite.

— Nous avons subi beaucoup de bouleversements. Pourtant, il nous a semblé que vous nous aviez abandonnés.

— J'ai subi beaucoup de bouleversements, moi aussi. Je m'efforce de recoller les morceaux. Je pars pour le Mexique après-demain. A Ensenada, au sud de San Diego. Pour mon propre compte.

— Ce ne sont pas des vacances ?

— Je compte étudier la transmission latérale des anciens rétrovirus.

— C'est de la connerie. Un truc que la Brigade a inventé pour ne pas être dissoute.

— Oh, il se passe quelque chose, n'en doutez pas. Cinquante cas recensés jusqu'ici. Mark n'est pas un monstre.

— Je n'en suis pas si sûr que ça, dit Mitch, qui jeta un regard lugubre au désert et à la caravane.

— Mais je pense que le virus qu'ils ont découvert n'y est pour rien. J'ai consulté des archives sur le Mexique. Et j'ai trouvé des cas similaires datant d'il y a trente ans.

— J'espère que vous les remettrez dans la bonne direction. On s'est bien plu ici, mais ça aurait pu être mieux... si les circonstances avaient été différentes.

Kaye sortit de la caravane, un moniteur de surveillance portable à la main. Maria lui tendit un sandwich sur une assiette en carton. Elle rejoignit Mitch et Christopher.

— Que pensez-vous de notre pelouse ? demanda-t-elle.

— Christopher va s'attaquer à l'épidémie mexicaine, l'informa Mitch.

— Je croyais que vous aviez quitté la Brigade.

— C'est exact. Ces cas sont avérés, Kaye, mais je ne pense pas qu'ils soient directement liés à SHEVA. Il y a eu tellement de rebondissements dans cette histoire — l'herpès, Epstein-Barr. Vous avez dû recevoir le bulletin du CDC à propos des anesthésiques.

— Notre médecin l'a eu, dit Mitch.

— Sans lui, nous aurions peut-être perdu Stella.

— D'autres bébés SHEVA ont survécu à leur naissance. Augustine doit gérer ça. Je veux seulement lui faciliter la tâche en découvrant ce qui se passe au Mexique. Tous les cas sont apparus là-bas.

— Vous pensez que ça vient d'une autre source ? demanda Kaye.

— Je compte bien le découvrir. J'arrive à marcher un peu, maintenant. Je vais engager un assistant.

— Comment allez-vous faire ? Vous n'êtes pas riche.

— Je suis subventionné par un excentrique new-yorkais.

Mitch écarquilla les yeux.

— William Daney ?

— Lui-même. Oliver et Brock tentent de monter un coup médiatique. Ils m'ont jugé capable de rassembler les preuves. C'est un boulot, et j'y crois, bon sang. Le fait de voir Stella... Stella Nova... m'en a fait prendre conscience. J'avais perdu la foi.

Wendell et Maria vinrent les rejoindre, et Wendell pêcha un magazine dans un sac en papier.

— J'ai pensé que vous aimeriez voir ça, dit Maria en le tendant à Kaye.

Elle regarda la couverture et éclata de rire. C'était un numéro de *Wired* où était imprimée, sur fond orange fluo, la silhouette d'un fœtus avec un point d'interrogation vert en son centre. La légende disait : *Humain 3.0 : une mise à jour plutôt qu'un virus ?*

Oliver vint les retrouver.

— Je l'ai vu, dit-il. *Wired* n'a guère d'influence à Washington, ces temps-ci. Les nouvelles sont presque toutes mauvaises, Kaye.

— Nous le savons, l'informa-t-elle en repoussant de son front une mèche de cheveux bousculée par la brise.

— Mais il y en a quand même des bonnes. Brock m'a dit que *National Geographic* et *Nature* avaient fini de faire relire son article sur les Neandertaliens d'Innsbruck. Ils vont le publier simultanément dans six mois. Il y parle nommément d'un événement évolutionnaire attesté, d'une subspéciation, et il y mentionne SHEVA, quoique de façon marginale. Christopher vous a dit, à propos de Daney ?

Kaye acquiesça.

— Nous approchons de la dernière ligne droite,

reprit Oliver d'un air farouche. Il suffit que Christopher traque ce virus au Mexique et enfonce sept laboratoires d'importance nationale.

— Vous y arriverez, dit Mitch à Christopher. Vous avez été le premier sur le coup, même avant Kaye.

Les visiteurs se préparaient au long périple à travers les bad-lands qui devait les mener hors de la réserve. Mitch aida Christopher à s'installer dans l'habitacle, et ils se serrèrent la main. Alors que Kaye embrassait tout le monde, une Stella ensommeillée dans les bras, Mitch vit le pick-up de Jack descendre le chemin de terre.

Sue n'était pas avec lui. Il s'arrêta tout près de la fourgonnette, faisant gémir ses freins. Mitch se dirigea vers lui en le voyant ouvrir la portière. Il ne descendit pas.

— Comment va Sue ?

— Elle tient le coup. Chambers ne peut pas l'aider avec ses drogues. Le docteur Galbreath veille au grain. Nous attendons.

— Nous aimerions la voir.

— Elle est de mauvaise humeur. Elle m'engueule souvent. Demain, peut-être. Maintenant, je vais faire sortir vos amis par la vieille piste.

— Nous vous en sommes reconnaissants, Jack.

Jack cilla et fit la moue, l'équivalent chez lui d'un haussement d'épaules.

— Il y a eu une réunion extraordinaire cet après-midi. La vieille Cayuse a remis ça. Certains des employés du casino ont formé un petit lobby. Ils sont furieux. Ils disent que la quarantaine va nous ruiner.

Ils n'ont pas voulu m'écouter. Ils prétendent que je suis partial.

— Que pouvons-nous faire ?

— Sue les traite de têtes brûlées, mais leur colère est justifiée. Je voulais seulement vous tenir au courant. Nous devons tous nous préparer.

Mitch et Kaye agitèrent les mains pour saluer le départ de leurs amis. La nuit tomba sur la campagne. Kaye profita encore quelque temps de la douceur de l'air, donnant le sein à Stella sous le chêne jusqu'à ce que vienne l'heure de la changer.

Changer les couches aidait Mitch à garder les pieds sur terre. Pendant qu'il lavait sa fille, elle chantonnait doucement, évoquant un chœur de pinsons dans des frondaisons agitées par la brise. Elle était si à l'aise que son front et ses joues viraient presque au rouge vif, et elle agrippa l'index de Mitch.

Il la cala sur sa hanche et la promena un peu, suivant Kaye qui mettait les couches dans un sac pour les porter à la laverie. Kaye se retourna alors qu'ils se dirigeaient vers l'appentis où se trouvaient les lave-linge.

— Que t'a dit Jack ?

Mitch la mit au courant.

— Nous vivrons sur la route, dit-elle sans s'alarmer. (Elle s'était attendue à pire.) Faisons nos bagages dès ce soir.

91.

Comté de Kumash, est du Washington

Mitch émergea d'un profond sommeil sans rêves pour se redresser sur le lit, l'oreille tendue.

— Quoi ? murmura-t-il.

Kaye était allongée près de lui, immobile, et ronflait doucement. Il se tourna vers la petite étagère de Stella, fixée au mur, et vers le réveil qui y était posé, dont les aiguilles luisaient d'un éclat vert dans les ténèbres. Deux heures et quart du matin.

Sans réfléchir, il glissa jusqu'au pied du lit, se leva, vêtu de son seul short, et se frotta les yeux. Il aurait juré qu'on avait dit quelque chose, mais tout était tranquille. Puis son cœur se mit à battre la chamade, et il sentit des signaux d'alarme irradier ses bras et ses jambes. Il jeta un regard à Kaye par-dessus son épaule, envisagea de la réveiller, puis se ravisa.

Mitch savait qu'il allait fouiller la caravane, vérifier qu'ils étaient en sécurité, s'assurer que personne ne rôdait dans les parages, prêt à leur tendre une embuscade. Il le savait sans même avoir eu besoin d'y réfléchir, et il se prépara à l'action en saisissant un barreau d'acier qu'il avait planqué sous le lit pour parer à ce genre d'éventualité. Il n'avait jamais possédé d'arme à feu, ne savait même pas s'en servir, et, en entrant dans le séjour, il se demanda si c'était raisonnable.

Le froid lui arracha un frisson. Le ciel se couvrait ; aucune étoile n'était visible à travers la fenêtre, au-dessus du canapé. Dans la salle de bains, il trébucha sur un seau empli de couches. Puis, soudain, il sut qu'on l'appelait dans la maison.

Il retourna dans la chambre. Dépassant du petit placard au pied du lit, du côté de Kaye, le berceau du bébé semblait se détacher dans les ténèbres.

Ses yeux commençaient à accommoder, mais ce n'était pas avec eux qu'il percevait le berceau. Il renifla ; son nez coulait. Il renifla une nouvelle fois, se pencha sur le berceau, puis recula vivement et éternua à grand bruit.

— Qu'y a-t-il ? demanda Kaye en se redressant. Mitch ?

— Je ne sais pas.

— Tu m'as appelée ?

— Non.

— C'est Stella, alors ?

— Elle est tranquille. Je crois qu'elle dort.

— Allume la lumière.

Cela semblait raisonnable. Il s'exécuta. Stella le regardait depuis son berceau, les yeux grands ouverts, les mains formant des petits poings serrés. Elle avait les lèvres entrouvertes, ce qui la faisait ressembler à Marilyn Monroe bébé faisant la moue, mais elle était silencieuse.

Kaye rampa jusqu'au pied du lit et considéra leur fille.

Stella émit un petit roucoulement. Elle les suivait

des yeux avec attention, les perdant parfois et se mettant à loucher, comme elle en avait coutume. Cependant, elle les voyait de toute évidence, et elle n'était pas malheureuse.

— Elle se sent seule, dit Kaye. Je l'ai nourrie il y a une heure.

— Elle aurait donc des pouvoirs psi ? interrogea Mitch en s'étirant. Elle nous a lancé un appel mental ?

Il renifla une nouvelle fois, éternua une nouvelle fois. La fenêtre était fermée.

— Qu'est-ce qu'il y a dans cette pièce ? lança-t-il.

Kaye s'accroupit près du berceau et prit Stella dans ses bras. Elle la serra contre elle puis leva les yeux vers Mitch, les lèvres retroussées dans une grimace quasi animale. Elle éternua à son tour.

Nouveau roucoulement de Stella.

— Je crois qu'elle a la colique. Sens-la.

Mitch lui prit Stella des mains. Elle gigota et leva les yeux vers lui, le front plissé. Mitch aurait juré qu'elle devenait lumineuse et que quelqu'un l'appelait, dans la pièce ou dehors. Il commençait à paniquer.

— Peut-être qu'elle sort tout droit de *Star Trek*, suggéra-t-il.

Il la renifla et retroussa les lèvres.

— C'est ça, dit Kaye d'un air sceptique. Elle n'a pas de pouvoirs psi.

Elle reprit le bébé, qui agitait les poings, ravi de toute cette agitation, et l'emporta dans la cuisine.

— Les êtres humains ne sont pas censés en avoir,

766

mais les scientifiques ont prouvé le contraire il y a quelques années.

— De quoi parles-tu ? demanda Mitch.

— Des organes voméronasaux actifs. A la base de la cavité nasale. Ils traitent certaines molécules... les vomérophérines. Un peu comme des phéromones. Je pense que les nôtres sont devenus plus performants. (Elle cala le bébé sur sa hanche.) Quand tu as retroussé les lèvres...

— Tu l'as fait, toi aussi, dit Mitch, sur la défensive.

— C'était une réaction voméronasale. Notre chat faisait ça quand il sentait quelque chose d'intéressant — une souris morte ou l'aisselle de ma mère.

Kaye souleva le bébé, qui poussa un petit cri de plaisir, et renifla sa tête, son cou, son ventre. Puis elle s'attarda derrière ses oreilles.

— Sens ça, dit-elle.

Mitch s'exécuta, recula vivement, étouffa un éternuement. Il palpa délicatement Stella derrière les oreilles. Elle se raidit et manifesta sa contrariété par des petits rots annonçant les pleurs.

— Non, dit-elle distinctement. Non.

Kaye défit son soutien-gorge et lui donna la tétée avant qu'elle ne s'énerve pour de bon.

Mitch retira son index. L'extrémité en était légèrement huileuse, comme s'il venait de toucher un adolescent plutôt qu'un bébé. Mais cette substance n'était pas une sécrétion ordinaire. Elle était un peu cireuse, un peu grenue, et avait une odeur musquée.

— Des phéromones. Ou plutôt... Comment as-tu dit ?

— Des vomérophérines. Des attracteurs modèle bébé. Nous avons beaucoup à apprendre, conclut Kaye d'une voix ensommeillée tout en ramenant Stella dans la chambre pour la coucher auprès d'elle. Tu t'es réveillé le premier, murmura-t-elle. Tu as toujours eu un excellent odorat. Bonne nuit.

Mitch se palpa derrière les oreilles et flaira son index. Soudain, il se remit à éternuer, et il resta planté au pied du lit, complètement réveillé, avec des fourmillements dans le nez et le palais.

Une heure à peine après s'être rendormi, il se réveilla une nouvelle fois, sauta à bas du lit et enfila son pantalon. Il faisait encore nuit. Il secoua le pied de Kaye.

— Des camions, lui dit-il.

Il venait de boutonner sa chemise lorsqu'on frappa à la porte. Kaye poussa Stella au milieu du lit et enfila en hâte un pantalon et un sweat-shirt.

Mitch ouvrit la porte sans attendre d'avoir boutonné ses manches. Jack se tenait devant lui, les lèvres figées dans un pli lugubre, les yeux presque dissimulés par son chapeau à large bord.

— Sue est en travail, dit-il. Je dois retourner à la clinique.

— On arrive tout de suite. Galbreath est là ?

— Elle ne viendra pas. Vous devriez partir tout de suite. Le Conseil a voté hier soir, pendant que j'étais avec Sue.

— Que..., commença Mitch, et il vit les trois pick-up et les sept hommes dans la cour.

— Ils ont décidé que les bébés étaient malades,

expliqua Jack d'un air misérable. Ils veulent qu'ils soient soignés par le gouvernement.

— Ils veulent récupérer leurs emplois.

— Ils refusent de me parler. (Jack porta un index épais à son masque.) Je les ai convaincus de vous laisser partir. Je ne peux pas vous accompagner, mais ces hommes vont vous conduire à une piste menant à l'autoroute. (Il leva les mains en signe d'impuissance.) Sue voulait que Kaye soit auprès d'elle. J'aimerais bien, moi aussi. Mais je dois y aller.

— Merci.

Kaye arriva derrière Mitch, portant Stella dans le siège pour bébé.

— Je suis prête. Je veux aller voir Sue.

— Non, dit Jack. C'est encore cette vieille Cayuse. On aurait dû l'envoyer sur la côte.

— Il n'y a pas que ça, intervint Mitch.

— Sue a besoin de moi ! s'écria Kaye.

— Ils ne vous laisseront pas aller jusqu'à la clinique, lui dit Jack. Trop de gens. Ils ont écouté les infos — plein de Mexicains morts près de San Diego. Ils ne veulent rien savoir. Leurs esprits sont comme pétrifiés. Ensuite, ils s'en prendront probablement à nous.

Kaye s'essuya les yeux, envahie par la colère et la frustration.

— Dites-lui que nous l'aimons. Merci pour tout, Jack. Dites-le-lui.

— Oui. Il faut que j'y aille.

Les sept hommes s'écartèrent pour laisser Jack regagner son pick-up. Il démarra et fila dans un nuage de poussière et de gravillons.

— La Toyota est en meilleur état, dit Mitch.

Il chargea leurs deux valises dans le coffre sous l'œil attentif des sept hommes. Ceux-ci échangeaient des murmures, et ils s'écartèrent lorsque Kaye installa Stella dans la voiture, attachant le siège pour bébé à l'arrière. Certains d'entre eux évitaient de croiser son regard et faisaient des signes avec les mains. Elle s'assit à côté du bébé.

Deux des pick-up étaient équipés de râteliers, où étaient accrochés des fusils de chasse et des fusils à pompe. Kaye déglutit en prenant place dans la Toyota près de Stella. Elle leva la vitre, boucla sa ceinture et huma le parfum âcre de sa propre peur.

Mitch apporta son portable, sa ramette de papier, les poussa au fond du coffre, puis referma celui-ci. Kaye composait un numéro sur son mobile.

— Ne fais pas ça, lui ordonna Mitch d'une voix rude en se mettant au volant. Ils vont savoir où nous sommes. Nous appellerons d'une cabine publique, quand nous serons sur l'autoroute.

L'espace d'un instant, les taches de Kaye virèrent au rouge vif.

Mitch la regarda d'un air inquiet et attristé.

— Nous sommes des extraterrestres, marmonna-t-il.

Il démarra. Les sept hommes montèrent à bord des trois pick-up et formèrent le convoi.

— Tu as du liquide, pour l'essence ? s'enquit Mitch.

— Dans mon sac à main. Tu veux te passer des cartes de crédit ?

Mitch éluda la question.

— Le réservoir est presque plein, dit-il.

Stella poussa un petit cri puis se calma comme l'aube commençait à rosir le ciel derrière les collines, où poussaient de rares chênes. Les nuages se massaient à l'horizon, et ils distinguèrent des rideaux de pluie dans le lointain. La lueur de l'aurore semblait irréelle par contraste avec la noirceur des nuages.

La piste du nord était difficile mais pas infranchissable. Les pick-up les escortèrent jusqu'à la jonction, où une pancarte signalait la limite de la réserve et, coïncidence, vantait le casino Wild Eagle. Mauvaises herbes et buissons volants s'étaient amassés contre la clôture en barbelés battue par les vents.

Du ventre des nuages tomba une pluie fine, et les essuie-glaces transformèrent en boue la poussière qui maculait le pare-brise lorsqu'ils quittèrent la piste, franchirent un talus et se retrouvèrent sur l'autoroute, où ils mirent cap à l'est. Un étincelant rayon de soleil matinal, le dernier qu'ils devaient voir ce jour-là, les cloua comme un projecteur alors que Mitch prenait de la vitesse sur la chaussée à deux voies.

— J'aimais bien cet endroit, articula Kaye d'une voix rauque. Dans cette caravane, j'ai été plus heureuse que je ne l'avais jamais été de toute ma vie.

— Tu t'épanouis dans l'adversité, commenta Mitch, tendant une main derrière lui pour agripper la sienne.

— Je m'épanouis avec toi. Avec Stella.

92

Nord-est de l'Oregon

Kaye sortit de la cabine téléphonique et revint vers la voiture. Ils s'étaient garés dans le parking d'un centre commercial de Bend pour faire des provisions. Après s'être occupée des achats, Kaye avait appelé Maria Konig. Mitch était resté avec Stella.

— L'Arizona n'a toujours pas de Bureau de gestion de l'urgence sanitaire, déclara Kaye.

— Et l'Idaho ?

— Il en a un depuis deux jours. Le Canada aussi.

Stella roucoula sur son siège. Mitch l'avait changée quelques minutes plus tôt, ensuite, elle faisait toujours son petit numéro. Il commençait presque à s'habituer à ses bruits mélodieux. Elle arrivait déjà à émettre deux notes en même temps, à casser l'une et à faire varier son intensité ; l'effet produit rappelait deux oiseaux en train de se chamailler. Kaye jeta un coup d'œil par la vitre. Le bébé était perdu dans un autre monde, captivé par l'exploration du son.

— J'ai attiré les regards à la supérette, dit Kaye. J'avais l'impression d'être une lépreuse. Ou pire, une *négresse*.

Elle cracha ce mot en serrant les dents. Elle posa le sac de provisions sur le siège passager et y plongea une main nerveuse.

— J'ai retiré de l'argent au distributeur, j'ai acheté à manger, et puis je me suis procuré ceci. (Elle montra à Mitch du fond de teint, de la poudre et des produits de maquillage.) Pour nos taches. Je ne sais pas ce que je vais faire pour les petites chansons de Stella.

Mitch se remit au volant.

— Filons avant que quelqu'un appelle la police, lui dit Kaye.

— On n'en est pas encore là, fit Mitch en démarrant.

— Tu crois ça ? Nous sommes *marqués* ! S'ils nous retrouvent, ils enfermeront Stella dans un camp, bon sang ! Dieu sait ce qu'Augustine a prévu pour nous, pour tous les parents. Réveille-toi, Mitch !

Il sortit du parking en silence.

— Je te demande pardon, murmura Kaye d'une voix brisée. Excuse-moi, Mitch, mais j'ai tellement peur. Nous devons réfléchir, dresser des plans.

Les nuages les suivaient, ciel gris et averses incessantes. Ils franchirent de nuit la limite de la Californie, se garèrent sur une route en terre battue et dormirent dans la voiture, d'un sommeil rythmé par le staccato de la pluie sur le toit.

Kaye maquilla Mitch le matin venu. Il lui appliqua du fond de teint avec maladresse et elle procéda aux retouches nécessaires grâce au rétroviseur.

— Ce soir, on louera une chambre dans un motel, suggéra Mitch.

— Pourquoi courir ce risque ?

— Je pense qu'on a l'air normaux, dit-il avec un sourire d'encouragement. Elle a besoin d'un bain et

773

nous aussi. Nous ne sommes pas des animaux, et je refuse de me comporter comme tel.

Kaye réfléchit tout en allaitant Stella.

— D'accord.

— Nous irons en Arizona et, si nécessaire, au Mexique, voire plus loin. Nous trouverons un endroit où vivre jusqu'à ce que les choses s'arrangent.

— Mais quand s'arrangeront-elles ? murmura Kaye.

Comme Mitch l'ignorait, il ne répondit rien. Il regagna l'autoroute. Les nuages s'effilochaient et, de chaque côté de la route, une étincelante lumière matinale inondait les forêts et les pâtures.

— Soleil ! dit Stella en agitant les poings avec enthousiasme.

Epilogue

Tucson, Arizona
Trois ans plus tard

Une petite fille potelée, aux cheveux bruns et à la peau basanée striée de traces de poudre, arriva dans la ruelle et passa la tête entre deux garages couleur de poussière. Elle sifflotait doucement, alternant entre deux variations d'un trio pour pianos de Mozart. Un observateur peu attentif l'aurait prise pour l'un des nombreux enfants hispaniques qui jouaient dans la rue et couraient entre les immeubles.

Stella n'avait jamais eu la permission de s'éloigner de la maison que louaient ses parents, à quelques centaines de pas de là. L'univers de la ruelle était tout nouveau. Elle flaira doucement l'atmosphère ; c'était ce qu'elle faisait toujours, sans jamais trouver ce qu'elle cherchait.

Mais elle entendit les voix excitées des enfants qui jouaient, et c'était suffisamment tentateur. Elle s'avança sur les pavés de béton rouge, longeant la façade en stuc d'un garage, poussa un portail métallique et découvrit une petite cour où trois enfants se lançaient un ballon de basket mal gonflé. Ils interrompirent leur jeu pour se tourner vers elle.

— Qui es-tu ? demanda une fillette aux cheveux noirs âgée de sept ou huit ans.

— Stella, répondit-elle. Qui êtes-vous ?

— Nous jouons ici.

— Je peux jouer ?

— Tu as la figure sale.

— Ça s'enlève, regarde. (Stella s'essuya la joue d'un coup de manche, laissant sur le tissu des taches couleur chair.) Il fait chaud aujourd'hui, hein ?

Un garçon d'une dizaine d'années la regarda d'un œil critique.

— Tu as des taches, déclara-t-il.

— Ce sont des taches de rousseur, dit Stella.

C'était la réponse que sa mère lui avait appris à donner aux gens.

— Oui, tu peux jouer, dit une deuxième fillette. (Agée elle aussi d'une dizaine d'années, elle était grande et pourvue de longues jambes maigres.) Quel âge as-tu ?

— Trois ans.

— Tu ne parles pas comme un bébé.

— Je sais lire et je sais aussi siffler. Ecoutez.

Elle interpréta simultanément les deux mélodies, observant avec intérêt les réactions de son public.

— Bon Dieu, fit le garçon.

Stella était fière de l'avoir étonné. La grande fille lui lança le ballon, elle l'attrapa adroitement et lui sourit.

— J'adore ça, dit-elle, et son visage s'illumina d'une adorable lueur beige et dorée.

Le garçon la fixa, bouche bée, puis s'assit pour regarder les trois filles jouer sur l'herbe asséchée par la chaleur. Une douce odeur musquée suivait Stella partout où elle allait.

Kaye fouilla à deux reprises toutes les pièces et tous les placards, sans cesser d'appeler frénétiquement sa fille. Elle venait de coucher Stella pour une bonne sieste et, absorbée par l'article qu'elle lisait, ne l'avait pas entendue sortir. Stella était intelligente, et elle ne risquait pas de traverser la rue ni, plus généralement, de se mettre en danger, mais ils habitaient dans un quartier pauvre où l'on avait de fort préjugés envers les enfants comme elle, et où l'on redoutait les maladies qui suivaient parfois les grossesses SHEVA.

Ces maladies étaient bien réelles ; elles étaient dues à d'antiques rétrovirus parfois mortels. Christopher Dicken l'avait découvert trois ans plus tôt, au Mexique, et cela avait failli lui être fatal. Le danger disparaissait quelques mois après la naissance, mais Mark Augustine ne s'était pas trompé. La nature ne donne jamais sans reprendre.

Si un policier apercevait Stella, ou si quelqu'un signalait sa présence, ils risquaient d'avoir des ennuis.

Kaye appela Mitch chez le concessionnaire Chevrolet où il travaillait, à quelques kilomètres de leur domicile, et il lui dit qu'il arrivait tout de suite.

Les enfants n'avaient jamais vu de petite fille comme celle-ci. Sa seule proximité les rendait amicaux et joyeux sans qu'ils sachent pourquoi, sans même qu'ils se posent des questions. Les filles parlaient de vêtements et de chanteurs, et Stella imitait certains de ceux-ci, en particulier Salay Sammi, son préféré. Elle était très douée pour imiter les gens.

Le garçon restait à l'écart, le front ridé par la concentration.

La plus jeune fillette alla chercher des copains, qui à leur tour allèrent en chercher d'autres, et la cour fut bientôt remplie de garçons et de filles. On jouait au papa et à la maman, ou alors aux gendarmes et aux voleurs, et Stella apportait tous les effets sonores désirés mais aussi autre chose, un sourire, une présence, qui calmait et dynamisait ses nouveaux camarades. Certains durent rentrer chez eux, et Stella leur déclara qu'elle avait été ravie de les rencontrer, puis les flaira derrière les oreilles, ce qui les fit rire et les gêna un peu, mais aucun ne se fâcha.

Ils étaient tous fascinés par les taches brunes et dorées sur son visage.

La fillette semblait parfaitement à l'aise, heureuse, mais jamais elle n'avait vu autant d'enfants à la fois. Lorsque des jumelles de neuf ans lui posèrent des questions en même temps, elle leur répondit simultanément. Elles arrivaient presque à comprendre ses paroles, et elles éclatèrent de rire, demandant à la petite fille potelée où elle avait appris ce truc.

Le garçon le plus âgé prit soudain un air décidé. Il savait ce qu'il devait faire.

Kaye et Mitch parcoururent les rues en appelant leur fille. Ils n'osaient pas s'adresser à la police ; l'Arizona avait fini par accepter le décret d'urgence sanitaire et envoyait ses nouveaux enfants dans l'Iowa, où ils étaient étudiés tout en poursuivant leur éducation.

Kaye était bouleversée.

— Ça n'a pris qu'une minute, rien qu'une...

— On va la retrouver, dit Mitch, mais son visage était grave.

Il avait l'air un peu grotesque dans son costume bleu marine, en train d'arpenter les rues poussiéreuses bordées de maisonnettes. Un vent sec et chaud les faisait transpirer.

— Je déteste ça, grommela-t-il pour la millionième fois.

Cette phrase était devenue un mantra familier, par lequel il extériorisait son amertume. Grâce à Stella, il se sentait comblé ; Kaye arrivait à lui restituer une partie de son ancienne existence. Mais quand il se retrouvait seul, le stress le gagnait et il répétait ces mots sans se lasser.

Kaye le prit par le bras et lui répéta qu'elle était navrée.

— Ce n'est pas ta faute, lui dit-il, mais il était toujours en colère.

La fille maigre montra à Stella comment danser. Stella connaissait beaucoup de musiques de ballet ; Prokofiev était son compositeur préféré, et elle restituait les partitions les plus difficiles en sifflant, gloussant et claquant la langue. Un garçonnet blond, plus jeune que Stella, restait tout près d'elle, ouvrant de grands yeux fascinés.

— A quoi on joue maintenant ? demanda la grande fille quand elle se lassa de faire des pointes.

— Je vais chercher mon Monopoly, dit un garçon de huit ans couvert de taches de rousseur ordinaires.

— Et si on jouait à Othemo ? proposa Stella.

Cela faisait une heure qu'ils la cherchaient. Kaye s'arrêta sur le trottoir craquelé et tendit l'oreille. La ruelle qui courait derrière leur maison donnait sur cette rue, et elle avait cru entendre des enfants en train de jouer. Beaucoup d'enfants.

Mitch et elle se frayèrent un chemin entre les garages et les clôtures, cherchant à identifier la voix de Stella dans ce brouhaha.

Mitch fut le premier à l'entendre. Il ouvrit le portail métallique et ils entrèrent dans la cour.

La petite cour était remplie d'enfants, comme une mangeoire d'oiseaux à l'heure du repas. Kaye remarqua tout de suite que Stella n'était pas le point focal de leur attention ; elle était là, tout simplement, sur le côté, en train de jouer une partie d'Othemo, avec ces cartes qui faisaient du bruit quand on les pressait. Si ces bruits correspondaient entre eux ou formaient une mélodie, les joueurs jetaient leurs cartes. Le premier à se défaire de toutes ses cartes avait gagné. C'était l'un des jeux préférés de Stella.

Mitch s'immobilisa à côté de Kaye. Leur fille ne les vit pas tout de suite. Elle bavardait gaiement avec les jumelles et un garçon.

— Je vais la chercher, dit Mitch.

— Attends.

Stella paraissait si heureuse. Kaye était prête à risquer de perdre quelques minutes rien que pour ça.

Puis l'enfant leva les yeux, se redressa d'un bond

et laissa les cartes choir de ses mains. Elle tourna la tête en flairant.

Mitch vit un petit garçon entrer dans la cour par le portail de devant. Il avait à peu près l'âge de Stella. Kaye le vit également et le reconnut tout de suite. Ils entendirent une femme lancer des appels en espagnol, et Kaye comprit ce qu'ils signifiaient.

— Il faut qu'on s'en aille, la pressa Mitch.

— Non, fit Kaye en le retenant par le bras. Encore un instant. S'il te plaît. Regarde !

Stella et le garçonnet s'approchèrent l'un de l'autre. Un par un, les autres enfants se turent. Stella tourna autour du garçon, le visage vide de toute expression. Le garçon poussa des petits soupirs, haletant comme s'il venait de courir. Il cracha sur la manche de sa chemise et se frotta le visage. Puis il se pencha vers Stella et la flaira derrière l'oreille. Stella en fit autant, et ils se prirent par la main.

— Je suis Stella Nova. D'où viens-tu ?

Le petit garçon se contenta de sourire, et son visage s'anima d'une façon que Stella n'avait jamais vue. Elle s'aperçut que son propre visage réagissait. Elle sentit un afflux de sang sous sa peau et éclata de rire, produisant un délicieux petit cri suraigu. Ce garçon sentait tant de choses — sa famille, sa maison, la cuisine de sa mère, ses chats —, et, en se concentrant sur son visage, Stella parvenait à comprendre une partie de ce qu'il disait. Il était si *riche*, ce petit garçon. Leurs taches prirent des couleurs à toute vitesse. Elle vit les pupilles du garçon s'iriser, se frotta les doigts sur ses mains, sentant sa peau frissonner en réaction.

Le garçon s'exprimait à la fois en espagnol et en

mauvais anglais. Ses lèvres bougeaient d'une façon que Stella connaissait bien, façonnant les sons qui passaient de chaque côté de sa langue dentée. Stella parlait assez bien l'espagnol, et elle tenta de lui répondre. Le garçon se mit à sauter de joie ; il la comprenait ! En général, Stella était frustrée quand elle essayait de parler aux gens, mais ça, c'était encore pire, car elle comprenait enfin ce que c'était que *parler*.

Puis elle se retourna et aperçut Kaye et Mitch.

Au même moment, Kaye vit une femme à la fenêtre d'une cuisine, un téléphone à la main. Elle ne semblait pas contente.

— Allons-y, dit Mitch, et Kaye ne chercha pas à protester.

— Où allons-nous, maintenant ? demanda Stella depuis son siège, attaché à l'arrière de la Chevy Lumina qui filait vers le sud.

— Au Mexique, peut-être, répondit Kaye.

— Je veux voir d'autres enfants comme le garçon, protesta Stella avec une moue butée.

Kaye ferma les yeux et revit la mère du garçon en question, terrifiée, l'agrippant pour l'arracher à Stella et jetant à Kaye un regard noir ; elle aimait et haïssait son fils. Inutile d'espérer une nouvelle rencontre entre les deux enfants. Et la femme à la fenêtre, trop effarée pour seulement sortir et lui parler.

— Tu en verras d'autres, dit Kaye d'une voix songeuse. Tu as été très belle avec ce garçon.

— Je sais. C'était l'un de moi.

Kaye se retourna pour regarder sa fille. Comme elle avait déjà longuement réfléchi à tout ça, elle avait maintenant les yeux secs, mais Mitch se frotta les siens du revers de la manche.

— Pourquoi on a dû partir ? demanda Stella.

— C'est cruel de l'empêcher de les voir, dit Kaye à Mitch.

— Que veux-tu que nous fassions, l'expédier dans l'Iowa ? J'aime ma fille, je veux être son père et je veux qu'elle reste dans la famille. Une famille normale.

— Je sais, fit Kaye d'un air distant. Je sais.

— Il y a beaucoup d'enfants comme ce garçon, Kaye ? demanda Stella.

— Environ cent mille. Nous te l'avons déjà raconté.

— J'aimerais leur parler à *tous*.

— Elle en serait sans doute capable, dit Kaye en lançant un sourire à Mitch.

— Le garçon m'a parlé de sa chatte. Elle a eu deux chatons. Et les enfants m'aimaient, Kaye, maman, ils m'aimaient *vraiment*.

— Je sais. Tu as été très belle avec eux.

Kaye était fière de sa fille, mais elle avait tant de chagrin pour elle.

— Allons dans l'Iowa, Mitch, suggéra Stella.

— Pas aujourd'hui, mon lapin.

L'autoroute traversait le désert en ligne droite, direction le sud.

— Pas de sirènes, remarqua Mitch d'une voix neutre.

— On s'en est encore tirés, Mitch ? demanda Stella.

Postface

Dans ce livre, je me suis efforcé d'être exact sur le plan scientifique et plausible sur le plan spéculatif. Toutefois, la révolution biologique actuelle est loin d'être achevée, et il est fort probable que nombre de mes spéculations se révéleront erronées.

A mesure que j'effectuais mes recherches et m'entretenais avec des scientifiques du monde entier, j'ai acquis la conviction que la biologie évolutionnaire était sur le point de connaître des bouleversements majeurs — pas durant les prochaines décennies mais au cours des prochaines *années*.

Alors même que je procède à mes ultimes révisions, les revues scientifiques publient des articles allant dans le sens de certaines de mes spéculations. Il semble que les mouches drosophiles soient capables de s'adapter aux changements de climat en l'espace de quelques générations. Le plus récent de ces articles, paru dans le numéro de *New Scientist* daté de décembre 1998-janvier 1999, souligne les probables contributions des rétrovirus endogènes humains au développement du VIH, le virus du sida ; Eric Towler, de la Science Applications International Corporation, affirme « avoir la preuve que les enzymes de HERV-K aident sans doute le VIH à résister aux produits les plus puissants ». Un tel mécanisme est similaire à l'échange de boîtes à outils virales qui terrifie Mark Augustine.

La résolution du mystère s'annonce comme absolument fascinante ; nous sommes bel et bien sur le point de découvrir les secrets de la vie.

Bref précis de biologie

Les êtres humains sont des organismes métazoaires, c'est-à-dire composés de nombreuses cellules. Dans la plupart de nos cellules se trouve un *noyau* contenant le « plan » de l'individu tout entier. Ce plan est stocké dans de l'ADN (acide désoxyribonucléique) ; l'ADN et ses compléments, protéines et organelles, composent l'ordinateur moléculaire contenant la mémoire nécessaire pour construire un organisme individuel.

Les protéines sont des machines moléculaires capables d'accomplir des fonctions incroyablement complexes. Ce sont les machines de la vie ; l'ADN est le schéma directeur qui guide la fabrication de ces machines.

Dans les cellules eucaryotes, l'ADN se présente sous la forme de deux brins entrelacés — la « double hélice » — et est stocké sous celle d'une structure complexe baptisée chromatine, laquelle est disposée en chromosomes dans chaque noyau de cellule. A quelques exceptions près, telles les cellules des globules rouges et les cellules immunitaires spécialisées, l'ADN de chaque cellule du corps humain est complet et uniforme. Les chercheurs estiment que le *génome* humain — la bibliothèque complète de nos instructions génétiques — se compose de soixante mille à cent mille *gènes*. Les gènes sont des traits transmissibles ; on a souvent défini un gène comme un segment d'ADN contenant le code d'une ou de plusieurs protéines. Ce code peut être *transcrit* pour donner un brin d'ARN (acide ribonucléique) ; les ribosomes utilisent alors l'ARN pour *traduire* les instructions de l'ADN originel et synthétiser des protéines. (Certains gènes accomplissent d'autres tâches, par exemple fabriquer les composants ARN des ribosomes.)

De nombreux scientifiques pensent que l'ARN était à l'origine la molécule codante de la vie et que l'ADN est un modèle apparu ultérieurement.

La plupart des cellules d'un organisme individuel sont porteuses du même ADN, mais, à mesure que la personne croît et se développe, cet ADN est *exprimé* de différentes façons à l'intérieur de chaque cellule. C'est ainsi que des cellules d'embryon identiques peuvent devenir des tissus différents.

Lorsque l'ADN est transcrit en ARN, de nombreuses chaînes de nucléotides non codantes pour les protéines, baptisées *introns*, sont extraites des segments d'ARN. Les segments restants sont alors réunis ; ils sont codants pour les protéines et appelés *exons*. Sur une chaîne d'ARN récemment transcrit, ces exons peuvent s'unir de différentes façons pour produire différentes protéines. Ainsi, un même gène peut produire différentes molécules à différents moments.

Les *bactéries* sont de minuscules organismes unicellulaires. Leur ADN n'est pas stocké dans un noyau mais réparti à l'intérieur de la cellule. Leur génome ne contient que des exons, ce qui fait d'eux des créatures souples et profilées. Les bactéries peuvent se conduire comme des organismes sociaux ; des variétés distinctes peuvent entrer en compétition ou collaborer ensemble pour trouver et exploiter les ressources de leur environnement. Dans la nature, les bactéries se rassemblent parfois pour créer des « cités » ; vous en avez peut-être observé en constatant la présence de bave sur les légumes avariés dans votre réfrigérateur. Ces spores bactériennes se trouvent également dans vos intestins, dans votre conduit urinaire et sur vos dents, où il leur arrive de causer des problèmes, et des écologies spécialisées de bactéries protègent votre peau, votre bouche et d'autres parties de votre corps. Les bactéries sont extrêmement importantes et, quoique certaines d'entre elles soient pathogènes, bien d'autres sont nécessaires à notre existence. Certains biologistes pensent que les bactéries sont à l'origine de toutes les formes de vie et que les cellules eucaryotes — nos cellules, par exemple — dérivent d'anciennes colonies bactériennes. Dans un sens, peut-être ne sommes-nous que des astronefs pour bactéries.

Les bactéries échangent entre elles des petites boucles d'ADN appelées *plasmides*. Ces plasmides complètent le génome des bactéries et leur permettent de réagir rapidement à des menaces comme les antibiotiques. Les plasmides composent une bibliothèque universelle que des bactéries de types divers utilisent pour vivre plus efficacement.

Les bactéries, ainsi que presque tous les autres organismes, peuvent subir les attaques des *virus*. Les virus sont de minuscules fragments d'ADN ou d'ARN, généralement protégés par une enveloppe, qui ne peuvent se reproduire tout seuls. Au lieu de quoi ils détournent la machinerie reproductrice d'une cellule pour fabriquer de nouveaux virus. Chez les bactéries, les virus sont appelés *bactériophages* (« mangeurs de bactéries ») ou tout simplement *phages*. Nombre de phages transportent du matériel génétique d'une bactérie à l'autre, tout comme certains virus chez les plantes et les animaux.

Il est possible que les virus proviennent à l'origine de segments d'ADN de cellules capables de se déplacer, à l'intérieur du chromosome ou entre les chromosomes. Les virus sont essentiellement des segments nomades de matériel génétique qui ont appris à « enfiler un scaphandre spatial » et à quitter la cellule.

Bref glossaire scientifique

Acide aminé : élément constitutif des protéines. La plupart des organismes n'utilisent que vingt acides aminés.

ADN : acide désoxyribonucléique, la célèbre molécule à double hélice, codante pour les protéines et les autres éléments intervenant dans la construction du *phénotype*, ou structure corporelle d'un organisme.

Antibiotiques : vaste classe de substances fabriquées par plusieurs types d'organismes et capables de tuer les bactéries. Les antibiotiques n'ont aucun effet sur les virus.

Anticorps : molécule qui s'attache à un antigène, le désactive et attire d'autres défenses sur l'intrus.

Antigène : substance intrusive ou partie d'un organisme qui provoque la création d'anticorps dans le cadre d'une réponse immunitaire.

ARN : acide ribonucléique. Copie complémentaire et intermédiaire de l'ADN ; l'ARN messager, ou ARNm, est utilisé comme schéma directeur par les ribosomes pour construire des protéines.

Bactéries : procaryotes, minuscules cellules vivantes dont le matériel génétique n'est pas inclus dans un noyau. Les bactéries effectuent nombre de tâches importantes dans la nature et sont à la base de toutes les chaînes alimentaires.

Bactériocine : l'une des nombreuses substances créées par les bactéries et capables de tuer d'autres bactéries.

Bactériophage : voir *Phage*.

Chromosome : arrangement d'ADN replié et tassé. Les cellules diploïdes de l'organisme humain ont deux groupes de vingt-trois chromosomes ; les cellules haploïdes — sperme ou ovule — n'ont qu'un seul groupe de chromosomes.

Chromosomes sexuels : chez l'être humain, les chromosomes X et Y. Deux chromosomes X donnent un être de sexe féminin, un X et un Y un être de sexe masculin. D'autres espèces ont des types de chromosomes sexuels différents.

Cro-Magnon : l'une des premières variétés d'être humain, *Homo sapiens sapiens*, du nom du site de Cro-Magnon, en Dordogne. *Homo* est le genre, *sapiens* l'espèce, *sapiens* la sous-espèce.

Elément mobile : segment d'ADN mobile. Les *transposons* peuvent se déplacer ou voir leur ADN copié d'un endroit à un autre dans l'ADN grâce à la polymérase. Les *rétrotransposons* contiennent leur propre *transcriptase inversée*, ce qui leur donne une certaine autonomie au sein du génome. Barbara McClintock et d'autres chercheurs ont montré que les éléments mobiles engendrent la variété parmi les plantes ; mais certains voient en eux ce qu'on appelle le plus souvent des « gènes égoïstes », qui se reproduisent sans être d'une quelconque utilité à l'organisme. D'autres encore pensent que les éléments mobiles contribuent à la nouveauté dans tous les génomes, et peut-être même participent à la régulation de l'évolution.

ERV : rétrovirus endogène (*Endogenous RetroVirus*), virus insérant son matériel génétique dans l'ADN de son hôte. Le *provirus* intégré peut rester en sommeil quelque temps. Les ERV sont peut-être très anciens, fragmentaires et désormais incapables de produire des virus infectieux.

Etre humain moderne : *Homo sapiens sapiens*. Genre *Homo*, espèce *sapiens*, sous-espèce *sapiens*.

Exon : régions de l'ADN codantes pour des protéines ou de l'ARN.

Gamète : cellule sexuelle, tels l'ovule ou le spermatozoïde, capable de s'unir à un gamète opposé — ovule plus spermatozoïde — afin de produire un *zygote*.

Gène : la définition du gène est en train de changer. Un article récent définit le gène comme un « segment d'ADN ou d'ARN accomplissant une fonction précise ». Plus précisément, un gène peut être considéré comme un segment d'ADN codant un produit moléculaire précis, le plus souvent une protéine. Outre les nucléotides codant les protéines, le gène consiste également en segments déterminant la nature de la protéine exprimée, la quantité dans laquelle elle est exprimée et le moment où elle est exprimée. Les gènes peuvent produire différentes combinaisons de protéines selon différents stimuli. Concrètement, un gène est un minuscule ordinateur/usine au sein d'un ordinateur/usine plus grand, le génome.

Génome : somme totale du matériel génétique d'une espèce.

Génotype : caractère génétique d'un organisme ou d'un groupe particulier d'organismes.

HERV : rétrovirus endogène humain (*Human Endogenous RetroVirus*). Notre matériel génétique contient en quantité des résidus d'infections par rétrovirus. Certains chercheurs estiment qu'un bon tiers de la somme totale de notre matériel génétique consiste sans doute en anciens rétrovirus. On ne connaît encore aucun exemple de ces gènes viraux anciens produisant des particules infectieuses (*virions*) susceptibles de se déplacer d'une cellule à l'autre par *transmission latérale* ou *horizontale*. Toutefois, nombre de HERV produisent des particules pseudo-virales à l'intérieur de la cellule, et l'on ignore encore si ces particules accomplissent une fonction ou causent un problème.

Tous les HERV font partie de notre génome et sont transmis verticalement quand nous nous reproduisons, du parent au rejeton. Jusqu'ici, l'infection des gamètes par des rétrovirus est la meilleure explication de la présence de HERV dans notre génome. (On trouve également des ERV dans nombre d'autres organismes.)

Homme de Neandertal : *Homo sapiens neandertalensis.* Peut-être l'ancêtre de l'être humain. Les anthropologues et les généticiens contemporains débattent en ce moment de cette possibilité, suite à la découverte d'ADN mitochondrial extrait d'os préhistoriques. Comme nous ne savons pas encore comment se développent les espèces et les sous-espèces, les indices matériels ne permettent probablement pas de conclure.

Homosome : collection complète de matériel génétique utilisable, à l'intérieur comme à l'extérieur d'une cellule ou d'un organisme. Les bactéries échangent des boucles d'ADN appelées plasmides, et certains de leurs gènes sont peut-être transportés par les phages lysogènes ; l'ensemble total de ce matériel génétique constitue l'homosome bactérien.

Introns : régions de l'ADN en général non codantes pour les protéines. Dans la plupart des cellules eucaryotes, les gènes consistent en un mélange d'exons et d'introns. Les introns sont écartés de l'ARN messager (ARNm) transcrit avant qu'il ne soit traité par les ribosomes ; ceux-ci utilisent le code contenu dans l'ARNm pour assembler des protéines spécifiques à partir des acides aminés. Les bactéries n'ont pas d'introns.

Marqueur : arrangement distinctif ou unique de bases, ou encore gène distinctif ou unique dans un chromosome.

Mutation : altération dans un gène ou dans un segment de l'ADN. Peut être accidentelle, improductive et même dangereuse ; peut également être utile en conduisant à la production d'une protéine plus efficiente. Les mutations peuvent donner des variations du phénotype ou de la structure physique d'un organisme. Les mutations aléatoires sont en général neutres ou nuisibles à la santé de l'organisme.

Pathogène : organisme déclenchant une maladie. Il existe plusieurs variétés différentes de pathogènes : les virus, les bactéries, les champignons, les protistes (anciennement appelés protozoaires) et les métazoaires tels que les nématodes.

Phage : virus utilisant les bactéries comme hôtes. De nombreux types de phages tuent leurs hôtes presque immédiatement et peuvent être utilisés comme agents antibactériens. A nombre de bactéries correspondent au moins un et souvent plusieurs phages qui leur sont spécifiques. D'un point de vue évolutionnaire, les phages et les bactéries se livrent à une constante course-poursuite.

Phage lysogène : phage s'attachant à la capsule d'une bactérie et insérant du matériel génétique dans l'hôte bactérien ; ce matériel forme alors une boucle, s'intègre à l'ADN de l'hôte et se met en sommeil. Au cours de cette phase, la bactérie hôte reproduit le *prophage*, le génome du phage intégré, avec le sien. En cas de dommage ou de « stress » infligé à la bactérie hôte, il peut se produire une transcription des gènes du phage, qui produisent alors des nouveaux phages, et la bactérie est alors *lysée*, c'est-à-dire tuée. Durant cette phase, les phages sont dits *lytiques*. Les phages lysogènes/lytiques peuvent également transcrire et porter des gènes hôtes, en plus des leurs, d'une bactérie à l'autre.

Nombre de bactéries causant des maladies graves, comme celle du choléra, peuvent voir leur toxicité déclenchée suite au transfert de matériel génétique par des phages lysogènes. De tels phages sont par conséquent dangereux sous leur forme naturelle et inutiles pour ce qui est du contrôle des pathogènes bactériens.

Phénotype : structure physique d'un organisme ou d'un groupe distinct d'organismes. Le *génotype*, exprimé et développé au sein d'un environnement donné, détermine le *phénotype*.

Protéines : les gènes codent souvent des protéines, qui aident à la formulation et à la régulation de tous les organismes. Les protéines sont des machines moléculaires composées de chaînes de vingt acides aminés différents. Les protéines elles-mêmes peuvent former des chaînes ou des agrégats. Le collagène, les enzymes, nombre d'hormones, la kératine et les anticorps ne sont que quelques-unes parmi les différents types de protéines.

Provirus : code génétique d'un virus lorsqu'il est contenu dans l'ADN d'un hôte.

Réponse immunitaire (immunité, immunisation) : rassemblement et mobilisation des cellules de défense d'un organisme afin d'éliminer et de détruire les pathogènes, des organismes causant des maladies tels que virus et bactéries. La réponse immunitaire peut également identifier des cellules non pathogènes comme étrangères, c'est-à-dire ne faisant pas partie du catalogue de tissus normaux ; les organes transplantés déclenchent une réponse immunitaire et peuvent être rejetés.

Rétrotransposon, rétroposon, rétrogène : voir *Eléments mobiles*.

Rétrovirus : virus à base d'ARN qui insère son code dans l'ADN d'un hôte en vue d'une reproduction ultérieure. Celle-ci peut parfois attendre des années. Le sida fait partie des maladies causées par les rétrovirus.

Séquençage : détermination de la séquence de molécules dans un polymère tel qu'une protéine ou un acide nucléique ; en génétique, découverte de la séquence de bases dans un gène ou dans une longueur d'ADN ou d'ARN, ou dans le génome dans son ensemble. Dans quelques années, nous comprendrons la séquence de la totalité du génome humain.

SHEVA (HERV-DL3, SHERVA-DL3) : rétrovirus endogène humain fictif capable de former une particule virale infectieuse, ou *virion* ; HERV *infectieux*. On ne connaît pas encore d'HERV de ce type.

Transposon : voir *Eléments mobiles*.

Trisomie : présence d'un chromosome supplémentaire dans une cellule diploïde. Chez l'être humain, une copie supplémentaire du chromosome 21 cause le syndrome de Down, anciennement appelé mongolisme.

Vaccin : substance produisant une réponse immunitaire à un organisme pathogène.

Virion : particule virale infectieuse.

Virus : particule non vivante mais organiquement active capable de pénétrer une cellule et de détourner ses capacités reproductrices afin de produire d'autres virus. Un virus consiste en ADN ou en ARN, en général entouré d'une couche protéinique ou capside. Cette capside peut à son tour être entourée d'une enveloppe. Il existe des centaines de milliers de virus connus, et sans doute des millions non encore décrits.

Zygote : combinaison de deux gamètes ; œuf fertilisé.

Remerciements

Toute ma gratitude à Mark E. Minie, Ph.D., qui m'a présenté à la Puget Sound Biotech Society et à nombre de ses membres. L'un de mes premiers contacts a été le docteur Elizabeth Kutter, du département de biologie de l'Evergreen State College à Olympia, Etat de Washington. Elle m'a aidé à explorer sa spécialité, les bactériophages, ainsi que l'un de ses endroits préférés de la planète, la république de Géorgie. Ses assistants, Mark Alan Mueller et Elizabeth Thomas, m'ont offert leurs encouragements et leurs critiques constructives. Nos discussions m'ont à la fois formé et informé !

Mark E. Minie m'a également présenté le docteur Dennis Schwarz, dont les travaux sur la chimie de la vie à son origine risquent d'être jugés révolutionnaires.

Bien d'autres scientifiques et amis ont lu et critiqué ce livre, et quelques-uns m'ont permis de visiter leurs installations. Le docteur Dominic Esposito, de l'Institut national de la Santé, m'a guidé dans le campus du NIH et a copieusement annoté l'une des premières versions de ce roman. Ses amis, le docteur Melanie Simpson et le docteur Martin Kevorkian, m'ont également apporté une aide appréciable.

Benoît Leblanc, Ph.D., collaborateur du docteur David Clark au NIH, dans le Laboratoire de biologie cellulaire et du développement, a procédé à une excellente lecture critique du texte et corrigé de nombreuses erreurs.

Brian W. J. Mhy, Ph.D., Sc.D., directeur de la division des maladies viales et des rickettsioses au Centre de contrôle et de pévention des maladies, a eu l'amabilité de me rencontrer e de partager avec moi certaines de ses idées sur les virus etleur possible contribution à l'évolution. Il a en outre critiqé une version ultérieure de ce roman. Barbara Reynolds, lu bureau d'information du CDC, m'a permis de visiter le installations du 1600 Clifton Road.

Le docteur Jœ Miller, du centre des sciences sanitaires de la Texas Tech University, a lu ce livre dans sa toute première versioı et m'a fourni des informations sur la chimie des hormoıes humaines et les récepteurs voméronasaux.

Julian Davies, professeur émérite de l'université de Colombie-Britannique, a aimablement accepté de jeter un coup d'œil sur la toute dernière version.

Katie et Charlie Potter m'ont prodigué de sages conseils sur l'alpinisme, son histoire et sa terminologie.

En dépit de l'aide de tous ces excellents lecteurs, il subsiste certainement des erreurs dans le texte. Elles me sont imputables à moi seul. En outre, mes théories ont suscité de la part de ces scientifiques un soutien ou une contestation parfois catégoriques. Le fait qu'ils m'aient apporté leur assistance ne signifie nullement qu'ils approuvent l'une ou l'autre des théories développées dans *L'Échelle de Darwin*.

Janvier 1998-janvier 1999
Lynnwood, Washington
www.gregbear.com

Composition réalisée par JOUVE

Achevé d'imprimer en février 2010, en France sur Presse Offset par
Maury-Imprimeur - 45330 Malesherbes
N° d'imprimeur : 152652
Dépôt légal 1re publication : février 2005
Édition 04 - février 2010
LIBRAIRIE GÉNÉRALE FRANÇAISE - 31, rue de Fleurus - 75278 Paris Cedex 06